THERESIA GRAW

So weit die Störche ziehen

Roman

Ullstein

Besuchen Sie uns im Internet:
www.ullstein.de

Originalausgabe im Ullstein Taschenbuch
1. Auflage August 2020
3. Auflage 2021

Umschlaggestaltung: bürosüd° GmbH, München
Titelabbildung: Trevillion Images / © Magdalena Russocka
Gesetzt aus der Quadraat Pro powered by pepyrus.com
Druck und Bindearbeiten: CPI books GmbH, Leck
ISBN 978-3-548-06252-5

Für meine Mutter und meine Großmütter

TEIL I

1.

Ende August 1939

Wie eine Königin thronte Dora Twardy auf ihrem Lieblingsplatz vor dem elterlichen Gutshaus, den Blick aufmerksam auf die Auffahrt des Hofes gerichtet. Sie saß mit überkreuzten Beinen auf der breiten Balustrade der Veranda, den Rücken an einen der weiß getünchten Stützpfosten gelehnt, und ließ sich die Sonne ins Gesicht scheinen. Doch die Ruhe und Gelassenheit, die sie auf den ersten Blick ausstrahlte, täuschten. Unablässig zwirbelten ihre Finger an den langen Enden des Bindegürtels, der um ihr blaugeblümtes Hemdblusenkleid mit den kleinen weißen Kragen geschlungen war. Dora konnte nicht verbergen, wie ungeduldig sie darauf wartete, dass ihr Vater und ihr großer Bruder Hans endlich zurückkamen. Am Vormittag waren sie aufgebrochen, um am Bahnhof in Wormditt den neuen Zuchthengst in Empfang zu nehmen.

»Es kann nicht mehr lange dauern«, sagte sie zu ihren beiden Besuchern. »Vater hat gesagt, dass sie noch vor dem Abendessen zurück sind.«

Ihre Worte waren an die Geschwister Kosubek gerichtet, die es sich neben ihr im Schatten des Verandadaches bequem gemacht hatten. Friedrich Kosubek saß aufrecht in dem weiß lackierten Korbstuhl und drehte das Glas mit Zitronenlimonade, das eines der Hausmädchen gerade herausgebracht hatte, in seiner Hand. Die Eiswürfel darin klirrten leise, während er Dora mit verstohlener Bewunderung beobachtete. Seine Schwester Elsbeth hatte sich auf der hölzernen Schaukelbank niedergelassen, die mit vier langen Ketten unter dem Vordach angebracht war, und ließ sich gemächlich auf und ab schwingen, wobei sie darauf achtete, dass die Limonade in ihrem Glas nicht überschwappte.

»Warum bist du eigentlich so unruhig, Dora? Man sollte meinen, es sei nichts Besonderes, wenn ein neues Pferd auf euren Hof kommt.«

»Oh, Elli, das ist ja nicht irgendein neues Pferd!«, antwortete Dora. »Es ist Siegfried, und das ist einer der besten Trakehnerhengste weit und breit. Er stammt in direkter Linie von einer englischen Vollblutzucht ab. Sein Vater hat schon dreimal den großen Preis von Paris gewonnen. So ein wertvolles Tier haben wir noch nie im Stall gehabt. Ich will ihn unbedingt sofort sehen.«

»Ich wette, du möchtest ihn auch unbedingt sofort reiten«, bemerkte Friedrich.

»Ja, Fritz, nur zu gern. Aber das erlaubt mir Vater ganz sicher nicht. Siegfried soll ein Riesenvieh sein und feurig wie zwei, sagt er.«

»Na«, meinte Friedrich neckend. »Wenn er so viel Temperament hat, dann passt er ja gut zu dir.«

»Das soll wohl ein Kompliment sein, Fritz?«

Dora warf ihm ein kleines spöttisches Lächeln zu. Es entging ihr nicht, dass Friedrich errötete.

»Oh, verzeih«, murmelte er. »Ich wollte dich natürlich keinesfalls mit einem Pferd vergleichen.«

Aber Dora lachte nur. Sie war mit ihren Gedanken schon wieder ganz woanders.

»Im Übrigen, Elli«, rief sie munter. »Vater bringt nicht nur das Pferd mit – sondern auch noch eine Überraschung für dich.«

»Für mich? Aber warum denn? Was für eine Überraschung?«

»Ach, Elli!« Friedrich schüttelte den Kopf. Nach der kleinen Irritation durch Doras unerwarteten Flirt hatte er nun seine feste Stimme wiedergefunden. »Wenn man darüber reden würde, wäre es ja keine Überraschung mehr.«

»Das stimmt.« Dora nickte ihrer Freundin lächelnd zu, sichtlich bemüht, die Worte, die ihr auf der Zunge lagen, ungesagt hinunterzuschlucken.

Die drei Freunde schwiegen wieder und hingen ihren Gedanken nach. Nur das Quietschen der Schaukel war zu hören.

Von ihrem Posten aus beobachtete Dora die von Linden gesäumte Einfahrt mit dem weit offen stehenden Hoftor, neben dem der Schäferhund Thassos mit der Nase auf den Vorderpfoten an seiner langen Kette lag. Vor der Veranda erstreckte sich das Geviert des Gutshofes: die hohe Scheune am anderen Ende des kopfsteingepflasterten Platzes mit dem Storchennest auf dem Dach, das seit ein paar Tagen leer und verlassen war, denn die Störche sammelten sich bereits auf den umliegenden Wiesen für ihren Rückflug in den Süden. Da war die lange Reihe von Pferdeställen mit den grünen zweiteiligen Holztüren, die sich zur Rechten an das Wohnhaus anschlossen, und die Stallungen für das Milchvieh und die anderen Tiere auf der gegenüberliegenden Hofseite. In den reich bepflanzten Blumenrabatten, die rechts und links neben dem Treppenaufgang zur Veranda am Haus entlangführten, blühten die letzten gelben Rosen, dazwischen hellblauer Phlox, ein paar purpurfarbene Lupinen und Büschel von Levkojen in Rosa, Weiß und Lila, welche einen schwachen Vanilleduft verbreiteten, der sich hin und wieder, wenn eine leichte Brise von den Ställen herüberwehte, mit dem Geruch von Stroh und Pferdedung vermischte.

Vom Hühnerhof jenseits der Scheune klang ein lebhaftes Gegacker herüber, und ab und zu drang ein leises Schnauben aus einer der Pferdeboxen, in denen zwei trächtige Stuten standen, die nicht mehr hinaus auf die Koppel durften, weil sie in Kürze ihre Fohlen bekommen würden.

Die harte Zeit der Roggenernte war vorüber, keine Mähmaschine klapperte mehr auf den Feldern, und auch das Dengeln war verstummt, dieser helle metallische Klang, der an den ostpreußischen Sommerabenden die Luft erfüllte, wenn die Bauern ihre Sensen auf den Amboss legten und sie mit gleichmäßigen Hammerschlägen auf die Schnittflächen für den Einsatz am nächsten Tag schärften. Nun war es Ende August und die meiste Arbeit getan, Heu und Getreide lagen in der Scheune, das überschüssige Korn war in Säcke verpackt und verkauft und lagerte längst in einem der großen Getreidespeicher am Hafen von Königsberg. Nur im Obstgarten hinter dem Haus stand die Ernte noch an, die Bäume hingen voll mit Äpfeln, Birnen, Quitten und Zwetschgen. Und in ein paar Wochen würden die Knechte und Mägde noch die Kartoffeln und die Rüben vom Feld holen.

Dora liebte diese Zeit des Jahres, wenn die große Gluthitze des Sommers vergangen war, aber der Winter mit den langen dunklen Abenden und dem eiskalten Ostwind, der spätestens im Dezember meterhoch den Schnee aus Sibirien heranwehte, noch in weiter Ferne lag. Das Leichte und Heitere lag ihr näher als die Schwermut und die Melancholie, die sich über das Land legten, sobald die Störche fortgezogen waren und die ersten Herbststürme die Blätter von den Bäumen fegten.

Vor ein paar Wochen war sie sechzehn Jahre alt geworden, und sie blickte voller Offenheit und Neugier auf das Leben, das es bisher so gut mit ihr gemeint hatte und von dem sie noch so viel erwartete.

Dora war eine bemerkenswerte Person, die die Blicke auf sich zog. Das lag nicht nur an ihren ungewöhnlich vollen schwarzbraunen Locken, die ihr beinahe bis zur Taille reichten, wenn sie die Haare offen trug wie jetzt und nur mit zwei Schildpattkämmchen an den Schläfen zurücksteckte, damit ihr keine Strähne ins Gesicht fiel. Es lag nicht nur an dem kecken Schwung ihrer Lippen, die stets bereit waren zu lächeln, weil sie bislang noch nicht viel Veranlassung gehabt hatten, sich vor Schmerz oder Kummer zu verziehen, oder an der kleinen geraden Nase, den hohen Wangenknochen und dem ovalen Kinn mit dem Grübchen darin. Vor allem lag es an Doras großen hellen Augen, die von einer bemerkenswerten Farbe waren, nicht grün und nicht blau, sondern irgendetwas Unbestimmtes dazwischen, und die unter den fein geschwungenen Brauen und den dunklen Wimpern so wach und lebenshungrig in die Welt blickten, als wollten sie alle Bilder und Eindrücke, die das Universum zu bieten hatte, auf einmal in sich aufnehmen und nie mehr vergessen.

Dora war sehr hübsch, und das wusste sie, nahm ihre Schönheit aber mit einer Selbstverständlichkeit hin wie die Sonne am Himmel über sich. Sie war einfach da. So war das Leben eben, und sie kannte es nicht anders, als dass sie Komplimente bekam und im Mittelpunkt stand, wo immer sie in einer Gesellschaft auftauchte. Dass sich die jungen Männer nach ihr umdrehten, wenn sie unter den Lauben am Marktplatz von Wormditt unterwegs war, um ihre Besorgungen zu machen. Dass sie die Erste war, die bei jedem Ball zum Tanzen aufgefordert wurde. Und dass alle Mädchen aus ihrer Schulklasse hofften, von ihr zum Geburtstagskaffeekränzchen eingeladen zu werden. Und obgleich Dora wusste, dass sie ihre ebenmäßigen Gesichtszüge und die prächtigen Locken im Grunde nur einer Laune des Schicksals zu verdanken hatte, so verstand sie es doch, ihr reizendes Lächeln zu ihrem Vorteil einzusetzen, wenn es ihr angebracht erschien. Sogar ihr Lehrer Adomeit, der bei Generationen von Schülerinnen bekannt war für seine unerbittliche Strenge, wenn jemand die Hausarbeiten nicht nach seinen Vorstellungen erledigt hatte, wurde milde, wenn Dora ihn nur lächelnd anblickte. Selbst die Führerin des wöchentlichen Treffens beim Bund Deutscher Mädel verzieh es ihr, wenn sie zu spät kam oder gar eine Gruppenstunde geschwänzt hatte, sobald Dora seufzend und mit einem tiefen Augenaufschlag um Verzeihung bat.

Ihre Mutter verwandte alle Mühe darauf, Dora auf das Leben einer kultivierten und achtbaren Dame vorzubereiten, allerdings hatte diese ihre ganz eigene Vorstellung davon. Weitaus lieber, als still in der Stube zu sitzen und ihre Nase hinter ein Buch zu stecken, sich mit der Lektüre von Haushaltsratgebern, mit Kochrezepten oder Einmachtipps zu befassen oder gar mit Mathematik, Geografie oder französischer Grammatik, war es Dora, vergnügt herumzutoben, sei es beim Tanzen, beim Federballspiel, beim Schlittschuhlaufen auf dem zugefrorenen Dorfteich oder bei der Schleppjagd im Herbst. Nur dann fühlte sie sich lebendig. Jede Art von häuslichen Handarbeiten, zu denen sie ihre Mutter immer wieder vergeblich anzuleiten versuchte, feine Stickereien etwa, Stricken, Nähen oder Teemützen häkeln, waren ihr ein Graus. Oft genug endeten derlei Bemühungen damit, dass ein Knäuel Wolle oder ein Stickrahmen gegen die Wand flog und Dora aus dem Zimmer stürmte.

In solchen Momenten fand sie Trost bei ihrer Fuchsstute Gilda. Dora nutzte jede Gelegenheit, auf ihrem Pferd zu reiten, stundenlang durch Wälder und Wiesen zu streifen und mit einem Jauchzer über Gräben und Zäune zu setzen. Am liebsten war sie dabei allein unterwegs, sodass niemand sie ermahnen konnte, vorsichtiger zu sein oder sich damenhafter zu benehmen.

Ihr Vater, Josef Twardy, ostpreußischer Landwirt in der vierten

Generation, ein tüchtiger, geduldiger Mann, der stets versuchte, auch den größten Fehlschlägen noch etwas Gutes abzugewinnen, beobachtete das lebhafte Naturell seiner ältesten Tochter mit großem Gefallen. Er liebte Dora sehr, wie er sich eingestehen musste, sogar mehr als seine anderen fünf Kinder, und war überzeugt, dass sich die ein oder andere kleine Charakterschwäche in den nächsten Jahren noch auswachsen werde. Doras Mutter Vera war da skeptischer. Die gebürtige Elsässerin, durch deren Adern noch die letzten Tropfen aristokratischen Blutes entfernter französischer Ahnen flossen, war eine disziplinierte und pflichtbewusste Frau, die es in jungen Jahren nach Ostpreußen verschlagen hatte. Während einer Sommerfrische an der See war sie Josef Twardy begegnet, und er hatte nicht lange gebraucht, sie davon zu überzeugen, das schmale Fachwerkhaus in der Enge des elsässischen Dorfes für immer zu verlassen, um auf dem stattlichen Gutshof in der Weite Ostpreußens eine neue Heimat zu finden. Vera war ein paar Jahre älter als ihr Mann und warf ihm regelmäßig vor, bei der Erziehung Doras zu wenig Strenge walten zu lassen. Doch genau so oft, wie er seiner Frau versprach, künftig härter durchzugreifen, kapitulierte Josef immer wieder vor Doras Charme und ihrem treuherzigen Lächeln. Und im Grunde war er froh darüber. Doras unverwüstliche Gesundheit und ihr heiteres, gelassenes Gemüt schienen ihm recht zu geben.

Weil sie sich viel an der frischen Luft bewegte, hatte Dora eine schlanke und sportliche Figur. Ihr schönes Gesicht war nicht von der vornehmen zarten Blässe, die einer Tochter aus gutem Hause nach Überzeugung ihrer Mutter angemessen gewesen wäre, sondern hatte den frischen rosigen Hautton von Leuten, die den größten Teil ihres Lebens im Freien verbringen.

»Du siehst ja aus wie eine Heumagd«, kicherte Marianne manchmal, ihre zwei Jahre jüngere Schwester, wenn sie am Abend nebeneinander im Badezimmer vor dem Spiegel standen und sich die Zähne putzten. »Deine Wangen sind so sonnenverbrannt, als hättest du den ganzen Tag auf dem Feld gearbeitet.«

Marianne, ein mageres, fügsames Mädchen, entwickelte sich viel eher nach den Vorstellungen ihrer Mutter, was beiden Schwestern bewusst war. Dora zuckte bei solchen Worten jedes Mal mit den Schultern. Es interessierte sie nicht, was Marianne über sie dachte, wie sie sich überhaupt herzlich wenig um die Meinung anderer Leute scherte. Abgesehen von Erna vielleicht, die vor mehr als achtzehn Jahren nach der Geburt ihres großen Bruders Hans als Kindermädchen auf den Hof gekommen war und seitdem in der Familie lebte, wo sie sich um jeden Nachkommen der Twardys kümmerte, als wäre es ihr eigenes Kind. Nach Dora und Marianne waren das noch der verträumte elfjährige Erich und die beiden Nesthäkchen, die vierjährigen Zwillingsbrüder Klaus und Arno. Mit den weizenblonden Stoppelhaaren und den vielen Sommersprossen auf der Nase glichen sich die beiden wie ein Ei dem anderen, und sie schienen nur Unsinn im Kopf zu haben. Erna war die Einzige, die sich durch die zwei Lausbuben nie aus der Fassung bringen ließ. Sie war eine kleine, gutmütige, kluge Frau von neunundfünfzig Jahren mit einem von Jahr zu Jahr üppiger werdenden Leibesumfang, die immer einen fröhlichen Spruch parat hatte. Was sie sagte, in bedächtigem breiten Ostpreußisch, das war Gesetz in der Familie, sogar für Dora.

Elsbeth und Friedrich gingen schon seit so vielen Jahren im Gutshof der Twardys ein und aus, dass sie sich beinahe ein bisschen der Familie zugehörig fühlten. Ihr Vater, Dorfschulmeister Kosubek, ein großer, ernster, gutherziger Mann, den jeder im Ort gernhatte, war vor einigen Jahren zum Bürgermeister von Liebenwalde bestimmt worden und war es geblieben, weil sich sonst niemand in der Dreihundert-Seelen-Gemeinde für dieses Amt interessierte. Dora kannte Elsbeth, seitdem sie vor zehn Jahren mit der Schultüte in der Hand zum ersten Mal das Klassenzimmer betreten hatte. Sie hatte sich auf den freien Platz an ihrer Seite gesetzt, und zwei Tage später waren sie schon beste Freundinnen gewesen.

Manch einer mochte sich darüber wundern, wie die beiden Mädchen, die doch so unterschiedlich waren, zueinander gefunden hatten: die aufgeweckte, selbstbewusste Dora mit ihrer wilden dunklen Haarmähne, die von allen geliebt und bewundert wurde, und die kleine zarte Elsbeth mit den Porzellanwangen und den kupferroten Zöpfen, ein zurückhaltendes, besonnenes Mädchen, dem es schwerfiel, seine leise Stimme zu erheben, sobald mehr als drei Menschen im Raum waren. Aber die zwei waren unzertrennlich. Sie ergänzten einander: Wenn Dora allzu ungestüm auftrat, wurde sie von Elsbeth ganz behutsam gebremst, so wie andererseits Dora der Freundin gut zuredete und ihr Mut machte, wenn Elsbeth das brauchte.

Mit im Bunde war häufig, so wie auch heute, Elsbeths Bruder Friedrich. Er war knapp zwei Jahre älter als sie und von ähnlicher Gestalt wie seine Schwester, ein schmalschultriger, blasser junger Mann mit feinem rotblonden Haar, der sich nie in den Mittelpunkt drängte, als habe er selbst noch nicht gemerkt, wie klug und liebenswürdig er eigentlich war. Dass er schüchtern und linkisch wirkte, lag an seiner körperlichen Verfassung. Er litt an einem angeborenen Hüftfehler, durch den er beim Gehen ein wenig hinkte. Um diesen in seinen Augen unmännlichen Makel wieder wettzumachen, ließ er sich einen Bart über der Oberlippe wachsen, der ihm mit seinen nicht einmal achtzehn Jahren allerdings viel Geduld abverlangte, denn bislang war dort nur ein schmaler Streifen rötlicher Flaumhaare zu erkennen.

»Komm!«, rief er Dora zu. »Deine Limonade wird warm!«

Erneut inspizierte Dora die Zufahrt. Als sie feststellte, dass sich noch immer kein Fahrzeug dem Gutshof näherte, rutschte sie von ihrem Aussichtsposten auf der Balustrade herunter und ließ sich auf einem Korbstuhl neben Friedrich nieder. Foxi, der schwarzbraune Dackelmischling, der bis dahin dösend unter dem Tisch gelegen hatte, hob erwartungsvoll den Kopf, worauf Dora mit geübtem Griff sein Nackenfell kraulte. Dann nahm sie ihr Limonadenglas und trank es in wenigen Schlucken aus, bis nur noch eine ausgequetschte Zitronenscheibe darin lag.

»Ach, ich wünschte, dieser Sommer würde nie zu Ende gehen!« Mit einem genüsslichen Seufzer lehnte sie sich zurück. »Die Ferien zu verlängern war die beste Idee, die der Führer je hatte. Noch mehr als zwei Wochen, bis im Herbst wieder die Schule beginnt, herrlich. Ich finde, das sollte er jetzt jedes Jahr anordnen.«

Sie kicherte glücklich. Während Elsbeth zustimmend nickte, wiegte Friedrich skeptisch den Kopf.

»Unser Opa in Berlin sagt, es bedeutet nichts Gutes. Er meint, Deutschland rüstet sich gegen Polen, bestimmt gibt es noch in diesem Jahr Krieg.«

»Ach was«, entgegnete Dora leichthin. »Das wird der Führer doch sicher zu verhindern wissen.«

»Und wenn doch?«, wandte Elsbeth schüchtern ein.

»Na, wenn unsere Soldaten kämpfen müssen, dann geht es bestimmt schnell«, antwortete Dora überzeugt. »Keine Armee der Welt ist so stark wie die unsere, heißt es doch immer. Die Polen werden sich bald ergeben, wenn unsere Soldaten erst einmarschiert sind. Zack, zack – und dann ist wieder alles gut. Mit Österreich und der Tschechoslowakei hat es doch auch geklappt.«

Friedrich seufzte. »Ich bin mir nicht sicher, ob der Rest der Welt auch dieses Mal tatenlos zugucken würde. Wenn Deutschland Polen den Krieg erklärte, wäre das etwas anderes.«

»Oh, jetzt hör bitte auf, lieber Fritz! Ich mag das Wort Krieg nicht mehr hören. Papa und Hans reden auch den ganzen Tag darüber, als gebe es nichts Interessanteres, über das man plaudern könnte. Immerzu geht es nur um Stalin und Chamberlain, um Kampftruppen, Mobilisierung oder Einberufungsbefehle. Lass uns lieber über etwas Angenehmeres reden! Über die Hochzeit von Großcousine Grete in der nächsten Woche zum Beispiel. Wir haben so lange kein richtiges Fest mehr gehabt im Dorf. Und weil dann noch Sommerferien sind, können wir den ganzen Tag lang mitfeiern. Ach, ich freue mich darauf, endlich mal wieder zu tanzen. Ausgerechnet an Gretes Hochzeit.« Dora kicherte ein wenig herablassend. »Unter uns gesagt, ich hätte nicht gedacht, dass sie noch mal einen abkriegt. Die Hübscheste ist sie ja nicht gerade, und demnächst wird sie schon dreißig. Kein Wunder, dass der Brautvater das ganze Dorf zum Mitfeiern eingeladen hat. Der ist sicher heilfroh, dass seine Tochter nicht als alte Jungfer endet.« Sie lachte.

»Stimmt es eigentlich, dass der Bräutigam fast zwanzig Jahre älter ist als Grete?«, erkundigte sich Elsbeth.

»Ja. Und ziemlich reich soll er sein. Ein Reeder aus Hamburg, sagt Mama.«

»Da wird Grete nach der Hochzeit sicher wegziehen aus Liebenwalde, oder?«

Dora nickte. »Sie wird mit ihm nach Hamburg gehen. Ist das nicht eine schreckliche Vorstellung?«

Elsbeth zuckte mit den Schultern. »Warum nicht, wenn sie ihn doch so sehr liebt?«

»So sehr könnte ich niemanden lieben, dass ich so furchtbar weit wegziehen würde. Ich würde mein Zuhause viel zu sehr vermissen.«

Dora ließ ihre Blicke über den Gutshof wandern. Dann schüttelte sie so heftig den Kopf, dass sich eines der Kämmchen aus ihren Locken löste. Entschlossen schob sie es zurück in die Haare. »Ich könnte nicht leben ohne das alles hier, ohne die Pferde, ohne die Hunde, ohne die Störche, ohne die Wiesen, ohne den Wald und die Seen. Ach Elli, auch wenn ich mich manchmal mit meiner Mutter oder Marianne zanke, ich könnte Ostpreußen niemals für immer verlassen. Dazu liebe ich das hier alles viel zu sehr.«

In diesem Augenblick klirrte unten die Kette des Hofhundes. Foxi fuhr unter dem Tisch auf, sprang mit einem Satz von der Veranda hinunter und fegte quer über den Hof bis zum Einfahrtstor, wo er laut kläffend herumsprang. Mit etwas Abstand zu dem quirligen Hündchen stand unbewegt und aufrecht der Schäferhund Thassos. Mit gespitzten Ohren und erhobener Rute beobachtete er die Zufahrtsstraße, aufmerksam und ohne einen Laut von sich zu geben.

»Sie kommen!«, rief Dora und sprang nun ebenfalls auf. »Endlich. Ich höre ein Motorengeräusch. Das muss der Transporter sein. Los!«

Im nächsten Moment fuhr ein offener Lastwagen in den Hof ein, eine Wolke von Staub hinter sich herziehend. Er rollte langsam noch ein paar Meter weiter über das Kopfsteinpflaster und kam unweit der Pferdeställe zum Stehen. Unmittelbar hinter dem Lkw bog ein Pferdegespann in die Hofeinfahrt und stoppte ebenfalls. Josef und Hans Twardy sprangen vom Kutschbock, während sich die Türen des Lastwagens öffneten und zwei Männer heraus stiegen.

»Da sind wir«, rief der Vater. »Dann lasst uns mal loslegen!«

Kaum war das Motorengeräusch verstummt, wurde es lebendig auf dem Hof, drei Stallburschen eilten heran, um mitzuhelfen, den Hengst aus dem Wagen zu laden. Auch Erich und die Zwillinge stürmten aus dem Haus. Weil sie sich aber nicht näher heranwagten, setzten sie sich auf die Stufen der Veranda und beobachteten von dort aus das geschäftige Treiben im Hof. Marianne begnügte sich damit, das Geschehen von ihrem geöffneten Zimmerfenster aus zu betrachten wie aus einer Theaterloge.

Am Einfahrtstor tummelte sich in respektvollem Abstand zum Hofhund eine Traube lebhaft krakeelender Kinder, die am unteren Ende der Zufahrtsstraße aus den Häusern der Gutsarbeiter gekommen und der Fahrzeugkolonne nachgelaufen waren. Mit bloßen Füßen und schmutzigen Knien standen sie neugierig da, weil auch sie sich das Spektakel nicht entgehen lassen wollten. Es kam schließlich nicht alle Tage vor, dass ein so großes motorisiertes Fahrzeug durch das Dorf fuhr.

Während Elsbeth und Friedrich es bevorzugten, das Abladen des Tieres von ihren bequemen Sitzen aus mitzuerleben, war Dora bereits zu ihrem Vater und ihrem Bruder geeilt, um den Hengst etwas näher in Augenschein zu nehmen. Doch Josef Twardy hielt sie zurück.

»Stopp, halt bitte etwas Abstand, Dora!«, sagte er, und Hans rief dem noch immer wie toll kläffenden Foxi zu: »Mach, dass du hier fortkommst, du Racker! Du machst uns noch das Pferd verrückt.«

Erich stieß einen gellenden Pfiff aus, und der kleine Hund schoss japsend und mit flatternden Ohren in die ausgestreckten Arme des Jungen, wo er Erich aufgeregt die Hände leckte.

Sehen konnte man von dem neuen Hengst noch nicht sehr viel hinter den hohen Holzlatten, mit denen die Ladefläche des Lastwagens abgeschirmt war, aber man konnte Siegfried hören: Er wieherte und bockte, trampelte und buckelte, seine Hufe donnerten gegen Holzplanken und Metallverstrebungen, als setze er alles daran, das Fahrzeug in seine Einzelteile zu zerlegen.

»Herrje«, murmelte Dora und rang die Hände, unzufrieden

darüber, dass sie zur Untätigkeit verdammt war. »Hoffentlich bekommen sie ihn heil da herunter.«

Das Pferd beruhigte sich ein wenig, als die Männer die Verladeklappe öffneten. Josef Twardy stieg hinauf. Mit ruhigen Worten redete er dem Hengst gut zu und klopfte ihm besänftigend auf den Hals. Dann erst band er die Stricke los, mit denen das Tier während der Fahrt gesichert gewesen war, und führte es vorsichtig und Schritt für Schritt die Rampe hinunter. Immer wieder schüttelte Siegfried sichtbar unwillig den Kopf. Als der Hengst endlich auf sicherem Boden stand, nahm Twardy eine Möhre aus seiner Jackentasche und gab sie ihm zur Belohnung.

»Gut gemacht, Siegfried«, lobte er, den Führstrick fest in der Hand.

Da war er, der große prächtige Hengst, den Kopf in die Höhe gereckt, mit bebenden Nüstern und angespannten Muskeln. Aber er wieherte nicht mehr. Ein Zittern lief über sein glänzendes tiefbraunes Fell. Auf seiner linken Hinterhand prangte deutlich sichtbar das Brandzeichen der Trakehner, zwei schwarze Elchschaufeln.

»Oh, Papa, das ist wirklich ein Mordstier!«, flüsterte Dora, ohne den Hengst aus den Augen zu lassen. »Aber er ist wunderschön.«

Bei ihren Worten drehte das Pferd seine Ohren, als verstünde es, was sie gesagt hatte. Langsam wagte sich Dora näher heran, während Siegfried sie aus großen, glänzenden braunen Augen ansah. Sie verharrte einen Augenblick neben ihm und gab ihm Zeit, ihren Geruch aufzunehmen. Dann legte sie ihm eine Hand an den warmen Hals und tätschelte ihn. Als Siegried nicht protestierte, strich sie sanft über seinen Nasenrücken. Das Pferd spitzt die Ohren nach vorn. Es war jetzt ganz still geworden.

»Braver Junge«, sagte Dora leise. »Herzlich willkommen auf

dem Gutshof der Twardys, Siegfried. Du wirst es gut bei uns haben, du und deine vielen wunderschönen Nachkommen.«

Während sie mit der einen Hand noch immer das Pferd streichelte, griff sie mit der anderen in die Seitentasche ihres Kleides und holte ein paar Zuckerstücke heraus, die sie Siegfried auf der flachen Hand reichte. Vorsichtig nahm er die Leckerei an. Dora spürte die samtigen Pferdelippen und seinen warmen Atem in ihrer Handfläche, die langen Barthaare kitzelten sie ein wenig.

»Braver Junge«, wiederholte sie und beklopfte noch einmal zärtlich seinen Hals.

Als sie hörte, wie Siegfried leise und zufrieden schnaubte, machte ihr Herz einen kleinen freudigen Hüpfer. Der erste Moment mit einem neuen Pferd war immer etwas ganz Besonderes für Dora. Etwas Magisches schien ihr in jenem Augenblick zu liegen, in dem sie spürte, dass das Tier ihr vertraute. »Jetzt bist du zu Hause, Siegfried. Und wir zwei verstehen uns, nicht wahr? Wir werden beste Freunde werden.«

»Du sollst ihn doch nicht mit Zucker verwöhnen«, mahnte Josef Twardy, aber der Stolz in seiner Stimme war nicht zu überhören. Und so fügte er denn auch hinzu: »Er mag dich, Dora. Du hast wirklich ein ganz besonderes Händchen für Pferde. Wie ruhig er da steht. Man merkt, dass du meine Tochter bist.«

Als einer der Fahrer in den Lastwagen stieg und die Tür hinter sich mit einem lauten Krachen zuwarf, zuckte das Pferd zusammen und begann erneut, unruhig zu tänzeln. Unwillkürlich trat Dora einen Schritt zurück. Twardy fasste den Führstrick kürzer.

»Aber nun wollen wir Siegfried seine wohlverdiente Ruhe gönnen. Ich bringe ihn erst mal in seine Box. Die lange Fahrt war sehr anstrengend für ihn, und er braucht dringend Wasser. Na, komm schon, guter Junge!«

Dora sah zu, wie ihr Vater das Pferd über den Hof zu den Ställen führte. In ruhigem Schritt klapperten die Hufe des Tieres über das Pflaster.

»Papa!«, rief Dora ihm nach. »Darf ich seinem ersten Hengstfohlen den Namen geben? Bitte sag Ja! Der erste kleine Hengst von Siegfried soll unbedingt Sultan heißen. Was hältst du davon? Ist das nicht ein großartiger Name für den Sohn eines großartigen Pferdes?«

Twardy drehte sich noch einmal lächelnd um, während einer der Knechte die Stalltür aufklappte.

»Ja, Dora, das ist es. Aber eines nach dem anderen. Jetzt lass Siegfried doch erst mal ankommen und sich auf dem Hof einleben. Und wenn die erste Stute trächtig ist, werden wir uns auch Gedanken über einen Namen für das Fohlen machen.«

Mit diesen Worten verschwand er mit dem Pferd im Stall.

Die Männer im Lastwagen verabschiedeten sich, warfen den Motor an, und nach einem aufwendigen Wendemanöver im Hof brauste der Wagen davon, gefolgt von einem Schwarm johlender Kinder, die ihren Posten am Hoftor verließen, um dem Fahrzeug so schnell und so weit sie konnten hinterherzulaufen.

Nachdem wieder Ruhe auf dem Hof eingekehrt war, verschwanden Erich und die Zwillinge zusammen mit Foxi im Haus, und Marianne schloss ihr Zimmerfenster.

Hans tippte seiner Schwester an die Schulter, und Dora fuhr erschrocken herum.

»Wir haben dir noch etwas mitgebracht«, sagte er grinsend. »Hast du das vergessen?« Er hielt ihr ein flaches, in Seidenpapier gehülltes Päckchen entgegen, das bei der Ankunft des Pferdegespanns auf dem Führersitz gelegen hatte.

»Oh, ja«, rief Dora. »Daran habe ich bei der Aufregung beinahe nicht mehr gedacht.«

»Viele Grüße von Schneider Steinke soll ich ausrichten«, sagte

Hans. »Und viel Spaß beim Tanzen. Was immer darin sein mag ...« Er ließ das Papier in seinen Händen knistern und zwinkerte Dora zu.

Sie nahm ihm das Päckchen ab. Es wog beinahe nichts in ihren Händen, so leicht war es.

»Danke, dass ihr es für mich abgeholt habt. Das ist mein neues Festkleid für Gretes Hochzeitsfeier. Und weißt du was?« Sie senkte die Stimme. »Für Elli habe ich auch eines schneidern lassen. Sie besitzt nämlich keine vernünftige Festgarderobe mehr, nachdem sie sich ihr Kleid auf dem Heimweg vom Abschlussball der Tanzschule an einem rostigen Nagel am Gartenzaun aufgerissen hat. Zwar hat sie den Riss geflickt, aber die Stelle ist natürlich noch immer zu sehen, und ihre Eltern erlauben es ihr nicht, in einer Saison zwei Abendgarderoben zu kaufen. Nun hat Elli auch ein schönes Kleid. Und das Beste ist: Es ist im gleichen Schnitt gemacht wie meines, nur in einer anderen Farbe, damit wir uns ähnlich sehen auf dem Fest. Ist das nicht eine gute Idee?«

Hans nickte. »Sie wird sich bestimmt freuen. Das ist wirklich ein feiner Zug von dir.«

Er legte ihr freundlich eine Hand auf die Schulter. Dora liebte ihren drei Jahre älteren Bruder, ihren Spielkameraden und Beschützer aus Kindertagen, und sie wusste, dass er sie ebenfalls liebte, wenngleich ihre Gemeinsamkeiten mit jedem Jahr, das sie älter wurden, weniger wurden. Wie alle männlichen Twardys war Hans von großer, schlanker Statur. Seine Haare hatten dieselbe Farbe wie Doras, doch waren sie weniger lockig. Er trug sie auf der Seite streng gescheitelt und an den Schläfen kurz geschoren. Eine spitze Strähne fiel ihm schräg in die Stirn. Dora neckte ihn manchmal deswegen. »Wenn du dir noch einen kleinen schwarzen Bart wachsen lässt, siehst du aus wie der kleine Bruder vom Führer«, hatte sie neulich einmal kichernd bemerkt, als Hans gerade vom Friseur zurückkam. Hans hatte das mit einer unwirschen Bemerkung zurückgewiesen, aber eine feine Röte war dabei über sein Gesicht geflogen, und Dora ahnte, dass er mit seinem Haarschnitt genau diese Wirkung beabsichtigt hatte, auch wenn er das seinen Eltern und Geschwistern gegenüber niemals zugeben würde.

Er war ernster und strenger geworden, seitdem er sich darauf vorbereitete, in ein paar Jahren von seinem Vater die Leitung des Gutshofes zu übernehmen. Wenn man sich den Leuten gegenüber einmal zu nachsichtig zeigt, tanzen sie dir am Ende auf der Nase herum, war seine Devise. Aber Dora war sich sicher, dass er mit seiner Härte und seinen bisweilen allzu ruppigen Anweisungen an das Gutspersonal nur die Sanftheit und Gutmütigkeit überspielte, die viel mehr seinem Naturell entsprachen, derer er sich aber insgeheim schämte, weil er sie für ein Zeichen von Schwäche hielt. Im Grunde schlug er charakterlich nach seinem Vater, doch während es der alte Twardy verstand, seine Leute mit Freundlichkeit, Milde und Großmut zu leiten, misstraute Hans diesen Eigenschaften und hielt sich beim Umgang mit Arbeitern und Dienstboten eher an den schneidigen Umgangston, den er während seiner Gruppenstunden bei der Hitlerjugend gelernt hatte. Doch im Kreise der Familie blieb er der ruhige, freundliche Junge, der er schon immer gewesen war. Auch gegenüber den Pferden erhob Hans niemals seine Stimme, und sie gehorchten ihm aufs Wort.

»Du wirst staunen«, sagte Dora, »was für ein schönes Kleid ich auf der Hochzeit tragen werde. So etwas Feines habe ich noch nie angehabt.«

Hans betrachtete seine Schwester mit einem langen wohlwollenden Blick. »Da wird sich dein Wilhelm aber freuen, wenn du dich so herausputzt.«

Seine Worte trafen Dora unerwartet. Erschrocken starrte sie ihren Bruder an und begann schließlich zu stottern:

»Was sagst du da? Wilhelm? Wieso mein ... Was weißt du ...?«

Diesmal war es an ihr, rot zu werden. Sie sprach den Satz nicht zu Ende und senkte den Blick. Es war unmöglich, dass Hans ihr Geheimnis herausgefunden hatte. Mit niemandem hatte sie darüber geredet, nicht einmal Elsbeth gegenüber hatte sie ein Wort verloren, obwohl sie mit der Freundin normalerweise jedes noch so geheime Gefühl teilte.

Aber dieses? Niemals. Dieses Gefühl war zu neu, zu unbekannt, zu verwirrend und viel zu aufregend. Niemals hatte irgendjemand erfahren sollen, dass sie sich zum ersten Mal in ihrem Leben verliebt hatte. Verliebt in den besten Freund ihres großen Bruders, Wilhelm von Lengendorff, den schönen, klugen Mann mit den sanften braunen Augen. So viele Jahre kannten sie einander schon, die Twardy-Geschwister und der älteste Sohn des größten Gestüts in der Gegend, sie hatten miteinander gespielt und gelacht. Es war so selbstverständlich gewesen, dass Wilhelm zu Besuch kam, dass sie zusammen ausritten, im Badeteich herumtobten oder im Heuschober. Sie hatte Wilhelm als guten Kameraden gemocht, aber mehr nicht. Und dann musste er fort. Zwei Jahre lang hatten sie einander nicht gesehen, weil Wilhelm seinen Militärdienst ableisten musste. Gelegentlich hatte er seinem Freund Hans einen Brief geschrieben, den dieser pflichtbewusst der Familie vorgelesen hatte. Aber Dora hatte keine Veranlassung gesehen, Wilhelm selbst einmal zu schreiben. Papier und Füllfederhalter waren ihr von jeher eher lästig, und außerdem war ja nicht sie, sondern Hans sein bester Freund. Eines Tages war Wilhelm plötzlich wieder aufgetaucht. Dora würde sich ihr Leben lang an diesen Moment erinnern, von dem an nichts mehr so war wie früher.

Es war vor ein paar Monaten gewesen, ein milder Maiabend kurz nach dem Abschlussball. Sie hatte gerade auf der Veranda gesessen und in einer Pferdezeitschrift geblättert, als Wilhelm durch das Hoftor geritten kam. Zuerst hatte sie ihn gar nicht wiedererkannt, so sehr hatte er sich verändert. Er war ein stattlicher junger Mann geworden, schlank und hochgewachsen, alles Kindlich-Knabenhafte, alles Verspielte und Burschikose war einer ruhigen und eleganten Erscheinung gewichen. Erst als er lächelnd ihren Namen rief, erkannte sie ihn. Er stieg aus dem Sattel, machte sein Pferd fest und kam zu ihr auf die Veranda gelaufen, leichtfüßig und federnd wie immer.

»Dora!«, hatte er gerufen. »Bist du es wirklich? Wo ist denn das kleine Mädchen geblieben, von dem ich mich vor zwei Jahren verabschiedet habe? Du bist ja eine richtige junge Dame geworden.«

»Und du ein richtig schicker, feiner Herr«, hatte sie geantwortet. Gleichermaßen verblüfft über die Verwandlung des anderen, hatten beide zu lachen begonnen, herzlich und vertraut, und in diesem Moment war es um Dora geschehen gewesen. Ein Glücksgefühl hatte ihre Seele erfasst, wie sie es nie zuvor erlebt hatte, nicht beim wildesten Ritt und nicht beim schwungvollsten Tanz. Das, was sie beim Blick in Wilhelms Augen empfunden hatte, war einmalig. Es lag ein Strahlen darin, das ihr nie zuvor aufgefallen war, und als er ihr ein Kompliment machte, errötete sie bis unter die Haarwurzeln. Wie gebannt hing sie an seinen Lippen, während er erzählte, wie froh er sei, den Militärdienst endlich hinter sich zu haben und nun bald den Gutshof seines Vaters übernehmen zu können.

»Ich möchte eine Reitschule aufbauen, Dora. Nicht nur für die Kinder im Dorf, aus der ganzen Umgebung sollen die Leute kommen und den Umgang mit Pferden lernen. An den Wochenenden könnte ich für die fortgeschrittenen Reiter längere Ausritte ins Gelände anbieten. Vielleicht werde ich sogar regelmäßige Turniere veranstalten, zu denen ich die besten Reiter Ostpreußens einlade.«

»Das klingt alles so himmlisch, Wilhelm. Wie ich dich beneide! Was für ein aufregendes Leben wirst du haben!«

»Ja, glaub mir, ich habe lange genug davon geträumt, während ich in der Kaserne das Schießen und den preußischen Paradeschritt üben musste. Und wenn es so weit ist, frage ich dich vielleicht, ob du Lust hast, mir zu helfen, und bei uns ab und zu Reitstunden geben möchtest.«

»Oh, ja, das möchte ich. Das möchte ich unbedingt.«

Wilhelm zwinkerte ihr zu. Er schien ganz vergessen zu haben, dass er eigentlich gekommen war, um seinen Freund zu sehen. Als Hans seinen Kopf aus dem Fenster steckte und nach ihm rief, sprang er erschrocken auf und lief ins Haus. Im Vorbeigehen strich er Dora über die Schulter, und für einen Augenblick war es ihr, als strömte das Blut schneller durch ihre Adern.

Seit jenem Abend waren sie einander anders begegnet. Jedes Mal, wenn er ihren Bruder besuchte, warfen Wilhelm und Dora einander verstohlene Blicke zu, Blicke, die ihr Herz zum Rasen brachten. Die Unbefangenheit, mit der sie bis dahin miteinander umzugehen pflegten, war verschwunden. Sosehr Dora sich auch nach Wilhelms Besuchen sehnte, sobald er ihr gegenüberstand und ein freundliches Wort zu ihr sprach, versagte ihr die Stimme, und häufig floh sie vor Scham in ein anderes Zimmer. Manchmal antwortete sie doch etwas oder machte einen Scherz, nur um sich anschließend darüber zu ärgern, was für ein dummes Zeug sie da zu Wilhelm gesagt hatte. Ernsthaft miteinander gesprochen hatten sie nie mehr seit jenem Abend auf der Veranda, sie waren auch nie mehr miteinander allein gewesen.

Seitdem Dora erfahren hatte, dass auch Wilhelm zu Gretes Hochzeitsfeier kommen würde, war ihre Vorfreude auf das Fest unbändig gewachsen. Ganz sicher würde Wilhelm mit ihr tanzen, sie würden endlich miteinander reden können, vielleicht noch einmal über die erwähnten Reitstunden … und dann? Ob er sie vielleicht küssen würde? Endlich, zum ersten Mal? Allerdings hatte Wilhelm ihr gegenüber noch nie etwas über seine Gefühle gesagt, so wie sie ihm ihre bislang verschwiegen hatte. Das Einzige, was zu ihr sprach, waren seine Augen, die sie jedes Mal, wenn sie einander begegneten, mit so viel Leidenschaft und Wärme ansahen, dass Dora meinte, vor Glück zerbersten zu müssen.

Als sie wieder aufsah, hatte sich ein warmherziges Lächeln im Gesicht des Bruders ausgebreitet.

»Also habe ich doch recht«, sagte er leise. »Mein kleines Schwesterchen ist verliebt. Dein Gesicht spricht ja Bände.«

»Oh, Hans, was soll ich dir sagen … Ist es wirklich so: Er freut sich, mich zu sehen? Er freut sich darauf, mit mir zu tanzen?«

Hans nickte. »Das hat er mir jedenfalls gesagt.«

»Aber wie kommst du darauf, dass auch ich … ich weiß nicht …, dass auch ich mich vielleicht ein bisschen in Wilhelm verliebt habe?«

Es kostete Dora Mühe, diese Worte auszusprechen.

»Ach, Schwesterchen, ich habe doch Augen im Kopf. Ich sehe doch, wie du ihn ansiehst, wenn er zu Besuch kommt. Neulich erst, als du in der Stube warst und ich Wilhelm hier draußen verabschiedet habe, wie ihr einander durchs Fenster angeschmachtet habt …« Hans schüttelte bei der Erinnerung daran grinsend den Kopf und fuhr neckend fort: »Eure Blicke waren so voller Sehnsucht und Wärme. Ich dachte, die Glasscheibe schmilzt!«

»Also ist es wirklich wahr und er ist verliebt in mich? Ach,

Hans, ich bin so aufgeregt. Ich kann Gretes Hochzeitsfest gar nicht mehr erwarten.«

Das Gespräch mit ihrem Bruder hatte Dora in eine Hochstimmung versetzt, als hätte sie ein Glas Champagner getrunken. Zu wissen, dass Wilhelm tatsächlich verliebt in sie war und sie sich seine Zuneigung nicht nur eingebildet hatte, das fühlte sich so wunderbar an, dagegen verblasste sogar die Freude über den neuen, großartigen Hengst im Stall. Nun zählte nur noch die anstehende Hochzeitsfeier, und es war noch wichtiger, dass sie dabei eine atemberaubende Figur machte. Dora presste das Päckchen mit den Kleidern an ihre Brust und eilte mit geröteten Wangen zurück auf die Veranda, wo ihre beiden Freunde geduldig auf sie gewartet hatten.

Elsbeths Augen blitzten auf, als sie sah, was es mit der angekündigten Überraschung auf sich hatte, doch gleichzeitig wies sie das Geschenk beschämt zurück mit der Begründung, so etwas Kostbares dürfe sie nicht annehmen.

»Aber doch«, entgegnete Dora. »Du musst ja! Es ist nach den Maßen deines Abschlussballkleides geschneidert und passt niemandem sonst.«

Von diesem Argument und der Tatsache, dass sich der hauchzarte Seidenstoff des Kleides wundervoll zwischen den Fingern anfühlte, ließ sich Elsbeth schließlich doch überzeugen. Und während sich Friedrich noch einmal in seinem Korbstuhl zurücklehnte, liefen die beiden Mädchen zur Anprobe der neuen Kleider ins Haus.

Rötliches Abendlicht fiel durch die geöffneten Fenster auf den hellen Holzfußboden, als die beiden Freundinnen Doras Schlafzimmer im ersten Stock des Gutshauses betraten und leise die Tür hinter sich schlossen. Von draußen klang der späte Gesang einer Amsel herein, zusammen mit den Geräuschen aus dem gegenüberliegenden Stall, in dem die Knechte jetzt damit beschäftigt waren, das Vieh für die Nacht zu versorgen.

Rasch wusch sich Dora die Hände in der Waschschüssel, die auf dem schmalen weißen Tisch neben dem Fenster stand, und trocknete sie mit dem bereitliegenden Leintuch ab. Prüfend hielt sie sich die Finger vor die Nase, und nachdem sie sich davon überzeugt hatte, dass sie tatsächlich nicht mehr nach Pferd rochen, sondern nach lieblicher Rosenseife, rieb sie sich unternehmungslustig die Hände.

»So. Melde mich bereit zur Verwandlung in eine Ballprinzessin.«

Die Mädchen schlüpften aus ihren Kleidern, bis sie nur noch in Unterwäsche nebeneinanderstanden. Dann streiften sie die Festgewänder über. Mit bloßen Füßen und klopfenden Herzen traten sie vor den großen ovalen Spiegel, der neben Doras geräumigem Kleiderschrank aufgestellt war.

Dora hielt den Atem an. Es war, als würde Schneewittchen ihr gegenüberstehen. Das Kleid sah genauso aus, wie sie es sich erträumt hatte: Das knöchellange nachtblaue Seidengewand war gerade geschnitten und ärmellos, es wurde nur durch zwei schmale Satinbänder an den Schultern gehalten. Über dem Oberkörper lag es eng an, um dann von der Taille abwärts locker zu fallen. Der dünne, schimmernde Stoff umfloss ihren schlanken Körper wie eine zweite Haut.

»Sieht es nicht einfach himmlisch aus?«, flüsterte Dora und betrachtete mit ehrfürchtigem Staunen ihr eigenes Spiegelbild. »Es ist sogar noch viel schöner geworden, als ich es mir je erhofft hatte.«

Sie sah zu Elli hinüber, deren Kleid eine exakte Kopie des ihren war, allerdings aus einem smaragdgrünen Seidenstoff, der ihrer marmorweißen Haut schmeichelte und gut zur Farbe ihrer kupferroten Zöpfe passte.

»Oh mein Gott«, entfuhr es Elsbeth nach einem Augenblick erschrockenen Schweigens, während sie neben Dora stand und sich in dieser ungewohnten Garderobe beäugte. »Das Kleid sieht traumhaft aus, aber was ist denn das für ein Dekolleté? Da guckt ja der halbe Busen raus.«

Dora schüttelte den Kopf.

»Aber nein. Du übertreibst. Das muss so sein. Ich finde, wir sehen fantastisch aus, Elli. Wie zwei UFA-Filmschönheiten. Vor allem die Rückenpartie ist etwas ganz Besonderes.«

Elsbeth drehte sich zur Seite und stieß einen leisen Schrei aus, als sie sah, welchen Anblick der Spiegel ihr nun bot.

»Aber Dora. Hinten ist der Ausschnitt ja noch tiefer. Diese Kleider sind schrecklich unanständig. Man sieht den Büstenhalter!«

Dora lachte und machte ein paar Tanzschritte durchs Zimmer, sodass der Saum des Kleides wippte.

»Ach, Elli. Den Büstenhalter muss man bei so einem Kleid natürlich weglassen.«

»Ich weiß nicht. Meinst du wirklich, dass wir diese Sachen auf der Hochzeit tragen sollten? Es ist so eine goldige Idee von dir, dass wir beide da wie Schwestern auftauchen, und dieser zarte Stoff ist ein Traum. Aber sind die Kleider nicht ein bisschen zu frivol für den Kirchgang? Ich wundere mich, dass dir deine Mutter erlaubt hat, ein solches Kleid schneidern zu lassen.«

Dora unterbrach ihren kleinen Freudentanz. Ein verschmitztes Lächeln huschte über ihr Gesicht.

»Ehrlich gesagt, kennt meine Mutter diese Modelle noch gar nicht. Als ich ihr erzählte, ich würde gern zwei gleiche Kleider für uns machen lassen, da war sie sofort einverstanden. Sie dachte natürlich, Schneider Steinke fabriziert die Kleider aus seinen üblichen Schnittmustern. Aber weißt du was, Elli?«

Sie zwinkerte der Freundin verschwörerisch zu. »Ich habe als Modell ein paar Fotos von Zarah Leander genommen, die ich aus einer Filmzeitschrift ausgeschnitten habe.« Dora wies auf ihr Nachtschränkchen, auf dem sich die letzten Ausgaben des Magazins *Die junge Dame* stapelten. »Beim Filmball neulich hat sie so ein fantastisches Kleid getragen. Atemberaubend. Das musste ich einfach auch haben. Ich habe die Fotos in ein Kuvert gesteckt und sie Papa mitgegeben, damit er sie dem Schneider bringt, und Papa hat sich die Bilder gar nicht erst angesehen. Herr Steinke hatte ja deine und meine Maße noch von unseren Abschlussballkleidern im Mai, sodass er gleich loslegen konnte und wir nicht zur Anprobe in die Stadt fahren mussten. Ach, die Kleider sind ihm wirklich gut gelungen! So herrliche Stoffe! Na gut. Zarah Leanders Kleid war tiefschwarz, sie trug dazu noch lange verführerische Satinhandschuhe, und es war etwas mehr Glitzer an ihrer Garderobe, aber trotzdem: Ich finde unsere Kleider phänomenal. Und – ha! – guck mal hier!«

Dora zog die Schublade der kleinen Kommode auf, die neben dem weißen Metallbett mit dem hohen verschnörkelten Kopfteil stand, und nahm zwei Ohrclips heraus. Es waren kleine goldene Hänger mit einer Perle darin, die sie sich an die Ohrläppchen steckte.

»Na, wie gefalle ich dir?«

Sie schüttelte den Kopf, sodass die Perlenohrringe zappelten.

»Du bist wunderschön, Dora. Aber deine Mutter wird schimpfen, wenn sie dich mit diesem Ausschnitt sieht.« Elsbeth seufzte. »Und meine auch.«

Sie zupfte an ihrem Dekolleté herum und zog den dünnen Stoff mit den Fingern zusammen. »Ich werde das Kleid über dem

Busen ein wenig enger nähen. Und der tiefe Ausschnitt im Rücken lässt sich sicher mit ein paar Häkchen und Ösen schließen.«

»Aber nein! Das darfst du auf keinen Fall. Dann ist doch der ganze Pfiff weg.«

»Besser, das Kleid hat etwas weniger Pfiff, als dass ich es überhaupt nicht anziehen darf.«

Dora zuckte mit den Schultern. »Ich finde uns wunderbar in diesen Kleidern. Genau so, wie sie sind. Ich wette, wir werden die Stars der Feier sein. Wir müssen aufpassen, dass wir der Braut nicht die Schau stehlen ...«

In diesem Moment flog hinter ihnen die Tür auf, und Marianne stand im Zimmer. Dora und Elsbeth fuhren erschrocken herum.

Marianne setzte an, um etwas zu sagen, doch beim Anblick der Mädchen in den ungewohnten Kleidern blieb ihr der Mund offen stehen.

»Wie seht ihr denn aus?«, entfuhr es ihr verblüfft.

»Gut sehen wir aus«, erklärte Dora kokett. »Wir probieren unsere Garderobe für Gretes Hochzeit an. Wie gefallen dir unsere neuen Kleider?«

Sie tanzte ein paar Schritte durch das Schlafzimmer. Marianne rümpfte die Nase.

»Man sieht ziemlich viel Haut«, sagte sie, ohne näher auf die Frage der Schwester einzugehen. »Hat Mama dir erlaubt, so was anzuziehen? Das kann ich mir nämlich durchaus nicht vorstellen. Wir gehen doch auf eine Hochzeit und nicht auf einen Filmball ...«

»Und wenn schon«, entgegnete Dora. »Warum überhaupt platzt du einfach so in mein Zimmer?«

»Mama schickt mich. Ich soll dich zum Abendessen rufen. Das Mädchen hat schon zweimal den Gong geschlagen, aber du hast wohl nichts gehört vor lauter Kleiderprobieren. Es sitzen alle am Tisch und warten auf dich.«

»Oh!«, rief Elsbeth erschrocken. »So spät ist es? Dann muss ich schnell nach Hause. Fritz wartet ja draußen schon die ganze Zeit auf mich.«

»Bleibt doch noch. Wollt ihr nicht bei uns zu Abend essen? Zwei Gedecke sind schnell aufgelegt.«

»Nein, nein, wir haben Mutter versprochen, rechtzeitig daheim zu sein.«

So schnell es die feinen Seidenstoffe zuließen, zogen sich die Mädchen wieder um. Dora überkam plötzlich ein mulmiges Gefühl. Zwar freute sie sich sehr über ihr hinreißendes neues Kleid, doch gleichzeitig fürchtete sie sich ein wenig vor der Reaktion ihrer Mutter. Und so wie Dora ihre Schwester kannte, würde sie es sich nicht nehmen lassen, der Mutter umgehend von der heimlichen Modenschau zu berichten, deren Zeugin sie gerade geworden war. Andererseits, sagte sich Dora, wäre es vermutlich besser, die unweigerliche Auseinandersetzung mit ihrer Mutter gleich heute zu führen, als es erst unmittelbar vor der Hochzeitsfeier zum Streit kommen zu lassen. Bis dahin war es noch eine Woche hin, und dann, so hoffte sie, würde sich die größte Aufregung über das Kleid sicher gelegt haben.

Nachdem sie Elsbeth und Friedrich verabschiedet hatte, betrat Dora das hohe, holzgetäfelte Esszimmer, wo die anderen Familienmitglieder und Erna bereits um die gedeckte Tafel versammelt saßen. Im Raum duftete es köstlich nach Königsberger Klopsen, aber noch waren die Teller leer. Die beiden Hausmädchen Anni und Gertrud standen mit dampfenden Schüsseln in den Händen an der offenen Flügeltür, wie immer adrett gekleidet in ihren blauweiß gestreiften Batistschürzen, und warteten auf die Order, die Speisen auftragen zu dürfen.

»Wie schön, dass du auch endlich da bist«, tadelte ihre Mutter in feiner Ironie, nachdem Dora Platz genommen hatte. »Dann können wir ja endlich mit dem Abendessen anfangen.«

Josef Twardy nickte den beiden Hausmädchen vom Stirnende des Tisches her zu, wo er in seinem Stuhl mit der hohen gedrechselten Lehne saß. Seit Dora denken konnte, hing hinter ihm an der Wand in einem kunstvoll geschnitzten Ebenholzrahmen das dunkle Ölgemälde, von dem Vaters Urgroßvater Johann Gottfried Twardy, der im vorigen Jahrhundert den Gutshof erbaut und damit den Wohlstand der Familie begründet hatte, gütig auf die Tischgesellschaft herabblickte.

Doch der gute Geist des Ahnen wehte an diesem Abend nicht durch das Esszimmer der Familie Twardy. Dora hatte sich gerade den ersten Bissen in den Mund geschoben, als Marianne auch schon herausplatzte:

»Hast du das neue Kleid schon gesehen, Mama, das sich Dora für Gretes Hochzeitsfeier hat schneidern lassen? Es hat einen so tiefen Ausschnitt, dass es einem schwindlig wird, wenn man hineinsieht.«

»Stimmt ja gar nicht!«, protestierte Dora und versuchte, die Schwester mit einem heimlichen Tritt gegen den Fuß zum Schweigen zu bringen, aber sie erwischte nur ein Stuhlbein.

»Was hat es mit dem Kleid auf sich, Dora?«, erkundigte sich ihre Mutter. »Ich dachte, Schneider Steinke nimmt dasselbe Schnittmuster wie bei deinem letzten Ballkleid?«

»Nein, das hat er nicht!«, trumpfte Marianne auf. »Dora hat ihm ein Foto mitgegeben, das sie aus *Die Junge Dame* ausgeschnitten hat. Das Kleid solltest du dir mal ansehen, Mama. Du wirst in Ohnmacht fallen.«

»Du Biest, du hast an meiner Tür gelauscht!«, empörte sich Dora.

»Nein, habe ich gar nicht, ihr habt bloß so laut geredet, dass es bis ins Treppenhaus hinausgeklungen ist.« Marianne zuckte mit den Schultern, aber die flammende Röte, die bei diesen Worten ihre Wangen färbte, strafte sie Lügen.

»Jetzt hört auf zu zanken, ihr zwei!«, mahnte Vera Twardy. »Dora, du ziehst gleich nach dem Essen das neue Kleid an, damit ich es mir ansehen kann, und jetzt lasst uns bitte in Frieden speisen.«

Eine Stunde später trat Dora in ihrem neuen Festtagsgewand in den Salon. Es war etwas anderes, sich mit der besten Freundin im eigenen Zimmer kichernd vor dem Spiegel zu betrachten oder unter den kritischen Blicken der Eltern anzutreten. Obwohl sie es normalerweise liebte, im Zentrum des Geschehens zu stehen, fühlte sie sich jetzt unwohl, als sie die Augen der anderen auf sich gerichtet sah. Ihr Vater hatte es sich in seinem ledernen Chesterfieldsessel bequem gemacht, die Beine behaglich von sich gestreckt, und rauchte seine Tabakspfeife – ein Ritual, das er jeden Abend nach dem Essen pflegte, wenn die Arbeit des Tages getan war und in der Nacht nicht noch eine Fohlengeburt anstand. Neben dem Sessel tickte leise die hohe Standuhr, und in der Ecke stand, schon länger nicht mehr benutzt, das schimmernde schwarze Klavier mit geschlossenem Deckel. Doras Mutter saß aufrecht auf dem grünen Samtsofa mit der geschwungenen Rückenlehne und ließ die Zeitschrift sinken, in der sie gerade geblättert hatte, als Dora ins Zimmer kam. An Veras Seite lehnte Marianne, die sich die zu erwartende Auseinandersetzung nicht entgehen lassen wollte, und auch Erna war dabei. Sie lebte schon so lange auf dem Gutshof, dass sie von allen eher als Familienmitglied denn als Hausangestellte angesehen wurde. Mit einem Strickstrumpf in den Händen, saß sie auf einem breiten Plüschhocker vor dem Fenster und ließ die Nadeln klirren. Erna betrachtete ihr ehemaliges Ziehkind mit warmem Lächeln, und als Dora ihrem liebevollen Blick begegnete, wurde sie für einen Augenblick etwas zuversichtlicher.

»So kannst du auf keinen Fall zur Hochzeit gehen«, entschied Vera kopfschüttelnd, kaum dass Dora die Tür hinter sich geschlossen hatte. »Was hast du dir nur dabei gedacht?« Und zu ihrem Mann gewandt, sagte sie: »Ach, Josef, wie konntest du es bloß zulassen, dass der Schneider so ein freizügiges Kleid für unsere Tochter näht?«

Twardy nahm die Pfeife aus dem Mund und hob entschuldigend die Hände. »Ich habe das Kleid nur abgeholt, liebste Vera. Ich dachte, du und Dora, ihr hättet eure Garderobenangelegenheiten miteinander abgesprochen. Woher soll ich wissen, was die Damen heutzutage tragen? Natürlich ist das Kleid etwas zu ...« Er neigte den Kopf und suchte nach dem richtigen Wort. »Etwas zu ... ungewöhnlich vielleicht, um es auf einer Dorfhochzeit zu tragen, mein liebes Mädchen, aber du siehst sehr hübsch darin aus.«

»Du siehst darin aus, als seiest du unterwegs in einen Nachtklub in Berlin oder Königsberg«, empörte sich Vera. »So gehst du jedenfalls nicht auf Gretes Hochzeit und schon gar nicht in die Kirche!«

»Aber Mama, es ist nach einem exklusiven Schnitt gemacht«, versuchte sich Dora in einer Verteidigung. »Mit so einem Kleid ist Zarah Leander erst kürzlich aufgetreten ...«

»Mir ist egal, was dieses Filmsternchen anzieht. Meine Tochter wird so ein Kleid nicht in der Öffentlichkeit tragen. Punkt.«

Dora spürte, wie ihre Lippen vor Enttäuschung bebten. Sie fing Mariannes schadenfrohes Grinsen auf und funkelte die kleine Schwester wütend an. Nein, sie würde noch nicht aufgeben, beschloss Dora. Es war einfach zu wichtig, dass sie die schönste Frau auf dem Fest war. Jetzt erst recht. Es schien ihr plötzlich, als hinge ihr Leben davon ab, dass sie genau dieses Kleid auf Gretes Hochzeitsfeier trug. Als wäre es undenkbar, dass Wilhelm ihr jemals einen Antrag machen würde, wenn sie nicht an jenem Tag genau dieses Kleid anhatte.

»Ich könnte ja vielleicht den Ausschnitt etwas enger nähen«, schlug Dora vor, wobei ihr ein Schauer über den Rücken lief bei der Vorstellung, dass ihre des Nähens unkundigen Hände mit einer Nadel den feinen Seidenstoff durchstechen und ganz sicher ruinieren würden. »Auch wenn das Kleid dann natürlich nicht mehr so viel Pfiff hat.« Sie stöhnte leise. »Aber ich kann es doch nicht unbenutzt im Schrank hängen lassen!«

Mit dem treuherzigsten Augenaufschlag, zu dem sie fähig war, blickte Dora in die Runde. Doch ihre Zuversicht sank, als sie sah, wie ihre Mutter den Kopf schüttelte.

»Du kannst das Kleid ja als Nachthemd tragen«, spottete Marianne.

»Ei, Marjellchen, nu zieh nicht so e Flunsch«, mischte sich Erna in das Gespräch ein und ließ den Strickstrumpf sinken. Wie immer, wenn Dora den breiten ostpreußischen Singsang ihrer ehemaligen Kinderfrau hörte, wurde sie ruhiger. »Wo Muttche recht hat, da hat sie recht, Dora. Neij. Neij.So kannst du das Kleijdche nu wirklich nicht anziejen. Das ist nuscht für die Kirche. Nie nimmer nich. Da fällt dem Pfarrer ja das Jesangbuch aus der Hand. Aber nu, was wär denn ...«

Sie zog das wollene Tuch ab, das sie sich über den Rücken gelegt hatte. »Was wär denn, wenn du dir e Schultertuchche nimmst, Dora? Dann bist du obenrum nicht mehr nackig und kannst doch deijn scheenes Kleijdche anziehen.«

Als Erna den fragenden Blick bemerkte, mit dem Dora den

grob gestrickten grauen Wollschal in ihren Händen betrachtete, der so ganz und gar nicht zu ihrem eleganten Seidenkleid passte, da fügte sie schulterzuckend hinzu: »Muss ja nicht unbedingt meijn altes Tuch hier sein, da jibt es sicher noch was Scheeneres im Haus.«

»Vielleicht ...«, begann Josef Twardy, dem jede Art von Disharmonie in der Familie zuwider war, und räusperte sich, »... vielleicht ist das tatsächlich ein Vorschlag zur Güte. Was meinst du, Vera? Du hast doch dieses hübsche helle Satintuch, das ich dir zu Weihnachten geschenkt habe. Würde das nicht gut zu Doras Kleid passen? Es ist groß genug, um ihre Schultern und alle anderen Körperstellen, die nicht an die frische Luft kommen sollen, zu bedecken.«

Dora frohlockte. Erna und ihren Vater hatte sie beinahe schon auf ihrer Seite. Dass sie ein Schultertuch tragen sollte, war zu verkraften, wenn sie darunter nur das schöne Kleid anziehen konnte. Aber Dora wusste, solange ihre Mutter nicht zugestimmt hatte, war nichts entschieden.

»Na gut«, sagte Vera Twardy unerwartet milde. »Mit meinem großen Tuch über den Schultern soll Dora in Gottes Namen dieses schreckliche Kleid tragen. Ich habe noch eine schöne große Brosche in meinem Schmuckkästchen. Mit der werde ich dir das Tuch gut zusammenstecken, damit es nicht herunterrutscht.«

»Danke«, hauchte Dora und senkte fügsam den Blick. Doch hinter den langen schwarzen Wimpern blitzten ihre Augen triumphierend. Sie presste die Lippen zusammen, um den glücklichen Jauchzer zu unterdrücken, der aus ihrer Kehle zu platzen drohte. Sie hatte es geschafft, sie durfte ihr Kleid tragen! Mochte sie sich auch in der Kirche das dämliche Tuch umlegen, spätestens beim Tanzen würde es ihr wie zufällig von der Schulter rutschen. Sie würde nur noch in ihrem bezaubernden Kleid dastehen und die schönste und begehrenswerteste Frau der Feier sein, Wilhelm würde mit ihr tanzen, er würde sie küssen, ihr seine ewige Liebe gestehen, vor ihr niederknien und um ihre Hand anhalten. Es würde der schönste Tag ihres Lebens werden. Mochte ihre Mutter auch anschließend mit ihr schimpfen! Selbst wenn sie für den Rest des Jahres dazu verdonnert werden sollte, jeden Abend drei Stunden lang öde Stickarbeiten zu erledigen – was bedeutete das schon? Wenn sie erst Wilhelms Braut war, dann war ihr alles andere egal.

Noch einmal traf sie Mariannes Blick, in dem sich jetzt Missmut und Enttäuschung mischten, so als wäre ihr ein großes Stück Schokolade, das ihr jemand versprochen hatte, plötzlich und unerwartet verwehrt worden. Blitzschnell und ohne dass ihre Eltern etwas davon mitbekamen, streckte Dora ihrer Schwester die Zunge heraus.

2.

Der 1. September 1939 war ein freundlicher, warmer Tag in Ostpreußen. Wiesen und Felder schimmerten golden im milden Licht des Altweibersommers. In der Luft glitzerten die vielen Spinnweben und kündeten den nahenden Herbst an. Im Hause Twardy war man seit den frühen Morgenstunden auf den Beinen gewesen, um sich auf die Hochzeitsfeier im Dorf vorzubereiten. Es wurden noch schnell Hemden gebügelt und Schuhe geputzt, verlegte Manschettenknöpfe gesucht und dem Personal letzte Anweisungen für den Tag erteilt.

Ungeachtet der Hektik im Haus hatte Dora lange vor dem Spiegel gestanden, unentschlossen, auf welche Weise sie ihre Haare frisieren sollte, bis sie sich dazu entschied, sich einen langen Zopf zu flechten, den sie mit einer Perlmuttspange im Nacken zu einem schweren Knoten zusammensteckte. Wie vereinbart legte Vera ihrer Tochter das Satintuch über die Schultern, bevor sie das Haus verließen, und steckte es unter dem Hals mit einer Brosche fest. Das Schmuckstück passte zwar nicht zu ihren goldenen Perlenohrringen, aber es war hübscher, als Dora erwartet hatte: eine silberne Libelle, auf deren Flügeln Strasssteinchen blitzten.

Im offenen Landauer machte sich die Familie auf den Weg zur Kirche, nur Erich und die Zwillinge blieben in Ernas Obhut zu

Hause. Der Fahrtwind ließ Dora in ihrem leichten Kleid frösteln, und nun war sie tatsächlich froh, ein Tuch über den Schultern zu tragen, wenngleich sie das ihrer Mutter gegenüber niemals zugegeben hätte. Auch zwischen den dicken kalten Mauern der Dorfkirche tat ihr der Schal gute Dienste, als sich die Trauungszeremonie vor dem Altar in die Länge zog. Das Gotteshaus war bis auf den letzten Platz gefüllt. Während die Blicke der anderen Hochzeitsgäste auf das Brautpaar gerichtet waren, galt Doras volle Aufmerksamkeit dem kastanienbraunen Haarschopf Wilhelms, den sie ein paar Reihen vor sich entdeckt hatte, der sich zu ihrem Bedauern aber nicht ein einziges Mal zu ihr umdrehte.

Durch die weit geöffneten Tore der Dorfkirche klang eine feierliche Orgelkantate, als das frisch getraute Brautpaar wenig später glücklich strahlend hinaus ins Freie trat. Dora war gemeinsam mit Elsbeth, die den tiefen Ausschnitt ihres Kleides unter einem schwarzen Samtjäckchen verbarg, bereits aus der Kirche geeilt und hatte sich dem Spalier der Dorfbewohner angeschlossen. Alle hielten lange Eichenlaubzweige in die Höhe, an denen bunte Seidenbänder flatterten. Lachend und winkend schritten die Brautleute darunter hindurch, Grete im langen weißen Spitzenkleid, einen Strauß aus rosa Rosen und weißen Hortensienblüten in der Hand, Otto, der Bräutigam, im dunkelgrauen Frack. Zwei kleine Nichten der Braut liefen vor ihnen her, ein Bastkörbchen im Arm, aus dem sie bunte Blütenblätter auf den Weg streuten. Als eines der Mädchen bemerkte, dass der Bräutigam mit seinen großen Schuhen die zarten Blüten zertrat, da lief es flink zurück und sammelte alle Blütenblätter wieder auf.

Die Menge jubelte und klatschte, begleitete das Brautpaar mit stürmischen Glück- und Segenswünschen auf ihrem Weg zu der offenen Kutsche, die vor dem Kirchplatz auf der Straße bereitstand.

»Ach«, seufzte Elsbeth, ohne die beiden aus den Augen zu lassen. »So eine herrliche Hochzeit möchte ich auch einmal haben. Wie wunderschön die Braut aussieht!«

»Nun ja, ihr Kleid ist sehr hübsch. Aber ich finde, ihre Schleppe ist viel zu kurz. Das sind doch höchstens drei Meter – oder? Wenn ich mal heirate, dann will ich eine Schleppe haben, die mindestens fünf Meter lang ist. Oder besser zehn. Und aus echter Brüsseler Spitze soll sie sein …«

»Du bist ja verrückt, Dora!« Elsbeth lachte. »Such dir erst mal einen Mann, bevor du dir Gedanken über dein Hochzeitskleid machst!«

Dora zuckte lächelnd mit den Schultern. Einen Augenblick lang war sie versucht, der Freundin von Wilhelm zu erzählen. Doch sie schloss den Mund wieder, bevor ihr auch nur eine Silbe entschlüpft war. Nein, es war besser, damit zu warten, bis er ihr einen Antrag gemacht hatte. Wo war er überhaupt geblieben? Dora drehte den Kopf suchend um. In der aus der Kirche strömenden Menschenmenge hatte sie Wilhelm aus den Augen verloren. Und auch jetzt konnte sie ihn nirgendwo entdecken.

»Komm!«, rief sie Elsbeth zu. »Die Hochzeitsgesellschaft hat sich schon in Bewegung gesetzt. Ich glaube gar, meine Eltern sind mit Hans und Marianne auch schon abgefahren. Schnell! Ich will nicht als Letzte zur Feier kommen, sonst sind die besten Plätze weg. Und ich möchte unbedingt ganz nah bei der Musik sitzen.«

Gemeinsam mit den verbliebenen Hochzeitsgästen machten sich die beiden Mädchen auf den Weg zum Festort, dem Gasthof *Zur Goldenen Krone*, der nur einen kurzen Fußweg von der Kirche entfernt lag. Vor dem Gebäude ging es zu wie in einem Taubenschlag. Die Straße war gesäumt von Kutschen und offenen Pferdegespannen, auch ein paar Automobile waren dabei, aus denen Festgäste stiegen und einander unter lautem Hallo begrüßten.

Stallburschen waren damit beschäftigt, die Pferde abzuschirren und in die Unterstände des Wirtschaftshofes zu bringen. Der Hufschlag der Tiere klapperte über das Pflaster, hin und wieder dröhnte der Motor eines an- oder abfahrenden Autos. Hinzu kamen Fetzen von Musik, die von irgendwoher heranwehten. Der Lärm und das Getümmel versetzten Dora in eine höchst angenehme Erregung, erschienen sie ihr doch wie vielversprechende Vorboten eines grandiosen Tages.

Angesichts des guten Wetters wurde die Hochzeitsfeier im weitläufigen Garten ausgerichtet. In langen Reihen standen die mit feinsten weißen Leintüchern und Rosengirlanden bedeckten Tische auf dem Rasen hinter dem Haus, auf beiden Seiten flankiert von gepolsterten Holzbänken. Die Tafeln waren schon für das Mittagessen vorbereitet worden. In den hohen Kristallgläsern, den blanken Tellern und den geputzten Silberlöffeln glänzte das Sonnenlicht.

Tatsächlich waren die meisten Hochzeitsgäste bereits da, als die beiden Freundinnen den Wirtsgarten durch den hohen Torbogen betraten. Das Brautpaar war umringt von Besuchern und nahm Glückwünsche entgegen. Auch Dora und Elsbeth reihten sich ein und gratulierten. Die Erleichterung, dass die Trauungsfeierlichkeiten in der Kirche glücklich geschafft waren und nun der unterhaltsame Teil des Festtages anstand, war Grete und Otto im Gesicht abzulesen. Sie strahlten freudig und brachen immer wieder in ein vergnügtes Lachen aus.

Etwas abseits dieses Menschenauflaufs stand eine Gruppe von Herren zusammen, offenbar in eine etwas ernstere Unterhaltung vertieft, einige von ihnen trugen vornehme dunkle Anzüge, andere reich geschmückte Uniformen. Einige junge Mädchen, unter ihnen Marianne, hatten einander untergehakt und spazierten plaudernd und kichernd im Garten umher, während es sich ein paar schwarz gekleidete ältere Damen im Schatten eines Sonnenschirms auf ihren ihm Halbrund angeordneten Korbstühlen bequem gemacht hatten und die Köpfe einander schwatzend zuwandten. Kellnerinnen in gestärkten weißen Schürzen eilten umher, ein silbernes Tablett in den Händen, und boten Wein und Sekt in langstieligen Gläsern an. Weiter hinten im Garten tobte ein Dutzend Kinder aller Altersstufen fröhlich kreischend unter einem großen Lindenbaum herum, dessen ausladende Zweige beinahe den Boden berührten. Dora entdeckte auch ihre Eltern und ihren Bruder. Die drei standen vor der hohen Ligusterhecke, die den Wirtsgarten umgab, und plauderten mit Großtante Tullchen aus Allenstein, einer kleinen, verhutzelten Greisin, die sich tief über ihren Krückstock beugte und so alt war, dass Dora jedes Mal, wenn sie ihr begegnete, erstaunt war, dass sie immer noch lebte.

Ein köstlicher Duft von Gebratenem zog aus dem geöffneten Küchenfenster heraus, und Dora spürte, dass sie hungrig wurde, obwohl es noch früher Vormittag war. Gleichzeitig roch es von irgendwoher verlockend nach frischem Kuchen und Kaffee. Auf der Terrasse vor dem Gasthof hatte man einen hölzernen Tanzboden aufgebaut, drei Musikanten waren gerade dabei, ihre Instrumente aufeinander abzustimmen. Die Männer alberten herum, während Geige, Flöte und Akkordeon durcheinandertönten. Als Dora und Elsbeth vorbeigingen, sah der eine von ihnen auf, ein drahtiger kleiner Bursche mit schwarzen Ringellocken und dunklen Augen, und er bedachte Dora mit einem leisen bewundernden Pfiff.

»So ein Flegel«, flüsterte sie Elsbeth zu und zog das Tuch enger um ihre Schultern. Doch insgeheim freute sie sich, dass sie die Aufmerksamkeit des fremden Mannes auf sich gezogen hatte.

Nach wenigen Schritten waren Dora und Elsbeth umringt von einer Traube lärmender Mädchen. Immer mehr Schulfreundinnen, Cousinen und andere Verwandte stürzten herbei, um die beiden Neuankömmlinge im Wirtsgarten zu begrüßen und vor allem um ihre bemerkenswerte Garderobe zu bewundern und mit den Händen über den feinen Seidenstoff zu streichen. Dora war es, als wäre sie mitten in einen Bienenschwarm geraten.

»Nun lasst es gut sein«, rief sie ungeduldig. »Ihr zerreißt uns noch die Kleider.«

Sie sah auf und entdeckte Wilhelm, der etwas abseits vom lebhaften Durcheinander des Wirtsgartens auf dem Rasen stand und zu ihr herüberblickte. Eine jähe Hitze durchflutete sie. Wie gut er aussah in seinem dunklen Anzug und der eleganten Krawatte! Wie sie dieses fein geschnittene Gesicht liebte, diese sanften Augen und diese schönen vollen Lippen.

Ja, nun war es so weit! Dora wandte sich von dem schnatternden Mädchenschwarm ab, zog sich das Tuch von den Schultern und warf es über die nächste Stuhllehne. Mit hoch erhobenem Kopf und bemüht, nicht darauf zu achten, wie die umstehenden Festgäste ihre nackten Schultern und den tiefen Ausschnitt anstarrten, ging sie ihm entgegen.

»Dora!« Er nahm ihre Hand, hob sie an seinen Mund und küsste sie. »Wie schön du bist. Lass dich anschauen! Was für ein bezauberndes Kleid. Als wärest du geradewegs der Kinoleinwand entstiegen.«

»Danke, Wilhelm, es freut mich, dass es dir gefällt.«

Wie mechanisch kam ihr der Satz von den Lippen, den ihre Mutter sie gelehrt hatte, um auf das Kompliment eines Mannes zu antworten. Es war ihr, als wären auf einmal alle anderen Worte und Gedanken aus ihrem Kopf verschwunden. Das Einzige, woran sie denken konnte, war, Wilhelm um den Hals zu fallen. Aber das wagte sie nun doch nicht.

»Unter uns gesagt ...« Er senkte die Stimme und zwinkerte ihr zu. »Du bist sogar noch viel schöner als die Braut. Aber das werden wir ihr natürlich nicht verraten. Wir wissen ja, was sich gehört. Ach, Dora ...« Ein Augenblick der Verlegenheit ließ ihn stocken. »Ich kann noch immer kaum glauben, was aus dem kleinen frechen Mädchen von damals geworden ist.«

Eine beinahe erwachsene Frau, dachte Dora, und ihre Wangen glühten, eine Frau, mit der du tanzen möchtest, die du liebst und küssen und heiraten möchtest. Und ich möchte es auch. Oh, ja, das möchte ich unbedingt. Ihr Herz schlug so heftig, dass sie meinte, man müsse es bis ans Ende des Gartens hören.

In diesem Moment begann die Kapelle zu musizieren. Sie spielte so hingebungsvoll einen Wiener Walzer, dass Dora überzeugt davon war, ohnmächtig zu werden, wenn sie nicht sofort tanzen durfte.

»Höchste Zeit für den Brautwalzer!«, rief jemand durch den Garten. »Warum sollten wir bis heute Abend warten, wenn die Musik jetzt schon so flott aufspielt?«

Und unter dem Gelächter und dem Applaus der Festgäste liefen Braut und Bräutigam Hand in Hand auf den Tanzboden, wo sie sich bald im Dreivierteltakt herumdrehten.

Wilhelm hatte Doras Hand noch nicht losgelassen.

»Möchtest du auch schon tanzen?«, fragte er, nachdem sie eine Weile beobachtet hatten, wie Grete unter vergnügtem Gequieke versuchte, bei jedem Schritt ihren langen Schleier vor Ottos Schuhen in Sicherheit zu bringen.

Dora nickte nur. Sie war viel zu aufgeregt, um auch nur ein einziges Wort herauszubringen.

Nachdem immer mehr Paare auf die Tanzfläche strömten, zog Wilhelm auch Dora mit hinauf. Und dann tanzten sie. Dora schien es, als würde sie mit den Füßen kaum den Boden berühren, so leicht und beschwingt fühlte sie sich. Die Musik durchbrauste sie, als flösse sie direkt durch ihre Adern. Wilhelm war ein ausgezeichneter Tänzer, wie eine Feder lag sie in seinen Armen, es war beinahe so, als könne sie fliegen.

Dora fing den Blick ihrer Mutter auf, die sie mit zornig blitzenden Augen beobachtete, und sie wusste, dass ihr heute Abend ein großes Donnerwetter bevorstand, weil sie es gewagt hatte, so viel Dekolleté zu zeigen. Sie sah ihren Vater, der sie stirnrunzelnd betrachtete, und Marianne, deren Mund vor Empörung weit offen stand. Sie sah Elsbeth, die ungläubig den Kopf schüttelte. Aber all das berührte Dora nicht. Das Einzige, das in diesem Moment zählte, war Wilhelm, dessen warme Hand ihre hielt und der sie so liebevoll anblickte, dass sie wünschte, dieser Tanz, dieser Tag, ja, dieses ganze Leben würde nie mehr zu Ende gehen.

»Tausendmal war ich im Traum bei dir …« Die Band spielte jetzt diesen Schlager von Willy Fritsch. Der Mann mit dem Akkordeon sang dazu mit tiefer Stimme: »Tausendmal gabst du den Himmel mir. Du bist mein ganzes Leben, und wahre Liebe kannst du nur geben …«

Ja, dachte Dora glücklich, während sie die Melodie leise mitsummte, genauso ist es.

Sie hatten drei oder vier Tänze miteinander getanzt, als plötzlich eine Unruhe im Garten entstand. Mit raschen Schritten marschierte der Wirt aus dem Haus und stürzte geradewegs auf den Vater der Braut zu, der mit einigen Herren zusammenstand und eine Zigarre rauchte. Als der Wirt ihm etwas ins Ohr raunte, wich der Angesprochene erschrocken zurück, als wolle er nicht glauben, was ihm soeben mitgeteilt wurde. Man redete und rang die Hände. Gretes Mutter, die an seiner Seite gestanden und alles mitgehört hatte, brach in Tränen aus.

»Wilhelm«, sagte Dora, die das Geschehen auf dem Rasen während des Tanzens mit gerunzelter Stirn beobachtet hatte und sich die Vorgänge nicht erklären konnte. »Was ist denn da los? Was mag bloß passiert sein?«

Auch Wilhelm war der Vorfall nicht entgangen. Als er sah, dass sich immer mehr Festgäste um den Brautvater versammelten und die Diskussion immer lauter wurde, hörte er auf zu tanzen und ließ ihre Hand los.

»Mein Gott, Dora, ich glaube fast ... Nun ist es also tatsächlich so weit.«

»Aber was denn?«, rief sie. »Was meinst du denn?«

Bevor Wilhelm antworten konnte, hatte Gretes Vater der kleinen Versammlung im Garten den Rücken gekehrt und kam auf die Terrasse zu, langsam und mit gebeugten Schultern, als trüge er eine schwere Last. Er betrat den Tanzboden, wo die drei Musikanten gerade zu einer übermütigen Polka ansetzten. Mit einer Handbewegung bat er die drei verblüfften Männer aufzuhören, und mit einem letzten kleinen Jaulen der Geige verebbte abrupt die muntere Melodie. Grete, Otto und die übrigen Tänzer blieben erschrocken stehen.

»Verzeiht die Unterbrechung, liebes Brautpaar, verehrte Festgäste!« Gretes Vater zog sich ein weißes Tuch aus der Hosentasche und tupfte sich den Schweiß von der Stirn, während er zu sprechen ansetzte. »Aber soeben habe ich erfahren ...« Die Stimme drohte ihm zu versagen. Er räusperte sich, und dann sprach er weiter, hastig und nervös, und knüllte das Tuch in seinen Händen. »Es ist Krieg. Deutschland befindet sich im Kampf mit Polen. Seit heute früh wird zurückgeschossen. Der Führer hat es gerade in einer Rundfunkansprache bekannt gegeben. Unsere Soldaten sind seit heute Nacht im Feld. Ich befürchte ... Sie alle werden verstehen, unter diesen Umständen müssen wir die heutigen Feierlichkeiten ...«

Weiter kam er nicht, der Rest seiner Worte ging unter im lauten Reden, Rufen und Gemurmel, das unter den Festgästen ausgebrochen war. Einige Frauen weinten, Grete kreischte auf. Ungläubig starrte sie ihren Vater an. Dann begann sie, heftig zu schluchzen.

»Nein!«, schrie sie immer wieder, während Otto vergeblich versuchte, sie zu beruhigen. »Oh, bitte, nein. Kein Krieg! Nicht heute. Bitte nicht ausgerechnet an meinem Hochzeitstag!« Wimmernd sank sie in seine Arme.

Ein betretenes Schweigen breitete sich nun im Wirtsgarten aus. Selbst die Kinder, die unter der Linde herumgetobt hatten, unterbrachen ihr lärmendes Spiel, um heranzulaufen und zu erfahren, was sich Sonderbares ereignet und die Musik zum Verstummen gebracht hatte. Wie versteinert standen die Paare auf dem Tanzboden. Die drei Musikanten hielten ihre Instrumente in den Händen und betrachteten sie ratlos, als wüssten sie nicht mehr, was sie damit anstellen sollten. Schließlich nahm der eine seine Geige auf und stimmte unvermittelt die Nationalhymne an.

Der Wirt und einige der Gäste begannen mitzusingen, in strammer Haltung, die Hände zum deutschen Gruß erhoben, und als die Melodie verklungen war, ertönte ein vielstimmiger Sieg-Heil-Ruf durch den Garten.

Einer der Männer, die im Kreis der anderen Uniformierten zusammengestanden hatten, erhob nickend die Stimme: »Der Führer hat lange genug gewartet, liebe Freunde, nun hat er endlich zugepackt. Der Kampf um die Freiheit Deutschlands hat begonnen. Männer, lasst uns von nun an alle den feldgrauen Rock tragen, das Ehrenkleid der deutschen Nation, und lasst es uns nicht eher ablegen, bis der Krieg für Deutschland siegreich beendet ist.«

Und ein anderer entgegnete: »Jawohl. Wir treten an! Polen hat es nicht anders gewollt.«

Dora stellte sich auf die Zehenspitzen, um zu sehen, wer da gesprochen hatte. Es war Karl Finke, ein jung verwitweter Gutsbesitzer aus dem Nachbardorf Leukehnen, dessen Ländereien an die der Twardys angrenzten. Er war ein feister Kerl mit groben Gesichtszügen und den roten aufgedunsenen Wangen eines unmäßigen Essers und Trinkers. Dora mochte den Mann nicht. Vor ein paar Jahren hatte ihr Vater mit ihm eine gerichtliche Auseinandersetzung geführt und gewonnen, nachdem Finke ihm einen Streifen seines Roggenfeldes streitig machen wollte. Als einziger Gast auf der Feier trug er eine tiefschwarze Uniform mit den gezackten SS-Runen am Revers und einem Totenkopf an der Schirmmütze.

Hier und da applaudierte man den beiden Männern. Doch in den meisten Gesichtern las Dora große Bestürzung, auch in denen ihrer Eltern. Stumm und schweigend standen sie zusammen, und Dora war sich sicher, dass ihre Mutter in diesem Augenblick sogar die empörende Garderobe ihrer Tochter vergessen hatte.

Der Brautvater hätte die Festgäste gar nicht darauf hinzuweisen brauchen, dass es an einem Tag wie diesem unangemessen wäre, ausgelassen zu feiern. Die Nachricht, dass sich Deutschland im Krieg befand, hatte die Stimmung von einem Moment auf den anderen umschlagen lassen.

»Komm«, sagte Wilhelm leise zu Dora und legte seine Hand an ihre Taille, um sie vom Tanzboden zu führen.

Dora folgte ihm nur widerwillig. »Grete hat recht«, klagte sie. »Hätte der Führer den Krieg nicht einen oder zwei Tage später beginnen können? So ruiniert er uns ja das schöne Fest.«

»Ach, Dora.« Wilhelm sah sie traurig an. »Wenn es doch nur um dieses Fest ginge ...«

Aber Dora war viel zu verärgert, als dass seine Worte sie erreichten. Sie konnte nur daran denken, wie glücklich sie gerade noch miteinander getanzt hatten, wie kurz Wilhelm gewiss davorgestanden hatte, ihr seine Liebe zu erklären und um ihre Hand anzuhalten. Sie war sich so sicher gewesen. Und nun? Nun war ihr alles verdorben. Das Glücksgefühl, das sie soeben noch bis in die letzte Haarspitze durchweht hatte, war von einer auf die andere Sekunde verpufft, all ihre hohen Hoffnungen an diesen Tag waren zusammengefallen wie die Vanillesoufflés, die Anni, das neue Küchenmädchen der Twardys, am vorigen Sonntag zu früh aus dem Ofen geholt hatte.

»Warum dürfen wir uns nicht mehr amüsieren, nur weil irgendwo fern von hier ein paar deutsche Soldaten durch die Gegend marschieren«, empörte sich Dora, nachdem Wilhelm sie zu ihren Eltern geleitet und sich mit einer kleinen freundlichen Verbeugung verabschiedet hatte, um sich Hans und einigen anderen jungen Männern zuzuwenden, die heftig gestikulierend über den Stand der Dinge berieten.

»Aber, Dora, mein liebes Mädchen«, tadelte Josef Twardy. »Es gehört sich nicht zu tanzen, während unsere Männer im Krieg stehen und ihr Leben für uns riskieren.« Und Vera fügte mit einem tiefen Seufzer hinzu, als erfasse sie in diesem Moment erst die Bedeutung seiner Worte: »Nun ist also wieder Krieg. Nun also tatsächlich.«

Selten hatte Dora ihre sonst so kühl und beherrscht wirkende Mutter derart betroffen gesehen. Josef Twardy legte den Arm um ihre Schultern und sah sie an.

»Gewiss wird der Krieg schneller zu Ende sein als der letzte, liebe Vera, und sicher wird Deutschland ihn dieses Mal nicht verlieren.«

»Ich wünsche so sehr, dass du recht hast, Josef. Vor allem hoffe ich, dass der Krieg aus ist, bevor unsere Jungen alt genug sind, um eingezogen zu werden.«

Noch während sie sprach, gesellten sich das Ehepaar von Lengendorff und weitere Gutsbesitzer aus der Gegend dazu. Doras Miene hellte sich beim Anblick der von Lengendorffs auf. Sicher würde einer von ihnen eine Bemerkung machen, ihr durch ein Augenzwinkern oder sonst eine Geste verraten, dass Wilhelm seine Eltern bereits in seine Gefühle für Dora und ihre gemeinsamen Zukunftspläne eingeweiht hatte. Erwartungsvoll lächelte sie die beiden an.

Doch nichts dergleichen geschah. Auch die Gedanken der von Lengendorffs kreisten nur um das eine Thema:

»Ist es nicht eine Katastrophe?« Wilhelms Mutter rang die Hände. Ihr hageres Gesicht mit dem spitzen Kinn erschien Dora an diesem Tag noch länger als sonst. »Als sie vor ein paar Tagen die Lebensmittelmarken ausgegeben haben, da habe ich nicht geglaubt, dass es tatsächlich so weit kommt.«

Nun sprachen alle durcheinander:

»Hoffentlich ist der Spuk wirklich bald vorbei.«

»Aber wenn sich England und Frankreich noch in den Krieg einmischen, dann weiß ich nicht, was werden wird.«

»Haben wir es nicht vor fünfundzwanzig Jahren erst erleben müssen?«

Schon bald kam das Gespräch auf die Schrecken des vergangenen Krieges und was wer damals erlebt hatte. Dora langweilte sich. Diese alten Geschichten hatte sie wirklich schon oft genug gehört. Sie wandte sich ab und spazierte durch den Wirtsgarten auf der Suche nach einer interessanten Unterhaltung, doch zu welcher Gruppe sie auch stieß, überall wurde nur über den Krieg gesprochen, zumeist mit ernsten Gesichtern, doch hier und da auch mit leuchtenden Augen.

»Jetzt, in dieser schweren Stunde, müssen wir zeigen, dass wir voll und ganz hinter unserem Führer stehen«, appellierte Karl Finke gerade an die anderen uniformierten Männer, als Dora vorbeiging. »Wenn unser Vaterland in Gefahr ist, dann ist es unsere verdammte Pflicht und Schuldigkeit zu kämpfen.«

Selbst Elsbeth und ihr Bruder, die mit einigen anderen Schulfreunden zusammenstanden, erörterten die gegenwärtige Lage. »Ich habe gehört, dass man sich jetzt unbedingt schnell einen großen Vorrat an Lebensmitteln und anderen wichtigen Waren anlegen muss, denn in der nächsten Zeit wird sicher vieles rationiert werden«, erklärte Friedrich.

Es war, als hätten alle Leute vergessen, weshalb sie hier und heute eigentlich zusammengekommen waren. Als Einzige saßen Grete und Otto an dem langen gedeckten Tisch und sahen wie verloren aus. Grete schluchzte noch immer, sie hatte verweinte Augen und rote Flecken auf den Wangen, eine Haarsträhne war aus ihrem Brautschleier gerutscht und hing ihr schlaff in die Stirn. Dora empfand Mitleid mit ihr. Zwar verband sie keine nennenswerte Freundschaft mit ihrer Großcousine, die so viele Jahre älter war als sie und so gar nicht ihre Interessen teilte. Aber wie sie da nun am Tisch zusammengesunken war, neben ihrem frisch angetrauten Mann, der genauso unglücklich die unentwegt diskutierende Gartengesellschaft betrachtete, da fühlte sich Dora ihr verbunden.

Sie ließ sich neben den beiden auf die Bank fallen.

»Es ist so gemein, euch die Hochzeit zu vermiesen. Was ist das für ein Fest, auf dem man nicht tanzen darf!«

Grete lächelte scheu, erleichtert darüber, dass jemand gekommen war, um sie zu trösten.

Otto nickte. »Du hast völlig recht, Dora. Der Führer sorgt hoffentlich dafür, dass wir den polnischen Korridor zurückbekommen und unsere herrliche Stadt Danzig. Die Schande von Versailles muss ausgebügelt werden. Endlich ist Deutschland wieder mutig genug, sich gegen die schlechten Verträge zu erheben, die uns nach dem vorigen Krieg vom Gegner aufgezwungen wurden. Eigentlich sollte das doch ein Grund zum Feiern sein! Jawohl!«

Dora nickte, obwohl sie nicht die geringste Ahnung hatte, was Otto mit der Schande von Versailles meinte. Das Politische interessierte sie heute genauso wenig wie sonst.

»Und die armen Musikanten stehen auch nur noch dumm herum und wissen gar nicht mehr, wofür sie heute engagiert wurden.«

Dora sah zum Tanzboden hinüber. Ihr Blick begegnete dem des schwarzäugigen Geigers, der sein Instrument auf einem Stuhl abgelegt hatte und nun mit einem Bierglas in der Hand und überkreuzten Beinen lässig an der Hausmauer lehnte. Mit einem frechen Grinsen und einer angedeuteten Verbeugung hob er sein Glas, als ob er ihr zuprosten wollte. Sie errötete und wandte sich ab.

»Man muss etwas unternehmen!« Ottos Stimme klang plötzlich energisch. Laut rief er zum Tanzboden hinauf: »Los, Musikanten, spielt weiter. Das hier ist meine Hochzeit und keine Beerdigung. Hört ihr? Ich will Musik. Ich will Tanzmusik.«

»Aber Otto!«, wisperte Grete vorwurfsvoll und zog ihn am Ärmel zurück. »Du hast doch gehört, was mein Vater gesagt hat. Das ist kein Tag zum Feiern heute.«

Verärgert fuhr Otto herum: »Was hat es dich zu interessieren, was dein Vater sagt? Seit heute bin ich dein Mann, und ich sage, dass Musik gemacht werden soll.«

Die Musikanten wechselten einen kurzen Blick, dann nahmen sie ihre Instrumente auf, und schon bald schallte ein schwungvoller Schlager durch den Wirtsgarten. Dora erkannte die Melodie von »Heut ist der schönste Tag in meinem Leben«, den sie schon öfter im Radio gehört hatte. Als sich Dora umsah, bemerkte sie die teils verblüfften, teils empörten Blicke der Festgäste.

»Komm, Grete, lass uns tanzen«, bat Otto. »Sie spielen dieses Lied nur für uns.«

Erschrocken schüttelte sie den Kopf und flüsterte: »Aber das geht doch nicht!«

Dora begann, ungeduldig mit dem Fuß zu wippen. Der Rhythmus war so herrlich beschwingt, wie konnte jemand bei dieser Musik still stehen bleiben? Entschlossen richtete sie sich auf.

»Dann tanze ich mit dir, Otto, falls Grete nichts dagegen hat. Wenn wir anfangen, werden sicher bald andere Paare nachfolgen.«

»Danke, Dora, das ist eine gute Idee.« Otto nahm ihre Hand in seine, die feucht und klebrig war vor Aufregung. Während er Dora auf den Tanzboden führte, nahm sie aus den Augenwinkeln wahr, wie Grete entsetzt die Hände vor den Mund schlug, aber Dora zuckte nur bedauernd mit den Schultern. Otto legte seine große warme Hand auf ihren Rücken und schob sie in schnellen, steifen Schritten über die Terrasse. Dass er dabei nur selten den Takt der Musik traf, schien er nicht zu bemerken. Dora sehnte sich in Wilhelms Arme zurück und sah sich während des Tanzens vergeblich nach ihm um. Er war nirgendwo zu sehen. Die anderen Hochzeitsgäste betrachteten mit Erstaunen das einsame Tanzpaar. Niemand folgte ihrem Beispiel.

»Ich denke«, murmelte Otto nach einer Weile und wischte sich verlegen den Schweiß von der Stirn, »wir haben für heute genug getanzt. Wie es aussieht, steht den anderen wirklich nicht der Sinn danach.«

Als Dora die Tanzfläche schließlich verließ, erwartete Vera Twardy ihre Tochter bereits mit empörtem Blick. Marianne stand dicht neben ihr und machte sich keine Mühe, das Grinsen zu unterdrücken, das ihr in Erwartung der mütterlichen Schelte im Gesicht stand.

Dora warf trotzig den Kopf in den Nacken. Aber dem Donnerwetter ihrer Mutter entkam sie nicht.

»Wie konntest du mir das antun!«, zischte Vera Twardy. »Da stehen unsere Männer im Krieg, und die einzige Frau, die das Tanzverbot ignoriert, ist meine Tochter. Und dann noch halbnackt, in diesem obszönen, unanständigen Kleid. Ich schäme mich für dich, Dora!«

»Ich habe mit dem Bräutigam getanzt, weil es sonst keiner getan hat. Er hat mir leidgetan. Man kann doch nicht einfach mit ansehen, wie der Vater der Braut ihnen mit diesem blöden Tanzverbot den ganzen Spaß an ihrer Hochzeitsfeier nimmt.«

»Dora, ein so taktloses Verhalten hätte ich nie von dir erwartet. Es geht hier nicht um Spaß, es geht um den Respekt, den wir unseren Männern im Feld entgegenbringen.«

»Ach, Mama, das ist doch Unsinn. Keinem einzigen Soldaten geht es besser oder schlechter, nur weil ich heute ein bisschen getanzt habe.«

Mit hoch erhobenem Kopf wandte sie sich ab. Was fiel ihrer Mutter eigentlich ein, sie derart zu maßregeln? Und das auch noch in Mariannes Gegenwart. Sie war schließlich kein Kind mehr. Sie war eine junge Frau, die heute ganz sicher ihre Verlobung mit Wilhelm gefeiert hätte, wenn nicht der Führer mit seinem blöden Einmarsch in Polen dazwischengekommen wäre. Oh, wie sehr sie den Führer dafür hasste!

Wütend stapfte Dora aus dem Wirtsgarten. Sollten die anderen doch weiter auf dieser verkorksten Hochzeit ausharren. Für sie war das Fest vorüber. Dora hörte, wie Elsbeth ihren Namen rief, aber sie reagierte nicht darauf. Mit jedem Schritt wuchs ihre Empörung. Ja, sie würde zurück zum Gutshof fahren. Vor dem Wirtshaus fände sich gewiss jemand mit einem Wagen, der sie zurückbringen konnte. Daheim würde sie das Festkleid in die Ecke werfen, sich die Reithose anziehen, Gilda satteln und so lange über Feld und Wiesen galoppieren, bis ihr alles wehtat und sie zu erschöpft zum Nachdenken war.

Doch als Dora durch den Torbogen auf die Straße hinaustrat, war sie allein. Kein Stallknecht, kein Fahrer stand bereit, um den einzigen Gast, der die Hochzeitsfeier schon vor dem Mittagessen verlassen wollte, nach Hause zu chauffieren. Und die Vorstellung, den kilometerlangen Heimweg in ihren dünnen Ballschuhen anzutreten, erschien ihr ganz und gar nicht verlockend. Unschlüssig blieb Dora stehen. Für einen Augenblick zog sie es in Erwägung, zurück zur Kirche zu laufen und sich in der Kühle des Gotteshauses so lange zu verstecken, bis das Fest vorüber war. Denn eines stand fest: Zurück in den Wirtsgarten und ihrer Mutter und Marianne noch einmal unter die Augen treten, das wollte sie auf keinen Fall.

Eine Stimme, die hinter ihr durch die geöffnete Tür des Gasthauses herausklang, erregte ihre Aufmerksamkeit. Es war Wilhelm, der dort drinnen offenbar gerade mit dem Wirt ein paar freundliche Worte wechselte. Als Dora den vertrauten, geliebten Tonfall vernahm, brach sich ein Gedanke in ihr Bahn, der mit einem Mal alle Trübsal auslöschte und sie kurz und glücklich auflachen ließ. Natürlich. Das war die Lösung. Dass sie nicht früher darauf gekommen war!

Dora machte auf dem Absatz kehrt und betrat das Wirtshaus. Sie fand Wilhelm im Flur vor dem großen Gastraum, dessen Türen weit offen standen und den Blick freigaben auf eine Reihe von Tischen, auf denen bereits die Torten und das Geschirr für den Nachmittagskaffee abgestellt waren. Der Wirt war gerade dabei, in den Garten zurückzukehren, als Dora auf Wilhelm zutrat.

»Dora!«, rief er. »Was ist mit dir? Du siehst so erhitzt aus.«

»Ich … ich muss dich sprechen, Wilhelm.«

»Aber ja, was ist denn passiert?«

Sie räusperte sich. Es fühlte sich ganz anders an, als sie es sich vorgestellt hatte. Für eine Situation wie diese gab es keine Verhaltensregel, die sie von ihrer Mutter hätte lernen können. Vermutlich, weil ein solches Benehmen für eine junge Dame aus gutem Hause nicht vorgesehen war.

»Bitte, kann ich dich irgendwo sprechen, wo wir allein sind?«

Doras Stimme zitterte ein wenig beim Blick in Wilhelms Augen, die sie mit einer Mischung aus Besorgnis und Erstaunen musterten.

»Komm«, sagte er und geleitete sie in den leeren Gastraum. »Hier sind wir unter uns.«

Leise schloss er die Tür, nachdem sie eingetreten waren. »Nun sag schon, Dora. Machst du dir Sorgen um Hans wegen des Krieges? Ich denke, die Wehrmacht wird deinen Bruder nicht sofort einziehen. Er ist noch zu jung.«

»Nein, nein!«, rief Dora erschrocken. So ein Gedanke war ihr noch gar nicht gekommen. Bis zu diesem Moment hatte sie den Polenfeldzug als persönliches Ärgernis aufgefasst, weil er ihre Pläne für den heutigen Tag über den Haufen geworfen hatte. Allmählich begann sie zu begreifen, dass der Krieg etwas viel Dramatischeres war, ein Ereignis, das das Leben vieler Männer und vieler Familien radikal ändern würde. Und doch wollte sie jetzt nicht darüber nachdenken.

»Ich bin froh, dass du das sagst, Wilhelm. Aber es ist nicht wegen Hans. Nicht wegen des Krieges. Es ist …«

Sie holte tief Atem und betrachtete für einen Moment die schwarze Fliege, die durch ein leicht geöffnetes Fenster hereingeflogen war und nun mit lautem Brummeln immer wieder von innen gegen die Scheibe stieß. Dann sprudelte es aus ihr heraus:

»Wilhelm, ich weiß, dass du mich liebst. Hans hat es mir gesagt, und ich habe es ja auch längst schon selbst gemerkt, seit diesem Abend auf der Veranda, als wir uns zum ersten Mal wieder begegnet sind. Und ich ... ich bin auch verliebt in dich seitdem.«

»Aber Dora, bitte ...«

»Nein, lass mich ausreden, Wilhelm. Es muss jetzt sein. Ich war so wütend vorhin, weil wir nicht weitertanzen durften. Dabei möchte ich doch nichts lieber als immer nur mit dir tanzen. Und mit dir ausreiten. Und eine Reitschule gründen, Turniere veranstalten, all das. Ich will mit dir zusammen sein, Wilhelm. Immer. Und du willst es genauso, nicht wahr? Also, warum tun wir es nicht? Dann könnten wir jeden Tag miteinander verbringen, und es gäbe nur noch uns und die Pferde und ...«

Nun versagten Dora doch die Worte. Mit glühenden Wangen sah sie Wilhelm an, der sie so freundlich und sanftmütig wie immer betrachtete und der jetzt ihre Hände nahm. Dora schämte sich ein wenig, weil sie so heiß und verschwitzt waren vor Aufregung.

»Liebste Dora«, sagte Wilhelm ruhig. Er sah ernst aus. »Du bist eine so wunderbare Frau, und ich kenne keinen Mann in Liebenwalde, der nicht ein wenig verliebt in dich ist.«

»Aber ...« Dora wunderte sich, dass er jetzt nicht lächelnd vor ihr auf die Knie sank und ihr einen Antrag machte. Oder sie wenigstens in die Arme nahm und küsste. »Du liebst mich doch auch, oder?«

Er nickte langsam. Noch immer hielt er ihre Hände.

»Ja, ich liebe dich, Dora. Und ich habe es ernst gemeint, als ich dir vorschlug, in meiner Reitschule zu unterrichten – falls ich angesichts der neuen Weltlage überhaupt dazu kommen sollte, diese Idee in die Tat umzusetzen«, fügte er seufzend hinzu. »Aber wir dürfen doch nichts überstürzen. Wir müssen vernünftig bleiben ...«

Ihr Herz schlug rasend in ihrem Brustkorb. Irgendetwas an diesem Moment verlief anders, als sie es sich vorgestellt hatte.

»Ich will nicht vernünftig sein, Wilhelm. Ich will bei dir sein. Für immer und sofort.«

Wilhelm ließ sich Zeit mit der Antwort. »Das geht doch nicht, Dora. Bitte, hör mir zu! So schnell geht das nicht. Und schon gar nicht an einem Tag wie diesem.«

»Aber ... Warum denn nicht?«

Langsam schüttelte er den Kopf. »Ich liebe dein Temperament, Dora. Ich liebe dich, gerade weil du so ungestüm und mutig bist. Und es rührt mich sehr, dass du mir deine Liebe gestanden hast. Wirklich. Aber, bitte verzeih mir, ich kann dir jetzt keinen Heiratsantrag machen. Es ist doch Krieg seit heute früh! Weißt du nicht, was das bedeutet? Ich kann an nichts anderes mehr denken. Ich mache mir Sorgen, was nun alles auf uns zukommen mag. Ja, ich liebe dich, Dora. Aber wenn ich dich bitte, meine Frau zu werden, dann möchte ich mich aus vollem Herzen freuen und glücklich sein und nicht so trübe Gedanken haben wie jetzt. Verstehst du das? Bitte, wir wollen vergessen, was gerade geschehen ist. Sei so gut, und geh wieder hinaus zu deinen Eltern. Sie wundern sich sicherlich schon, wo du so lange bleibst.«

Dora sah ihn ungläubig an. Sie presste zornig und enttäuscht die Lippen zusammen und versuchte, die Tränen zurückzuhalten, die ihr in die Augen stiegen.

»Bitte wein doch nicht«, sagte er leise.

»Ich weine, wann ich will!«, stieß Dora hervor. »Du hast mich beschämt, und jetzt darfst du gehen. Ich will dich eine Weile nicht sehen.«

Mit bebendem Finger zeigte sie auf die Tür.

Wilhelm zog sie noch einmal an sich und drückte ihr einen Kuss auf die Stirn. Dann drehte er sich um und ging.

Mit zitternden Knien sah Dora, wie sich die Tür hinter ihm schloss. Oh Gott, was hatte sie getan? Wann genau war ihr die Sache entglitten? Er liebte sie doch. Er hatte es ihr doch selbst gesagt.

Scham und Enttäuschung überrollten Dora wie eine mächtige Sturzwoge. Sie meinte, platzen zu müssen, wenn sie nicht auf der Stelle etwas tat. Sie musste irgendetwas zerstören, zerschmettern, so wie Wilhelm ihren Stolz zerstört und zerschmettert hatte. Wie besinnungslos griff sie nach einem leeren Milchkännchen, das neben den Torten auf dem Tisch stand. Mit aller Kraft, die sie aufbieten konnte, schleuderte Dora den kleinen Porzellankrug gegen die Tür, sodass er in tausend Stücke zersprang.

Sie erschrak, als sie hörte, wie hinter ihr jemand gegen die Fensterscheibe klopfte, und fuhr herum.

Karl Finke stand draußen, ein breites Grinsen in seinem massigen Gesicht. Er schob das angelehnte Fenster auf und steckte seinen Kopf in den Raum.

»Respekt, Fräulein Twardy!« Spöttisch lüftete er die schwarze Schirmmütze mit dem Totenkopf darauf. »Das nenn ich ein couragiertes Frauenzimmer. Schade nur, dass Sie sich so einen Waschlappen wie den von Lengendorff ausgesucht haben für Ihre Verehrung. Ich an seiner Stelle hätte keine Sekunde gezögert, Ihren Antrag anzunehmen. Also, falls Ihnen die Lust aufs Heiraten nicht vergangen ist – ich stünde sofort bereit!«

»Scheren Sie sich davon«, schimpfte Dora mit zitternder Stimme. »Lieber gehe ich ins Kloster, bevor ich einen wie Sie heirate. Sie hoffen doch bloß, dass dabei ein paar Meter unseres Roggenfeldes für Sie herausspringen.«

»Gar nicht so dumm, mein Herzchen.«

Lachend ging er davon.

3.

In Liebenwalde war noch nicht viel vom Krieg zu spüren in diesem Herbst. Nur wenige Männer aus dem Dorf waren bislang eingezogen worden, unter ihnen ein paar Knechte der Twardys. Auf dem Gutshof wurde diskutiert, ob auch Josef Twardy demnächst womöglich zur Wehrmacht einrücken müsse. Er gehörte zu den älteren Jahrgängen, aus denen vereinzelt Männer an die Front geschickt wurden. Doch Bürgermeister Kosubek versicherte der Familie, dass der Vater als einer der wichtigsten Versorger mit Nahrungsmitteln in der Gegend gewiss »UK« gestellt würde. Diese Abkürzung erschien Dora wie ein Zauberwort. Sie bedeutete »unabkömmlich«, und Männer, die diesen Vermerk in den behördlichen Akten trugen, brauchten vorerst keinen Wehrdienst zu leisten.

Dass es viele Lebensmittel neuerdings nur noch mit Marken zu kaufen gab, war zwar etwas umständlich, bedeutete aber keine großen Einschränkungen für die Twardys. Noch waren die Regale in Laschinskis Kolonialwarenladen gut gefüllt, und das meiste, was im Gutshaus auf den Tisch kam, stammte ohnehin aus der eigenen Landwirtschaft. Nur Kaffee, Zucker und Tabak wurden allmählich zu begehrten Produkten, für die man selbst in den größeren Geschäften von Wormditt und Guttstadt bisweilen lange anstehen musste.

Ein paar Tage nach den Kriegserklärungen Frankreichs und Englands Anfang September kam ein Brief von Grete aus ihrer neuen Heimat Hamburg an, in dem sie und Otto sich freundlich für alle guten Wünsche zu ihrer Hochzeit bedankten und sie ihr neues, ungewohntes Leben in der fernen Hansestadt schilderte. Sie schrieb weiter:

> Es geht uns gut. Ungemütlich ist nur, dass wir uns hier ständig auf einen möglichen Fliegeralarm vorbereiten müssen. Für die Nächte gilt eine Verdunkelungspflicht. Wir müssen alle Fenster mit einer Blende abdichten, damit bloß kein heller Schein herausstrahlt und den Engländern zeigt, wo die Häuser stehen, auf die sie ihre Bomben abwerfen können. Deshalb bleibt auch die Straßenbeleuchtung abends ausgeschaltet. Ich glaube allerdings nicht, dass es zu einem Luftkrieg kommt. Wie sollte das gehen? Als ob die Flugzeuge der Engländer einfach so über die Nordsee herüberbrausen könnten, da würde unsere Flak aber was dagegen haben! Trotzdem muss ich zugeben, dass es einem schon ein bisschen mulmig zumute wird, wenn die ganze Stadt plötzlich finster daliegt. Aber Ottos kleine Neffen machen sich einen Spaß daraus. Im Schutze der Dunkelheit veranstalten die Jungs heimlich nächtliche Radrennen oder nutzen die Situation zu allerlei sonstigem Unfug. Wenn sie nicht aufpassen, bekommen sie noch Ärger mit dem örtlichen Sicherheitsdienst.

Dora faltete den Brief zusammen und schob ihn ins Kuvert zurück. Was ging sie der Alltag ihrer Großcousine in Hamburg an! Von all diesen Sorgen war man auf Gut Twardy weit entfernt. Das Leben ging im Grunde seinen gewohnten Gang, nur Wilhelm ließ sich nicht mehr blicken. Dora vermisste ihn. Längst war aller Zorn auf ihn verflogen, und sie bereute es jetzt, dass sie so ungestüm gewesen war und sich mit ihm gestritten hatte. Wenn sie jetzt an ihre Auseinandersetzung auf der Hochzeitsfeier zurückdachte, schämte sie sich in Grund und Boden. Wie hatte sie sich nur so gehen lassen können? Wie ein egoistisches kleines Mädchen hatte sie sich benommen. Ging er ihr deshalb aus dem Weg? Oder war er mit anderen wichtigen Dingen beschäftigt? Sie wagte es nicht, ihren Bruder danach zu fragen. Zu groß war ihre Angst zu erfahren, dass Wilhelm nichts mehr von ihr wissen wollte.

Doch dann, am Ende des Monats, lag eine Einladung der von Lengendorffs zur herbstlichen Schleppjagd im Briefkasten. Doras Herz hüpfte, als sie sah, dass Wilhelm in seiner schönen gestochenen Handschrift noch eine Zeile daruntergesetzt hatte: »Ich würde mich sehr freuen, wenn du in diesem Jahr auch mit dabei sein könntest, liebe Dora«. Mehr war nicht nötig, um sie in einen Glückstaumel zu versetzen. Wilhelm wollte, dass sie mitkam zur Jagd, er war ihr also nicht böse, weil sie ihm solche ungerechten Vorwürfe gemacht hatte. Sie war so erleichtert. Es würde ein herrlicher Tag werden. Und diesmal würde sie es ganz sicher nicht verpatzen! Ja, es war dumm von ihr gewesen, sich ihm an den Hals zu werfen, ausgerechnet am Tag des Einmarsches in Polen. Diesmal würde sie es klüger anstellen. Sie würde nicht mehr von Liebe und Heiraten reden. Am besten wäre es wohl, überhaupt kein Wort mehr mit ihm zu wechseln, um sich bloß nicht wieder zu blamieren. Wie es sich wohl anfühlen werde, ihm wieder unter die Augen zu treten? Je länger sie darüber nachdachte, desto aufgeregter wurde sie.

Nach ein paar trüben Regentagen hatte sich das Wetter am Tag der Jagd aufgeklart, der Oktoberhimmel strahlte in einem frischen Blau, nur ein paar luftige Wolken kräuselten sich darüber. Als Dora mit Hans und ihrem Vater die breite Auffahrtsallee zum Gutshof der von Lengendorffs hinaufritt, schienen die Strahlen der Morgensonne auf die hohen Kronen der Eichen am Straßenrand und ließen das herbstlich verfärbte Laub golden leuchten. Obwohl es noch früh am Tag war, herrschte auf dem Hof des großen Gestüts bereits ein reges Treiben. Autos und Gespanne fuhren heran und brachten Reiter und Schaulustige von weiter entfernten Ortschaften zum Gut. Es wimmelte von Männern in roten oder grünen Jacken, dunklen Kappen und hohen Stiefeln, etliche waren in Uniform erschienen. Frauen konnte Dora nur wenige entdecken. Die Jagdpferde standen geputzt, gezäumt und gesattelt bereit, Stallburschen eilten umher, um die letzten Dinge für die Jagd vorzubereiten.

Von der großen Freitreppe vor dem Hauseingang aus schmetterten zwei Hornbläser die Melodie zur Begrüßung der Jagdgesellschaft durch den Gutshof. Neben dem plätschernden Steinbrunnen wartete die Hundemeute in einem flachen vergitterten Zwinger ungeduldig auf ihren Einsatz. Mehr als ein Dutzend braun-weiß gescheckte Beagles bellten und heulten und liefen auf und ab, in fieberhafter Erwartung, dass sich die Gittertüren öffneten und sie endlich losrennen konnten.

Dora fühlte mit ihnen. Ihr fiel es ähnlich schwer, sich noch zu gedulden, und auch ihre Stute Gilda schien nervös zu sein angesichts des ungewohnten Lärms und Trubels, der sie umgab. Doras Blick fiel auf Wilhelm, der sie von der gegenüberliegenden Seite des Hofes aus beobachtete. Aufrecht, aber gelassen saß er auf seinem schwarzbraunen Trakehnerhengst Wallenstein, der sich von der allgemeinen Unruhe offenkundig ebenso wenig anstecken ließ wie sein Reiter. Vor der Kulisse des eindrucksvollen Gutsgebäudes mit dem geschwungenen marmornen Treppenaufgang und den hohen weißen Säulen am Eingang gaben die beiden ein prächtiges Bild ab. Dora errötete unter seinem Blick und war froh, dass Wilhelm das auf die Entfernung nicht erkennen konnte.

Dann war es endlich so weit. Die Jagd begann. Nach dem Hornsignal zum Aufbruch saßen die beiden Schlepper auf und ritten voraus. An einer langen Leine würden sie später den Schwamm mit der Fuchslosung hinter sich herziehen und dadurch die Spur legen, der die Hunde folgen sollten. Nachdem die zwei Männer außer Sichtweite waren, stiegen auch die anderen Reiter auf ihre Pferde und ordneten sich zu einem langen Zug.

Das Tor des Zwingers wurde geöffnet, und die Hunde schossen kläffend heraus. Zusammen mit den drei Männern der Equipage nahmen die Tiere die Suche der Fährte auf. Gilda hatte den Lärm und das Treiben mit gespitzten Ohren verfolgt. Endlich setzte sich auch der Rest der Jagdgesellschaft in Bewegung, allen voran der Gastgeber, Herr von Lengendorff. Mehr als drei Dutzend Jagdteilnehmer zählte Dora. Neben der Gutsherrin, die als vorzügliche Reiterin in der ganzen Gegend bekannt war, war sie die einzige Frau im Sattel. Weil Dora noch nicht viel Erfahrungen mit der Jagd hatte, blieb sie mit ein paar anderen jüngeren Teilnehmern am Schluss des Zuges. Es war ihr recht, denn sie wusste, dass hinter ihr nur noch Wilhelm ritt, um aufzupassen, dass auf der Strecke keiner allein zurückblieb.

In einer schier endlosen Reihe verließen Pferde und Reiter den Gutshof, durch den hohen Torbogen ging es an langem Zügel und in ruhigem Schritt hinaus ins Gelände. Die grünen Wiesen- und Weideflächen dehnten sich im Licht der Vormittagssonne, so weit das Auge reichte. Hier und da standen bucklige Kopfweiden oder niedrige Büsche an Wassergräben und Triften, Koppelzäune und Hecken säumten die Felder, hinter denen das Herbstlaub des Waldes in der Ferne golden schimmerte. Dora spürte, wie ihr Herz weit wurde bei diesem Anblick. Einen schöneren Tag konnte es für die Jagd nicht geben!

Die Meute hatte jetzt die Fährte aufgenommen. Dora erkannte es am Klang des Bellens. Es hörte sich anders an als zuvor, nicht mehr zänkisch, sondern frei und gelöst rollte der Laut aus den Hundekehlen und tönte weit und vielstimmig über das Land. Die Tiere stürzten der Fährte nach, setzten mit lang gestreckten Leibern über Zäune und Gräben, die weißen Spitzen ihrer Ruten leuchteten hell in der Sonne. In flottem Galopp folgten Reiter und Pferde. Die Spur führte über Wiesen und Wälle, ein knietiefes Gewässer musste durchschritten werden, mit einem Rumpler ging es auf der anderen Seite wieder das Ufer hoch, dann quer über die Chaussee, wo in gebührendem Abstand einige Leute aus dem Dorf die Jagd beobachteten, und weiter Richtung Wald. Ein breiter Graben tauchte auf, gleich dahinter eine Hecke auf der steilen Böschung. Für einen Augenblick hielt Dora die Luft an. Sie sah, wie einige Pferde zu früh absprangen und im Wasser landeten. Prustend krabbelten sie heraus und den Hang hinauf, während die Reiter sie mit nassen Hosenbeinen antrieben. Doch Gilda sprang wie eine Katze darüber hinweg, ein Federn in den Sprunggelenken und mit einem gewaltigen Satz nahm die Stute auch die dahinterliegende Hecke und landete auf der jenseitigen Wiese. Dora stieß einen Jauchzer aus.

Auf einer sonnigen Waldlichtung versammelte sich die Jagdgesellschaft zu einer Frühstückspause. Die umstehenden Buchen und Eichen hatten schon viele Blätter abgeworfen, unter den Hufen der Pferde raschelte das trockene Laub. Es gab Wasser für die Tiere und für die Reiter eine Runde Bärenfang. Dora hatte noch nie etwas von diesem hochprozentigen Likör aus Honig und Kräutern getrunken, aber ehe sie sich versah, hielt auch sie ein Gläschen davon in der Hand.

»Wer so gut reiten kann, der kann auch trinken«, erklärte Herr von Lengendorff lächelnd und klopfte ihr anerkennend auf die Schulter. Dora zögerte, doch weil der Bärenfang gut roch – und weil sie so stolz über das große Lob des Jagdherrn war –, leerte sie ihr Glas in einem Zug, worauf sie umgehend husten musste. Die umstehenden Männer lachten, auch Hans und ihr Vater. Auf einmal kam sie sich wie ein kleines, unerfahrenes Mädchen vor, das sich in eine Gesellschaft von Erwachsenen verirrt hat.

»Mach dir nichts draus.« Plötzlich stand Wilhelm neben ihr.

Dora spürte, wie ihr erneut eine heiße Röte ins Gesicht schoss. Seit ihrer Auseinandersetzung im Gastraum der *Goldenen Krone* hatten sie nicht mehr miteinander gesprochen. Jetzt brachte sie kein Wort heraus, sondern nickte nur.

»Ich wusste ja immer schon, dass du eine gute Reiterin bist, Dora. Aber heute zeigst du es wirklich allen. Beim nächsten Mal musst du unbedingt weiter vorne mit dabei sein.«

»Aber nein, Wilhelm, dann wäre ich ja nicht mehr in deiner Nähe, wenn du als Schlusspikör reitest ...«

Sie bereute ihre Worte augenblicklich, die ihr ohne nachzudenken aus dem Mund geschlüpft waren. Hatte sie sich nicht geschworen, sich nie wieder lächerlich zu machen? Ihm nie wieder etwas über ihre Gefühle zu verraten? Ach, hätte sie doch nur nicht dieses Teufelszeug von Bärenfang getrunken. In größter Verwirrung begegnete ihr Wilhelms Blick, der sie mit einem Augenzwinkern betrachtete, als hätte es den Zwischenfall auf der Hochzeitsfeier vor ein paar Wochen nie gegeben.

Dora war sehr erleichtert, als die Jagdhornbläser in diesem Moment das Signal zum Aufsitzen gaben. Nur weg von hier! Nur weg von Wilhelms Nähe, nach der sie sich so sehr sehnte und die sie gleichzeitig so sehr fürchtete. Am liebsten wäre sie sofort losgestürmt. Aber sie wusste, dass sie ihre Position im Reitfeld einbehalten und warten musste, bis sie an der Reihe war. Dora wollte als eine der Letzten gerade einen Fuß in den Steigbügel setzen, als Wilhelm sie bat:

»Halt, Dora, bitte warte noch!«

Verwundert sah sie sich um. »Aber es geht doch jetzt weiter.«

»Bleib noch«, sagte er. »Nur einen Augenblick, wir reiten gleich hinterher.«

»Warum? Wir werden den Anschluss an das Jagdfeld verpassen.«

Wilhelm lächelte jetzt. »Ja, das werden wir vermutlich. Aber ich verspreche dir, ich werde dich sicher nach Hause bringen.«

Es war still geworden auf der Lichtung, nachdem der letzte Reiter aufgebrochen war. Nur von fern klang das Kläffen der Meute heran und ab und an ein Kommando der Männer. Irgendwo hoch oben in den Bäumen keckerte ein Eichelhäher. Gilda schnaubte leise, als wollte sie Dora ermahnen, dass es Zeit wäre weiterzureiten. Aber Dora hatte jetzt keinen Blick für ihre Stute. Gilda musste warten, so wie auch Wilhelms dunkler Hengst Wallenstein geduldig auf der Waldwiese stehen blieb.

»Dora«, sagte Wilhelm noch einmal. »Ich mag nicht mit dir streiten. Ich ertrage es nicht, wenn du wütend auf mich bist. Verzeih mir! Es war nicht nett von mir, dass ich dich auf Gretes Hochzeitsfest abgewiesen habe. Ich hätte etwas liebevoller und charmanter sein sollen, es tut mir leid.«

Doras Herz raste so sehr, dass sie meinte, es wollte aus dem Brustkorb herausspringen.

»Nein, nein«, rief sie. »Es war dumm von mir, dass ich mich dir so aufgedrängt habe. Du hast ja recht, so was tut keine feine Frau, die etwas auf sich hält. Ich bin nur froh, dass du ...«

Weiter kam sie nicht. Wilhelm legte sanft seine Hände an ihre Wangen, beugte sich zu ihr und bedeckte ihren verblüfften Mund, noch während sie sprach, mit einem Kuss. Dora vergaß für einen Moment zu atmen. Warm, weich und zärtlich fühlten sich seine Lippen an. Sie schloss wie verzaubert die Augen und gab sich ganz diesem neuen berauschenden Gefühl hin, während sie seinen Kuss erwiderte, erst zaghaft, dann mit wachsendem Verlangen.

Im nächsten Augenblick löste sich Wilhelm von ihr, nahm ihre Hand und kniete vor ihr nieder.

»Dora«, sagte er feierlich. »Geliebte Dora Twardy, du wunderbare, schöne, starke Frau, möchtest du eine von Lengendorff werden? Möchtest du mich heiraten und mit mir zusammen sein, mit mir leben für immer und ewig?«

»Oh Wilhelm. Aber natürlich will ich das. Ja, ja, ich will deine Frau werden, ich liebe dich. Das weißt du doch.«

Dora sank zu ihm hinunter ins Gras, lachte und weinte gleichzeitig und schlang ihre Arme um ihn.

»Ach, Wilhelm. Wie recht du hattest! Es ist viel schöner, dass du mir den Antrag hier auf diesem romantischen Flecken Erde gemacht hast und nicht damals auf Gretes Hochzeitsfest, als ich so wütend und unglücklich war.«

Er zog sie näher zu sich. Wie gut es tat, sich an ihn schmiegen zu können. Wie anders auf einmal alles war! Noch einmal küssten sie einander, länger und leidenschaftlicher als zuvor, und Dora hörte kein Vogelgeschrei und kein Hundegebell mehr, sondern nur noch das Rauschen ihres Blutes in den Ohren. Dieses ist der glücklichste Moment meines Lebens, dachte sie, ich wünschte, er würde niemals enden. Nichts auf der ganzen Welt existierte mehr, außer diesem Kuss und Wilhelm, in dessen Armen sie lag. Dessen Hände durch ihre Haare wühlten, ihren Nacken streichelten und über ihren Körper glitten. Dessen Berührungen Wogen von Glück durch ihre Adern fließen ließen. Oh, was mögen die Pferde gerade denken, wenn sie uns hier so sehen, schoss es Dora plötzlich durch den Kopf, und beinahe hätte sie gelacht bei diesem Gedanken. Na, den Pferden würde es sicherlich egal sein, was zwei Liebende hier auf der Lichtung taten. Was aber – und bei diesem Gedanken erschrak sie ein wenig –, was, wenn einer der anderen Reiter zurückkäme, um zu sehen, wo Wilhelm und Dora geblieben waren?

Als hätte er ihre Gedanken erraten, richtete sich Wilhelm auf. »Ach, du Allerliebste!« Mit zwei Fingern nahm er ihr einen Grashalm aus dem Haar. »Ich denke, jetzt wird es doch allmählich Zeit, dass wir zum Gestüt zurückkehren. Obwohl ich mir nichts Schöneres vorstellen kann, als mit dir hier auf der Wiese zu liegen. Aber wir wollen vernünftig sein. Wir haben ja alles noch vor uns.«

Dora ordnete rasch ihre verstrubbelten Haare und glättete den Kragen ihrer Bluse. So fühlt sich das also an, wenn man geliebt wird, dachte sie glücklich. Was würde Elli dazu sagen? Was ihre Eltern, Hans und Marianne?

»Die anderen werden Augen machen, wenn sie erfahren, dass wir bald heiraten werden«, rief sie.

»Ach, liebste Dora.« Wilhelm hielt sie zurück, als sie aufspringen wollte. »Wir können nicht so bald heiraten. Es ist doch Krieg. Wir heiraten, wenn wieder Frieden ist, ja? Ich möchte keine traurige Hochzeit, bei der nicht getanzt werden darf und die Leute mit ihren Gedanken ganz woanders sind, weil so viele Männer an der Front sind.«

Dora seufzte. Gretes Hochzeitsfest, bei der allen Gästen die Feierlaune verdorben worden war, stand ihr noch lebhaft vor Augen. »Ja, so etwas möchte ich auch nicht erleben. Wir wollen eine große, rauschende Feier haben, wenn wir heiraten. Mit mindestens hundertfünfzig Gästen und einer großen Tanzkapelle, die bis zum nächsten Morgen aufspielt. Dann warten wir eben noch ein bisschen.«

»Außerdem steht zu befürchten, dass ich eingezogen werde«, fügte Wilhelm mit gesenkter Stimme hinzu. »Und wenn mir was passiert? Dann bist du womöglich mit sechzehn oder siebzehn Jahren plötzlich schon Witwe ...«

Dora fröstelte bei seinen Worten.

»Nein, Wilhelm, so was darfst du nicht sagen! Das wird nicht geschehen. Der Polenfeldzug ist doch schon längst wieder vorbei. Gestern erst hat der Führer seine große Friedensrede im Reichstag gehalten. Das habe ich im Rundfunk gehört. Du wirst sehen, Wilhelm. Bald ist der Krieg vorüber. Dann wird wieder alles gut, und wir können heiraten.«

Wilhelm stöhnte leise. »Hitlers große Friedensrede ... Ich weiß nicht, ich wäre froh, wenn ich daran glauben könnte.«

Einen Augenblick blieben sie stumm, hielten sich an den Händen und beobachteten zwei Eichhörnchen, die einander durch das Geäst der hohen Bäume jagten.

»Wenn alles vorbei ist, Dora, das verspreche ich dir, dann werden wir die schönste Hochzeit feiern, die es in Liebenwalde je gegeben hat.«

Noch einmal küssten sie sich, dann brachen sie auf, um zurück zum Gutshof der von Lengendorffs zu reiten.

Unterwegs musste Dora immer wieder zu Wilhelm hinübersehen, wie um sich zu vergewissern, dass sie das, was sich gerade auf der Waldlichtung ereignet hatte, nicht geträumt hatte. Und jedes Mal machte ihr Herz einen Hüpfer, wenn ihr sein lächelnder Blick begegnete. Übermütig warf sie ihm eine Kusshand zu.

Sie gingen den Heimweg langsamer an und ließen die Pferde ruhig traben, genossen ihre Zweisamkeit. Endlich hatten sie Gelegenheit, miteinander über ihre Zukunft zu plaudern. Dora wollte alles über Wilhelms Pläne für die Reitschule erfahren, und sie war stolz und glücklich zu hören, dass sie dabei tatkräftig mitmachen sollte.

»Ich habe noch viel mehr Ideen. Vielleicht könnte man langfristig sogar eine Halle errichten, damit man auch bei schlechtem Wetter und im Winter Reitstunden geben kann«, schlug sie vor. »Oder Zimmer für Feriengäste anbieten. Oh ja, Wilhelm, das wäre doch eine feine Sache für die Leute in Berlin und den anderen Großstädten im Reich, sich ein paar Tage hier in der frischen Luft zu erholen und in unserer herrlichen Landschaft auszureiten.«

Wilhelm schmunzelte über ihren Elan. »Was du für Einfälle hast! Immer eins nach dem anderen, Dora. Zuerst mal müssen wir diesen Krieg gewinnen, und dann sehen wir weiter.«

Als sie aus dem Wald kamen und das letzte Feld überquerten, wurde Wilhelm unruhig.

»Was ist denn da hinten los? Sieh doch nur die vielen Leute! O Gott, hoffentlich kein Unfall! Komm, schnell, Dora!«

Er trieb sein Pferd an, und Dora folgte ihm in raschem Galopp.

Wenige Meter hinter dem letzten Hindernis, einem hohen Zaun, nicht weit vor der Auffahrt zum Gutshof der von Lengendorffs, standen etliche Reiter zusammen. Sie waren von ihren Pferden gestiegen, die etwas abseits an einem Baum angebunden worden waren, und redeten heftig gestikulierend miteinander. Als Dora und Wilhelm nahe genug herangeritten waren, erkannten sie inmitten der Männer Herrn von Lengendorff. Ein Ärmel seines roten Jagdrockes war von der Schulter bis zum Ellenbogen aufgerissen, die helle Hose dreckig von Schlamm. Auch im Gesicht hatte er ein paar Schmutzspritzer. Mit versteinertem Blick starrte er zu Boden. Vor ihm lag sein Rapphengst im Gras und bebte am ganzen Körper. Immer wieder versuchte er, sich aufzurichten, aber es gelang ihm nicht. Offenbar hatte das Pferd große Schmerzen, seine Augen waren so weit aufgerissen, dass man das Weiße sehen konnte, es schwitzte stark, warf den Kopf herum und riss immer wieder das Maul auf. Dabei gab es Geräusche von sich, die Dora so noch nie von einem Pferd gehört hatte. Neben dem Hengst kniete Doktor Trautmann, der Tierarzt, den Dora von seinen Besuchen auf dem eigenen Gutshof kannte. Heute war er an der Spitze des Reitfeldes geritten. Mit niedergeschlagener Miene strich er dem Pferd über den Hals und versuchte, es zu beruhigen.

»Vater!«, rief Wilhelm und sprang aus dem Sattel. »Was ist passiert? Was ist mit Traumtänzer los? Ist er gestürzt?«

Herr von Lengendorff sah auf. »Es hat sich ausgetanzt«, sagte er mit rauer Stimme. »Der letzte Sprung ... Wahrscheinlich war der Boden an einer Stelle noch zu weich und tief nach dem Regen der letzten Tage. Traumtänzer ist beim Aufkommen einfach weggerutscht. Er hat sich das Bein gebrochen, die rechte Hinterhand.« Zutiefst erschüttert beendete er seinen kurzen Bericht und senkte den Blick wieder auf sein Pferd.

»Aber du bist in Ordnung, Vater, du hast dich nicht verletzt?«, erkundigte sich Wilhelm leise.

»Nein, mein Junge, bis auf ein paar Schrammen habe ich nichts abbekommen. Glaub mir, es wäre leichter für mich, wenn ich mir ein Bein gebrochen hätte. Aber für das Tier können wir nichts mehr tun. Ein Splitterbruch, sagt der Doktor. Mein Gott, ich habe das Knacken des Knochens gehört und wusste sofort, dass es vorbei ist mit ihm.«

Inzwischen war auch Dora aus dem Sattel gestiegen und vorsichtig an das verletzte Pferd herangetreten. Eines der hinteren Beine lag unnatürlich abgewinkelt.

»Oh nein«, flüsterte sie. »Der arme Traumtänzer. Das ist doch

Ihr bestes Tier, Herr von Lengendorff. Seit ich denken kann, reiten Sie den Traumtänzer. Er hat Ihnen doch schon so viele Trophäen eingebracht. Wie schrecklich! Man muss ihm doch helfen. Doktor Trautmann, was kann man denn tun?«

»Nichts, Dora, so leid es mir tut. Man kann nichts tun, als ihn von seinen Schmerzen zu erlösen.«

»Einer meiner Stallburschen ist schon unterwegs und holt mein Gewehr«, erklärte Herr von Lengendorff mit Grabesstimme.

Ungläubig starrte Dora auf das zitternde Pferd, das noch einmal versuchte, sich aufzurappeln, und doch gleich wieder zusammenbrach.

»Das kann nicht sein«, murmelte sie und spürte ein Brennen in den Augen.

Wilhelm nahm ihre Hand und drückte sie wortlos.

Ein blonder, sommersprossiger Junge in Doras Alter kam vom Hof zurück und reichte dem Gutsherrn die Waffe. Der legte die Munition ein und entsicherte das Gewehr. In der Runde der Reiter war es totenstill geworden.

»Leb wohl, geliebter Traumtänzer«, sagte Herr von Lengendorff. »Du warst das treueste Pferd, das ich je hatte. Es war mir eine Ehre, dich achtzehn Jahre lang reiten zu dürfen.«

Nach diesen Worten setzte er die Waffe an der Stirn des Tieres an.

Dora kniff die Augen zu und presste für einen Moment die Hände an die Ohren. Doch das kurze, trockene Geräusch des Schusses hörte sie trotzdem. Ein Stöhnen ging durch die Reihe der Männer, als es vollbracht war. Dem Burschen, der das Gewehr gebracht hatte, liefen die Tränen übers Gesicht, und auch Wilhelm blinzelte ergriffen.

Dora schlang die Arme um Gildas Hals und presste die Stirn

an das warme Fell der Stute. Sie spürte das Pochen einer Schlagader.

»Niemals«, sagte sie. »Niemals könnte ich ein Tier erschießen, das ich liebe. Niemals würde ich so etwas übers Herz bringen. Nie, nie, nie!«

Wilhelm trat zu ihr und legte ihr einen Arm um die Schultern. »Manchmal muss es sein, Dora. Gerade wenn wir ein Tier lieben, müssen wir uns überwinden, um es von seinen Schmerzen zu erlösen.«

Vom Gutshof scholl das Halali der Jagdhörner herüber und verkündete das Ende der Jagd.

4.

Kurz nach der Kartoffelernte schlug das Wetter um. Die Landarbeiter hatten gerade die letzten Knollen und Rüben vom Feld geholt und unter einer dicken Strohschicht in den Vorratsmieten hinter dem Gutshaus der Twardys eingelagert, da setzte der Herbstregen ein.

Tagelang rauschte das Wasser aus den schweren schiefergrauen Wolken. Binnen kurzer Zeit versank Liebenwalde im knöcheltiefen Schlamm. Auf den kleinen Straßen und den aufgeweichten Feldwegen gab es kaum ein Durchkommen, nur auf der asphaltierten Chaussee rollten die Fahrzeuge flott voran. Ein scharfer Ostwind blies die Blätter von den Linden am Straßenrand. Im kahlen Geäst der Bäume sammelten sich die Krähen in großen schwarzen Schwärmen und krakeelten, während sie darauf warteten, dass ein Fuhrwerk vorbeikam und ihnen ein paar Pferdeäpfel zufielen, in denen sie nach etwas Essbarem herumpicken konnten. Auf den morastigen Wiesen stolzierten die Kiebitze herum und suchten nach Regenwürmern. Die Stoppelfelder, auf denen Erich und die anderen Dorfkinder vor ein paar Tagen noch ihre Drachen hatten in den blauen Himmel steigen lassen, waren umgepflügt.

Klaus und Arno machten sich einen Spaß daraus, in Gummistiefeln über die Wasserlöcher auf den Weiden zu springen und über die matschigen Ackerfurchen, in denen die Saat von Winterroggen und Weizen für die nächste Ernte ausgebracht war.

Im November kamen drei neue Arbeiter auf den Hof, Frantek, Karol und Zofia aus Krakau. Josef Twardy hatte zunächst gezweifelt, ob es richtig wäre, ein Formular auszufüllen und Menschen zu bestellen wie Waren aus einem Versandkatalog, nur weil diese Leute einen Krieg verloren hatten. Aber da man es nun auf allen Gehöften so hielt und Twardy Ersatz für seine Männer brauchte, die zum Kriegseinsatz abgezogen worden waren, war schließlich auch er zum zuständigen Amt in die Kreisstadt gefahren und hatte zwei polnische Knechte angefordert. Und eine Küchenhilfe dazu, damit auch das Personal im Haushalt Unterstützung erhielt. Der Lohn für die neuen Leute war ja nicht sehr hoch.

»Hoffentlich bringen die uns keine Läuse ins Haus«, hatte Vera Twardy noch stirnrunzelnd gemurmelt, als die Fremden eines Morgens fröstelnd und in abgetragener Kleidung auf den Hof gebracht wurden, neugierig beäugt von sämtlichen Kindern der Nachbarschaft, als würde ein Zirkus anreisen.

Doch Veras Sorgen waren unbegründet. Die drei arbeiteten sich schnell ein, sie waren ordentlich und verrichteten ihre Aufgaben zuverlässig, wenngleich meist wortlos und ohne ein Lächeln im Gesicht. Gemäß der Vorschrift, dass die polnischen Arbeiter nicht im Gutshaus wohnen durften, bezogen die beiden Männer eine kleine Kammer hinter den Pferdeställen. Ihre Mahlzeiten nahmen sie mit dem übrigen Personal in der Küche ein.

»Nun ist's aber genug«, murmelte Josef Twardy eines Sonntagnachmittags hinter seiner Zeitung, während die Familie im Salon zusammensaß und bei einer Tasse Mokka oder heißer Schokolade dem sonntäglichen Wunschkonzert im Radio lauschte. Das Schuricke-Terzett schmetterte gerade sein *Das kann doch einen Seemann nicht erschüttern* durch den Lautsprecher. Klaus und Arno knieten auf dem Fußboden und ließen ihre Holzeisenbahn über den Teppich rollen. Und gelegentlich auch über Ernas Pantoffeln, was diese geduldig ertrug. Nur ab und zu, wenn einer von ihnen es zu toll trieb, schimpfte sie leise: »Nu lass mir man meijne Schlorren, du Lorbass!« Neben den Zwillingen lag Erich auf dem Bauch und blätterte eher lustlos durch den Sportteil der Zeitung. Hans war aufgestanden und sah aus dem Fenster in den Regen hinaus. Er hatte die Arme vor der Brust verschränkt und biss sich immer wieder auf die Lippen, als dächte er über etwas nach, das ihn sehr beschäftigte. Dora saß gemeinsam mit Marianne und ihrer Mutter auf dem Sofa und mühte sich mit ihrer Strickarbeit ab. Vera Twardy ließ die Nadeln sinken und blickte zu ihrem Mann auf.

»Was sagst du, Josef?«

»Jetzt könnte der Führer mal aufhören mit dem Krieg«, fuhr Doras Vater fort. »Es ist ja gut, dass er Ostpreußen heimgeholt hat ins Reich und dass es keine lästigen Grenzkontrollen mehr gibt auf dem Weg nach Berlin.«

»Nu freijlich«, bestätigte Erna, ohne von ihrem Strickstrumpf aufzusehen. »Endlich ist Ostpreußen keijne Insel mehr. So schnell sind die Gieterzieje noch nie nich nach drieben in den Westen jerollt, jetzt, wo keijn Polen mehr dazwischenliegt.«

»Das stimmt.« Josef Twardy nickte zustimmend und zündete sich seine Pfeife an. »Aber jetzt hat Großdeutschland genug Ackerland für Rüben und Kartoffeln. Dann reicht es auch wieder mit dem Krieg.«

»Mit England und Frankreich sind wir noch nicht fertig«, bemerkte Hans schneidig.

Sein Vater ließ die Zeitung sinken. »So? Wie meinst du das?«

Hans drehte sich zu ihm um. Er streckte sich, und nachdem er sich geräuspert hatte, verkündete er mit unüberhörbarem Stolz in der Stimme: »Nun, eigentlich wollte ich es euch schon längst sagen: Ich war am Freitag auf der Dienststelle und habe mich gemeldet.«

Dora sah ihn an. Seine Augen blitzten.

»Wie – gemeldet?!« Die Stimme der Mutter klang alarmiert. Josef Twardy starrte seinen Sohn wortlos an, er schien die Pfeife in seinem Mund vergessen zu haben.

»Bei der Luftwaffe«, fuhr Hans fort. »Als Kriegsfreiwilliger.«

Einen Augenblick lang war es totenstill im Raum, Dora vernahm nur das metallische Ticken der Standuhr.

»Aber Hans!«, rief seine Mutter schließlich. Eine Mischung aus Zorn und Kummer ließ ihre Stimme beben. Das Kaffeetässchen mit dem Goldrand klirrte, als sie es schnell und erschrocken zurück auf den kleinen Porzellanteller stellte. »Du bist ja nicht einmal volljährig. Das erlauben wir dir nicht.«

»Das macht nichts. Dazu brauche ich eure Genehmigung nicht. Ab achtzehn kann man sich melden. So stand es in der Zeitung. Und es waren ziemlich viele Leute in meinem Alter da, das kann ich euch versichern, auch ein paar, die ich aus der Schule kenne.« Hans' Stimme wurde mit jedem Satz selbstsicherer. »Das muss so sein, Mama. Ich will nicht warten, bis die Dienstpflicht auf mich zukommt. Ich will jetzt dabei sein. Am Ende ist der Krieg aus, und ich habe nichts zum Sieg Deutschlands beigetragen. Das wollt ihr doch auch nicht – oder? Ich will zu denen gehören, die unser Vaterland verteidigen, die unsere Feinde endgültig und für immer besiegen. Wir wollen auch unsere Väter und Großväter rächen, Papa, die ihren Heldenkampf gegen Frankreich damals verloren haben. Du hast doch jetzt genug Leute auf dem Hof, da kannst du mich für ein paar Monate entbehren. Spätestens zur nächsten Ernte bin ich wieder zurück. Und dann ...« Hans grinste bei diesen Worten. »Dann dürft ihr mich als Helden bewundern.«

Dora hatte ihren Bruder selten eine so lange und flammende Rede halten hören. Es war, als wären mit einem Mal alle Sanftmut und Bescheidenheit, die ihn sonst immer gebremst hatten, abgefallen. Verblüfft starrte sie Hans an, der sich jetzt – offensichtlich verlegen über seine eigene Courage – die dunkle Strähne aus der Stirn wischte.

Dann tat ihr Vater etwas, das er noch nie getan hatte. Sehr langsam faltete er die Zeitung zusammen und legte sie ordentlich auf den kleinen Tisch, der neben seinem Sessel stand. Einen Moment schien er zu zögern, schließlich erhob er sich. Mit ruhigem Schritt trat er auf Hans zu, blieb einen Augenblick vor seinem ältesten Sohn stehen, der ihn um einen halben Kopf überragte, und sah ihn an. Dann nahm er die Pfeife mit der linken Hand aus dem Mund, hob die Rechte und gab Hans eine klatschende Ohrfeige.

»Da siehst du, was ich von solchen Heldentaten halte«, sagte er und marschierte wortlos aus dem Zimmer.

Während Hans wie versteinert stehen blieb, begann Erich zu feixen, und auch die Zwillinge kicherten angesichts dieser ungewohnte Zurechtweisung ihres großen Bruders, doch der Übermut verging ihnen sofort, als sich der tadelnde Blick ihrer Mutter auf sie richtete und sie die Jungen zurechtwies: »Da gibt es überhaupt nichts zu lachen!« Erschrocken schwiegen die Twardy-Kinder. Nur Heinz Rühmann ließ sich den Mund nicht verbieten. Aus dem Radio tönte sein voller Tenor durch den Salon.

»Wir lassen uns das Leben nicht verbittern«, sang er, begleitet von der schwungvollen Marschmusik des Schuricke-Terzetts. »Keine Angst, keine Angst, Rosmarie! Und wenn die ganze Erde bebt und die Welt sich aus den Angeln hebt: Das kann doch einen Seemann nicht erschüttern ...«

Vera Twardy stand auf und schaltete das Radio aus.

• • •

»Was macht man denn so bei der Luftwaffe?«

Nachdem sich die Aufregung ein wenig gelegt hatte, war Dora ihrem Bruder nachgegangen und fand ihn am Schreibtisch seines Zimmers sitzend. Noch immer war der rote Fleck zu sehen, den die Hand des Vaters auf seiner Wange hinterlassen hatte. Doch Hans schien den Schreck über die Ohrfeige verdaut zu haben.

»Na, was wohl, Dora!« Er sah von seiner Lektüre auf. »Flugzeuge fliegen.« Vor ihm auf dem Tisch lag Putzgers großer Historischer Schul-Atlas, aufgeschlagen war die Karte des Deutschen Reiches in den Grenzen von 1918. Mit dem Zeigefinger markierte er die Stelle, die er gerade betrachtet hatte, während er mit seiner Schwester sprach. »Denk dir mal, was für ein erhabenes Gefühl das sein muss, in so einem großen Silbervogel hoch oben in den Lüften zu schweben! Die Welt liegt dir zu Füßen, der Motor dröhnt, deine Hand liegt am Hebel – und dann kommt der Moment der Entscheidung. Der Augenblick, in dem du es den Feinden zeigen wirst. Der Augenblick, in dem sie erkennen werden, wie himmelhoch überlegen die Deutsche Wehrmacht allen anderen Ländern ist. Du lenkst die Maschine in den Sturzflug, die Sirene heult auf, du betätigst den Auslöser – und wumm!«

Dora schluckte.

»Das kann ich mir gar nicht vorstellen, Hans. Wieso willst du denn auf einmal fliegen? Du bist doch noch nie geflogen. Du bist immer hier auf dem Hof gewesen, und du liebst das doch alles hier. Das Land, die Pferde, das war doch immer das, worum sich dein Leben gedreht hat.«

»Ja, ich weiß, Schwesterchen. Aber das war früher. Jetzt ist Krieg, und Krieg erfordert besonderen Mut. Da darf man sich als deutscher Mann nicht feige wegducken.«

Dora schwieg und betrachtete ihren Bruder, der sich jetzt wieder über den Atlas beugte und mit dem Finger grüne und blaue Linien nachzeichnete, während er sich mit der Zunge konzentriert über die Lippen fuhr. Wie fremd er auf einmal aussah mit diesem entschlossenen Gesichtsausdruck. War das tatsächlich noch derselbe Hans, ihr ruhiger großer Bruder, dem sie erst vor ein paar Wochen noch ihre Gefühle für Wilhelm anvertraut hatte? Und der so feinfühlig darauf reagiert hatte?

»Der Krieg ist hoffentlich bald wieder vorbei.« Dora seufzte. »Und dann wird alles wie immer sein.«

Hans drehte sich noch einmal zu ihr um und lächelte.

»Nein, Schwesterchen, dann wird nicht alles wie immer sein. Dann wird alles noch viel besser sein! Wir werden alles dafür tun, alles für ein großes, starkes, ungebeugtes Deutsches Reich, Wilhelm, ich und all die anderen Millionen deutschen Männer, die wir für unser Vaterland an die Front gehen, auf dass es sich stolz über alle Länder der Welt erhebe ...«

»Wilhelm?« Dora stutzte. »Was ist mit Wilhelm? Hat er sich auch freiwillig gemeldet?«

»Nein, er ist einberufen worden, er hat vor ein paar Tagen seinen Bescheid bekommen. Hat er dir das noch nicht erzählt?«

Dora schüttelte den Kopf. Ein unangenehmes Kribbeln breitete sich in ihrem Körper aus.

»Nein«, antwortete sie leise. »Wann hätte er mir davon erzählen sollen? Ich habe ihn seit der Schleppjagd nicht mehr gesehen. Wir schreiben uns seitdem. Aber in seinem letzten Brief war von der Einberufung noch nicht die Rede.«

»Dann wusste er das zu diesem Zeitpunkt wahrscheinlich selbst noch nicht. Aber ihr solltet euch unbedingt bald treffen, um euch voneinander zu verabschieden. Montag in einer Woche fährt unser Zug.«

»Schon so bald? Aber was sollen wir machen?« Dora flüsterte. »Ich kann doch nicht einfach mit ihm ausgehen, wir sind ja noch gar nicht offiziell verlobt. Unsere Eltern und seine Eltern, sie wissen ja noch von nichts.«

Hans nickte. »Das regeln wir schon. Ich bitte Wilhelm, uns am nächsten Wochenende noch einmal besuchen zu kommen, und dann werdet ihr Gelegenheit finden, für eine Weile miteinander allein zu sein. Dafür werde ich sorgen.«

»Danke, Hans!«

Sie lächelten einander an wie zwei Verschworene. Dora freute sich. Da war er wieder, ihr guter großer Bruder, so wie sie ihn kannte. Und dieser Bruder war ihr viel lieber als der andere, der mit herrischem Gesichtsausdruck davon träumte, in einem Kampfflugzeug zu sitzen und Bomben abzuwerfen. Sie beobachtete ihn, als er sich wieder über die Karte in seinem Atlas beugte. Wie würde es werden, wenn Hans nicht mehr zu Hause war? Noch nie waren sie länger als ein paar Tage getrennt gewesen. Sie sah seinen Platz am Tisch vor sich, den leeren Stuhl, und wurde plötzlich traurig. Sie spürte, dass etwas zu Ende ging.

Erna war mehr als verblüfft, als Dora am Abend in ihr Zimmer schlich.

»Marjellchen«, rief sie. »Ist was passiert?«

»Du musst mir bitte helfen, Erna.«

»Ja, nu, was kann ich denn tun?«

Leise schloss Dora die Tür hinter sich und trat näher an den kleinen Sessel heran, auf dem Erna saß, wie immer eine Handarbeit in den Händen. Der gelbliche Schein einer Stehlampe beleuchtete den grauen Strickstrumpf mit den fünf Nadeln, den sie in ihren Händen hielt. Er war schon fast fertig, es fehlte nur noch das letzte Stück der Fußspitze.

»Du kannst doch auch sticken, oder? Du hast doch im Frühjahr dieses Rosenmuster auf die große Tischdecke gestickt.«

Erna nickte.

»Kreijzstich«, sagte sie. »Den hast du doch wohl nu nich verlernt, Dora.«

»Doch. Im Grunde habe ich's nie richtig begriffen, dieses Hin und Her mit der Nadel und den vielen bunten Fäden. Kreuzstich, Rückstich, Stielstich. Puh. Du weißt doch, wie grässlich ich Handarbeiten immer fand. Aber jetzt möchte ich es lernen. Und zwar ganz schnell. Ich habe nur ein paar Tage Zeit dafür.«

Dora zog ein cremefarbenes seidenes Halstuch aus ihrer Rocktasche. »Hier. Das möchte ich besticken. Mit ganz vielen roten Rosen. Und Buchstaben. Denkst du, das schaffe ich? Oder ist das zu kompliziert?«

»I wo, Dora. Zu kompliziert, das gibt's bei mir nich. Bleijbste gleijch hier, dann zeijg ich dir den Kreijzstich.«

5.

Hans hielt Wort. Am folgenden Wochenende besuchte Wilhelm den Hof der Twardys. Dora war gerade dabei, Gilda zu striegeln. Sie war allein, genoss die warme Stille im Stall und den guten schweren Geruch nach Leder, Stroh und frischen Holzspänen, als er zu ihr kam.

»Dein Bruder hat mir gesagt, dass ich dich hier finde«, sagte Wilhelm. Im Vorbeigehen strich er der Stute über das Fell. »Wieso putzt du dein Pferd selbst? Habt ihr nicht mehr genug Stallburschen für diese Arbeit?«

»Doch, natürlich. Aber Gilda liebt es, wenn ich das mache. Zumal unsere besten Burschen ja nicht mehr da sind. Die sind alle einberufen worden. Und du?« Sie sah ihn an. Ein Sonnenstrahl, der durch ein schmales Fenster am Ende des Stallganges hereinschien, ließ sein Haar kupfern aufleuchten. Staubfäden tanzten im Licht. Seine Augen waren auf sie gerichtet. Er war blasser als sonst, als habe er schlecht geschlafen, und wirkte bekümmert. »Hans sagt, du musst auch weg …«

Wilhelm nickte. Er nahm Dora die Bürste ab und legte sie auf eine Querstange der Box. Dann fasste er Doras Hand, und sie ließen sich auf einem der Strohballen nieder, die vor der Stallwand auf dem Boden lagen.

»Deshalb bin ich hier«, sagte Wilhelm. »Um mich von dir zu

verabschieden. Ich weiß noch nicht, wo sie mich einsetzen und wann ich Urlaub bekomme. Aber ich wollte nicht in den Zug steigen, ohne dir noch einen Kuss gegeben zu haben.«

Dora versuchte zu lächeln. »Das ist schön«, erwiderte sie leise. »Aber ich vermisse dich jetzt schon ganz furchtbar.«

»Ich dich auch, Dora. Du kannst dir nicht vorstellen, wie unglücklich ich bin, jetzt wegzumüssen und monatelang von dir getrennt zu sein. Ich verstehe nicht, weshalb Hans so begeistert davon ist. Als ich im Frühjahr vom Militärdienst kam, war ich heilfroh, dass ich das hinter mir hatte, und jetzt? Jetzt geht es erst richtig los. Ich kann nur hoffen, dass die Wehrmacht tatsächlich so stark und überlegen ist, wie es immer heißt, damit es schnell vorbei ist.«

»Das wird es ganz bestimmt, Wilhelm. Du hast doch gesehen, wie flott das mit Polen ging. Warum soll es nicht so weitergehen?«

»Ja, Dora, ich will hoffnungsvoll sein.«

»Mir tut alles weh, wenn ich daran denke, wie lange wir uns jetzt nicht sehen werden. Dir darf nichts passieren, liebster Wilhelm. Nicht den kleinsten Kratzer darfst du abbekommen. Du musst immer gut auf dich aufpassen, versprichst du mir das?« Sie strich ihm zärtlich eine Strähne aus der Stirn. Er hielt ihre Hand fest und drückte einen Kuss darauf.

»Natürlich verspreche ich dir das. Und du pass auch immer auf dich auf!«

»Ja, das mache ich.«

Wilhelm legte seinen Arm um sie und zog sie an sich. Sie küssten einander, zärtlich und vertraut. Danach lehnte Dora ihren Kopf an seine Schulter und spürte, wie ihr die Tränen in die Augen stiegen. So saßen sie eine Weile schweigend, während Gilda geräuschvoll Hafer kaute. Schließlich wischte sich Dora mit dem Handrücken über die Nase und zog das Seidentuch hervor, das ordentlich zusammengefaltet in ihrer Rocktasche gesteckt hatte.

»Es wird jetzt ein bisschen nach Pferd riechen«, sagte sie entschuldigend, »weil ich nach dem Striegeln meine Hände nicht gewaschen habe. Aber ich hoffe, das macht nichts.«

»Was ist das?«, fragte Wilhelm.

Sie breitete das Tuch auf seinen Knien aus.

»Ein Halstuch für dich. Ich habe es selbst bestickt.«

»Das ist lieb von dir. Hast du mir nicht früher mal erzählt, wie schrecklich du Handarbeiten findest? Welche Mühe hast du dir gemacht. Sind das etwa Rosen? Und da stehen ja auch unsere Namen!«

Wilhelm las die aufgestickten Worte Buchstabe für Buchstabe. »Für Wilhelm von Dora in Liebe. Ach, Dora, ich danke dir von Herzen!« Ein Leuchten lag in seinen Augen. »Ich bin ganz gerührt. Wie lange hast du denn daran gearbeitet?«

»Jeden Abend, die ganze Woche lang. Erna hat mir ein bisschen geholfen, sonst hätte ich es nicht fertiggebracht. Es soll dir Glück bringen. Du musst es gleich umbinden. Damit du dich immer an mich erinnerst, wenn du in der Fremde bist.«

»Das werde ich. Es ist wunderhübsch.«

Sie legte Wilhelm das Tuch um den Hals und verknotete die Enden.

»So, nun ist es, als wäre ich immer bei dir, egal, wo du auch bist.«

»Danke«, sagte Wilhelm. Er küsste sie noch einmal. »Aber ich würde auch ohne dein Tuch jede Sekunde an dich denken. Ich habe übrigens auch was für dich.«

Er griff sich in die Hosentasche.

»Für mich?« Ein Lächeln glitt über Doras Gesicht und ließ die letzten Tränen versiegen. Nun also doch: Nun würde Wilhelm endlich den goldenen Ring hervorholen, und sie würden sich doch noch richtig verloben, bevor er in den Krieg zog. Eine Verlobung im Pferdestall, das war zwar nicht ganz das, was sie sich vorgestellt hatte, aber darauf kam es jetzt nicht an. Und eigentlich war es ja auch sehr romantisch.

Doch als Wilhelm seine Hand öffnete, lag da kein Ring, sondern ein zusammengefalteter Zettel.

»Was ist das?«, fragte Dora und versuchte, sich ihre Enttäuschung nicht anmerken zu lassen.

»Das ist für dich. Sieh mal!«

Dora nahm ihm das Papier ab und faltete es auseinander. Ein Gedicht stand darauf.

»Was ist das?«, fragte sie noch einmal. Statt einer Antwort las Wilhelm ihr den Text vor, so leise, als dürften nicht einmal die Pferde im Stall hören, was auf dem Zettel stand:

»Der Abschied.
Leb wohl, das ist ein hartes Wort.
Du bleibst zu Haus, und ich muss fort.
Der Führer ruft, nun muss ich gehen.
Wann werden wir uns wiedersehen?
Zerreißt mir auch der Abschiedsschmerz
mein übervolles liebend Herz,
nur darin liegt mein ganzes Glück:
Zu wissen, einst komm ich zurück.«

»Oh«, machte Dora, nachdem sie einen Moment lang geschwiegen hatte, gleichermaßen ratlos und ehrfürchtig. »Ein Gedicht. Es ist wunderschön.«

»Das habe ich selbst verfasst. Gestern Abend, als ich an dich gedacht habe. Es ist nur für dich.«

»Ein Gedicht für mich? Oh, danke, Wilhelm. Ich bin ... Noch nie hat jemand ein Gedicht für mich geschrieben.«

»Ich habe auch noch nie ein Gedicht für jemanden geschrieben. Es sprudelte gestern ganz plötzlich aus mir heraus. Ich hoffe, es gefällt dir, und ich verspreche dir, ich werde dir, sooft es geht, einen Brief schreiben. Und du schreibst mir hoffentlich auch ab und zu, sobald du meine Feldpostnummer bekommen hast.«

Dora nickte nur. Sie spürte, wie ihr nun wieder die Tränen kamen. Feldpostnummer. Bis vor ein paar Tagen hatte sie dieses Wort nicht gekannt. Es bedeutete, dass sie nicht einmal Wilhelms genauen Aufenthaltsort erfahren würde. Sie würde ihre Briefe an eine Nummer und nicht an eine Adresse schicken. Die letzten Zeilen des Gedichtes verschwammen vor ihren Augen.

»Das hast du so wunderschön geschrieben, Wilhelm. Mir geht es genauso: Nur darin liegt mein ganzes Glück, zu wissen, einst kommst du zurück ... Ich hoffe bloß, es dauert nicht so lange.«

• • •

Am folgenden Montag brach Hans in aller Frühe auf, um den Sammelbus am Dorfanger zu erreichen. Die ganze Familie hatte sich zum Abschied im Salon versammelt. Es war merkwürdig still im Raum. Selbst die Zwillinge blieben stumm, als spürten sie, dass es eine besondere Reise war, die ihr großer Bruder heute antrat. Mit großen Augen betrachteten sie den Koffer, in dem Hans seine Sachen verstaut hatte und den er immer wieder aufklappte, um etwas hineinzustecken, das er vergessen hatte, oder um die Dinge anders zu ordnen.

»Mein Jungche, nu beeijl dich«, sagte Erna und klopfte ihm auf die Schulter. »Sonst verpasst du noch den Bus.«

Als Hans endlich fertig war, nahm Josef Twardy die Pfeife aus dem Mund und umarmte seinen Sohn. »Gott beschütze dich!«, murmelte er. Noch immer hatte er ihm die Entscheidung, sich freiwillig zu melden, nicht verziehen. Als Hans nach draußen ging, blieb er im Haus.

Dora und die übrigen Familienmitglieder begleiteten Hans hinaus in den Hof, wo ein Zweispänner für ihn bereitstand. Der Kutscher saß schon auf dem Bock. Es war ein kühler Herbsttag. Die Sonne war noch nicht einmal richtig aufgegangen. Über den Wiesen hinter der Scheune lag bläulich der Nebel, und neben der Zufahrt zum Hof tropfte die Nässe von den Bäumen.

»Leb wohl, mein Sohn, und pass bloß gut auf dich auf!«

Ihre Mutter klang anders als sonst, fand Dora. Als koste es sie heute Mühe, mit fester Stimme zu sprechen. Zärtlich strich sie ihm über die Wange, als wäre er noch ein kleiner Junge. Dabei überragte er sie um fast einen Kopf.

Hans wandte sich verlegen ab. »Nun lass das doch, Mama«, murmelte er.

Alle Leute des Gutshofes hatten sich draußen versammelt und winkten Hans zum Abschied. Schließlich trat auch der Vater noch aus dem Haus und legte seinem Sohn eine Hand auf die Schulter, bevor er auf den Wagen stieg. Ein gespanntes Lächeln lag in Hans' Gesicht, als er von seinem Sitz aus kurz zurückwinkte. Dann richtete er den Blick nach vorn.

• • •

»Du kannst ihnen Briefe schreiben«, schlug Elsbeth vor. »Dann fühlen sich Hans und Wilhelm nicht so einsam in der Fremde.«

»Ja, das mache ich. Und ich hoffe doch sehr, dass die beiden an Weihnachten wieder zu Hause sind.«

Die beiden Freundinnen saßen am Nachmittag bei einer Tasse

heißer Schokolade in Laschinskis Kolonialwarenladen zusammen. Vera Twardy sah es nicht gern, wenn sich Dora dort länger aufhielt, als es unbedingt nötig war, um etwas Dringendes einzukaufen. Sie fand, dass die Leute, die dort einkehrten, nicht die richtige Gesellschaft waren für eine vornehme Gutstochter. Doch Dora setzte sich auch in diesem Fall gelegentlich über das Verbot ihrer Mutter hinweg, denn sie mochte das gemütliche Durcheinander des Ladens.

Gleich neben dem Eingang stand das Fass mit den eingelegten Heringen, auf der anderen Seite der schwere Petroleumbehälter. Der Geruch von säuerlichem Fisch und Öl vermengte sich mit dem Duft von Kaffeebohnen, Anis, Kümmel und Lorbeer und weiter hinten mit dem Tabakqualm einiger Bauern und Landarbeiter aus dem Dorf, die dort am Tresen zusammenstanden und sich bei Bier, Schnäpschen und Zigarette über das Wetter, die Ernte oder die Viehpreise vom letzten Markttag unterhielten. Bei Laschinski gab es nicht nur Lebensmittel zu kaufen, sondern auch all die anderen Dinge, die man ständig brauchte: Wäscheknöpfe, Zwirn und Gummiband, Haarspangen, Seife, Sodapulver und etliche andere Haushaltsmittel.

Außerdem erfuhr man hier am Tresen und an den zwei kleinen runden Tischchen vor dem Schaufenster stets den neuesten Klatsch aus Liebenwalde und den Nachbardörfern. Vor allem aber gab es bei Laschinski eine vorzügliche heiße Schokolade, und das war genau das Richtige, um es sich an diesem trüben Herbsttag ein wenig gemütlich zu machen. Wenn der Ladenbesitzer mit seiner speckigen braunen Lederschütze über dem gewaltigen Bauch an ihren Tisch trat und mit seinem dröhnenden Bass fragte: »Noch e Schlubberche Kakao, die Madamches?«, dann sah die Welt gleich viel besser aus.

Dora hatte Elsbeth endlich alles über Wilhelm berichtet, und sie war erleichtert, als sie sah, dass die Freundin sich mit ihr freute.

»Ich finde es schrecklich romantisch, dass Wilhelm dir ein Gedicht zum Abschied geschrieben hat. Das ist wirklich etwas ganz Besonderes.«

»Ja, Elli, das stimmt. Aber ein hübscher Ring am Finger wäre mir noch lieber gewesen. Dann würden alle sofort sehen, dass ich verlobt bin.«

»Im Moment ist es ohnehin keine gute Zeit für Verlobungen«, entgegnete Elsbeth nachdenklich. »Und für Hochzeiten schon gar nicht. Niemand ist in Feierlaune. Stell dir vor, unser Vater hat heute sogar das große Herbstfest im Dorf abgesagt. Als Bürgermeister dürfe er solche Lustbarkeiten in Kriegszeiten nicht erlauben, sagt er.«

»Aber wieso das denn?«, empörte sich Dora und stellte rasch die Kakaotasse ab, aus der sie gerade einen Schluck hatte trinken wollen. »Seit ich denken kann, gibt es jedes Jahr ein Herbstfest in Liebenwalde. Und der Führer hat das Tanzverbot doch längst wieder aufgehoben.«

Elsbeth zuckte mit den Schultern. »Vater sagt, es sei unanständig, zu feiern und zu tanzen, solange nicht der Krieg beendet und der letzte deutsche Soldat heil nach Hause gekommen ist. Mein Vater ist eben sehr streng in diesen Dingen. Er sagt, als Bürgermeister muss er besonders korrekt sein.«

»Und ich hatte mich so sehr darauf gefreut«, grummelte Dora. »Es ist wirklich zu ärgerlich. Erst müssen wir uns von Hans und Wilhelm verabschieden, und dann fällt auch noch der einzige Spaß aus, den wir in diesem Herbst hier im Dorf haben können. Was sollen wir denn die ganze Zeit machen, bis die beiden zurückkommen? Strümpfe stricken?«

Seufzend sah sie aus dem Fenster, wo der Regen gegen die

Scheiben klatschte. »Ich werde mich jedenfalls schrecklich langweilen in der nächsten Zeit.«

»Na, da werde ich doch hoffentlich ein wenig Abhilfe schaffen können!«

Dora fuhr herum. »Fritz! Was machst du denn hier? Ich habe dich gar nicht erwartet. Komm, setz dich zu uns.«

Friedrich grinste, sichtlich zufrieden darüber, dass er die Mädchen überrascht hatte, und nahm Platz.

»Ich wollte gerade nach Hause gehen, da hab ich euch gesehen. Ich habe den ganzen Nachmittag im Hinterzimmer des Ladens gesessen und mich um Laschinskis Abrechnungen gekümmert. Sein Kassenbuch ist ein einziges Durcheinander. Er ist ja ein guter Mensch, aber Buchführung ist nicht so seine Sache.«

»Das kann ich verstehen«, murmelte Dora. »Ich hasse Zahlen auch. Gut, dass du dich damit auskennst.«

Elsbeth lächelte und warf ihrem Bruder einen stolzen Seitenblick zu. »Es ist immer gut, wenn man ein Mathegenie in der Verwandtschaft hat. Er hat die Handelsausbildung als einer der Besten seines Jahrgangs beendet.«

Friedrich errötete. »Mir macht es bloß Spaß, mit Zahlen zu arbeiten. Und wenn ich Laschinski dabei helfen kann, ein paar Posten in seiner Buchhaltung so zu ordnen, dass er ein paar Reichsmark an Steuern spart, umso besser.«

»Bitte lasst uns nicht weiter über Geld reden.« Dora verdrehte die Augen. »Das ist so ein ödes Thema. Und du hast gerade versprochen, dass du uns nicht langweilen willst, Fritz.«

»Dora braucht ein bisschen Aufmunterung, weil ihr Verlobter eingezogen worden ist«, erklärte Elsbeth.

»Doras … Verlobter?«, stammelte Friedrich. »Ich wusste gar nicht, dass du verlobt bist. Seit wann das denn? Ich dachte immer …« Er unterbrach sich, heftig errötend, und fuhr stattdessen fort: »Na dann, herzlichen Glückwunsch! Und wer ist der Glückliche?«

Dora entging nicht, wie erschüttert Friedrich über diese Nachricht war, so sehr er sich auch um einen gelassenen Tonfall bemühte. Es tat ihr leid, weil sie doch längst wusste, dass er sie heimlich verehrte.

»Es ist Wilhelm von Lengendorff. Aber wir sind noch nicht richtig verlobt.« Sie streckte ihre Hände aus. »Siehst du, ich trage ja noch keinen Ring am Finger.«

Friedrich nickte zerstreut. »Wilhelm also. Ich habe mir beinahe so etwas gedacht, als du auf Gretes Hochzeit so lange mit ihm getanzt hast. Du hast so glücklich ausgesehen.«

»Mit dir hätte ich auch getanzt, wenn du mich nur dazu aufgefordert hättest«, behauptete Dora neckend in der Hoffnung, ihn dadurch ein wenig aufzuheitern.

»Ach, du weißt doch, dass ich mit der Hüfte nicht richtig tanzen kann. Mit mir hättest du nicht halb so viel Spaß gehabt.«

»Unsinn, Fritz, mit dir habe ich immer Spaß. Und ich verspreche dir, dass du immer mein bester Freund bleiben wirst, was auch geschieht.«

Sie sah nach draußen, wo es immer noch wie aus Kübeln schüttete. »Herrje, der Regen hört heute einfach nicht auf. Und ich müsste eigentlich längst nach Hause gehen. Ich wette, ich werde klatschnass unterwegs.«

»Ich habe einen Schirm dabei, wenn du magst, begleite ich dich.«

»Ach, Fritz, das wäre wunderbar. Du bist einfach ein Schatz.«

Dora verabschiedete sich vor der Tür von Elsbeth. Sie versprach der Freundin, sie so bald wie möglich wieder zu besuchen, hakte sich bei Friedrich unter und spazierte an seiner Seite durch den Regen. Er hatte ihr den Schirm gegeben, damit sie nicht nass wurde. Sie gingen langsam. Dora nahm Rücksicht auf seine ungleichmäßigen Schritte. Während des Weges plauderte sie munter drauflos, bemüht, das Thema nicht mehr auf Wilhelm kommen zu lassen. Friedrich war wortkarg. Er schien ihr gar nicht richtig zuzuhören. Dora spürte, dass er über etwas nachdachte. Sie hatten gerade den Weg von der Chaussee zum Gutshof eingeschlagen, als er endlich zu reden begann. »Ich muss dir etwas sagen, Dora. Vielleicht hätte ich dir das schon viel früher sagen sollen.«

»Was ist denn los?«

»Na ja. Vielleicht hast du es ja auch schon bemerkt.« Er schien nach den richtigen Worten zu suchen. »Weißt du, ich ... bin nämlich auch verliebt in dich. Schon ganz lange. Schon immer eigentlich. Und ich werde dich immer lieben, Dora, egal, wen du heiratest.«

»Aber Fritz, was sagst du denn da ...?« Dora war verblüfft über seine Offenheit.

»Ja, so ist das nun mal. Für mich wirst du immer die einzige und wunderbarste Frau der Welt sein. Ich weiß, dass du nicht so für mich empfindest. Für dich bin ich bloß Ellis großer Bruder, aber du sollst wissen, dass du immer auf mich zählen kannst. Und wenn etwas Schlimmes passiert, dann ...« Er begann, ein wenig zu stottern vor Aufregung. »Dann werde ich für dich da sein.«

»Aber Fritz!«, rief Dora noch einmal. Sie unterdrückte ein Lächeln, weil ihr sein Liebesgeständnis so absurd vorkam. »Ich hab dich doch auch so gern. Aber eben anders gern als Wilhelm. Ich habe dir doch gesagt, dass du immer mein Freund sein wirst. Du bist mein bester Kamerad, aber zum Heiraten reicht es doch nicht! Ach, Fritz, ich liebe Wilhelm. Und ihm wird ganz gewiss nichts passieren. Weihnachten ist er bestimmt wieder zu Hause, und der Krieg wird bald zu Ende sein. Und du wirst ganz sicher bald eine wundervolle Frau finden, die du ganz furchtbar lieb hast und die du heiraten wirst.«

»Ach, Dora, ich könnte niemals eine andere Frau heiraten als dich.«

Bei diesen Worten hatten sie den Gutshof erreicht. Vor der Veranda blieben sie stehen und sahen einander an. In seinen Augen lag etwas Wehmütiges.

»Bitte sei nicht traurig, Fritz.« Dora zögerte kurz, dann senkte sie den Schirm, sodass sie vom Haus aus nicht gesehen werden konnten, und drückte ihm einen schnellen Kuss auf die Wange. »Unsere Freundschaft kann uns niemand nehmen. Die bleibt solange wir leben. Das verspreche ich dir.«

Friedrich nahm ihr den Schirm ab. »Ja, Dora, du hast ja recht, wir bleiben gute Freunde, bis dass der Tod uns scheidet, versprochen.« Er grinste schief. »Ich bin ein Kamel. Ich hätte dir das gar nicht sagen sollen. Und jetzt mach lieber, dass du ins Haus kommst, sonst bekommst du hier draußen noch einen Schnupfen.«

6.

Dem nassen Herbst folgte ein kalter Winter. Mitte Dezember lag der Schnee meterhoch vor dem Gutshaus. Frantek und Karol hatten alle Hände voll zu tun, frühmorgens den Hof und die zugeschneite Einfahrt freizukehren, damit Menschen und Fahrzeuge hindurchkamen. Der strenge Frost malte Eisblumen an die Fensterscheiben. Drinnen war die Luft erfüllt vom harzigen Geruch der glimmenden Kienspäne, die im Kachelofen knackten und für eine behagliche Wärme sorgten. Und bald lag auch der Duft von Bratäpfeln, Pfefferkuchen und Marzipanstollen im Haus. Je näher das Weihnachtsfest rückte, desto größer wurde die Betriebsamkeit in Haus und Hof: Es wurde nicht nur gebacken, geschmückt und gebraten, es mussten Geschenke gekauft, gebastelt und verpackt werden. Wie in jedem Jahr an Heiligabend glänzten die vielen Glaskugeln und Lamettafäden im Schein der Kerzen am Weihnachtsbaum, der in der hohen Diele stand und dessen goldene Spitze bis in den ersten Stock hinaufreichte. Am Abend ging es im Pferdeschlitten durch die tief verschneiten Straßen zur Christmette ins Dorf, die Glöckchen am Geschirr klingelten rhythmisch im Trab der Tiere, und der Schnee glitzerte im Mondlicht. Nur eines war anders in diesem Jahr: Hans fehlte.

»Ich habe leider keinen Urlaub bekommen«, schrieb er in einem Brief, den Josef Twardy am Weihnachtsabend der Familie vorlas. »Aber grämt Euch nicht, ich bin auch nicht traurig darüber, ganz im Gegenteil. Sosehr ich Euch vermisse, so bin ich doch auch unsagbar glücklich, dieser großen deutschen Sache dienen zu dürfen, diesem großen, edlen Werk, das Europa verändern wird …«

Josef Twardy las den Brief nicht weiter. Er faltete ihn zusammen, dann nahm er seine Brille ab und legte beides seufzend auf den Tisch.

Wilhelm hatte über die Feiertage ebenfalls keinen Heimaturlaub erhalten. Seinen Brief, der schon ein paar Tage vor dem Fest angekommen war, verwahrte Dora in ihrer Nachttischschublade. Sie schämte sich ein wenig, weil Wilhelm auf drei Seiten ausführlich geschildert hatte, was er an seinem Standort an der deutsch-französischen Grenze erlebte. Stundenlang musste seine Kompanie in der Nacht mit schwerem Gepäck durch Regen, Schnee und Kälte marschieren, dann im steinhart gefrorenen Boden Stellungen ausheben. Währenddessen wartete er auf den Einsatz an der Front, von der er dreißig Kilometer entfernt sei, gelegentlich könne er das Donnern der Artillerie hören, doch insgesamt sei es recht ruhig. Vor allem aber schrieb Wilhelm, wie sehr er Dora vermisste. Sie aber, die den Umgang mit Füllfederhalter und Tinte genauso wenig mochte wie den mit Nadel und Faden, hatte ihm nur einen kurzen Gruß geschickt. Ein paar Worte nur auf einer Weihnachtspostkarte, die einen pausbäckigen Rauschgoldengel unter einem Tannenbaum zeigte.

Nun, hatte Dora gedacht, er wird ja sicher bald nach Hause kommen, und dann können wir uns ausführlich unterhalten.

Doch das neue Jahr begann, und Wilhelm kam nicht. Aber er schrieb fleißig, mehrmals in der Woche lag ein langer Brief von ihm im Postkasten. Er berichtete von Städten, in denen niemand mehr wohnte und wo sich die Soldaten in den geräumten Häusern einrichteten. Er schrieb von Eisenbahnbrücken, die sie bewachen mussten, von langen Fußmärschen in stockfinsterer Nacht und von schlammigen Gräben, in denen sie lagen. Wo genau Wilhelm stationiert war, vermochte Dora nicht herauszufinden. Als Ortsmarke gab er stets nur »im Westen« an.

Ab und zu schrieb Dora ihm zurück. Ihr Leben erschien ihr so gleichförmig, verglichen mit dem, was Wilhelm erlebte. Sie erzählte von den anstehenden Prüfungen in der Schule, von Siegfried, der sich gut auf dem Hof eingelebt hatte, und von dem schlimmen Schnupfen, den sie sich im Januar eingefangen hatte, was kein Wunder sei bei dem heftigen Schneefall und der schneidenden Kälte, die in diesem Jahr überhaupt nicht mehr aufhören wollte.

Tatsächlich war der erste Kriegswinter der kälteste seit Menschengedenken. Niemand in Liebenwalde konnte sich daran erinnern, je eine so lange klirrende Kältewelle erlebt zu haben. Im Februar war die Ostsee komplett zugefroren, man hätte nach Dänemark zu Fuß gehen können. In London erstarrte die Themse zu Eis, und die Leute spazierten über den Fluss. Selbst Italien hatte der Frost fest im Griff. Mehr als zehn Zentimeter Schnee lagen in Rom, während es im Süden Spaniens im Frühjahr wie aus Kübeln schüttete. Und auch aus Amerika kamen Berichte über Kälterekorde.

»Das liegt am Krieg«, sagte Lehrer Adomeit. »Die vielen Schiffe auf den Meeren wühlen das Wasser auf, das bringt den ganzen Globus in Unordnung, und deshalb ändert sich auch das Klima.«

Dora wusste nicht, ob der Lehrer recht hatte. Bis weit in den April hinein schneite es immer wieder bei klirrender Kälte. Aber dann begann es doch endlich zu tauen, und mit dem schmelzenden Schnee und dem steigenden Licht steckten bald die ersten

Frühlingsboten ihre bunten Blütenköpfe aus der Erde: Ganze Teppiche von weißen Buschwindröschen und blauen Leberblümchen leuchteten auf dem dunklen Waldboden, in der Wiese hinter dem Haus blühten gelbe Schlüsselblumen und violette Küchenschellen. Doch erst als Erich eines Samstagmittags im April mit dem Ruf »Der Storch ist da!« von der Schule heimkam, und als das vertraute Klappern auf dem Scheunendach über den Hof schallte – da wusste Dora, dass der eisige Winter auch für dieses Mal endgültig vorbei war.

Mit den Störchen kamen Wärme, Sonne und Licht zurück, die Vorfreude auf die Leichtigkeit des Sommers, auf das Barfußlaufen im Gras, auf lange helle Abende auf der Veranda und natürlich auf lange Ausritte mit Gilda. Und dieser Sommer erschien Dora ganz besonders verheißungsvoll, denn ihre Schulzeit war zu Ende. Ein Gefühl von Freiheit und Abenteuer durchflutete sie, als sie an Ostern ihr Abiturzeugnis in den Händen hielt, und das, ohne die schweren schriftlichen Prüfungen abgelegt zu haben. In diesem Jahr war das vereinfachte Notabitur auch für Mädchen eingeführt worden. Die Schule war ihr nie eine große Last gewesen, hatte ihr aber auch keine große Freude bereitet, und nun war es doch ein berauschendes Gefühl, diesen Abschnitt hinter sich gebracht zu haben.

Was erwartete sie nun? Das ganze Leben lag vor ihr, offen und geheimnisvoll und doch so vielversprechend, ausgebreitet wie eine Landkarte mit tausend Wegen und Pfaden. Welche würde sie gehen? Wo würde sie abbiegen? Vor ihr, so schien es Dora, lag ein Leben voller unbegrenzter Möglichkeiten, die man nach Lust und Laune pflücken konnte wie pralle rote Kirschen von einem reich behängten Kirschbaum.

Gewiss würde Wilhelm bei seinem lang ersehnten Heimatbesuch im Juni ganz offiziell um ihre Hand anhalten. Sicher war der

Krieg bald zu Ende, wie man hörte, kamen die deutschen Kriegsschiffe in der Nordsee ja gut voran gegen England und Norwegen. In der Zeitung stand, dass es nicht mehr lange dauern werde, bis die Feinde kapitulierten, und dann könnte sie Wilhelm endlich heiraten. Vielleicht würde sie noch in diesem Jahr zu ihm auf den stattlichen Gutshof ziehen. Zusammen würden sie ihren Traum verwirklichen und die Reitschule errichten, von der Wilhelm gesprochen hatte ...

Mit diesen Gedanken und in bester Laune wollte Dora gerade in den Stall eilen, um ihre Stute für einen Ausritt zu satteln. Doch Gertrud, das Hausmädchen, hielt sie zurück.

»Entschuldigung, Fräulein Twardy«, sagte sie, nachdem sie höflich geknickst hatte. »Ihre Frau Mutter schickt mich. Sie möchte Sie dringend sprechen.«

»Jetzt gleich? Aber worum geht es denn?«, erkundigte sich Dora. Doch Gertrud zuckte mit den Schultern.

»Das hat mir die gnädige Frau nicht gesagt.«

Dora bedankte sich und eilte verwundert die Treppe hinauf. Dort klopfte sie an die Zimmertür ihrer Mutter.

»Komm herein, Dora! Bitte setz dich einen Augenblick zu mir!«

Vera Twardy saß auf dem bestickten Chippendale-Sesselchen vor dem kleinen Schreibtisch, als Dora das Damenzimmer ihrer Mutter betrat. Es kam selten vor, dass die Hausherrin ein Familienmitglied in diesem Raum empfing. Die meisten Angelegenheiten wurden während der Mahlzeiten besprochen. Es musste sich um etwas sehr Wichtiges handeln. Zum letzten Mal war Dora vor zwei Jahren hierhergebeten worden. Damals war ihr eröffnet worden, dass es höchste Zeit sei, sich auf das Leben einer jungen Dame vorzubereiten und mit den Tanzstunden zu beginnen. Eine wunderbare Nachricht war das gewesen, denn Dora hatte Musik und Tanzen schon immer geliebt. An jenem Nachmittag war sie sich sehr erwachsen vorgekommen. Nun zermarterte sich Dora den Kopf, um was es diesmal gehen konnte, aber ihr fiel nichts ein. In gespannter Erwartung ließ sie sich auf dem Sesselchen gegenüber ihrer Mutter nieder und legte wohlerzogen die Hände in den Schoß.

»Dein Vater und ich haben uns Gedanken über deine Zukunft gemacht«, erklärte Vera Twardy. »Da deine Schulzeit nun zu Ende ist, beginnt ein neuer Lebensabschnitt für dich. Ein Leben als erwachsene Frau mit Verantwortung.«

Sie öffnete die schmale Schublade des Tisches und nahm einen zusammengelegten Papierbogen heraus. Während sie das Blatt auseinanderfaltete, fuhr sie fort: »Dein Vater und ich – wir haben gestern Abend lange darüber gesprochen, wie wir mit diesem Anliegen hier umgehen sollen.«

Dora sah, dass es sich um einen Brief handelte. Und obwohl sie die Schrift von ihrem Platz aus nicht erkennen konnte, machte ihr Herz einen aufgeregten Hüpfer. Das war es also: Wilhelm hatte ihren Eltern geschrieben und um ihre Hand angehalten. Und nun wollte ihre Mutter mit ihr über die Verlobung sprechen.

»Ja?«, hauchte sie aufgeregt und tat, als ahnte sie nichts. »Worum geht es denn?«

Ihre Mutter antwortete nicht direkt darauf: »Ich habe mir in den vergangenen Jahren alle Mühe gegeben, dich zu einer umsichtigen und pflichtbewussten jungen Dame zu erziehen, Dora, zu einer Frau, die die Grundzüge der Hauswirtschaft beherrscht. Und durch deine jüngeren Geschwister bist du auch im Umgang mit Kindern geübt, wenngleich Erna uns da natürlich einen Großteil der Arbeit abnimmt. Auch wenn ich weiß, dass dir manches in einem großen Haushalt nicht leichtfällt …« Dora merkte, dass ihre Mutter an dieser Stelle einen Seufzer unterdrückte. »So bin ich doch überzeugt, dass du im Ernstfall immer wissen wirst, was richtig und was zu tun ist, nicht wahr?«

Dora nickte schnell. Wilhelm und ich, dachte sie belustigt, wir werden so viele Angestellte haben, wenn wir erst verheiratet sind, dass ich im Grunde gar nicht zu arbeiten brauche. Küchenmädchen, Kindermädchen, Mädchen für die Wäsche und sogar eine richtige Köchin. Ich brauche nur ab und zu meine Anweisungen zu erteilen, und schon wird alles erledigt. Doch diese Gedanken behielt Dora für sich. Noch hatten ihre Eltern der Verlobung ja nicht zugestimmt.

»Nun, Dora«, fuhr ihre Mutter fort. »Vielleicht werden wir über das ein oder andere Detail noch einmal von Frau zu Frau reden müssen, bevor du dich deinen neuen Aufgaben zuwendest.«

Dora senkte den Kopf und unterdrückte ein Grinsen. Ah – über *diese* Dinge wollte ihre Mutter also mit ihr reden. Dabei ging es doch heute erst mal nur um die Verlobung und noch gar nicht um die Hochzeitsnacht. Im Übrigen wusste sie natürlich längst bestens Bescheid über alles, was nach der Heirat zwischen Mann und Frau passierte. Sie lebten doch nicht mehr im 19. Jahrhundert! Jedes Detail hatte sie mit Elsbeth besprochen, hinter vorgehaltener Hand natürlich. Sie wusste sogar, wie man es verhindern konnte, dass eine Frau direkt nach der Hochzeit schwanger wurde. Eine Information, für die Dora sehr dankbar war. Denn sosehr sie Wilhelm auch liebte und sich darauf freute, ihn zu heiraten: Kinder zu bekommen, damit würde sie sich gern noch ein bisschen Zeit lassen.

»Du weißt, dass du mich jederzeit fragen kannst, wenn du – was Kinder oder Haushalt angeht – Hilfe brauchst. Niemand kann von dir verlangen, dass du sofort perfekt handelst und alles richtig machst. Aber wir erwarten, dass du dich stets bemühst.«

Dora nickte wieder. »Ja, natürlich«, murmelte sie ungeduldig.

Jetzt war es doch aber endlich an der Zeit, dass ihre Mutter lächelte und ihr zu Wilhelms Antrag gratulierte. Doch Veras Miene blieb unverändert ernst, als sie weitersprach:

»Es wird natürlich eine große Umstellung für uns alle sein, wenn du auf einmal für so lange Zeit so weit weg bist ...«

Dora runzelte die Stirn.

»Aber wieso?« Selbstverständlich würde sie nach ihrer Hochzeit nicht mehr zu Hause wohnen, sondern bei Wilhelm. Doch das Gut der von Lengendorffs lag nur eine Dreiviertelstunde Fußweg vom Haus der Twardys entfernt. Und mit dem Fahrrad oder dem Pferdegespann war es schnell zu erreichen. »Wenn es sein muss, komme ich euch jeden Tag besuchen«, rief sie deshalb vergnügt. »Und ihr kommt jeden Sonntag zu Kaffee und Kuchen herüber.«

»Aber wo denkst du hin, Dora? Das ist unmöglich. Du weißt doch, dass der Zug mehr als zwei Stunden braucht von hier bis nach Königsberg.«

»Königsberg?«

Dora schnappte nach Luft. Was hatte ihre Verlobung mit der fernen Provinzhauptstadt zu tun? Sie war sich sicher, dass sie ihre Mutter falsch verstanden hatte.

»Wie meinst du das – Königsberg?«

»Nun, es ist so, meine liebe Dora.« Vera Twardy legte den auseinandergefalteten Brief vor sich auf den Tisch, strich glättend mit der flachen Hand darüber und schob ihn zu Dora hinüber. Sie betrachtete die Tintenbuchstaben und erkannte sofort, dass das nicht Wilhelms Handschrift war. Ein flaues Gefühl breitete sich in ihrem Magen aus.

»Es geht um Onkel Hermann«, erklärte ihre Mutter mit leiser Stimme, die Stirn in sorgenvolle Falten gelegt. »Du erinnerst dich doch daran, wie er kürzlich anrief und ganz glücklich berichtete, dass er und Minna ihr fünftes Kind bekommen haben, einen Jungen, Peter. Aber Minna ging es nicht gut nach der Geburt, und sie wurde immer hinfälliger. Es ist wirklich tragisch. Sie hat das Kindbettfieber bekommen. Vorige Woche ist sie gestorben, Gott hab sie selig, und der kleine Bub gleich mit ihr. Hermann ist untröstlich, und er macht sich große Sorgen, wie er deinem Vater hier schreibt. Vier kleine Kinder im Haus und keine Mutter da. Und dann hat Hermann doch sein Geschäft in Königsberg. Er kann ja nun nicht einfach alles stehen und liegen lassen. Glücklicherweise kümmert sich im Moment eine Nachbarin um die Kleinen, aber Hermann braucht dringend Unterstützung.«

Dora starrte abwechselnd auf den Brief und in das Gesicht ihrer Mutter.

»Und was …«, fragte sie leise, während sie eine schreckliche Ahnung beschlich, » … was hat das alles mit mir zu tun?«

»Dein Vater und ich sind übereingekommen, dass du Onkel Hermann helfen wirst. Du wirst zu ihm fahren und dich um seinen Haushalt und um die Kinder kümmern. Erna und ich, wir haben dich alles gelehrt, was du dafür wissen musst. Es ist ein Notfall, jemand muss einspringen, und als älteste Tochter bist du diejenige, die das tun wird. Am besten packst du noch heute deinen Koffer. Morgen früh wird Vater dich zum Bahnhof bringen, und dann fährst du zu Onkel Hermann nach Königsberg.«

»Aber Mama, ich …«

Dora spürte, wie Tränen in ihren Augen aufstiegen.

»In diesem Fall gibt es kein ›aber Mama‹, liebe Dora. Hermann ist der Bruder deines Vaters, damit stehen wir in der Pflicht. Es tut mir leid, dass du so plötzlich aufbrechen musst, aber es gibt keinen anderen Weg. In schweren Zeiten hält die Familie der Twardys zusammen, das weißt du doch. So war es schon immer, und das werden wir auch jetzt so halten.«

Dora senkte den Blick. Ihre Hoffnung auf ein baldiges Wiedersehen und eine Verlobung mit Wilhelm, ihre Vorfreude auf eine rauschende Hochzeitsfeier, vielleicht ja noch in diesem Sommer ... – all das zerbarst in einem Augenblick. Schon morgen würde sie in die Fremde reisen und auf unabsehbare Zeit in einer unbekannten Stadt leben. Sie musste Verantwortung für einen großen Haushalt übernehmen, für vier Kinder, die sie noch nie gesehen hatte, zusammen mit Onkel Hermann, den sie in den letzten Jahren kaum mehr zu Gesicht bekommen hatte. Er war immer so stark von seinem Geschäft in Beschlag genommen gewesen, dass er nur selten zu irgendwelchen Familienfeiern kam.

Am meisten erschreckte es Dora, dass das alles so plötzlich passierte. Dass sie keine Zeit hatte, auf Wilhelms Urlaub zu warten und sich von ihm zu verabschieden. Wie enttäuscht würde er sein, wenn er erst erfuhr, dass sie nicht mehr in Liebenwalde war, wenn er nach Hause kam. Einen Augenblick lang erwog Dora, zu protestieren und ihrer Mutter von Wilhelm und ihrer erhofften Verlobung zu erzählen.

»Kann nicht vielleicht Marianne an meiner Stelle dem Onkel aushelfen?«, setzte sie an. »Sie ist doch ohnehin viel geschickter in allen Belangen des Haushalts.«

Doch Dora sah, wie die Augen ihrer Mutter in ruhiger Entschlossenheit auf sie gerichtet waren, und da wusste sie, dass es keinen Sinn hatte aufzubegehren.

»Marianne geht noch zur Schule.«

Dora seufzte.

»Was meinst du denn, Mama, wie lange werde ich wohl in Königsberg bleiben müssen?«, fragte sie schließlich zögerlich. »An meinem Geburtstag im Sommer bin ich doch sicher wieder zu Hause – oder?«

Ihre Mutter wiegte nachdenklich den Kopf. »Ich weiß es

nicht. Ich befürchte, du wirst dich darauf einstellen müssen, länger in Königsberg zu leben. Wir haben mit Onkel Hermann vereinbart, dass du so lange bei ihm bleibst, bis er eine neue Frau gefunden hat.«

Dora verschlug es die Sprache.

»Aber …«, stammelte sie schließlich, »… das kann ja ewig dauern. Er ist in Trauer um Minna, er ist von morgens bis abends in seinem Laden beschäftigt, er hat vier Kinder … Mama, wie soll dieser Mann jemals eine neue Frau finden?«

Ihre Mutter hob bedauernd die Schultern. »Es wird sich alles weisen, Dora. Dein Onkel ist ein sehr zuvorkommender, anständiger Mann, der im Übrigen durchaus nicht unvermögend ist. Ich kann mir nicht vorstellen, dass er beabsichtigt, den Rest seines Lebens als einsamer Witwer zu bestreiten. Er ist eine gute Partie. Gewiss wird sich nach der Trauerzeit die ein oder andere junge Frau für ihn interessieren. Aber nun …« Vera Twardy faltete den Brief wieder zusammen und steckte ihn zurück in die Schreibtischschublade. »Es ist, wie es ist, Dora, und jetzt gehst du am besten in dein Zimmer und packst die notwendigen Dinge zusammen. Ich werde eines der Mädchen rufen, damit es dir ein wenig zur Hand geht.«

Für ihre Mutter war das Gespräch damit beendet und Doras Abreise nach Königsberg beschlossene Sache. Ihr Leben, das ihr heute Vormittag noch so herrlich, unbeschwert und grenzenlos offen erschienen war, hatte sich in einen finsteren Tunnel verwandelt, aus dem es kein Entrinnen gab, und sie wusste nicht, was sie am anderen Ende erwartete.

Mit zitternden Knien erhob sich Dora aus ihrem Sessel.

• • •

Die Sonne schien, als Dora am nächsten Morgen nach Königsberg aufbrach. Sie hatte Wilhelm ein paar rasche Zeilen geschrieben und ihm mitgeteilt, was sich ereignet hatte. Viel Zeit für einen ausführlichen Brief war ihr nicht geblieben, denn sie hatte so vieles zusammenpacken müssen. Weil sie nicht wusste, wie lange sie bleiben würde, hatte sie nicht nur Sommerkleider, sondern auch wärmere Sachen für die kältere Jahreszeit eingepackt. Ein großer Lederkoffer war bis an den Rand mit Kleidung und Schuhen vollgestopft, und dann hatte ihr die Mutter noch einen prall gefüllten Leinenbeutel mitgegeben. Er klirrte dumpf, als sie ihn neben Doras Koffer auf den Boden stellte.

»Hier, ich habe noch ein paar Weckgläser aus dem Vorratskeller geholt. Nimm sie bitte für die Königsberger mit. Ich weiß, dass Hermann unsere eingemachten Birnen und Kürbisse mag. So etwas Gutes bekommt er in der Stadt nicht zu essen.«

Dora ließ ihre Blicke über das Gepäck wandern und fragte sich, wie sie das alles schleppen sollte.

Die einzigen Worte, die sie ein wenig über die ungeliebte Reise hinweggetröstet hatten, waren von Erna gekommen. »Nu siehste, Marjellchen«, hatte sie gesagt und Dora zum Abschied noch einmal fest an ihren großen weichen Busen gedrückt. »Keenigsberg ist so eijne feijne Stadt, da hast du sicher mal ab und zu Jeleijenheijt, deijn schickes, nackijes Klejdchen anzuziehjen ...«

Erna hatte ihr noch einen Kuss auf die Wange gegeben und dann die Träne weggewischt, die Dora aus einer Mischung aus Rührung und Abschiedsschmerz aus dem Auge gerollt war. Aber der Gedanke an das Kleid hellte Doras Stimmung ein wenig auf. Rasch war sie noch einmal in ihr Zimmer zurückgelaufen, hatte Abendkleid und Tanzschuhe aus dem Schrank geholt und beides vorsichtig auf die anderen Sachen im Koffer gelegt.

Wie schnell sich das Leben ändern kann, dachte Dora, während draußen vor dem Zugfenster Birkenwälder und frühlingsgrüne Wiesen vorbeizogen, auf denen die Störche majestätisch um ruhig grasende Pferde herumspazierten. Hoch oben am Vergissmeinnicht-blauen Himmel türmten sich weiße Wolkensinfonien. Dora entglitt ein Seufzer, während sie die vertraute Landschaft durch die Scheibe betrachtete und sich fragte, wann sie das alles wiedersehen würde.

Doch zu dieser stillen Wehmut gesellte sich mit zunehmender Entfernung von Liebenwalde auch eine gewisse Neugier auf ihr künftiges Leben in der aufregenden Großstadt mit seinen Kinos, Cafés und Modegeschäften. Und mit jedem Kilometer, den der Zug sie aus der Heimat forttrug, wuchs ihre unverwüstliche Zuversicht, ihre Wissbegier, eine merkwürdige, belebende Vorfreude auf alles, was da jetzt kommen würde.

Mit einem schrillen Quietschen der Bremsen kam der Zug keine zwei Stunden später am Königsberger Hauptbahnhof zum Stehen. Ein mitreisender junger Mann half Dora, ihren Koffer aus der Gepäckablage zu heben, und kurz darauf stand sie auf dem Bahnsteig, wo sie erst einmal Luft schnappen musste angesichts des plötzlichen Trubels, der sie hier umgab. Ein junges Mädchen fiel einem heimkehrenden Soldaten jubelnd in die Arme, eine Mutter lief mit zwei schreienden Kindern an den Händen auf die Treppen des Ausgangs zu. Ein Blumenverkäufer pries seine Nelkensträußchen an. Wie viel lebhafter ging es hier zu als auf dem kleinen zweigleisigen Bahnhof von Wormditt, an dem sie heute Morgen aufgebrochen war.

Dora schob sich durch die Menge der Menschen nun ebenfalls dem Ausgang der Halle zu. Der große Lederkoffer wog schwer in ihrer Hand, und die Riemen des Beutels, in dem die Leckerbissen aus Liebenwalde verstaut waren, schnitten schmerzhaft in ihre Schultern, während sie über den großen Bahnhofsvorplatz schritt. Da Onkel Hermann im Geschäft unabkömmlich war, hatten sie vereinbart, dass Dora mit der Straßenbahn zu ihm fahren sollte. Er hatte ihr am Telefon genau beschrieben, wo sie die Haltestelle der Linie 5 fand und welche Richtung sie nehmen musste.

Dora war noch nie mit einer Elektrischen gefahren. Sie hatte ganz vorn einen Sitzplatz am Fenster gefunden und das Gepäck vor ihren Füßen abgestellt. Das war etwas eng, aber sie achtete kaum darauf. Denn draußen gab es so vieles zu beobachten. Dora konnte sich nicht sattsehen an den breiten Straßen, die von hohen stattlichen Häusern gesäumt wurden, und dem lebhaften Autoverkehr auf der Fahrbahn. Erstaunt stellte sie fest, dass hier kaum ein Pferdefuhrwerk unterwegs war. Die Bahn überquerte zwei Brücken über dem Pregel, denn ein Teil der Stadt lag wie eine Insel zwischen den beiden Armen des Flusses. Allerlei Boote und Schiffe tummelten sich auf dem Wasser, und Dora erkannte auf der einen Seite die mächtigen Türme des Königsberger Doms, auf der anderen das große Gebäude der Börse und weiter stadtauswärts die hohen Fachwerkmauern der Hafenspeicher, die sie bisher nur auf Fotos im Wirtschaftsteil der Zeitung gesehen hatte, den ihr Vater regelmäßig las. Wuchtig ragten kurz darauf der gedrungene runde Eckturm und der hohe fünfspitzige Turm des Königsberger Schlosses hinter dem Kaiser-Wilhelm-Platz auf, dem lebhaften Verkehrsknotenpunkt der Stadt. Gleich mehrere Straßenbahnen begegneten sich hier, und es wimmelte von Menschen an den vier Plattformen der Haltestellen. Umgeben von einem verschnörkelten Metallzaun, stand ein Bismarck-Denkmal auf dem Platz, mindestens fünf oder sechs Meter groß, schätzte Dora. Ein steinerner, geflügelter Lindwurm am Fuße des Sockels spie unablässig Wasser in ein Bassin. Direkt vor dem Schlossberg reckte die bronzene Statue Kaiser Wilhelms ihr Schwert in die

Höhe. Dora hatte noch längst nicht alle Eindrücke in sich aufgenommen, da passierte die Bahn bereits den imposanten Steindamm, die Hauptgeschäftsstraße von Königsberg, an der sich prächtige jahrhundertealte Gebäude aneinanderreihten, manche fünf oder sechs Stockwerke hoch, im Barock- oder Renaissancestil mit Erkern, Rundbögen und aufwendig verzierten Fassaden. Dora entdeckte auch den mondänen Alhambra-Palast, eines der modernsten Gebäude der Stadt, in dem es – wie sie wusste – nicht nur verschiedene vornehme Lokale gab, sondern vor allem das schönste Kino Ostpreußens. Es wurde von vielen Stars besucht, die dort ihre neuesten Filme vorstellten. Erst kürzlich hatte sie in *Die junge Dame* gelesen, dass die Schauspielerin und Tänzerin Marika Rökk hier eine Premiere gefeiert hatte. Beim Anblick des Lichtspiel-Palastes mit seinen langen Fensterfronten, den halbrunden Ecken und den Leuchtreklamebuchstaben wurde Dora plötzlich von einer Welle freudiger Erregung erfasst. Vielleicht würde sie selbst hier einem der berühmten UFA-Filmstars begegnen und möglicherweise sogar ein Autogramm von Marika Rökk oder Zarah Leander ergattern! Welch ein aufregendes Leben stand ihr doch in Königsberg bevor!

Dora lächelte still vor sich hin, während die Bahn weiter durch die Straßen ruckelte. Fast hätte sie den Ausstieg verpasst. So sehr war sie in ihren Tagträumen versunken, dass sie den Ausruf des Fahrers erst mit einigen Sekunden Verzögerung wahrnahm. »Haltestelle Hohenzollernstraße!«

Erschrocken sprang sie auf, riss den Koffer hoch und hängte sich den Beutel mit den Obstgläsern um. Sie stieß mit einer älteren Dame zusammen und entschuldigte sich schnell, dann sprang sie aus dem Wagen.

Onkel Hermann wohnte mit seiner Familie in der ersten Etage eines fünfstöckigen Gebäudes in einer kleinen Straße unweit des

Steindamms. Im Erdgeschoss lag sein Geschäft, Kunsthandel Hermann Twardy stand in großen Buchstaben an der Hauswand über den beiden Schaufenstern, die die Ladentür rechts und links flankierten. Ein Glöckchen bimmelte hell, als Dora eintrat. Die Wände im Inneren des Ladens waren rundum mit gerahmten Ölbildern, Kunstdrucken und Aquarellen in den unterschiedlichsten Formaten behängt. Auf einem hüfthohen Regal vor einem der Schaufenster standen ein paar asiatisch anmutende jadegrüne Drachenfiguren und eine Schatulle aus schwarzem Onyx mit floralen Intarsien aus Perlmutt. Hermann Twardy war gerade dabei, ein großes Ölbild aus braunem Packpapier zu wickeln, als Dora sein Geschäft betrat. Augenblicklich legte er das Bild ab, kam um die Theke herum und trat mit ausgebreiteten Armen auf sie zu.

»Dora! Mein liebes Mädchen, wie bist du gewachsen. Eine richtige feine Dame bist du geworden. Ich glaube, ich hätte dich nicht wiedererkannt, wenn wir uns auf der Straße begegnet wären. Wie schön, dass du da bist!«

Onkel Hermann sah aus wie eine ältere Kopie ihres Vaters, die gleichen stahlblauen Augen, das gleiche dunkel gewellte Haar, doch trug er einen dichten Backenbart und eine Hornbrille mit dicken, runden Gläsern, die seine Augen winzig klein erscheinen ließen. Auch sein Leibesumfang war etwas stattlicher als der Josef Twardys. Obgleich drei Jahre vor seinem Bruder geboren, war es Hermann von Anfang an klar gewesen, dass er nicht Erbe des väterlichen Gutshofes sein wollte, wie es ihm eigentlich zugestanden hätte. Er hatte dem Landleben nie viel abgewinnen können. Schon früh entdeckte er seine Leidenschaft für die Kunst und fühlte sich zum Leben in der Stadt hingezogen. Als junger Mann hatte er ein paar Jahre in Berlin gelebt, wo er sich für die vielen Museen und Galerien begeisterte und bei einer Ausstellung seine spätere Frau Minna kennenlernte. Hermann war anderen Menschen gegenüber sehr aufgeschlossen und pflegte bald gute Kontakte zur Kunstszene im ganzen Reich. Da er außerdem ein gutes Gespür hatte für Entwicklungen und Trends in diesem Gebiet, war er bald ein erfolgreicher Galerist geworden. Sein Geschäft in Königsberg florierte und machte ihn zu einem gefragten Experten. Dora hatte Onkel Hermann als umgänglichen, fröhlichen Menschen in Erinnerung, der gerne lachte und das Leben in Gesellschaft schätzte. Doch heute waren seine Wangen blass, und der Schmerz über den Verlust seiner Frau hatte tiefe Kummerfalten in seine Stirn gegraben.

»Nun, da du hier bist, habe ich eine Sorge weniger«, seufzte er. »Vielen Dank, dass du mir unter die Arme greifst!«

Dora lächelte scheu und erwiderte seine freundliche Umarmung.

»Aber das ist doch selbstverständlich«, murmelte sie. »In schweren Zeiten muss die Familie zusammenhalten. Es tut mir so leid, dass Tante Minna gestorben ist.«

»Ich danke dir. Das Wichtigste ist jetzt erst einmal, dass die Kinder und der Haushalt gut versorgt sind. Ich hoffe, du hattest eine gute Reise? Und was hast du denn da mitgebracht? Eingelegte Kürbisse? Das ist ja lieb von dir! Aber wie schwer musstest du schleppen. Warte, ich nehme dir den Beutel ab. Den bringen wir gleich in die Küche. Amalie, unser Nachbarsmädchen, wird dir in den ersten Tagen zeigen, was du wissen musst, und dann wird dir sicher bald alles leicht von der Hand gehen.«

Hermann verschloss von innen die Ladentür, hängte ein Schild mit der Aufschrift »geschlossen« an die Klinke, und Dora folgte ihm durch den Hinterausgang der Geschäftsräume in ein hohes, holzvertäfeltes Treppenhaus. Ein vergitterter Aufzug brachte sie ratternd hinauf in den ersten Stock. Die schwere Wohnungstür stand schon offen, als sie aus dem Lift stiegen, zwei kleine Buben im ersten Schulalter linsten neugierig um den Türstock, der eine etwa sechs, der andere acht Jahre alt.

»Ewald und Artur«, stellte Onkel Hermann seine beiden Söhne vor. »Nun, ihr zwei, begrüßt unser neues Familienmitglied mal ordentlich.«

Verlegen machten die Jungen einen Diener, während Dora eintrat.

»Wir haben dich schon auf der Straße gesehen«, erklärte der ältere von ihnen, Artur, der – ebenso wie sein Bruder – eine hellgraue kurze Lederhose mit Trägern zu einem weißen Hemd und einen frechen Bürstenhaarschnitt trug.

Hermann fuhr ihm liebevoll durch die Haare: »Du kleiner Lorbass«, sagte er, »habt ihr etwa wieder die ganze Zeit am Fenster gestanden? Konntet ihr es wohl gar nicht abwarten, bis unsere liebe Dora endlich da ist – oder?« Und zu Dora gewandt sagte er: »Dann komm doch mal rein in die gute Stube!«

Wenig später standen sie im Wohnzimmer, einem prächtigen Salon mit einer fast fünf Meter hohen stuckverzierten Decke, an der ein üppiger Kristalllüster hing. Dora ließ ihre Blicke neugierig umherwandern. Über die Wände rankte sich das rötliche Lilienmuster einer kostbaren Stofftapete, hier und da bedeckt von großformatigen Ölgemälden in goldenen Rahmen. Eine edle Vitrine aus Mahagoni, eine Gruppe schwerer englischer Ledersessel und ein dicker Orientteppich auf dem Boden ließen das Zimmer sehr behaglich erscheinen. Dora spürte auf einmal eine bleierne Müdigkeit. Obwohl sie den ganzen Vormittag gesessen hatte, hätte sie sich am liebsten sofort auf einen der Sessel fallen lassen und für einen Moment die Augen geschlossen.

»So«, sagte er. »Nun wird es Zeit, dass du den Rest meiner Familie kennenlernst.« Laut rief er: »Amalie! Meine Nichte ist da!«

Auf seinen Ruf hin öffnete sich eine der beiden weißen Flügeltüren, die auf beiden Seiten des Salons in weitere Zimmer der Wohnung führten, und eine junge Frau trat ein. Sie war etwa Anfang zwanzig, wirkte in ihrem schlichten schwarzen Wollkleid und den streng gescheitelten dunklen Haaren aber viel älter. An einen Zipfel ihrer weißen Schürze klammerte sich ein etwa vierjähriges, blondbezopftes Mädchen, Evalotte, wie Dora wusste. Schweigend und an einem Daumen nuckelnd, betrachtete die Kleine den fremden Gast.

»Das ist unsere Nachbarstochter Amalie«, erklärte Onkel Hermann. »Sie ist in der größten Not als Kindermädchen eingesprungen und hilft uns auch ein wenig im Haushalt. Wir haben Glück, dass sie ihre neue Stelle beim Postamt erst in einigen Tagen anzutreten braucht.«

»Guten Tag, Amalie! Ich freue mich, Sie kennenzulernen«, sagte Dora höflich.

Amalie erwiderte den Gruß, ohne zu lächeln. Sie sah erschöpft und unzufrieden aus, so als würde ihr die Arbeit mit den Kindern keinen besonders großen Spaß machen. Dora war enttäuscht. Amalie wirkte nicht gerade wie eine vergnügte junge Dame, mit der sie sich bei einer Filmpremiere im Alhambra-Palast gern amüsieren würde.

»Und wo ist Inge?«, erkundigte sich Onkel Hermann und betrachtete den großen ovalen Esstisch, der schon für das Abendessen vorbereitet und für sieben Personen gedeckt war.

»Inge ist noch in ihrem Zimmer«, erklärte Amalie nüchtern. »Sie sagt, sie möchte nicht herauskommen, um Ihren Besuch zu begrüßen.«

Onkel Hermann runzelte ärgerlich die Stirn. »Wie ungehörig von ihr! Im Übrigen ist Dora nicht mein Besuch. Dora gehört ab sofort zur Familie. Und Inge hat beim Abendessen zu erscheinen, ob es ihr gefällt oder nicht. Bitte richten Sie ihr das aus, Amalie!«

Amalie verließ das Wohnzimmer, um wenig später mit einem grimmig dreinblickenden älteren Mädchen an der Hand zurückzukehren.

»Inge«, sagte ihr Vater, »das ist deine Cousine Dora. Sag Dora Guten Tag.«

Das Mädchen war etwa zwölf Jahre alt, die aschblonden geflochtenen Zöpfe hingen lang über den Rücken des karierten Hemdblusenkleides. Mit bloßen Füßen stand sie im Wohnzimmer und betrachtete Dora mit fest zusammengepressten Lippen.

»Guten Tag«, stieß sie schließlich hervor, und kaum dass Dora sie begrüßt hatte, fügte sie hinzu: »Kann ich jetzt wieder gehen, Papa? Ich muss noch für die Schule lernen.«

Ohne die Antwort ihres Vaters abzuwarten, entwand sich Inge Amalies Hand und stürmte wieder hinaus. Kurz darauf war zu hören, wie eine Zimmertür mit vernehmlichem Krach zugeschlagen wurde.

Onkel Hermann stöhnte. »Bitte entschuldige ihr ungezogenes Benehmen, Dora. Sie hat der Tod ihrer Mutter am schlimmsten getroffen. Es ist nur der Kummer, der sie so garstig macht. Ich weiß nicht, was ich mit ihr machen soll. Weder Strenge noch Milde scheinen zu helfen. Eigentlich ist Inge ein sehr liebenswürdiges Mädchen. Aber im Moment ...« Er rang hilflos die Hände und sprach den Satz nicht zu Ende.

Dora nickte schweigend. Eine mürrische Nachbarin und eine ungezogene Tochter, was würde noch auf sie zukommen?

»Aber nun möchtest du sicher erst einmal deinen Koffer auspacken«, fuhr Onkel Hermann fort. »Und dann freuen wir uns auf das Abendessen.«

»Oh, ja, sehr gerne.«

Nichts wollte Dora jetzt lieber, als in ihr Zimmer gehen, die Tür hinter sich schließen und einen Augenblick lang allein sein und zur Ruhe kommen. Von der langen Zugreise und dem ungewohnten Trubel in der fremden Familie schwirrte ihr der Kopf.

Während Amalie mit den anderen Kindern in die Küche ging, hob der Onkel Doras Koffer an, und sie folgte ihm durch die lange Diele. Schwere Teppiche dämpften ihre Schritte auf dem dunklen Holzboden. Auch hier waren die Wände bis hoch zur stuckverzierten Zimmerdecke behängt mit gerahmten Ölgemälden aus den unterschiedlichsten Epochen, Miniaturen, die idyllische Landschaften zeigten, Jagdszenen und altertümliche Porträts waren darunter. Am Ende des Ganges klopfte er kurz und öffnete eine Tür.

Dora blieb verdutzt auf der Schwelle stehen. Ungläubig betrachtete sie Inge, die im Schneidersitz auf dem Bett saß, den Kopf über ein Buch gebeugt, als die beiden hereinkamen.

Was tut dieses freche Mädchen in meinem Gastzimmer?, schoss es Dora im ersten Augenblick durch den Kopf. Doch dann sah sie den Schultornister, der neben dem Bett stand, die Kartons mit Brettspielen im Regal und die vernachlässigte Puppenstube auf dem Boden, in der sämtliche Bewohner und Möbelstücke durcheinandergeworfen waren. Unter dem einzigen Fenster des Raumes stand eine schmale Chaiselongue, darauf lagen zusammengefaltet frisches Bettzeug, ein Waschlappen und Handtücher. Doras Blick blieb daran hängen. War das etwa ihre Schlafstätte? Sollte sie das Zimmer mit ihrer Cousine teilen? Die Antwort ihres Onkels beseitigte jeden Zweifel.

»Bedauerlicherweise hat diese Wohnung keine eigenen Räume für Besucher oder Hauspersonal«, erklärte er und stellte den Koffer neben der Chaiselongue ab. »Aber ich bin mir sicher, Inge und du, ihr zwei werdet euch langfristig auch gut verstehen.«

Dora hatte den Eindruck, dass er einen Seufzer des Zweifels unterdrückte.

»Das ist mein Zimmer«, erklärte Inge nachdrücklich, ohne den Kopf vom Buch zu wenden. »Das ist auch mein Kleiderschrank und mein Bücherregal.«

»Natürlich ist es dein Zimmer«, erwiderte ihr Vater ruhig. »Aber da wir keine andere Möglichkeit haben, wird Dora mit dir zusammenwohnen. Das hatten wir doch alles schon besprochen.«

Dora schluckte. Dass sie kein eigenes Zimmer bekam und sich den kleinen Raum ausgerechnet mit ihrer patzigen kleinen Cousine teilen musste – das war eine Enttäuschung. Seit sie denken konnte, hatte sie einen Ort gehabt, um sich zurückzuziehen und allein ihren Gedanken nachzuhängen. Doch um den Streit nicht weiter zu schüren, bemühte sie sich um ein freundliches Lächeln und sagte: »Wie nett von dir, Inge, dass du dein Zimmer mit mir teilen magst.«

Inge sah auf. »Ich mag das Zimmer nicht mit dir teilen, ich *muss* das tun«, erklärte sie.

Mit einem Ruck legte sie ihre Lektüre zur Seite – es war keineswegs ein Schulbuch, sondern *Robinson Crusoe* von Daniel Defoe, wie Dora feststellte. Inge stand vom Bett auf und öffnete eine Tür ihres Kleiderschranks. »Hier. Ich habe ein Fach für dich ausgeräumt. Da kannst du deine Sachen hineinlegen. Und es gibt fünf Kleiderbügel für dich. Den Rest brauche ich.«

Damit schlug sie die Schranktür wieder zu und kroch wortlos zurück aufs Bett.

»Aber Inge!«, tadelte ihr Vater erschrocken. »Was soll Cousine Dora denn von dir denken? Sie ist extra angereist, um uns zu helfen.«

Dora hätte am liebsten auf dem Absatz kehrtgemacht und sich im nächstbesten Hotel ein Zimmer gesucht, vielleicht im schicken Berliner Hof am Steindamm, an dem sie vorhin noch mit der Elektrischen vorbeigefahren war. Aber sie wusste, dass so etwas weder im Budget ihres Onkels und schon gar nicht in ihrer eigenen Reisekasse vorgesehen war. Und einfach weglaufen und nach Liebenwalde zurückfahren? Das war unmöglich. Sie wagte sich gar nicht das Gesicht ihrer Mutter vorzustellen, wenn sie so unvermittelt wieder vor der Tür stünde. Nein, es blieb ihr nichts anders übrig, als sich mit dieser grässlichen Inge irgendwie zu arrangieren.

»In Ordnung«, brachte sie deshalb mühsam hervor. »Ich brauche sowieso nicht viel Platz für meine Sachen. Ich schiebe meinen Koffer einfach unter die Chaiselongue.«

Sehr viel später am Abend, als Dora müde und erschöpft von dem aufregenden Tag auf ihrer Schlafstätte lag, da hätte sie am liebsten geweint vor Enttäuschung. Die Euphorie, die sie bei der Fahrt durch die Stadt vor wenigen Stunden noch empfunden hatte, war von einem Moment auf den anderen erloschen. Sie hatte unendliches Heimweh nach Liebenwalde. Wie sehr vermisste sie den milden Schein der untergehenden Sonne, der abends auf die hellen Wände ihres geräumigen Schlafzimmers fiel und das gelbe Rosenmuster auf den Tapeten hinter ihrem Bett golden leuchten ließ. Ihr fehlten der Blick aus ihrem Fenster, der weit über den Hof und die Wiesen ging, und die vertrauten Geräusche, das Zwitschern der Amsel auf dem Dachfirst, das letzte leise Gegacker der Hühner hinter der Scheune und das gelegentliche Schnauben aus dem Stutenstall, das sie abends beim Einschlafen begleitete.

Hier im Haus des Onkels war alles so anders, so fremd. Aus welchem Fenster man auch schaute, überall blickte man nur auf die Mauern anderer Häuser. Und das Zimmer, das sie sich mit Inge teilte, wurde selbst tagsüber von einem mächtigen Baum verdunkelt, der direkt vor dem Fenster stand. Das einzige Geräusch, das Dora hören konnte, während sie vergeblich versuchte einzuschlafen, war das Brummen der Motoren, wenn draußen Autos vorbeifuhren. Noch nie war Dora so weit weg von zu Hause gewesen, und noch nie hatte es einen Abend gegeben, an dem sie zu Bett gegangen war, ohne ihrer Mutter oder wenigstens Erna Gute Nacht zu sagen. In diesem Augenblick vermisste sie sogar Marianne, obwohl sie sich doch mit ihrer Schwester so oft stritt.

Dora nahm einen unterdrückten Schluchzer aus dem Bett auf der anderen Seite des Zimmers wahr, und augenblicklich schämte sie sich ihres Selbstmitleides. Sie würde zu ihrer Familie nach Liebenwalde zurückkehren, sobald Onkel Hermann eine neue Frau gefunden hatte, wie lange das auch dauern mochte. Inge hingegen hatte ihre Mutter für immer verloren und konnte sich keine Hoffnung machen, sie je wiederzusehen.

Leise stand Dora auf und tapste zu Inges Bett hinüber. Augenblicklich verharrte das Mädchen stumm und reglos. Dora kniete sich auf den kleinen Flickenteppich vor dem Bett. »Es tut mir schrecklich leid, Inge, dass du so traurig bist«, flüsterte sie in die dunkle Stille des Zimmers hinein. »Ich glaube, ich kann mir nicht einmal vorstellen, was es heißt, keine Mutter mehr zu haben. Du hast sie sehr lieb gehabt, nicht wahr?«

Inge antwortete nicht, aber Dora sah, dass sie wach war. Ihre offenen Augen glänzten im Mondlicht, das durch einen schmalen Spalt zwischen den Vorhängen ins Zimmer fiel.

»Ich wünschte, ich wüsste, wie ich dir helfen kann«, fuhr Dora leise fort. »Wenn ich irgendetwas für dich tun kann, dann lass es mich bitte wissen.«

Inge bewegte jetzt den Kopf. »Du sollst mich allein lassen«, sagte sie laut und drehte sich zur Wand.

7.

Dora blieb nicht viel Zeit, dem fernen vertrauten Leben auf dem Gutshof nachzutrauern oder sich über Inges Ungezogenheit zu ärgern, denn ihre Tage waren voller ungewohnter Arbeit. Kurz nach ihrer Ankunft hatte Amalie ihr gezeigt, worauf es im Haushalt des Onkels und im Umgang mit den Kindern ankam, und noch ehe Dora alle Einzelheiten so richtig begriffen hatte, hatte sich die Nachbarstochter verabschiedet, um ihre neue Stellung anzutreten.

Jeden Morgen um halb sechs klopfte Onkel Hermann energisch an Doras und Inges Schlafzimmertür und rief: »Aufwachen, meine Damen! Es ist Zeit fürs Frühstück!«

Anders als auf dem heimischen Gutshof, wo sich Dora in der Früh an den gedeckten Tisch setzen und sogleich aus einer Tasse mit dampfendem Kaffee trinken konnte, den die Küchenmädchen zubereitet hatten, musste sie im Haus des Onkels selbst dafür sorgen, dass die Tafel gedeckt wurde und alle etwas zu essen bekamen. Weil sie sich in der Küche mit der kleinen Vorratskammer noch nicht so gut auskannte, dauerte es eine Weile, bis sie alles gefunden und für die ganze Familie das Geschirr und die Speisen aufgetragen hatte. Doch noch bevor Dora den ersten Schluck Kaffee trinken konnte, hieß es, sich um die Kinder zu kümmern. Dora half den Kleinen beim Anziehen und beim Zähneputzen, kontrollierte bei den Schulkindern, ob die Tornister richtig gepackt waren, und richtete ihre Pausenbrote her. Beim Frühstückstisch herrschte ein munteres Plappern, nur Inge saß schweigsam und mit zusammengepressten Lippen am Tisch.

Später, nachdem sich die größeren Kinder auf den Weg zur Schule gemacht hatten und Onkel Hermann in seinem Geschäft verschwunden war, musste in der Wohnung aufgeräumt und geputzt, gewaschen und gebügelt werden – lauter ungewohnte Tätigkeiten, die Dora nur schwer von der Hand gingen, weil zu Hause auf dem Gutshof dafür das Hauspersonal zuständig war. Hin und wieder betrachtete sie die nachtblaue Abendrobe, die neben Inges Mädchenkleidern im Schrank hing, und ließ den kühlen Seidenstoff vorsichtig durch ihre Hände gleiten. Dann war sie in Gedanken bei Wilhelm und erinnerte sich wehmütig daran, wie glücklich und unbeschwert sie in diesem Kleid mit ihm getanzt hatte.

»Bald«, sagte sie sich dann, »bald wird es gewiss wieder eine Gelegenheit geben, mich herauszuputzen und das schöne Kleid zu tragen.« Es war wie ein Mantra.

Mehr denn je freute sie sich, wenn sie einen Brief von Wilhelm erhielt, und fühlte sich jedes Mal ein wenig getröstet, wenn sie las, wie sehr er sie liebte und vermisste. Doch gleichzeitig wuchs ihre Sehnsucht, ihn wiederzusehen. Fast jeden Abend, sobald die Hausarbeit getan und die Kinder zu Bett gegangen waren, saß sie im Wohnzimmer und schrieb einen Brief an Wilhelm, während Onkel Hermann neben ihr in seinem schweren Ledersessel saß und schweigend in Auktionskatalogen blätterte.

Manchmal, wenn Dora meinte, ersticken zu müssen zwischen den hohen schwarzen Möbeln und den vielen Bildern an den Wänden, von denen fremde Gesichter aus dunklen Leinwänden herabblickten, öffnete sie ein Fenster. Doch es strömte nur staubige Stadtluft ins Zimmer, und sie sehnte sich sehr nach dem frischen Duft der Wiesen und Wälder von Liebenwalde.

Dora nutzte jede Gelegenheit, die Wohnung zu verlassen. Jeden Vormittag nahm sie Evalotte an die Hand und machte sich auf den Weg, um für das Mittagessen einzukaufen. Das kleine Mädchen trippelte brav neben ihr her, und nachdem sie ihre anfängliche Schüchternheit abgelegt hatte, löcherte sie Dora mit einer Kaskade von drolligen Fragen, auf die diese nicht immer eine Antwort parat hatte.

Für Dora war dies die angenehmste Zeit des Tages, bot ihr das Einkaufen doch eine gute Gelegenheit, ein wenig durch die Straßen von Königsberg zu spazieren und sich mit der neuen Umgebung vertraut zu machen. Immer weiter und länger dehnte sie ihre täglichen Erkundungen aus, bummelte an den Obst- und Gemüseständen des Altstädtischen Marktes vorbei und über den lebhaften Münzplatz, von wo sie ihre Blicke über den Schlossteich wandern ließ und sich dem Gedanken hingab, wie es wohl wäre, zusammen mit Wilhelm in einem dieser kleinen romantischen Ruderkähne zu sitzen und gemächlich über das Wasser zu gleiten oder wenigstens an einem der einladenden Tischchen auf der Terrasse des Cafés Schwermer zu sitzen und ein Stück Baumkuchen oder eine Marzipanpraline zu probieren. Auf dem Kneiphof, der dicht bebauten Flussinsel mitten in der Stadt, blieb sie lange stehen und beobachtete gemeinsam mit Evalotte gebannt, wie sich die beiden Klappen einer Pregelbrücke öffneten, um ein großes Schiff durchzulassen, das auf dem trägen Wasser des Flusses unterwegs war Richtung Haff und Ostsee. Weit konnte es bis dahin nicht mehr sein, der Geruch von Salz und Meer lag in der Luft, was möglicherweise auch dem Fischmarkt geschuldet war, der sich am anderen Ufer des Pregels entlangzog. Nachdem die Brücke wieder geschlossen war, spazierte Dora mit Evalotte zurück und schlenderte am Getümmel der Marktstände vorbei, wo die Fischhändlerinnen in ihren schwarzen Kleidern und weißen Kopftüchern laut rufend ihre Ware anboten, während hoch oben Möwen in der Luft kreischten. Mit einer Mischung aus Neugier und Grusel betrachtete Dora die Flundern, Sprotten und Makrelen, die in Kisten und Körben übereinanderlagen und sie mit leeren Augen anglotzten, vor allem aber die Aale, die noch lebten und sich wie ein Knäuel von schwarzen schleimigen Schlangen in ihrem Korb wanden. Zurück am Steindamm ließ sie sich Zeit, um die Auslagen der Modegeschäfte zu bewundern und die Filmplakate am Alhambra-Kinopalast zu studieren. Auf diesen Spaziergängen mit ihrer kleinen Cousine an der Hand vergaß Dora ihr Heimweh und ihre Müdigkeit. Sie ließ sich treiben und genoss für ein paar Stunden das bunte Leben in der Provinzhauptstadt.

Bald waren Dora die Straßenzüge vertraut, und sie verlief sich nicht mehr so oft wie in den ersten Tagen. Inzwischen wusste sie, an welchen Marktständen und in welchen Geschäften es die beste Ware gab, und hatte die Einkäufe rasch erledigt. An einem sonnigen Montag Anfang Mai konnte sie nicht widerstehen und setzte sich mit Evalotte an eines der kleinen runden Tischchen auf der weitläufigen Terrasse der Konditorei Schwermer und bestellte bei dem livrierten Kellner für sich einen Kaffee und für Evalotte Schokoladeneis, das das Mädchen fröhlich aufschleckte. Im Schatten der Bäume am Ufer des Schlossteiches war es angenehm kühl, und Dora kam sich vor wie eine dieser jungen wohlhabenden Königsbergerinnen, die es sich leisten konnten, ihren Vormittag im Café zu verbringen. Sie nippte an ihrem Getränk, während sie die Blicke umherschweifen ließ und verstohlen die Garderobe und die Hüte der anderen Frauen musterte. Wie viel schicker als in Liebenwalde die Leute hier angezogen waren. Sicher stammten die Kleider noch aus dem vorigen Jahr, als Textilien noch nicht rationiert waren. Aber auch in Friedenszeiten wäre es niemandem im Dorf eingefallen, sich eine dieser bunten, mit künstlichen Blüten oder Schleifen geschmückten Kappen auf den Kopf zu setzen. Dora verspürte große Lust, auch einmal in einen dieser vornehmen Modeläden zu gehen und das eine oder andere Modell auszuprobieren. Und wenn es nur zum Spaß wäre. Mit einem Blick auf ihre Armbanduhr vergewisserte sie sich, dass noch genug Zeit war bis zum Mittagessen, um auf dem Heimweg einen kleinen Abstecher zum Textilhaus Siebert zu machen. Rasch leerte sie ihre Tasse.

Ein paar Minuten später stand sie tatsächlich im Laden und betrachtete sich in einem der großen Standspiegel, die in der Abteilung für Damenmode aufgestellt waren. Sie fühlte sich wie im Paradies, kaum dass sie das Geschäft betreten hatte. An langen Stangen hingen jede Menge Kleider, daneben Röcke, Blusen, Mäntel und Jacken in allen Farben und Formen. Tücher, Strümpfe und Handschuhe stapelten sich in hohen Glasvitrinen, und vor den breiten Glasfronten standen elegant ausstaffierte Schaufensterpuppen. Das vielfältige Angebot ließ augenblicklich vergessen, dass sich Deutschland im Krieg befand und man all diese Herrlichkeiten, wenn überhaupt, nur mit den passenden Bezugsscheinen kaufen konnte.

Am besten gefielen Dora die Gestelle mit den Hüten, von denen sie einen nach dem anderen ausprobierte. Evalotte saß neben dem Spiegel auf einem geblümten Biedermeiersessel und gluckste jedes Mal vor Vergnügen, wenn sich Dora einen neuen Hut aufsetzte. Beim Blick auf die Preisschilder hatte sie sich seufzend eingestehen müssen, dass weder ihr Taschengeld noch die verbliebenen Punkte auf ihrer Kleiderkarte ausreichten, um eine dieser verrückten Kreationen tatsächlich zu kaufen. Aber allein damit eine kleine Modenschau für sich und Evalotte zu veranstalten bereitete ihr größtes Vergnügen. Am besten gefiel Dora ein flaches grünes Filzkäppchen, das schräg auf dem Kopf saß und an dem frech eine schwarze gebogene Feder wippte.

»Ganz entzückend«, sagte eine Stimme hinter ihr. »Dieses Grün passt perfekt zu Ihren Augen und zu Ihren schönen schwarzen Locken.«

Dora fühlte sich erst gar nicht angesprochen, so vertieft war sie in den Anblick des bezaubernden Hutes auf ihrem Kopf, da begegnete ihr das grinsende Gesicht eines fremden Mannes im Spiegel. Erschrocken fuhr sie herum. Er stand mit verschränkten Armen hinter ihr, den Rücken an ein Regal mit Gürteln und Tüchern gelehnt, und mochte sie schon eine Weile beobachtet haben, denn nun lächelte er wie jemand, dem eine Überraschung gelungen war.

Sie schätzte den Mann auf Anfang dreißig, mit hohen kräftigen Brauen über den dunklen Augen, dichtem, fast schwarzem Haar, einem schmalen Bärtchen über der Oberlippe und einem Grübchen im Kinn, das seinem kantigen Gesicht mit der sonnengebräunten Haut etwas Weiches und Heiteres verlieh. Er war groß und breitschultrig, sein hellgrauer Flanellanzug mit der Weste und dem gestreiften Hemd darunter saß wie maßgeschneidert. Er sah unverschämt gut aus, als wäre er geradewegs von einem der Modeplakate gestiegen, die in der Herrenabteilung des Kaufhauses an den Wänden hingen. Dora war so verblüfft über sein Auftreten, dass sie vergaß, etwas zu erwidern.

»Nehmen Sie den grünen Hut«, fuhr er fort. »Falls Sie mir erlauben, meine bescheidene Meinung äußern zu dürfen. Kaufen Sie den Hut, verehrtes Fräulein, solange es in diesem Land noch hübsche Hüte zu kaufen gibt. Ich befürchte, diese Zeiten werden bald vorbei sein.«

»Aber was reden Sie denn da …«, murmelte Dora und zog sich

verlegen den Hut vom Kopf. »Ich will mir gar keinen Hut kaufen, ich wollte ihn nur mal ausprobieren.«

»Oh, Sie sollten ihn aber kaufen. Er steht Ihnen ganz ausgezeichnet. Und dabei bin ich kein Verkäufer, der Ihnen etwas aufschwatzen will. Ich bin nur ein zufällig vorbeischlendernder Passant auf der vergeblichen Suche nach der passenden Krawatte. Ich habe selten eine Frau gesehen, der ein Hut so vorzüglich steht wie dieser Ihnen. Und glauben Sie mir, ich habe schon viele Frauen mit Hüten gesehen.«

Er grinste jetzt so breit, dass Dora seine glänzenden weißen Zähne sehen konnte. Aus irgendeinem Grund erinnerte sie sein Gesicht an einen Panther, der einer ahnungslosen Gazelle auflauerte. Sie war ganz verwirrt und wusste nicht recht, ob sie sich über seine Frechheit ärgern oder sich über seine Komplimente freuen sollte.

»Sie reden ja Unsinn!«, rief sie schließlich, warf den grünen Hut zurück auf das Gestell und lief aus dem Laden. »Was für ein unverschämter Kerl«, schimpfte sie laut, während sie durch die Straßen stapfte. »Was denkt er sich eigentlich?«

Erst als sie den Kaiser-Wilhelm-Platz überqueren wollte, fiel ihr ein, dass sie Evalotte im Kaufhaus vergessen hatte. Erschrocken kehrte sie um und rannte den ganzen Weg zurück. Ein Auto bremste mit quietschenden Reifen und hupte schrill, weil sie vor dem Geschäft über die Straße lief, ohne nach rechts und links zu sehen. Doch sie registrierte es kaum.

Ein dicker Stein fiel ihr vom Herzen, als sie sah, dass das kleine Mädchen noch immer im Textilhaus Siebert auf dem Polsterstuhl neben dem großen Spiegel saß und gelangweilt mit den Beinen baumelte. Erleichtert nahm sie das Kind an die Hand und zog es mit sich. Doch noch bevor sie die Tür erreichte, hielt eine Verkäuferin Dora auf.

»Verzeihung, junge Frau, Sie haben Ihren Hut vergessen.«

Dora drehte sich verwundert um. »Meinen Hut? Welchen Hut? Ich habe keinen Hut gekauft.«

»Aber doch.« Die Verkäuferin hielt ihr lächelnd eine Hutschachtel entgegen. »Dieses hübsche grüne Modell mit der Feder.«

Dora errötete. »Nein, das – das muss ein Versehen sein. Ich habe den Hut nur mal so aufprobiert. Bitte verzeihen Sie, ich wollte ihn nicht wirklich kaufen.«

»Aber er ist bereits bezahlt. Ihr Begleiter ...« Die Frau sah sich bei diesen Worten um, konnte aber offenbar denjenigen, den sie suchte, nicht entdecken. »Ihr Begleiter hat den Hut bezahlt. Bitte schön.«

Sprachlos nahm Dora die Hutschachtel entgegen.

»Nein ... Aber ...?«

»Der Herr sagte mir, ich solle Ihnen den Hut geben, wenn Sie zurückkommen, um Ihr kleines Mädchen abzuholen.«

Die Verkäuferin nickte Evalotte freundlich zu. Daraufhin wünschte sie Dora einen schönen Tag und wandte sich ab, um schon wieder die nächste Kundin zu begrüßen. Dora sah ihr entgeistert nach, dann betrachtete sie die Hutschachtel in ihren Händen. Mit einer Hand lüftete sie vorsichtig den Deckel und schob das raschelnde Seidenpapier zur Seite. Tatsächlich, da lag die winzige grüne Filzkappe mit der schwarzen Feder. Dora sah sich um, aber der fremde Mann mit dem Raubtiergrinsen war verschwunden. Schulterzuckend und nun selbst mit einem breiten Lächeln im Gesicht, spazierte Dora mit Evalotte an der einen und der Hutschachtel in der anderen Hand nach Hause.

Doras gute Laune über das unerwartete großzügige Geschenk des Fremden endete in dem Moment, in dem sie die Tür zu Onkel

Hermanns Wohnung öffnete. Ungeduldig ging er im Flur auf und ab und blieb stehen, als sie eintrat. Noch nie hatte sie ihn so missmutig erlebt.

»Ja, wo bleibst du denn so lange? Hast du denn gar nicht auf die Uhr gesehen? Mittag ist längst vorbei. Die Kinder sind aus der Schule zurück, sie haben Hunger, und nichts zu essen ist vorbereitet.« Sein Blick fiel auf die Hutschachtel, und nun wurde er richtig wütend.

»Hast du etwa einen Stadtbummel gemacht? Herrje, Dora, du bist doch nicht hier, um dich zu amüsieren. Ich brauche deine Hilfe, so habe ich es mit deinen Eltern besprochen. Die Kinder und ich, wir müssen uns doch auf dich verlassen können!«

»Es tut mir leid«, brachte sie heraus. »Ich habe die Zeit vergessen. Das kommt nicht wieder vor.«

Kurz erwog sie, Onkel Hermann zu erklären, wie sie an den Hut gekommen war, aber dann hätte sie auch berichten müssen, dass sie Evalotte im Kaufhaus vergessen hatte, und das wollte sie auf keinen Fall.

Die Stimmung blieb den ganzen Tag lang gereizt. So schnell wie möglich hatte Dora etwas zu essen gekocht, doch in der Hektik war ihr das Gemüse angebrannt, das sie nach Amalies Anweisung hatte schonend dünsten wollen, und die Kinder hatten angewidert ihre Gesichter verzogen. Onkel Hermann blieb mürrisch, nicht einmal die Beethoven-Sinfonie, die wie an jedem Abend aus dem knarzenden Lautsprecher seines Grammophons durchs Wohnzimmer klang, konnte ihn heute aufheitern.

Selbst am nächsten Tag war der Ärger noch nicht verraucht. Einen knappen Gruß murmelnd, war der Onkel am Morgen in seiner Galerie verschwunden. Nachdem die älteren Kinder in die Schule gegangen waren und Evalotte noch einmal eingeschlafen war, hatte Dora lustlos die Wohnung aufgeräumt und die Betten gemacht. Nun saß sie müde und enttäuscht auf der Chaiselongue in Inges Zimmer, während hinter ihr durch das geöffnete Fenster die Geräusche der Stadt hereindrangen. Sie drehte den kleinen grünen Hut in ihren Händen. Nichts als Ärger hatte er ihr gebracht. Am liebsten hätte sie ihn gegen die Wand geschleudert. Was sollte sie denn mit so einem verrückten Ding anfangen? In Königsberg, wo die schicken Frauen solchen Kopfputz spazieren trugen, durfte sie nicht ausgehen, und in Liebenwalde würde man sie mit so einem albernen Hütchen auslachen.

Beim Gedanken an Liebenwalde überkam sie das Heimweh mit einer solchen Heftigkeit, dass sie in Tränen ausbrach. Gleich werde ich Mama anrufen und ihr sagen, dass ich nach Hause kommen werde, beschloss Dora. Ich halte es hier keinen Tag länger aus. Soll der Onkel doch sehen, wie er allein mit seinen Kindern klarkommt. Ich lasse mir seine Zurechtweisungen nicht gefallen. Ist doch egal, ob er wütend wird und ob Mama mich ausschimpft, Hauptsache, ich komme so schnell wie möglich zurück nach Liebenwalde.

Sie erschrak, als sie direkt hinter sich ein Geräusch hörte. Es raschelte im Baum am Fenster, als kletterte ein großes Tier durchs Geäst. Dora fuhr herum. Es war Inge, die sich leichtfüßig von einem Ast auf das Fensterbrett schwang, wo sie sitzen blieb und Dora mit derselben Verblüffung betrachtete wie diese ihre kleine Cousine.

»Was machst du denn da?« Dora fand ihre Stimme als Erste wieder. Verstohlen wischte sie sich die Tränen aus dem Gesicht. »Wieso kletterst du im Baum herum? Bist du lebensmüde? Im Übrigen solltest du längst in der Schule sein.«

Inge verzog schnippisch ihre Lippen. Sie warf ihre Schultasche ab, rutschte ins Zimmer und ließ sich mit ausgestreckten Beinen auf dem Boden nieder.

»Ich gehe heute nicht zur Schule. Ich habe keine Lust. Und als ich von unten sah, dass das Fenster auf war ...« Sie zuckte mit den Schultern. »Ich dachte, dann merkt es keiner, wenn ich nach Hause komme. Ich konnte ja nicht ahnen, dass du hier herumsitzt.«

»Aber wieso willst du denn nicht zur Schule gehen?«

»Ich habe eben keine Lust. Weshalb sollte ich mich mit so grässlichen Sachen wie Bruchrechnen oder irgendwelchen toten römischen Kaisern beschäftigen? Ich möchte Seefahrerin werden, wenn ich groß bin, oder Entdeckerin. Und dann fragt kein Mensch, ob ich so was weiß.«

Trotz des verbitterten Ausdrucks in Inges Gesicht und trotz ihres eigenen Kummers musste Dora lächeln. Zu sehr erinnerten sie diese trotzigen Worte an sich selbst, als sie sich vor einigen Jahren bei Erna über die langweilige Schule beschwert hatte mit der Begründung, als berühmte Springreiterin, die sie gewiss einmal sein werde, brauche sie diesen ganzen Unfug nicht. Schon gar keine Mathematik.

»Weißt du was? So ähnlich habe ich es in deinem Alter auch gesehen. Aber inzwischen bin ich etwas klüger geworden. Je mehr du lernst, desto besser wirst du einmal im Leben zurechtkommen. Und vor allem, wenn du zur See gehen willst, solltest du dich gut mit Mathematik auskennen, damit du immer den Kurs deines Schiffes berechnen kannst.«

Inge schwieg nachdenklich. Schließlich grummelte sie: »Papa erlaubt es mir sowieso nicht, zur See zu gehen.« Sie sah Dora forschend an und fragte: »Und was ist mit dir? Du siehst so merkwürdig aus. Hast du etwa geweint?«

Dora blickte verlegen auf den Hut, den sie noch immer in den Händen hielt.

»Ach, nicht schlimm«, murmelte sie. »Es war nur ... Manchmal muss ich an zu Hause denken, hier ist alles so fremd, und dann hab ich ein bisschen Heimweh.«

»Du bist wütend auf Papa, weil er gestern geschimpft hat, nicht wahr? Papa ist schrecklich, seit Mama gestorben ist. Früher war er richtig lustig. Früher ...« Inge versagte plötzlich die Stimme, und ihre Augen schwammen in Tränen.

»Hey«, rief Dora sanft, legte den Hut zur Seite und setzte sich neben ihre Cousine auf den Fußboden.

»Ich darf nicht weinen«, schluchzte Inge. »Papa hat gesagt, ich bin schon groß und muss stark sein, damit die Kleinen nicht so traurig sind. Aber ich halte es nicht aus, nicht zu weinen. Ich vermisse Mama so fürchterlich!«

Dora legte einen Arm um Inges Schulter und zog sie an sich. Das Mädchen ließ es geschehen.

»Oh, natürlich musst du weinen, kleine Inge. Wie traurig musst du sein. Ich kann mir nichts Schlimmeres denken als ein kleines Mädchen, das seine Mutter verloren hat. Ich würde gar nicht mehr aufhören zu weinen. Wie kann Onkel Hermann so etwas Unmenschliches von dir verlangen?«

Inge antwortete nicht mehr. Sie lehnte sich an Doras Schulter, von Schluchzern geschüttelt, und weinte all die Tränen aus, die sie seit so vielen Wochen zurückgehalten hatte.

»Ich kann dir nicht sagen, wann der Schmerz aufhören wird«, flüsterte Dora. »Aber irgendwann wird es bestimmt nicht mehr so schrecklich wehtun wie heute. Ich bin bei dir. Ich werde für dich da sein, wenn du traurig bist. Das verspreche ich dir.«

Sie strich dem Mädchen sanft über die Haare. Der Gedanke, für sehr lange Zeit nicht nach Liebenwalde zurückkehren zu können, lag ihr plötzlich nicht mehr so schwer auf dem Herzen.

Nach einer Weile verebbten Inges Tränen, und sie putzte sich die Nase. Sie begann, von ihrer Mutter zu erzählen, von den lustigen Gutenachtgeschichten, die sie immer vorgelesen hatte, von den Ausflügen, die sie miteinander gemacht hatten. Und Dora erzählte von ihrem Leben auf dem Gutshof, von Gilda, von Wilhelm und schließlich auch, wie sie zu dem verrückten kleinen Hut gekommen war, für den sie so gar keine Verwendung hatte.

Inge richtete sich auf und lächelte scheu. »Doch. Ich weiß, wann du deinen Hut spazieren tragen kannst. Es gibt eine Pferderennbahn in Königsberg. Wir können Papa fragen, ob wir am Sonntag dorthin gehen und uns ein Rennen ansehen können. Das würde dir doch gefallen, oder?«

»Oh, Inge, das wäre himmlisch! Zwar würde ich noch lieber selbst auf einem Pferd sitzen, aber ich habe noch nie ein Rennen gesehen und wäre so gern einmal dabei.«

Onkel Hermann hatte nichts dagegen. Er war zufrieden, als er sah, dass Dora seine älteste Tochter wieder zum Lächeln gebracht hatte. So wurde es ein herrlicher Ausflug. Sie besuchten ein Jagdrennen, bei dem die Tiere in großer Runde über Hecken, Wälle und Gräben springen mussten, und Dora konnte nicht genug bekommen von all den aufregenden Eindrücken. Die rasselnde Musik und die Jubelrufe der vielen gut gekleideten Leute, die bunten Wimpel und Hakenkreuzfahnen über der Zuschauerbühne, der Anblick der wunderschönen Pferde, das Geräusch der Hufe auf dem kurz geschorenen Rasen, all das versetzte sie in eine euphorische Stimmung. Inge hatte recht gehabt: Mit ihrem frechen Hütchen fiel Dora im Publikum überhaupt nicht auf. Es gab etliche Damen, die sich mit extravaganten Kopfbedeckungen schmückten, und viele Männer trugen sogar Zylinder. Der Sonntag an der Rennbahn versöhnte Dora endgültig mit der Tatsache, dass sie bis auf Weiteres in Königsberg bleiben würde.

Von Tag zu Tag lebte sich Dora besser in der Familie ein und gewöhnte sich an ihre Pflichten. Onkel Hermann wiederum bemühte sich, des Öfteren für Vergnügungen zu sorgen. Eines Samstags lud er die Familie zu einem Ausflug in das feine Ostseebad Cranz ein, und Dora genoss jede Minute. Nie zuvor hatte sie das Meer gesehen, und sie war beeindruckt von der unendlichen Weite des Horizonts, von der frischen Salzluft und dem Rauschen der Wellen. Da es zum Baden noch zu kalt war, liefen sie mit bloßen Füßen über den Strand, und ihre Füße versanken bis zu den Knöcheln im schweren weißen Sand. Auf dem Rückweg spazierten sie die mit Holzplanken ausgelegte Strandpromenade entlang, die das Ufer über mehr als einen Kilometer säumte und an deren Seite sich Cafés, Restaurants und Hotels reihten. Später saßen sie selbst bei Kaffee und Zitronenlimonade auf der Terrasse des Kurhauses, inmitten der vielen Feriengäste und Ausflügler, die sich hier fernab von jedem Gedanken an den Krieg lachend und schwatzend die Zeit vertrieben. Ein lebhafter Wind ließ hoch oben an den Fahnenmasten die Hakenkreuzfahnen flattern und wehte von irgendwoher beschwingte Musik heran. Dora wäre gern länger geblieben. Was für ein Vergnügen musste es sein, mit Wilhelm einen Urlaub in diesem mondänen Kurort zu verbringen, dachte sie. Wie aufregend wäre es, den ganzen Tag umherzuflanieren und die schicken Leute zu beobachten, beim Musikpavillon am Corso dem nachmittäglichen Kurkonzert zu lauschen und in einem dieser vornehmen Hotels zu logieren. Das schönste trug den verlockenden Namen *Schloss am Meer* und sah mit seinen beiden Türmchen, den umlaufenden verschnörkelten Balkonen und der großen verglasten Veranda auch genau so aus. Doch es blieb nur ein Traum. Onkel Hermann drängte bald zum Aufbruch. Mit von Sonne und Wind geröteten Wangen kehrten sie am frühen Abend nach Königsberg zurück.

Sosehr Dora auch die Vorzüge Königsbergs zu schätzen lernte, so blieb es für sie der schönste Moment des Tages, wenn sie unten im Hausflur die kleine Blechtür des Briefkastens aufsperrte und darin ein Brief von Wilhelm lag. Er schrieb ihr beinahe täglich. Noch immer war er irgendwo an der französischen Grenze stationiert, so viel wusste Dora inzwischen. Mit seiner klaren schönen Handschrift schrieb er:

Ich darf leider nichts Genaues sagen über den Ort, an dem wir uns aufhalten, und über das, was wir hier erleben. Ich hoffe, du verstehst das. Aber hier ist alles ruhig. Es ist sonnig und warm, und mit meinen Kameraden verstehe ich mich gut. Man merkt fast gar nicht, wie nah die Front ist. Nur ab und zu hört man etwas Kanonendonner. Von unserer Kompanie ist noch kein Schuss abgegeben worden. Mach dir bitte nicht zu viele Sorgen um mich. Wir müssen alle tapfer sein in dieser Zeit.

Leider wurde mein Urlaub im Juni gestrichen, was immer das zu bedeuten hat. Aber vielleicht bekomme ich ja umso länger frei, wenn ich den Urlaub erst mit Verspätung antreten darf. Ich zähle die Tage, bis ich dich wiedersehe.

In vager Kenntnis der geografischen und politischen Sachverhalte schrieb Dora ihm übermütig zurück: »Bitte schick mir doch ein paar Meter Brüsseler Spitze für mein Brautkleid, wo du doch schon in der Nähe bist …«

Doch statt des ersehnten Spitzenstoffs kam Mitte Mai ein Brief von Wilhelm an, den er eilig verfasst zu haben schien. Es waren nur ein paar schnelle hingekritzelte Zeilen auf dem Papier:

Die Stunde der Bewährung ist gekommen. In Kürze werden wir ins Feld einrücken. Liebste Dora, wahrscheinlich werden nun ernste Tage auf uns zukommen. Bitte sei nicht besorgt, wenn du jetzt eine Weile nichts mehr von mir hörst. Du musst nicht gleich das Schlimmste denken. Sicher ist der Krieg bald zu Ende, und wir werden einander in die Arme schließen. Möge auch deine Zeit in Königsberg schnell vergehen, damit wir wieder zusammen sein können.

Dein dich liebender Wilhelm

Doch seine Worte beruhigten Dora keineswegs. Die dicken Schlagzeilen der Zeitung, die Onkel Hermann jeden Morgen nach der Frühstückslektüre auf den Tisch legte, ließen keinen Zweifel, dass an der Westfront gerade ein schweres Gefecht im Gange war. Mit wachsender Unruhe beäugte Dora die dicken Schlagzeilen in der *Königsberger Allgemeinen*, die den Vormarsch der Wehrmacht Tag für Tag dokumentierten: »Lüttich gefallen«, hieß es und tags darauf: »Holland hat kapituliert«. Dann verkündete die Zeitung: »Brüssel besetzt«, »Paris in Alarmbereitschaft« und schließlich: »Maginot-Linie durchstoßen«. Weil Dora nicht wusste, was das zu bedeuten hatte, griff sie sich die Zeitung, nachdem auch Onkel Hermann die Wohnung verlassen hatte, ließ sich am Tisch nieder und begann, den Artikel zu lesen.

»Der schier uneinnehmbare französische Verteidigungswall an der Grenze zu Deutschland ist gebrochen. Französische Panzerkräfte geschlagen, Zwölftausend Mann festgenommen. Aber die große Schlacht im Westen geht weiter. Mit stürmischem Elan und opfermütiger Einsatzbereitschaft greifen unsere siegreichen Truppen den Feind an und werfen ihn überall zurück ...«

Aufatmend ließ Dora die Zeitung sinken. Wenn man dem Bericht glauben konnte, war die Eroberung Frankreichs für die Wehrmacht ein Kinderspiel. Und zum Glück war von verwundeten oder gar getöteten deutschen Soldaten nicht die Rede. Doch als Dora ein paar Seiten weiterblätterte, konnte sie die schwarz umrahmten Anzeigen lesen, in denen Familienangehörige den Heldentod ihrer Männer, Söhne und Brüder betrauerten. Sie machte sich solche Sorgen um Wilhelm. Wenn sie nur bald wieder Nachricht von ihm erhielt, wenn sie nur bald sicher sein konnte, dass es ihm gut ging. Doch sie hörte nichts von ihm, und so blieb ihr nichts anderes übrig, als das Kriegsgeschehen über die Berichte in der Zeitung zu verfolgen.

Wie erleichtert war sie, als die *Königsberger Allgemeine* Mitte Juni in dicken Buchstaben auf der Titelseite verkündete: »Über Versailles weht die Reichskriegsflagge, Paris kampflos besiegt, französische Armeen in Auflösung.«

Der Frankreichfeldzug war beendet. Lange betrachtete sie das Foto, das den Einzug der deutschen Soldaten in Frankreichs Hauptstadt zeigte, eine lange Wagenkolonne vor dem Eiffelturm. Ein paar Tage später kam Onkel Hermann schon früh am Nachmittag aus der Galerie nach Hause. Er holte eine Flasche Sekt aus dem Kühlschrank und ließ den Korken knallen. Verblüfft sah Dora zu, wie er zwei langstielige Kristallgläser bis obenhin mit der schäumenden Flüssigkeit füllte.

»Lass uns heute anstoßen auf den Sieg über Frankreich«, erklärte er. »Nun haben wir es endgültig geschafft. Die Franzosen haben den Waffenstillstand unterzeichnet. Ich habe es gerade im Radio gehört. Gott sei Dank. Jetzt haben wir in Frankreich Ruhe.«

»Ist jetzt Frieden?«, fragte Dora glücklich. »Brauchen wir uns jetzt keine Sorgen mehr zu machen? Ist der ganze Krieg bald aus?«

Doch Onkel Hermann zuckte seufzend mit den Schultern.

»Ach, Dora. Wer das wüsste ... Aber wenigstens wird an der Westgrenze nicht mehr gekämpft. Prosit, Mädchen! Auf Deutschland und unsere tapferen Soldaten!«

Mitte Juli kam endlich der lang ersehnte Brief von Wilhelm:

Liebste Dora!
Mein Geburtstagsgruß kommt aus Paris. Stell dir das vor! Ich kann es selbst kaum glauben, diese herrliche Stadt zu durchstreifen. Es war alles ganz ruhig, als wir einmarschierten. Was für ein erhabenes Gefühl. Nun ist der Kampf zu Ende. Wir haben hier viele Freiheiten und besichtigen alles, was es hier an Sehenswürdigkeiten gibt. Ich wünschte so sehr, du wärest an meiner Seite. Die Stadt würde dir gefallen. Am schönsten ist es, auf dem Eiffelturm zu stehen und auf das Panorama von Paris herabzuschauen. Wir logieren im Hotel an der Oper, einem vorzüglichen Haus mit allem Komfort. Von den meisten Franzosen werden wir ganz freundlich aufgenommen. Wir sitzen mit ihnen in denselben Lokalen, bisweilen kommt man ins Gespräch miteinander. Es sind Menschen wie du und ich. Es ist gar nichts von Hass oder Feindschaft zwischen uns. Jedenfalls merke ich nichts davon. Ich habe mit einem jungen Franzosen ein wenig Freundschaft geschlossen, jedenfalls haben Jacques und ich gestern Abend im Hotelfoyer miteinander Schach gespielt und dabei eine Flasche Rotwein geleert. Er arbeitet hier im Hotel, aber kommt vom Land und liebt Pferde genauso wie ich. Wir haben einander gefragt, wieso sollten wir Feinde sein und einander bekämpfen? Man begreift den Sinn des Krieges nicht, wenn man so friedlich zusammensitzt. Aber nun muss ich schließen. Ich muss zum Appell. Ich wünschte, du wärest hier und ich könnte mit dir durch die herrlichen Straßen von Paris spazieren. Wir werden es nachholen, ganz bestimmt, wenn der Krieg endgültig zu Ende ist.
Dein dich liebender Wilhelm.

Am liebsten hätte Dora sofort ihren Koffer gepackt und wäre nach

Paris gefahren. Oh, wie gern würde sie jetzt Arm in Arm mit Wilhelm durch diese elegante Stadt spazieren, den Eiffelturm und den Triumphbogen besuchen. Augenblicklich waren die Sorgen vergessen, die sie sich um ihn gemacht hatte. Ein wenig beneidete sie ihn sogar um das aufregende Leben, das er als Soldat führte.

In Königsberg selbst war vom Krieg, der anderswo in Europa noch toben mochte, nichts zu spüren. Bei ihren täglichen Streifzügen durch die Straßen der Provinzhauptstadt begegnete Dora hin und wieder einer Gruppe Soldaten, manch einer kam gerade aus dem Lazarett und ging an hohen Krücken oder hatte ein Auge verbunden. Außerdem hingen hier und da Plakate, die zur nächtlichen Verdunkelung oder zum sparsamen Umgang mit Gas und Kohle aufriefen. Doch das Leben ging seinen gewohnten Gang. Geschäfte, Cafés und Kinos waren bevölkert, das Angebot auf den Marktständen reichhaltig wie immer, sofern man die passenden Lebensmittelkarten bereithielt.

Die Sommerferien der Kinder rückten näher. Die Tage waren lang und sonnig, die Nächte kurz und hell. Vor allem an den Wochenenden, wenn sich die Ausflügler auf den Weg ans Meer machten, schienen die Waggons der Samlandbahn in Richtung Ostsee aus allen Nähten zu platzen. Onkel Hermann kündigte an, auch er werde seine Galerie demnächst für drei Wochen zumachen, um mit der Familie ans Meer zu reisen. Inge und ihre Geschwister sprachen von nichts anderem mehr. Dora hegte die leise Hoffnung, dass ihre Hilfe dann vorübergehend nicht mehr gebraucht werde und sie zumindest für diese Zeit zurück nach Liebenwalde fahren könne. Wilhelm hatte in seinem letzten Brief angekündigt, demnächst endlich seinen verschobenen Heimaturlaub antreten zu können, und sie brannte darauf, ihn wiederzusehen und sich in seine Arme fallen lassen zu können. Doch noch bevor sie das Thema ansprechen konnte, legte Onkel Hermann eines Abends sechs Schiffsfahrkarten auf den Tisch.

»Seht her, die Überfahrt ist gebucht. Für dich natürlich auch, liebe Dora, denn du musst in Nidden unbedingt dabei sein. Nächste Woche stechen wir alle miteinander in See!«

8.

Der Fahrtwind strich Dora durchs Gesicht und ließ ihre Haare fliegen. Möwen kreischten in der Luft und schossen in abenteuerlichen Sturzflügen herab, um die Brotstücke aufzupicken, die Inge, Ewald und Artur ihnen quiekend vor Vergnügen an spitzen Fingern in die Höhe hielten.

»Lasst das besser sein!«, rief Onkel Hermann ihnen zu. An der einen Hand hielt er Evalotte, mit der anderen seinen hellen Panamahut fest, damit ihn die kräftige Brise nicht wegwehte. »Esst eure Butterbrote lieber selbst, sonst habt ihr nachher Hunger. Und überhaupt, wenn ihr nicht aufpasst, zwicken euch die Möwen mit ihren spitzen Schnäbeln in die Finger!«

Dora beobachtete das alles, ohne es wirklich wahrzunehmen, denn sie hing ihren eigenen Gedanken nach. Sie stand etwas abseits von Onkel Hermann und den Kindern an der Reling des Salondampfers *Memel* und blickte über das dunkelblaue Wasser des Haffs, das ruhig vor dem Bug lag. Der Schiffsmotor dröhnte, und das Sonnendeck war erfüllt vom Lachen und Plaudern der vielen Feriengäste, die wie sie unterwegs waren zu einem der Urlaubsorte auf der Kurischen Nehrung, der schmalen, fast hundert Kilometer langen Landzunge, die das Haff von der Ostsee trennte und sich zur Linken des Schiffes in einiger Entfernung bis zum Horizont dahinzog. Dora seufzte. Wie viel lieber wäre sie jetzt bei Wilhelm daheim in Liebenwalde, würde sie jetzt an seiner Seite über die Wiesen reiten und ihre gemeinsame Zukunft planen. Ausgerechnet während er endlich auf Heimaturlaub kam, befand sie sich auf diesem Schiff, das sie weiter und weiter von ihm wegtrug. Tausend Dinge fielen ihr ein, die sie gern mit Wilhelm unternommen hätte. Was aber sollte sie in den kommenden drei Wochen auf der Nehrung machen, in dieser langweiligen Einöde, die nur aus Sand und Kiefernwäldern und ein paar kleinen Fischerkaten bestand? Mit jedem Meter, den die *Memel* voranstampfte, wuchs Doras Verdrossenheit.

Dass die Nehrung hauptsächlich aus Sand bestand, war nicht zu übersehen auf der vierstündigen Schiffsreise durch das Haff. Die Dünen auf der Landzunge wuchsen zu gewaltigen Sandbergen an, je näher der Dampfer dem Hafen von Nidden kam. Wie unwirklich ragte direkt vom Ufer ein riesiges weißes Gebirge in den blauen Himmel. Der helle Sand gleißte beinahe wie Schnee in der Sonne. So ähnlich, dachte Dora, muss es aussehen, wenn man auf Afrika zufährt. Doch wenig später änderte sich der Blickwinkel, und die Dünen verschwanden wieder hinter dunkelgrünen Kiefernwäldern.

Das Schiff erreichte die kleine Hafenmole von Nidden und legte knirschend und rumpelnd an dem schmalen hölzernen Landungssteg an. Dora nahm ihren Koffer auf, und während die anderen voller Vorfreude darauf warteten, dass der Bootsmann die Leinen festmachte, sah sie sich skeptisch um.

Ein paar flache Kähne der Kurenfischer lagen am Haffstrand, die viereckigen weißen Segel fertig aufgehisst, an den Mastspitzen blinkten bunte Holzwimpel. Daneben lag Tauwerk im Schatten blaugrüner Kiefern. Weiter oben über dem schilfbewachsenen Ufer hingen an meterlangen Holzgestellen Aale und Flundern zum Trocknen aus, die Luft war erfüllt vom Geruch nach geräuchertem Fisch, der aus roh gezimmerten Räucherhütten herüberwehte.

Das also ist Nidden, dachte Dora und trat zögernd an Land. Das Dorf bestand aus ein paar Dutzend bunten, zumeist strohgedeckten Häusern mit weißen oder kornblumenblauen Fenstern und merkwürdigen Verzierungen am Dachgiebel und war umgeben von einem Kranz bewaldeter Hügel. Es war ein Anblick wie in einem Bilderbuch aus längst vergangenen Jahrhunderten, als wäre hier irgendwann die Zeit stehen geblieben. Dora seufzte leise. Hübsch sah es hier aus, ja, aber was um alles in der Welt sollte man an einem so abgelegenen Ort den ganzen Tag lang machen? Noch einmal blickte sie zurück über das sonnenglitzernde Wasser des Haffs, aber von der Küste des Festlandes war im bläulichen Dunst der flimmernden Ferne nichts mehr zu erkennen.

»Willkommen, Familie Twardy! Willkommen, Herr Professor!«

Eine laute Frauenstimme riss Dora aus ihren Gedanken. Oben auf der Hafenstraße, die zum Dorf hinaufführte, stand ein offener Leiterwagen, davor war ein Esel eingespannt. Eine kräftige Frau mit sonnengebräunten Wangen saß auf dem Wagen und hielt die Zügel in der Hand. Sie trug ein schwarzes Kleid mit weißer Schürze und weißem Kopftuch und winkte Onkel Hermann zu.

»Herzlich willkommen!«, rief sie noch einmal, und ein herzensgutes Lächeln breitete sich in ihrem Gesicht aus. »Hier ist die Postkutsche zur Pension *Sonnenschein*. Abfahrt in fünf Minuten.«

Mit glücklichem Geschrei stürmten ihr die Kinder entgegen.

»Wir kommen schon, Frau Jakobeit!«

»Das ist unsere Pensionswirtin«, erklärte Onkel Hermann und nahm den Koffer auf. »Jetzt können die Ferien beginnen.«

»Aber weshalb nennt sie dich Professor?«, wunderte sich Dora.

Der Onkel lachte verlegen. »Frau Jakobeit hält jeden für einen Gelehrten, der einmal seine Nase in den Hörsaal einer Universität gesteckt hat. Ich konnte es ihr in all den Jahren, die wir hier unsere Ferien verbringen, nicht abgewöhnen.«

Kopfschüttelnd folgte Dora dem Onkel und stieg dann zu den anderen auf den Leiterwagen.

Die Pension *Sonnenschein*, die sie nach einer kaum fünfminütigen Fahrt erreichten, war eine dieser typischen Niddener Fischerkaten, ein geducktes, rot getünchtes Holzhaus mit weißen Fensterläden und reetgedecktem Dach. Am Giebel kreuzten sich zwei weiße Holzlatten, deren Spitzen – wie Dora beim Näherkommen erkannte – durch geschnitzte Pferdeköpfe geziert wurden. Das Haus war umgeben von einem bunten Bauerngarten. Lupinen, Dahlien und Rittersporn blühten darin, und an dem hellen Lattenzaun standen mannshohe Sonnenblumen in voller Blüte. Dora war erstaunt über die üppige Blumenpracht, die sie auf dem kargen Streifen Land nicht erwartet hatte.

Weniger prächtig war dafür das Zimmer, das Inge, Evalotte und Dora bezogen, ein kleiner Raum unter dem Dach, der mit drei schlichten Holzbetten und einem mit einem Rosenmuster bemalten Kleiderschrank möbliert war. Es war mühsam gewesen, den schweren Koffer die enge Stiege hinaufzuschleppen. Wegen der schrägen Wände konnte Dora nur in der Mitte des Raumes aufrecht stehen. Doch der Blick aus dem Fenster entschädigte die Mädchen für die karge Ausstattung und die Unbequemlichkeit. Er ging weit über das Haff hinaus, und wie ein Gruß vom anderen Ufer leuchtete in der Ferne ein kleines weißes Segel in der Sonne.

»Ums Kofferauspacken kümmern wir uns später!«, rief Inge und zog sich hastig Schuhe und Strümpfe aus. »Kommt mit zum Strand! Zuerst müssen wir die Füße in die Ostsee tauchen.«

• • •

Das Wetter meinte es gut in den nächsten Wochen. Jeden Tag ging es gleich nach dem Frühstück hinunter ans Meer. Ewald und Artur übernahmen es zumeist, den kleinen quietschenden Handwagen, vollgepackt mit Strandspielzeug, Wasserflaschen, Brot und getrockneten Flundern für das Picknick, hinter sich herzuziehen, bis er im Ostseesand stecken blieb. Anders als im vornehmen Cranz gab es in Nidden keine Strandpromenade, über die man hätte flanieren können, keine schicken Cafés oder Restaurants, es gab nicht einmal Strandkörbe am Meer, und Onkel Hermann streckte sich mit seiner Zeitung auf einer großen Decke aus. Den Kindern waren der kilometerweite Sandstrand und die flachen Wellen der Ostsee Spielplatz genug. Sie tobten im Wasser herum oder spielten Federball. Dora war das Wasser zum Baden zu kalt. Sie hatte sich vorsorglich ein paar Zeitschriften mitgebracht, lag meist bäuchlings auf ihrem Badelaken, blätterte sich durch die neuesten Modekollektionen und versuchte, sich vorzustellen, wie dieses oder jenes Kleid wohl an ihr aussehen würde.

Gelegentlich unternahmen sie kleine Ausflüge in der Umgebung. Sie streiften durch den urwüchsigen Wald nördlich von Nidden, eine Wildnis aus Kiefern, Birken, Heide und Erlenmoor, wo es herb nach Harz und Kräutern roch und die sandigen Wege so schmal waren, als wären sie von Elchen getreten worden. Von den großen wilden Tieren sahen sie aber kein einziges, sosehr sie sich auch danach umsahen – dabei hatte Frau Jakobeit ihnen doch versichert, hier gebe es viele davon.

In der Abenddämmerung spazierten sie zum Dorf Purwin hinaus, um den sogenannten Italienblick zu bestaunen. Von einer Anhöhe aus konnte man zwischen schlanken, hochgewachsenen Kiefernstämmen hinuntersehen, die mit ihren schirmartigen

Kronen wie südländische Pinien wirkten und die Sicht freigaben auf das Dorf und das Haff, auf dem ein paar Kurenkähne dümpelten. Onkel Hermann behauptete, genau so sähe es aus, wenn man von der Amalfiküste bei Neapel aus auf das Mittelmeer blickte, da könne man sich die weite Reise sparen.

Tags darauf kletterten sie den himbeerfarbenen Leuchtturm hinauf, der inmitten wilder Rosen auf einer Erhebung stand, und genossen das Rundumpanorama. Auf dem Rückweg nahm Dora ein vertrautes Geräusch wahr und blieb lauschend auf dem schmalen Pfad zwischen den Büschen stehen.

»Habt ihr das auch gehört?«, rief sie aufgeregt. »Da hat ein Pferd gewiehert. Ganz sicher. Hier muss es irgendwo Pferde geben. Oh, wie wunderbar! Vielleicht können wir uns zwei Tiere ausleihen und einmal ausreiten, was meinst du, Inge? Ein Ausritt am Strand, ach, das wäre herrlich. Ich werde Frau Jakobeit gleich danach fragen.«

»Ja, das wäre toll.« Inge strahlte. »Ich hätte allergrößte Lust darauf. Du erlaubst es uns doch, nicht wahr, Papa?«

»Auf keinen Fall«, entgegnete Onkel Hermann schroff. »Das kommt überhaupt nicht infrage. Es ist viel zu gefährlich. Was wäre denn, wenn eine von euch vom Pferd stürzt und sich ein Bein bricht? Hier ist weit und breit kein Krankenhaus. Ich hätte keine ruhige Minute, wenn ihr auf den fremden Gäulen unterwegs wäret.«

»Aber Papa«, protestierte Inge. »Dora kennt sich aus mit Pferden. Sie wird schon aufpassen, dass ich nicht hinunterfalle. Und auf dem Jahrmarkt im vorigen Herbst bin ich doch auch auf einem Pony geritten, und du und Mama hattet nichts dagegen.«

»Das war etwas anderes«, murmelte ihr Vater. Ein bekümmerter Ausdruck überschattete sein Gesicht. »Damals lebte deine Mutter noch. Jetzt liegt die ganze Verantwortung bei mir, und ich würde mein Lebtag nicht mehr froh, wenn euch etwas passierte. Schlagt euch das mit dem Ausreiten mal ganz schnell aus dem Kopf.«

»Bitte, Onkel Hermann«, setzte Dora noch einmal an. »Wir können uns doch zumindest einmal erkundigen. Sicher sind es ganz brave Tiere, und ich verspreche dir, wir werden vorsichtig sein ...«

Doch Onkel Hermann blieb unerbittlich. »Nein, es tut mir leid, ich erlaube es euch nicht zu reiten. Bitte findet euch damit ab, Mädchen.«

Dora war zutiefst enttäuscht. Wie gern hätte sie endlich einmal wieder auf einem Pferd gesessen.

Auch Inge sah betrübt aus. »Ich hasse es, wenn er so streng ist«, flüsterte sie. »Es wäre so ein Riesenspaß, über den Strand zu reiten.«

Doch Onkel Hermann ließ sich von seinem Verbot nicht abbringen.

Zwei Tage später bot sich Dora und Inge eine unerwartete Gelegenheit.

»Hört zu, ihr Lieben, ich muss euch morgen leider allein lassen«, sagte Onkel Hermann während des Frühstücks. »Ich fahre mit dem Vormittagsdampfer nach Memel. Ich las in der Zeitung, dass dort ein höchst interessanter Nachlass zum Verkauf steht. Ich muss mir die Bilder unbedingt ansehen. Bis zum Abend bin ich wieder zurück. Versprochen.«

»Aber Papa!« Ewalds Stimme klang enttäuscht. »Es sind doch Ferien!«

»Ich weiß, mein lieber Junge. Aber es muss sein. Es ist nur für einen Tag. Bei wichtigen Geschäften muss ich auch im Urlaub arbeiten, das weißt du doch.«

Dora horchte auf. Sie sah zu Inge hinüber und registrierte ein unterdrücktes Grinsen in ihrem Gesicht.

»Ach, Papa, es ist aber wirklich schade, dass du uns morgen allein lässt«, sagte sie laut. Doch an dem Funkeln in ihren Augen erkannte Dora, dass ihre kleine Cousine das Gleiche dachte wie sie.

Dora war glücklich, endlich wieder auf dem Rücken eines Pferdes sitzen zu können, auch wenn Jonathan, ein gedrungener, etwas kurzbeiniger Falbe, längst nicht so prompt und geschmeidig reagierte wie Gilda. Da sie ohne Sattel ritt, spürte sie jeden Muskel und jede Bewegung des Tieres noch intensiver als sonst. Sie unterdrückte den Impuls, das Pferd zum Galopp anzutreiben, und ließ es langsam angehen. Immer wieder drehte sich Dora zu Inge um, die mit konzentriertem Blick hinter ihr ritt, die Hände tief in die weiße Mähne ihres gescheckten Ponys vergraben.

Kaum dass der Vormittagsdampfer mit Onkel Hermann an Bord abgelegt hatte, hatten die beiden ihre Pläne in Angriff genommen. Tatsächlich war es ihnen gelungen, sich von Fischer Moritz zwei brave Tiere für einen Ausritt auszuleihen. Frau Jakobeit kümmerte sich währenddessen um Inges jüngere Geschwister, nicht ahnend, dass Onkel Hermann den beiden Mädchen das Reiten verboten hatte.

»Papa wird nichts davon erfahren«, erklärte Inge vergnügt. »Bis er heute Abend nach Hause kommt, sind wir längst zurück.«

»Und wenn die Kleinen etwas ausplaudern? Oder Frau Jakobeit?«

Inge zuckte mit den Schultern. Sie grinste frech. »Dann gibt es eben ein Donnerwetter. Aber vorher haben wir wenigstens unseren Spaß gehabt!«

Gemächlich trotteten die beiden Tiere nun am Wassersaum

über den festen nassen Sand. Neben ihnen wogte grau die Ostsee. Es war ein kühler windiger Tag, und nur wenige Menschen waren zu sehen. Ein paar Kinder rannten über den Strand und ließen fröhlich kreischend einen roten Papierdrachen in die Luft steigen. Eine Gruppe Männer stand mit wasserfester Ölkleidung knietief in der Brandung. Sie hatten die Hosenbeine hochgekrempelt und trugen Kescher an langen Stangen, mit denen sie versuchten, etwas aus dem Wasser zu holen. Um sie herum zischte und wühlte das Meer. Es kostete die fünf sichtbare Mühe, sich von den hohen Wellen nicht mitreißen zu lassen. Neugierig beobachtete Dora die Männer, während die Pferde langsam vorbeiritten.

»Was machen die Leute da?«

»Das sind Bernsteinfischer«, klärte Inge sie auf. »Wenn das Wasser so brodelt wie heute, werden die leichten Stückchen Bernstein vom Meeresgrund aufgewirbelt und nah an den Strand gespült. So können die Fischer sie mit ihren Netzen auffangen.«

In sicherer Entfernung von den Wellen stand ein Korb im Sand. Ein paar daumengroße gelblich bräunliche Klumpen lagen darin.

»Frau Jakobeit behauptet, Bernsteine bringen Glück und wecken die Lebensgeister«, fuhr Inge fort. »Bernsteine sind so schön, die müssen als Tränen aus den Augen der Götter auf die Erde gefallen sein, sagt sie. Aber natürlich weiß ich, dass diese Steine vor Millionen Jahren einmal aus dem herabgetropften Harz von Kiefern oder anderen Nadelbäumen entstanden sind.«

»Trotzdem ist das eine hübsche Geschichte«, murmelte Dora. Sie hörte ihrer Cousine schon gar nicht mehr richtig zu. Etwas anderes hatte ihre Aufmerksamkeit erregt. Von den Dünen her überquerte ein Mann den Strand. Er war barfüßig, hatte die hellen Hosenbeine hochgekrempelt wie die Bernsteinfischer, doch er konnte keiner von ihnen sein, dazu war er zu gut gekleidet.

Über einem blütenweißen Hemd trug er ein dunkles, gut sitzendes Tweedjackett. An seiner Schulter hingen ein großer Fotoapparat und eine Tasche. In der anderen Hand trug er ein zusammengeklapptes Stativ.

Ein paar Meter vor dem Wasser blieb der Mann stehen und baute seine Ausrüstung auf. Offenbar wollte er die tosenden Wellen fotografieren. Als Dora aus der Ferne sein Gesicht sah, gut geschnitten und sonnengebräunt, kam es ihr bekannt vor, doch sie konnte sich nicht erinnern, wo sie es schon einmal gesehen haben mochte. War er mit ihnen im selben Dampfschiff angereist, oder war sie ihm irgendwo in Königsberg über den Weg gelaufen?

»Komm, Inge!«, rief sie übermütig, als der Mann seine Kamera auf das Stativ geschraubt hatte und sein Kopf unter einem schwarzen Tuch verschwunden war. »Lass uns den Fotografen ein wenig ärgern. Wir reiten an seiner Kamera vorbei, während er knipst, und wenn er später seine Bilder betrachtet, dann wundert er sich, dass er statt der Aussicht zwei schöne Mädchen fotografiert hat. Vielleicht landen wir dann sogar in einer Zeitschrift, und eine Million Leute bewundern die stolzen Reiterinnen am Ostseestrand ...« Dora lachte. Das war ein alberner Gedanke, aber er machte ihr Vergnügen. »Los, Jonathan, nun zeig mal, was du in den Beinen hast!«

Ohne sich noch einmal nach Inge umzusehen, trieb sie ihr dahintrottendes Pferd an, bis es endlich seine Schritte beschleunigte, und bald jagte sie in wildem Galopp dahin, sodass Jonathans Hufe dumpf über den Sand donnerten und der Wind ihre Haare umherwirbelte. Oh, wie herrlich das war! Wie sehr sie dieses Gefühl von Freiheit und Unbeschwertheit vermisst hatte! Dora spürte eine solche Lebensfreude, wie sie es an diesem grauen Tag an diesem öden Fleck Erde nicht für möglich gehalten hätte. Am liebsten hätte sie laut gejauchzt.

Plötzlich vernahm sie von irgendwoher aufgeregtes Kindergeschrei. Da war etwas Rotes über ihr in der Luft. Unerwartet wie ein Blitz und mit einem lauten Knall stürzte der Papierdrachen direkt vor ihr in den Sand. Mehr noch als Dora erschrak ihr Pferd, es scheute, machte einen heftigen Satz, und sie spürte, wie es sie vom Rücken des Tieres hob. Da waren kein Sattel und keine Steigbügel, die ihr hätten Halt geben können. Sie schrie auf. Schon rutschte sie ab und landete unsanft im Wasser. Eine große Woge fing die Wucht ihres Sturzes ein wenig ab. Wie benommen sah sie dem Pferd nach, das in großen Sätzen über den Strand davongaloppierte, während sie ein unfreiwilliges Bad in der kalten Ostsee nahm. Zutiefst beschämt, rappelte sie sich auf. Das Wasser troff aus ihren Kleidern.

Im nächsten Moment war Inge bei ihr. »Dora! Was ist los? Bist du verletzt?« Sie sprang von ihrem Pony.

»Nein, nein, Inge, es ist nichts Schlimmes geschehen. Außer, dass ich völlig durchnässt bin. Und ein paar blaue Flecken werde ich bekommen, aber nichts Ernstes. Himmel, wie konnte das nur passieren!«

Weitaus schlimmer als die blauen Flecken war die Schmach, vom Pferd gefallen zu sein. Dora wagte gar nicht aufzusehen. Ausgerechnet sie, Dora Twardy, die reiten konnte, seitdem sie auf eigenen Beinen stand, die beste Reiterin von Liebenwalde, wenn nicht von ganz Ostpreußen, die so souverän die Schleppjagd im Herbst gemeistert hatte, ausgerechnet sie musste hier stürzen, und das auch noch im Angesicht dieses Fremden, dem sie hatte imponieren wollen. Wie peinlich! Was mochte der Mann nun von ihr denken? Die Scham wog schwerer als alles andere. Ob er sie auslachte? Hoffentlich hatte er sie wenigstens nicht fotografiert, während sie vom Pferd gefallen war.

Sie sah sich nach dem Mann mit dem Fotoapparat um und

entdeckte ihn in der Nähe der Dünen. Er hatte den Kindern den zerbrochenen Drachen zurückgebracht, und dann war es ihm irgendwie gelungen, das entlaufene Pferd einzufangen. Er hielt es am Halfter, und Jonathan, der sich wieder beruhigt hatte, trottete brav wie ein Lamm neben dem Fremden über den Strand.

Als er näher kam, stutzte er, blieb für einen Moment ungläubig stehen und sah Dora an. Ein Grinsen des Wiedererkennens breitete sich in seinem Gesicht aus. Und da wusste auch Dora, wo sie ihn schon einmal gesehen hatte.

Er war der Mann, der ihr im Textilhaus Siebert diesen verrückten grünen Hut gekauft hatte.

»Was machen Sie denn hier?«, entfuhr es ihr.

Mit einer kleinen ironischen Verbeugung blieb er vor ihr stehen.

»Zu meiner großen Freude hat das Schicksal unsere Wege sich noch einmal kreuzen lassen, gnädiges Fräulein. Das ist wirklich eine Überraschung. Nur schade, dass Sie den hübschen grünen Hut nicht tragen. Andererseits kann ich das verstehen, es ist heute kein Wetter für Hüte. Wie auch immer. Ich bin erleichtert zu sehen, dass Ihnen nichts Schlimmes passiert ist. Und Ihr Pferd war so freundlich, sich von mir zurückbringen zu lassen.«

Als sie das Halfter übernahm, streiften sich ihre Finger, und es schien Dora, als habe sie versehentlich eine Brennnessel berührt.

»Danke«, sagte sie hastig. »Danke für den Hut, und danke, dass Sie das Pferd eingefangen haben. Ich wusste nicht, wie schreckhaft es ist. Es ist nicht meines, wissen Sie. Mit meinem eigenen Pferd wäre mir dieses Missgeschick nicht passiert. Normalerweise bin ich eine sehr sichere Reiterin.«

Dora hielt inne. Weshalb blickte er sie mit diesem merkwürdigen Lächeln an? Etwas Spöttisches schien ihr darin zu liegen, seine Mundwinkel waren leicht nach unten gezogen. Doch seine Augen blitzten amüsiert.

»Das freut mich zu hören. Aber wir sollten besser nicht länger herumstehen und so angenehm plaudern, gnädiges Fräulein, so gern ich es auch täte. Sie sind ja ganz nass von Ihrem plötzlichen Sturz ins Wasser, und wenn ich Ihr Zähneklappern richtig deute, ist Ihnen doch recht kalt. Ich möchte auf keinen Fall, dass Sie meinetwegen krank werden.«

Mit diesen Worten zog er sich die Jacke aus und legte sie der verwunderten Dora über die Schultern.

»Nehmen Sie die mit, verehrtes Fräulein. Damit Sie nicht so frieren auf dem Heimweg.«

Das Jackett war noch warm von seinem Körper und viel zu groß. Dora schlug Revers und Kragen hoch und wickelte sich hinein. Der weiche Wollstoff fühlte sich wie Samt auf ihrer Haut an.

»Vielen Dank. Das ist sehr nett von Ihnen. Aber brauchen Sie Ihre Jacke denn nicht mehr?«

»Oh doch!« Er lachte. »Es ist meine Lieblingsjacke. Ich hoffe sehr, dass Sie sie mir bald zurückgeben. Und dann können wir auch unser angenehmes Gespräch fortsetzen. Morgen vielleicht? Ich logiere im Hotel *Königin Luise*. Es ist ein sehr gutes Haus, und man reicht einen vorzüglichen Kaffee auf der Veranda. Sagen wir um drei?«

Dora starrte ihn an und schwieg verblüfft.

»Wunderbar, Sie sagen nicht Nein. Ich freue mich. Dann bis morgen Nachmittag!«

Erneut machte er eine leichte Verbeugung, dann spazierte er zu seinem Fotoapparat zurück, der noch immer auf dem Stativ mitten auf dem Strand stand.

Inge fand ihre Stimme als Erste wieder: »War das etwa dein spendabler Gönner aus dem Hutgeschäft? Was für ein verrückter

Zufall, dass er ausgerechnet heute hier auftaucht. Hast du jetzt eine Verabredung mit ihm?«

Dora zuckte mit den Schultern. »Es sieht ganz so aus. Dabei habe ich gar nicht Ja gesagt. Und er hat sich uns noch nicht einmal vorgestellt, dieser Flegel. Wenn er nicht so nett gewesen wäre, mir den Hut zu schenken, mir Jonathan zurückzubringen und mir seine Jacke auszuborgen, könnte man meinen, er wäre ein schrecklich unsympathischer Mensch. Wieso ist er sich so sicher, dass ich morgen Zeit für ihn habe? Was wäre, wenn ich etwas anderes vorhätte?«

Inge kicherte. »Ich finde ihn lustig. Offenbar kann er sich nicht vorstellen, dass du in Nidden irgendwelche Pläne haben könntest.«

Ihr heimlicher Ausritt blieb nicht unbemerkt. Nachdem Inge und Dora die Pferde in den Stall gebracht hatten und die gute Stube der Pension betraten, saßen alle bereits um den Tisch versammelt und warteten auf das Abendbrot. Sogar Onkel Hermann war schon wieder da und marschierte unruhig im Zimmer auf und ab.

»Da seid ihr ja endlich, wo wart ihr zwei denn bloß so lange?«, rief er. »Ich bin extra etwas früher zurückgekommen, damit ihr euch freut, und habe mir schon Sorgen um euch gemacht. Ja, Dora – wie siehst du denn überhaupt aus? Sagt mal, bist du in die Ostsee gefallen? Du bist ja ganz nass.«

Es blieb ihnen nichts anderes übrig, als mit der Wahrheit herauszurücken. Mit gesenktem Kopf berichtete Dora, was sich ereignet hatte.

»Das kommt davon, wenn man sich über meine Verbote hinwegsetzt!« Onkel Hermanns Stimme zitterte vor Empörung. »Wie konntest du nur so unverantwortlich sein, Dora? Mein Gott, wie hätte ich je deiner Mutter in die Augen sehen können, wenn du dich bei diesem Sturz verletzt hättest. Oder wenn gar Schlimmeres passiert wäre. Ein fremdes Pferd, eine fremde Umgebung und keinen Sattel unter dem Hintern. Himmel, Dora, was hast du dir nur dabei gedacht! Aber, herrje, nun ist ja zum Glück alles noch mal gut ausgegangen. Zieh dir schnell trockene Sachen an, damit du dich nicht noch erkältest. Morgen gehen wir wieder zusammen an den Strand, da passe ich auf euch alle auf.«

Dora sah betreten zu Boden.

»Aber ...«, stammelte sie. »Morgen kann ich nicht mitgehen an den Strand, Onkel Hermann. Jedenfalls nicht den ganzen Tag lang.«

Er sah sie erstaunt an. »Weshalb denn nicht, Dora?«

»Ich muss den Mann treffen, der mir seine Jacke ausgeliehen hat, weil ich so patschnass war.«

Onkel Hermann zog misstrauisch die Augenbrauen zusammen und musterte Dora. Erst jetzt schien ihm ihre ungewöhnliche Garderobe aufzufallen.

»Könntest du mir das bitte näher erklären? Um wen handelt es sich denn?«

Dora zuckte mit den Schultern. »Er muss doch seine Jacke wiederbekommen. Ich weiß nicht, wie er heißt. Ich treffe ihn morgen Nachmittag um drei auf eine Tasse Kaffee auf der Veranda des *Königin Luise.*«

»Wie bitte? Du verabredest dich mit einem wildfremden Mann, dessen Namen du noch nicht einmal kennst, und denkst, dass ich dich einfach gewähren lasse?« Er schüttelte erschrocken den Kopf. »Oh nein, Dora, deine Mutter würde mir so etwas nie verzeihen. Sie hat dich zu einem anständigen Mädchen erzogen.«

»Ich bin anständig«, rief Dora mit Nachdruck. »Ich gebe dem Mann nur seine Jacke zurück, die er mir freundlicherweise ausgeliehen hat.«

»Auf keinen Fall. Das werde ich übernehmen. Drei Uhr sagtest du? Und sag mir, wie der Mann aussieht, damit ich ihn erkenne.«

Dora verzog unwillig die Lippen. Zwar hatte sie sich vorhin noch empört über das freche Selbstbewusstsein des Fremden und die Bestimmtheit, mit der er über Ort und Zeitpunkt ihres Treffens entschieden hatte. Aber die Gelegenheit eines Wiedersehens verstreichen zu lassen und Onkel Hermann an ihrer Stelle zum Treffpunkt gehen zu lassen, das kam ihr in diesem Augenblick wie Feigheit vor. Wie das Zurückweichen vor einer Herausforderung, und eine Dora Twardy wich keiner Herausforderung aus! Jedenfalls keiner Herausforderung, die sie mit so frech blitzenden Augen angelächelt hatte.

»Ich bin doch kein kleines Kind mehr. Es ist nichts dabei, wenn ich mich mit einem hilfsbereiten Menschen auf eine Tasse Kaffee treffe und mich für seine Freundlichkeit bedanke. Das bin ich dem Herrn wenigstens schuldig. Wir leben doch nicht mehr im 19. Jahrhundert, wo mich eine Gouvernante auf Schritt und Tritt begleiten muss, so lange, bis ich unter der Haube bin!«

Frau Jakobeit, die unterdessen hereingekommen war und ein großes Tablett mit Brot, Wurst, Schinken, Käse und Radieschen zum Tisch getragen hatte, lachte bei Doras Worten.

»Lieber Herr Professor«, rief sie, während sie die Speisen auf dem Tisch verteilte, »ich finde, da hat Ihre Nichte recht! Die ganzen Ferien über kümmert sie sich klaglos um Ihre Kinder, während andere Mädchen ihres Alters sich in den Sommerferien lieber im Seebad Cranz amüsieren und jeden Abend zum Tanzen gehen. Sie hat sich einen freien Nachmittag redlich verdient.«

»Gegen einen freien Nachmittag ist nichts zu sagen«, grummelte Onkel Hermann. »Aber muss sie den unbedingt mit einem fremden Herrn verbringen?«

»Ach, Herr Professor!« Frau Jakobeit schmunzelte. »Nun seien

Sie doch nicht päpstlicher als der Papst! Sie waren doch auch mal jung. Warum sollte sich unsere Dora nicht mit einem netten Kavalier treffen? Alle Mädchen in ihrem Alter sind einmal verliebt, nicht wahr?«

»Oh nein, so ist es nicht!«, protestierte Dora erschrocken. »Da habt ihr mich ganz falsch verstanden. Der Mann bedeutet mir nichts. Ganz und gar nichts. Es ist wirklich nur aus Höflichkeit, weil er so hilfsbereit war. Im Übrigen bin ich daheim so gut wie verlobt. Was sollte mich da ein anderer interessieren?«

Frau Jakobeit stellte das leere Tablett mit Schwung auf den Tisch.

»Da hören Sie es, lieber Herr Professor. Ihre Dora ist schon beinahe erwachsen. Ich denke, Sie können ihr ruhig eine kleine Zerstreuung in den Sommerferien erlauben. Sie sind doch kein Unmensch, oder?«

Onkel Hermann murmelte noch etwas Unwilliges, gab sich aber schließlich geschlagen.

• • •

Das Hotel *Königin Luise* war das älteste, größte und vornehmste Hotel in Nidden, ein lang gezogenes zweistöckiges Gebäude mit mehreren großen Dachgauben, das direkt oberhalb des Haffs lag. Das Haus war zwar längst nicht so elegant und luxuriös wie die großen Hotels in Cranz oder Königsberg, aber zwischen den schlichten Häusern von Nidden fiel es doch auf. Es trug seinen Namen, weil im vorigen Jahrhundert die Königin auf ihrer Flucht vor Napoleon dort übernachtet hatte, wie Frau Jakobeit am Vortag noch erzählt hatte.

Über eine breite Treppe gelangte Dora zu der verglasten Veranda hinauf, die das Hotel auf zwei Seiten umgab, und öffnete die Tür. Der großzügige Raum mit der holzvertäfelten Decke und den breiten Fensterfronten war gut besucht an diesem Nachmittag. Fast alle der weiß eingedeckten Tische waren besetzt, der Raum erfüllt vom leisen Gemurmel der Gäste, die dort bei Kaffee und Kuchen zusammensaßen. Der Mann, den sie suchte, saß nicht weit von der Tür an einem Tisch, von dem man einen prächtigen Blick auf das Haff hatte. Als er zu ihr aufblickte, lag in seinem Gesicht das gleiche spitzbübische Lächeln, mit dem er sie gestern verabschiedet hatte.

»Bitte nehmen Sie Platz.« Er erhob sich, als Dora an seinen Tisch trat, und schob ihr einen Stuhl zurecht. »Ich freue mich, Sie wiederzusehen. Ich habe nicht gewagt zu hoffen, dass Sie tatsächlich kommen würden, zumal ich den unverzeihlichen Fehler begangen habe, mich Ihnen nicht einmal vorzustellen. Bitte entschuldigen Sie mein Versäumnis. Mein Name ist Curt, Curt von Thorau. Ich bin außerordentlich beglückt, Ihre Bekanntschaft zu machen.«

Seine Augen glitzerten vergnügt. Dora wusste nicht, was sie davon halten sollte.

»Danke, dass Sie mir gestern aus der Patsche geholfen haben. Ich bin Dora Twardy.«

Sie reichte ihm seine Jacke, die er nachlässig über die Lehne seines Stuhls warf, wo schon seine Kamera und eine Fototasche hingen, und setzte sich. Curt winkte einen Kellner herbei, und nachdem sie Kaffee bestellt hatten, nahm er das Gespräch wieder auf. »Darf ich fragen, was so eine junge hübsche Frau wie Sie in diese sandige Nehrungseinsamkeit verschlagen hat? An einen Ort, wo weit und breit kein Kino und kein Tanzboden zu finden sind, wo niemals die Klänge einer rauschenden Ballnacht die friedliche Stille stören?«

Curt deklamierte wie ein Schauspieler auf der Bühne und legte theatralisch eine Hand auf die Brust, während er sprach. Dora musste unwillkürlich lachen. So hatte noch nie jemand mit ihr gesprochen.

»Das habe ich mich auch schon gefragt«, erwiderte sie kichernd. »Ich bin hier in den Ferien.«

Bei diesen Worten entschlüpfte ihr nun doch ein leiser Seufzer. Curt legte den Kopf schräg und sah sie mit hochgezogener Augenbraue an.

»Das klingt nicht gerade begeistert. Gefällt Ihnen dieses verwunschene Dorf etwa nicht?«

»Nun ja. Es ist recht malerisch gelegen, aber Sie haben recht. Es ist doch ziemlich langweilig hier. Wenn es nach mir gegangen wäre, hätte ich meinen Urlaub lieber drüben im Seebad Cranz verbracht. Da ist einfach mehr geboten. Aber ich habe es mir nicht ausgesucht. Ich bin mit meinem Onkel hier und kümmere mich um seine Kinder, weil seine Frau vor Kurzem gestorben ist.«

»Das ist aber nett von Ihnen.« Diesmal klang seine Stimme ernst.

»Nun, so hält man das in unserer Familie. Und in drei Tagen fahren wir auch schon wieder nach Hause. Nun ja, was heißt nach Hause ... Eigentlich ist Königsberg gar nicht mein Zuhause. Ich komme von einem Gutshof auf dem Land. Aber jetzt muss ich für die Kinder da sein, so lange, bis mein Onkel eine neue Frau gefunden hat.« Sie verzog das Gesicht. »Und dann verbringt er die Ferien ausgerechnet in dieser Einsamkeit! Wie soll ein Mann denn hier eine Damenbekanntschaft machen?«

»Nun.« Curt grinste sie an. »Mir ist es gelungen.«

Dora spürte, wie sie rot wurde. »Aber was ist mit Ihnen?«, fragte sie schnell. »Was machen Sie hier? Sind Sie auch im Urlaub?«

»Wie man es nimmt. Ja, eigentlich habe ich gerade ein paar

Tage frei – andererseits …« Er zeigte auf die Kamera. »Ich bin Fotograf. Und ein Fotograf ist irgendwie immer im Dienst. Ich habe den Auftrag, für eine Zeitschrift Fotos über unsere schöne ostpreußische Heimat zu machen. Und darin darf die Kurische Nehrung natürlich nicht fehlen. Ich habe gestern ein paar Aufnahmen von der wild brausenden See gemacht, wie Sie sicher gesehen haben.«

»Ach, du liebe Zeit, ich hoffe bloß, Sie haben mich nicht fotografiert, als ich vom Pferd gefallen bin«, entfuhr es Dora.

Er lächelte. »Nein, natürlich nicht. Obwohl … ein Foto von Ihnen würde jede Zeitschrift schmücken, egal, in welcher Situation man Sie ablichtete.«

Da war es wieder, dieses freche Glitzern in seinen Augen. Dora vermochte nicht zu sagen, ob es bewundernd oder spöttisch gemeint war, und errötete erneut.

»Sie sind ein ungezogener Schmeichler. Es gibt sicherlich hübschere Fotomotive als ein vom Pferd gefallenes Mädchen, das wie ein begossener Pudel im Wasser sitzt.«

»Das denken Sie. Aber wissen Sie was, Dora? Das Glatte und Hübsche ist nicht immer das Schönste. Insofern hätte ich Sie vielleicht doch ablichten sollen, mit Ihrem nassen Kleid und diesem verblüfften Gesichtsausdruck, als könnten Sie selbst nicht glauben, was da gerade passiert ist.« Er grinste jetzt nicht mehr. »Viel interessanter ist es doch, das Ungewöhnliche zu zeigen. Den ganz besonderen Moment. Genau den möchte ich auf meinen Bildern einfangen, den entscheidenden Augenblick, der eine ganze Geschichte erzählt.«

»Eine ganze Geschichte mit einem einzigen Foto? Wie soll das funktionieren?«

»Interessiert es Sie?«

Dora nickte.

»Ich zeige es Ihnen.« Curt griff in die Tasche, die über seiner Stuhllehne hing, zog eine Zeitschrift heraus und schlug sie auf.

»Sehen Sie, so etwas fotografiere ich normalerweise.«

Dora betrachtete die Bilder. Sie illustrierten eine mehrseitige Reportage. Das eine zeigte zwei Wehrmachtssoldaten, die unter einem Apfelbaum im Gras lagen und schliefen. Auf einem anderen war eine lange Kolonne von Militärfahrzeugen zu sehen, die eine von prachtvollen Häusern gesäumte Straße entlangfuhren, aus einem Wagenfenster beugte sich grinsend und winkend ein Soldat. Beim nächsten Bild stutzte Dora, zwei Soldaten bei einer Zigarettenpause waren darauf abgebildet, im Hintergrund zeichnete sich scharf der Eiffelturm gegen den Himmel ab. Paris! Augenblicklich dachte sie an Wilhelm. Wie verrückt wäre es gewesen, wenn er und Curt einander in Frankreich begegnet wären und nun ein Foto von ihm hier auftauchen würde! Sie musste Wilhelm unbedingt von ihrer neuen Bekanntschaft schreiben. Doch was würde er wohl dazu sagen, wenn er erführe, dass sie sich hier mit einem anderen Mann getroffen hatte? Dora schüttelte diesen Gedanken ab und beschloss, ihn auf später zu verschieben.

Sie sah auf. »Wie interessant! Sie waren schon einmal in Paris?«

Curt nickte. »Ja, mehrmals. Ich habe den Westfeldzug begleitet bis zur Waffenstillstandsvereinbarung mit Frankreich. Eigentlich bin ich Kriegsfotograf. Ich dokumentiere den Einsatz unserer Truppen. Im Frühjahr war ich bei der Besetzung Norwegens dabei und im vergangenen Herbst auch beim Kampf in Polen.«

»Sie fotografieren den Krieg? Ist das nicht gefährlich?«

»Es ist wichtig. Einer muss es ja tun und den Leuten daheim den Alltag unserer Soldaten zeigen.«

»Da haben Sie recht. Womöglich habe ich schon Bilder von Ihnen in der Zeitung gesehen.« Noch einmal wanderte ihr Blick zurück zu dem Foto mit dem Eiffelturm. »Ist es in Paris wirklich so schön, wie alle Leute sagen?«

»Es ist noch viel schöner. Wobei Rom und London auch ihre Reize haben. Und Wien und Istanbul.«

»Da waren Sie überall schon?«

»Ja, zum ersten Mal lange vor dem Krieg. Ich habe ein paar Jahre als Lastwagenfahrer mein Geld verdient, nachdem mein Vater mich aus dem Haus geworfen hat.«

»Wieso hat er das denn getan?«

»Er ist ein ziemlich bekannter Knopffabrikant, wissen Sie, und hat mir nie verziehen, dass ich sein Geschäft nicht übernehmen wollte.« Curt zuckte unbekümmert mit den Schultern. »Aber ich konnte mir einfach nicht vorstellen, dass mein Lebensglück an den ratternden Maschinen in einer staubigen Fabrikhalle hängt. Ich wollte raus in die Welt. Also musste ich sehen, wo ich blieb. Das Fotografieren hat mich schon als Junge fasziniert. Sobald ich genug Geld zusammenhatte, kaufte ich mir eine Kamera. Ich hatte sie immer dabei und habe überall, wo ich meine Ladung abliefern musste, Fotos gemacht. Und so bin ich allmählich zu dem geworden, was ich bin. Seit ein paar Monaten arbeite ich für das Reichspropagandaministerium.«

»Für den Führer?«, flüsterte Dora.

Er nickte. »Der Krieg schafft mir Möglichkeiten, die ich in Friedenszeiten nicht hätte. Ich kann mir nichts Aufregenderes vorstellen, als in der Welt herumzufliegen und mitten im Geschehen zu stehen. Dabei zu sein, wo die Luft brennt, mitzuerleben, wie gerade Geschichte geschrieben wird, und Fotos für die Ewigkeit zu machen.«

Seine Augen leuchteten jetzt vor Begeisterung. »Das ist mein Leben. Ich möchte nichts anderes machen.«

»Aber wie ist das, wenn Sie so oft fort sind? Machen sich die

Daheimgebliebenen nicht schreckliche Sorgen um Sie? Ihre Verlobte … oder Ihre Frau?«

»Meine Frau?« Curt schüttelte den Kopf. »Ich habe keine Frau. Und das ist auch besser so. Ich bin kein Mann, den man heiraten sollte.«

Er lachte leise, ohne seine Worte näher zu erklären, und Dora biss sich auf die Lippe. Sie ärgerte sich, weil er sie wieder in Verlegenheit brachte.

Curt schien das nicht zu bemerken.

»Natürlich ist immer ein gewisses Risiko dabei, aber es geht nicht anders. Ich will es so. Ich liebe meinen Beruf, und ich bin gut darin. Mal ehrlich, was ist das Leben ohne Risiko? Zum Sterben langweilig. Finden Sie das nicht auch, Dora? Ach, ich weiß ja, dass Sie mich verstehen. Sonst wären Sie gestern nicht wie wild über den Strand galoppiert. Und vor allem säßen Sie sonst jetzt nicht hier mit einem fremden Mann, von dem Sie bislang rein gar nichts wussten, außer, dass er Sie hübsch findet und grüne Hüte mag.«

Er lachte noch einmal, und als seine weißen Zähne aufschimmerten, kam es Dora wieder so vor, als säße sie einem Panther gegenüber. Wie konnte ein Mann gleichzeitig so dreist und so faszinierend sein! Sie hatte das Gefühl, Curt schaue tief in ihre Seele, und es war ihr ein wenig unbehaglich zumute. Sie war froh, als der Kellner mit der Bestellung zurückkam und sie sich damit beschäftigen konnte, Milch in ihre Tasse zu gießen und einen Schluck Kaffee zu trinken.

»Aber manchmal fotografiere ich eben auch ganz normale Sachen«, fuhr Curt ruhig fort. »Schöne Menschen, schöne Dinge, schöne Landschaften. Heute Nachmittag zum Beispiel, da werde ich auf die große Düne hinauswandern, um zu fotografieren. Haben Sie nicht Lust, mich zu begleiten?«

Dora hätte sich beinahe an ihrem Kaffee verschluckt, so unerwartet traf sie die Frage.

»Nun, wohl eher nicht«, antwortete sie steif. »Denn eigentlich wollte ich Ihnen ja nur kurz Ihre Jacke zurückbringen und dann wieder heimgehen.«

»Ja, aber das war, bevor Sie feststellten, was für ein hinreißender, unterhaltsamer Mensch der Besitzer dieser Jacke ist, nicht wahr?« Keck zwinkerte er ihr zu. »Allerdings möchte ich Sie zu nichts zwingen, verehrtes Fräulein Dora. Wenn Sie lieber zu den lieben Kindern zurückkehren und für den Rest des Tages am Strand Sandburgen bauen möchten, dann will ich Ihnen nicht im Wege stehen.«

Er hob wie abwehrend die Hände, und Dora musste wider Willen lachen. »Sie sind schrecklich frech, Curt. Vielleicht hätte ich ja tatsächlich Lust auf eine kleine Wanderung. Aber ich habe meinem Onkel versprochen, nur eine Stunde fortzubleiben.«

»Das ist verdammt kurz. Ich gestehe, ich bin beleidigt, dass Sie nur so wenig Zeit für mich erübrigen wollen. Nun gibt es zwei Möglichkeiten. Entweder, Sie brechen das Versprechen, das Sie Ihrem Onkel gegeben haben, und kommen viel später als geplant zurück. Oder wir laufen sofort los und beeilen uns mit der Dünenwanderung, und Sie kommen nur mit ein bisschen Verspätung nach Hause. Aber pünktlich werden Sie so oder so nicht sein.«

Es lag etwas in seinem Blick, was es Dora unmöglich machte, Nein zu sagen. Sie zögerte mit der Antwort.

»Ich weiß nicht«, sagte sie schließlich. »Ich möchte eigentlich keinen Ärger bekommen, nur um ein paar langweilige Sandhügel zu besteigen.«

»Langweilige Sandhügel, sagen Sie?«, rief Curt entrüstet. »Waren Sie schon einmal auf der Großen Düne?«

Dora schüttelte den Kopf.

»Dann ist es entschieden.« Er schlug federnd mit der flachen Hand auf den Tisch. »Sie müssen mit. Sie können unmöglich einen Urlaub in Nidden verbringen, ohne in der deutschen Sahara gewesen zu sein.«

»Deutsche Sahara? Wie meinen Sie das?«

»Lassen Sie sich überraschen.« Curt sprang auf. Auf einmal hatte er es eilig. Im Stehen stürzte er den letzten Schluck aus seiner Kaffeetasse hinunter, kramte in der Hosentasche und legte ein paar Münzen auf den Tisch. Dann rollte er die Zeitschrift zusammen und steckte sie zurück in die Tasche, hängte sie sich zusammen mit dem Fotoapparat um, nahm die Jacke und reichte ihr den Arm.

»Kommen Sie, Dora, wir müssen uns ein wenig beeilen. Im Moment ist das schönste Licht des Tages, um die Dünen zu fotografieren.«

Plötzlich war es Dora egal, ob es nachher wieder Ärger geben würde, weil sie später als verabredet nach Hause kam. Dieser Ärger würde verfliegen. Es war verrückt, aber Curts überschäumender Energie konnte sie sich nicht entziehen. Er war wie ein D-Zug, der sie mitriss.

Und er hatte recht. Wie langweilig wäre ein Leben ohne Risiko! Vielleicht war es ein Fehler, mit ihm mitzugehen. Vielleicht würde sie das nachher bereuen. Aber sehr viel wahrscheinlicher war es, dass sie sonst ein wunderbares, aufregendes Erlebnis verpassen würde. Und das wollte sie auf keinen Fall.

Sie wanderten südwärts zum Dorf hinaus, dorthin, wo sich die hohen Wanderdünen auftürmten. Hin und wieder blieben sie stehen, damit Curt fotografieren konnte. Einmal machte er auch ein Bild von Dora, und sie fragte, ob sie nun auch in der Fotoreportage auftauchen werde.

»Vielleicht«, antwortete Curt. »Wenn es gut genug geworden ist.«

»Und wenn nicht?«

»Wenn es nicht gut geworden ist«, antwortete er lachend, »dann rahme ich es mir ein und hänge es über mein Bett. Dann schaue ich es mir jeden Abend vor dem Schlafengehen an und sage mir: Wie konntest du von so einer schönen Frau ein so schlechtes Foto machen!«

»Oh nein! Das werden Sie ganz sicher nicht tun, Sie Unhold!« Dora wollte ihn gegen den Oberarm boxen, doch er wich ihr aus. Während sie ihn zu fassen versuchte, stolperte er über eine Kiefernwurzel, und schließlich landeten sie beide im Sand.

»Meine Gegenwart bekommt Ihnen nicht gut«, sagte er, während sie sich aufrappelten. »Immer, wenn wir zusammen sind, stürzen Sie!«

»Blödsinn! Passen Sie lieber auf, dass Ihre Kamera keinen Schaden nimmt.«

Prustend vor Lachen, liefen sie weiter. Doch als es höher hinaufging, verstummten sie und konzentrierten sich auf den Weg. An ihrem Fuß waren die Sandberge noch befestigt, von Nadelwald und Gebüsch bewachsen, doch mit jedem Schritt hinauf wurden die grün-bronzenen Krüppelkiefern spärlicher, und schließlich endete jede Vegetation. Atemlos stand Dora inmitten einer stummen Wüstenwelt.

»Die Leute nennen es das ›Tal des Schweigens‹«, raunte Curt.

Dora nickte andächtig. »Es hätte keinen besseren Namen für diesen Ort geben können.«

Wie ein gigantischer urzeitlicher Koloss türmte sich vor ihr die Große Düne, kilometerweit war nichts zu sehen als weißer welliger Sand ohne jede Spur, ohne jeden grünen Halm. Man hörte kein Geräusch, bis auf das leise Sausen des Windes, der den

Sand durch die Luft wirbeln ließ. Und darüber wölbte sich der wolkenlose Himmel, von dem die Sonne brannte.

»Unglaublich«, staunte Dora und hielt sich eine Hand über die Augen, um sie gegen das grelle Licht abzuschirmen. »Es ist tatsächlich so, als stünde man inmitten der Sahara. Es ist großartig.«

»Ja, aber diese Schönheit hat auch ihre Schattenseiten«, erklärte Curt. »Nicht ohne Grund spricht man von Wanderdünen. Der nach Osten treibende Sand hat schon so manches Haus und so manche Ortschaft verschüttet. Mit Reisigzäunen am Strand versuchen die Leute auf der Nehrung seit vielen Jahren, der Sache Herr zu werden. Aber es bleibt ein ewiger Kampf gegen Wind und Sand.«

Nachdem sie eine Weile innegehalten hatten, wanderten sie weiter. Mühsam stapften sie den großen Sandberg hinauf, der sich fast sechzig Meter hoch über der Nehrung erhob. Dora lief der Schweiß über die Schläfen. Doch auf dem Kamm der Düne bot sich ihnen ein atemberaubender Blick, der für den Anstieg entschädigte: das tiefblaue Haff auf der einen Seite, auf der anderen die endlose Weite der grünlich schimmernden, schaumgekrönten Ostsee. Dora fühlte sich auf einmal winzig und verloren inmitten dieser grenzenlosen Einsamkeit. Sie war so überwältigt, dass es ihr die Sprache verschlug. Auch Curt sprach kein Wort. So vergnügt sie vorhin noch herumgealbert hatten, jetzt standen sie schweigend und staunend auf der Düne und lauschten der Stille, als gäbe es nur noch sie beide auf der Welt. Es gab nichts zu sagen in diesem Moment, nichts zu denken, nichts zu tun. Nur zu fühlen. Etwas Heiliges schien Dora in diesem Augenblick zu liegen, etwas, das sich in Luft auflösen würde, sobald sie auch nur ein Wort flüsterte.

Doch diese Empfindung verflog, als Curt ein paar Schritte zur Seite trat, um zu fotografieren. So herrlich und einmalig der Anblick von hier oben auch war, Dora durchwehte plötzlich eine unerwartete Sehnsucht, ein schmerzhaftes Heimweh nach den grünen Wiesen, dem hohen schattigen Wald und den wogenden Kornfeldern von Liebenwalde.

»Was ist los?« Curt war ihr Stimmungsumschwung nicht entgangen. »Gefällt es Ihnen hier nicht?«

»Oh doch, es ist einmalig hier oben. Wunderschön und sehr beeindruckend. Ich bin froh, dass Sie mich hergebracht haben. Aber ... ich fühle mich auf einmal so fremd hier. So weit und so lange war ich noch nie weg von zu Hause. Und ich weiß doch gar nicht, wann ich endlich wieder dorthin zurückfahren kann.«

Curt ließ die Kamera sinken und trat auf sie zu. »Heimweh?«

Dora zuckte mit den Schultern. »Ich glaube, es ist dieser Anblick von Unendlichkeit. Ich fühlte mich für einen Moment ganz verloren.«

»Wie schade, dass ich morgen früh schon wieder abfahren muss.« Er nahm ihre Hand und drückte sie. »Ich wage nicht zu hoffen, dass es ein Trost für Sie ist, Fräulein Dora: Aber ich wohne ja auch in Königsberg, sofern ich nicht gerade irgendwo in der Welt unterwegs bin, und falls ich etwas tun kann, Ihnen ein wenig über Ihr Heimweh hinwegzuhelfen, indem wir uns auf einen Kaffee, im Kino oder möglicherweise sogar einmal zum Tanzen treffen, dann wäre es mir eine große Freude.«

Dora spürte, dass damit der Zeitpunkt gekommen war, an dem sie Curt von Thorau zurückweisen musste. Sie war so gut wie verlobt mit Wilhelm, und es wäre nicht sehr schicklich, mit einem anderen Mann auszugehen. Zumal mit einem Mann, dem sie nicht einmal erzählt hatte, dass sie schon vergeben war. Und Wilhelm würde das sicher ganz und gar nicht gefallen. Aber die Vorstellung, die Abende in Königsberg künftig nicht immer nur gelangweilt in Onkel Hermanns Wohnzimmer zu verbringen, die

Blumenranken auf der Tapete zu zählen und sich zu fragen, wann sie wohl wieder nach Hause fahren konnte, sondern sich endlich mal wieder zu amüsieren, Spaß zu haben, zu lachen, zu tanzen, den Rhythmus der Musik und die bewundernden Blicke der anderen Leute bis ins Mark zu spüren – das alles war so verlockend, so überaus verlockend und belebend, dass Dora die Lippen fest aufeinanderpressen musste, um nicht laut und überschwänglich Ja zu schreien.

»Nun«, setzte Curt nach, als Dora schwieg. »Nach großer Begeisterung klingt das ja nicht gerade. Aber vielleicht gewähren Sie mir ein einziges Wiedersehen in Königsberg, damit ich Ihnen wenigstens die Abzüge der Fotos geben kann, die ich von Ihnen gemacht habe.«

Dora senkte die Wimpern. »Na gut«, antwortete sie so leise und schüchtern, wie sie konnte. »Ein einziges kurzes Wiedersehen ließe sich gewiss einrichten.«

Sie hörte das Lächeln in seiner Stimme, als er antwortete, und wusste, dass er sie durchschaut hatte. »Sie machen mich glücklich. Am nächsten Sonntag ist großer Sommernachtsball im Königsberger Offizierscasino. Käme es Ihnen sehr ungelegen, wenn ich Sie fragte, ob Sie mich dorthin begleiten möchten?«

»Ein Sommernachtsball? Oh, ja, das klingt himmlisch.« Für einen Augenblick ließ Dora jede Zurückhaltung fallen. Doch dann verdunkelte sich ihr Blick. »Aber ... aber ich bin mir nicht sicher, ob mein Onkel mir erlaubt, zum Tanzen zu gehen.«

»Er muss es Ihnen gestatten. Es ist ein Wohltätigkeitsball. Sämtliche Einnahmen gehen an das Winterhilfswerk. Ihr verehrter Onkel kann Ihnen unmöglich verwehren, die Not bedürftiger Volksgenossen zu lindern.«

Dora lächelte. »Ja, da haben Sie recht. Es gibt nichts Ehrenwerteres, als für einen guten Zweck zu tanzen.«

9.

Wie vorhergesehen war Onkel Hermann zunächst skeptisch gewesen, als Dora ihm von ihrer Einladung zum Sommerball berichtete. Doch sobald er vom guten Zweck der Veranstaltung hörte, wurde er milder, zumal Inge die Pläne ihrer Cousine treuherzig unterstützte und die beiden ihn schließlich davon überzeugten, dass nichts Verwerfliches daran war, in einer kultivierten Gesellschaft Geld für arme und kranke Leute zu sammeln. Dass Dora dabei ein äußerst gewagtes Kleid trug, entging ihm, weil gerade in dem Moment, als sie die Wohnung verließ, das Telefon klingelte und er dadurch abgelenkt wurde.

Der Festsaal war noch größer, als Dora es erwartet hatte. Die drei großen Doppelflügeltüren zum kahlen Innenhof der Kaserne standen weit offen, und die warme Luft des frühen Augustabends strömte herein. Die eigentlich schmucklosen Wände des Königsberger Offizierscasinos waren zur Feier des Sommerballs mit bunten Papiergirlanden und Hakenkreuzfähnchen dekoriert. An der rückwärtigen Seite des Saales hatte man eine Bühne aufgebaut, die fast die gesamte Wandbreite einnahm und auf beiden Seiten durch eine kleine geschwungene Holztreppe zu erreichen war. Eine siebenköpfige Kapelle stand dort oben und musizierte so hinreißend und schwungvoll einen Wiener Walzer, dass Dora kaum die Füße stillhalten konnte. Neugierig beobachtete sie die

Paare, die in ausgelassener Stimmung durch den Raum tanzten. Die Herren trugen zumeist Uniform, feldgrau oder schieferfarben, dekoriert mit gold-rot-weißen Abzeichen und blinkenden Orden. Die Damen hatten durchweg elegante Abendgewänder an und waren mit üppigem Schmuck behängt, sodass sich Dora in ihrem ausgeschnittenen Zarah-Leander-Kleid und mit den hübschen Perlenohrringen zum ersten Mal in ihrem Leben nicht fehl am Platz fühlte.

Sie stand mit Curt und ein paar anderen Leuten zusammen, unter ihnen der Kommandant der Kaserne, ein schneidiger, silberhaariger Offizier in den frühen Fünfzigern mit einem tiefen Schmiss in der Wange. Er hatte gerade die Eröffnungsrede gehalten, eine quälend lange und langweilige Ansprache, bei der Dora ein paarmal ein Gähnen hatte unterdrücken müssen. Als seine Rede in lautem Applaus und begeisterten Heil-Rufen endete, hatte Dora mitgeklatscht aus Erleichterung, dass sie endlich vorbei war. Nun wurden immerhin Getränke serviert. Curt nahm einem der Bediensteten, die mit beladenen Tabletts durch den Raum eilten, zwei langstielige Gläser ab und reichte eines davon Dora.

»Auf einen wunderbaren Abend, liebe Dora. Bester Champagner aus Frankreich. Bitte genießen Sie jeden Tropfen!«

»Oh, tatsächlich Champagner?« Sie betrachtete die perlende Flüssigkeit in ihrem Glas, bevor sie einen kleinen Schluck zu sich nahm. »Mhm. Ich glaube, so etwas Kostbares habe ich noch nie getrunken. Es schmeckt himmlisch.«

»Das will ich meinen!«, mischte sich der Kommandant in die Unterhaltung ein. »Frisch importiert aus dem Marne-Tal. Überaus köstlich! Das ist das Beste am Waffenstillstand mit Paris: Der Franzmann muss blechen. In Francs und Centimes und in Naturalien. Jetzt rollen die edlen Flaschen waggonweise ins Reich. Es ist eine Freude! Bordeaux und Trüffel gibt es derzeit bei uns ebenfalls reichlich. Sind es nicht herrliche Zeiten?«

Er brach in dröhnendes Lachen aus. Dora fühlte sich unwohl angesichts seines herablassenden Auftretens. Verstohlen blickte sie zu Curt hinüber, der den Kommandanten mit gerunzelter Stirn betrachtete.

»Ich kann dem Geschmack von Trüffeln nichts abgewinnen«, erklärte er mit einer wegwerfenden Handbewegung. »Die können die Franzosen meinetwegen behalten.«

»Aber was ist mit den Leuten in Frankreich?«, wagte Dora zu fragen. »Bleibt ihnen denn auch noch etwas von ihrem Wein zum Trinken?«

Der Kommandant betrachtete sie mit hochgezogenen Augenbrauen, wie man ein Kind betrachtet, das eine dumme Frage gestellt hat.

»Mein liebes Fräulein«, sagte er. »Mitgefühl ist hier völlig verkehrt. So ist das nun mal im Krieg: Wer verliert, der zahlt. Nach der Niederlage von 1918 hat Deutschland bitter bluten müssen, und diesmal sind wir auf der Siegerseite. Und glauben Sie mir, der verdammte Franzmann hat es mehr als verdient, an die Kandare genommen zu werden. Aber nun, bitte zerbrechen Sie sich Ihr hübsches Köpfchen nicht weiter über solche komplizierten Dinge. Lassen Sie das mal uns Männer machen.«

Noch einmal lachte er selbstgefällig auf. Dora war der Mann zutiefst zuwider. Sie dachte an Wilhelm und den netten Franzosen, mit dem er Schach gespielt und eine Flasche Rotwein geteilt hatte. Mochten Deutschland und Frankreich offiziell auch Gegner sein, es gab keinen Grund, so hässlich über das andere Land zu reden. Sie trank noch einen Schluck Champagner, aber auf einmal schmeckte er ihr nicht mehr.

Curt schien ihre Gedanken zu bemerken. Vorsichtig nahm er

Dora das halb geleerte Glas aus der Hand und stellte es zusammen mit seinem auf der Fensterbank ab.

»Aber nun haben wir genug von Kriegsdingen geredet«, sagte er und nahm ihre Hand. »Wir sind ja hier, um zu feiern. Sie entschuldigen uns, Herr Kommandant?«

Endlich konnte Dora tanzen, und augenblicklich waren alle trüben Gedanken, die sie gerade noch beschäftigt hatten, wie weggewischt. Es gab nur noch die Musik, die bunten Girlanden, das Licht der Abendsonne, das rötlich schimmernd den Raum erhellte – und Curts Arme, die sie sicher und geschickt über die Tanzfläche leiteten. Wie anders er tanzte als Wilhelm, lebhafter, übermütiger, als wäre das Tanzen ein verrückter Spaß. Mal drückte er sie an sich, sodass sie seinen Herzschlag in der Brust spüren konnte, dann ließ er sie mit einer Hand los, um sie unter seinem Arm herumdrehen zu lassen. Es war wie ein neckendes Spiel mit Nähe und Distanz. Dora genoss seine bewundernden Blicke, die ihren Körper entlangglitten, sein Lächeln und seine warme, melodische Stimme, mit der er ihr Komplimente machte.

»Ich habe mir alle Frauen in diesem Saal genau angesehen«, sagte er. Seine Lippen berührten beinahe ihr Ohr, sie spürte seinen warmen Atem. »Und zu meiner Beruhigung stelle ich fest, dass ich mit der schönsten von allen tanze. Herrje, Dora, wie müssen Sie sich in den drei Wochen in Nidden gelangweilt haben! Schon in der ersten Sekunde, in der ich Sie am Strand gesehen habe, dachte ich: Was macht diese hinreißende Frau an einem so einsamen Ort? Diese Frau wurde geboren, um in einem prächtig beleuchteten Festsaal zu schwindelerregender Musik zu tanzen und allen anderen die Schau zu stehlen.«

»Sie sind ein schrecklicher Schmeichler, Curt!«, schimpfte Dora lachend. »Hören Sie auf, solchen Unsinn zu erzählen, oder ich suche mir einen anderen Tanzpartner.«

»Dazu müsste ich Sie erst mal loslassen, und das habe ich durchaus nicht vor. Es fühlt sich viel zu angenehm an, Sie in den Armen zu halten. Im Ernst: Sie sind eine vorzügliche Tänzerin.«

»Danke. Es ist leicht, eine gute Tänzerin zu sein, wenn man von einem so guten Tänzer geleitet wird.«

Die Kapelle begann, einen flotten Swing zu spielen, und viele Paare verließen die Tanzfläche. Dora meinte, hier und da unwillige Blicke wahrzunehmen, doch sie hatte keine Zeit, die anderen Leute zu beobachten, denn sie war viel zu sehr damit beschäftigt, ihre Schritte dem schnellen Takt der Musik anzupassen. Curt bewegte sich flink und wendig über das Parkett und strahlte sie aufmunternd an. Mit der Zeit wurde auch Dora mutiger und gab sich lachend und mit schwingenden Hüften dem Rhythmus hin. Als das Stück zu Ende war, blieb Dora mit keuchendem Atem stehen.

»Bitte lassen Sie uns eine Pause machen. Ich kann nicht mehr. Aber es war himmlisch. Wie kann es sein, dass so viele Leute aufgehört haben zu tanzen? Ausgerechnet bei so einer großartigen Musik?«

»Weil es Swing ist. Swing kommt aus Amerika, und der Führer findet das undeutsch und unanständig. Und viele Leute hier sehen das offenbar genauso. Ich bin erstaunt, dass diese Combo es wagt, hier mitten im Offizierskasino solche Klänge zum Besten zu geben.«

In diesem Moment klatschte der Kommandant laut und vernehmlich in die Hände. Es war, als hätte er Curts Worte gehört.

»Meine Herren Musiker!«, rief er durch den Saal. »Ich bitte doch darum, uns diesen Abend nicht mit dieser grässlichen Affenmusik zu verderben. Es gibt wahrlich genügend wunderbare deutsche Melodien, die sich vorzüglich zum Tanzen eignen. Wenn Sie also davon absehen möchten, unsere Ohren weiterhin mit Swing zu quälen, wäre Ihnen das Publikum sehr dankbar!«

»Das stimmt ja gar nicht«, flüsterte Dora enttäuscht. »Das war die beste Musik des ganzen Abends.«

»Ich freue mich, dass Sie das sagen. So sehe ich das nämlich auch. Was halten Sie davon, mich am nächsten Wochenende in den Jazzklub zu begleiten? Es gibt einen fantastischen Tanzkeller hier in Königsberg. Da spielen sie den ganzen Abend lang die tollste Swingmusik, und keiner regt sich darüber auf. Wir können die Nacht durchtanzen, wenn Sie mögen.«

Dora biss sich auf die Lippen. Sie war hin- und hergerissen. Nichts wollte sie lieber, als Swing zu tanzen, bis die Sonne aufging. Aber durfte sie noch einmal mit Curt ausgehen? Noch immer hatte sie ihm nichts von Wilhelm erzählt und Wilhelm nichts von Curt. Sie versuchte, sich vorzustellen, wie sie empfinden würde, wenn Wilhelm mit einer jungen hübschen Französin zum Tanzen ausgehen würde. Sie wusste, dass ihr das überhaupt nicht gefallen würde. Also sollte sie auch besser zu Hause bleiben. Es wäre nur fair. Auch Curt gegenüber. Aber auf das himmlische Swingtanzen zu verzichten? Auf den Rhythmus, das Herzklopfen, den Spaß, die bewundernden Blicke der anderen Leute? Unmöglich. Diese Vorstellung erschien Dora wie eine grausame Folter. Es geht ja nur ums Tanzen, sagte sie sich. Ich möchte ihn nicht heiraten, ich möchte nur mit ihm tanzen.

»Sehr gern«, rief Dora. »Das wäre fantastisch.«

• • •

Zwei Tage später stand ein Blumenstrauß auf dem Esstisch, als Dora vom Einkaufen zurückkam. Ein verschlossener Briefumschlag lag daneben.

»Den hat ein Bote gerade in der Galerie abgegeben«, erklärte Onkel Hermann. »Es steht kein Absender dabei. Ich nehme an, dein Verlobter hat ihn bestellt? Er hat wohl große Sehnsucht nach dir.« Er zwinkerte ihr zu.

Dora riss das Kuvert auf und zog ein beschriebenes Blatt heraus. Das war nicht Wilhelms Schrift. Diese ausladenden Buchstaben mit den großen Schnörkeln hatte sie noch nie gesehen.

Verehrteste Dora,
bei unserem Treffen im Offizierskasino war ich so verzaubert von Ihrer Erscheinung, dass ich ganz vergessen habe, Ihnen die Fotos zu geben, die ich Ihnen auf der Düne von Nidden versprochen hatte. Ich lege sie in den Umschlag, damit Sie sich immer an unseren ersten Spaziergang erinnern, hoffentlich so gern, wie ich es tue. Ich freue mich auf unsere Verabredung am Samstag im Jazzkeller. Bedauerlicherweise öffnet der Klub erst um elf Uhr abends. Das ist keine Zeit, in der sich eine junge Dame allein auf den Weg machen sollte. Ich hole Sie mit dem Auto ab. Da ich zu so später Stunde nicht anklingeln möchte, warte ich ab kurz vor elf draußen vor dem Haus auf Sie. Ich weiß ja, wo Sie wohnen, seit ich Ihnen nach unserem Tanzabend im Offizierscasino ein Taxi bestellen durfte. Ich kann es kaum erwarten, Sie wiederzusehen.
In tiefer Verehrung,
Ihr Curt von Thorau.

Das Blatt begann, in Doras Händen zu zittern. Schnell faltete sie es zusammen. Als sie es zurück in den Umschlag schob, entdeckte sie die Fotos darin. Doch sie zog die Bilder nicht heraus.

»Und?«, erkundigte sich Onkel Hermann. »Du bist ja ganz rot geworden! Das muss ja eine ganz wunderbare Liebeserklärung sein.«

Dora nickte hastig. »Oh ja.«

»So soll es sein, mein Mädchen. So ist es recht.«

Die Nachricht hatte sie mehr bewegt, als sie sich eingestehen wollte. »Bitte entschuldige, Onkel Hermann, ich glaube, ich muss einen Moment allein sein.«

»Aber natürlich, meine Liebe.« Er nickte verständnisvoll.

Im Vorbeigehen hielt Dora die Nase an den Blumenstrauß. Rosa Röschen, weiße Freesien und Schleierkraut verströmten einen zarten Duft. Sie schloss für einen Augenblick die Augen und sah Curts breites Raubtierlächeln vor sich.

In ihrem Zimmer setzte sie sich auf ihr Bett und betrachtete endlich die Fotos, die Curt mitgeschickt hatte. Er hatte sie gut getroffen, aber wie ernst sie in die Kamera geblickt hatte! Ein Fremder war Curt ihr an jenem Nachmittag noch gewesen. Nie hätte sie damals gedacht, wie viel Spaß sie noch miteinander haben würden.

Dora zerbrach sich den Kopf darüber, wie sie es anstellen sollte, am Samstagabend mit Curt in den Jazzklub zu gehen. Dass es der Onkel ihr nicht erlauben würde, so spät noch das Haus zu verlassen, stand fest. Und es gab keine Möglichkeit, heimlich an ihm vorbeizuschleichen, denn er pflegte an den Samstagen bis Mitternacht bei geöffneter Tür im Wohnzimmer zu sitzen und seine umfangreichen Korrespondenzen zu erledigen. Vielleicht sollte es einfach nicht sein, dachte sie enttäuscht, vielleicht sollte sie das Treffen mit Curt besser absagen. Doch allein der Gedanke daran war so niederschmetternd, dass es ihr die Tränen in die Augen trieb.

»Nanu, was ist denn los? Du siehst traurig aus.« Inge war – wie immer ohne zu klopfen – ins Zimmer getreten, hatte ihre Schultasche auf den Boden geworfen und sah der Cousine forschend ins Gesicht. »Hast du schlechte Nachrichten bekommen? Ist etwas mit deinem Verlobten passiert? Oder mit deinem Bruder?«

Dora schüttelte den Kopf.

»Nein, Inge, das ist es nicht. Zum Glück nicht. Ich glaube, Wilhelm geht es gut. Er ist noch immer in Frankreich stationiert, und da ist Waffenstillstand. Und mein Bruder ist ohnehin noch nicht im Kampfeinsatz. Er ist gerade auf Heimaturlaub in Liebenwalde. Ich habe gestern erst einen Brief von ihm und von meiner Mutter bekommen. Dort sind alle wohlauf.«

»Aber irgendetwas macht dir doch Sorgen, Dora. Das sehe ich dir an.«

Inge setzte sich neben sie aufs Bett und legte ihren Arm um die Schultern der Cousine. Ihr Blick fiel auf die Fotos in Doras Hand.

»Was sind das für Bilder? Wie hübsch du darauf aussiehst. Sind das nicht die Dünen von Nidden?«

»Ja.«

»Aber wer hat diese Fotos gemacht? Ich weiß genau, dass wir in diesem Sommer nicht dorthin ...« Inge unterbrach sich und tippte sich lachend an die Stirn. »Oh, jetzt weiß ich's. Das war dieser Fotograf, mit dem du dich damals zum Kaffeetrinken getroffen hast und der dich neulich zum Offiziersball eingeladen hat, nicht wahr?«

Dora nickte. »Ja. Wir haben nach unserem Treffen damals noch einen kleinen Spaziergang gemacht. Und heute kam ein Brief von ihm. Er hat mir die Bilder geschickt und geschrieben, dass er mich wiedersehen möchte. Am nächsten Samstag im Jazzklub.«

»Aber darf er das denn? Du hast doch einen Verlobten zu Hause!«

»Ja, ich weiß, ich will diesen Herrn von Thorau ja auch nicht heiraten. Ich will nur ab und zu ein bisschen tanzen gehen mit ihm. Ein bisschen Spaß haben. Das ist alles. Aber dein Vater ...«

»Mein Vater würde das nicht zulassen.«

Dora nickte. »Bitte, sei nicht gekränkt, liebes Cousinchen, ich bin gern bei euch, aber an den Abenden, wenn alles so still ist in der Wohnung, dann vermisse ich ein wenig gleichaltrige Gesellschaft schon, das kannst du mir glauben. Und jetzt hat mich dieser Mann eingeladen, mit ihm Swing zu tanzen. Und ich liebe Swingmusik.«

»Hm.« Inge überlegte einen Augenblick. »Dann musst du wohl aus dem Fenster klettern.«

»Ach, Inge, ich kann doch nicht aus dem Fenster klettern wie ein kleines Mädchen, das die Schule schwänzt ...«

Sie lächelten einander an bei der Erinnerung an jenen Tag, an dem ihre Freundschaft begonnen hatte.

»Ich glaube, anders geht es nicht«, sagte Inge.

»Das ist unmöglich. Außerdem werde ich mein langes Seidenkleid tragen, damit kann ich schlecht einen Baum hinauf- und hinunterkraxeln.«

»Du musst eben ein kurzes Kleid anziehen. Das ist ohnehin viel praktischer beim Tanzen. Und man sieht mehr von deinen schönen Beinen. Du weißt doch: ›Wenn die Elisabeth nicht so schöne Beine hätt, dann hätt sie viel mehr Freud an ihrem neuen langen Kleid ...‹«

Inge trällerte grinsend den Refrain des bekannten Schlagers, und Dora begann zu lachen.

»Ach, Inge, was würde ich nur ohne dich machen!«

»Vielleicht habe ich etwas für dich.«

Inge stand auf und öffnete den Kleiderschrank. Sie kramte eine Weile darin herum, dann zog sie aus der hintersten Ecke ein völlig zerknittertes zartviolettes Kleid mit einem breiten schwarzen Samtgürtel heraus.

»Sieh mal. Das hat meiner Mutter gehört.«

»Aber Inge!«, rief Dora erschrocken.

»Papa hat alle Kleider von ihr weggegeben, nachdem sie gestorben ist. Sie sind alle in einem großen Karton an die Wohlfahrt gegangen. Aber dieses Kleid habe ich heimlich wieder herausgeholt. Es war Mamas Lieblingskleid. Und meins auch. Sie sah immer so hübsch darin aus. Ich glaube, es war einmal sehr teuer. Sie hat es nicht oft getragen. Nur zu ganz besonderen Anlässen, zuletzt auf der Cocktailparty eines Bankiers, der ein guter Kunde von Papa ist. Ich wollte nicht, dass eine fremde Frau das Kleid trägt. Aber du bist keine fremde Frau. Findest du nicht auch, dass es sehr hübsch ist? Es ist aus Georgette, ganz luftig, und es macht eine tolle Taille. Ich glaube, es könnte dir passen.«

»Aber ...«, stammelte Dora noch einmal, ohne die Augen von dem hinreißenden, knielangen Kleid in Inges Händen zu wenden. »Ich kann doch nicht ...«

Das Mädchen lächelte verschmitzt. »Doch, du kannst. Ich bin so glücklich, dass du zu uns gekommen bist, meine liebe Cousine. Ich weiß gar nicht, was wir hier ohne dich machen würden. Da ist es doch nur recht, dass ich dir ein schönes Kleid zum Tanzen gebe. Es ist genau richtig: Es ist wunderschön, und es ist kurz genug, damit du darin den Baum vor unserem Fenster hinunterklettern kannst. Du musst nur aufpassen, dass du mit dem zarten Stoff nicht irgendwo hängen bleibst. Und wenn du später in der Nacht nach Hause kommst, kannst du durch die Tür hereinkommen, denn dann schläft Papa ja längst.«

Dora nahm ihr das Kleid ab, hielt es sich vor den Leib und stellte sich vor den schmalen Spiegel in der Schranktür.

»Danke, du bist ein Schatz. Man muss das Kleid nur ein wenig bügeln, ich glaube, es passt perfekt.«

»Du wirst darin wunderbar aussehen, Dora. Wie die Königin des Swing!«

• • •

Den Rest der Woche erledigte Dora ihre Arbeiten im Haushalt fahrig und unkonzentriert. Gleich zweimal rutschte ihr in der Küche beim Abtrocknen ein Teller aus der Hand und zerschellte auf dem Fußboden. Und als sie einen Riss in Ewalds Hose stopfen wollte, stach sie sich mit der Nadel in den Finger, dass das helle Blut heraustropfte. Was immer sie auch tat, in Gedanken war sie bei Curt und ihrer Verabredung im Jazzklub, und die Vorfreude auf den Samstagabend ließ ihr Herz wie im Galopp pochen. Gleichzeitig fragte sie sich, ob ihre Entscheidung richtig war. Doch mit jedem Mal, wenn Zweifel aufkamen, gelang es ihr schneller, sich zu beruhigen: Ich will ja nur tanzen mit ihm.

Tatsächlich gelang es ihr am Samstagabend, unbemerkt von Onkel Hermann aus dem Fenster ihres Zimmers in den Baum zu steigen und hinunter in den Hof zu klettern. Es war nicht ganz einfach mit den glatten Schuhsohlen und dem dünnen, sich bauschenden Stoff des Kleides, aber schließlich stand sie wieder auf festem Boden. Inge, die ihre Kletterei vom offenen Fenster aus beobachtet hatte, winkte ihr einen Abschiedsgruß zu, und Dora winkte zurück. So leise wie möglich öffnete sie das schwere, quietschende Hoftor und schlich hinaus auf die Straße.

Curt wartete schon auf sie. Er lehnte neben der geöffneten Beifahrertür an seinem Auto. Dora sah, dass er lächelte. Seine weißen Zähne glänzten im Licht des Mondes, der voll und leuchtend am klaren Nachthimmel stand. Die Straßenlaternen waren wegen der Verdunkelungspflicht ausgeschaltet. Auch die Scheinwerfer an Curts Wagen waren zum großen Teil abgeklebt, sodass nur noch ein schmaler Lichtstreifen zu sehen war.

»Bitte schön, Fräulein Dora. Ihr Wagen steht bereit. Darf ich es wagen, Sie durch die Nacht der Nächte zu chauffieren?«

Wie gut sie den spöttischen Klang in seiner Stimme schon kannte. Und doch: Einen winzigen Augenblick lang zögerte Dora. Worauf ließ sie sich hier eigentlich gerade ein? Niemand, den sie kannte, würde dieses nächtliche Abenteuer gutheißen. Am allerwenigsten ihre Mutter. Gut, dass sie davon nichts erfahren würde. Noch nie in ihrem Leben hatte Dora etwas so Verwegenes getan.

»Worauf warten Sie?«, fragte Curt. »Haben Sie auf einmal Angst vor mir? Das ist nicht nötig. Ich beiße normalerweise nicht.«

»Oh doch, das könnte ich mir gut vorstellen!«, rief Dora spitz. Sie war ein wenig verärgert, weil er schon wieder ihre Gedanken zu lesen schien. Doch dann lachten sie beide, und sie stieg ein, ließ sich auf den tiefen weichen Ledersitz des Fahrzeugs fallen, und Curt startete den Motor.

Ehrfürchtig strich Dora über die hochglänzend lackierte Holzblende über dem Handschuhfach.

»Wie kommt es, dass Sie ein Automobil besitzen? Ich dachte, die Wehrmacht zieht alle Kraftfahrzeuge ein.«

Curt grinste.

»Nicht alle. Ich habe da meine Beziehungen, wissen Sie. Ich arbeite als Reporter für die Wehrmacht, und da brauche ich ein Auto, um schnell unterwegs zu sein. Das haben sogar die Herren in Berlin eingesehen.«

Die Fahrt dauerte nicht lang. Der Jazzkeller lag in einem unscheinbaren Haus in einer kleinen Seitenstraße des Steindamms. Eine schmale Treppe führte außen an der Seite des Gebäudes hinunter zu einer grauen Eisentür.

»Sind Sie sich sicher, dass wir hier richtig sind?«, fragte Dora zweifelnd. Doch als Curt die Tür öffnete, drangen laute Musik, Gelächter und Schwaden von Zigarettenqualm heraus. Dora war verblüfft, wie voll es in dem kleinen Raum mit der niedrigen Decke war. Dicht an dicht standen die Leute an der Bar, hinter der sich Gläser und Flaschen in allen Formen und Farben auf meterlangen Regalen reihten. Zwei Männer in weißen Anzügen mixten Cocktails und schüttelten mit hocherhobenen Händen die ineinandergesteckten Metallbecher. Auch auf der Tanzfläche war kaum mehr ein Platz frei. Die Leute hier waren anders gekleidet, als Dora es sonst kannte: Viele der jungen Männer trugen weite Hosen und karierte Sakkos und hatten die langen Haare zurückgekämmt. Die meisten Frauen hatten kurze, weit schwingende Röcke an. Lachend und lärmend tobten die Paare zur Swingmusik, die eine kleine Kapelle in einer Ecke zum Besten gab. Der ganze Raum schien zu vibrieren. Dora war wie elektrisiert. So etwas hatte sie noch nie gesehen. Das hier war lebhafter, ausgelassener, verrückter als jede andere Tanzparty, auf der sie je gewesen war.

Curt nahm sie an die Hand. »Möchten Sie zuerst etwas trinken oder gleich tanzen?«, fragte er. Er musste schreien, um den Lärm im Tanzkeller zu übertönen.

»Tanzen!«, rief Dora zurück. »Unbedingt sofort tanzen. Trinken kann ich auch zu Hause.«

»Ihr Wunsch ist mir Befehl, Fräulein Dora!«

Und dann tanzten sie, wie Dora noch nie getanzt hatte. Die Energie der Musik packte sie wie ein reißender Strudel. Dora hatte das Gefühl, sich aufzulösen im Rhythmus des Swing. Sie war nur noch Klang und Bewegung. Sie wagte Schritte und Figuren, von denen sie vorher nicht geahnt hatte, dass so etwas möglich war. In Curts Armen schien in dieser Nacht alles möglich. Wen kümmerte es, dass ihr Kleid hochflog, wenn sie sich drehte, und dass jeder ihre Knie sehen konnte! Sie ließ es geschehen, und niemand störte sich daran. So ging es ja allen Frauen hier beim Tanzen, und wenn ein Kleid besonders hochflog, gab es manchmal sogar vergnügten Applaus. Dora fühlte sich eins mit der Welt, so unbeschreiblich berauscht und glücklich, dass sie es wie selbstverständlich geschehen ließ, als Curt seine Arme um sie schlang, während die Kapelle ein langsameres Stück spielte. Und als er ihr einen Kuss auf die Lippen drückte, erwiderte sie ihn mit einer solchen Leidenschaft, als müsste sie augenblicklich sterben, wenn sie ihn jetzt nicht mit aller Hingabe küsste. Es war, als wäre es nicht Dora Twardy, die hier tanzte und einen nahezu fremden Mann küsste, sondern ein überirdisches Wesen, das sie bis heute nicht gekannt hatte.

Erst als sie atemlos und erhitzt an der Bar standen und Curt etwas zum Trinken bestellt hatte, ebbte der Rausch ab und ließ Dora erschöpft und erschrocken innehalten: Hatten sie einander gerade tatsächlich geküsst? Oh Gott, ja, das hatten sie. Aber noch schlimmer war, dass es sich wundervoll angefühlt hatte.

Dora trank ihre Limonade in großen Zügen. Über den Rand ihres Glases sah sie Curts Augen, die sie mit solcher Intensität betrachteten, dass sie beinahe meinte, von ihnen verschlungen zu werden.

Ich muss es ihm jetzt sagen, dachte Dora. Ich muss ihm endlich von Wilhelm erzählen.

Aber sie brachte kein Wort über die Lippen.

Plötzlich vernahm sie, wie hinter ihr die Tür des Klubs aufflog und schwere Stiefel in den Raum polterten. Curts Lächeln verschwand, er zog die Augenbrauen hoch. Dora fuhr herum.

Drei junge Männer waren in den Jazzkeller gekommen, kaum achtzehn Jahre alt. Sie trugen die braunen Hemden und das schwarze Halstuch der Hitlerjugend, die Haare kurz rasiert, und sie waren ganz sicher nicht zum Tanzen hier. Der eine von ihnen hielt einen Knüppel in der Hand, den er drohend hochhob, während er gegen den Lärm im Raum anbrüllte:

»Diese Negermusik muss sofort aufhören!«

Augenblicklich war es still im Keller. Erschrocken blieben die Paare auf der Tanzfläche stehen, als die Musik erstarb.

»Was ist denn los?«, rief jemand aus dem hinteren Teil des Raumes, und ein anderer zischelte: »Psst. Es gibt Ärger.«

Die drei Hitlerjungen traten auf die Musikkapelle zu.

»Swing tanzen ist verboten«, sagte der Junge mit dem Knüppel. »Können Sie keine vernünftige deutsche Tanzmusik spielen?«

»Aber ja doch!« Der Trompeter, der sein Instrument noch immer in der Hand hielt, schnippte unerschrocken mit den Fingern. »Los, Boys, die Nummer 83!«

Augenblicklich spielte die Band wieder los, so flott und rhythmisch wie zuvor, doch nach ein paar Takten erkannte Dora die grotesk verzerrte Melodie des Horst-Wessel-Liedes, der Parteihymne der Nationalsozialisten. Einige Leute lachten.

»Aufhören!«, brüllte der Knüppeljunge noch einmal. »Sofort aufhören. Das ist respektlos. Sie beleidigen die Partei und den Führer.«

Erneut gab der Trompeter ein Handzeichen, und die Band verstummte – bis auf den Schlagzeuger, der jetzt im Marschtempo zu trommeln begann. Nach ein paar Paukenschlägen setzte der Rest der Band ein, die Männer marschierten dazu im Gleichschritt auf der Stelle. Ein paar Leute aus dem Publikum schlossen sich dem Takt an, marschierend und klatschend zogen sie in einer langen Reihe durch den Raum, wie in einer aberwitzigen Polonaise. Fassungslos schwankten Doras Blicke zwischen der johlenden Menge und den drei jungen Braunhemden, die dem Treiben mit wütend verkniffenen Gesichtern zusahen.

Plötzlich hob der eine seinen Knüppel und setzte an, die große Trommel des Schlagzeugs zu zertrümmern. Doch noch bevor er richtig Schwung genommen hatte, war Curt aufgesprungen und riss seinen Arm zurück.

»Halt, junger Freund! Was tun Sie da? Bitte machen Sie nichts kaputt!«

Der junge Mann fuhr herum. »Lassen Sie mich los! Was fällt Ihnen überhaupt ein? Haben Sie es nicht gehört? Swingmusik ist verboten. Ausrotten sollte man diesen ganzen verdammten Jazz-Bazillus.«

Im Raum war es ganz still geworden.

»Moment mal!« Curts Stimme blieb ruhig, beinahe kalt. »Swing ist verboten, sagten Sie. Wo bitte steht das denn geschrieben, junger Mann? Mit fällt gerade das Gesetz nicht ein, das diese Musik unter Strafe stellt. Aber ich bin kein Rechtsgelehrter, sicher können Sie mich aufklären.«

Der andere glotzte nur.

»Nun, wenn Sie hier schon so resolut auftreten«, fuhr Curt betont freundlich fort, »dann werden Sie uns doch sicher den Paragrafen im Gesetz nennen können, der Sie zu Ihrem Auftritt hier berechtigt.«

»Wir brauchen keinen Paragrafen«, murmelte einer der anderen Jungen. »Wir sorgen hier nur für Ordnung. Man muss es diesen Swing-Heinis mal zeigen, sonst kapieren die das nicht.«

»Hm«, machte Curt. »Aber es wäre doch höchst ärgerlich für Sie, wenn Sie die hochwertigen Instrumente dieser Combo zerstören, und anschließend stellt sich heraus, dass Sie im Unrecht waren. Ich könnte mir vorstellen, dass Sie ganz schöne Schwierigkeiten bekommen würden.«

Die Jungen schwiegen und schienen nachzudenken, alle Wut und Hochnäsigkeit war aus ihren Gesichtern gewichen. Sie sahen aus wie drei Schulbuben, die bei einem schlechten Streich erwischt worden waren. Die Band begann wieder, leise zu spielen. Es war keine Swingmelodie diesmal, sondern ein bekannter Schlager, den der Bandleader voller Inbrunst durch den Raum schmetterte: »Rosamunde, schenk mir dein Herz, und sag Ja, Rosamunde, frag doch nicht erst die Mama ...«

»Na also«, meinte der junge Mann mit dem Knüppel. »Es geht doch. Sie können ja tatsächlich gute deutsche Musik spielen. Da haben Sie aber noch mal Glück gehabt. Heil Hitler!«

Mit diesen Worten drehte er sich um, und die drei marschierten zum Ausgang.

»Heil Benny Goodman!«, rief der Schlagzeuger ihnen nach. Einer der Jungen drehte sich im Hinausgehen noch einmal um und starrte ihn stirnrunzelnd an. Offenbar kannte er den Namen des bekannten Jazzmusikers nicht und hielt ihn für eine neue Königsberger Nazigröße. Als endlich die Tür hinter den dreien zuschlug, brandete Applaus auf, und die Combo schwenkte umgehend wieder auf Swingmusik um. Einer der Barkeeper schob Curt dankbar nickend einen Drink zu, als er zurück an die Theke kam.

»Sie trauen sich was«, staunte Dora. »Wenn Sie an die Falschen geraten wären, hätte das ziemlich viel Ärger geben können. Ich wusste gar nicht, dass Sie sich so gut mit Juristerei und Gesetzestexten auskennen.«

Curt zuckte mit den Schultern.

»Ich habe nur geblufft. Ich lasse mir doch von drei dummen Schulbuben nicht diesen herrlichen Abend mit Ihnen verderben. Wie sieht es aus? Wollen wir weitertanzen?«

...

Der Morgen graute schon, als Curt und Dora den Jazzkeller verließen. Von den Schlägertypen war draußen nichts mehr zu sehen. In den Kastanienbäumen am Straßenrand flötete ein erster wacher Vogel. Curt ließ den Wagen stehen, und sie gingen zu Fuß durch den anbrechenden Tag. Er hatte seinen Arm um ihre Schultern gelegt, und sie wehrte sich nicht dagegen. Warum sollte sein Arm dort nicht liegen, dachte Dora, es ist angenehm, dass er mich wärmt, und es ist ja schließlich egal, ob er beim Tanzen oder beim Spazierengehen seinen Arm um mich legt. Es hat nichts zu bedeuten.

Curt war schweigsamer als sonst. Kurz bevor sie Onkel Hermanns Haus erreicht hatten, blieb er plötzlich stehen. Er ließ Doras Schulter los und fasste ihre Hände.

»Dora. Ich kann dich heute Nacht nicht gehen lassen, ohne zu wissen, dass ich dich wiedersehe.«

Er sagte plötzlich Du zu ihr. Es fiel ihr kaum auf, so selbstverständlich klang es.

»Wollen wir uns am kommenden Samstag wieder treffen? Vielleicht sollten wir diesmal ein anderes Lokal aufsuchen. Ich habe keine große Lust, diesen drei unangenehmen Burschen mit ihrem Knüppel noch einmal zu begegnen.«

Dora nickte, aber kein Wort kam über ihre Lippen.

»Ich weiß, dass ein anständiger Mann dich morgen oder in den nächsten Tagen erst mal zum Essen ausführen würde«, fuhr Curt fort. »Zu einem Picknick oder zum Eisessen. Und möglicherweise bei deinen Eltern vorstellig werden sollte. Oder wenigstens bei deinem Onkel. Aber das geht nicht, ich muss für ein paar Tage verreisen. Morgen in aller Frühe schon. Ich werde eine Maschine der Luftwaffe begleiten, um Bilder von ihrem Einsatz über dem Atlantik zu machen. Denk an mich in den nächsten Tagen, wenn du in den Zeitungen etwas über die todesmutigen Angriffe der tapferen deutschen Luftwaffe gegen England liest. Da werde ich mit an Bord sein.«

Schon wieder blitzte es in seinen Augen. Ob es Spott oder Unternehmungslust war, vermochte Dora nicht zu sagen.

»Oh Curt. Du musst auch in den Krieg?«

»Ach nein, nicht richtig. Ich kämpfe nicht. Ich gucke unseren Jungs bloß beim Bombenabwerfen zu und mache Fotos davon.«

»Wie kannst du so leichthin darüber reden? Mein Bruder ist bei der Luftwaffe, und wenn seine Ausbildung zu Ende ist, dann wird er einer von denen sein. Daran mag ich gar nicht denken. Und wenn ich jetzt weiß, dass du auch in einem dieser Flugzeuge sitzt …«

Sie sprach nicht weiter.

»Oh, du süße Dora, was ist los? Du machst dir doch nicht etwa Sorgen um mich? Wie lieb von dir! Hab keine Angst, mir passiert schon nichts. Ich bin unverwüstlich. Eine Maschine, in der ein Curt von Thorau sitzt, stürzt nicht ab. Am nächsten Wochenende bin ich zurück, und dann sehen wir uns wieder. Versprochen.«

Dora antwortete nicht. Der Krieg war so weit weg gewesen in den vergangenen Wochen. Sie hatte Hans und Wilhelm in Sicherheit gewusst und seit ihrer Bekanntschaft mit Curt kaum mehr daran gedacht, was sich andernorts in Europa gerade abspielte. Dass deutsche Bomber unentwegt Angriffe auf England flogen und in westdeutschen Großstädten immer öfter stundenlanger Luftalarm für Aufruhr sorgte, davon war hier in Königsberg nichts zu merken.

»Aber du musst mir versprechen, dass du mit keinem anderen Mann ausgehst inzwischen, hörst du, Dora! Ich befürchte nämlich, dass ich mich ein bisschen verliebt habe in dich. Das sollst du wissen, bevor ich wegfahre, denn sonst müsste ich mir Sorgen machen, dass dir jemand anders über den Weg läuft und um dich wirbt und dem du dann womöglich dein Herz schenkst, während ich den tapferen Einsatz unserer Soldaten fotografiere. Das kann ich nicht riskieren. Du bist so schön. Man sollte dich besser nicht länger allein lassen.«

Dora spürte, wie es ihr gleichzeitig heiß und kalt wurde. Die widersprüchlichsten Empfindungen tobten in ihr: Schreck, Verwirrung, Scham und doch auch eine nie gefühlte Seligkeit. Sie war sich nicht sicher, ob das, was sie gerade hörte, nicht ein merkwürdiger Traum war. Aber hier stand sie ja, leibhaftig und hellwach auf dem Gehweg am Steindamm, während der Himmel blau wurde von der Morgensonne, die hinter den Häusern aufging, und Curt, dieser Mensch, der nichts und niemanden wirklich ernst zu nehmen schien, machte ihr den Hof. Und selbst in diesem Moment lag noch etwas Spöttisches in seiner Stimme.

»Aber Curt.« Mehr brachte sie nicht heraus. Es war, als hätte irgendetwas ihre Lippen verklebt.

»Soll ich auf die Knie gehen, damit du mir glaubst?«, fuhr er fort. Im selben Augenblick kniete er tatsächlich vor ihr nieder und legte die Hände auf sein Herz.

»Dora, Liebste, willst du mich heiraten? Ich meine es ernst. Willst du meine Frau werden? Oder sagen wir: Willst du es zumindest nicht grundsätzlich ausschließen, mit mir irgendwann einmal vor den Altar zu treten?«

»Aber Curt«, stammelte Dora noch einmal. »Neulich hast du mir noch gesagt, du wolltest nicht heiraten. Du seiest nicht der richtige Mann dafür.«

»Du hast recht. Das war bisher immer meine Sicht der Dinge. Aber ich habe meine Meinung geändert, seit ich dich kennengelernt habe.«

»Das ... das ist nicht dein Ernst!«

Curt nahm ihre Hände. »Oh doch. Mein allertiefst empfundener Ernst, liebes Fräulein Twardy.«

Dora sah ihn an, und der Boden unter ihren Füßen schien zu beben. Sie musste Curt jetzt endlich erzählen, dass sie längst vergeben war. Aber dann würde er sie womöglich nicht mehr wiedersehen wollen. Und sie wollte ihn unbedingt wiedersehen, mit ihm lachen, mit ihm tanzen, mit ihm Spaß haben – nur heiraten konnte sie ihn nicht. Und irgendwann würde ihm das mit dem Verliebtsein schon vergehen.

Und ihr auch.

Sie musste Zeit gewinnen. Ein paar Wortfetzen, die Dora einmal von ihrer Mutter gelernt hatte, kamen ihr in Erinnerung. Sie schlug die Augen nieder und begann, stockend zu antworten: »Oh, lieber Curt. Ich fühle mich so geehrt von deinem Antrag, ich bin ganz überwältigt, dass du diese Gefühle für mich hegst. Aber es kommt so überraschend. Und im Moment ... Im Moment fühle ich mich einfach noch nicht bereit für eine so große Entscheidung. Ich glaube, ich bin noch viel zu jung dafür. Ich hoffe, ich kränke dich nicht, und du verzeihst mir ...«

Dora stockte, weil Curt in ein schallendes Gelächter ausgebrochen war.

»Oh Dora!«, rief er, während er aufstand und sich den Straßenstaub von den Knien klopfte. »Du solltest dich einmal hören! Du klingst, als müsstest du ein schrecklich ödes Gedicht rezitieren, das du unter Qualen auswendig gelernt hast. Weißt du was, ich glaube dir kein Wort. Du kannst es ruhig zugeben, diese Sätze hat dir deine Mutter beigebracht. Oder deine Gouvernante. Was weiß ich. Aber eines weiß ich genau, dass sie nicht aus deinem Herzen kommen. Nun gut. Vielleicht habe ich es überstürzt mit meinem Antrag, wir kennen uns ja wirklich noch nicht besonders lang. Also vergiss das Heiraten fürs Erste. Vermutlich war ich etwas zu impulsiv. Aber ich habe Geduld, ich kann warten. Ich hoffe einfach darauf, dass du irgendwann merkst, was für einen formidablen Ehemann ich abgeben würde. Gibst du mir eine Chance? Langfristig? Ich möchte dich wirklich nicht bedrängen. Aber du sollst wissen, dass es jemanden gibt, der Tag und Nacht an dich denkt und der dir wünscht, dass dir das Leben in seiner erfreulichsten Form begegnet. Und ich möchte dich so bald wie möglich wiedersehen, sonst sterbe ich vor Liebeskummer.«

»Das kann ich mir beim besten Willen nicht vorstellen.« Noch nie war Dora so erleichtert gewesen, den spöttischen Tonfall in seiner Stimme zu hören. Sie war froh, dass Curt nicht mehr vom Heiraten sprach, dass er ihr nicht böse war und dass es trotzdem noch eine Gelegenheit gab, mit ihm zum Tanzen zu gehen. Und so rief sie frech: »Wenn dir die Flugabwehr der Engländer nichts anhaben kann, dann wird dich auch ein gebrochenes Herz nicht umbringen.«

»Vermutlich hast du recht, du kluge Frau. Werden wir uns also wiedersehen, wenn ich zurückkomme?«

»Sehr gerne, Curt. Aber nur zum Tanzen.«

»In Ordnung. Fürs Erste. Also ist es abgemacht, nächsten Samstag. Ich hole dich wieder mit dem Auto ab. Vielleicht diesmal etwas früher. Soll ich um acht anklingeln? Wir könnten auch mal ins Kino gehen, wenn du magst? Kennst du den Alhambra-Palast? Wir könnten erst im Restaurant dort etwas essen und anschließend in eine Vorstellung gehen. Was hältst du davon?«

»Das wäre fantastisch. Aber bitte nicht anklingeln, Curt. Bloß nicht anklingeln! Sonst … sonst weckst du am Ende noch die Kinder auf. Die Kleinen gehen immer so früh zu Bett. Ich komme lieber wieder runter.«

Es würde ihr schon etwas einfallen, wie sie um acht Uhr aus dem Haus schleichen konnte, ohne dass Onkel Hermann etwas davon erfuhr.

»Wunderbar. Ich freue mich. Gute Nacht, Dora! Und versprich mir, dass du in der Zwischenzeit keinen anderen Mann küsst!«

In einer merkwürdigen Mischung aus Verwirrung und Beschwingtheit schloss Dora die Haustür auf und schlich hinauf in die Wohnung. Zum Glück war es dort dunkel, alle schienen zu schlafen. Sie zog die Schuhe aus, damit ihre Schritte auf dem Parkett nicht zu hören waren. Doch als sie an der geöffneten Tür des Wohnzimmers vorbeikam, stutzte sie. Ein leises, regelmäßiges Atemgeräusch drang heraus. Sie dachte zuerst, Onkel Hermann wäre inmitten seiner Korrespondenz eingenickt, doch als sie hineinblickte, sah sie, dass jemand lang hingestreckt auf dem Sofa lag, mit einer leichten Decke zugedeckt, den Kopf auf ein Kissen gebettet. Im Schlaf gab er ein leises Schnaufen von sich.

Ungläubig starrte sie auf den Mann. Sie presste sich beide Hände vor den Mund, um nicht laut aufzuschreien. Es war Wilhelm, dessen liebes, vertrautes Gesicht vom ersten Morgenlicht beschienen wurde, das durch die Fenster fiel. Ihr erster Impuls war, zu ihm zu laufen, ihn zu wecken, zu küssen, ihre Arme um ihn zu schlingen und ihre Wange an seine zu legen. Da lag er, dieser wundervolle geliebte Mann, nach dem sie sich seit Wochen verzehrte – und sie war die ganze Nacht mit einem anderen unterwegs gewesen. Dora machte einen Schritt auf ihn zu und öffnete den Mund, um seinen Namen zu rufen. Doch dann hielt sie inne. Wie sollte sie ihm erklären, woher sie gerade kam? Wenn Wilhelm ihr verschwitztes Kleid und die vom Tanz zerzausten Haare sah, die gewiss noch nach dem Zigarettenqualm des Lokals rochen, dann würde er sich ganz sicher wundern. Er würde ihr Fragen stellen und wissen wollen, wo und wie und mit wem sie die vergangenen Stunden verbracht hatte, und Dora wollte keine dieser Fragen beantworten. Deshalb ließ sie ihn schlafen, warf ihm einen letzten Blick zu und schlich so leise, wie sie konnte, in ihr Zimmer.

...

»Ich habe zum Geburtstag meines Vaters kurzfristig noch ein paar

Tage freibekommen«, erklärte Wilhelm am nächsten Morgen, während die Familie am Frühstückstisch versammelt war, und köpfte sein Ei. »Es gab in Liebenwalde einige wichtige Dinge mit ihm zu besprechen, aber bevor ich zurück nach Frankreich fahre, musste ich dich unbedingt sehen, liebste Dora. Es sollte eine Überraschung sein. Leider bin ich gestern Abend erst sehr spät angekommen, da hast du schon geschlafen, und ich wollte dich nicht wecken. Onkel Hermann sagte, du seiest gestern sehr erschöpft gewesen und früh zu Bett gegangen. Ich hoffe, es geht dir heute besser. Du siehst ein wenig blass aus, wenn ich das sagen darf. Dir fehlt sicher die gute Landluft von Liebenwalde.«

Dora nickte. Sie und Inge wechselten verstohlen einen kurzen, vielsagenden Blick, und Dora hoffte, dass niemand die feine Röte bemerkte, die in ihrem Gesicht aufstieg. Über ihre bleichen Wangen hatte sie vorhin im Badezimmer heimlich einen Hauch von Puder getupft, damit sie rosig schimmerten und man ihr die durchtanzte Nacht und die wenigen Stunden Schlaf nicht ansah.

»Ich freue mich wie verrückt, dass du hier bist«, sagte sie zu Wilhelm, und es kam aus ihrem tiefsten Herzen. »Ich kann es gar nicht richtig glauben. Es ist so wunderbar. Du musst mir alles erzählen, was du in den letzten Monaten erlebt hast.«

»Ja. Lass uns den Tag genießen. Ich habe deinen Onkel gefragt, und er hat nichts dagegen, dass wir zwei uns heute ein paar schöne Stunden machen. Heute Abend muss ich leider schon wieder zu meiner Einheit zurück.«

Sie verbrachten den Tag wie alle anderen Liebespaare in Königsberg, und Dora genoss jede Sekunde an Wilhelms Seite. Sie fühlte sich großartig. Die Stadt schien sich extra für ihn herausgeputzt zu haben. Wie viel schöner als sonst ihr heute die prächtigen hohen Häuser, die baumgesäumten Straßen und die lebhaften

Plätze vorkamen. Selbst das Schokoladeneis auf der Terrasse des Cafés Schwermer schien noch köstlicher zu schmecken, weil Wilhelm mit ihr am Tisch saß und ihre Hand hielt. Am Nachmittag mieteten sie eines der Ruderboote auf dem Schlossteich und glitten gemächlich über das Wasser, auf dem ein paar Schwäne ihre Runden drehten.

»Genau so«, sagte Dora, »habe ich mir das Leben in Königsberg immer vorgestellt.«

Sie ließ eine Hand ins Wasser gleiten und freute sich an den dicken Karpfen, die hier und da an der Oberfläche schwammen und gelegentlich ihre Köpfe herausstreckten. Eine grüne Libelle schwirrte heran, ließ sich für einen Moment auf der Kante des Bootes nieder und flog dann weiter. Die Sonne glitzerte auf den kleinen Wellen, und vom Ufer her klang die Melodie eines Leierkastenmannes herüber.

»Heute bin ich so glücklich, Wilhelm. Ich wünschte, es würde niemals Abend werden. Du musst unbedingt so bald wie möglich wiederkommen. Versprichst du mir das? Und weißt du was? Wenn wir erst verheiratet sind, dann machen wir öfter einen Wochenendausflug hierher. Oder wir fahren ein paar Tage an die Ostsee.«

Bei diesen Worten sah sie das Meer vor sich, den Strand, die Dünen und dann plötzlich Curt, wie er dort oben in der stillen Wüstenwelt neben ihr gestanden und zum ersten Mal ihre Hand genommen hatte. Ihr Herz klopfte schneller bei dieser Erinnerung. Nein, nein, jetzt nicht daran denken! Rasch beugte sie sich vor und legte eine Hand auf Wilhelms Knie. »Sag, wäre das nicht schön? Was meinst du?«

»Nur zu gern, Dora. Königsberg ist wirklich eine herrliche Stadt, und ich möchte nichts lieber, als dir all deine Herzenswünsche zu erfüllen. Allerdings denke ich, wenn es so weit ist, dann werden wir in unserer Reitschule auch an den Wochenenden viel zu tun haben. Ich habe gestern noch mit meinem Vater darüber gesprochen, er hält viel von meiner Idee. Sobald der Krieg aus ist und ich wieder dauerhaft in Liebenwalde bin, werden wir die ersten Kurse anbieten. Und wenn es gut läuft, bauen wir vielleicht sogar tatsächlich eine Reithalle, damit wir auch im Winter Reitstunden geben können. Du und ich.«

Wilhelm ließ die Ruder sinken und zog Dora, die ihm gegenübersaß, zu sich heran. Der kleine Kahn schwankte, als sie sich neben ihm niederließ und sich an seine Schulter schmiegte. Er legte einen Arm um sie. Dora schloss die Augen und atmete den vertrauten sonnenwarmen Geruch seiner Haut ein, während das Boot auf dem Teich trieb und kleine Wellen glucksend gegen den hölzernen Rumpf schlugen.

»Ja, du und ich, wir beide zusammen.« Sie seufzte wohlig. »Das klingt so wundervoll. Hoffentlich müssen wir nicht mehr lange nur davon träumen.«

Wilhelm küsste ihren Scheitel. »Ich verspreche dir, sobald ich kann, werde ich wiederkommen. Und dann kann ich hoffentlich ein bisschen länger bei dir bleiben.«

Arm in Arm saßen sie eine Weile und ließen sich die Sonne ins Gesicht scheinen. Schließlich richtete Wilhelm sich auf. »Ich muss wieder los. Ich darf nicht zu spät zum Bahnhof kommen.«

Er griff nach dem einen Ruder, Dora nahm das andere, und gemeinsam paddelten sie zurück. Verstohlen betrachtete sie Wilhelms Profil. Sie ließ ihre Blicke über seine hohen Wangenknochen wandern, über seine gerade Nase, seine vollen Lippen und sein dicht gewelltes Haar, das im Sonnenlicht schimmerte. Die Muskeln seines linken Oberarms spannten sich in der rhythmischen Bewegung des Ruderns unter dem Ärmel seines Hemdes. Wie sehr sie den sanftmütigen Ausdruck seiner Augen mochte, den ruhigen Klang seiner Stimme, die Berührung seiner Hände. Es gab nichts Schöneres, als mit ihm Zukunftspläne zu schmieden. Wilhelm bemerkte, dass sie ihn beobachtete, und wandte sich ihr mit zärtlichem Lächeln zu.

»Na, wirst du mich vermissen?«

»Und wie! Ich zähle die Tage, bis du wiederkommst.«

Dora spürte ihren Herzschlag. Wie hatte sie sich je dazu hinreißen lassen können, Curt zu küssen! Curt, den Spötter, der so ganz anders war als Wilhelm, laut, frech, unverschämt. Der vor nichts Respekt zu haben schien, sich über alles lustig machte, über randalierende Hitlerjungen genauso wie über sich selbst, während er ihr einen Antrag machte. Dora schüttelte unmerklich den Kopf. Nein, das mit Curt war nur eine kleine verrückte Episode gewesen. Sie hatte viel Spaß mit ihm, ja, aber ein so unvernünftiger Mann wie Curt war doch nichts für immer und ewig. Es war eine wunderbare Fügung zur rechten Zeit, dass Wilhelm an diesem Wochenende zu ihr nach Königsberg gekommen war. Nun wusste sie wieder ganz genau, wohin sie gehörte. Zu Wilhelm und zu niemandem sonst. Es war, als hätte sein Besuch ihren inneren Kompass, der durch die Begegnung mit Curt ein wenig aus dem Lot geraten war, wieder in Ordnung gebracht.

»Wenn ich Curt am nächsten Wochenende wiedersehe, dann werde ich ihm endgültig reinen Wein einschenken«, beschloss Dora in Gedanken. »Ich werde ihm sagen, dass ich verlobt bin. Und dann ist alles so, wie es sein soll.«

10.

Als Wilhelm wieder abgereist war, überlegte Dora, ob es nicht besser wäre, am Samstag gleich ganz zu Hause zu bleiben. Sie könnte Inge bitten, an ihrer Stelle am Abend aus dem Haus zu schleichen, zu Curts Wagen zu gehen und ihm die Nachricht zu überbringen, dass Dora es sich anders überlegt hatte und ihn nie wieder sehen wolle. Doch es kam ihr schäbig und feige vor, sich ohne eine Aussprache mit Curt einfach aus dem Staub zu machen. Auch Inge protestierte, als sie mit ihr darüber sprach, wenngleich aus anderen Gründen.

»Nein, Dora! Du musst unbedingt hingehen. Bitte! Ich möchte so gern wissen, wie es in diesem schicken Kinopalast aussieht. Du musst mir erzählen, ob es da tatsächlich goldene Wasserhähne in der Toilette gibt, wie die Mädchen in meiner Klasse behaupten. Ich bin so furchtbar neugierig!«

»Du hast ja recht. Ich will das ja auch alles sehen, und eigentlich freue ich mich sogar darauf.«

Sie dachte: Dies ist der letzte Abend, den ich mit Curt verbringen werde, und ich will alles noch einmal aus vollen Zügen genießen.

Während Onkel Hermann glaubte, dass Dora an einer Migräne litt, stieg sie wie am Samstag zuvor aus dem Fenster, um sich ins Vergnügen zu stürzen.

Curt erwartete Dora mit seinem Wagen vor dem Haus und chauffierte sie durch die Stadt. Endlich durfte sie auch einmal den mondänen Alhambra-Palast von innen erleben. Curt hatte auf der Galerie des Restaurants Plätze für sie reserviert, von denen aus man in die untere Etage des Lokals herabsehen konnte. Dort waren fast alle der runden Vierertische besetzt, und die fein gekleideten Leute vertrieben sich munter schwatzend die Zeit bis zur Kinovorstellung, während von irgendwo aus versteckten Lautsprechern leise Musik dudelte. In Friedenszeiten hätte man aus den Fenstern sicher einen herrlichen Blick auf den nächtlich erleuchteten Steindamm werfen können, dachte Dora. Doch wegen der Verdunkelungspflicht waren auch hier alle Scheiben schwarz verhängt.

»Ich habe dir etwas mitgebracht von meiner Reise.«

Curt zog eine kleine, hübsch eingepackte Schachtel aus seiner Jackentasche und schob sie ihr über den Tisch zu. Dora stutzte, gleichermaßen erfreut und verwirrt.

»Für mich? Wie reizend von dir! Was ist denn darin?«

Er grinste sie an. »Pack es aus! Aber falls du einen Verlobungsring erwartest, muss ich dich leider enttäuschen ...«

»Natürlich nicht, wo denkst du hin!«

Verlegen senkte sie den Blick, denn tatsächlich hatte sie für einen Moment geglaubt, Curt wolle ihr erneut einen Antrag machen. Umständlich wickelte sie das Päckchen aus. Eine Schachtel feinster Schokoladenpralinen lag darin.

»Wie himmlisch. Vielen Dank! Ich wusste gar nicht, dass man solche Köstlichkeiten noch bekommen kann.«

»Ich scheue keine Kosten und Mühen, um die Frau meines Herzens glücklich zu machen.«

»Bitte, Curt, du darfst so was nicht sagen!«

»Warum nicht? Du magst doch Schokolade, oder?«

»Ja, natürlich. Aber weißt du, Curt ...«

Dora unterbrach sich, weil sich etwas in seinen Augen veränderte. Sie folgte Curts Blick und wandte den Kopf um. Eine Frau kam die Treppe der Galerie herauf und näherte sich mit raschen Schritten ihrem Tisch.

»Curt, mein Lieber!«, rief die Fremde. »Was tust du denn hier? Ich dachte, du bist in dieser Woche unterwegs?«

Curt stand auf. Die unerwartete Unterbrechung schien ihn nicht zu stören. Er freute sich sichtlich, die Frau zu sehen. Sie war etwa in seinem Alter, groß, blond und hübsch, und sie hatte ein hinreißendes, wenn auch ein etwas melancholisches Lächeln.

»Meine liebste Christel! Ich bin wohlbehalten zurückgekehrt. Die Kanonen der Engländer haben mich glücklicherweise nicht getroffen. Lass dich anschauen, du siehst bezaubernd aus. Gehst du nachher auch ins Kino?«

Curt nahm sie mit einer solchen Vertrautheit in den Arm, dass Dora einen Stich im Herzen spürte. War das etwa eine ehemalige Verlobte von ihm? Eine ehemalige Ehefrau womöglich? War sie der Grund, weshalb er damals gesagt hatte, er sei kein Mann zum Heiraten?

»Was für eine reizende Begleitung du hast.« Die Frau nickte Dora freundlich zu. Der fiel es schwer, ihre Herzlichkeit zu erwidern, und fragte sie sich doch gleichzeitig, weshalb ihr der liebevolle Umgang der beiden miteinander so missfiel.

»Christel, das ist Dora Twardy, die hinreißendste Frau auf diesem Planeten – einmal abgesehen von dir natürlich. Dora, das ist Christel, meine Lieblingscousine und beste Freundin seit unserer Kindheit. Sie ist der einzige Mensch in der Familie, der Verständnis dafür hatte, dass ich das väterliche Erbe der Knopffabrik ausgeschlagen habe. Aber in letzter Zeit sehen wir uns leider nur noch selten.«

»Weil du so schrecklich viel unterwegs bist, mein lieber Curt.«

»Da hast du sicher recht. Möchtest du dich nicht einen Moment zu uns setzen, Christel?«

»Aber nein, ich will euer Rendezvous nicht stören.«

»Oh – Sie stören doch nicht. Ich freue mich, Sie kennenzulernen. Bitte nehmen Sie Platz, Christel. Möchten Sie vielleicht ein Stück Schokolade probieren?«

Dora musste sich eingestehen, erleichtert zu sein, dass die beiden kein Liebesverhältnis verband.

»Na, da sage ich nicht nein. Aber ich bleibe wirklich nur zwei Minuten ...«

Aus den zwei Minuten wurde ein ganzer Abend. Die Zeit flog nur so dahin. Christel war eine liebenswerte Person und eine charmante Gesprächspartnerin. Obwohl sie mit ihren zweiunddreißig Jahren so viel älter war als Dora und ein so anderes Leben führte, verstanden sich die beiden gut. Christel arbeitete als Schreibkraft beim Königsberger Schlossmuseum, seitdem ihr Mann vor einem Jahr gestorben war und sie sich allein mit ihrem kleinen Sohn durchschlagen musste. Doch trotz dieses schweren Schicksalsschlags hatte sie ihre Lebensfreude nicht verloren, und Dora bewunderte sie dafür sehr. Später besuchten sie zu dritt die Filmvorführung, und als sie sich danach voneinander verabschiedeten, dachte Dora gar nicht mehr daran, Curt von ihrer Verlobung zu erzählen.

• • •

Dora und Christel trafen sich öfter in den nächsten Tagen. Sie machten zusammen einen kleinen Schaufensterbummel oder ein paar Besorgungen auf dem Markt, wenn Christel spätnachmittags aus dem Büro kam und auch Onkel Hermann sein Geschäft zugesperrt hatte. Dora war glücklich, in Christel eine Freundin gefunden zu haben, mit der sie sich in Königsberg frohen Herzens verabreden konnte, ohne dass ihr Onkel Einwände hatte. Doch wenn es darum ging, über Curt zu reden, wich sie jedes Mal aus.

»Ach, Dora«, rief Christel, als die beiden am folgenden Sonntag zusammen mit ihrem fünfjährigen Sohn Kunibert durch den Königsberger Tiergarten schlenderten. »Ich verstehe ja, dass du so zurückhaltend bist. Er kann manchmal wirklich ziemlich frech sein. Aber lass dir von seinem respektlosen Gerede bloß nicht die Laune verderben. Er ist ein guter Mensch.«

Dora war froh, dass ihnen genau in diesem Moment ein Mann mit einem rollenden Eiswagen entgegenkam und der kleine Kunibert darum bettelte, sich eines kaufen zu dürfen. So blieb es ihr erspart, darauf etwas zu entgegnen. Nachdem der Junge seine Schleckerei bekommen hatte, wechselte Dora rasch das Thema.

»Und wie sieht es bei dir aus, Christel?«

»Du meinst, in meinem Liebesleben? Ach, du liebe Zeit. Da gibt es nichts zu erzählen. Dabei würde ich so gern wieder heiraten. Aber wer heiratet schon eine junge Witwe mit einem kleinen Kind?« Sie seufzte. »Wenn ich wenigstens eine begnadete Köchin wäre ... Nein, es scheint unmöglich zu sein, einen Mann zu finden, wenn man sich für so fürchterlich unpraktische Dinge wie Malerei und bildende Kunst interessiert und nicht die geringste Ahnung hat, wie man einen Topflappen häkelt oder einen Strumpf strickt.«

Sie lachte, aber es klang bitter.

Dora blieb stehen und starrte Christel an. »Du interessierst dich für Kunst?«

Christel nickte. »Das ist der Grund, weshalb ich im Museum arbeite.«

Die Worte »Witwe«, »heiraten« und »Malerei« hallten durch

Doras Kopf. Sie betrachtete Christel, ihr schmales Gesicht mit den großen blauen Augen und den rosig bepuderten Wangen, ihr feines Lächeln, ihre blonden Haare mit den akkuraten Wasserwellen, die tropfenförmigen aquamarinfarbenen Ohrhänger – und plötzlich wusste sie, dass diese Frau ihr viel mehr sein konnte als nur eine gute Freundin.

»Aber Christel«, rief sie und lachte. »Ich kenne da einen netten Herrn, der sich nichts sehnlicher wünscht als eine liebe Frau, mit der er über Kunst plaudern kann. Und der ganz sicher keinen besonderen Wert auf gehäkelte Topflappen legt.«

»So? Und um wen handelt es sich bei diesem exotischen Exemplar?«

»Um meinen Onkel! Und dass du ein Kind hast, wird ihn ganz sicher nicht stören. Er hat schließlich vier! Wäre es nicht schrecklich lustig, wenn du meine Tante werden würdest?«

Es war mehr als eine alberne Idee. Tatsächlich versprach Christel, in den kommenden Tagen einmal wie zufällig in Onkel Hermanns Galerie vorbeizugehen, und der Mann mit dem altmodischen Backenbart gefiel ihr.

»Wir haben uns bestens unterhalten«, berichtete Christel, als sie und Dora sich das nächste Mal trafen. »Was für ein kluger Mann!«

Dass die Sympathie auf Gegenseitigkeit beruhte, stellte Dora wenige Tage später fest, während sie und Inge gerade das Abendessen vorbereiteten. Im Vorbeigehen steckte der Onkel den Kopf zur Küchentür herein.

»Für mich bitte nichts«, sagte er. »Ich bin heute Abend verabredet. Ich führe eine reizende Dame zum Essen aus, die ich kürzlich im Geschäft kennengelernt habe.«

Dora lächelte nur.

Gleich am nächsten Morgen telefonierte sie mit Christel: »Und? Hattet ihr einen schönen Abend?«

»Es war zauberhaft. Dein Onkel ist so charmant. Am Wochenende gehen wir miteinander ins Theater.«

»Das klingt fantastisch. Hast du ihm erzählt, dass ich dahinterstecke?«

»Nein, bewahre, Dora!« Christel kicherte. »Er braucht nicht zu wissen, dass du uns verkuppelt hast.«

Die Bekanntschaft mit Christel veränderte den Onkel. Er war jetzt gelassener und großzügiger, auch was Doras Verabredungen betraf. So brauchte sie sich an den Samstagabenden nicht mehr aus dem Fenster zu schleichen, um mit Curt auszugehen. Die Unternehmungen mit ihm waren für Dora immer noch das größte Vergnügen. In seiner Gegenwart fühlte sich das Leben leicht und beschwingt an. Die ganze Woche über fieberte sie dem Samstag und dem Wiedersehen mit Curt entgegen, der sich immer wieder etwas Neues einfallen ließ, um sie zu amüsieren, und sie genoss jeden Abend mit ihm. Dass sie verlobt war, erzählte sie ihm nicht. Das lohnt sich nicht mehr, dachte Dora, denn so, wie es aussieht, kann ich bald nach Hause fahren. Sie freute sich, dass Christel und Hermann einander gefunden hatten und sich allmählich ihre Rückkehr nach Liebenwalde abzeichnete, obgleich sie sich eingestehen musste, dass sie die durchtanzten Nächte mit Curt, die frechen Unterhaltungen mit ihm und die Schokoladen, Lavendelseifen, Spitzentaschentücher und die anderen hübschen Dinge, die er ihr von seinen Reisen mitbrachte, vermissen würde.

• • •

An einem sonnigen Sonntag Ende September lud Onkel Hermann die ganze Familie zu einer gemeinsamen Landpartie mit

Picknick ein. Christel war wie selbstverständlich dabei, und sie hatte auch Curt dazu eingeladen.

Sie fuhren mit Fahrrädern aus der Stadt hinaus, pregelaufwärts ins Grüne, Evalotte saß in einem Sitz aus Weidengeflecht vorne am Rad des Onkels und krähte zufrieden vor sich hin. Es war ein warmer Tag. Dora genoss die Sonne auf ihrer Haut und die Bewegung an der frischen Luft und träumte davon, wieder auf Gilda auszureiten.

Sie fanden einen schönen Platz auf einer Wiese am Ufer, wo sie es sich im Schatten einer Trauerweide gemütlich machten und die mitgebrachten Köstlichkeiten aus dem Picknickkorb auspackten. Durch die schwankenden Zweige des Baums flirrte das Sonnenlicht und warf helle Flecken auf die ausgebreitete Decke. Hier und da ragten die lila Blüten der Herbstzeitlosen büschelweise aus dem Gras, umgaukelt von den letzten Schmetterlingen des Spätsommers. Die Welt schien ruhig und friedlich, die Stille des Nachmittags wurde nur ab und zu unterbrochen, wenn ein Kahn über den Fluss tuckerte.

Onkel Hermann war so gut gelaunt, wie Dora ihn noch nie erlebt hatte, und wurde redseliger mit jedem Glas Wein, das er trank. Er nahm Christels Hand, küsste sie, und dann sprach er endlich die Worte, auf die Dora schon so lange gewartet hatte.

»Ihr Lieben, ich muss euch etwas sagen.« Seine Stimme klang feierlich. »Vor einem halben Jahr, als meine gute Minna gestorben ist, da hätte ich nicht gedacht, dass ich noch einmal so glücklich sein würde in meinem Leben. Aber es hat sich alles ganz wunderbar gefügt. Christel und ich möchten euch heute im Kreise der Familie unsere Verlobung bekannt geben. Diese hinreißende Frau hat gestern Ja gesagt. Und da wir wissen, was wir aneinander haben, wollen wir nicht lange warten. Wir werden im nächsten Monat heiraten!«

»Oh, das ist ja fantastisch!« Dora umarmte ihren Onkel und dann Christel.

»Ich freue mich riesig für dich«, raunte sie ihr ins Ohr.

»Und ich danke dir von Herzen für alles«, flüsterte Christel zurück. »Wie gut sich alles gefügt hat!«

»Meine herzlichsten Glückwünsche«, rief nun auch Curt. »Was für eine gute Nachricht. Es ist doch immer schön zu sehen, wenn sich zwei Liebende finden.« Bei diesen Worten sah er Dora an. »Und wenn es nach mir ginge, könnten wir gleich die nächste Verlobung feiern …«

Verlegen wich Dora seinem Blick aus und überlegte fieberhaft, wie sie dem Gespräch eine andere Wendung geben könnte. Noch ehe sie etwas sagen konnte, hob Onkel Hermann erneut sein Glas.

»Oh ja, das werden wir ganz sicher. So viele Monate ist Dora mir in der schweren Zeit tapfer und selbstlos zur Seite gestanden. Hat auf so vieles verzichtet, was ihr lieb und teuer ist, um für mich und die Kinder da zu sein. Und am allermeisten vermisst sie sicher ihren lieben Verlobten, der schon so lange auf sie wartet, nicht wahr, Dora? Das rechne ich dir hoch an. Ich danke dir für alles, was du für uns getan hast. Aber bald werdet ihr euch endlich wiedersehen, du und Wilhelm, und dann steht ganz gewiss eine herrliche Hochzeit an in Liebenwalde – habe ich nicht recht? Ich verspreche dir, wir werden alle kommen und mitfeiern.«

»Nun, vielleicht … Wir werden sehen …«

Dora spürte, wie ihr das Blut heiß und heftig in die Wangen schoss, und wagte es nicht, Curt anzusehen. Für einen Augenblick war es ganz still, nur das Summen einer Hummel war zu hören, die sich an einer Herbstzeitlosenblüte zu schaffen machte. Dann sprach Curt, nur einen Satz, und er klang so kalt, dass Dora ein Schauer über den Rücken lief.

»Ach«, sagte er. »So ist das also.«

Nun sah sie doch auf, ihre Blicke trafen sich. In Curts Augen war nichts Spöttisches mehr, keine Spur von Ironie. Tiefe Enttäuschung zeichnete sich darin ab, Schmerz und Bitterkeit. Und ein Funke Zorn. Er stand auf und klopfte sich die letzten Brotkrümel des Picknicks von den Hosenbeinen.

»Es ist Zeit für mich aufzubrechen. Tut mir leid, aber ich habe heute noch eine Menge zu tun. Lasst euch nicht stören, und genießt euren Verlobungstag.« Seine Stimme klang geschäftsmäßig.

»Aber Curt!«, rief Christel. »Weshalb brichst du so plötzlich auf?«

»Dringende Verpflichtungen, meine liebe Cousine. Du musst mich bitte entschuldigen.«

Er nahm sein Fahrrad, schob es auf den kleinen Trampelpfad, der vom Ufer hinauf auf den Weg führte, und fuhr los.

»Halt, Curt!« Dora sprang hastig auf. »Lauf doch nicht einfach weg!«

Sie stieg auf ihr Rad und eilte Curt nach. »Halt doch, bitte, ich kann dir alles erklären!«

Er bremste abrupt und drehte sich zu ihr um.

»Was genau möchtest du mir erklären? Dass du ein falsches Spiel mit mir gespielt hast? Dass ich gut genug war, damit du dich ein wenig amüsieren konntest, weil dir langweilig war so allein in der Stadt, aber mehr nicht? Ich habe dich geliebt, Dora, so wie ich nie zuvor eine Frau geliebt habe. Ich habe das ernst gemeint, als ich dich bat, mich zu heiraten. Aber du? Du hast mich benutzt wie ein Spielzeug. Warum hast du mir nie erzählt, dass da ein anderer Mann in deinem Herzen ist? Warum hast du zugelassen, dass ich mir Hoffnung auf dich gemacht habe? Du hast mich zutiefst gekränkt. Und enttäuscht. Wie kann eine so schöne, leidenschaftliche Frau wie du ein so eiskaltes Herz haben? Leb wohl, Dora. Mögest du glücklich werden mit deinem Verlobten!«

»Aber Curt, du hast ja recht. Ich war nicht ehrlich zu dir. Bitte verzeih, ich wollte dir längst sagen, dass es jemanden gibt, dem ich versprochen bin, aber ...«

»Was – aber? Aber es war immer so lustig mit mir? Aber es war nett, ein wenig umschwärmt zu werden? Aber es war sonst keiner da, der dich zum Tanzen ausgeführt und dir hübsche Geschenke gemacht hätte? Nun, Dora, es hat sich ausgetanzt. Ich nehme an, du bist glücklich. Dein Onkel wird heiraten, die Kinder bekommen mit Christel eine neue Mutter, und du kannst endlich zurück nach Hause. Geh nur, ich will dich nie wiedersehen!«

»Es tut mir leid«, rief Dora. Sie machte sich keine Mühe, die Tränen wegzuwischen, die ihr übers Gesicht liefen. »Ich weiß, dass ich dir unrecht getan habe, Curt. Ja, ich wollte nicht, dass es aufhört. Die schöne Zeit mit dir. Aber es war nicht nur das. Es war ... Ich war in jeder Sekunde, in der ich mit dir zusammen war, glücklich. Du musst doch gespürt haben, dass ich dich ehrlich mag.«

Curt lachte auf. Nun blitzte es doch wieder in seinen Augen. Aber sein Blick war ihr unbehaglich.

»Dora, Dora. Ich will nicht, dass du mich magst. Ich will, dass du mich liebst, mich mit jeder einzelnen Faser deiner Seele und deines Leibes liebst und begehrst und dich nach mir verzehrst, wie ich dich liebe und begehre und mich in jeder Sekunde, seitdem ich dir zum ersten Mal begegnet bin, nach dir verzehre. Aber das begreifst du nicht, oder? Weißt du eigentlich, was Liebe ist? Du bist berechnend und rücksichtslos. Was scheren dich die Gefühle anderer, solange du nur deinen Spaß haben kannst!«

»Nein! Curt!«

Fassungslos sah Dora ihm nach, wie er davonradelte, und ihr

Herz zog sich zusammen. Flott trat er in die Pedale, als könne er nicht schnell genug von ihr wegkommen.

TEIL II

11.

Sie sah Curt nicht mehr. Er kam auch nicht zu Hermanns und Christels Hochzeit. »Soweit ich weiß, fotografiert er gerade wieder irgendwo«, meinte Christel, als Dora sich nach ihm erkundigte, und seufzte bedauernd. »Schade, dass er nicht kommen kann. Ihm und dir haben Hermann und ich doch unser ganzes Glück zu verdanken.«

Die beiden heirateten am 25. Oktober 1940. Es war nur eine schlichte Feier mit wenigen Gästen, weil es für beide das zweite Mal war.

Am nächsten Tag war Dora wieder zu Hause. Wie hatte sie es nur so lange in der großen Stadt aushalten können! Obwohl ihr der Abschied von Inge nicht leichtgefallen war, hatte Dora das Gefühl, wieder freier atmen zu können, als sie nach ihrer Heimkehr zum ersten Mal wieder im Sattel saß. Es war ein grauer Tag, der Wind trieb schwere Wolken über den Himmel, als sie auf Gilda ausritt, und doch erfüllte sie der Anblick der kahlen Äcker und Wiesen mit einer tiefen Ruhe. Ja, hier gehörte sie hin, und hier würde sie auch die Kränkung vergessen, die sie Curt zugefügt hatte und die ihr, wie sie zugeben musste, noch immer schwer auf der Seele lag. Dora wusste, dass sie in den vergangenen Jahren schon so manchem jungen Mann mit einem unbedachten Flirt den Kopf verdreht und womöglich auch das Herz gebrochen hatte. Aber das hatte sie nie groß bekümmert. Dass Curt ihr grollte, war etwas anderes. Es tat ihr weh, dass er ihre Freundschaft aufgekündigt hatte, auch wenn er allen Grund dazu hatte und sie selbst Schuld daran trug. Und da war noch etwas. Jedes Mal, wenn sie an Curt dachte, spürte sie dieses merkwürdige Ziehen im Herzen. Konnte es sein, dass er ihr fehlte? Sein Lachen, seine Komplimente, seine Unbeschwertheit, die Leichtigkeit des Daseins, das Glück, das sie in seiner Gegenwart empfunden hatte?

»Ich muss aufhören, darüber nachzudenken«, sagte sie sich. »Es war nur ein kleiner, bedeutungsloser Flirt. Ich sollte mich lieber darüber freuen, dass Wilhelm über Weihnachten auf Heimaturlaub kommt.«

Doch ihre Trübsal verflog nicht. Denn auch auf dem Gutshof hatte sich das Leben verändert. Ganz unerwartet hatte Josef Twardy seinen Einberufungsbefehl erhalten. Kurz bevor Dora nach Hause kam, war er eingezogen worden.

»Ich kann es noch immer nicht begreifen«, sagte Dora, als sie nach ihrem Ausritt am Nachmittag mit ihrer Mutter im Salon zusammensaß. »Er war doch als UK eingestuft worden. Er ist hier auf dem Hof unentbehrlich für die Versorgung der ganzen Region mit Lebensmitteln. Wieso muss er auf einmal an die Front?«

»Ich weiß es nicht, Dora. Vermutlich hat die Wehrmacht die Voraussetzungen geändert. Jedenfalls hat man ihn von der Liste gestrichen.«

»Das heißt, sie brauchen immer mehr Soldaten? Also ist der Krieg noch lange nicht zu Ende.«

Vera Twardy nickte seufzend.

»Aber warum habt ihr mir nicht Bescheid gesagt? Ich habe mich gar nicht von Papa verabschiedet.«

»Was hätte das geändert?«, entgegnete ihre Mutter. »Du warst in Königsberg, und ich wollte dir mit dieser Nachricht nicht die Freude an Hermanns Hochzeit verderben.«

Dora sah ihre Mutter an. Vera Twardy hatte dunkle Schatten unter den Augen, die sie bei ihr noch nie gesehen hatte, selbst nicht in jenem Winter vor fünf Jahren, als Marianne mit einer schweren Scharlacherkrankung und hohem Fieber im Bett gelegen und die Mutter jede Nacht bei ihr gewacht hatte. Doch sie saß aufrecht wie immer.

Draußen prasselte jetzt der Herbstregen gegen die Fenster, und Dora legte beide Hände um die Tasse mit heißer Schokolade, um sich zu wärmen. Sie fröstelte angesichts des trüben Wetters und der gedrückten Stimmung im Hause. Wenn wenigstens ihr großer Bruder da gewesen wäre. Aber er hatte seine Ausbildung beendet und war seit sechs Wochen als Kampfpilot im Einsatz.

»Wie geht es Hans?«, fragte Dora.

Vera Twardy zuckte mit den Schultern.

»Er schreibt, dass er stolz und glücklich ist, endlich für Deutschland fliegen zu können. Sie haben wohl neulich ein großes Munitionslager in der Nähe von London vernichtet.«

»Das ist gut. Je mehr Munition zerstört ist, desto schneller ist der Krieg zu Ende.«

Vera seufzte erneut. Es klopfte, und noch bevor die beiden Frauen reagiert hatten, ging die Tür auf. Ein kleiner korpulenter Mann in einem schlecht sitzenden grauen Anzug trat ein, sein blanker Schädel schimmerte im Licht der Zimmerlampe. Ohne zu lächeln, trat er auf sie zu.

»Guten Abend, die Damen.«

»Liebe Dora, ich darf dir Hinrich vorstellen. Er ist unser neuer Verwalter. Vater hat ihn noch eingestellt, bevor er fortmusste. Er kümmert sich ganz zuverlässig um alle wirtschaftlichen Belange des Hofes.«

»Ah, das Fräulein Twardy ist wieder zu Hause, meine Verehrung. Bedauerlicherweise konnte ich Sie bei Ihrer Ankunft gestern nicht begrüßen, weil ich in der Stadt ein paar Behördengänge zu erledigen hatte.«

Er trat auf Dora zu und reichte ihr die Hand.

»Willkommen auf unserem Hof, Hinrich.«

Der Mann war ihr auf Anhieb unsympathisch. Sein Händedruck tat ihr weh, und sein flackernder Blick irritierte sie. Es sah aus, als würden die Pupillen in verschiedene Richtungen sehen. Doch sie unterdrückte ihren Widerwillen und lächelte Hinrich an.

»Ich bin froh, dass wir eine tüchtige Hilfe auf dem Hof haben. Haben Sie sich schon etwas eingelebt?«

»Aber ja, verehrtes Fräulein Twardy. Es läuft alles wie am Schnürchen. Sie brauchen sich keine Sorgen zu machen. Vieh und Leute gehorchen mir aufs Wort.«

Bei seinen Worten überlief sie ein Schauer des Unbehagens, sie versuchte aber, sich nichts anmerken zu lassen. Er konnte ja nichts dafür, dass er kein schöner Mann war, und ein charmantes Auftreten war nicht jedem gegeben. Die Hauptsache war doch, dass er die Arbeit gut verrichtete. Trotzdem störte es Dora, dass Hinrich später beim Abendessen wie selbstverständlich den Platz ihres Vaters einnahm. Er thronte unter dem Bild von Urgroßvater Johann Gottfried Twardy, als hätte dieser Stuhl mit der hohen geschnitzten Lehne schon immer auf ihn gewartet. Als die Mädchen die Speisen brachten, stocherte er nach dem ersten Bissen im Kohlgemüse und knurrte: »Die Versorgungslage ist gewiss nicht die beste in diesen Zeiten, aber soweit ich weiß, herrscht an Salz noch kein Mangel. Wie kann man nur so ein fades, ungenießbares Zeug zubereiten.«

Vera Twardy hob den Kopf. »Anni«, sagte sie, ohne mit der Wimper zu zucken. »Bitte sei so lieb, und bring Hinrich einen

Salzstreuer. Er mag seine Speisen ein wenig stärker gewürzt als wir.«

Das Mädchen knickste mit hochroten Wangen und eilte zurück in die Küche.

»Dieser Hinrich ist ein schrecklicher Mensch«, murmelte Marianne später, als die beiden Schwestern am Abend nebeneinander im Badezimmer standen, so wie früher. »Ständig hat er etwas zu meckern. Egal, ob es die Küchenmädchen sind oder die Leute im Stall. Philippe, unser neuer Knecht aus Frankreich, spricht kaum Deutsch, wie sollte er auch, wo er gerade mal ein paar Wochen bei uns ist, aber Hinrich schimpft ständig mit ihm, wenn er eine Anweisung nicht sofort versteht. Ich möchte wissen, weshalb Papa keinen netteren Verwalter eingestellt hat.«

Dora sah sie durch den Spiegel an. »Sicher hatte er nicht viel Zeit, bevor er wegmusste, und es ist nicht einfach, in diesen Zeiten überhaupt noch einen tüchtigen Mann zu finden. Es sind doch so viele Männer im Krieg.«

»Ich bin mir nicht sicher, ob er tüchtig ist. Vor allem ist er herrisch. Er hat keine Manieren. Er schreit immerzu die Leute an. Das hätten Papa oder Hans nie getan.«

»Ich mag ihn auch nicht, aber ich befürchte, wir werden uns eine Weile mit ihm arrangieren müssen.«

»Außerdem kann ich es nicht leiden, wie er mich manchmal anstarrt.«

»Er hat ein Glasauge. Ich habe Mama gefragt. Er kann nur mit dem linken Auge sehen. Deshalb wurde er nicht eingezogen und kann bei uns aushelfen.«

»Es ist nicht das Glasauge. Es ist etwas anderes. Er grinst manchmal so und sieht mich von oben bis unten an. Dann habe ich das Gefühl, er schaut durch meine Kleider hindurch.«

»Ach, Marianne, ich glaube, du übertreibst. Aber ich wünschte ja auch, Papa wäre bald wieder hier.«

• • •

Die nächsten Wochen ging Dora jeden Tag noch vor dem Frühstück in den Pferdestall. Tief atmete sie die schwere, warme Luft ein, den vertrauten Geruch nach Heu und Pferdedung. Die Geräusche der Tiere klangen gedämpft durch den Raum, ihr Malmen, Schnauben und Stampfen, das Rascheln von Stroh. Wie hatte sie das alles vermisst in Königsberg! Gilda wieherte an diesem Morgen leise, als Dora an ihre Box trat und ihren Kopf streichelte. Siegfried hatte sich prächtig entwickelt, brav und ruhig stand er im Stall, und auch den trächtigen Stuten ging es gut. Die Arbeiter schienen ihre Sache ordentlich zu machen.

Dora striegelte und sattelte ihr Pferd, um auszureiten, obwohl es auch heute ein trüber Tag war. Sie führte Gilda hinaus. Noch einmal blickte sie zum Himmel hinauf, um abzuschätzen, ob es wohl bald regnen würde, als Hinrich mit schnellen Schritten an ihr vorbeieilte und ins Haus stürmte.

»Guten Morgen«, rief sie ihm nach und war verwundert, dass er ihren Gruß nicht erwiderte.

Kopfschüttelnd wollte sie gerade in den Sattel steigen, als sie ein leises Geräusch hörte. Es kam aus der Milchkammer, dem kleinen kühlen Raum hinter dem Kuhstall, in dem nicht nur die Milchkannen aufbewahrt wurden, sondern auch das große Butterfass stand. Dora machte das Pferd draußen fest und öffnete stirnrunzelnd die Tür.

Als sich ihre Augen an das Dämmerlicht des fensterlosen Raumes gewöhnt hatten, entdeckte sie Zofia, das Hausmädchen aus Polen. Sie kauerte hinter den Milchfässern in einer Ecke der Kammer. Tränen liefen durch ihr Gesicht, beide Arme hatte sie sich um den mageren Körper geschlungen.

»Meine Güte, Zofia! Was ist passiert?«

Das Mädchen presste die Lippen aufeinander und schluchzte nur.

»Warum sagst du nichts? Nun erzähl schon, was ist denn los?«

Zofia schüttelte den Kopf. Dora trat auf sie zu, kniete sich zu ihr und nahm sie in die Arme.

»Du kannst mir alles sagen«, flüsterte Dora. »Hab keine Angst. Brauchst du Hilfe?«

Zögernd und noch immer weinend, hob Zofia den Kopf.

»Wollte ich gerade Butter holen für die Familie«, stammelte sie mühsam, halb auf Deutsch, halb auf Polnisch. Sie sprach so leise, dass Dora sie kaum verstand. »Hatte ich nicht gesehen, dass Verwalter Hinrich ist in Milchkammer. Wollte ich wieder hinauslaufen, weil ich nicht mag den Mann. Aber hat er mir an Arm gefasst und gelacht. Hat gesagt, wie schön, dass wir endlich einmal sind allein. Konnte ich nicht weglaufen. Wollte ich schreien, aber hat er mir Mund zugehalten und hat …«

Weiter kam sie nicht, weil ein heftiges Schluchzen ihren mageren Körper schüttelte. Dora sah, dass ein Ärmel von Zofias Bluse eingerissen war.

»Hinrich?« Dora erinnerte sich augenblicklich an Mariannes Worte. »Hat er dir etwas getan? War er es, der deine Bluse zerrissen hat?«

»Ist kaputtgegangen, weil ich versucht habe, mich zu wehren. War es mein Glück, dass er hat gehört Getrappel von Pferdehufen, als Sie sind aus dem Stall gekommen. Hat er mich losgelassen und ist weggelaufen. Bin ich so froh, dass Sie da sind, Fräulein Twardy. Danke ich Ihnen sehr. Aber was mache ich, wenn er zu mir kommt nächstes Mal?«

»Hinrich wollte Ihnen Gewalt antun? Oh, dieser Schuft. Dem werde ich was erzählen!«

»Nein, nicht, bitte! Hat er gesagt, wenn ich jemandem davon sage, wird mir leidtun. Bin ich nur kleines Polenmädchen, sagt er, habe nix Recht, und er darf alles ...«

»Keine Sorge, Zofia. Das wird ihm noch leidtun. Er hat kein Recht, so mit dir umzugehen.«

Sie drückte das Mädchen an sich, bis Zofias Schluchzen nachließ.

Also hatte Marianne sich doch nicht geirrt, dachte Dora. Hinrich war ein mieser Kerl, der glaubte, sich an den Mädchen des Gutshofes vergreifen zu können, weil der Hausherr nicht da war.

Na, warte, dachte sie grimmig. Das wird er nicht noch einmal wagen.

Sie fand Hinrich im Büro des Gutshofes, einem Raum zwischen Wohnhaus und Pferdeställen, den man sowohl durch den Hausflur als auch vom Hof aus betreten konnte. Stirnrunzelnd sah er vom Schreibtisch auf, als Dora, ohne zu klopfen, hereinstürmte.

»Was gibt es Wichtiges, Fräulein Twardy?«

»Das wissen Sie selbst nur zu gut.« Dora trat auf ihn zu. »Sie werden Zofia und die anderen Mädchen ab sofort in Ruhe lassen! Haben Sie mich verstanden? Wenn ich noch eine Klage höre, dass Sie sich unanständig benommen haben, dann ... dann werden Sie entlassen.«

Hinrich bleckte seine Zähne. Aber sein Grinsen entbehrte jeder Fröhlichkeit, und seine Augen blitzten kalt.

»Sie werden doch wohl den Unsinn nicht glauben, den Ihnen diese Polenschlampe über mich erzählt! Erst wirft sie sich mir an den Hals wie eine billige Hure, und als ich ihr liederliches Ansinnen zurückweise, da verleumdet sie mich. Ein grässliches

Mädchen, diese Zofia. Machen Sie jetzt keinen Fehler, Fräulein Twardy. Sie sind auf meine Hilfe angewiesen. In diesen Zeiten finden Sie keinen besseren Verwalter. Sie sollten mich lieber nicht zum Feinde haben.«

Dora hielt seinem kalten Blick stand. »Ich rate Ihnen, passen Sie auf, was Sie tun! Auf unserem Hof werden alle Leute, auch der geringste Arbeiter und die niedrigste Haushaltshilfe, mit Respekt behandelt. Egal, welcher Herkunft. Das wird sich durch Ihre Anwesenheit nicht ändern.«

Mit diesen Worten ging Dora hinaus. Noch bevor sie die Tür hinter sich schloss, hörte sie, wie er leise lachte.

• • •

Am zweiten Weihnachtsfeiertag gaben Wilhelm und Dora ihre Verlobung bekannt. Seit Tagen war Schnee gefallen und hatte die Landschaft draußen in eine stille weiße Welt verwandelt. Drinnen im Gutshaus genoss man in großer Runde Gänsebraten mit Rotkohl und den guten Wein, den Wilhelm aus Frankreich mitgebracht hatte. Hans und ihr Vater hatten über die Feiertage ebenfalls Heimaturlaub erhalten, und zur Feier des Tages waren auch Elsbeth und Friedrich zu Besuch gekommen.

Nach dem üppigen Essen saßen die fünf Freunde satt und träge in der warmen Stube zusammen, wo der heiße Ofen heimelig knackte und Erna ihnen einen Teller voller Pfeffernüsse und Lebkuchen auf den Tisch gestellt hatte. Dora war überglücklich. Sie konnte nicht aufhören, den goldenen Ring mit dem kleinen funkelnden Rubin zu betrachten, den Wilhelm ihr an den Finger gesteckt hatte. Nur kurz war Curts Panthergrinsen vor ihrem inneren Auge aufgetaucht, als Wilhelm vor ihr auf die Knie gefallen war, doch sie war sich sicher, dass sie die ganze vertrackte Geschichte bald ganz vergessen haben würde. Nein, Wilhelm war der Richtige. Sie kannten einander so gut, sie hatten dieselben Pläne, sie passten perfekt zueinander. Wie hatte sie sich je zu einem so verrückten Hallodri wie Curt von Thorau hingezogen fühlen können? Das war so närrisch, dass sie Wilhelm niemals etwas davon erzählen würde.

»Ach, Dora, ich gratuliere euch von ganzem Herzen!« Elsbeths Augen leuchteten so vergnügt, als hätte sie gerade ihre eigene Verlobung bekannt gegeben. »Ich freue mich jetzt schon auf die Hochzeit!«

Friedrich hatte die Nachricht geknickt aufgenommen. Dora sah ihm an, wie schwer es ihm fiel, seine Enttäuschung zu verbergen.

»Wann werdet ihr heiraten?«, erkundigte sich Elsbeth. »Im Frühjahr?«

»Wir haben es damit nicht so eilig«, antwortete Dora. »Es soll keine überstürzte Kriegshochzeit geben. Wir wollen ja ein großartiges Fest feiern. Mit Tanz und Musik. Das geht erst, wenn wieder Frieden ist.«

»Keine Sorge!«, rief Hans. »Ihr werdet nicht mehr lange warten müssen. Wir kommen im Kampf zur Verteidigung Deutschlands gut voran. Frankreich haben wir uns schon geholt, und bis die Engländer ihren Widerstand aufgeben, kann es auch nicht mehr lange dauern.«

»Was macht dich da so sicher?«, fragte Wilhelm.

Hans schmunzelte: »Weil ich einen großen Anteil am Erfolg unserer Wehrmacht habe. Seht mal hier!«

Voller Stolz nahm er ein Kuvert, das neben dem Plätzchenteller auf dem Tisch gelegen hatte, und zog einen Brief heraus.

»Hier habt ihr es schwarz auf weiß. Meine Beförderung. Man beachte das große Lob meines Vorgesetzten.«

Dora nahm ihm das Schreiben ab und las es den anderen laut vor:

»Im Namen des Deutschen Volkes befördere ich den Obergefreiten Hans Twardy wegen vorbildlicher Einsatzbereitschaft und besonderer Tapferkeit vor dem Feinde mit Wirkung zum 1. Januar 1941 zum Unteroffizier ...« Sie sah auf. »Oh, Hans, da muss man dir ja auch gratulieren. Das ging aber schnell!«

»Danke!« Hans nahm ihr den Brief wieder ab. Ein zufriedenes Lächeln stand in seinem Gesicht, während er das Geschriebene selbst noch einmal betrachtete. Dann sah er auf. »Nur noch ein paar Wochen, ihr Lieben, dann werden wir es geschafft haben. Dann ist Ruhe im Karton. Vielleicht könnt ihr zwei ja doch noch in diesem Frühjahr heiraten.«

Wilhelm warf seinem Freund einen skeptischen Blick zu.

»Da bin ich mir nicht so sicher, lieber Hans, so gern ich dir glauben würde. Aber nach allem, was ich mitbekomme, wehren sich die Engländer noch immer nach Kräften. Denk an die Luftangriffe, unter denen die Menschen in den Großstädten im Westen Deutschlands leiden müssen.« Er schüttelte den Kopf. »Ich habe leider nicht den Eindruck, dass sich die britischen Bomber von unserer Luftwaffe in die Knie zwingen lassen.«

»Das ist Defätismus!«, empörte sich Hans. »Wie kannst du so ein mutloses Gerede von dir geben! Das hätte ich von dir nicht erwartet. Du bist doch auch Soldat.«

»Das ist nicht mutlos«, verteidigte sich Wilhelm. »Ich blicke lediglich ein bisschen über den Tellerrand unserer Wehrmachtspropaganda hinaus.«

»Du glaubst der feigen britischen Propaganda mehr als unserer? Pah, das ist bloß dummes Geschwätz. Was können die paar Bomber, die es über die Nordsee schaffen, schon ausrichten? Ein paar Treffer gibt es, ja, leider. Aber wir sind den Engländern himmelhoch überlegen. Du bist mein Freund, Wilhelm, und bald auch mein Schwager. Deshalb werde ich niemandem sagen, was für einen Unsinn du bisweilen redest. Aber du solltest in Zukunft aufpassen, was du sagst. Wehrkraftzersetzung ist eine schwere Straftat.« Hans lehnte sich zurück und knabberte an einem Lebkuchen. »Du sitzt da in deinem kleinen französischen Dorf, wo weit und breit keine Waffe zu hören ist, und hast ja gar keine Ahnung, was sich anderswo in der Welt gerade abspielt. Ich aber, ich bin mittendrin im Entscheidungskampf und stelle die Weichen für die Neuordnung Europas, ach was, der ganzen Welt!«

Wilhelm schwieg. Dora sah, dass er Hans gern widersprochen hätte, sich aber mit seinem Freund nicht länger streiten wollte.

»Lasst uns hinausgehen«, rief sie deshalb. »Eine kleine Schneewanderung ist jetzt genau das Richtige, um euch zwei Hitzköpfen eine kleine Abkühlung zu verschaffen.«

»Gute Idee, Schwesterchen, und wenn der Schnee geschmolzen ist, haben die Engländer kapituliert! Jetzt lasst uns ein paar wunderbare Tage verbringen, bevor Wilhelm und ich Anfang des Jahres wieder losmüssen.«

• • •

An einem frostigen Morgen Mitte Januar schob Dora die Fenstervorhänge in ihrem Zimmer zur Seite und sah, noch im Nachthemd, nach dem Wetter. Über Nacht hatte es ein wenig Neuschnee gegeben, aber nun stieg die Sonne hinter den Hügeln auf, und da, wo ihre Strahlen bereits hinreichten, ließ sie die Welt unter dem klaren Winterhimmel so hell funkeln, als hätte jemand Diamanten darüber ausgestreut.

In Stall und Scheune herrschte bereits reges Treiben. Philippe war damit beschäftigt, mit der Kehrschaufel einen Weg durch den frisch gefallenen Schnee zu bahnen. Dora beobachtete ihn, bis sie sah, wie ein Mann mit schnellen Schritten durch die Hofeinfahrt auf das Gutsgebäude zuging. An seinem leicht vorgebeugten Gang und den rudernden Armen erkannte sie Bürgermeister Kosubek. Was mag er so früh am Tag von uns wollen, wunderte sich Dora. Es wird doch hoffentlich nichts mit Elsbeth oder Friedrich passiert sein?

Schnell streifte sie sich das Nachthemd ab und zog sich an. Unten pochte der Türklopfer, dann wurde geöffnet. Dora hörte, wie Herr Kosubek eintrat, ein paar Mal auf der Fußmatte auftrat, um sich den Schnee von den schweren Schuhen zu klopfen, und nach ihrer Mutter fragte.

Wenn etwas mit Elsbeth passiert wäre, dann hätte er sicherlich mich gerufen, überlegte Dora erleichtert und strich sich rasch ein paarmal mit der Bürste durch die Haare. Doch die Anspannung wollte sich nicht legen. Sie vernahm die Stimme ihrer Mutter und das Klappern der Salontür. Was die beiden darin miteinander beredeten, konnte Dora nicht hören. Sie schüttelte schnell ihr Bettzeug auf und öffnete ihre Zimmertür. Als sie den Fuß auf die erste Stufe der Treppe gesetzt hatte, ertönte von unten ein Schrei.

Es war ihre Mutter, die ein kurzes, ersticktes »Nein!« von sich gab. Dann war wieder alles still im Haus. Dora lief die Treppe hinunter und stürzte in den Salon.

»Was ist los?«, rief sie. »Ist was mit Elli passiert?«

Elsbeths Vater drehte sich zu ihr um und schüttelte stumm den Kopf.

Vera Twardy stand mit versteinerter Miene daneben. Sie war ganz grau im Gesicht und starrte Dora mit zusammengepressten Lippen an. Ihre Augen waren so groß aufgerissen, dass Dora unwillkürlich an Traumtänzer denken musste, an den Ausdruck seiner Augen in dem Moment, bevor ihm Herr von Lengendorff damals nach dem Unfall bei der Schleppjagd den Gnadenschuss gegeben hatte.

»Mama«, sagte sie leise. »Was ist denn los?«

»Es tut mir so leid«, murmelte Herr Kosubek, während Doras Mutter noch immer dastand, als hätte sie vergessen, wie das Sprechen funktioniert. »Es tut mir so unendlich leid, dass ich Ihnen diese Botschaft überbringen muss.«

Erst jetzt sah Dora, dass ihre Mutter einen Brief in der Hand hielt.

»Was ist das?«, flüsterte Dora.

Vera öffnete den Mund, um etwas zu sagen, aber es kam nur ein Krächzen heraus. Nur eine Silbe, so leise, dass Dora sie kaum verstehen konnte: »Hans.«

Mit bebenden Händen reichte sie Dora das Schreiben. Dora überflog den Text, immer wieder und wieder, weil sie nicht begriff, was da in dünnen Schreibmaschinenbuchstaben auf dem Papier stand. Sie las es, sie kannte jedes Wort, und doch verstand sie nichts. Es konnte einfach nicht wahr sein. Es durfte nicht wahr sein, es war ein Fehler, ein Irrtum, eine Verwechslung, ein böser Scherz – aber auf keinen Fall konnte das, was in diesem Brief stand, irgendetwas mit ihrem Leben zu tun haben. Noch einmal sah sie zu ihrer Mutter auf, die noch immer ernst und aufrecht dastand, reglos und bleich wie eine Marmorstatue.

Dora ließ sich kraftlos in einen Sessel fallen und las den Brief nun noch einmal, während ihr Herz raste und ihr die Kehle zugeschnürt war, als hätte jemand einen Strick darum gelegt.

Sehr geehrte Familie Twardy,
die Kompanie erfüllt hiermit die traurige Pflicht, Ihnen mitzuteilen, dass Ihr Sohn, der Unteroffizier Hans Twardy, am 8. Januar 1941 für Führer, Volk und Vaterland den Heldentod fand ...

Der Rest des Textes verschwamm vor ihren Augen.

»Ich bin untröstlich«, erklärte Herr Kosubek. »Glauben Sie mir, es ist die traurigste Pflicht, die mir als Bürgermeister unseres Ortes zufällt: Sie über das Schicksal Ihres Sohnes informieren zu müssen. Seien Sie meiner Anteilnahme versichert. Und möge es Ihnen ein Trost sein, dass Hans in stolzer Pflichterfüllung als Beschützer seiner Heimat gefallen ist.«

Gefallen. Gefallen, das klang so harmlos wie ein kleiner Sturz, ein Stolperer nur, von dem man schnell wieder aufstand, sich den Staub von den Knien klopfte und weiterlief.

»Aber ... Aber wie ist er ...?« Dora sprach nicht weiter. Das Wort »gestorben« brachte sie nicht über die Lippen.

»Im Einsatz«, erklärte ihre Mutter. Ihre Stimme klang tonlos. »Seine Maschine wurde über der Nordsee abgeschossen. Er kommt nicht zurück, Dora. Wir können ihn nicht einmal beerdigen.«

Dora warf den Brief auf den Tisch, als hätte sie sich gerade die Hände daran verbrannt. Der Schmerz hatte sich wie eine Klammer um ihre Brust gelegt. Er schnürte ihr für einen Moment die Luft ab, und sie meinte ersticken zu müssen. Dann brach sich ein unkontrolliertes Schluchzen Bahn, und sie ließ sich in die Arme ihrer Mutter fallen wie ein kleines Kind.

»Mama ...«, stammelte sie hilflos.

Vera drückte ihre Tochter an sich, und Dora spürte, dass ihre Mutter am ganzen Leib bebte. »Warum?«, stieß sie in tiefer Bitterkeit hervor. »Warum nur, Dora?«

Sie schien keine Antwort auf diese Frage zu erwarten, und Dora konnte sie ihr nicht geben. Minutenlang standen die beiden Frauen aneinandergeklammert im Salon und sagten kein einziges Wort. Dora nahm kaum wahr, dass Herr Kosubek leise und grußlos aus dem Haus schlich. Wie aus weiter Ferne drangen von draußen die Geräusche des Hofes zu ihr herein. Nach einer geraumen Weile lockerte die Mutter ihre Umarmung und küsste Dora auf den Kopf. Ihre Stimme hörte sich fremd als, als sie weitersprach, so als ob ihr jede einzelne Silbe Schmerzen bereitete.

»Wir müssen jetzt alle sehr tapfer sein, Dora. Sicher war Hans gerade stolz und glücklich, dem Vaterland zu dienen, in dem Moment als ihn der feindliche Beschuss traf. Man versichert uns, dass es schnell ging und dass er nicht gelitten hat.«

Dora hatte ihre Stirn noch immer an die Schulter ihrer Mutter gelehnt.

»Vater hat es geahnt, nicht wahr? Damals, als er böse auf Hans war, weil er sich freiwillig gemeldet hat.«

Sie spürte, dass ihre Mutter nickte. »Ja. So ist der Krieg. Vater hat es gewusst. Und jetzt müssen wir es den anderen sagen. Ruf deine Geschwister her.«

Die Nachricht von Hans' Tod löste tiefe Trauer im Gutshaus aus. Selbst Erna weinte so sehr, als hätte sie ihr eigenes Kind verloren.

»Er war doch meijn Jung«, jammerte sie und wischte sich mit einem großen grauen Taschentuch die Tränen aus dem Gesicht, die ohne Unterlass aus ihren Augen strömten. »Meijn Jung, meijn kleijner Hans. Ich weijß noch, wie ich ihn hab zum ersten Mal in den Armen jehalten. Mein liejber kleijner Hans …« Ein heftiger Schluchzer ließ ihren mächtigen Busen beben.

»Immerhin ein Heldentod«, bemerkte Hinrich. »Das ist nicht jedem vergönnt.«

Dora warf ihm einen wütenden Blick zu. Aber sie war viel zu traurig, um dem Verwalter empört über den Mund zu fahren.

»Ich denke, fürs Erste ist alles gesagt. Nun muss ich Vater darüber informieren.« Vera Twardy hielt den Kopf aufrecht. Sie hatte einen harten Zug um den Mund.

• • •

»Das Schlimmste ist«, schrieb Dora an Wilhelm, »dass wir ihn gar nicht beerdigen können. Dass er irgendwo vor der englischen Küste auf dem Grunde der Nordsee liegt, und niemand wird ihn je dort herausholen.«

Ende Januar kam Josef Twardy nach Hause. Um die notwendigen Dinge nach dem Tod seines ältesten Sohnes zu regeln, hatte er ein paar Tage Sonderurlaub erhalten. Graugesichtig und mit tiefen Schatten unter den Augen stand er in der guten Stube, den amtlichen Brief mit der Todesnachricht in den bebenden Händen, als Dora eintrat.

»Papa!« Mit erstickter Stimme stürzte sie in seine Arme. Ihr Vater drückte sie an sich, und Dora schloss die Augen. Es tat so gut, sich an seine breiten Schultern zu lehnen und den vertrauten Geruch seiner Haut einzuatmen, eine Mischung aus Pfeifentabak und dem Duft von Leder und Zedernholz, den sein Rasierwasser verströmte. Sie sagte kein Wort, sie wollte nur seine Nähe spüren, Trost finden, wie damals als kleines Mädchen, als noch jeder Schmerz versiegte, sobald ihr großer starker Vater sie in die Arme nahm.

Doch als Dora sich von ihm löste, sah sie, dass er Tränen in den Augen hatte. Wie ein alter Mann sah er auf einmal aus.

»Der Sohn vom Hufschmied im Dorf ist auch gefallen«, berichtete Erich, der hinter Dora eingetreten war, mit zitternder

Stimme. »Das hat mir Alfons Machalski gerade erzählt. Und einem Knecht der von Lengendorffs haben sie das Bein abnehmen müssen.«

Josef Twardy nickte. »Ja, mein Junge, dieser Krieg bringt großes Unheil in die Welt.« Er strich seinem Sohn tröstend über den Kopf. »Aber eure Mutter hat recht, wir müssen trotzdem weiterleben. Es gibt ein paar Dinge für die Zukunft zu besprechen. Auch mit dir.«

Er legte den Brief auf den Tisch und begann, nachdenklich vor den Fenstern auf und ab zu gehen.

»Spielst du noch immer mit den Hofarbeitern?«

Erich nickte stumm.

»Hör zu, mein Junge.« Josef Twardy blieb vor ihm stehen, legte ihm die Hände auf auf die Schultern und betrachtete ihn ernst. »Nachdem Hans verstorben ist, bist du mein ältester Sohn. Du weißt, was das heißt, nicht wahr? Jetzt bist du der Erbe des Gestüts. Du wirst einmal den Hof leiten, wenn ich zu alt oder zu krank dafür bin.«

Erich schluckte. »Ja, Papa.«

»Gott gebe, dass bis dahin noch viele Jahre vergehen. Aber du wirst dich ab sofort darauf einstellen müssen.«

»Wie meinst du das? Was muss ich tun?«

»Vor allem wirst du ab sofort nicht mehr mit den Jungs unserer Arbeiter spielen.« Josef Twardy nahm seine Wanderung durch den Salon wieder auf.

»Aber Papa!«, rief Erich nach einem Augenblick erschrockenen Schweigens. »Das geht nicht. Der Alfons Machalski und ich, wir sind die allerbesten Freunde.«

»Das mag sein, mein Sohn, aber nun muss das ein Ende haben.«

Dora sah, wie ihrem kleinen Bruder die Tränen in die Augen

schossen. »Bitte, Papa«, wandte sie ein. »Erich ist doch noch nicht mal dreizehn, ein Kind noch.«

»Es gilt, an die Zukunft zu denken. In einigen Jahren wird Erich der Herr des Gestüts sein, und seine Männer müssen ihm aufs Wort gehorchen. Ohne Wenn und Aber. Auch Alfons Machalski wird einmal seinen Anweisungen folgen müssen. Aber wie sollte er je Respekt vor Erich haben, wenn er stets sein engster Gefährte war? Nein, ihr beiden, so geht das nicht. Wer einmal Herr dieses Gutes sein wird, darf sich mit den Leuten nicht gemeinmachen. Hans hat das damals auch erfahren müssen. Noch heute Nachmittag wirst du zu den Machalskis gehen, Erich, und dich von Alfons verabschieden. Und nun entschuldigt mich bitte, ich muss noch einiges mit Hinrich besprechen.«

Mit großen Schritten verließ Josef Twardy den Raum und zog die Tür hinter sich zu.

Wie vom Donner gerührt stand Erich mitten auf dem Teppich und starrte ins Nichts. Seine Unterlippe zitterte vor Kummer. Kein Wort brachte er heraus, Tränen liefen wie Sturzbäche über sein Gesicht. Dora legte ihren Arm um seine Schultern und zog ihn an sich. Sie spürte sein heftiges Schluchzen und bald einen feuchten Fleck an den Schultern, wo seine Tränen den Stoff ihres Kleides durchnässten.

»Alfons ist doch mein bester Freund«, sagte er noch einmal. Es klang wie ein Wimmern.

»Es geht wohl nicht anders, Erich.« Dora strich ihrem Bruder liebevoll über den Rücken. »So ist es schon immer gewesen auf dem Gut. Wenn ihr älter seid, Alfons und du, dann werdet ihr es begreifen.«

Ein letzter Schluchzer schüttelte den Jungen.

»Nun habe ich gleich zwei verloren: meinen großen Bruder und meinen besten Freund auch.«

Dora zog ein weißes gebügeltes Tuch aus ihrer Rocktasche, faltete es auseinander und reichte es ihm. »Ich verspreche dir, Erich, wann immer du mich brauchst, ich werde für dich da sein.«

»Ja.« Erich schnäuzte sich. »Und ich für dich, Dora.«

• • •

Es schneite leicht, als sich die Trauergemeinschaft am alten Familiengrab der Twardys auf dem Kirchhof von Sankt Katharina versammelte. Es gab keinen Sarg, den man hätte in die Erde lassen können, aber man hatte Hans' Namen in den schlanken hohen Granitstein meißeln lassen, auf dem ganz oben, ein wenig verwittert schon, das Geburts- und Sterbedatum von Urgroßvater Johann Gottfried zu lesen war, darunter die Namen der anderen verstorbenen Familienmitglieder. Dora hörte, wie ihr Vater ungläubig murmelte: »Das hätte ich nie für möglich gehalten, dass der Name meines Sohnes noch vor meinem auf dem Grabstein stehen würde.«

Die Flocken tanzten durch die Luft. Sie setzten sich auf den Grabstein und auf den bunten Blumenkranz mit der hellen Schleife, auf der ein letzter Gruß an Hans stand, und bedeckten allmählich alles mit einer weißen Schicht, so als wollte der Himmel gnädig vergessen machen, dass einer von ihnen nicht mehr da war.

Nach Hans' Tod fiel die Trauer wie ein grauer Schleier über die Familie. Das freche Lachen der Zwillinge war verstummt, sie tobten nicht mehr fröhlich herum, sondern saßen stumm und bedrückt in der Stube. Erna sang nicht mehr die alten ostpreußischen Lieder mit ihrer tiefen, stets im Ton etwas danebenliegenden Stimme. Selbst Foxi, der Hund, schien etwas zu spüren und schlich tagelang winselnd durchs Haus. Dora hatte das Gefühl, alles Schöne und Gute habe seinen Sinn verloren. Nicht einmal die Ausritte auf Gilda machten sie mehr glücklich. Jeder Bach, jeder Steg, jede verschneite Hecke erinnerte sie an Hans. Wie oft war sie mit ihm hier unterwegs gewesen, seit sie im Alter von fünf Jahren zum ersten Mal auf einem Pony gesessen hatte. Wie oft hatten sie im Wald innegehalten und dem Flöten eines Vogels gelauscht, und er hatte ihr erklärt, wie sich der Gesang eines Buchfinken von dem eines Rotkehlchens unterscheidet. Jedes Blümchen im Moos und auf den Wiesen wusste er zu benennen, und bei jeder Spur im Schnee hatte er gewusst, welches Tier hier entlanggelaufen war. Wie sehr hatte sie diese gemeinsamen Ausritte geliebt. Es war unvorstellbar, dass Hans sie nie wieder begleiten würde. Auch als im März der Schnee schmolz und der Frühling zögerlich seine ersten Boten sandte, blieb Dora wie gelähmt.

Selbst als im April die Störche zurückkamen und wie in jedem Jahr ihr munteres Klappern vom Dach der Scheune über den Hof hallte, mochte sich Dora kaum daran erfreuen. Alles ohne Hans, dachte sie nur.

Vera Twardy bemühte sich weiterhin, den Kopf aufrecht zu halten. Anpacken und vorwärtsschauen. Das war ihre Devise. Sie arbeitete mehr denn je. Vom ersten Hahnenschrei an war sie auf den Beinen, sah in Küche und Hühnerstall nach dem Rechten und gab ihre Anweisungen, ohne sich selbst eine Pause zu gönnen. »Das Gut braucht uns«, erklärte sie. Doch Dora entgingen die steile Stirnfalte und die graue Haarsträhne über ihrer Schläfe nicht, die früher nicht da gewesen waren und die das Gesicht ihrer Mutter von einem Tag auf den anderen hatten altern lassen.

Anfang Mai 1941 erhielt Dora einen Brief und mit ihm die amtliche Aufforderung, sich zum Reichsarbeitsdienst zu melden.

»Ich kann doch jetzt den Hof nicht verlassen«, beklagte sie sich bei Elsbeth. »Nicht jetzt, wo Vater zurück im Feld ist, Erich vor Kummer verstummt, und Mama ...« Sie seufzte. »Mama gibt sich stark, aber sie ist nach Hans' Tod nicht mehr dieselbe. Sie schuftet den ganzen Tag, damit sie abends zu müde zum Trauern ist. Aber sie sieht so erschöpft aus, als läge sie trotzdem die ganze Nacht lang wach. Ich kann sie nicht alleinlassen. Sie braucht mich. Kann dein Vater nicht etwas ausrichten, Elli? Ich weiß, dass alle Mädchen von achtzehn Jahren zu diesem Dienst verpflichtet sind. Aber ich kann auf keinen Fall für sechs Monate weggehen. Nicht schon wieder. Nicht jetzt.«

Elsbeth zuckte mit den Schultern. »Ich weiß es nicht. Auf jeden Fall werde ich es versuchen, Dora. Vielleicht kann er es sogar einrichten, dass wir zusammen am selben Einsatzort verpflichtet werden.«

»Ach, Elli. Das wäre gut.«

Wenige Tage später lagen zwei Briefe für Dora in der Post. Der eine kam von Bürgermeister Kosubek. Dora riss hastig den Umschlag auf.

> Liebe Dora!
> Ich habe gute Nachrichten für Dich und Elli. Durch meine guten Kontakte zur Partei konnte ich erreichen, dass Du Deinen Dienst erst ein Jahr später antreten musst und das zusammen mit Elli. Im März 1942 müsst ihr im Lazarett von Guttstadt erscheinen. Die bittere Pille ist, dass Euer Dienst nicht nur ein halbes Jahr, sondern volle zwölf Monate dauern wird. Ich hoffe sehr, dass sich das Leben auf Eurem Hof so weit eingespielt hat, dass man dort in dieser Zeit auf deine Mithilfe verzichten kann.

Mit gemischten Gefühlen legte Dora den Brief zur Seite. Immerhin hatte sie ein Jahr Schonfrist.

»Wer weiß schon, was im nächsten Jahr sein wird«, sprach sie sich selbst Mut zu. »Vielleicht ist der Krieg dann aus. Vielleicht hat man den Reichsarbeitsdienst bis dahin abgeschafft ...«

Bei dem anderen Brief handelte es sich um einen großen braunen Umschlag. Es stand kein Absender darauf. Als sie das Kuvert öffnete, rutschte eine Zeitschrift heraus. Es war das aktuelle Exemplar der Berliner Illustrierten. Auf dem Titelblatt war in Großaufnahme ein mit reichlich Orden geschmückter Offizier abgebildet. »Mit General Rommel durch Afrika«, stand darunter in dicken roten Lettern. »Der Wüstenfuchs stürmt unermüdlich voran.«

Dora wusste, dass deutsche Soldaten seit einigen Monaten auch in Nordafrika kämpften und dass der Erfolg der Truppen vor allem dem Geschick dieses Generals zu verdanken war. Aber was hatte es mit dieser Zeitschrift auf sich? Sie schlug das Blatt auf und entdeckte gleich auf den ersten Seiten eine ausführliche Reportage über den deutschen Feldzug in Afrika, illustriert mit vielen Fotos. Die Bilder zeigten Soldaten und Panzer in der endlosen Weite einer Wüste. Es hätte des kleinen Briefchens nicht bedurft, das zwischen den Seiten der Zeitschrift gelegen hatte und nun auf ihren Schoß fiel. Beim Anblick der Bilder hatte sie sofort gewusst, dass Curt diese Reportage fotografiert hatte. Sofort fühlte sie sich zurückversetzt auf die große Nehrungsdüne. Sie spürte das Klopfen ihres Herzens, als sie Curts schwungvolle Handschrift sah.

Liebe Dora!
Als ich den Auftrag erhielt, General Rommel und seine Truppen auf ihrem Weg durch die Wüste Afrikas zu begleiten, musste ich sofort an unsere Wanderung durch die Dünen von Nidden denken, an den Nachmittag, an dem ich mich törichterweise in dich verliebt habe. Nun bin ich tatsächlich in Afrika gewesen und weiß, wie unendlich und öde eine echte Wüste ist. Tagelang nur Sand

und Hitze, und die Zunge klebt uns vor Durst am Gaumen. Es ist so heiß, dass wir auf den Panzern Eier braten können … Ich habe dich nicht vergessen, Dora. Auch wenn du mich unendlich enttäuscht hast, wie du weißt, so gehst du mir doch nicht aus dem Kopf. Viel zu oft denke ich an dich, aber was geschehen ist, lässt sich nicht rückgängig machen. Ich wünsche dir, dass du inzwischen mit deinem Wilhelm glücklich geworden bist. Und ich erfreue mich an dem Gedanken, dass du dich in diesem Moment, während du dir meine Fotos aus Afrika ansiehst, auch ein wenig an mich erinnerst.

Herzliche Grüße, dein Curt.

Dora starrte lange auf die blauen Tintenbuchstaben. Curt. Da war er wieder. Curt dachte an sie. Auch sie hatte ihn nicht vergessen. Sein Raubtiergrinsen tauchte wie aus dem Nichts vor ihr auf. Plötzlich spürte sie, dass ihr die Tränen in die Augen traten. Sie ließ den Brief fallen, vergrub das Gesicht in ihren Händen und weinte bitterlich.

12.

Doras Hoffnung, der Krieg könnte bald zu Ende sein, erfüllte sich nicht. Ganz im Gegenteil. Im Frühsommer marschierten Kolonnen von Wehrmachtssoldaten durch Liebenwalde. Es mussten Tausende sein, ein nicht enden wollender Marsch von Westen nach Osten. Tag und Nacht war das gleichmäßige Stampfen ihrer Stiefel im sonst so stillen Dorf zu hören, dröhnten die Motoren von Lastwagen, und die Räder der Artillerie rasselten über die Chaussee.

»Wahrscheinlich gibt es irgendwo ein großes Manöver«, mutmaßte Erich, als er und Dora eines Nachmittags auf der Anhöhe bei den Pferdekoppeln standen und auf die Straße hinunterblickten.

»Aber die marschieren doch schon seit Tagen, und nie kommen welche zurück«, wunderte sich Dora. Auch von der Kompanie Soldaten, die über Pfingsten im Dorf einquartiert wurde, war nichts zu erfahren. Auf dem Gutshof war tagelang jeder Winkel mit uniformierten Männern belegt, die auf ihrem Weg Richtung Osten eine Pause machten. Sie schliefen in Ställen, Scheunen und auf Heuböden und verbrachten die heißen Tage Anfang Juni damit, im Teich am Waldrand herumzutoben und abends am Lagerfeuer zu singen. Vor der Giebelwand des Kuhstalls war eine Gulaschkanone aufgebaut, aus der die Soldaten von der Armee verpflegt wurden und um die Erich und seine kleinen Brüder neugierig herumstrichen. Zumeist junge Männer waren es, die auf den ostpreußischen Truppenübungsplätzen gerade erst das Schießen gelernt hatten, wie sie erzählten. Bereitwillig antworteten sie Erich auf seine Fragen zum Soldatenleben. Aber wohin sie marschierten und warum, darüber sprachen sie nicht. Als sie nach ein paar Tagen wieder abzogen, war es merkwürdig still auf dem Hof.

Ende Juni erfuhr Dora, was es mit dem Aufmarsch auf sich hatte. Russland wurde angegriffen. Ohne Vorwarnung und ohne Kriegserklärung attackierten deutsche Kampfflieger Flughäfen, Geschütze der Wehrmacht feuerten ohne Pause im Grenzgebiet. Ein Blitzkrieg würde das werden, wie voriges Jahr in Frankreich, schrieben die Zeitungen. Doch die Rote Armee wehrte sich heftiger, als es die Berliner Strategen erwartet hatten. Es wurde Winter, und der deutsche Vormarsch geriet vor Moskau ins Stocken. Überall wurde zu Kleiderspenden für die Soldaten an der Front aufgerufen. Vor allem warme Wollsachen waren gefragt. Im Gutshaus klapperten Ernas Stricknadeln ohne Unterlass, um lange Schals und dicke Fäustlinge für die frierenden Wehrmachtssoldaten im Osten zu fabrizieren. Wenn Dora die Pakete mit den Kleiderspenden zum Postamt nach Wormditt brachte, sah sie in der Stadt immer öfter entlassene Frontsoldaten aus Russland, die an hohen Krücken gingen, weil ihnen ein erfrorener Fuß hatte amputiert werden müssen. Sie fröstelte bei diesem Anblick und war froh, dass sie Wilhelm in Frankreich und ihren Vater im von Deutschland besetzten Jugoslawien wusste, wo es nicht so fürchterlich kalt war wie in Russland.

•••

Am zweiten März des Jahres 1942 begann für Dora und Elsbeth ein neuer Lebensabschnitt. Sie traten ihren Reichsarbeitsdienst im Lazarett von Guttstatt an. Mit dem Postbus waren sie in aller Herrgottsfrühe in Liebenwalde aufgebrochen und standen nun, nach einem kurzen Fußweg vom Bahnhof, mit ihren Koffern in der Hand vor dem kasernenartigen Gebäude. Es war ein kalter, bewölkter Morgen, und die beiden froren, auch weil sie wenig geschlafen hatten. Sie wussten nicht, was sie in den kommenden Monaten hier erwartete, und es war ihnen mulmig zumute.

»Ich glaube, da wird man uns weiterhelfen.« Elsbeth wies auf ein kleines flaches Gebäude neben dem Eingangstor, vor dem ein uniformierter Mann stand und rauchte. Als die Mädchen näher kamen, trat er die Zigarette aus und verschwand im Inneren des Empfangshäuschens. Durch ein geöffnetes Schiebefenster ließ er sich ihre Einberufungen zum Reichsarbeitsdienst zeigen und nickte.

Nachdem sich Dora und Elsbeth beim Pförtner angemeldet hatten, öffnete sich das hohe schmiedeeiserne Tor, und die beiden schritten stumm in die Richtung, in die der Mann sie gewiesen hatte. Es war eine lang gezogene zweistöckige Holzbaracke, die auf der linken Hofseite gegenüber dem Lazarettgebäude lag. Das Geviert dazwischen war gepflastert und gesäumt von einigen mächtigen Platanen, unter ihnen stand hier und da eine Sitzbank. In der Mitte des Platzes erhob sich ein Fahnenmast, an dessen Spitze eine Hakenkreuzflagge im kühlen Märzwind flatterte.

Eine hoch aufgeschossene hagere Frau erwartete die beiden Mädchen an der Eingangstür zur Baracke. Sie trug einen braunen wadenlangen Rock und eine weiße hoch geknöpfte Bluse, dazu feste Schuhe, ihre sandfarbenen Haare waren im Nacken zu einem straffen Knoten zusammengesteckt. Die Frau mochte Ende zwanzig sein, doch ihr ernster Gesichtsausdruck und ihr schmaler Mund, der wie ein Strich im Gesicht lag, ließen sie älter wirken.

»Herzlich willkommen, mein Name ist Herlinde.« Ohne ein Lächeln streckte sie Dora und Elsbeth ihre magere Hand zum Gruß entgegen. »Ich bin eure Führerin für die Zeit eures Arbeitsdienstes. Ich hoffe, ihr hattet eine gute Anreise. Nun kommt bitte mit. Ich zeige euch jetzt eure Unterkunft. Und dann geht es auch schon gleich los mit eurem Einsatz.«

Die beiden nickten beklommen und folgten der Frau, die mit energischen Schritten den langen Gang entlangging. Das Poltern ihrer schweren Absätze auf dem Linoleumboden hallte von den Wänden. Am Ende des Ganges öffnete sie die Tür zu einem großen, kargen Schlafsaal. Zwölf Betten standen dort, jeweils zwei übereinander, die flachen Kopfkissen und Decken mit der blau karierten Wäsche waren ordentlich zusammengelegt. Zu jeder Schlafstätte gehörten ein hölzerner Schemel und ein schmaler Metallspind. Auf zwei der Pritschen lagen Handtücher und Waschlappen sowie ein Stapel gefaltete Kleider.

»Das sind eure Betten«, erklärte Herlinde. »Ich habe euch eure Uniformen bereits zurechtgelegt. Bitte zieht euch gleich um, Blau für die Arbeit, Braun für den Ausgang, die weiße Zierschürze ist für den Sonntag. Und räumt eure Wäsche ordentlich in die Schränke. Ich werde das heute Abend überprüfen. Eure Zivilkleidung könnt ihr in den Koffern lassen und unter das Bett schieben, die werdet ihr in den nächsten Monaten nicht brauchen. Toiletten und Waschraum sind im Flur gegenüber. Je zwei Schlafsäle teilen sich einen Waschraum, und der Speisesaal ist im ersten Stock. Die anderen Arbeitsmaiden sind schon draußen zum Frühsport. Den habt ihr für heute verpasst. Ich erwarte euch in zehn Minuten im Hof zum Fahnenappell. Danach werdet ihr für eure Arbeitsstellen eingeteilt. Gibt es noch Fragen?«

Stumm und erschrocken über den rauen Ton der jungen Frau, schüttelten Dora und Elsbeth den Kopf. Herlinde hatte offenbar nichts anderes erwartet. Sie nickte nur kurz und marschierte dann den Korridor zurück in ihr Zimmer.

Erschöpft stellte Dora ihren Koffer ab und ließ sich auf die untere Pritsche des freien Stockbettes fallen.

»Uh!« Sie verzog ihr Gesicht. »Das ist ja eine Strohmatratze, hart wie ein Brett.«

»Was hast du denn erwartet?« Elli setzte sich neben sie und wippte prüfend ein wenig auf und ab. »Dass wir hier in einem vornehmen Hotel logieren? Immerhin haben wir ein Dach über dem Kopf und müssen nicht in irgendwelchen Schützengräben übernachten, wie die Soldaten draußen im Feld.«

Dora inspizierte bereits sorgsam den Kleiderstapel. Für jedes der Mädchen lagen zwei kornblumenblaue halbleinene Kleider da, dazu ein rotes Kopftuch, außerdem ein erdbraunes Kostüm mit Rock und Jacke sowie drei weiße Blusen, die erwähnte Schürze, ein dunkelblauer Trainingsanzug und ein breitkrempiger brauner Hut.

Dora setzte sich den Hut auf, legte den Kopf schief und spitzte scherzhaft den Mund.

»Na, Elli? Wie sehe ich aus? Dieses Modell kommt gewiss direkt aus Paris und ist so schick, dass Zarah Leander vor Neid erblassen würde, oder etwa nicht?«

Elli kicherte, doch schnell wurde sie ernst.

»Mach keinen Unsinn, Dora! Wir sollten uns lieber beeilen und uns schnell umziehen. Sonst bekommen wir noch Ärger, bevor unser Arbeitsdienst richtig begonnen hat. Dieses Fräulein Herlinde sieht nicht gerade so aus, als würde es viel Spaß verstehen.«

»Du hast recht. – Oben oder unten?« Dora nestelte an ihrem

Geldbeutel. Sie warfen eine Münze und entschieden so, dass Elsbeth im unteren und Dora im oberen Bett schlafen würde.

Wenig später standen die beiden umgekleidet im Hof und absolvierten den täglichen Morgenappell. Etwa fünfzig junge Frauen standen dort im Karree um den Fahnenmast, den rechten Arm mit flacher Hand zum Gruß der Hakenkreuzflagge erhoben. Alle trugen die gleichen blauen Kleider mit den roten Kopftüchern, und während sie stillstanden, musterten sie verstohlen die Neuankömmlinge. Auch Dora ließ ihre Blicke in der unbekannten Umgebung umherwandern, bis die barsche Stimme der Führerin sie zusammenzucken ließ:

»Augen geradeaus! Das hier ist kein Kindergeburtstag.«

»Himmel!«, stieß Dora leise zwischen zusammengepressten Zähnen hervor. »Hier geht es ja zu wie beim Militär.«

Tatsächlich herrschte im Lager ein strenges Regiment, wie die beiden in den nächsten Tagen feststellten. Jeden Morgen um Viertel vor sechs wurden die Mädchen durch eine scheppernde Handglocke geweckt, mit der Fräulein Herlinde von Zimmer zu Zimmer eilte. Nach dem anschließenden Zählappell ging es im Trainingsanzug zum Frühsport, einem halbstündigen Dauerlauf durch die Wiesen rund um das Lazarettgelände. Während Elsbeth und einige andere Mädchen vor Anstrengung bald heftig keuchten und die Runde schweißüberströmt und mit hochroten Köpfen absolvierten, fand Dora Gefallen daran, liebte sie es doch seit jeher, sich im Freien zu bewegen.

Da es im Waschraum nur drei Duschen gab, wechselten die Mädchen sich ab. Während sich die einen duschten, legten die anderen bereits das Bettzeug zusammen und räumten ihre Kleidung auf. Wer es eilig hatte, wusch sich am Waschtrog, wo aus den Hähnen aber nur kaltes Wasser kam, das in einer langen Blechrinne zum Abfluss floss.

»So sieht es bei uns daheim im Kuhstall aus«, murmelte Dora. »Bloß, dass wir uns darin nicht waschen, sondern die Tiere ihr Futter bekommen.«

Nach dem Frühstück, das einmal aus Marmeladenbroten mit Hagebuttentee und anderntags aus Haferschleim mit Zichorienkaffee bestand, marschierten die Mädchen gruppenweise an ihre Arbeitsstellen. Dora und Elsbeth waren zusammen mit zwei anderen Arbeitsmaiden der Wäscherei zugeteilt worden.

»Immerhin brauchen wir hier nicht zu frieren«, befand Elsbeth.

Der weiß gekachelte Raum war erfüllt von heißem Wasserdampf, der so dicht war, dass Dora und Elsbeth die anderen beiden Mädchen auf der gegenüberliegenden Seite der Waschküche kaum sehen konnten. Wie dichter Nebel stieg der Dampf aus den großen Holzbottichen, in denen die Krankenhauswäsche in schäumender Sodalauge vor sich hin kochte, gedreht und gewendet von überdimensionalen Knethaken. Hin und wieder spritzte das blubbernde heiße Wasser hoch, und man musste aufpassen, dass man sich nicht die Haut verbrühte. Es war ungewohnte körperliche Arbeit für die Mädchen, die schwere nasse Wäsche von einem Bottich in den anderen zu schleppen, durchzuspülen, auszuwringen, sie körbeweise nach draußen zu tragen und an die Leinen zu hängen oder, was noch anstrengender war, sie die Stiege hinauf zum Trockenboden unter dem Dach zu bringen, wenn es regnete. Dora und Elsbeth lernten, die Wäschemangel mit den beiden dicken Holzwalzen zu bedienen, sie falteten Bettlaken zentimetergenau, damit sie exakt in die Schränke passten, rollten Verbandmaterial auf und legten Operationshemden akkurat zusammen. Entdeckten sie einen Riss oder eine schadhafte Stelle, mussten sie den Stoff im Nähraum flicken.

Anfangs hatten sie es mit dem Falten nicht so genau genommen und die Laken und Tücher schnell und nachlässig zusammengelegt. Als Fräulein Herlinde zum ersten Mal das Ergebnis ihrer Arbeit inspizierte, hatte sie ihnen den kompletten Wäschestapel aus der Hand geschlagen, worauf sie alles noch einmal waschen und mangeln mussten. Das war Dora und Elsbeth eine Lehre gewesen.

Körbeweise brachten sie die fertige Wäsche zurück in die Krankenstationen, um dort wiederum die schmutzigen, oft blutverschmierten Sachen einzusammeln und in die Wäscherei zu bringen. Einmal, als sie einen über und über rotbraun verkrusteten Verband in den Korb warf, zögerte Dora kurz und fragte sich, welches Schicksal der Soldat, der damit verarztet worden war, wohl erlitten hatte. Doch Fräulein Herlinde ließ ihr keine Zeit, darüber nachzudenken.

»Nun sei nicht so zimperlich, Dora! Das hier muss getan werden, zum Wohle aller. Und du weißt doch: Die Arbeit für die Volksgemeinschaft adelt dich selbst!«

Am Abend war Dora so erschöpft, dass sie manchmal lange nicht einschlafen konnte. Wieso hatte sie damals in den ersten Nächten in Königsberg nur gejammert? Nun schien es ihr, als wäre das Leben bei Onkel Hermann das Paradies gewesen, verglichen mit der harten Arbeit, dem strengen Umgangston und der Trostlosigkeit in der Baracke hier. Ihre Gedanken schweiften zu Wilhelm. Wie mochte es ihm gehen? Ob er auch gerade wach lag und an sie dachte? Niemals soll sein Blut einen Verband tränken, dachte Dora erschrocken. Wie gut, dass er noch immer im friedlichen Frankreich stationiert war. Und Curt? Ganz unerwartet tauchte sein Gesicht vor ihren geschlossenen Augen auf. Seitdem er ihr im vorigen Sommer die Zeitschrift geschickt hatte, hatte sie nichts mehr von ihm gehört, und sie hatte ihm nie zurückgeschrieben. Was hätte sie ihm auch schreiben sollen? Dass sie sein Lachen vermisste? Dass ihr alles, was geschehen war leidtat? Das hatte sie nicht übers Herz gebracht. An welchem Ort der Erde mochte er gerade sein, um das heldenhafte Voranmarschieren der deutschen Soldaten zu dokumentieren?, überlegte Dora. Ob sein Einsatz gefährlich war? Oder tanzte er gerade mit einer anderen Frau im Jazzkeller von Königsberg?

Während sie sich hin- und herwälzte, bemerkte Dora, dass sie nicht die Einzige im Schlafsaal war, die keine Ruhe fand. Aus dem Bett neben ihr kamen immer wieder tiefe Seufzer, und irgendwo am anderen Ende des Raumes unterdrückte eines der Mädchen einen heftigen Schluchzer. Manchmal schimmerte schon der Morgen durch die dünnen Fenstervorhänge, bis es endlich ruhig war im Schlafsaal und auch Dora endlich einschlief.

Mit der Zeit lernten Dora und Elsbeth die anderen Arbeitsmaiden in ihrer Stube kennen. Mit zweien von ihnen, Katja und Vroni, verstanden sie sich besonders gut. Katja war eine stämmige, lustige Person mit langen kastanienbraunen Zöpfen, die sich durch nichts und niemanden einschüchtern ließ. Es beeindruckte Dora, dass sie es gelegentlich sogar wagte, dem gestrengen Fräulein Herlinde zu widersprechen, oder beim Abendessen eine Extrascheibe Käse verlangte.

»Von ihr habe ich nichts zu befürchten.« Katja grinste, als Dora sie darauf ansprach. »Mein Vater ist Ortsgruppenleiter der Partei. Wenn mir eine der Führerinnen Ärger macht, sorge ich dafür, dass sie auch welchen bekommt. Und das wissen sie.«

Vroni, ein zierliches ernstes Mädchen mit blondem Lockenkopf, kam aus Frankfurt am Main.

»Von so weit her!«, staunte Dora, als sie davon erfuhr.

Vroni nickte. »Ich durfte mir meinen Einsatzort aussuchen, und meine Mutter sagte, fahr nach Ostpreußen, da bist du vor den Bomben der Engländer und Amerikaner auf jeden Fall sicher.

Ihr könnt euch nicht vorstellen, wie es in den großen Städten im Westen zugeht. Wenn ihr einmal die Sirenen des Fliegeralarms gehört habt, das Dröhnen der Flugzeugmotoren, das Heulen und Pfeifen der abgeworfenen Bomben, die krachenden Einschläge, sodass die Erde bebt ...« Vroni schüttelte sich, als fröre sie plötzlich. »Das ist so furchtbar, dagegen sind der Drill und die Arbeit hier im Lager ein Kinderspiel.«

»Wie schrecklich!«, rief Dora. »Meine Großcousine in Hamburg berichtet genau dasselbe. Sie schrieb kürzlich, sie sei vorübergehend zu einer Freundin aufs Dorf gezogen. Dort sei es friedlicher, sagt sie. Gott sei Dank kann uns hier in Ostpreußen so etwas nicht passieren. Bis hierhin fliegen die Bomber nicht.«

»Ja.« Vroni nickte. »Zum Glück. Und jetzt versteht ihr sicherlich, weshalb ich gern hier arbeite.«

Elsbeth erduldete den Alltag des Dienstes mit stoischer Ruhe. Sie erledigte ihre Pflichten mit einem Lächeln im Gesicht und fand sogar noch aufmunternde Worte für die Patienten. Wenn ihnen in der Krankenstation ein Soldat auf dem Flur begegnete, der an hohen Krücken ging oder den Kopf mit einem dicken Verband umwickelt hatte, erkundigte sie sich freundlich, wo er denn stationiert gewesen war und was er erlebt hatte, und machte ihm Hoffnung, dass er gewiss bald wieder nach Hause kam. Einmal fand Dora die Freundin nach Dienstende am Bett eines jungen Soldaten sitzen. Beide Augen waren ihm verbunden, und Elsbeth las ihm aus einem Buch vor.

»Warum tust du das?«, flüsterte Dora ihr später in der Schlafbaracke zu. »Du weißt doch, dass es die Schwestern überhaupt nicht gern sehen, wenn wir mit den Patienten reden. Und außerdem wirst du Ärger bekommen, wenn du dauernd zu spät zum Abendessen kommst.«

Elsbeth zuckte mit den Schultern. »Ich bleibe doch immer nur fünf Minuten. Der Mann langweilt sich so schrecklich. Er hat eine so schlimme Augenverletzung, dass er nie wieder richtig sehen wird. Für ihn ist immer Nacht, ist das nicht furchtbar? Der Arme. Er freut sich so sehr, wenn ich ihm etwas vorlese. Stell dir vor, dein Wilhelm läge im Krankenhaus, würdest du nicht auch froh sein, wenn sich jemand um ihn kümmerte? Jemand, der ein bisschen mehr macht, als ihm nur das Essen zu bringen und seine Wunden zu versorgen?«

»Ach, Elli, du hast ja so recht. Du bist einfach eine gute Seele. Aber lass uns nicht länger darüber reden. Ich mag mir gar nicht vorstellen, dass Wilhelm einmal mit verbundenem Kopf im Krankenhaus liegen könnte. Zum Glück sieht es danach nicht aus. In Frankreich ist alles ruhig, sie könnten ihn eigentlich bald nach Hause schicken.«

Doch Doras Hoffnung erfüllte sich nicht. Wenige Wochen, nachdem die Mädchen ihren Arbeitsdienst begonnen hatten, schrieb Wilhelm, dass er demnächst aus Frankreich abgezogen und woanders eingesetzt werde.

»Es ist so schade«, las Dora. »Es ist so ein stilles friedliches Leben in dem kleinen Dorf hier. Vor allem sind die Schlachten des Krieges weit weg. Aber nun packe ich meine Sachen zusammen. Es geht nach Osten. Wenn du das hier liest, dann sitzen meine Kameraden und ich schon im Zug Richtung Russland. Ja, wir werden also wieder an die Front geschickt. Ich hatte gehofft, im Sommer noch einen Heimaturlaub zu bekommen, aber nun wird nichts daraus. Sei umarmt, liebste Dora. Ich schreibe, sobald ich Näheres weiß.«

Russland also. Seit einem Dreivierteljahr waren die deutschen Truppen dort schon im Einsatz, und Dora fragte sich, was nun noch alles kommen würde. Die ganze Welt schien mittlerweile in Brand geraten zu sein. In Afrika, auf dem Atlantik, im fernen

Osten, überall wurde gekämpft. Selbst Japan und die USA hatten Ende des vergangenen Jahres in den Krieg eingegriffen. Es war, als hätte sich eine kleine Lunte entzündet, deren Flamme geradewegs auf ein prall gefülltes Benzinfass zusteuerte. Dora faltete Wilhelms Brief zusammen und schob ihn zurück in den Umschlag.

»Nur nicht darüber nachdenken«, befahl sie sich. Eine hübsche Blumenpostkarte von Erna, die heute ebenfalls in der Post gelegen hatte, machte ihr Mut: »Unser Adolfche wird schon wissen, was er tut, liebe Dora, und hoffentlich alles zu einem guten Ende bringen!«

Ja, das hoffte sie auch.

Dora ließ ihre Blicke durch den Aufenthaltsraum wandern, wo sie mit Elsbeth und den anderen Mädchen an einem langen Tisch zusammensaß. An der gegenüberliegenden Wand hing eine große Landkarte, auf der mit roten Stecknadeln der Frontverlauf des Russlandfeldzugs markiert war. Erst heute früh hatte Fräulein Herlinde die Nadeln wieder ein Stückchen weiter nach rechts gerückt. Dora betrachtete den unteren Rand der Karte, wo der Norden Afrikas gerade noch zu erkennen war. Auch hier steckten ein paar Nadeln und markierten Orte, die die Wehrmacht überrannt hatte. Tripolis, Bengasi, Tobruk. Dora erinnerte sich daran, die Namen dieser Städte in der Zeitschrift gelesen zu haben, die Curt ihr damals geschickt hatte. Auf der anderen Seite des Raumes stand ein Klavier, darauf ein gerahmtes Foto des Führers. Auf einem Regal neben der Tür stapelten sich ein paar Bücher und Brettspiele, auch ein Radioapparat stand da, aus dem leise Schlagermusik dudelte. Sonst war es still im Zimmer. Gerade war, wie an jedem Abend vor dem Nachtessen, die Post verteilt worden, und die Mädchen hatten sich in die Briefe ihrer Lieben vertieft. Wer keine Post bekommen hatte, war damit beschäftigt, selbst einen Brief an die Familie oder den Verlobten zu schreiben, oder machte Handarbeiten. Plötzlich zerriss ein Schrei die Stille, und alle Köpfe fuhren hoch. Es war Vroni, die mit schreckgeweiteten Augen auf den Brief in ihrer Hand starrte.

»Mein Papa!«, schrie sie verzweifelt. »Mein Papa ist gefallen ... Meine Mama hat es mir gerade geschrieben.«

Dora ging zu ihr und nahm sie in die Arme. Elsbeth und Katja taten es ihr gleich, doch die drei fanden keine Worte, mit denen sie Vroni hätten trösten können.

»Wo ist es denn passiert?«, fragte Katja schließlich.

Vronis Antwort war kaum zu verstehen, so sehr bebte ihre Stimme, von Schluchzern geschüttelt.

»In Russland«, sagte sie.

• • •

Mehrmals in der Woche erhielt Dora einen Brief von Wilhelm, in dem er ihr berichtete, wie es ihm auf seinem Marsch Richtung Osten erging. Anfangs schrieb er noch voller Zuversicht und in der Hoffnung, dass auch dieser Einsatz einmal zu Ende gehen werde und sie einander bald wieder in die Arme schließen könnten. Er schilderte die schier endlos langen Zugfahrten durch öde Birkenwälder, das Elend kleiner russischer Dörfer, ihre langen Märsche, bei denen das größte Problem die russischen Mücken waren. Doch je weiter der Sommer voranschritt, desto nachdenklicher und bitterer wurden seine Botschaften.

Er schrieb von schlammigen Erdlöchern, in denen die Soldaten hausen mussten, von Ratten und Wanzen, die ihn beim Schlafen quälten, von langen Fußmärschen bei unerträglich tropischer Hitze, von Durst und Hunger, von heftigen Angriffen und Trümmerlandschaften. Manchmal waren seine Worte so sarkastisch, wie Dora es nicht erwartet hatte, etwa, wenn er seinen wachsenden Bart beschrieb, der ihn bald so aussehen lasse wie der Nikolaus, oder wenn er über das Ungeziefer klagte: »Gestern habe ich 24 Flöhe in meinem Hemd gefangen, heute waren es nur 19. Es werden also weniger. Da geht es den Flöhen wie uns …«

Es schien Dora so unwirklich, ihren schönen, freundlichen Wilhelm in dieser unbarmherzigen Fremde zu wissen. Im August erreichte Dora ein Brief Wilhelms aus einer Stadt namens Krasnodar. Sie musste lange auf der Landkarte im Aufenthaltsraum suchen, bis sie den Ort fand, an dem Wilhelm gerade war.

Liebste Dora!
Ich liege mehr als 2000 Kilometer von dir entfernt in der russischen Steppe. Eine unbeschreibliche Sehnsucht überkommt mich nach dir, meine Liebste, nach den kühlen sattgrünen Wäldern und den lieblichen Wiesen der Heimat. Ich frage mich immer öfter, was tun wir hier eigentlich? Ist es nötig, dass Deutschland so riesengroß und mächtig wird? Kann man nicht auch in einem kleinen bescheidenen Land glücklich werden? Aber ich habe keine Zeit zum Denken, die Wirklichkeit ruft. Der Russe macht heftige Angriffe, wir haben wieder Verluste in den eigenen Reihen, Tote und Verwundete, aber ich lebe. Vielleicht ist es gut, dass man nicht alles weiß. So wie es kommt, muss man das Schicksal hinnehmen. Bisher habe ich Glück gehabt. Nun geht es weiter. Ich wünsche dir das Allerbeste und küsse dich tausendmal,
dein Wilhelm.

Dora las diesen Brief wieder und wieder. Noch nie hatte sie Wilhelm so zweifelnd, so betrübt und so voller Sorgen erlebt. Sie war erstaunt, dass die Militärzensur diesen Brief ungeschwärzt weitergeleitet hatte. Ja, Wilhelm hatte recht. Was taten die deutschen Soldaten da in der fernen russischen Steppe? Lebensraum im Osten schaffen, so stand es in den Zeitungen. Aber wofür? Wer bloß brauchte so unendlich viel Platz? So viele Felder, so viele Birkenwälder. Glaubte der Führer etwa, die Weltherrschaft erlangen zu können? Was für ein monströser Plan. Das Lied der Hitlerjugend, das sie so oft hatte mitsingen müssen, dröhnte Dora in den Ohren: »Wir werden weitermarschieren, wenn alles in Scherben fällt, denn heute, da hört uns Deutschland, und morgen die ganze Welt ...« Nun marschierten sie also durch die ganze Welt. Momentan irgendwo in Richtung Sibirien. Mit bangem Blick sah sie noch einmal auf zu der Landkarte mit der langen Reihe roter Stecknadelköpfe, betrachtete das gewaltige russische Reich und den winzigen Fleck, der Deutschland darstellte.

Unbemerkt war Elsbeth neben sie getreten. Dora fuhr erschrocken zusammen, als die Freundin ihren Arm um sie legte.

»Es werden wieder andere Zeiten kommen«, versprach Elsbeth, die ihre Gedanken gelesen zu haben schien. »Eine Weile wird es sicher noch so weitergehen. Aber irgendwann geht der Krieg doch zu Ende. Dann ist bald alles vergessen, und ihr könnt wieder zusammen sein.«

Dankbar drückte Dora ihre Hand. »Das ist lieb von dir, Elli. Daran glaube ich ganz fest.«

• • •

Ungeduldig wartete Dora seither jeden Tag darauf, dass Fräulein Herlinde am Abend die Post verteilte. Fast täglich war auch ein Brief für Dora dabei, ihre Mutter, Erich und Erna schrieben ihr abwechselnd und hielten sie auf dem neuesten Stand, was das Leben auf dem Gutshof betraf. Dora erfuhr, dass die Zwillinge die Windpocken gehabt hatten, dass Erich voller Begeisterung zum ersten Mal ein Sommerlager der Hitlerjugend an den Masurischen Seen mitgemacht hatte und dass die Roggenernte in diesem Jahr gut ausgefallen war. Doch am meisten freute es sie zu lesen, dass eines von Siegfrieds Stutfohlen bei einer wichtigen Prämierung den ersten Preis geholt hatte. Auch ihr Vater dachte an sie und schickte ihr gelegentlich eine Feldpostkarte vom Schwarzen Meer. Dora war jedes Mal glücklich und erleichtert über sein Lebenszeichen.

Doch Woche um Woche verging, und es kam kein Brief mehr von Wilhelm. Vor Sorge um ihn konnte Dora kaum noch schlafen. Tagsüber war sie müde und fahrig. Einmal verbrühte sie sich beim Kochen der Wäsche beinahe die Hände, so sehr war sie in Gedanken. Sie schrieb Frau von Lengendorff, um sich zu erkundigen, ob sie Näheres wisse, aber auch Wilhelms Familie hatte seit Wochen nichts mehr von ihm gehört.

Dora schickte ihm fast täglich einen Brief, doch sie erhielt keine Antwort – bis Fräulein Herlinde eines Abends beim Verteilen der Post einen dicken grauen Briefumschlag vom Stapel nahm.

»Feldpost für Dora«, rief sie. Erleichtert riss Dora ihr den Umschlag beinahe aus der Hand. So viele Briefe auf einmal, vermutlich war Wilhelms Post irgendwo stecken geblieben. Doch als sie das Kuvert öffnete, rutschten ihre eigenen Briefe an Wilhelm heraus. Sie alle trugen einen Stempel mit dem Vermerk: »Unzustellbar, neue Anschrift abwarten«.

»Was hat das zu bedeuten?«, flüsterte sie später am Abend, als sie mit Elsbeth, Katja und Vroni im trüben Schein des Nachtlämpchens zusammensaß. »Ich habe vorhin vom Büro der Führerin aus Wilhelms Mutter anrufen dürfen, aber sie sagte, ihre Briefe an ihn sind mit derselben Aufschrift zurückgekommen.«

»Mach dich nicht verrückt!« Elsbeth deutete mit ihrem Zeigefinger auf den Stempel. »Da steht: ›Neue Anschrift abwarten‹. Also ist er vermutlich versetzt worden und bekommt eine neue Feldpostnummer.«

»Aber Wilhelm ist schon öfter versetzt worden, und nie habe ich eine solche Mitteilung erhalten.«

»Hm.« Katja wiegte nachdenklich ihren Kopf. »Vielleicht ist es eine Umschreibung der Wehrmacht für Soldaten, die in der Schlacht umgekommen sind. Ob er gestorben ist?«

Dora presste die Lippen aufeinander, um nicht laut aufzuschreien. Sie bemerkte, dass Elsbeth Katja einen verärgerten Stoß in die Rippen gab.

»Sag doch so was nicht!«, zischte sie.

»Nein«, entgegnete Vroni. »Das ist erst gewiss, wenn auf dem Umschlag mit großer roter Schrift geschrieben steht ›Zurück. Empfänger gefallen für Großdeutschland‹. So war es jedenfalls bei meinem Vater. Das hat mir Mutti erzählt. Vielleicht ist dein Verlobter vermisst oder verletzt oder in Kriegsgefangenschaft geraten. Es kann ja so viel passieren.«

Vronis Worte trugen nur wenig dazu bei, Dora zu beruhigen, doch sie beschloss, die Hoffnung nicht aufzugeben. War es nicht eher erstaunlich, dass ihre Post bislang immer so zuverlässig hin- und hergeschickt worden war? Sicher ging es bei den Kämpfen im fernen Russland gerade drunter und drüber, da konnte so manches leicht durcheinandergeraten. Gewiss würde demnächst tatsächlich wieder ein Brief von Wilhelm ankommen, in dem er ihr seinen neuen Standort mitteilte und ihr berichtete, dass es ihm gut ging.

Doch der Sommer verging, und es wurde Herbst, Novemberstürme fegten die letzten braunen Blätter der Platanen durch den Hof der Kaserne und ließen die Hakenkreuzfahne an der Mastspitze knattern. Der erste Schnee fiel, und der Dezemberfrost malte dicke Eisblumen an die zugigen Fenster der Holzbaracke, doch es kam keine Nachricht von Wilhelm.

13.

An einem trüben Januarnachmittag standen Dora und Elsbeth auf dem Trockenboden des Lazaretts und hängten die Krankenhauswäsche auf. Erst vor einigen Tagen waren sie aus Liebenwalde zurückgekehrt, denn das Weihnachtsfest hatten die beiden zu Hause verbringen dürfen. Nach dem freudlosen Drill beim Arbeitsdienst hatte Dora die Feiertage im Kreise der Familie mit allen Sinnen genossen. Ihre Mutter und Erna hatten es geschafft, trotz der dürftigen Versorgungslage alles für ein herrliches Fest vorzubereiten. Wie eh und je zog der Duft von Gänsebraten und Rotkohl, von Pfefferkuchen und anderen Weihnachtsplätzchen durchs Gutshaus. Das schönste Geschenk für die Familie war, dass Vater Twardy für ein paar Tage Fronturlaub bekommen hatte. Und dennoch lag ein dunkler Schatten auf den Feierlichkeiten: Es war wieder ein Weihnachtsfest ohne Hans – und ohne dass Dora etwas von Wilhelm gehört hatte. Die freien Tage vergingen viel zu schnell. Noch bevor das neue Jahr begann, mussten die Mädchen ins Arbeitslager zurückkehren.

Am Vormittag waren viele verletzte Soldaten eingeliefert worden, und es hatte bergeweise Wäsche gegeben.

»Du liebe Zeit«, rief Elsbeth kopfschüttelnd, während sie eine Uniformjacke mit Wäscheklammern an der Leine befestigte. »Sieh dir das hier an. Das ist doch keine Jacke mehr, das ist ja ein

Lumpen! Kaum ein Knopf ist mehr dran, und der halbe Ärmel ist abgerissen. Das haben unsere Soldaten getragen? Man muss sich ja schämen für unsere Wehrmacht.«

»Warum waschen wir diese Sachen überhaupt noch?«, wunderte sich Dora. »Man sollte das Zeug gleich in den Müll wegwerfen.«

»Na, du weißt doch, in diesen Zeiten müssen wir sparsam mit allem Material umgehen. Jedenfalls haben wir an diesem Zeug hier eine Menge zu stopfen.«

Dora beugte sich hinunter und zog ein Stück Stoff aus dem Wäschekorb. Es war ein Tuch, ein hübsches buntes Halstuch, das ganz sicher nicht zur gewöhnlichen Ausstattung eines Wehrmachtssoldaten gehörte. Sie stutzte und breitete es in ihren Händen aus. Einen Augenblick lang dachte sie, Wahnvorstellungen zu haben. Sie kannte das Tuch. Es war bestickt. Mit Rosen. Und mit Buchstaben. Sie waren kaum mehr zu entziffern, so zerschlissen war der Stoff inzwischen: Für Wilhelm von Dora in Liebe.

Ihre Knie wurden weich. Sie sank auf einen Schemel nieder, ohne den Stofffetzen in ihrer Hand aus den Augen zu lassen.

»Elli!«, hauchte sie. »Elli, sieh mal! Das ist Wilhelms Halstuch, mein Tuch, das ich ihm damals geschenkt habe, als er eingezogen wurde.«

»Bist du dir sicher? Es gibt bestimmt eine Million anderer Verlobte, die ihrem Bräutigam zum Abschied …«

»Nein, nein, ich bin mir ganz sicher. Sieh hier, bei dieser Rosenblüte ist mir die Nadel ausgerutscht, und das Kreuzchen der Stickerei ist arg schief geraten.« Jetzt schrie sie beinahe vor Aufregung.

»Aber was hat das zu bedeuten? Wie kommt das Tuch in unseren Wäschekorb?«

Dora presste das nasse Halstuch an ihre Brust. »Das kann

nur eines bedeuten«, rief sie aufgeregt und sprang auf. »Wilhelm muss unter den Soldaten sein, die gestern eingeliefert wurden. Es gibt keine andere Erklärung. Das bedeutet, dass er verletzt ist, aber er lebt! Er lebt hier im Lazarett, praktisch unter einem Dach mit mir.«

Sie flog der Freundin um den Hals und gab ihr einen überschwänglichen Kuss auf die Wange.

»Nun ist also doch ein Wunder geschehen. Wilhelm ist zu mir zurückgekommen. Ich bin so erleichtert. Los, beeilen wir uns mit dem Wäscheaufhängen. In der Mittagspause gehe ich durch alle Stationen und inspiziere jedes Bett, bis ich ihn gefunden habe. Mein Gott, ich kann es noch gar nicht glauben. So viele Monate lang habe ich nichts mehr von ihm gehört, hab mir solche Sorgen gemacht, und jetzt ist er einfach da! Ach, hoffentlich ist er nicht allzu schwer verletzt. Aber weißt du was? Selbst wenn ihm ein Bein fehlt oder ein Arm, Hauptsache er ist wieder bei mir!«

So schnell hatten Dora und Elsbeth ihre Arbeit noch nie zu Ende gebracht. Im Laufschritt eilten sie zum Büro der Oberschwester und erkundigten sich, in welchen Zimmern die Soldaten lagen, die gestern hergebracht worden waren. Schwester Ursula entgegnete zuerst, das gehe die Mädchen gar nichts an, doch als Dora erklärte, dass ihr lang vermisster Verlobter unter den Männern war, da drückte sie ein Auge zu und erlaubte ihnen, die Station zu besuchen.

»Es ist ein bisschen wie Weihnachten«, flüsterte Dora, während die beiden über die langen Flure schlichen und ihre Köpfe in die Krankenzimmer steckten. »Man weiß nicht genau, in welcher Verpackung das schöne Geschenk ist, auf das man schon so lange wartet. Und mit jedem Päckchen, das man auswickelt, steigt die Spannung. Und was meinst du, was Wilhelm erst für Augen macht, wenn ich plötzlich neben ihm stehe!«

Sie inspizierten jeden Raum und jedes Bett. Manche der Männer waren so schwer verletzt, dass das halbe Gesicht bandagiert war. Aber Dora wusste, dass sie Wilhelm auch an seiner Nasenspitze oder an seinem kleinen Finger erkennen würde, wie entstellt er auch sein mochte.

Nach einer halben Stunde hatten sie sämtliche neuen Patienten besucht, aber Wilhelm war nicht darunter gewesen.

»Vielleicht wird er gerade operiert«, überlegte Elsbeth laut. »Und in die Operationsräume dürfen wir ja nicht hineingehen. Wir sehen morgen wieder nach, dann müsste er in seinem Zimmer liegen.«

Dora nickte. »Du hast recht, so machen wir es. Aber es wäre mir lieber gewesen, ich hätte ihn heute schon gefunden.«

Am nächsten Tag unternahmen sie die gleiche Erkundungstour, einmal am Vormittag, einmal am Nachmittag, doch Wilhelm fanden sie noch immer nicht.

»Vielleicht liegt er ja schon länger im Lazarett«, überlegte Dora. »Lass uns sämtliche Stationen durchgehen.«

In den nächsten Tagen traten sie vor jedes einzelne Krankenbett, betrachteten eingehend jeden Patienten, doch sosehr sie sich auch nach ihm umsahen, Wilhelm war nicht zu finden.

»Er muss hier im Lazarett sein!«, beharrte Dora bei ihrer abendlichen Flüsterrunde mit Elsbeth, Katja und Vroni auf ihrem Bett im Schlafsaal. Sie hatte das Halstuch aus dem Wäschekorb mitgenommen und knetete es unruhig in ihren Händen. »Es ist ganz sicher sein Tuch, also muss auch Wilhelm hier irgendwo sein.«

»Vielleicht war er nur leicht verletzt, und sie haben ihn gleich wieder entlassen, bevor ihr euch über den Weg laufen konntet«, sagte Vroni. »Und weil das alles so schnell ging, hat er sein Halstuch in der Wäscherei vergessen.«

»Ja, das wäre denkbar.« Dora nickte erleichtert bei dem Gedanken, dass es Wilhelm gut ging.

»Oder er war so schwer verletzt, dass er gestorben ist«, bemerkte Katja.

Dora stieß einen erstickten Schrei aus. Elsbeth stöhnte leise.

»Oder er wurde einfach in ein anderes Krankenhaus versetzt«, fügte Katja rasch hinzu. Sie schien einen Augenblick nachzudenken, dann rutschte sie lautlos vom Bett. »Ich habe eine Idee«, flüsterte sie. »Gestern habe ich das Büro der Oberschwester geputzt. Ich weiß, wo sie den Schlüssel zum Schrank mit den Patientenakten aufbewahrt. Wenn du willst, Dora, schleiche ich mich hin. Sobald die Schwester zu ihrem stündlichen Kontrollgang zu den Patientenzimmern aufgebrochen ist, sehe ich die Karteikarten durch. Da muss dein Verlobter ja aufgeführt sein, mit allen ärztlichen Befunden.«

»Das ... das würdest du für mich tun?« Dora schnappte nach Atem. »Aber du wirst schrecklichen Ärger bekommen, wenn sie dich dabei erwischen, wie du die Patientenakten durchguckst.«

Katja zuckte mit den Schultern. Im fahlen Mondlicht, das den Raum schwach beleuchtete, sah Dora, dass sie grinste. »Mich erwischt aber keiner. Und wenn ich dir damit helfen kann, umso besser. Wie heißt dein Verlobter noch gleich? Wilhelm von Lengendorff?«

»Ja. Mit E und zwei F am Ende.«

»Gib mir eine Stunde.« Katja huschte aus dem Schlafraum.

Mit hämmerndem Herzen lag Dora auf dem Bett und wartete. Gleich würde sie erfahren, wie es um Wilhelm stand. Es gab tatsächlich nur zwei Möglichkeiten: Entweder ging es ihm so gut, dass er das Lazarett sofort wieder verlassen hatte, oder es ging ihm so schlecht, dass ... Nein! Dora weigerte sich, darüber nachzudenken.

Als Katja zurückkam, stellte Dora fest, dass sie eine dritte Option außer Acht gelassen hatte: »Dein Verlobter war niemals hier im Lazarett«, berichtete Katja mit raunender Stimme. »Ich habe sämtliche Schubladen durchgewühlt, weder unter L noch unter V, und auch nicht unter W gibt es eine Akte über Wilhelm von Lengendorff. Der Mann hat keinen Fuß in dieses Haus gesetzt. Ich möchte wissen, wie sein Halstuch hier in die Wäscherei gekommen ist.«

Dora war plötzlich ganz ruhig geworden.

»Danke, Katja, dass du für mich nachgesehen hast. Dafür habe ich auch keine Erklärung. Vielleicht ein verrückter Zufall in den Wirren des Krieges? Was wissen wir schon von den Zuständen in Russland. Jedenfalls scheint er nicht verletzt zu sein, sonst wäre er sicher hier.«

Als Katja und die anderen beiden Mädchen längst eingeschlummert waren, lag Dora noch immer hellwach auf ihrer Pritsche und starrte in die Dunkelheit des Zimmers. Nein, Wilhelm war nicht tot. Sie spürte es ganz genau. Er lebte. Wie auch immer Wilhelms Halstuch in die Wäscherei des Lazaretts gekommen war, irgendwo war er in diesem Moment und dachte ganz sicher so fest an sie, so, wie sie an ihn dachte. Er würde zurückkehren irgendwann. Seltsam erleichtert schlief Dora ein.

• • •

Obwohl es nun wirklich nicht zur Tracht der Arbeitsmaiden gehörte, schlang sich Dora am nächsten Morgen Wilhelms Halstuch um.

»Weißt du«, sagte sie zu Elli. »Sein Tuch zu tragen, das ist ein bisschen so, als wenn er bei mir wäre. Ich fühle mich ihm ganz nah. Schade eigentlich, dass ich das Tuch erst gefunden habe, nachdem es gewaschen wurde. Sonst hätte ich auch den Geruch seiner Haut bei mir gehabt.«

Elsbeth lächelte sie an. Dann zog sie skeptisch die Augenbrauen hoch. »Das glaube ich dir gern. Aber steck dir das Tuch beim Frühstück lieber noch in die Rocktasche. So wie ich Fräulein Herlinde kennengelernt habe, wird sie das nicht gutheißen. Sie betont doch immer wieder, dass Privatkleidung beim Arbeitsdienst verboten ist. Am Ende reißt sie dir es vom Hals, und du siehst es nie wieder!«

»Du hast recht. Das darf nicht passieren. Ich binde es mir erst im Wäscheraum um. Und auf der Station wird es auch niemanden stören. Die Schwestern da sind ja zum Glück etwas weniger streng. Die haben genug anderes zu tun ...«

Wilhelms Tuch war Dora wie ein Talisman, als ginge ihr die Arbeit schneller und leichter von der Hand, wenn sie es am Hals spürte.

Wenige Tage danach unternahm Fräulein Herlinde einen ihrer seltenen Kontrollgänge durch das Lazarett. Dora und Elsbeth schleppten gerade einen Wäschekorb, der bis oben mit schweren gefalteten Laken gefüllt war, über den Gang, als sie die Treppe heraufkam. Ihren scharfen Augen entging nichts. »Moment mal, Dora«, rief sie. »Bitte warte einen Augenblick!«

Dora und Elli blieben stehen und stellten den Korb ab. So unschuldig, wie es ihr möglich war, sah Dora der Führerin ins Gesicht. »Ja, bitte?«

»Was ist das für ein Tuch, das du um den Hals trägst?«

»Oh, das ... das ist ...«

Fräulein Herlinde ließ Dora gar nicht ausreden. »Nimm dieses Tuch ab, und zwar sofort. Persönliche Halstücher gehören nicht zur Kleidung einer Arbeitsmaid.«

»Aber nein, bitte nicht, Fräulein Herlinde.« Dora krallte ihre

Finger in das Tuch. »Es bedeutet mir sehr viel, es gehörte meinem Verlobten, der in Russland vermisst wird.«

»Herrje, Dora! Wenn hier jeder, der einen Verwandten vermisst oder verloren hat, zur Erinnerung ein persönliches Kleidungsstück tragen würde, dann wären wir ein ziemlich bunter Haufen. Auf private Schicksale können wir hier leider keine Rücksicht nehmen. Tapferkeit und Opferbereitschaft werden nicht nur von unseren Soldaten an der Front verlangt, sondern auch von uns deutschen Frauen und Mädchen in der Heimat. Nimm das Halstuch ab!«

»Nein, das mache ich nicht!« Doras Augen blitzten wütend. Stolz und aufrecht stand sie da und hielt dem strengen Blick der Führerin stand. Aller Kummer, Zorn und Verzweiflung der vergangenen Monate entluden sich in diesem Augenblick auf Fräulein Herlinde. »Das Tuch gehört mir, und ich mache damit, was ich will«, erklärte sie. »Ich arbeite jeden Tag von morgens bis abends fleißig und ohne dass es Anlass zu Beschwerden gibt. Fragen Sie Oberschwester Ursula. Und ich wüsste nicht, was für einen Unterschied es macht, ob ich dabei ein Halstuch trage oder nicht.«

»Dora, das wird ein Nachspiel haben!« Herlindes Stimme bebte vor Empörung. »So eine Ungezogenheit lasse ich mir nicht bieten. Entweder, du gibst mir sofort das Halstuch, oder du wirst augenblicklich zum Toilettenschrubben abkommandiert.«

»Nimm es ab«, flüsterte Elli. »Glaub mir, es ist besser so.«

Der Streit im Treppenhaus hatte die Neugier einiger Patienten auf sich gezogen. Über Herlindes Schulter hinweg sah Dora, wie drei Soldaten durch die Schwingtür im ersten Stock in den Flur traten und von der Brüstung des Treppengeländers hinunterblickten. Der eine von ihnen hatte seinen rechten Arm bis zur Schulter in Gips, der andere ging an Krücken, die ihm bis unter die Achseln reichten. Weshalb der Dritte im Lazarett war, konnte Dora auf den ersten Blick nicht erkennen.

»Was ist los, meine Damen?«, fragte der Soldat mit der Krücke, ein schiefes Grinsen in seinem stoppeligen Gesicht. »Krieg im Treppenhaus? Wie sollen wir bloß gegen den Russen gewinnen, wenn ihr Fräuleins euch nicht einmal untereinander vertragt!«

Umständlich kam er mit seinen Krücken die Treppe heruntergehumpelt. Jetzt erst bemerkte Dora, dass ihm das linke Bein bis zum Oberschenkel fehlte.

»Hier gibt es nichts zu sehen«, erklärte Fräulein Herlinde spitz. »Bitte gehen Sie zurück in Ihr Zimmer, Soldat!«

»Da ist es so furchtbar langweilig«, antwortete der Mann. »Und so hübsche Mädchen bekommt man auch nicht alle Tage zu sehen.«

Er betrachtete Dora mit anzüglichem Grinsen, dann fiel sein Blick auf ihr Halstuch.

»Ja, was sehen meine scharfen Äugelein denn da! Die junge Arbeitsmaid hat mir mein Tuch gemopst. Meinen hübschen bunten Glücksbringer. Ts, ts, ts!«

Dora runzelte die Stirn. »Was reden Sie denn da! Das ist nicht Ihr Tuch. Das ist ...«

Sie unterbrach sich und starrte den fremden Soldaten an, der seine schmalen grauen Augen unverwandt auf sie gerichtet hielt.

Atemlos fuhr sie fort: »Ich habe es in der Wäsche gefunden. Haben Sie das hergebracht? Woher hatten Sie das Tuch?«

»Oh, das habe ich aus dem Russlandfeldzug mitgenommen. Es hat mir wirklich gute Dienste geleistet. Aber zuletzt war es ziemlich dreckig. Gut, dass Sie es mal gewaschen haben. Nun geben Sie es mir mal wieder zurück. Es ist so drollig bestickt.«

»Das habe ich bestickt!«, schrie Dora. »Ich habe es meinem

Verlobten geschenkt, als er eingezogen wurde. Er ist auch in Russland stationiert. Wie kommen Sie an Wilhelms Halstuch?«

Der fremde Soldat zuckte mit den Schultern. »Tut mir leid, ich kenne keinen Wilhelm. Wissen Sie, Fräulein, wir sind zigtausende Soldaten an der Ostfront, über Tausende von Kilometern verteilt. Wie sollte ich da Ihren Verlobten kennen?«

»Aber – aber er hat Ihnen doch sein Tuch gegeben. Sie müssen ihm begegnet sein.«

»Wenn ich's doch sage, Fräulein. Ich kenne Ihren Wilhelm nicht. Und das Tuch hat mir niemand gegeben. Das habe ich mir genommen, hab's einem toten Kameraden vom Hals geknüpft. Der lag kalt und steif auf dem Boden, und ich dachte, der Kerl hat's geschafft, der braucht nichts Warmes mehr. Aber ich war froh um jeden Fetzen Stoff, mit dem ich mir die grässliche Kälte in der russischen Steppe vom Leib halten konnte. Ich hab's mir um die Ohren gewickelt, damit sie mir nicht abfroren.«

Einen Augenblick lang war es still im Treppenhaus, durch die Fensterscheiben drang das Geräusch der Schneeschaufel herein, die im Hof über den Pflasterboden kratzte.

»Von einem toten Kameraden?« Doras Stimme war ein tonloses Krächzen. »Tot, sagten Sie? Er ist ... tot?«

»So tot, wie man nur sein kann, junge Frau. Es tut mir furchtbar leid, dass ich Ihnen keine besseren Nachrichten bringen kann. Aber wenn's Ihr Verlobter war, dann will ich nicht weiter auf Sie einreden. Dann behalten Sie das hübsche Tuch mal besser. Glauben Sie mir, das hat 'ne Menge mitgemacht.«

Dora sah, wie er sich grußlos umdrehte und mühsam mit seinen Krücken die Treppe hinaufging. Sie hörte, wie Fräulein Herlinde zeterte. Sie fühlte Elsbeths Arm, der sich um ihre Schultern legte. Doch all das nahm sie gar nicht richtig wahr. Vor ihren Augen begann es zu flimmern. Das ganze Treppenhaus schien plötzlich zu schwanken, als befände sie sich auf einem schlingernden Schiff in tosender See. Sie spürte ein Kribbeln in ihren Beinen, das sich von den Knöcheln bis hoch zu den Hüften ausbreitete – und auf einmal spürte sie nichts mehr. Nichts trug sie mehr, nichts hielt sie mehr. Ihr schien es, als klopfte ihr Herz in einem großen, unermesslichen Nichts. Dann wurde es ihr schwarz vor den Augen.

14.

Auf Anordnung des Oberarztes verbrachte Dora drei Tage in der Krankenstation, danach nahm sie ihren Dienst in der Wäscherei wieder auf. Sie arbeitete härter als zuvor, als könnte sie mit dem Schmutz und Blut der Laken und Hemden auch den Kummer aus ihrer Seele waschen. Aber es gelang ihr nicht, sosehr Elsbeth und die anderen Freundinnen auch versuchten, sie abzulenken. Wilhelms Gesicht stand immer vor ihr, und sie meinte, seine Stimme zu hören. Es half auch nichts, dass sie sein Tuch tief in ihrem Koffer unter der anderen Zivilkleidung versteckte. Der Schmerz darüber, den Mann, den sie liebte, verloren zu haben, blieb.

Sechs Wochen nach der Todesnachricht war ihr Reichsarbeitsdienst beendet, und Dora und Elsbeth kehrten zurück nach Liebenwalde. Kurz darauf begann Elsbeth eine Ausbildung als Krankenschwester im Krankenhaus von Wormditt. Schon nach wenigen Wochen im Lazarett hatte Dora gewusst, dass ihre Freundin den Beruf ihres Lebens gefunden hatte. Menschen zu helfen, Leben zu retten, Verletzten Mut zu machen, das war genau das Richtige für Elsbeth. Auch wenn ihre Arbeit anstrengend war und ihr vor Müdigkeit manchmal die Augen zufielen, wenn sie Dora am Sonntagnachmittag auf dem Gutshof besuchte, stets lag ein Ausdruck tiefer Gelassenheit in ihrem Gesicht, wie er Menschen zu eigen ist, die mit sich und ihrem Leben im Reinen sind. Ohne es sich einzugestehen, beneidete Dora die Freundin um ihren Seelenfrieden. Ihr selbst schien es, als würde die Wunde, die der Schmerz über Wilhelms Tod in ihr Herz gerissen hatte, nie wieder heilen. Um sich Gedanken über die eigene berufliche Ausbildung zu machen, war sie viel zu melancholisch.

Doch auf dem Gutshof wurde jetzt ohnehin jede Hand gebraucht.

»Ihre gnädige Frau Mutter hat Zofia entlassen«, erklärte Anni, als sich Dora nach dem polnischen Küchenmädchen erkundigte.

»Wieso? Sie hat doch immer gut gearbeitet.«

»Ja, das schon. Aber sie konnte nicht bleiben, nachdem sie ein paar Eier aus dem Hühnerstall stehlen wollte.«

»Zofia wollte etwas stehlen? Das kann ich mir gar nicht vorstellen. Sie war doch immer so schüchtern und ängstlich.«

Anni zuckte mit den Schultern. »Ja, in der Küche haben wir sie alle gerngehabt. Aber der Herr Verwalter hat sie dabei erwischt und es der gnädigen Frau erzählt.«

»Ausgerechnet Hinrich ...« Dora runzelte die Stirn.

»Ja.« Anni senkte den Blick. »Ihnen darf ich es ja sagen, Fräulein Dora, weil ich weiß, dass Sie mir nicht böse werden. Aber die Leute im Haus mögen den Hinrich nicht sehr gern. Uns wäre es lieber gewesen, man hätte ihn entlassen und nicht die arme Zofia.«

»Ich weiß, Anni. Ich kann ihn auch nicht besonders leiden. Aber wir brauchen ihn.«

»Leider. Zofia hat sich manchmal bei mir darüber beklagt, wie hässlich er zu ihr ist. Und eines war wirklich merkwürdig, Fräulein Dora. Als der Verwalter Ihrer Frau Mama von Zofias Diebstahl berichtete, da hatte er ein blaues Auge, so als hätte ihm gerade jemand ins Gesicht geschlagen.«

»Meinst du, Zofia hat in Wirklichkeit gar nichts gestohlen?

Womöglich hat sie sich nur gewehrt, weil er wieder zudringlich geworden ist, und er hat sie aus Wut darüber verleumdet, damit sie vom Hof gejagt wird?«

Anni zuckte mit den Schultern. »Wir werden es wohl nie mehr erfahren.«

...

Eines Morgens legte Hinrich die Zeitung neben Vera Twardys Kaffeetasse auf den Frühstückstisch.

»Das sollten Sie sich ansehen«, sagte er.

Dora war ebenfalls neugierig geworden und betrachtete das Titelblatt. Ihr Blick fiel auf ein Foto. Es zeigte eine Gruppe entsetzlich abgemagerter Gestalten mit zotteligen Haaren und zerlumpten Kleidern, die sich mit dem Rücken gegen eine Hauswand drückten, unter ihnen ein kleiner Junge, die Augen erschrocken aufgerissen. Mit hocherhobenen Händen und in Todesangst starrten die Menschen auf den uniformierten Mann, der mit einer Maschinenpistole im Anschlag direkt vor ihnen stand. »SS räumt im Warschauer Getto auf«, stand darunter. »Weitere Aussiedlung angeordnet.«

Dora begriff nicht, was damit gemeint war. Sie zog die Zeitung näher zu sich heran und betrachtete den Mann mit der Waffe auf dem Bild. Sie kannte dieses Grinsen, die SS-Runen an seinem Revers und den Totenkopf auf seiner Schirmmütze.

»Mein Gott«, flüsterte sie. »Das ist ja Karl Finke. Was macht er in Warschau? Will er diese armen, elenden Menschen etwa erschießen?«

Hinrich riss ihr unwirsch die Zeitung unter den Händen weg. »Darum geht es nicht«, knurrte er und tippte mit dem Zeigefinger auf einen kleinen Artikel, der ganz unten auf der Seite stand.

»Eine Pferdemusterung steht an. Die Wehrmacht braucht neues Material für die Front. Morgen müssen wir die Viecher vorführen.«

»Unsere Pferde?« Augenblicklich hatte Dora das Foto aus dem Warschauer Getto vergessen. »Soll das ein Witz sein?«, fragte sie entgeistert. »Die Wehrmacht hat Panzer, Kanonen und Kampfflugzeuge – was braucht sie da Pferde? Wir leben doch nicht im Mittelalter.«

Hinrich zuckte mit den Schultern. »So ist das nun mal. Irgendwer muss ja die Kanonen aus dem Matsch ziehen, wenn sie in Russland im Schlamm stecken bleiben ... Und außerdem sind die Pferde günstiger im Unterhalt. Sie brauchen keinen Kraftstoff. Wie ich hörte, wird das Benzin allmählich knapp. Wie dem auch sei, es ist eine amtliche Aufforderung. Morgen um 10 Uhr 30 kommt der Veterinärarzt mit seinen Leuten auf den Hof, und wir müssen ihnen sämtliche Tiere vorführen.« Er ließ seine Blicke noch einmal über die Anzeige wandern. »Trächtige Stuten und Fohlen sind ausgenommen.«

»Nein!«, rief Dora und zu ihrer Mutter gewandt: »Mama, das darf nicht wahr sein. Bitte sag doch auch mal was. Die können doch nicht einfach unsere Pferde abholen und an die Front schicken.«

Vera Twardy blickte ungerührt auf. »Es ist Krieg, Dora. Sei vernünftig. So ist das nun mal im Krieg, wir müssen alle Opfer bringen.«

»Ich hasse Opfer!« Dora sprang wütend auf. »Ich habe genug Opfer gebracht. Ich werde nicht zulassen, dass sie mir Gilda wegnehmen, Siegfried oder Sulanka. Die können doch nicht einfach unsere Zucht kaputt machen. Das ist unser Ruin! Elsbeths Vater wird das zu verhindern wissen.«

Hinrich warf ihr ein halbherziges Grinsen zu. »Ihr lieber Herr

Kosubek kann auch nicht alles, er ist schließlich nicht der liebe Gott.«

»Dann ... dann verstecke ich die besten Tiere im Wald.«

»Das ist keine Lösung, Fräulein Twardy. Sie sind alle registriert. Und es drohen empfindliche Strafen, wenn man versucht, der Wehrmacht ein Tier vorzuenthalten. Wollen Sie, dass wir alle im Gefängnis landen?«

Dora warf ihm einen wütenden Blick zu. »Sie nehmen nur die gutmütigsten und bravsten«, fügte Hinrich hinzu. »Nur die, die nicht gleich beim ersten Geschützdonner durchgehen.«

»Gilda ist die bravste Stute unter der Sonne, aber sie ist keine Zuchtstute wie Sulanka. Nein, die Wehrmacht darf mir Gilda nicht wegnehmen!«

Blind vor Tränen stürmte Dora aus dem Zimmer. Nicht Gilda auch noch, dachte sie. Reichte es nicht, dass sie ihren Bruder und ihren Verlobten verloren hatte? Dass ihr Vater noch an der Front war? Nein, es war genug. Sie würde Gilda nicht hergeben, koste es, was es wolle.

Dora rannte über den Hof und hinaus zur Stutenweide, wo Gilda mit den anderen stand. Ein Pfiff, und das Pferd sah auf.

»Gilda!«

Als die Stute ihren Namen hörte, trabte sie heran und stand im nächsten Augenblick am Koppelzaun. Dora streichelte ihren Hals. Die Stute schien zu spüren, dass Dora traurig war. Sie schmiegte ihren Kopf an sie und stupste sie mit den Nüstern an. Dora legte ihre Wange an das warme weiche Fell des Tieres und wurde gleich viel ruhiger.

»Nein, Gilda«, flüsterte sie. »Ich gebe dich nicht her.«

Am nächsten Morgen saßen der Veterinäroffizier und seine zwei Assistenten auf Gartenstühlen vor der Veranda und ließen sich sämtliche Pferde des Gutshofes vorführen. Hinrich stand an der Stalltür und bellte den Arbeitern seine Kommandos zu. Die Burschen nahmen jedes Tier einzeln an den Zügel und rannten mit ihm quer über den Hof, einmal Galopp, zurück im Trab und zum Schluss noch einmal im Schritttempo. Anschließend begutachtete einer der Assistenten das Pferd, sah ihm ins Maul, prüfte eingehend die Gelenke und kontrollierte das Fell. Er rief dem anderen Assistenten ein paar unverständliche Begriffe zu, der daraufhin etwas in eine Liste eintrug, die er in einem Klemmbrett auf dem Schoß hielt.

Dora lehnte mit Erich oben an der Verandabrüstung und beobachtete das Vorgehen im Hof. Noch nie hatte sie sich so sehr gewünscht, dass eines der Tiere bocken, beißen, um sich treten oder sich sonst wie ungezogen aufführen möge. Aber sämtliche Pferde des Gutshofes ließen die Prozedur brav über sich ergehen. Jedes Mal, wenn der Veterinäroffizier nach der Vorstellung eines Pferdes zufrieden nickte, presste sie unglücklich die Lippen aufeinander. Bis zum Mittag hatten die Männer schon neunzehn Tiere auf ihrer Liste als kriegstauglich vermerkt. Zu Doras Erleichterung war die Zuchtstute Sulanka nicht darunter, weil sie ein Fohlen erwartete.

Sie hatte mit Hinrich vereinbart, dass Gilda und Siegfried als Letzte vorgestellt wurden. Heimlich hegte sie die Hoffnung, dass die Offiziere bis dahin mit ihrer Ausbeute zufrieden waren und sie nach der stundenlangen Musterung nicht mehr ganz genau hinsahen. Zusammen mit Erich hatte sie das Fell der beiden Pferde am frühen Morgen mit schmutzigem Stroh abgerieben und vorsichtig ein paar kahle Stellen hineinrasiert, sodass es stumpf und fleckig aussah, als litten die Tiere unter einer hässlichen Krankheit.

Doch als Frantek und Philippe Siegfried und Gilda aus dem

Stall führten, glaubte Dora, ihren Augen nicht zu trauen. Das Fell der Tiere glänzte frisch geputzt, Mähnen und Schweife schimmerten im Sonnenlicht. Sie waren so gestriegelt, dass die ausrasierten Stellen kaum mehr zu sehen waren. Beim Anblick der beiden Tiere schien ein Ruck durch die Offiziere zu gehen.

»Donnerwetter«, rief der Assistent mit der Liste aus. »Was für ein wunderbarer Hengst.«

Und der andere entgegnete nickend: »Die Stute ist auch nicht ohne. Mit solch prächtigen Tieren können wir den Krieg gewinnen.«

»Ich frage mich nur«, knurrte der Veterinäroffizier, »was dieses alberne Muster im Fell zu bedeuten hat …«

»Das war Hinrich!«, zischte Dora ihrem Bruder wütend zu. »Noch nie habe ich gesehen, dass er die Pferde gestriegelt hat. Das sei unter seiner Würde als Verwalter, hat er mir einmal gesagt. Und ausgerechnet heute muss er sie putzen, als ginge es darum, einen Preis für das schönste und sauberste Pferd zu bekommen? Oh, ich wette, das hat er absichtlich gemacht, weil er mich hasst, seit ich ihn damals wegen Zofia gemaßregelt habe. Die Stallburschen können es nicht gewesen sein, ich habe ihnen verboten, die Tiere heute vor der Musterung noch einmal anzufassen.«

»Vielleicht hatte Hinrich doch gute Absichten«, gab Erich zu bedenken. »Vielleicht wollte er nicht, dass die Offiziere denken, unsere Pferde würden nicht ordentlich gepflegt.«

»Das kann ich mir beim besten Willen nicht vorstellen. Er hasst mich. Er will, dass die beiden an die Front kommen, weil er weiß, wie unglücklich mich das macht.«

Dora sah zu Hinrich hinüber, der ihr ein hämisches Grinsen zuwarf, während Frantek und Philippe den Offizieren die beiden Tiere vorführten, und wusste, dass sie recht hatte.

»Ein Pferd muss noch mit«, erklärte der Assistent nach einem Blick auf seine Liste und trommelte ungeduldig mit dem Stift gegen das Klemmbrett. »Die Stute oder der Hengst? Was meinen Sie, meine Herren?«

Noch ehe der Veterinäroffizier geantwortet hatte, sprang Dora auf und lief die Verandatreppe hinunter.

»Bitte nicht! Das eine ist unser bester Hengst im Stall und das andere meine Lieblingsstute. Ich reite auf ihr, seit ich denken kann. Bitte, meine Herren, bitte lassen Sie uns diese Pferde! Sie haben doch schon so viele andere.«

Die Männer drehten ihre Köpfe zu ihr um.

»Junges Fräulein«, sagte der Veterinäroffizier. »Bedauerlicherweise können wir keine Rücksicht auf Ihre Gefühle nehmen. Wir stehen im Krieg und müssen alle unseren Beitrag zum Sieg leisten. Seien Sie doch besser stolz darauf, dass Ihre Pferde mit dabei sind, wenn es darum geht, den historischen Triumph Großdeutschlands zu besiegeln.«

»Ich sehe ja ein, dass unsere Soldaten gute Pferde brauchen. Und Sie haben sich doch schon so viele herausgesucht. Aber bitte nehmen Sie Siegfried und Gilda nicht mit. Das wäre unser Ruin.«

Der Veterinäroffizier sah sie nachdenklich an. »Entscheiden Sie selbst, welches der beiden Pferde künftig der deutschen Wehrmacht dienen soll. Aber von einem werden Sie sich trennen müssen.«

Dora war es, als hätte man sie gefragt, ob sie sich eher ihre rechte oder ihre linke Hand abhacken lassen wolle. »Das ... das ist unmöglich«, flüsterte sie.

»Bitte entscheiden Sie sich!«, rief der Mann mit dem Klemmbrett ungeduldig. »Unser Angebot ist mehr als großzügig, aber wir können nicht den ganzen Tag warten, bis Sie Ihre Wahl getroffen haben.«

Dora blickte zu Boden. Sie wollte die Pferde nicht mehr ansehen. Wie konnten die Offiziere etwas so Grausames von ihr verlangen? Wenn es nach ihrem Herzen ging, musste sie Gilda behalten, im Hinblick auf die Zukunft des Gutshofes war Siegfried wichtiger. Was würde Vater sagen, wenn er erführe, dass sie das beste Tier im Stall an die Front geschickt hatte. Aber wie könnte sie je wieder den Stall betreten, wenn sie wüsste, dass Gildas Box leer war!

Dora hörte, wie Gilda leise schnaubte, als warte auch sie auf eine Entscheidung.

Sie hob den Blick und sah dem Offizier in die Augen. Ihre Stimme klang zutiefst erschöpft, als sie antwortete.

»Nehmen Sie die Stute mit. Auf unseren Zuchthengst können wir auf keinen Fall verzichten.«

Rasch und ohne Gilda noch einmal anzusehen, drehte sie sich um, damit niemand sehen konnte, wie ihr die Tränen übers Gesicht liefen. Als sie auf die Veranda zurannte, erschien es ihr, als liefe sie auf Watte.

Erich starrte sie mit offenem Mund an.

»Fräulein Twardy!« Die Stimme des Offiziers hallte energisch durch den Hof. »Bitte bleiben Sie noch einen Augenblick hier!«

Dora zögerte. Was wollten die Männer denn nun noch von ihr? Benötigten sie noch ihre Unterschrift vor dem Abtransport der Pferde? Konnte denn das nicht der Verwalter erledigen?

Mit schweren Schritten kehrte sie zurück. Durch den Schleier ihrer Tränen sah sie, wie Philippe den Hengst zurück in den Stall führte. Hinrich hielt Gilda am Zügel und war mit ihr mitten auf dem Hof stehen geblieben, wo die Stute unruhig mit dem Huf auf dem Pflaster scharrte. Aus den Augenwinkeln nahm Dora wahr, wie der Verwalter sie mit einem selbstzufriedenen Lächeln beobachtete.

Der Veterinäroffizier hatte sich von seinem Stuhl erhoben und nickte Dora zu, als sie wieder vor ihm stand.

»Respekt, Fräulein Twardy«, sagte er anerkennend. »Eine deutsche Frau zeigt deutsche Tapferkeit. Das gefällt mir. Die eigenen Gefühle zum Wohle der großen Sache unterzuordnen ist wahrer Heldenmut. Es ist mir durchaus bewusst, was es bedeutet, sich von einem geliebten Pferd zu trennen. Aber Sie haben absolut richtig entschieden. Die Zucht der stolzen Trakehner muss überall im Lande weitergehen, damit die Wehrmacht auch in Zukunft auf vorzügliches deutsches Pferdematerial zurückgreifen kann.«

Dora nickte, obwohl ihr bei seinen martialischen Worten unbehaglich war.

Der Offizier strich sich über das Kinn.

»Ich will Gnade vor Recht ergehen lassen«, fuhr er fort. »Denn ich habe ein gutes Herz. Für dieses Mal dürfen Sie Ihre Stute noch behalten. Ich lasse sie zurückstellen, weil mich Ihre Haltung beeindruckt hat.«

Dora schrie ungläubig auf. »Sie lassen mir Gilda? Sie lassen uns beide Pferde?«

Der Offizier nickte. »Für dieses Mal. Ja. Aber gewiss wird es irgendwann wieder eine Pferdemusterung geben, und ich kann Ihnen nicht versprechen ...«

»Oh, ich danke Ihnen! Ich danke Ihnen so sehr!« Dora ließ den Offizier nicht weiterreden. Sie rannte auf Hinrich zu und riss ihm Gildas Zügel aus der Hand.

»Bei der nächsten Pferdemusterung lassen Sie gefälligst Ihre Finger von unseren Tieren!«, zischte sie. »Es hatte schon seinen Grund, weshalb Gilda und Siegfried so scheußlich aussahen. Wollten Sie wirklich, dass unsere besten Tiere abtransportiert werden? Wie dumm sind Sie eigentlich?«

»Hüten Sie Ihre Zunge, junges Fräulein!« Hinrichs Stimme war voller Verachtung. »Sie haben ja überhaupt keine Ahnung, worum es hier geht. Und ich bin der Verwalter auf diesem Hof. Ich habe alle Vollmachten Ihres Vaters. Von so einem sentimentalen Grünschnabel wie Ihnen lasse ich mir schon gar nichts sagen.«

»Oh doch. Das werden Sie. Ich habe Sie schon einmal gewarnt. Und ich sage Ihnen, ab jetzt werde ich Sie noch genauer beobachten. Wenn Sie sich in Zukunft nicht etwas respektvoller verhalten, werde ich Sie entlassen. So wie Sie Zofia entlassen haben …«

Ihre Augen glitzerten vor Wut.

Hinrich hielt ihrem Blick mit eisiger Miene stand. »Das werden wir ja sehen.«

• • •

Trotz ihres Disputs mit Hinrich erwachte Dora am Morgen mit einem Lächeln. Noch halb im Traum waren die Ereignisse des Vortages zurück in ihr Bewusstsein gedrungen und erfüllten sie mit Genugtuung. Dass sie es geschafft hatte, Gilda und Siegfried vorerst auf dem Hof zu halten, war nach all den Hiobsbotschaften der vergangenen Monate endlich einmal wieder eine positive Nachricht.

Ohne sich noch einmal unter der warmen Decke umzudrehen, stand sie auf und zog die Fenstervorhänge zur Seite. Die bleiche Märzsonne schimmerte durch die kahlen Äste der Linden an der Auffahrtsallee und warf langfingrige Schatten über die Hofeinfahrt. Über dem Kamin der Backstube schlängelte sich ein dünnes Rauchfähnchen in den wolkenlosen Himmel. Es schien ein herrlicher Tag zu werden. Zwar hatte sie ihrer Mutter versprochen, am Vormittag die Einkaufsliste für die Woche durchzugehen, aber es war noch früh am Morgen, und wenn sie mit Gilda nur eine kleine Runde drehte, würde sie rechtzeitig zum Frühstück zurück sein. Dora streifte das Nachthemd ab und schlüpfte in die Reitkleidung. Im Hausflur nahm sie die Reitjacke vom Haken, zog sich die Stiefel an und trat hinaus.

Einen Augenblick blieb sie auf der Veranda stehen, geblendet vom Sonnenlicht, und atmete tief die frische Morgenluft ein. Sie roch schon ein bisschen nach Frühling. Dieser Tag erschien ihr wie eine Zeitenwende. So zuversichtlich war sie schon seit Monaten nicht mehr gewesen. Für Hans und Wilhelm hatte sie nichts tun können, aber Gilda und Siegfried waren fürs Erste gerettet.

Sie überquerte den gepflasterten Hof und betrat den warmen, dunstigen Pferdestall, wo sie dem französischen Knecht, der dort gerade mit Ausmisten beschäftigt war, einen freundlichen Gruß zurief. Sie ging die Stallgasse entlang und strich den Tieren, die sie schnaubend begrüßten, liebevoll über die Nüstern. Erschrocken blieb sie stehen. Gildas Box war leer.

»Philippe!«, rief sie dem Burschen zu. »Wo ist Gilda? Habt ihr sie so früh schon auf die Koppel gebracht?«

Sie zeigte auf den verwaisten Stallplatz, aber Philippe zuckte nur wortlos mit den Schultern. Dora runzelte die Stirn. Hatte Gilda etwa die Nacht draußen auf der Weide verbracht? Wie hatten die Männer vergessen können, die Stute am Abend in den Stall zu bringen? Die frostigen Märznächte waren doch noch viel zu kalt für die Tiere. Und außerdem standen alle anderen Pferde in ihren Boxen, wovon sich Dora bei einem raschen Rundgang überzeugte.

So schnell es die hohen Schäfte ihrer Reitstiefel zuließen, rannte Dora zum Hof hinaus. Auf den Pferdewiesen dampfte der Tau in weißen Schwaden, doch es war kein Tier zu sehen.

»Gilda!«, schrie sie in den stillen frühen Morgen hinein. Aber es regte sich nichts. Nur vom Waldrand her klang jetzt das muntere Flöten eines Buchfinken herüber.

Doras Gedanken überschlugen sich, während sie zurück zum Hof eilte. Hatte der Veterinäroffizier sie belogen und Gilda am Ende doch mitgenommen? Aber nein, die Männer waren ohne ihre Stute abgefahren, das hatte sie beobachtet. Ob Gilda über Nacht krank geworden war? Hatte sie jemand in aller Frühe zum Tierarzt gebracht? Nein, ganz sicher hätte man sie geweckt, wenn etwas Schlimmes passiert wäre.

Hinrich, dachte Dora grimmig. Hinrich würde Bescheid wissen. Atemlos stürmte sie zurück.

Aber in keinem der Stallgebäude war der Verwalter zu finden, nicht in der Scheune, nicht im Büro, und auch nicht in seinem Zimmer, wovon sich Dora mit einem kurzen Blick überzeugte.

»Mama!« Mit einem Schrei stürzte sie ins Esszimmer, wo ihre Mutter, ihre Geschwister und Erna bereits beim Frühstück saßen. »Gilda ist weg. Und ich kann Hinrich nirgendwo finden. Weißt du, ob er heute einen Termin auswärts hat?«

»Nein, gewiss nicht, das hätten wir miteinander besprochen. Er muss irgendwo auf dem Hof sein.«

»Ist er aber nicht. Ich habe schon überall gesucht. Er ist verschwunden. Und Gilda auch.«

Vera Twardy dachte nach. Die steile Falte auf ihrer Stirn schien mit jedem Gedanken tiefer zu werden.

»Vielleicht ist er bei den Gutsarbeitern? Vater hilft den Leuten doch auch manchmal, wenn sie irgendwelche Schwierigkeiten haben.«

»Nein, Mama, so etwas würde Hinrich nie tun. Mit Verlaub, dazu ist er viel zu eingebildet.«

»Dora!«

»Du weißt, dass ich recht habe. Irgendetwas stimmt hier nicht. Und das Schlimmste ist, dass Gilda weg ist.«

Dora wollte nichts unversucht lassen. Sie stapfte die Zufahrtsstraße hinunter zu den kleinen schmucklosen Häusern der Gutsarbeiter, die Dora immer erschienen wie Zwergenhütten, denn sie waren so niedrig, dass man kaum aufrecht darin gehen konnte, und hatten winzige Fenster. Nie zuvor hatte sie eines dieser Leutehäuser besucht, in denen sich seit jeher die Familien der Arbeiter und Gutshandwerker mit ihren Kindern in einer einzigen Stube drängten.

Dora öffnete das Tor des Lattenzauns, der die Kate der Familie Machalski umgab, und betrat das Gärtchen, in dem ein paar gackernde Hühner im kargen Gras scharrten. Aus einem Holzverschlag hörte sie das Grunzen eines Schweines. Dahinter lag ein kleiner, mit Mist bedeckter Gemüseacker.

Dora klopfte an die Haustür, und Frau Machalski öffnete ihr, eine fleckige Kittelschürze umgebunden, die stumpfen, bereits ergrauenden Haare in Nacken zusammengerollt. Sie war einige Jahre jünger als ihre Mutter, das wusste Dora, doch die Frau sah erheblich älter aus.

»Erbarmung, das Fräulein Twardy!«, rief Frau Machalski erschrocken und machte einen Knicks. »Guten Morgen, gnädiges Fräulein, welche Überraschung. Was – was führt Sie zu uns? Der Alfons wird doch hoffentlich nichts ausgefressen haben?«

»Guten Morgen, Frau Machalski. Nein, es geht nicht um Ihren Sohn. Ich suche unseren Verwalter, den Hinrich, ist er vielleicht bei Ihnen?«

»Der Herr Verwalter? Hier? Oh nein, zu uns würde er sich nie verirren ...« Sie schüttelte heftig den Kopf.

»Merkwürdig. Wir können ihn nirgendwo auf dem Hof finden. Und meine Stute Gilda ist auch verschwunden.«

Dora wandte sich bereits zum Gehen, als Frau Machalski sie zurückhielt.

»Verschwunden, sagen Sie?« Die Gutsarbeiterin schien einen Augenblick nachzudenken, dann fuhr sie zögernd fort: »Ich weiß nicht, ob Ihnen das weiterhilft, Fräulein Twardy, aber ich habe den Verwalter gestern Abend beobachtet.«

Dora fuhr herum. »Was haben Sie denn beobachtet?«

»Nun, es war schon dunkel. Ich hatte gerade noch einmal, wie immer vor dem Schlafengehen, im Hühnerstall nach dem Rechten gesehen, als er auf der Straße vorbeiritt, als wäre der Teufel hinter ihm her. Ich hätte ihn nicht erkannt, wenn er in diesem Augenblick nicht das Tier angetrieben hätte. Ich konnte in der Dunkelheit nicht erkennen, welches Pferd es war, aber ich habe seine Stimme gehört. ›Na los, du alte Mähre, jetzt zeig mal, was du kannst!‹, rief er und ließ die Peitsche schnalzen. Wissen Sie, Fräulein Dora, ich habe mich darüber noch gewundert, weil ich noch nie gesehen habe, dass unsere Herrschaften eine Reitpeitsche benutzen. Er muss es sehr eilig gehabt haben. Ich dachte, vielleicht ist jemand auf dem Hof in Not. Oder er musste etwas Dringendes überbringen. Er trug ja diesen großen Rucksack auf dem Rücken.«

Dora blieb für einen Moment die Luft weg. »Einen Rucksack?«, brachte sie heraus.

Die Frau nickte. »Ist er denn noch nicht wieder zurückgekehrt?«

»Nein.«

Plötzlich hatte Dora es sehr eilig. »Ich danke Ihnen, Frau Machalski. Ich bin froh, dass Sie mir davon berichtet haben. Sie haben mir sehr geholfen.«

Sie drückte die Hand der verdutzten Frau, dann drehte sie sich um und lief zurück zum Gutshaus.

Noch einmal öffnete Dora die Tür zum Zimmer des Verwalters. Diesmal trat sie ein und zog die Vorhänge von den Fenstern, sodass helles Sonnenlicht in den Raum flutete. Sie sah sofort, dass das Zimmer ausgeräumt war. Keine Jacke hing am Türhaken, kein Paar Schuhe stand neben dem leeren Kleiderschrank, und auf der Konsole über dem Waschtisch fehlten Zahnbürste und Rasierzeug. Doras Knie zitterten. Was zum Teufel ging hier vor sich?

Im Arbeitszimmer setzte sie sich an den schweren Mahagonischreibtisch mit der grünen Lederauflage und den vielen Schubladen, an dem sie so oft ihren Vater hatte sitzen sehen und der zuletzt vor allem Hinrichs Reich gewesen war. Zwischen einer Messinglampe und einem Becher mit Stiften stapelten sich in mehreren Ablagefächern Schriftstücke. Flüchtig sah Dora die Papiere durch. Rechnungen waren dabei, ein Brief vom Finanzamt, Kaufverträge, Vereinbarungen über die Besamung von Stuten anderer Gutshöfe und verschiedene weitere Anfragen. Die Zettelwirtschaft machte den Eindruck, als hätte Hinrich sich schon eine Weile nicht mehr darum gekümmert. Sie schlug das Kalenderbuch auf, in dem ihr Vater die wichtigen Termine des Gestüts einzutragen pflegte. Für heute stand nichts darin.

Auf einem deckenhohen Regal neben dem Schreibtisch reihten sich meterweise Aktenordner. Dora zog einige davon heraus und blätterte sich durch die Unterlagen. Aber all die ordentlich abgehefteten Dokumente mit den langen Zahlenkolonnen darauf waren für sie nur böhmische Dörfer. Nirgendwo fand sie einen Hinweis darauf, was Hinrich dazu getrieben hatte, dem Gutshof so hastig den Rücken zu kehren.

Dora ließ ihre Blicke durch den Raum wandern. An den Wänden hingen dutzendweise gerahmte Urkunden und Zertifikate, die die Zuchterfolge des Gestüts dokumentierten. Auch Siegfried war bereits mehrere Male auf Leistungsprüfungen für Hengste ausgezeichnet worden. Unwillkürlich musste Dora lächeln, als sie eine Urkunde entdeckte, die sie als zehnjähriges Mädchen erhalten hatte, nach ihrem ersten Sieg bei einem Kinderturnier. Sie war gerührt darüber, dass ihr Vater dieses Dokument neben den anderen wichtigen Zertifikaten in seinem Büro ausstellte. Auch ein paar Fotos hingen an der Wand, unter ihnen eines, das Dora bei einem ihrer ersten Ausritte auf Gilda zeigte. Dieser Anblick trieb ihr die Tränen in die Augen. Sie hatte es geschafft, das Tier vor der Beschlagnahmung durch die Wehrmacht zu bewahren, nur um es sich Stunden später von ihrem eigenen Verwalter stehlen zu lassen? Blind vor Schmerz und Zorn, gab sie dem Papierkorb unter dem Schreibtisch einen heftigen Tritt, sodass er umstürzte und durch den Raum rollte. Das zerknüllte Zeitungspapier, das darin gelegen hatte, fiel heraus.

»Es hat keinen Sinn, hier herumzutoben«, sagte Dora zu sich. »Ich muss zur Polizei gehen und die Sache anzeigen. Hinrich kann sich ja nicht in Luft aufgelöst haben.«

Sie stellte den Papierkorb wieder auf und sammelte die Zeitungsblätter vom Boden. Da fiel ihr Blick auf eine Markierung im Anzeigenteil der Zeitung. Nachdenklich betrachtete Dora die Annonce, die jemand mit blauer Tinte angekreuzt hatte. Es war die Ankündigung des alljährlichen Josefimarktes, einem beliebten Rummel, der jedes Jahr Ende März in Guttstadt stattfand. »Menschen, Buden, Attraktionen – Belustigung für Jung und Alt«, stand da in dicken Lettern unter einem Foto des Jahrmarkttreibens.

Dora stutzte. Weshalb hatte Hinrich diese Anzeige markiert? Gewiss wollte er nicht mit dem Kettenkarussell fahren oder sich am Hau-den-Lukas messen. Eine fiebrige Aufregung ergriff sie. Er führte irgendetwas im Schilde, das mit dem Josefimarkt zusammenhing, davon war sie überzeugt. Rasch überflog sie das Kleingedruckte, und dort fand sie, was sie gesucht hatte: Jeden Donnerstag großer Pferdemarkt. Dora schrie auf. Das also hatte er vor! Hinrich wollte Gilda auf dem Jahrmarkt verkaufen. Wutentbrannt sprang sie auf. Doch an der Tür kehrte sie noch einmal um, riss das Foto, auf dem sie zusammen mit Gilda zu sehen war, vom Haken und nahm es aus dem Rahmen. Dann rannte sie hinaus. Wenn sie sich beeilte, erreichte sie unten an der Chaussee noch den nächsten Bus nach Guttstadt.

Mit raschen Schritten marschierte Dora durch das Getümmel des Josefimarktes. Hinter den Buden und Fahrgeschäften der Schausteller standen, angeleint an langen Querstangen, Pferde auf der Wiese. Vor allem Männer, aber auch ein paar Frauen und Kinder spazierten umher, um die Tiere zu begutachten. Da wurden Gelenke geprüft und Gebisse in Augenschein genommen, gestenreich um den Preis gefeilscht. Verglichen mit Friedenszeiten war das Angebot an Tieren mager. Seit immer mehr Pferde von der Wehrmacht konfisziert wurden, gab es kaum noch private Verkäufe. Kein Wunder, dass Hinrich hier ein gutes Geschäft gewittert hatte. Dora schob sich durch die Menge und eilte durch die Reihen von Pferd zu Pferd, aber Gilda war nicht dabei.

Vielleicht hatte sie sich getäuscht. Oder die Stute war mit ihrem neuen Besitzer längst über alle Berge? Dora wollte gerade das Foto aus ihrer Tasche holen, um sich bei den Händlern zu erkundigen, ob sie Gilda vielleicht auf dem Markt gesehen hatten, als sie ein Wiehern hörte, das sie unter Tausenden wiedererkannt hätte. Gilda! Die Stute musste hier irgendwo sein! Dora sah sich um. Hinter dem Verkaufsplatz standen Fahrzeuge, mit Heu beladene offene Fuhrwerke neben bespannten Planwagen. Von dort war das Geräusch des Pferdes gekommen. Dora ging näher.

Gilda stand hinter einem der Planwagen im Schatten eines

Holunderbusches. Das eine Ende eines langen Stricks war an ihr Halfter geknotet, das andere mit einem Pflock am Boden befestigt. Auf Doras Ruf hin drehte sich die Stute zu ihr um.

»Heda, was soll das?« Ein graubärtiger alter Mann steckte den Kopf aus dem Verdeck des Planwagens, eine speckige schwarze Kappe auf dem blanken Schädel. Er sprach, ohne die Pfeife aus dem Mund zu nehmen. »Lassen Sie das Viech in Ruhe.«

»Woher haben Sie dieses Pferd? Das gehört mir.«

»Nee, Fräulein, das ist meins. Das habe ich gerade gekauft.«

»Sie haben es einem Dieb abgekauft! Wo ist der Mann? Er hat die Stute aus unserem Stall gestohlen. Ich wette, er hat keine Papiere für das Pferd vorgelegt.«

»Was brauche ich Papierkram, wenn ich ein gesundes Tier vor mir sehe! Und jetzt verschwinden Sie!«

»Nein. Ich gehe nicht ohne mein Pferd! Sehen Sie hier!« Dora zog das Foto aus der Manteltasche, das sie im Büro des Gutshauses von der Wand genommen hatte. »Auf diesem Bild sehen Sie mich mit meinem Pferd.«

»Blödsinn. Das könnte doch jeder beliebige Gaul sein.«

»Das ist meine Gilda, und Sie sind ein Betrüger!« Dora wurde lauter.

In wenigen Augenblicken entstand ein Tumult. Immer mehr Leute vom Pferdemarkt wurden durch das Geschrei aufmerksam und strömten heran, als gäbe es hier eine besondere Jahrmarktsattraktion. Schon bald befand sich Dora inmitten einer lärmenden Menschenmenge. Die einen ergriffen lautstark Partei für den Mann im Planwagen, die anderen für Dora. Erst der grelle Pfiff einer Polizeipfeife ließ die Menschen verstummen.

Der Abend dämmerte schon, als Dora mit Gilda nach Hause geritten kam. Sie war unendlich müde und doch gleichzeitig hellwach, weil sie es geschafft hatte, die Stute wohlbehalten zurückzubekommen. Stunden hatte sie auf der Wache verbracht und sich mit dem Pferdehändler und den Polizisten herumgestritten, bis sich die ganze Sache endlich zu ihren Gunsten entschied. Dass man Hinrich für den Diebstahl vermutlich niemals zur Verantwortung ziehen würde, schien ihr in dem Moment, in dem sie Gilda in ihre Box brachte, eher nebensächlich.

»Liebes Fräulein, es ist Krieg«, hatte der Polizist geseufzt, als sie ihn darauf ansprach. »Auf der Wache sind nicht mehr genug Männer, um jeder Gesetzeswidrigkeit sofort nachzugehen. Und Halunken verstehen es doch immer, irgendwo unterzutauchen, besonders in diesen wirren Zeiten.«

Damit schien er recht zu haben, denn wie sich herausstellte, hatte Hinrich in seinem Arbeitsvertrag eine falsche Adresse angegeben.

»Eine Magdalenenstraße gibt es in Guttstadt gar nicht«, erklärte der Polizist kopfschüttelnd.

Erst als sie später im Bett lag, dachte sie noch einmal über die Worte des Polizisten nach. So glücklich Dora auch war, Gilda wiederzuhaben, so sehr beunruhigten sie Hinrichs kriminelle Umtriebe. Was mochte dieser Mann, dem die Familie vertraut hatte und der sich bald zwei Jahre lang um die Geschäfte des Gestüts gekümmert hatte, sonst noch auf dem Kerbholz haben? Wie sollten sie ohne ihn weitermachen? Und wie sah die wirtschaftliche Lage des Gutshofes überhaupt aus? Dora beschloss, dieser Angelegenheit nachzugehen.

15.

Da Dora aus den Schriftstücken und Aktenordnern im Arbeitszimmer nicht klug wurde, machte sie sich am nächsten Tag auf den Weg nach Wormditt, um sich bei der örtlichen Kreissparkasse zu erkundigen, wie es um die Finanzen des Guthofes bestellt war.

»Hm«, machte die Dame, die Dora hinter dem schweren Schreibtisch gegenübersaß, und runzelte die Stirn hinter ihrer dunklen Hornbrille. Konzentriert presste sie ihre schmalen, dunkelrot bemalten Lippen zusammen, während sie in aller Ruhe den Inhalt eines Aktenordners durchging, der aufgeschlagen vor ihr lag. Über Daumen und Zeigefinger trug sie rote Gummikappen, mit denen sie geschwind durch die Papiere blätterte. Bei jeder Bewegung ihres dünnen Körpers pendelte das goldene Medaillon, das an einer langen Kette über ihrer dunkelblauen Bluse hing, und schlug mit leisem Klopfen gegen die Tischkante. Das Geräusch machte Dora ganz nervös in ihrer Ungeduld.

»Nun sagen Sie mir doch bitte endlich, wie es um unser Gut steht«, rief sie. »Hat der Verwalter ordentlich gewirtschaftet?«

»Im Prinzip schon, Fräulein Twardy. Auch wenn die Zeiten mit dem Ausbruch des Krieges wahrlich nicht einfacher geworden sind, die Erträge des Hofes waren zuletzt recht ordentlich, wie ich den Kontoeingängen entnehme. Eines allerdings ist merkwürdig.« Erneut schwieg sie nachdenklich, ohne den Blick von den Unterlagen abzuwenden.

»Merkwürdig? Was ist merkwürdig?«

»Ihr Vater pflegte den erwirtschafteten Überschuss bislang immer auf ein Sparkonto zu überweisen.«

»Ja, ich weiß«, unterbrach Dora die Frau. »Damit wir in schlechten Zeiten darauf zurückgreifen können, sagt er immer. Was hat es damit auf sich?«

»Vor ein paar Tagen ist das Sparkonto aufgelöst worden, es wurde eine große Barauszahlung getätigt. Und zwar an einen gewissen Hinrich Heidemann.«

»Hinrich? Das ist – das war unser Verwalter«, stammelte Dora. »Mein Vater gab ihm eine Vollmacht für alle Bankgeschäfte. Hat er etwa das ganze Sparkonto ...?«

Die Frau sah auf und nickte. »Ja, er hat das Geld komplett abgeräumt. Und leider ist es nicht nur das. Wie es aussieht, hat er in den vergangenen Jahren auch versäumt, die Steuern für das Gut zu zahlen. Sehen Sie!« Die Frau legte Dora ein Schriftstück vor, das ihr bekannt vorkam. Es war derselbe Briefkopf, den sie auf einem der Briefe auf dem Schreibtisch im Arbeitszimmer des Gutshofes gefunden hatte: Absender war das Finanzamt. Steuernachforderung, stand darauf. Jetzt wünschte Dora, sie hätte sich die Papiere im Büro genauer angesehen. Ihr Mund wurde trocken.

»Was bedeutet das?«, brachte sie heraus.

»Es tut mir furchtbar leid für Sie, Fräulein Twardy. Aber das Finanzamt hat das Konto des Gutshofes gepfändet. Zur Begleichung der Steuerschuld der vergangenen zwei Jahre. Hier ist der Beleg. Dieses Schreiben müsste Ihnen eigentlich auch zugegangen sein.«

Dora nickte. »Ja. Das habe ich im Posteingang gesehen. Aber ich habe es nicht gelesen. Um wie viel Geld handelt es sich?«

Die Frau zeigte mit dem Finger auf eine Zahl, die unter dem dicken schwarzen Strich stand. Es war ein so hoher Betrag, dass Dora erschrocken aufstöhnte.

»Oh Gott. Konnte die Summe noch beglichen werden?«

»Nein, Fräulein Twardy, ich bedauere. Das Guthaben auf Ihrem Konto reichte bei Weitem nicht aus. Im Moment sind Sie hoch verschuldet. Jeder Pfennig, den Sie in absehbarer Zeit einnehmen, geht direkt ans Finanzamt. Es sieht wirklich düster aus. Sie sollten tunlichst versuchen, die Finanzen Ihres Hofes wieder in den Griff zu bekommen.«

Zu erfahren, dass der Gutshof finanziell am Abgrund stand, war wie ein Schock für die Familie. Nachdem Dora ihrer Mutter und Marianne berichtet hatte, was sie auf der Bank in Erfahrung gebracht hatte, rang Vera Twardy die Hände, fassungslos über die schlechte Menschenkenntnis ihres Mannes.

»Wie konnte Josef diesen Lump einstellen?«, rief sie bestürzt und begann, im Salon nervös auf und ab zu gehen. »Wie konnte er so gutgläubig sein?«

»Hinrich hat ihm falsche Papiere vorgelegt«, erklärte Dora. »Es blieb nach Papas Einberufung nicht viel Zeit, um alle Unterlagen genau zu prüfen. Du hast es mir ja damals selbst gesagt, Mama: Vater war froh, in diesen Zeiten überhaupt jemanden zu finden, der sich um den Hof kümmern konnte.«

Vera ließ sich aufs Sofa fallen. Sie war kreidebleich geworden. »Ach, wie furchtbar! Da wäre es doch besser gewesen, wir hätten uns selbst um alles gekümmert. Dann würden wir zwar auch schlecht dastehen, aber sicher nicht ganz so schlecht wie jetzt. Was für eine Katastrophe!«

Sie überlegte einen Augenblick, dann entschied sie: »Wir werden Vater erst einmal nichts davon sagen. Wenn er während seines Einsatzes davon erfährt, wäre es ein Schock für ihn. Er hat da, wo er gerade ist, wahrlich genug Sorgen und Nöte. Nein, wir wollen ihn besser schonen. An der Front sollen ihn nur fröhliche Briefe erreichen, damit er guten Mutes bleibt. Kein Wort, habt ihr verstanden? Wir werden schon einen Weg finden, aus der Misere wieder herauszukommen.«

Die Schwestern nickten stumm.

»Und jetzt lasst mich bitte einen Augenblick allein«, bat ihre Mutter und presste sich die Fingerspitzen gegen die Schläfen. »Ich habe schreckliches Kopfweh von der ganzen Aufregung.«

Während sich Marianne in ihr Zimmer zurückzog, betrat Dora noch einmal das Büro und zog den nächstbesten Aktenordner aus dem Regal. Sie hatte monatelang den Haushalt ihres Onkels geführt und war immer gut mit dem Geld ausgekommen, da konnte es doch nicht so schwer sein, den Betrieb des Gutshofes zu übernehmen, dachte sie sich. Wer mit den Händlerinnen am Königsberger Fischmarkt feilschen konnte, der würde doch sicher auch mit den Belangen eines Gestüts und mit den Angestellten fertig werden. Und was den Umgang mit Pferden anging, zumindest da konnte ihr so schnell keiner etwas vormachen.

Doch schon beim ersten Blick in die Unterlagen wurde Dora klar, dass die Sache nicht so einfach werden würde. Je länger sie in den Schriftstücken blätterte, desto verzagter wurde sie. Auf jeder Seite tauchten Begriffe auf, von denen Dora noch nie gehört hatte: Verbindlichkeiten, Eigenkapital, Schlussbilanz, Aktiva, Passiva … Was verbarg sich dahinter? Ihr Blick fiel auf ein dickes abgegriffenes Buch, das zwischen den Aktenordnern im Schrank stand. Handbuch der gesamten Landwirtschaft, stand in goldgeprägten Lettern auf dem ledergebundenen Buchrücken. Dora zog es heraus. Das Buch war schwer und sehr alt. Vermutlich hatte es schon ihrem Großvater gehört, und es war offenbar häufig benutzt worden. Manche Seiten waren eingerissen oder fleckig, wie Dora feststellte, als sie es aufschlug. Sie ging das Inhaltsverzeichnis durch. Beim Punkt »Betriebsführung« blieb ihr Finger stehen. Sie schlug das Kapitel auf und begann zu lesen, Seite um Seite, bis es draußen dunkel wurde und die Buchstaben vor ihren Augen verschwammen.

Erna staunte, als Dora am nächsten Morgen schon um kurz vor sechs zum Frühstück erschien.

»Marjellchen«, rief sie. »Was machst denn du so frieh hier unten? Du wirst mir doch nu nich krank jeworden seijn?«

»Oh, nein, keine Sorge, Erna. Ich bin kerngesund. Und ich habe eine Menge zu tun. Zu essen brauche ich noch nichts, mir reicht erst mal ein Kaffee.«

Mit der dampfenden Tasse in der Hand zog sich Dora erneut an den grün bezogenen Mahagonischreibtisch des Arbeitszimmers zurück und blätterte sich weiter durch das alte Handbuch, das sie am Abend auf dem Tisch hatte liegen lassen. Sie entdeckte ein paar Abbildungen mit Beispielrechnungen für ein landwirtschaftliches Unternehmen. Aber sie wurde nicht schlau daraus. Wie sehr sie sich jetzt wünschte, im Mathematikunterricht an der Schule etwas besser aufgepasst zu haben. Damals war ihr das Addieren, Subtrahieren und Multiplizieren von Zahlenkolonnen eine äußerst lästige Beschäftigung gewesen. Weshalb hätte sie sich für so etwas Langweiliges und Abstraktes wie Zahlen interessieren sollen, wo es doch viel herrlicher war, zu reiten oder zum Tanzen zu gehen und den Männern die Köpfe zu verdrehen. Dora stöhnte leise beim Gedanken an die Unbeschwertheit ihrer Schulzeit. Wie hatte sie nur so dumm und kurzsichtig sein können!

Durch das Fenster klang das Getrappel von Hufen, und Dora sah auf. Was sie sah, gefiel ihr gar nicht. Karl Finke kam auf einem grauen Apfelschimmel in den Hof hereingeritten, sprang vom Pferd und machte das Tier am Zaun neben der Einfahrt fest. Mit entschlossenen Schritten lief er auf das Gutshaus zu. Dora war ihm seit Gretes Hochzeitsfeier, auf der sie seinen hämischen Antrag zurückgewiesen hatte, kaum mehr begegnet. Während die meisten anderen Männer, die sie kannte, in den Jahren des Krieges abgemagert waren, schien Karl Finke noch dicker geworden zu sein. Seine Wangen glänzten rund und rötlich, die schwarze Uniform mit den gezackten SS-Runen am Revers spannte über seinem Bauch, sodass die silbernen Knöpfe jeden Moment abzuspringen drohten. Jetzt erinnerte sie sich wieder an das Foto von ihm, das sie in der Zeitung gesehen hatte, und es fröstelte sie. Was wollte dieser Mann hier? Er hatte seit dem Streit über das Stück Roggenfeld keinen Fuß mehr auf das Anwesen der Twardys gesetzt. Dora stand auf und trat hinaus.

»Heil Hitler, Fräulein Twardy!« Der Nachbar begrüßte sie mit einem breiten Grinsen im Gesicht. Er nahm sich die Schirmmütze ab und verneigte sich vor ihr.

Dora verzog keine Miene. »Herr Finke, was führt Sie zu uns? Ich dachte, Sie sind in Warschau.«

In seinem Gesicht zuckte es kurz. »Sogar Elite-Offiziere erhalten gelegentlich ein paar Tage Heimaturlaub«, sagte er, um dann lächelnd fortzufahren: »Ach, Fräulein Twardy, ich wünschte, es wäre allein die Sehnsucht nach Ihrer hübschen Gestalt, die mich zu diesem Besuch veranlasst – auch wenn ich froh bin, Sie bei guter Gesundheit und so schön wie eh und je vorzufinden.«

Seine heuchlerischen Worte bereiteten Dora Unbehagen.

»Worum geht es denn?«

»Nun ...« Dora registrierte ein Glitzern in seinen Augen. »Man hört ja schlimme Dinge über die Lage auf dem Gutshof der Twardys.«

Sie runzelte die Stirn. »Wie meinen Sie das? Was hört man denn?«

»Tja, die Leute reden gern, und gewisse Nachrichten verbreiten sich schnell im Dorf. Mir ist zu Ohren gekommen, dass Sie ... nun ja, dass Ihre Familie großes Pech mit dem Verwalter hatte.«

Dora unterdrückte ein Stöhnen. Ausgerechnet Karl Finke musste als einer der Ersten von ihrem Schicksal erfahren. Was für eine Genugtuung für den verhassten Mann, der nicht nur bei dem Gerichtsverfahren, sondern auch bei seinem Werben um Doras Hand an den Twardys gescheitert war. Aber sie schwieg.

»Wie schlimm steht es denn wirklich?«, fuhr Karl Finke fort. »Man sagt, der Hof der Twardys stehe vor dem Ruin? Kann denn das sein, wo Ihr Vater doch immer so ordentlich gewirtschaftet hat?«

Dora schwieg. Sie hörte, wie hinter ihr die Haustür geöffnet wurde und Schritte über die Holzplanken der Veranda eilten. Sie drehte sich um und sah ihre Mutter herankommen.

»Guten Morgen, Nachbar Finke«, rief Vera Twardy. Blass und müde sah sie im kalten Sonnenlicht aus. Es war deutlich zu erkennen, wie sehr ihr die Ereignisse der letzten Tage zugesetzt hatten.

»Ich bin gekommen, um Ihnen mein Bedauern über Ihre wirtschaftliche Lage auszudrücken, verehrte Frau Twardy. Man spricht im Dorf über nichts anderes mehr. Wie konnte es denn so weit kommen?«

»Ach, Herr Finke. Nun, da die Leute wohl schon darüber reden, will ich Ihnen die ganze Wahrheit sagen, damit nicht unsinnig getratscht wird. Ja, es stimmt, dass unser Verwalter Hinrich das Vertrauen meines Mannes aufs Schändlichste ausgenutzt und vor allem in die eigene Tasche gewirtschaftet hat. Und dazu hat er in den vergangenen zwei Jahren keine Steuern bezahlt. Uns traf die Hiobsbotschaft des Finanzamts völlig unerwartet. Unser

Konto wird gepfändet, um die Steuerschuld zu begleichen. Aber das Konto hat Hinrich ja abgeräumt. Nun ist kein Geld da, und wir wissen beim besten Willen nicht, wie wir die Summe aufbringen sollen. Es ist eine Katastrophe.«

»Wir bekommen das ganz sicher wieder in den Griff«, beeilte sich Dora zu sagen. Sie ärgerte sich darüber, dass ihre Mutter diesem unsympathischen Mann ihre Misere in allen Einzelheiten anvertraute. »Ich arbeite bereits daran.«

Das Grinsen in Finkes Gesicht wurde herablassend. »Aber mit Verlaub, gnädiges Fräulein, Sie sind doch nicht vom Fach, wie soll das denn funktionieren?« Er wandte den Blick ihrer Mutter zu. »Vielleicht kann ich Ihnen helfen, wieder etwas flüssig zu werden, verehrte Frau Twardy. Deshalb bin ich hier. Ich möchte Ihnen ein Angebot machen.«

»Was denn?«, fragte Dora misstrauisch.

»Ich kaufe Ihnen den Siegfried ab.«

»Ausgerechnet Siegfried?«, empörte sich Dora. »Nie im Leben!«

»Aber Dora, Mädchen, lass uns doch erst anhören, was Nachbar Finke zu sagen hat.«

Er nickte. »Ganz richtig. Ich weiß den Wert dieses Tieres durchaus zu schätzen. Er würde sich gut machen in meinem Stall. Ich biete Ihnen 3 000 Reichsmark für den Hengst.«

Dora wurde blass. »Nein. Wir verkaufen nicht Vaters Lieblingstier, während er an der Front steht. Das ist undenkbar. Und schon gar nicht für 3 000 Reichsmark! Ich kenne mich zwar nicht gut aus mit der Landwirtschaft, da haben Sie recht, aber ich weiß, was Vater damals für das Tier bezahlt hat, das war einiges mehr. Und inzwischen ist sein Wert ganz sicher noch weiter gestiegen. Aus ganz Ostpreußen bringen die Pferdezüchter ihre Stuten zu uns, um sie von Siegfried decken zu lassen, und viele seiner Nachkommen sind schon prämiert worden. Das wissen Sie nur zu gut. Siegfried ist der beste Hengst weit und breit, er sichert die Zukunft unseres eigenen Gestüts. Nein, von Siegfried werden wir uns nicht trennen.«

»Es gefällt mir, dass Sie handeln wollen, Fräulein Dora. Sie sind keine Frau, die schnell klein beigibt. Gut. Ich lege noch einen Tausender drauf. 4 000 Reichsmark. Aber das ist mein letztes Gebot. Bedenken Sie doch: Damit hätten Sie zumindest eine finanzielle Basis, auf der Sie mit dem Finanzamt verhandeln könnten. Gewiss lässt man sich darauf ein, dass Sie den Rest der Steuerschuld in den nächsten Jahren abtragen, wenn die Geschäfte sich normalisiert haben.«

»Nun, darüber ließe sich vielleicht nachdenken, nicht wahr, Dora? Dann wären wir erst mal aus dem Gröbsten raus«, sagte Vera Twardy stirnrunzelnd.

»Nein, Mama«, rief sie. »Wir dürfen nicht kopflos handeln. Der Hengst ist das Herz unseres Gestüts und viel mehr wert, als Herr Finke zu bieten bereit ist.« Dora schüttelte energisch den Kopf. Es war nicht nur das Geld. Vor allem war es die Vorstellung, dass der grausame und hartherzige Karl Finke den wunderbarsten Hengst der Welt sein Eigen nennen durfte, die Dora Magenschmerzen bereitete. Allein der Gedanke daran, dass sich dieser feiste Kerl auf Siegfrieds grazilen Rücken schwingen und mit ihm vor den Augen seiner früheren Besitzer umherreiten würde, schnürte ihr die Kehle zu.

»Siegfried steht nicht zum Verkauf«, entschied sie. »Aber vielleicht möchten Sie sich einen anderen Hengst ansehen? Oder eine unserer schönen Stuten? Diese kleine Fuchsdame Bellinda ist ganz bezaubernd.«

»Nein, bedaure, verehrtes Fräulein Dora, ich habe nur Interesse an Siegfried. Es ist ja nicht so, dass ich dringend ein neues

Pferd bräuchte. Oh nein, mein Angebot kommt aus reiner Gefälligkeit, aus der langjährigen Verbundenheit unserer beiden Familien.« Bei diesen Worten lächelte er süffisant. »Um den Nachbarn aus der Patsche zu helfen. Ich bin ja nicht nachtragend. Wobei sich die ganze Angelegenheit natürlich auch durch eine eheliche Verbindung unserer beiden Güter aufs Vortrefflichste lösen ließe ...«

Dora schüttelte angeekelt den Kopf. »Ich danke Ihnen vielmals, Herr Finke«, stieß sie hervor. »Aber wir werden uns nicht von Siegfried trennen.«

»Bitte, Dora, wollen wir nicht wenigstens noch eine Nacht darüber nachdenken?« Vera Twardy zupfte an Doras Ärmel, doch sie blieb unerbittlich.

»Nein, Mama, das wollen wir nicht. Auf keinen Fall. Es muss einen anderen Weg geben, den Hof zu sanieren.«

»Nun, wenn dem so ist, kommen wir bedauerlicherweise nicht ins Geschäft.« Das Grinsen in Karl Finkes Gesicht war erloschen. »Dann will ich Sie auch nicht länger aufhalten, meine Damen. Falls Sie es sich bis morgen anders überlegt haben, rufen Sie mich an.«

»Das werden wir ganz sicher tun.« Vera Twardy reichte ihm die Hand, und er hauchte ihr zum Abschied einen Kuss darauf.

Als er sich von Dora verabschiedete, ekelte sie sich vor der feuchten Wärme seiner schwammigen Hand. Sie war erleichtert, als er endlich sein Pferd bestieg und davonritt. Nein, dieser widerwärtige Mensch würde Siegfried nicht bekommen. Und auch sonst niemand. Es musste einen anderen Weg geben, den Hof aus den roten Zahlen zu bringen. Dafür würde sie sorgen.

• • •

Am Nachmittag erschien Vera Twardy nicht zur gewohnten Teestunde im Salon. Dora sah nach ihr und fand sie in ihrem Zimmer, ausgestreckt auf dem Diwan. Die Fenstervorhänge waren zugezogen, und aus dem kleinen Volksempfänger, der auf ihrem Schreibtisch stand, erklang leise Musik.

»Mama«, flüsterte Dora erschrocken. »Was ist los?«

Sie konnte sich nicht daran erinnern, dass ihre Mutter jemals krank gewesen war. Auch nach der Geburt der Zwillinge hatte sie sich kaum drei Tage lang ausgeruht und war dann ihren Beschäftigungen im Haushalt nachgegangen wie eh und je. Und selbst die Nachricht von Hans' Tod hatte sie nicht von ihrer täglichen Arbeit abbringen können. Dora wusste, dass sie niemanden hatte spüren lassen wollen, wie sehr sie der Verlust ihres ältesten Sohnes getroffen hatte. Immer war die Mutter für Dora der Inbegriff von Stärke und Pflichtbewusstsein gewesen. Es war, als wäre das Motto »zäh wie Leder, hart wie Kruppstahl« für ihre Mutter geschaffen worden. Jetzt aber lag sie matt und niedergeschlagen in dem abgedunkelten Zimmer und sah Dora mit blassen Wangen und großen, erschöpften Augen an.

»Ich habe keinen Appetit auf Tee«, erklärte Vera Twardy. »Es ist alles in Ordnung, ich möchte nur ein wenig ausruhen und Radio hören.«

Dora zog sich einen Stuhl heran und setzte sich neben sie.

»Was ist denn los?«, fragte sie erneut. »Ich mache mir Sorgen um dich.«

Doch ihre Mutter legte nur einen Finger auf die Lippen und flüsterte: »Pst, sei still. Jetzt kommt es.«

Erstaunt hielt Dora inne. Eine Fanfare ertönte aus dem Radio, und dann klang die melodische Stimme des Moderators durch den Raum.

»Liebe Soldaten, liebe Hörer in der Heimat, liebe Freunde jenseits der Grenzen! Herzlich willkommen zum Wunschkonzert der Wehrmacht. Wie jeden Sonntag begrüßt Sie Heinz Goedecke am Mikrofon. Der erste Gruß an die Front kommt heute Nachmittag aus Liebenwalde. Von dort schickt Vera Twardy ihrem lieben Ehemann Josef die allerherzlichsten Glück- und Segenswünsche mit dem schönen Lied ›Heimat, deine Sterne‹.«

»Oh«, flüsterte Vera. »Mein Musikwunsch kommt als Erster!«

Ein Tenor setzte an und sang das gefühlvolle Lied mit viel Schmelz in der Stimme.

»Es ist doch Papas Geburtstag heute«, sagte sie.

Dora nickte. »Ich weiß.«

Sie hatten ihm vor zwei Wochen ein Päckchen mit Leckereien und einen ausführlichen Brief geschickt. Damals, kurz nachdem sie vom Reichsarbeitsdienst zurückgekehrt war, hatte sie nicht geahnt, welche Katastrophe sich auf dem Gutshof bereits anbahnte.

»Egal, wie weit weg er ist«, fuhr ihre Mutter mit gesenkter Stimme fort, »jetzt fühle ich mich ihm ganz nah.«

Dora sah, dass sie weinte, und es zog ihr das Herz zusammen. Noch nie hatte sie ihre Mutter weinen sehen. Nicht einmal nach Hans' Tod. Tränen waren ihr immer ein Zeichen von Schwäche gewesen, und schwach, das hatte Vera Twardy nie sein wollen. Mit eiserner Disziplin hatte sie jeden Schicksalsschlag ertragen, wie schwer er auch gewesen sein mochte. Nun aber, da der Hof ruiniert war, da das Lebenswerk ihres Mannes, ja das Lebenswerk von Generationen am Abgrund stand und es niemanden gab, der die Familie vor Elend und Schande bewahren konnte, da versiegte ihre Beherrschung.

»Wir werden das schaffen«, sagte Dora, nachdem das Lied verklungen war. »Ich verspreche es dir, Mama. Ich werde den Hof wieder auf die Beine bekommen, ganz bestimmt.«

»Ach, Dora. Wie soll das denn funktionieren?«

Auf diese Frage hatte Dora keine Antwort. Aber sie wollte ihrer Mutter Mut machen. »Ich weiß es noch nicht, Mama. Aber mir wird schon etwas einfallen.«

Sie nahm Veras Hand und blieb schweigend neben ihr sitzen, so wie ihre Mutter neben ihr gesessen hatte, als sie damals vor vielen Jahren jammernd mit Windpocken im Bett gelegen hatte. Gemeinsam lauschten sie dem Wunschkonzert. Dora hielt den Atem an, als nach einer Weile Willy Fritsch angesagt wurde, und dann schmetterte der Sänger sein Lied durch den Salon: »Tausendmal war ich im Traum bei dir, tausendmal gabst du den Himmel mir ...« Die Erinnerung an längst vergangene Zeiten traf sie wie ein Faustschlag. Zu dieser Melodie hatte sie auf Gretes Hochzeit mit Wilhelm getanzt, damals, an jenem Tag, als sie erst so glücklich gewesen war und mit dem deutschen Einmarsch in Polen dann alles Unheil seinen Lauf genommen hatte. Sie presste die Lippen aufeinander und rührte sich nicht, bis das letzte Lied der Sendung verklungen war und sich der Moderator schwungvoll und gut gelaunt von den Hörern verabschiedete:

»Das Wunschkonzert der Wehrmacht geht zu Ende,
die Front reicht ihrer Heimat jetzt die Hände.
Die Heimat aber reicht der Front die Hand.
Wir sagen Gute Nacht, auf Wiederhören,
wenn wir beim andern Male wiederkehren.
Auf Wiedersehen, sagt das Vaterland.«

Es knisterte und knackte im Radio, und dann sagte jemand die Nachrichten an. Dora erhob sich und schaltete das Gerät ab.

Am Abend war Dora viel zu aufgebracht, um an Schlaf zu denken. Marianne hatte ihr vorgeworfen, schuld an der Verzweiflung ihrer

Mutter zu sein, weil sie Finkes Angebot, den Hengst zu kaufen, abgewiesen hatte. Aus Dummheit und Eitelkeit, hatte Marianne geschimpft. Vergeblich hatte Dora versucht zu erklären, dass es langfristig ein Fehler wäre, den kostbaren Hengst zu einem Spottpreis wegzugeben. Obwohl es schon spät war, schlich sie noch einmal ins Büro und vertiefte sich in das Fachbuch für Landwirtschaft. Doch schon nach wenigen Minuten schwirrte ihr der Kopf vor lauter Zahlen und Buchstaben, als wäre der Text in einer fremden Sprache geschrieben. Erschöpft klappte sie das Buch zu. Wie sollte sie in wenigen Tagen erlernen, wofür gestandene Landwirte wie ihr Vater und ihr Großvater Jahre, wenn nicht Jahrzehnte gebraucht hatten?

Ein Klopfgeräusch schreckte sie auf.

»Ja, bitte!«, rief sie, und leise öffnete sich die Tür zum Hof. Es war Philippe, der französische Stallarbeiter, der seinen dunklen Schopf ins Zimmer schob.

»Pardon, Mademoiselle Dora«, sagte er in seinem deutsch-französischen Singsang. »Ich sah von draußen, dass noch Licht ist und dass Sie am Schreibtisch sitzen. Darf ich hereinkommen? Ich glaube, ich muss mit Ihnen reden.«

»Aber ja. Was ist denn los?«

Philippe trat ein und machte die Tür hinter sich zu. »Nun ist ja der gnädige Herr nicht da und auch der Verwalter nicht mehr. Und Madame Twardy ...« Er betonte den Namen auf der letzten Silbe, sodass er wie ein französisches Wort klang. »Nun, Ihre Frau Mama ist eine feine Dame und lässt sich natürlich nicht gern im Stall und auf dem Feld blicken ...«

»Jetzt reden Sie schon!«, fiel Dora ihm ungeduldig ins Wort. »Was wollen Sie mir sagen?«

»Vielleicht irre ich mich ja, Mademoiselle. Ich bin ja eigentlich Musiklehrer und habe die Landwirtschaft nicht gelernt. Aber ich arbeite nun schon über ein Jahr als Stallknecht auf diesem Hof, und ich mache meine Beobachtungen.«

»Welche Beobachtungen?«

»Im vorigen Jahr um diese Zeit war längst der Hafer ausgebracht. Aber keiner hat das bis jetzt getan. Es ist Ende März. Ich wollte Ihnen das nur sagen, weil ich nicht weiß, wem ich es sonst sagen soll. Es ist ja sonst keiner mehr da. Bitte verzeihen Sie die Störung.«

»Danke, Philippe, da gibt es nichts zu verzeihen. Ich bin froh, dass Sie zu mir gekommen sind. Ich werde gleich morgen früh zu den Leuten gehen und sagen, sie sollen den Hafer ausbringen. Haben wir denn genug Korn für die Aussaat?«

»Ich denke, der Vorrat sollte ausreichen. Ich habe nachgesehen. Es ist etwa so viel wie im vorigen Jahr da.«

»Geeggt sind die Äcker, das habe ich schon festgestellt. Wer von den Männern kümmert sich um die Aussaat? Unsere eigenen Leute sind ja fast alle im Kriegseinsatz. Können denn Frantek, Karol und die anderen polnischen Leute mit der Drillmaschine umgehen?«

»Nun, im vorigen Jahr konnten sie es.«

»Gut, Philippe, ich kümmere mich darum. Haben Sie vielen Dank!«

Philippe nickte ihr zu und wandte sich zur Tür.

»Noch eins, Philippe!«

Er blieb stehen.

»Weshalb sagen Sie mir das?«, fragte Dora. »Es könnte Ihnen doch eigentlich egal sein, was mit unserem Hof passiert.«

Er lächelte scheu. »Nein, das ist es nicht, Mademoiselle. Sie sind eine gute Familie. Wenn der Hof kaputt ist und es keine Arbeit mehr gibt, dann weiß ich nicht, wohin ich geschickt werde. Ich denke nicht, dass es woanders besser wäre.«

»Danke für Ihr Vertrauen, Philippe, wir werden alles tun, damit Sie hierbleiben können.«

Er nickte noch einmal. Dann verschwand er so leise, wie er gekommen war.

• • •

Obwohl sie wenig geschlafen hatte und unendlich müde war, stand Dora am nächsten Tag noch vor Sonnenaufgang auf. Sie flocht sich die Haare zu einem praktischen Zopf und zog eines ihrer ältesten Kleider an, bei dem es ihr nichts ausmachte, wenn es schmutzig werden oder einen Riss bekommen würde. Nachdem sie in der Küche eine schnelle Tasse Kaffee im Stehen getrunken hatte, betrat sie die Stallungen. Sie überzeugte sich davon, dass die Kühe gemolken und die Tiere gefüttert waren, gab Gilda ein paar extra Streicheleinheiten und machte sich auf die Suche nach Philippe. Sie fand ihn in der Remise, wo er gerade die Drillmaschine bereitstellte. Ein paar Säcke, bis oben gefüllt mit Haferkörnern, standen daneben.

»Guten Morgen, Philippe«, begrüßte sie ihn. »Wo sind denn die anderen Männer? Die Pferdeställe müssen dringend ausgemistet werden.«

Der Franzose hob bedauernd die Schultern. Mit dem Daumen deutete er auf die Tür, die zur Sattelkammer führte. Dora drückte die Klinke nieder und trat schwungvoll ein. Frantek, Karol und zwei andere Arbeiter hatten eine Pferdedecke auf dem steinigen Boden ausgebreitet. Sie saßen dort gemütlich im Kreis und spielten Karten.

»Was ist denn hier los?«, herrschte Dora die Leute an. »Warum arbeitet ihr nicht?«

Drei von ihnen ließen erschrocken die Karten fallen und

sprangen auf, als Dora hereingestürmt kam, nur Karol blieb ruhig sitzen.

»Es ist niemand da, der uns sagt, was wir arbeiten sollen«, erklärte er achselzuckend und sammelte die Karten ein. »Also arbeiten wir nicht.«

Nun erhob er sich doch, ganz ohne Eile, und lehnte sich gegen die Wand in seinem Rücken. Seelenruhig schob er sich das Kartenspiel in den Hosenbund und zog ein Zigarettenpäckchen aus der Brusttasche seines Hemdes.

Dora funkelte ihn wütend an. »Steck das sofort wieder ein! Du weißt ganz genau, dass das Rauchen in den Stallungen verboten ist.«

Karol grinste sie an, er war ein hübscher kräftiger Kerl, kaum älter als Dora, mit rotblonden Haaren und tief liegenden blauen Augen. »Wer sagt das?«, fragte er und drehte die Zigarettenschachtel in seinen Händen. Sein Grinsen war breiter geworden. Seine hochgezogene Oberlippe entblößte eine Reihe großer gelblicher Zähne. Dora hatte den Eindruck, dass es ihm Spaß machte, sie zu ärgern.

»Ich sage das. Ich, Dora Twardy.« Ihre Stimme bebte vor Empörung. »Ab sofort übernehme ich die Leitung des Gutshofes, so lange, bis mein Vater aus dem Krieg zurück ist oder bis wir irgendwann einen neuen Verwalter haben. Gewöhnt euch daran. Und steck die Zigaretten weg, Karol, oder willst du hier alles in Brand setzen?«

Provozierend langsam schob Karol die Schachtel zurück in seine Hemdtasche, ohne Dora aus den Augen zu lassen. Sie wich seinem Blick nicht aus.

»Der Hafer muss ausgebracht werden, es ist dringend. Für die nächsten Tage ist Regen angesagt, dann ist die Erde zu schwer für die Maschine. Karol, du gehst jetzt zu Philippe und hilfst ihm dabei, die beiden Arbeitspferde anzuspannen, und dann seht zu, dass ihr aufs Feld kommt. Und ihr ...«

Sie wandte sich an die anderen Männer, die mit betretenen Gesichtern mitten in der Sattelkammer standen, unentschlossen, ob sie Dora folgen oder sich dem aufmüpfigen Karol anschließen sollten.

»Ihr bringt die übrigen Tiere auf die Weide, und dann müssen die Pferdeställe vernünftig ausgemistet werden. Nun macht schon! Was ist denn los mit euch? Ihr arbeitet seit mehr als drei Jahren hier auf dem Hof, ihr wisst längst, was jeden Tag zu tun ist. Da ist es doch wohl nicht nötig, dass ihr für jeden einzelnen Handgriff eine extra Aufforderung braucht! Also los, an die Arbeit!«

Frantek und die beiden anderen trollten sich schließlich, nur Karol blieb und ließ seine Blicke gelangweilt die Holzwand entlangwandern, an der in einer langen Reihe Zaumzeug und Geschirr für die Pferde hingen. Schließlich wandte er ihr den Kopf zu.

»Ich lasse mir nicht von einem kleinen Fräulein sagen, was ich zu tun habe«, sagte er ruhig. »Ich höre auf den gnädigen Herrn, auf den Herrn Verwalter oder auf Ihre Frau Mutter und sonst auf niemanden.«

»Der gnädige Herr ist aber nicht da, und keiner weiß, wann er wiederkommt. Der Verwalter ist fort und meine Mutter krank. Deshalb wirst du auf mich hören müssen.«

Karol antwortete nicht, sondern maß Dora mit abschätzigen, beinahe belustigten Blicken.

Sie hielt ihnen stand, als wäre dies ein Kampf um die Macht, den derjenige verlor, der zuerst die Augen niederschlug.

»Ich darf nicht nachgeben«, dachte Dora und presste die Zähne hinter ihren geschlossenen Lippen so fest aufeinander, dass ihre Kiefergelenke schmerzten. »Wenn ich mich jetzt nicht durchsetze, wird mir Karol für immer auf der Nase herumtanzen. Und ich brauche ihn, sonst ist die Arbeit auf dem Hof nicht zu schaffen.«

Und der Gutshof, das spürte Dora in diesem Augenblick, war jetzt alles, was zählte. Er gab ihr und der ganzen Familie, gab allen Leuten, die hier lebten, Sicherheit. Mochte die Welt auch aus den Angeln gehoben werden, mochte der Krieg im ganzen Land für Kummer und Elend sorgen, mochte er noch so viele Männer töten oder zu Krüppeln machen und die westdeutschen Großstädte in Schutt und Asche legen, solange es den Gutshof gab, solange die Pferde gesund waren und das Korn auf den Feldern wuchs, so lange war noch nichts verloren. Sie hatte Karl Finkes Angebot ausgeschlagen, und nun musste sie es allein hinbekommen, den Hof zu retten.

Sie straffte sich. »Bitte, geh an die Arbeit, Karol«, sagte sie noch einmal, etwas sanfter jetzt.

Doch noch immer betrachtete der Pole sie herausfordernd und ohne mit der Wimper zu zucken. Er hatte sich einen Strohhalm gegriffen und kaute seelenruhig darauf herum. »Ich habe heute aber keine Lust zu arbeiten«, erklärte er schließlich. »Und morgen vielleicht auch nicht.«

Dora biss sich auf die Unterlippe. Es musste einen Weg geben, den Mann zur Arbeit zu bewegen. Wenn er sie nicht ernst nahm, würden die anderen Männer womöglich seinem Vorbild folgen. Was war, wenn sich auf einmal alle Leute gegen sie auflehnten? Wenn sie alle anfingen zu bummeln? Wenn niemand mehr arbeitete? Dora geriet in Panik. Nein, das durfte nicht passieren. Sie trug die Verantwortung für das Wohl des Gutshofes, sie musste Karol dazu bringen, sich ihrer Order zu fügen, und zwar sofort.

Ihr Blick fiel auf den Ochsenziemer, der neben den Lederriemen, Leinen, Halftern und Kummets an der Wand hing, bedeckt von Staub. Dora schrak vor ihrem eigenen Gedanken zurück. Sie konnte sich nicht daran erinnern, dass ihr Vater die Knute jemals benutzt hatte. Ihm genügte es, seine Stimme zu erheben, und alle gehorchten ihm aufs Wort. Vermutlich war Urgroßvater Johann Gottfried der erste und letzte Twardy gewesen, der damit einen störrischen Ochsen oder ein unwilliges Kutschpferd zur Räson gebracht hatte. Noch einmal traf sie der provozierende Blick Karols. Er lehnte an der Holzwand, die Hände in den Hosentaschen vergraben. Dora kniff die Augen zusammen. »Nun muss es eben sein«, dachte sie. Ohne sich zu besinnen, machte sie einen schnellen Schritt auf die Wand zu und nahm den Ochsenziemer vom Haken. Das Grinsen in Karols Gesicht verschwand augenblicklich.

»Du gehst sofort an die Arbeit!«, schrie sie und hob drohend den federnden Knüppel. Er war schwerer, als sie erwartet hatte. Am liebsten hätte sie ihn gleich wieder fallen lassen, so verkehrt fühlte er sich in ihren Händen an. Doch sie krallte ihre zitternden Finger um den knorrigen Griff. In Karols Blick stand blankes Entsetzen. Der Strohhalm war ihm aus dem Mund gefallen. Dora verharrte reglos und ließ ihn nicht aus den Augen. In diesem Moment flog die Tür auf. Es war Philippe, der erschrocken stehen blieb und entgeistert auf den Ochsenziemer in Doras Händen starrte.

»Aber, Mademoiselle!«, stammelte er. »Was ... was machen Sie denn da?«

Dora ließ den Ochsenziemer sinken. »Karol will nicht arbeiten.« Sie bebte jetzt am ganzen Körper. »Aber es muss gearbeitet werden. Wir haben keine Wahl. Wenn die Halferernte ausfällt, dann haben wir bald kein Futter für die Pferde mehr, und wenn unsere Tiere eingehen, ist der Hof endgültig ruiniert.«

»Komm, Karol«, sagte Philippe ruhig. »Tu, was Mademoiselle sagt, sonst machst du uns alle unglücklich.«

Karol spie verächtlich auf den Boden, doch er folgte Philippe, ohne Dora eines weiteren Blickes zu würdigen, und schlug die Tür hinter sich krachend zu.

Als die beiden Männer gegangen waren, hängte Dora den Ochsenziemer zurück an die Wand. Ihre Hände zitterten so sehr, dass sie den Haken nicht gleich traf. Mein Gott, was hatte sie getan! War das tatsächlich sie gewesen, Dora Twardy, die einen der Arbeiter mit einem Knüppel bedroht hatte? Niemals hätte ihr Vater so etwas getan. Niemals hätte er es gutgeheißen. Tränen der Scham schossen ihr in die Augen. Wie hatte sie nur so hysterisch werden können? Nun war sie kein Stück besser als der verhasste Hinrich, vor dem die Leute Angst gehabt hatten, weil er sie drangsaliert hatte.

Mit weichen Knien sank sie auf die Pferdedecke nieder, verbarg das Gesicht in den Händen und begann, hemmungslos zu schluchzen. Alle Erschöpfung, aller Schmerz, alle Sorgen, die sie in den vergangenen Monaten so mühsam unterdrückt hatte, brachen sich auf einmal Bahn. Sie weinte aus Kummer über den drohenden Bankrott des Gutshofes, sie weinte um Hans und Wilhelm, die sie gerade jetzt so sehr vermisste, sie weinte um ihre vor Trauer kranke Mutter und um die Heiterkeit und Sorglosigkeit ihrer Jugend, aus der sie so plötzlich gerissen worden war. Vor allem aber weinte sie aus Entsetzen über sich selbst. Was war nur aus ihr geworden?

Nach einer Weile hob Dora den Kopf. Mit beiden Händen wischte sie sich die Tränen aus dem Gesicht. Nun gut, sie hatte die Nerven verloren, und das hätte nicht passieren dürfen. Ihre Eltern würden erschüttert sein, wenn sie erführen, dass die Tochter der Gutsherren mit dem Ochsenziemer auf einen der Knechte losgegangen war wie eine Furie. Himmelherrgott, was war gerade in sie gefahren? Nie wieder wollte sie sich so hilflos vorkommen wie gerade beim Blick in Karols frech grinsendes Gesicht.

Sie musste sich einen vernünftigen Plan überlegen, wie sie die Bewirtschaftung des Hofes in den Griff bekommen konnte. Seit fast hundert Jahren lebten die Twardys auf diesem Gut, und sie hatten in all der Zeit gewiss schon so manche Katastrophe überstanden. Dora stand auf und klopfte sich den Staub aus dem Kleid. Sie war stark, sie war mutig, sie war klug. Sie würde dafür sorgen, dass die Familie auch dieses Mal wieder Boden unter die Füße bekommen würde. Wenn sie nur wüsste ...

Dora durchzuckte plötzlich ein Gedanke, der sie selbst so sehr überraschte, dass sie laut auflachen musste. Ja natürlich! Dass sie nicht früher darauf gekommen war. Das war die Rettung.

• • •

Dora lehnte ihr Fahrrad an den Gartenzaun. Es musste bald zwei Jahre her sein, dass sie Elsbeth und Friedrich das letzte Mal besucht hatte. Das Haus der Kosubeks, ein schlichtes weiß getünchtes Gebäude mit nur einem Stockwerk unter dem roten Ziegeldach, lag etwas zurückgesetzt an der unbefestigten Hauptstraße des Dorfes. Der kleine Garten, der es umgab, war noch kahl und öde um diese Jahreszeit. Hier und da lugten lila und gelbe Spitzen von Krokussen aus der schwarzen Erde. An einem Ast des blattlosen Kirschbaums, der neben den Stufen zur Haustür stand, baumelten die Reste eines Meisenknödels. Dora lächelte bei diesem Anblick. Typisch Elli, dachte sie, mochte der Krieg auch noch so viel Leid und Elend bringen, mochte das Leben auch noch so streng reglementiert sein, mit all den Bezugsscheinen, den roten Reichsbrotkarten, den gelben Reichsfettkarten, den Kleiderkarten und Reisemarken ... Selbst in diesen mageren Zeiten vergaß die Freundin im Winter nicht die hungernden Vögel.

Mit einem Schritt sprang Dora die drei Stufen zur Eingangstür hinauf. Auf ihr Klopfen hin öffnete Frau Kosubek, und beim Anblick der Besucherin glitt ein Lächeln über ihr breites, rosiges Gesicht.

»Oh, hallo, Dora! Was für eine Überraschung! Wie schön, dass du uns mal wieder besuchst. Du möchtest gewiss zu Elli. Aber sie ist nicht da. Sie hat in dieser Woche die Spätschicht im Krankenhaus und kommt erst am Abend nach Hause. Aber Fritz ist gerade aus dem Büro zurückgekommen. Er freut sich ganz gewiss, dich auch einmal wieder zu sehen.«

Darauf hatte Dora gehofft. Sie fand Friedrich hinter dem Gemüsegarten bei Elsbeths Kaninchenställen, wo er den Tieren gerade frisches Heu gab.

»Na, so was, aus dir ist ja ein richtiger Landwirt geworden«, scherzte sie. »Seit Elli Tag und Nacht im Krankenhaus arbeitet, hat sie wohl gar keine Zeit mehr, sich selbst um ihre Stallhasen zu kümmern?«

Wie ertappt fuhr Friedrich herum. Bei ihrem Anblick färbten sich seine Wangen augenblicklich rot.

»Dora! Ich habe gar nicht gewusst, dass du heute kommen wolltest.«

»Dann wärest du auch ein Hellseher gewesen, denn ich hatte es gerade erst beschlossen.«

»Du warst so lange nicht mehr bei uns. Aber was ist denn los? Du siehst auf einmal so ernst aus.«

»Ich muss mit dir reden, Fritz.«

»Reden? Mit mir? Ja, worüber denn?«

»Sag, Fritz, weißt du noch, damals im ersten Kriegsherbst, als wir uns in Laschinskis Laden getroffen haben und du mich dann im Regen nach Hause gebracht hast? Weißt du noch, was du damals zu mir gesagt hast?«

Friedrich schloss umständlich die Stalltür und wischte sich die staubigen Hände an den Hosen ab. Er war jetzt noch röter geworden.

»Natürlich weiß ich, was ich damals gesagt habe«, murmelte er. »Bitte erinnere mich nicht daran. Es war ein ziemlicher Humbug, und du hast dich über mich lustig gemacht.«

»Nein, nein. Das habe ich gar nicht. Auf keinen Fall! Du hast gesagt, du bist mein Freund, und ich kann immer auf dich zählen, und wenn mir was Schlimmes passiert, dann bist du immer für mich da.«

»Ja, das habe ich gesagt.«

»Bitte, du musst mir helfen.« Hastig sprach sie weiter. »Es ist alles so passiert, wie du es gesagt hast. Wilhelm ist nicht aus dem Krieg zurückgekommen. Es sind furchtbare Dinge geschehen, und es geht mir sehr schlecht. Mir und dem Hof. Wir sind so gut wie pleite, Fritz. Der Verwalter hat uns betrogen, er ist weg, und ich kenne mich mit den Abrechnungen und den Steuern und dem ganzen Zahlenkram nicht aus. Vater ist an der Front. Ich weiß nicht mehr, was ich tun soll. Ich – ich brauche dich, Fritz. Bitte. Du musst dein Versprechen einlösen. Du musst mir helfen. Bitte, komm zu uns und kümmere dich um die Verwaltung des Gutshofes! Ich schaff das nicht allein.«

Fritz starrte sie reglos und mit offenem Mund an. Mit seinen groß aufgerissenen Augen und den bebenden Schnurrbartspitzen erinnerte er Dora plötzlich an einen Karpfen, der gerade aus dem Wasser gezogen wird. Es dauerte ein paar Sekunden, bis er antwortete.

»Ist das dein Ernst, Dora? Aber wie soll das gehen? Ich habe doch meine Stelle bei der Eisengießerei in Guttstadt. Man kann die Geschäfte eines so großen Gutshofes nicht eben mal ein bisschen am Feierabend und an den Wochenenden führen. Und außerdem, was die Tiere und die Arbeit auf den Feldern angeht …«

»Damit kenne ich mich aus«, unterbrach ihn Dora. »Wir machen das zusammen. Du kümmerst dich um den Bürokram und ich mich um den Rest. Am besten kündigst du gleich morgen bei deiner Firma. Du sollst ja nicht aus reiner Freundlichkeit bei uns arbeiten. Wir werden dich natürlich genauso entlohnen wie Hinrich. Bitte sag ja, Fritz!«

Er lächelte jetzt. »Wenn du meinst, dass ich dir helfen kann, mache ich das natürlich. Ich kann mir nichts Schöneres vorstellen, als jeden Tag mit dir zusammen zu sein, Dora, auch wenn es nur zum Arbeiten ist.«

Sie grinste schief. »Danke, Fritz. Ich wusste, dass du mein bester Freund bist!«

Gut gelaunt trat Dora auf dem Heimweg in die Pedale. Nach Friedrichs Zusage, ihr zu helfen, sah sie wieder optimistisch in die Zukunft.

16.

Friedrich hielt Wort. Er gab seine Tätigkeit in der Marienhütte auf und kam von nun an jeden Morgen auf den Gutshof. Anfangs stöhnte er über das Durcheinander, das Hinrich in der Verwaltung hinterlassen hatte. Doch er arbeitete sich rasch ein. Bald waren er und Dora ein eingespieltes Team. Während sich Friedrich im Büro des Gutshauses in die Geschäftsunterlagen vertiefte, sah sie in den Stallungen und auf den Feldern nach dem Rechten. Dort war sie in ihrem Element. Sie wusste, worauf es bei der Geburt eines Fohlens ankam, und war furchtlos und unerschrocken, wenn es darum ging, einen Hengst und eine Zuchtstute zusammenzuführen. Oft genug hatte sie ihren Vater bei seiner Arbeit begleitet. Aber sie wollte noch mehr wissen.

Sie räumte die Modezeitschriften von ihrem Nachttisch und studierte stattdessen vor dem Schlafengehen Fachbücher zum Thema Landwirtschaft, bis ihr die Augen zufielen. Sie lernte, wie man die verschiedenen Reifegrade von Korn unterscheidet, worauf es bei der Fütterung der Milchkühe ankommt und was bei der Lagerung von Heu zu beachten ist. Zusehends erwarb sich Dora den Respekt der Arbeiter. Seit dem Zwischenfall in der Sattelkammer hatte es keiner der Männer mehr gewagt, sich gegen die junge Gutsherrin aufzulehnen. Auch das Hauspersonal gewöhnte sich daran, dass Dora mit ihnen die Wochenpläne durchging und die Listen für die Mahlzeiten und die Einkäufe aufstellte, da ihre Mutter nach dem Nervenzusammenbruch noch immer zu lethargisch dafür war. Auch war es Dora, die sich gemeinsam mit Erna darum kümmerte, dass die jüngeren Brüder saubere Kleidung trugen und pünktlich und mit gewaschenen Ohren zur Schule gingen. Nur Marianne ließ sich nichts von ihrer älteren Schwester sagen.

Allmählich ging es mit dem Gut wieder aufwärts. Friedrich arbeitete sparsam und gewissenhaft. Wie er herausfand, gab es noch etliche offene Rechnungen aus dem Zuchtbetrieb. Mehrere Landwirte, in deren Stall längst ein Nachkomme des edlen Siegfrieds heranwuchs, hatten den vereinbarten Preis dafür noch nicht bezahlt. Hinrich hatte sich in seinen letzten Wochen auf dem Hof offenbar nicht mehr darum gekümmert, ob fällige Zahlungen eingegangen waren oder nicht. Friedrich verschickte nun strenge Mahnungen an die Stutenbesitzer, und mit Genugtuung registrierten er und Dora, dass kurz darauf wieder etwas Geld auf dem Wirtschaftskonto landete.

»Ich glaube, wir sind auf dem richtigen Weg«, erklärte er stolz, als er Dora den Beleg zeigte. »Zumindest ist das Minus kleiner geworden.«

»Ja, Fritz. Dank deiner Hilfe! Ich bin so froh, dass du hier bist!« Überschwänglich fiel sie Friedrich um den Hals und drückte ihm einen Kuss auf die Wange. »Du bist ein echter Schatz!«

»Sag doch so was nicht!« Mit hochrotem Gesicht wandte er sich ab. »Ich mache doch nur, was jeder vernünftige Verwalter tun würde.«

»Nein.« Dora setzte sich auf die Kante des Schreibtisches und ließ die Beine baumeln. »Ich weiß, dass du mehr als das machst. Du arbeitest nicht nur mit dem Kopf, du arbeitest auch mit dem Herzen. Das merkt man. Hinrich hat nicht halb so viel Zeit im

Büro verbracht wie du. Wenn du dich nicht so abmühen würdest, stünden wir nicht da, wo wir jetzt stehen. Ich bin so erleichtert. Mehr als das. Ich bin glücklich, Fritz.«

»Danke, Dora. Aber denk dran: Der Gutshof ist noch lange nicht über den Berg. Was hältst du davon, wenn wir einen Teil eures Waldes verkaufen? Dann könnten wir mit einem Schlag die Steuerschulden begleichen und …«

»Auf keinen Fall!«, fiel Dora ihm erschrocken ins Wort. »Urgroßvater Johann Gottfried würde sich im Grabe umdrehen. Und denk doch nur, wie mein Vater damals um den Streifen Roggenfeld gekämpft hat, den Karl Finke uns abstreitig machen wollte. Oh nein, das ist unmöglich.«

»Es geht um ein paar Morgen Wald. Und dann wären wir sofort aus der finanziellen Schieflage.«

Aber Dora wollte davon nichts hören.

»Nein, Fritz. Von unserem Grund wird kein einziger Quadratmeter verkauft. Bitte lass dir etwas anderes einfallen!«

• • •

Am Sonntag darauf traf Dora ihre Mutter im Salon an. Stumm saß sie auf dem grünen Sofa. Der Volksempfänger war aus.

»Was ist los, Mama? Warum hörst du nicht das Wunschkonzert im Radio?«

»Sie haben das Wunschkonzert abgesetzt, Dora. Sie verlesen keine Grüße mehr. Es ist aus.«

Dora setzte sich neben sie.

»Warum?«

Vera zuckte mit den Schultern. »Sie haben nichts dazu gesagt. Es gibt die Sendung einfach nicht mehr.«

Dora dachte nach. »Vermutlich haben sie Sorgen, dass die

Leute ihre Moral verlieren. Die Musik, die sich die Hörer gewünscht haben, ist doch immer melancholischer geworden in der letzten Zeit. Wenn ich mal in die Sendung reingehört habe, hieß es immer öfter: ›in Erinnerung an meinen gefallenen Mann‹, ›im Gedenken an meinen lieben Sohn, der in Russland vermisst wird‹ oder ›das war die Lieblingsmelodie meines guten Vaters, der für immer von uns gegangen ist‹.«

»Dora, sag doch so was nicht«, flüsterte Vera erschrocken.

»Aber so ist es doch, Mama. Der Krieg macht die Leute immer trauriger. Immer mehr Menschen verlieren ihre Lieben. Das passt so gar nicht zu der fröhlich geschmetterten Fanfare, der flotten Musik und den lustigen Schlagern, die sie am Anfang immer gesendet haben. Aber sie können ja schlecht immerzu Trauermärsche spielen. Die Leute sollen schließlich nicht den Mut verlieren. Kein Wunder, dass sie die Sendung einstellen.«

»Aber es war doch immer sehr schön, ab und an einen Gruß von Vater zu hören.«

Dora nahm ihre Hand. »Er wird gewiss bald wiederkommen.«

Sie fühlte sich plötzlich uralt, so als wäre sie die große Schwester ihrer Mutter. Warum erwarteten alle von ihr, dass sie die anderen aufmunterte? Wo war die Schulter, an die sie sich selbst hätte anlehnen können?

»Ich bin froh, dass ich dich habe«, sagte Vera unvermittelt. »Du bist uns allen eine große Hilfe. Hast du mit den Küchenmädchen schon die Pläne für die nächste Woche aufgestellt?«

Dora sah erstaunt auf. »Ja, Mama. Aber vielleicht ist es gut, wenn du auch noch einen Blick drauf wirfst.«

Vera Twardy nickte. »Du hast recht. Ich sollte mich wieder mehr darum kümmern. In letzter Zeit habe ich den Haushalt vielleicht zu sehr vernachlässigt.«

Sie stand auf und glättete ihr Kleid. Einen Augenblick schien sie zu zögern, dann ging sie aus dem Zimmer. Dora sah ihr nach und seufzte erleichtert. Es schien, als wäre ihre Mutter auf dem Weg, ihr Schneckenhaus des Kummers allmählich zu verlassen.

• • •

Da Vera Twardy seit jenem Gespräch am Sonntagnachmittag wieder mehr Aufgaben im Haushalt wahrnahm, nutzte Dora die gewonnene Zeit, um sich in der Verwaltung des Gutshofes weiterzubilden. Sooft sie konnte, saß sie neben Friedrich im Büro und ließ sich von ihm seine Arbeit erklären, obwohl ihr die Augen oftmals vor Erschöpfung beinahe zufielen.

»Du siehst müde aus«, sagte er eines Tages besorgt und betrachtete forschend ihr Gesicht. »Hast du überhaupt geschlafen heute Nacht?«

»Eine Stunde oder zwei. Wir hatten eine schwierige Fohlengeburt, bei der ich helfen musste, und dann hat es sich nicht mehr gelohnt, ins Bett zu gehen.«

»Du solltest dich lieber ausruhen, Dora. Ich weiß, dass du jeden Morgen spätestens um fünf im Stall stehst und dich darum kümmerst, dass da alles läuft. Da brauchst du mir nicht noch im Büro zu helfen. Schlaf dich lieber aus. Jetzt, wo es deiner Mutter besser geht, kannst du doch öfter eine Pause machen.«

Dora schüttelte den Kopf. »Nein, Fritz, das geht nicht. Du musst mir diesen Schreibkram hier genau erklären«, bat sie. »Damit ich es auch selbst verstehe.«

»Aber das ist doch nicht nötig, dafür bin ich doch jetzt da.«

»Ich weiß, aber es schadet nicht, wenn sich eine Frau in diesen Dingen auskennt. Ach, Fritz, du kannst ja nicht ewig als Verwalter auf unserem Hof arbeiten. Vielleicht bekommst du irgendwann ein ganz außergewöhnlich gutes Angebot von der Marienhütte oder einer anderen Firma, das du unmöglich ablehnen kannst, und dann gehst du weg, und ich sitze wieder allein hier mit dem ganzen Papierkram. Weißt du, Fritz, ich will mich nie wieder so verloren und verzweifelt fühlen wie an dem Tag, an dem ich erkannt habe, wie schlimm es um unseren Hof steht. Nie, nie wieder!«

Sie fühlte sich plötzlich zutiefst erschöpft, so als hätten die Ereignisse der vergangenen Wochen und Monate allmählich alles Mark aus ihren Knochen gesogen. Ermattet ließ sie sich auf die Armlehne des Schreibtischstuhls sinken und schloss die Augen.

»Das brauchst du nicht, Dora.« Friedrichs Stimme klang ruhig und unerwartet sanft. Er legte seine Hand auf ihre. »Ich werde dich nie allein lassen. Das verspreche ich dir. Ganz gleich wie viele tausend Reichsmark mir eine Firma auch bietet.«

Dora vermochte sich nicht recht zu erklären, was als Nächstes geschah. Plötzlich lag ihr Kopf an seiner Brust. Er legte seine Arme um sie, und ein sonderbares Gefühl von Ruhe und Geborgenheit erfasste sie. Wie aus der Ferne hörte sie ihn weitersprechen.

»Du hast so tapfer gekämpft wie zehn Armeen, Dora. Aber jetzt soll es genug sein. Du sollst dich ausruhen. Ich will für dich sorgen. Ich werde immer bei dir sein. Lass uns heiraten, Dora. Dann brauchst du nie mehr Angst zu haben. Ich bin da, ich kümmere mich um alles.«

Er sagte noch mehr, doch Dora war zu ausgelaugt, um seinen Worten weiter folgen zu können. Sie begriff nur, dass Friedrich sie heiraten wollte, dass er ihr Ruhe und Sicherheit versprach, und in diesem Moment war es das Einzige, das sie sich vom Leben ersehnte.

Die Antwort ging ihr leicht über die Lippen. »Ja, Fritz, lass uns heiraten.«

»Wirklich? Du willst mich heiraten?« Er war so verblüfft, als hätte er nicht mit dieser Antwort gerechnet.

Sie nickte stumm.

»Oh, du Liebe, wie wunderschön ist das.« Friedrich drückte sie an sich und gab ihr einen schüchternen Kuss auf die Lippen. »Ich weiß gar nicht, was ich sagen soll. Ich bin ganz aufgeregt. Ich werde deinem Vater gleich einen Brief schreiben und ihn ganz offiziell um deine Hand bitten. Ach, Dora, ich bin der glücklichste Mensch auf der Welt.«

Seine Stimme überschlug sich beinahe vor Freude, und doch klang sie so dumpf in Doras Ohren, als hätte sie sich Watte hineingestopft. Sie liebte Friedrich nicht, da machte sie sich nichts vor. Sie würde ihn niemals so lieben, wie sie Wilhelm geliebt hatte. Er war kein aufregender Mann, sie würde niemals mit ihm so verrückt tanzen wie mit Curt. Aber Friedrich liebte sie, aufrichtig und treu, daran hatte sie keinen Zweifel. Er würde ihr niemals Kummer machen. Er war gut, hilfsbereit und ehrlich, sie würde sich immer auf ihn verlassen können. Ihr schien es in diesem Moment, als liefe ein in Seenot geratenes Schiff endlich in einen sicheren Hafen ein. Und nach all den Sorgen, Aufregungen und Verwirrungen der letzten Zeit war das das beste Gefühl, das sie sich vorstellen konnte.

• • •

Dora und Friedrich heirateten an einem kühlen Samstag im Mai. Es war eine schlichte Feier, zu der nur enge Freunde und Verwandte geladen waren. Selbst Doras Vater erfuhr von der Vermählung nur durch Friedrichs Brief. Friedrich hatte Dora gefragt, ob sie nicht warten sollten, bis Josef Twardy zu seinem nächsten Fronturlaub kam, damit er an diesem großen Tag dabei sein konnte. Aber Dora hatte energisch den Kopf geschüttelt. Sie wollte sofort heiraten. Es war, als müsse sie Tatsachen schaffen, bevor sie selbst der Mut verließ. Vera Twardy nahm die unerwartete Verlobung ihrer Tochter mit einem Seufzen hin. Marianne schüttelte verwundert den Kopf. »Ich wusste gar nicht, dass du in Fritz verliebt bist«, kommentierte sie.

Erna riet, nichts zu überstürzen: »Hast du dir das nu auch wirklich jut überlegt, Marjellchen?«

Doch Dora ließ sich von niemandem davon abbringen, Friedrichs Frau zu werden.

Eine einzige Glocke schepperte blechern, als die kleine Hochzeitsgesellschaft nach der Trauung aus der Kirche kam und das Brautpaar die Glückwünsche der Gäste entgegennahm. Dora klang das klägliche Bimmeln wie Hohn in den Ohren, als wäre angesichts ihrer überstürzten Hochzeit sogar dem Kirchturm von Sankt Katharina die Lust aufs Feiern vergangen.

»Warum läuten denn nicht alle Glocken wie sonst immer?«, flüsterte Dora Friedrich zu.

»Die sind doch alle weg, seit dem Aufruf zur Metallspende des Deutschen Volkes. Die Glocken sind nach Hamburg gebracht worden, da werden sie eingeschmolzen für den Krieg. Deutschland braucht alle Metalle, die nicht niet- und nagelfest sind, für die Rüstungsindustrie.«

»Sie machen Kanonen aus unseren Kirchenglocken?«

»Wir durften immerhin eine Glocke behalten. Sonst wäre es ja ganz still gewesen an unserem großen Tag.«

Er drückte ihre Hand, während Dora ungläubig den Kopf schüttelte. Wie prächtig hatte sie sich einst ihre Hochzeit ausgemalt! Was für eine lange Schleppe sie hatte tragen wollen, was für eine rauschende Feier es hatte werden sollen. Und nun trug sie Gretes altes Brautkleid, das ihr die Großcousine aus Hamburg geschickt hatte, weil es nirgendwo mehr vernünftige Spitzenstoffe zu kaufen gab. Statt Hunderten von jubelnden Festgästen säumten gerade mal zwei Dutzend Menschen den Weg vor der Kirche, und aus deren Turm erklang nur ein dünnes jämmerliches Gebimmel ...

Leicht benommen nahm Dora die Gratulationen entgegen. Es war so verwirrend, plötzlich verheiratet zu sein. Das Lächeln klebte in ihrem Gesicht wie ein Abziehbild.

Elsbeth trat auf Dora zu und nahm sie in die Arme.

»Herzlichen Glückwunsch, meine Liebe. Es ist so wunderbar, dass du jetzt nicht nur meine Freundin, sondern auch ein bisschen meine Schwester bist.«

Dora nickte stumm.

»Du siehst wunderhübsch aus, auch wenn ich weiß, dass du dir diesen großen Tag früher einmal ganz anders vorgestellt hast. Erinnerst du dich noch, wie wir damals bei Gretes Hochzeit über deine eigene Heirat gesprochen haben?«

»Ach, das waren andere Zeiten, Elli. Erinnere mich bitte nicht daran. Aber beim Heiraten kommt es nun wirklich nicht auf die Länge des Schleiers an.«

Sie sahen einander in die Augen, und Dora hatte das Gefühl, dass Elsbeth bis auf den tiefsten Grund ihrer Seele blicken konnte.

»Da hast du natürlich recht, Dora. Wie vernünftig du auf einmal geworden bist. Und doch kommt eure Hochzeit so unerwartet. Fritz war ja schon immer verliebt in dich, das weiß ich, aber ich hätte in all den Jahren nie gedacht, dass ihr tatsächlich ein Paar werden würdet. Ich glaube, er hat es selbst nicht geglaubt. Nie hast du ihm Hoffnung gemacht. Mein Bruder ist so ganz anders, als Wilhelm es war. Und jetzt auf einmal ...«

Dora spürte, dass Elsbeth eine Frage auf den Lippen lag, und war froh, dass sie nicht weitersprach. Denn was hätte sie antworten sollen, wenn Elsbeth sie gefragt hätte, ob sie Fritz tatsächlich liebte oder ob sie ihn nur aus Dankbarkeit heiratete, weil sie seinen klugen Kopf auf dem Hof brauchte und weil er ihr Beistand und Sicherheit versprach.

»Wie auch immer, Dora, ich wünsche euch von Herzen, dass ihr glücklich werdet, du und Fritz.«

Dora drückte Elsbeth fest an sich, damit die Freundin nicht sah, wie ihr die Tränen in die Augen stiegen.

»Ja, Elli, jetzt wird alles gut!«

Sie sprach diese Worte mehr zu sich selbst. Kaum konnte sie glauben, dass sie jetzt Dora Kosubek hieß und Friedrichs Ring an ihrem Finger trug. Die vergangenen Stunden, ja die vergangenen drei Wochen erschienen ihr wie ein merkwürdiger, verworrener Traum. Die Geschehnisse jener Tage verschwammen wie im Nebel, ihre Verzweiflung über den Zustand des Hofes, ihre Idee, Friedrich um Hilfe zu bitten, sein Antrag, ihr schnelles kühles Jawort gerade in der Kirche, sein Kuss, nachdem sie einander die Trauringe übergestreift hatten ...

Und doch, Dora zwang sich zu einem Lächeln, während sie neben Friedrich stand und wie mechanisch die Glückwünsche der anderen Festgäste entgegennahm, alles war richtig. Wer sagte, dass man den Mann, den man heiratete, lieben musste? Jahrhundertelang waren Ehen aus Vernunftgründen geschlossen worden, und es gab gewiss schlechtere Voraussetzungen. Friedrich war ein guter Mann, der sie verehrte, und sie konnte ihm blind vertrauen. Das war das Wichtigste.

Am Tag der Hochzeit zog Friedrich auf den Hof der Twardys. Fassungslos nahm er zur Kenntnis, dass Dora ihn bat, in Hans' früheres Zimmer zu ziehen, wo zuletzt der Verwalter gewohnt hatte.

»Aber wieso denn?«, stammelte er. »Wir sind doch jetzt verheiratet, wir müssen doch in einem Bett schlafen.«

Es war Abend, und sie standen im Schlaftrakt des Gutshauses, Fritz trug einen schweren Koffer in der Hand wie ein Reisender.

»Bitte nicht, Fritz, noch nicht«, erklärte Dora und hob abwehrend die Hände. »Wir müssen erst mal dafür sorgen, dass der Gutshof endgültig gerettet wird. Wir haben noch so viel zu tun. Ich darf unmöglich schwanger werden. Ein Baby ist wirklich das Letzte, das wir im Moment gebrauchen können. Bitte, Fritz, lass uns vernünftig sein.«

»Ach, Dora. Aber gut, wenn du meinst, dann gedulden wir uns noch ein bisschen.«

Sie sah die Enttäuschung in seinen Augen, die er tapfer zu verbergen suchte, und er tat ihr leid. Sie hatte ihn gern, aber mit Friedrich in einem Bett zu liegen, sich vor ihm auszuziehen, seine Hände an ihrem nackten Körper zu spüren, gar mit ihm zu schlafen – all das war ihr undenkbar. Über diese Details hatte sie sich keine Gedanken gemacht, als sie der Hochzeit zugestimmt hatte. Sie hatte nur daran gedacht, das Gut zu retten, sie hatte Friedrich am Schreibtisch im Arbeitszimmer vor sich gesehen, wie er die Aktenordner wälzte und Rechnungen und Termine in das Kalenderbuch schrieb, Zahlenkolonnen addierte und multiplizierte und wie er eines Tages glücklich strahlend auf sie zukommen würde, um ihr zu sagen, dass der Hof endlich wieder in den schwarzen Zahlen war.

Dora wagte es nicht, ihm in die Augen zu sehen. Hastig umarmte sie ihn und hauchte ihm einen Kuss auf die Wange.

»Du bist so lieb«, murmelte sie. »Ich danke dir, dass du mich verstehst.«

»So ganz verstehe ich dich zwar nicht, aber ich werde alles tun, um dich nicht zu enttäuschen. Du wirst sehen, bald ist alles gut. Dann werden sich deine Nerven beruhigen, und dann können wir endlich richtig zusammenleben, wie es sich für zwei Verheiratete gehört.«

Dora antwortete nicht. Sie sah ihm nach, wie er den Gang zu Hans' Zimmer entlangging. Durch das Gewicht des Koffers, den er in der rechten Hand trug, waren seine Schritte noch ungleichmäßiger als sonst. Bevor er die Tür zu seinem Schlafraum öffnete, drehte er sich noch einmal um und lächelte sie an. Doch er sah bedrückt aus. Dora warf ihm eine Kusshand zu. Dann schloss sie die Tür, und nach einem Augenblick des Zögerns schob sie auch den Riegel vor.

Sie schlief wenig in dieser Nacht. Mit offenen Augen lag sie im Bett und beobachtete, wie der helle Streifen, den das Mondlicht durch den Spalt in den Fenstervorhängen an die Wand warf, durchs Zimmer wanderte.

»Nun bin ich also verheiratet«, ging es ihr durch den Kopf. »Fritz ist ein guter Mann, und ich weiß, dass er mich sehr liebt. Warum macht es mich nicht glücklich, seine Frau zu sein?«

Sie spürte den sanften, scheuen Druck seiner Lippen noch auf ihrem Mund, und es fühlte sich fremd und falsch an. Wie anders war es doch gewesen, Wilhelm zu küssen! Welche Seligkeit und Vertrautheit sie dabei empfunden hatte vom ersten Moment an, die Gewissheit, das absolut Richtige zu tun. Und noch eine Erinnerung blitzte in ihr auf. Curt. Sein Lachen. Seine Stimme. Sein Kuss. Dieser eine verbotene Kuss, den er ihr damals beim Tanzen in Königsberg gegeben hatte. Dora erschauerte. Um die Gefühle zu beschreiben, die sie damals empfunden hatte, dazu fehlten ihr die Worte. Curt zu küssen, das hatte sich angefühlt, als stoße sie eine Tür zu einem neuen, unbekannten Leben auf. Für einen Augenblick hatte sie gespürt, dass es Empfindungen gab, von deren Existenz sie nichts gewusst hatte. Ein wildes, verbotenes Verlangen, eine rauschhafte Lebenslust hatte sie plötzlich durchflutet. Es war, als hätte ihr Dasein eine weitere, unerforschte Dimension erhalten, eine Tiefe, die sie gleichermaßen begeisterte und doch auch so sehr ängstigte ... Nein, nein, sagte Dora jetzt zu sich selbst, da ist es doch besser, mit einem Mann wie Friedrich verheiratet zu sein.

»Alles wird gut, alles wird gut«, dachte sie. Es war wie eine Beschwörungsformel. »Ich werde lernen, ihn zu lieben, und glücklich mit ihm werden. Alles wird gut.«

• • •

Es gab keine Hochzeitsreise für Dora und Friedrich, nicht einmal einen Wochenendausflug an die Ostsee oder nach Nikolaiken an der Masurischen Seenplatte leisteten sie sich. Friedrich hatte das vorgeschlagen, aber Dora lehnte dergleichen ab.

»Wir wollen kein Geld verschwenden«, erklärte sie. »Erst müssen wir zusehen, dass es auf dem Hof wieder rundläuft, dann können wir uns Gedanken über irgendwelche Belustigungen machen.«

»Ich wäre gerne wenigstens zwei oder drei Tage einmal mit dir allein gewesen«, erklärte er sichtbar enttäuscht. »Dir würde es guttun, hier einmal herauszukommen und dich auszuspannen. Du bist ganz blass geworden von der vielen Arbeit.«

Aber Dora blieb unerbittlich.

»Nein, Fritz, daran dürfen wir nicht denken. Jetzt ist wirklich keine Zeit, um sich zu vergnügen. Vielleicht im nächsten Jahr.«

Tatsächlich arbeitete sie nicht weniger als er. Selbst an den Wochenenden gönnte sie sich kaum eine Pause und kümmerte sich darum, dass in den Ställen und auf den Feldern alles gut gedieh. Der Sommer kam, und es erfüllte Dora mit Stolz zu sehen, wie die jungen Fohlen über die Koppeln sprangen und auf den Äckern das Getreide reifte. Auf den Wiesen standen die Heuhocken in langen Reihen, dazwischen stolzierten die Störche umher wie in jedem Jahr. Doch das genügte ihr nicht.

Obwohl Friedrich ihr stets von Neuem versicherte, dass er doch nun für immer da sei und sich um die Geschäfte des Hofes kümmerte, bestand Dora darauf, ihm bei seiner Arbeit so oft wie möglich über die Schulter zu blicken. Eines Morgens brachte sie einen zweiten Stuhl ins Büro und setzte sich neben ihn.

»So, lieber Fritz, und jetzt erklär mir bitte ganz ausführlich, wie die doppelte Buchführung funktioniert.«

Er legte den Stift zur Seite, mit dem er gerade eine Eintragung in das Kassenbuch hatte machen wollen, und nahm ihre Hand. Seine Finger waren heiß und verschwitzt.

»Ich zeige dir gerne, wie das geht und wie man einen Überblick über die Finanzen behält, wenn es dich so sehr interessiert. Vor allem aber tue ich es, weil ich mich darüber freue, dass du wenigstens tagsüber an meiner Seite bist, wenn ich schon nachts auf dich verzichten muss. Aber sicher wird sich deine Einstellung zur Ehe bald ändern, wenn du nur etwas älter bist und wenn du siehst, wie gut ich wirtschafte. Ich verspreche dir, dass du dir bald keine Sorgen mehr zu machen brauchst, und dann wirst du einem Baby auch nicht mehr so ablehnend gegenüberstehen, nicht wahr? Der Hof braucht doch einen Stammhalter.«

Er zog sie an sich und wollte sie küssen, doch Dora entwand sich seinem Griff und zog das Kassenbuch näher zu sich heran.

»Bitte sprich nicht davon, Fritz, wir haben jetzt anderes zu tun.« Sie ließ ihre Blicke über die letzten Eintragungen wandern. »Wir sind noch immer nicht ganz über den Berg, oder? Es sind noch nicht alle Steuerschulden beglichen, wenn ich das richtig sehe?«

Seufzend wandte er sich dem Buch zu. »Nein, langfristig ist das Gut noch nicht saniert. Es sei denn, wir verkaufen einen Teil des Gutswaldes, wie ich dir das schon einmal vorgeschlagen hatte. Das würde eine Menge Geld in die Kasse spülen. Ich stehe bereits mit einigen Interessenten in Verhandlungen.«

»Wie bitte, du verhandelst hinter meinem Rücken über den Verkauf unseres Waldes?« Dora stampfte verärgert mit dem Fuß auf. »Was fällt dir ein, Fritz! Darüber hatten wir schon geredet. Und ich hatte dir gesagt, dass ich den Wald nicht verkaufen will. Das wirst du nicht tun, und damit basta!«

Etwas in seinem Gesichtsausdruck änderte sich. Der sanfte, geduldige Blick, mit dem er Dora zu betrachten pflegte, wich einem wütenden Blitzen in seinen Augen. Eine Zornesröte überflog seine Wangen.

»So darfst du nicht mit mir sprechen, Dora! Ich bin nicht mehr dein Angestellter und schon gar kein Schulbub, den man maßregeln muss. Ich bin jetzt dein Ehemann, und solange dein Vater im Krieg ist, bin ich hier der Gutsherr und habe das Recht, Entscheidungen zu treffen. Zumindest die Entscheidung, mit wem ich darüber verhandle, wie sich die finanzielle Situation des Hofes verbessern kann.«

Friedrichs Stimme bebte. Sogar die Spitzen seines Schnurrbarts zitterten vor Empörung. Dora hatte ihn nie dermaßen erbost erlebt.

»Aber Fritz«, stammelte sie erschrocken.

»Weshalb hast du mich eigentlich geheiratet?«, fuhr er fort. »Ging es dir einzig und allein darum, dass jemand hier ist, um den Karren aus dem Dreck zu ziehen? War es das? Nur der Gedanke, den Gutshof zu retten?«

»Aber nein, Fritz. Es war nicht nur das ...«

»Dora, ich liebe dich wie verrückt, seit ich denken kann. Und du? Du gebrauchst mich, wie man einen Rechenschieber gebraucht oder einen Heuwender. Aber du liebst mich nicht, Dora. Nicht einmal habe ich eine wirklich zärtliche Geste von dir gespürt, geschweige denn ein Wort inniger Zuneigung. Selbst deinen Hund behandelst du herzlicher als mich. Von Gilda will ich gar nicht erst reden. Was für eine Frau bist du? Empfindest du denn wirklich gar nichts für mich? Am Anfang habe ich noch gedacht, du bist zu sorgenvoll und zu erschöpft für solche Gefühle, und das werde sich schon geben, wenn ich nur tüchtig arbeite. Aber nun weiß ich es besser. Es wird sich nicht in hundert Jahren ändern, egal, wie hart ich arbeite. Du liebst nur dich und den Gutshof. Meine Gefühle sind dir völlig egal.«

»Das ist nicht wahr!«, rief Dora, von plötzlichem Schmerz übermannt, weil Friedrich natürlich recht hatte und ihr das geradeaus ins Gesicht sagte. Und weil sie sich ihrer Kaltherzigkeit schämte. Die letzten Worte, die Curt damals zu ihr gesagt hatte, dämmerten in ihrer Erinnerung auf. Hatte er nicht ähnlich gesprochen wie Friedrich gerade eben?

»Natürlich bist du mir nicht egal. Ich ... ich habe dich doch auch lieb, Fritz.«

Sie sprach die letzten Worte so leise, dass sie kaum zu vernehmen waren.

Friedrich stieß ein freudloses Lachen aus. »Nein, du liebst mich nicht, Dora. Nicht so, wie du Wilhelm geliebt hast und wie ich gerne von dir geliebt werden möchte. Sonst würdest du nicht jeden Abend den Riegel vor deine Schlafzimmertür schieben. Denkst du, ich höre das nicht, wie du dich vor mir verbarrikadierst, als wohnte ein Mörder im Haus?«

»Es gibt eben verschiedene Arten von Liebe«, versuchte sie, sich zu verteidigen. »Vielleicht ist unserer Liebe nicht besonders aufregend, vielleicht besteht sie eher aus Kameradschaft, aber man braucht doch keine Kino-Romanze mit Feuerwerk, Pauken und Trompeten, um miteinander glücklich zu sein.«

Friedrich schüttelte seufzend den Kopf. »Da magst du recht haben, Dora, aber – um in deinem Bild zu bleiben – ich höre ja noch nicht einmal das kleinste Klingeln einer Triangel.«

»Bitte lass uns nicht streiten, Fritz. Ich möchte ja auch, dass du glücklich bist. Gib mir noch etwas Zeit.«

»Was ist es, das dir an mir fehlt?« Friedrich war jetzt ruhiger. »Ist es wegen meiner blöden Hüfte? Findest du mich hässlich, weil ich ein wenig hinke? Würdest du mich lieben, wenn ich so ein tollkühner Reiter wie Wilhelm wäre?«

»Ach, Fritz, sag doch nicht so was!«

»Das ist es, nicht wahr? Ich denke manchmal, du verachtest mich, weil ich nicht so schön und sportlich bin wie er, weil ich immer ein bisschen Angst vor Pferden habe, seit ich als Kind damals von eurem Pony gefallen bin. Aber, weißt du was, Dora? Ich gebe nicht auf. Ich bin bereit, um deine Zuneigung zu kämpfen. Du sollst einen Mann haben, der dir imponiert. Nicht nur, weil er gut in doppelter Buchführung ist, sondern weil er mutig und männlich ist. Lass uns ausreiten heute Nachmittag. Ich möchte mir das Gelände sowieso noch einmal ansehen. Ich brauche einen Überblick über den Baumbestand, damit ich abschätzen kann, wie viel Geld ich für den Wald verlangen kann. Eigentlich hatte ich gedacht, dass wir uns mit den Fahrrädern auf den Weg machen. Aber dir zuliebe setze ich mich auch wieder auf ein Pferd.«

»Ist das dein Ernst? Das ist eine wunderbare Idee.« Dora lächelte, dankbar und erleichtert, dass er nicht mehr wütend war. »Ich möchte gern mit dir zusammen ausreiten, Fritz. Und ich verspreche dir, wir gehen es ganz langsam an. Du brauchst keine Angst zu haben. Wir üben erst ein bisschen im Hof. Am besten nimmst du das gute alte Schneewittchen. Da fällst du garantiert nicht runter. Die Stute ist so träge und gemütlich, die ist sogar durch die Pferdemusterung gefallen. So ein lahmes Tier wollte nicht mal die Wehrmacht haben.«

Bei dem Wort »lahm« zuckte sie erschrocken zusammen, aber Friedrich schien die Vokabel nicht mit seiner eigenen körperlichen Unzulänglichkeit in Verbindung zu bringen.

»Nein«, sagte er und schlug das Kassenbuch energisch zu. »Ich werde auf Siegfried reiten. Ich bin jetzt der Gutsherr, und wenn ich schon reite, dann auf einem angemessenen Pferd und nicht auf einer dicken alten Mähre, mit der ich mich bloß lächerlich mache.«

Dora wollte noch etwas erwidern, aber sie schluckte ihre Bedenken hinunter aus Sorge, sie könnte Friedrich dadurch erneut kränken.

»Wie du meinst«, sagte sie stattdessen. »Siegfried ist längst nicht mehr so nervös wie damals, als er zu uns kam. Papa hat ihn gut eingeritten. Du wirst sehen, es gibt nichts Schöneres, als an einem Tag wie heute durchs Gelände zu reiten.«

Es war ein sonniger Tag Anfang Juni, im Garten blühten Flieder, Pfingstrosen und Hortensien, und die Luft war erfüllt vom Gezwitscher der Vögel und vom Summen der Bienen. Selbst das Gegacker der Hühner und Truthähne hinter der Scheune klang in Doras Ohren, als freuten sich auch die Tiere, dass es endlich wieder Sommer geworden war. Sie konnte es kaum abwarten, nach der vielen Arbeit der vergangenen Wochen endlich wieder einmal auf Gildas Rücken zu sitzen.

Dora sah, dass sich Friedrich anfangs nicht ganz wohlfühlte auf dem großen Hengst. Wegen seiner eingeknickten Hüfte saß er ein wenig schief auf dem Pferd, umfasste nervös die Zügel und presste die Lippen angestrengt aufeinander. Aber Siegfried trug den unerfahrenen Reiter geduldig, und nachdem er im Hof eine Weile auf und ab geritten war, entspannten sich Friedrichs Gesichtszüge, und sie ritten durchs Tor hinaus.

Dora genoss das sanfte Schaukeln des Pferderückens, während sie über den Feldweg gemächlich auf den Waldrand zuschritten. Auf den schier endlosen Roggenfeld wogten die kräftigen grünen Ähren im leichten Juniwind wie Wellen auf dem Meer. Hier und da mischten sich rote und blaue Tupfer von Mohn und Kornblumen darunter. In einiger Entfernung sah sie Karol und Frantek einen der Weidezäune reparieren, wie sie es ihnen am Tag zuvor aufgetragen hatte, und freute sich, dass die Arbeit ohne Murren getan wurde. Alles ist, wie es sein sollte, dachte Dora, und ihr Herz schwoll an vor Stolz darüber, dass sie es geschafft hatte, sämtliche Widerstände zu überwinden und den Betrieb am Laufen zu halten. Sie sah sich zu Friedrich um, der ähnliche Gedanken zu hegen schien.

»Geht es dir gut?«, fragte sie.

»Ja, es ist wunderbar. Ich weiß gar nicht, weshalb ich so lange einen Bogen um jedes Pferd gemacht habe. Auf Siegfrieds Sattel fühle ich mich so sicher wie in einem Ohrensessel. Meinetwegen können wir es gern ein bisschen flotter angehen.«

Dora schlug einen leichten Trab an und nahm erleichtert wahr, wie Friedrich ihr folgte. Als sie den Wald erreichten, erscholl von den Bäumen das vielstimmige Zwitschern, Flöten und Pfeifen der Vögel und vermischte sich mit dem dumpfen, rhythmischen Geräusch der Hufe auf dem weichen Boden. Es roch nach Moos und feuchter Erde. Wehmütig erinnerte sich Dora an den ersten Kuss, den sie und Wilhelm einander auf jener Waldlichtung gegeben hatten, damals, während der Schleppjagd kurz nach Kriegsbeginn. Was für ein zauberhafter Moment war das gewesen! Doch sie schüttelte den Gedanken daran ab. Es half nichts, der Vergangenheit nachzutrauern. Sie musste nach vorn schauen, um die Anforderungen, die das Leben gerade an sie stellte, zu bewältigen. Und Friedrich war der richtige Mann, um ihr dabei zu helfen. Wenn nur erst der Krieg zu Ende war, wenn ihr Vater wieder zu Hause und wieder Alltag auf dem Hof eingekehrt war, dann würde sie gewiss mehr als Freundschaft und Dankbarkeit für ihren Mann empfinden und ihm den lang ersehnten Stammhalter schenken.

Den ganzen Tag lang waren die beiden unterwegs und inspizierten den Grundbesitz der Twardys bis in den letzten Winkel. Hier und da hielten sie an und stiegen ab, damit Friedrich die Bäume begutachten und sich ein paar Notizen auf einem zusammengefalteten Zettel machen konnte, den er nebst Stift aus seiner Jackentasche zog.

»Du hast recht«, sagte er zu Dora. »Es macht glücklich, mal vom Schreibtisch wegzukommen und hier draußen unterwegs zu sein. Von jetzt an werden wir öfter zusammen ausreiten, das verspreche ich dir, auch wenn mir jetzt schon alles wehtut.« Er lachte. »Du wirst sehen: Bald reite ich so gut wie du, und dann wirst du mich so sehr lieben, wie du Wilhelm geliebt hast.«

»Das werde ich ganz sicher«, sagte Dora und glaubte es in diesem Moment selbst.

Mühsam stieg Friedrich zurück in den Sattel. »Lass uns nach Hause reiten, Dora. Es ist spät geworden, und ich muss noch ein paar Telefonate führen. Der Wald sieht gut aus, ich bin sicher, dass wir einen ordentlichen Preis dafür bekommen werden. In ein paar Wochen sind wir aus dem Schneider, und dann wird gefeiert. Auf geht's, Siegfried!«

Auf dem Rückweg ritt Friedrich zügig voraus. Der Tag im Sattel und die Aussicht auf erfolgreiche Verhandlungen, was den Verkauf des Waldstückes anging, schienen sein Selbstbewusstsein gestärkt zu haben. Als sie aus dem Wald herauskamen und die große Wiese oberhalb des Gehöftes erreichten, wandte er sich zu Dora um. Ein beinahe spitzbübisches Lächeln lag in seinem Gesicht.

»Na, wie wäre es mit einem Wettrennen auf den letzten Metern?«

»Sei nicht übermütig, Fritz!«

Doch er hatte Doras Antwort gar nicht abgewartet, sondern trieb Siegfried an, der augenblicklich reagierte und im Galopp dahinsprang. Dora setzte ihm nach, aber der große Hengst war so schnell, dass es Gilda nicht gelang, ihn einzuholen. Wie schwerelos flog er dahin, Brocken von Gras und Erde flogen unter seinen Hufen durch die Luft. Siegfried schien sich auf einmal seines stolzen Stammbaums zu erinnern, all der vorzüglichen englischen und arabischen Rennpferde, deren feuriges Vollblut in seinen Adern pulsierte.

»Friedrich!«, schrie Dora. »Nicht so schnell! Nimm die Zügel kurz!«

Aber es half nichts. Sie konnte nichts tun, als entsetzt zuzusehen, wie das Pferd immer schneller nach Hause galoppierte und Friedrich die Kontrolle verlor. Hilflos auf und ab hopsend hielt er sich im Sattel, während Siegfried über die leicht abschüssige Wiese raste, direkt auf die Stelle des Zauns zu, an der monatelang ein direkter Durchgang zum Hof gewesen war, weil der durchgerostete Draht auf dem Boden gelegen hatte. Aber heute hatten Karol und Frantek die schadhafte Stelle ausgebessert, die Abkürzung war versperrt, und der neue Draht war höher angebracht als der alte.

»Siegfried! Halt!« Dora schrie noch einmal aus Leibeskräften. In diesem Moment erkannte das Pferd die Barriere. Den Bruchteil einer Sekunde lang schien es zu zögern, ob es den Zaun überspringen oder davor zurückscheuen sollte, doch dann setzte es machtvoll an, stieg hoch und sprang. Mit einem der hinteren Hufe streifte er kurz den Draht und stolperte, stürzte aber nicht. Dora hörte, wie Friedrich etwas rief, und sah, wie er beim Aufsetzen des Pferdes nach vorn geschleudert wurde. Sein linker Fuß rutschte aus dem Steigbügel. Einen Augenblick lang konnte er sich noch im Sattel halten, dann machte Siegfried einen weiteren Satz, und Friedrich wurde vom Pferd gefegt. Kopfüber schlug er auf dem Gras auf. Aber er stürzte nicht zu Boden, sondern blieb mit einem Fuß im Steigbügel hängen.

Dora vermochte nicht einmal mehr einen Schrei auszustoßen. Wie eine leblose Puppe wurde Friedrich herumgeschleudert, den Fuß im Steigbügel, während Siegfried – irritiert über die merkwürdige Last, die er da plötzlich neben sich herschleifte – über die Wiese donnerte.

»Siegfried!«, schrie sie endlich noch einmal. »Siegfried, halt ein!«

Schließlich beruhigte sich der Hengst und blieb heftig schnaubend stehen. Dora holte ihn ein, rutschte aus Gildas Sattel und lief zu Friedrich. Zitternd kniete sie sich vor ihn.

Er lag mit dem Oberkörper im Gras, während sein rechter Fuß noch immer in dem verdrehten Steigbügel klemmte. Sein Gesicht war schmutzig und zerkratzt, Gras, Dreck und Blut klebten in seinen Haaren und in seinem Bart, seine Kleidung war zerrissen, doch seine Augen standen offen. Dora las keine Furcht und keinen Schrecken darin, sondern eher ein großes Erstaunen. Er schien sie mit einem Ausdruck höchster Verwirrung zu betrachten, als wundere er sich darüber, welche ungeahnten Überraschungen das Leben für ihn an diesem Tag bereithielt.

»Fritz!«, schrie sie und löste mit zitternden Händen seinen Fuß aus dem Steigbügel. »So sag doch etwas!« Schluchzend beugte sie sich über seinen reglosen Körper, umfasste seinen Kopf mit beiden Händen und küsste ihn, während ihr die Tränen durchs Gesicht liefen.

»Fritz!«, rief sie noch einmal. »Liebster Fritz!« Aber sie wusste, dass er ihr nie mehr antworten würde.

17.

Wenige Wochen nach ihrer Hochzeit war Dora Witwe geworden. Wie gelähmt verbrachte sie die folgenden Tage in ihrem abgedunkelten Zimmer und gab sich dem Gedanken hin, dass alles, was sich zugetragen hatte, nur ein finsterer Albtraum war. Wenn sie nur lange genug liegen blieb und die Augen geschlossen hielt, sagte sich Dora, dann würde sie irgendwann erwachen, und das Leben wäre wie früher. Dann gäbe es keinen Krieg und keine Sorgen. Hans, Wilhelm und Fritz wären nicht tot, der Vater wäre daheim, der Hof florierte wie ehedem, und sie würde so vergnügt in den Tag hineinleben wie damals.

Doch die grauenhafte Erinnerung an die letzten Sekunden ihres Ausritts mit Friedrich, an seinen Sturz und den merkwürdigen Blick seiner toten Augen kehrte immer wieder zurück, wie die sich unendlich oft wiederholende Melodie auf einer defekten Schallplatte. Sein Blick verfolgte sie an jedem Moment des Tages und raubte ihr in der Nacht den Schlaf.

Dora verweigerte die Speisen, die Erna ihr ans Bett brachte, sosehr diese sich auch mühte, Doras Appetit anzuregen.

»Du musst essen, Marjellchen, du siehst schon aus wie eijn kranker Spatz«, rief sie besorgt. »Ich hab dir extra Flinsen mit Apfelmus jemacht. Die isst du doch am allerliejbsten.«

Aber Dora drehte sich zur Seite und schickte Erna mit dem

voll beladenen Tablett wieder fort, ohne den Teller auch nur eines Blickes gewürdigt zu haben.

Lethargisch wies sie die langen schwarzen Kleider zurück, die ihre Mutter ins Zimmer brachte.

»Sieh mal, Dora, die müssten dir passen. Ich habe sie vor ein paar Jahren nach dem Tod deiner Großeltern getragen. Vielleicht müssten wir sie hier und da ein wenig abnähen ...«

»Nein, Mama. Mach dir keine Mühe. Ich brauche diese Sachen nicht. Ich habe sowieso nicht vor, je wieder das Haus zu verlassen.«

»Red keinen Unsinn, Dora!« Veras Stimme klang streng. Durch Doras Kummer hatte sie endgültig zu ihrer alten Stärke zurückgefunden. »Fritz wird morgen beerdigt. Ich denke nicht, dass du diesen Tag im Bett verbringen solltest.«

Statt einer Antwort zog sich Dora die Bettdecke über die Ohren.

Nur als Elsbeth kam, richtete sich Dora auf, und die Freundinnen nahmen einander in die Arme.

»Nun haben wir beide unsere Brüder verloren«, schluchzte Elsbeth. »Aber dich hat das Schicksal noch viel schwerer getroffen. Dir ist ja auch dein Verlobter und dann noch dein Ehemann genommen worden. Es tut mir so leid, Liebes.«

»Ja«, murmelte Dora düster. »Ich habe wohl kein Glück mit Männern. Jeder, den ich in mein Herz lasse, geht daran zugrunde.«

»Ach, Dora. Wieso hast du Fritz nicht daran gehindert, auf ein Pferd zu steigen? Und weshalb musste er unbedingt den ungestümen Siegfried nehmen? Du wusstest doch, dass er nicht gut reiten konnte.«

»Er wollte es unbedingt, Elli. Er war so stolz, als er im Sattel saß und der Hengst parierte. Weißt du, er war so glücklich während unseres Ausritts, am Schluss wurde er richtig übermütig. Das Reiten hat ihm Spaß gemacht, glaub mir, sonst hätte er Siegfried niemals zum Galopp angetrieben. Ach, hätte ich doch darauf bestanden, dass er Schneewittchen nimmt, hätte ich ihn doch nicht vorausreiten lassen, hätte ich die Leute doch nicht angewiesen, den Zaun zu reparieren ...«

»Es hilft nicht zu jammern. Wir können ihn nicht mehr lebendig machen. Immerhin können wir Fritz beerdigen. Wir werden einen Ort haben, an dem wir um ihn trauern können.« Elsbeth weinte stumm, dann zog sie ein Taschentuch heraus und putzte sich die Nase.

Sie schien über etwas nachzudenken. »Weißt du, Dora«, sagte sie schließlich. »Ich fände es sehr tröstlich, wenn du ein Kind von ihm erwarten würdest, wenn Fritz in deinem Sohn oder deiner Tochter weiterleben würde. Wäre das nicht schön?«

»Aber nein, Elli«, entfuhr es Dora erschrocken, und sie bereute augenblicklich ihre Heftigkeit, als sie sah, wie bestürzt Elsbeth reagierte. »Ich bin ganz sicher nicht schwanger«, fuhr sie etwas milder fort. »Wir ... wir waren doch erst so kurz verheiratet, weißt du?«

»Natürlich. Und vielleicht ist das auch nur ein dummer Gedanke von mir. Dann würdest du beim Anblick des Kindes immer an Fritz denken müssen. Vielleicht ist es tatsächlich besser, dass du noch nicht guter Hoffnung bist.«

»Oh ja«, murmelte Dora. »Das ist ganz sicher besser. Es ist auch so schon alles schwierig genug, da brauchte ich wirklich nicht noch ein Baby, um das ich mich kümmern muss.«

Schweigend saßen die Freundinnen zusammen und hingen ihren Gedanken nach, bis vom Flur her ein Poltern auf den Treppenstufen zu hören war. Erich stürzte ins Zimmer.

»Dora«, rief er. »Du musst aufstehen! Unbedingt! Es geht los.

Sulanka bekommt ihr Fohlen. Die Vorderfüße gucken schon raus.«

Erichs Geschrei holte Dora zurück in die Wirklichkeit. Mit einem Satz war sie aus dem Bett und angelte mit den Füßen nach ihren Schuhen.

»Sulanka? Jetzt schon? Das ist mindestens eine Woche zu früh.« Sie zog sich ihr Kleid über das Nachthemd und knöpfte es im Laufen zu. »Verzeih, Elli, aber ich muss dabei sein! Bei dieser Geburt muss alles gut gehen. Es ist ihr erstes Fohlen.«

»Natürlich, ich wollte sowieso gerade wieder los.«

Wenige Minuten später kniete Dora neben der Stute im Stall und beobachtete glücklich, wie ein neues Pferdeleben auf die Welt kam. Das Fohlen war gesund und kräftig, es hatte so tiefbraunes Fell wie sein Vater Siegfried, aber anders als er trug es eine kleine weiße Blesse an der Stirn, die ihm wie eine Schneeflocke zwischen den Augen saß.

»Es ist wieder kein Sultan«, seufzte Dora. »Wieder ein hübsches kleines Pferdemädchen. Es ist wie verhext. Weshalb kann nicht endlich eine unserer Stuten einen Sohn von Siegfried bekommen?«

Erich, der neben seiner Schwester im Stroh saß und die Fohlengeburt schweigend beobachtet hatte, zuckte mit den Schultern. Er sagte: »Wir könnten sie Schneeflocke nennen, wie findest du das?«

»Das ist ein passender Name für die junge Dame, Erich. Papa wäre gewiss einverstanden.«

Er sah sie nachdenklich an. »Bist du jetzt wieder gesund, Dora?«

»Natürlich bin ich gesund, ich war nie krank.«

»Doch, du warst krank vor Trauer, weil Fritz gestorben ist. Du bist tagelang nicht aus deinem Schlafzimmer rausgekommen.«

Sie nickte nachdenklich. »Ja, vielleicht war ich tatsächlich ein bisschen krank. Aber ich glaube, jetzt habe ich das finsterste Tal der Tränen überwunden. Das Leben geht ja weiter.«

Die beiden beobachteten, wie die Mutterstute ausgiebig ihr Kind beschnupperte und sein nasses Fell ableckte. Nach wenigen Minuten versuchte das Fohlen bereits aufzustehen. Immer wieder knickten seine dünnen langen Beine ein, und es sackte zurück ins Stroh. Doch es gab nicht auf. Endlich schaffte es das kleine Pferd, auf eigenen Beinen zu stehen und ein paar drollige, staksende Schritte zu machen. Nach einer weiteren Weile fand es die Zitze seiner Mutter und begann zu trinken.

So viele Fohlen hatte Dora schon auf die Welt kommen sehen, und jedes Mal war es doch wieder ein Wunder.

• • •

Am Tag nach der Beerdigung zog sich Dora den Ehering vom Finger und legte ihn neben Wilhelms Verlobungsring und die Perlenohrringe in ihre Samtschatulle. Einen Augenblick betrachtete sie die Schmuckstücke seufzend, dann klappte sie den Deckel zu und stürzte sich wieder in die Arbeit. Es gelang ihr, wie es Friedrich geplant hatte, einen Teil des Gutswaldes zu verkaufen. Sie lud die beiden Interessenten zu Verhandlungen auf den Gutshof ein und bewirtete sie großzügig mit Kaffee und Bärenfang. Es waren zwei ältere Geschäftsmänner aus Königsberg, die behäbig und selbstgefällig grinsend in ihren Sesseln saßen. Dora ahnte, dass sie davon ausgingen, mit einer so jungen und unerfahrenen Gutsherrin ein leichtes Spiel zu haben, und ließ sie lange in diesem Glauben. Sie setzte bei dem Gespräch all ihren Charme ein, sie lächelte und nickte bei jedem Angebot, wippte bisweilen wie versehentlich mit dem Saum ihres Kleides und war so betörend liebenswürdig, dass die beiden gar nicht mehr wussten, wie ihnen geschah. Sie überboten einander immer wieder, als hinge ihr Leben davon ab, dieser reizenden jungen Witwe das Grundstück abzukaufen. Am Ende erhielt Dora einen so enormen Preis für den Wald, dass die finanzielle Krise des Hofes fürs Erste überwunden und sogar ein Polster für die Steuervorauszahlung des nächsten Jahres vorhanden war.

Drei Wochen später verbannte sie die schwarzen Kleider in eine Holzkiste auf dem Dachboden des Gutshauses, fuhr zum Standesamt und füllte ein Antragsformular aus, mit dem sie ihren Mädchennamen wieder annahm. Elsbeth verbarg ihre Enttäuschung darüber nicht. Dora versicherte, sie blieben auch weiterhin schwesterlich verbunden, aber sie wolle durch Fritz' Namen nicht ständig daran erinnert werden, dass sie Witwe war, und der Freundin blieb nichts anderes übrig, als sich damit abzufinden.

Inzwischen hatte Dora so viel von der Landwirtschaft gelernt, dass sie es schaffte, den Hof mehr oder weniger am Laufen zu halten. Die kleine Schneeflocke wuchs gesund und munter heran. Und als Josef Twardy zur Erntezeit endlich wieder einmal für zwei Wochen auf Heimatbesuch kam, war er voll des Lobes für seine Tochter. Er nahm Dora in die Arme, und sie lehnte sich an ihn, glücklich und erleichtert, und genoss es, als er ihre Haare streichelte wie die eines kleinen Kindes.

»Bitte, geh nicht wieder fort, Papa«, flüsterte sie. Aber Josef Twardy legte seine Hände auf ihre Schultern, schob sie ein wenig von sich und sah sie mit ernsten Augen an. »Ich muss doch wieder weggehen, Dora. Bitte mach es mir nicht so schwer. Ich habe zwei Wochen, ich bleibe über deinen Geburtstag. Und ich komme wieder, so Gott will, vielleicht an Weihnachten. Du musst tapfer sein, mein Mädchen. Du bist es so sehr. Ich weiß nicht, wo unser Hof jetzt stünde, wenn du dich nicht gekümmert hättest, nicht das alles auf dich genommen hättest. Ich bin untröstlich, dass dein Fritz gestorben ist und dass ich weder zu eurer Hochzeit noch zu seiner Beerdigung hier sein konnte.«

Sie nickte. »Es ist schon gut, Papa. Du kannst dich auf mich verlassen.«

»Das weiß ich, mein Mädchen. Ich danke dir.«

Er küsste ihre Stirn.

Sie hatten auf der Veranda gestanden, nun ging er ins Haus. Der Abend brach an. Dora setzte sich auf die Brüstung, wie sie es lange nicht mehr getan hatte, und schirmte mit der Hand die schrägen Sonnenstrahlen ab, die ihre Augen blendeten.

Zufrieden beobachtete sie, wie die letzten Heuwagen des Tages voll beladen und schwankend in den Hof hineinfuhren und die Leute ihre Fracht in der Scheune abluden. Die Luft flirrte von Staub, und von weit her ertönte der vielstimmige metallische Klang des Dengelns, vermischt mit den Kommandos der Knechte und dem Muhen der Kühe, die nach den Melkern riefen. Wie lieb und teuer ihr dieser Anblick und diese Geräusche waren. Das will ich mir für allezeit bewahren, sagte sie sich, komme, was wolle.

Die harte Arbeit der vergangenen Monate hatte Dora so sehr in Beschlag genommen, dass sie die Geschehnisse, die sich unterdessen im Rest der Welt ereigneten, nur am Rande wahrnahm. Sie las keine Zeitung, sie hörte keine Nachrichten im Radio, sie war wie gefangen im Kosmos des Gutshofes. Zwar wusste sie, dass der Krieg andernorts mit zunehmender Grausamkeit weiterging, und hinter vorgehaltener Hand hatte ihr Vater berichtet, dass die deutschen Soldaten an der Ostfront von russischen Truppen immer weiter zurückgedrängt wurden und dass die U-Boot-Schlacht im Atlantik für Deutschland so gut wie verloren war. Aber wie sehr die großen Städte im Westen des Reiches unter den

Bombenangriffen der Amerikaner und Briten litten, das nahm Dora erst wahr, als die Twardys einen Brief von Grete aus Hamburg erhielten. Sie kündigte an, mit Otto und ihren beiden kleinen Töchtern für ein paar Wochen nach Liebenwalde zu kommen, um sich in der abgeschiedenen ländlichen Idylle von den schrecklichen Bombennächten zu erholen. Sie habe schreckliches Heimweh nach Ostpreußen, schrieb sie, und da ihre Eltern vor einiger Zeit gestorben seien und sie sonst keine Verwandten in Liebenwalde mehr habe, hoffe sie auf die Gastfreundschaft der Twardys.

»Als hätten wir hier nicht schon genug Arbeit«, murmelte Dora unwillig. »Wir sind doch keine Ferienpension. Und schon gar nicht zur Erntezeit, da haben wir auch ohne Gäste genug zu tun.«

Aber Vera Twardy schrieb umgehend zurück, dass Grete und ihre Familie auf dem Gutshof selbstverständlich willkommen seien, wie lange sie auch bleiben wollten.

Dora hatte ihre Großcousine seit deren Hochzeit vor fast vier Jahren nicht mehr gesehen. Grete war noch blasser und magerer geworden, tiefe Schatten lagen unter ihren rot geränderten Augen, als sie wenige Tage später vom Pferdefuhrwerk stieg, mit dem Erich und Philippe sie vom Bahnhof abgeholt hatten. Als Dora sie zur Begrüßung umarmte, brach Grete sofort in Tränen aus.

»Ach, Dora, du glaubst nicht, wie froh ich bin, endlich hier zu sein. Ich wäre so gerne zu deiner Hochzeit gekommen, wenn sie nicht so kurzfristig gewesen wäre. Es ist alles so schrecklich in Hamburg. Vorige Woche wurde das Nachbarhaus getroffen, die Leute sind alle tot. Es ist so furchtbar. Diese Bombennächte, dieses Elend. Ich habe seit Wochen kaum mehr ein Auge zugetan.«

»Oh«, entgegnete Dora kühl, die die Schilderungen ihrer Großcousine für theatralisch und übertrieben hielt und kein Verständnis für deren Weinerlichkeit hatte. »Ich habe mich durchaus auch nicht ausgeruht in den vergangenen Monaten. Du brauchst nicht zu denken, dass das Leben hier leicht und vergnügt dahingeplätschert ist.«

»Ach, ich weiß ja, dass du große Sorgen gehabt hast und dass du in Trauer bist, liebe Dora. Dein Verlust tut mir leid. Aber zu wissen, dass mich in der nächsten Nacht ganz sicher kein Sirenengeheul aus dem Schlaf reißen wird, dass ich nicht aufspringen muss, um mich und meine Mädchen im Feuerschutzbunker in Sicherheit zu bringen, all das ist so beruhigend. – Nun sagt der Tante Dora schön einen guten Tag!«

Die letzten Worte waren an ihre beiden kleinen Töchter gerichtet, die sich schüchtern an den Rock ihrer Mutter schmiegten. Die zwei waren aschblond und blass wie Grete, die Jüngere der beiden konnte gerade einmal laufen. Sie reichten Dora artig die Hände zur Begrüßung.

Auch Otto stieg nun vom Wagen, mühsam hielt er sich mit der Hand fest. Erschrocken sah Dora, dass er nur noch einen Arm hatte.

»Den anderen habe ich in Frankreich gelassen«, erklärte er trocken, als er Doras fragenden Blick bemerkte. »Hab bei Stellungskämpfen am Westwall ein paar Granatsplitter abbekommen. Es ist alles ordentlich verheilt, und als Krüppel habe ich den unschätzbaren Vorteil, nicht mehr in den Einsatz geschickt zu werden. Aber praktischer ist es natürlich trotzdem, wenn man zwei Arme hat.«

Seine Kaltschnäuzigkeit erschreckte sie. Mit seinem einen Arm drückte er Dora an sich. Sein Haar war grau und schütter geworden, sein Gesicht von tiefen Sorgenfalten durchzogen. Seit Dora ihn kannte, hatte er nie jugendlich gewirkt, aber nun sah er aus wie ein müder alter Mann.

»Was planst du an deinem Geburtstag, Dora?«, erkundigte sich Grete beim Abendessen. »Du wirst zwanzig, wenn ich richtig gerechnet habe, nicht wahr?«

»Ja, aber ein richtiges Fest wird es nicht geben, so kurz nach Friedrichs Tod.«

»Natürlich nicht.«

»Ach, Dora, liebes Mädchen.« Ihre Mutter sah auf. »Das habe ich ganz vergessen, dir zu sagen: Vorhin rief Onkel Hermann aus Königsberg an. Er möchte dich mit Christel und den Kindern zum Geburtstag besuchen kommen. Ist das nicht nett? Ich habe gleich zugesagt, und er meinte, es käme noch jemand mit. Christels Cousin wird dabei sein, du würdest dich sicher noch an ihn erinnern, sagte Hermann. Wie heißt er noch gleich? Curt, glaube ich.«

Curt. Als Dora so unerwartet diesen Namen hörte, durchfuhr es sie wie ein Stromschlag. Sie ließ die Gabel fallen, sodass sie klirrend auf den Teller schlug. Wie lange hatte sie jeden Gedanken an Curt verdrängt, und nun würde sie ihn wiedersehen. Er hatte ihr verziehen. Er würde kommen, zu ihr kommen und mit ihr ihren zwanzigsten Geburtstag feiern. In drei Tagen schon. Ein seltsames Brausen klang ihr im Ohr, und sie spürte den raschen Schlag ihres Herzens.

»Ja, es ist schön. Ich freue mich auf den Besuch.«

Sie hörte ihre eigene Stimme wie aus weiter Ferne. Ruhig und gelassen klang sie, beinahe beiläufig, und doch raste ihr Puls so stürmisch, und ihre Hände zitterten, sodass sie meinte, alle im Raum müssten erkennen, wie sehr sie die Worte ihrer Mutter in Aufruhr versetzten. Den Rest der Unterhaltung am Tisch nahm sie wie durch einen dicken, samtenen Vorhang wahr. Es gab nur noch einen Gedanken, der klar und stark in ihrem Kopf stand, wie ein Fels: Sie würde Curt wiedersehen.

Die nächsten Tage erlebte Dora wie im Rausch. Sie öffnete den Schrank, warf sämtliche Kleider, Röcke und Blusen auf ihr Bett und probierte alles nacheinander an, doch kein einziges Teil ihrer Garderobe schien ihr noch schick genug, um Curt damit unter die Augen zu treten. Am liebsten wäre sie zum Schneider gefahren, um sich eine neue Kollektion machen zu lassen. Aber dazu reichte weder die Zeit, noch hatte sie genug Kleidermarken dazu. Vor allem aber gab es ja kaum mehr schöne Stoffe zu kaufen, seitdem im Februar der »Totale Krieg« ausgerufen worden war und in Deutschland praktisch nur noch Sachen produziert wurden, die dem Militär dienten. Schicke Garderobe für junge Frauen gehörte jedenfalls nicht dazu.

Dora seufzte. Sie suchte die hübschesten Kleider aus, bat Erna, den Stoff hier und da mit einem farbigen Seidenband, einem Streifen Spitze oder einem markanten Knopf aufzubessern, und legte passenden Schmuck bereit. Dabei stellte sie erschrocken fest, dass sie ihre Hände seit Wochen vernachlässigt hatte. Sie waren rot und rau wie die einer Magd. Sie legte ihre Hände in Öl, und dann feilte und polierte sie ihre Fingernägel stundenlang, bis sie wieder glatt und glänzend waren.

An ihrem Geburtstagsmorgen tupfte sie sich ein wenig Rouge auf ihre Wangen und bürstete sich eine Viertelstunde lang ihre Haare, bis sie schimmerten. Sie drehte sich vor dem Spiegel in ihrem smaragdgrünen Kleid, dem Erna eine aparte schwarze Samtborte am Ausschnitt verpasst hatte, und warf sich selbst einen übermütigen Kussmund zu.

»Nun bin ich schön genug«, jauchzte sie innerlich. »Nun kann er kommen.«

Sie war gar nicht richtig bei der Sache, als der Rest der Familie ihr zum Geburtstag gratulierte und kleine, hübsch verpackte Geschenke überreichte. Kaum nahm sie wahr, dass es ihr gelang, mit einem Atemzug die zwanzig Kerzen auf der Geburtstagstorte, die das Küchenmädchen auf den Frühstückstisch gezaubert hatte, auszupusten.

»Das bringt dir janz sicher vijl Jlick!«, prophezeite Erna.

Dora lächelte nur. All ihre Sinne waren nach draußen gerichtet, wo sie sehnsüchtig erwartete, das Knirschen von Rädern in der Hofeinfahrt zu hören.

Am späten Vormittag war es endlich so weit. Zuerst fuhren Hermann, Christel und die Kinder in einem offenen Pferdegespann vor. Der Wagen war noch gar nicht ganz zum Stillstand gekommen, als Inge schon herabsprang und auf Dora zustürmte.

»Dora, meine allerliebste Cousine, ich habe mich so sehr darauf gefreut, dich endlich wiederzusehen.«

Dora, die mit den anderen Familienmitgliedern aus dem Haus geeilt war, um die Ankommenden zu begrüßen, drücke Inge liebevoll an sich. Dann betrachtete sie das Mädchen staunend.

»Lass dich anschauen, Cousinchen. Bist ja eine richtige junge Dame geworden. Wie alt bist du jetzt? Fünfzehn? Du siehst schon richtig erwachsen aus.«

»Ach was, ich bin nur ein wenig größer und älter geworden. Alles Gute übrigens zum Geburtstag!«

Es herrschte lebhafter Willkommenstrubel vor dem Haus. Dora nahm die vielen Glückwünsche der Königsberger entgegen, sie lächelte und versuchte, sich nicht anmerken lassen, wie nervös sie war in der Erwartung, nach so langer Zeit Curt heute wiederzusehen.

Kurz darauf bog sein Auto in die Hofeinfahrt. Weil die Windschutzscheibe des Wagens das Sonnenlicht reflektierte, konnte Dora den Fahrer nicht sehen, aber sie kannte Curts rote Limousine nur zu gut von ihren Ausfahrten in Königsberg. Das Dröhnen des Motors verstummte, und die Autotür ging auf.

»Curt!«, rief Dora und hielt den Atem an, als er aus dem Wagen stieg. Da war er also wieder, hier, bei ihr zu Hause auf dem Gutshof, und er sah unverändert aus. Sein grauer Anzug saß ihm wie maßgeschneidert am Körper, und die schwarzen Lackschuhe wiesen nicht das kleinste Stäubchen auf. Er lächelte sie an, aber es war nicht mehr dieses freche Raubtierlächeln, das sie so sehr gemocht hatte. Jetzt bedachte er sie mit einem freundlichen, aber unverbindlichen Nicken, als wäre sie eine entfernte Verwandte, der man im Vorbeigehen einen Gruß entbietet. Dora trat einen Schritt auf ihn zu, um ihn zu begrüßen, doch er hob entschuldigend die Hand, ging um die Motorhaube seines Wagens herum und zog die Beifahrertür auf.

»Ein Geschenk«, dachte Dora freudig. »Er hat ein großes Geschenk für mich mitgebracht, einen Blumenstrauß vielleicht, einen Strauß mit zwanzig dicken roten Rosen ...«

Sie kicherte innerlich bei diesem Gedanken. Doch Curt holte nichts aus dem Wagen heraus, sondern hielt nur die Tür auf, um jemanden aussteigen zu lassen. Es war eine junge Dame, ein paar Jahre älter als Dora, eine hübsche zierliche Person mit kurzen brünetten Locken und einem schüchternen Lächeln im Gesicht. Sie trug ein entzückendes Blumenkleid, das weit um ihre schlanken Beine schwang, und hinreißende Riemchensandalen mit winzigen Absätzen.

»Sicher wieder eine Cousine«, dachte Dora irritiert und erinnerte sich mit einem unguten Gefühl an ihre erste Begegnung mit Christel im Restaurant des Alhambra-Palastes. »Aber weshalb bringt Curt seine kleine Cousine mit zu meiner Geburtstagsfeier? Und weshalb hakt sie sich so vertraulich bei ihm unter?«

Die beiden kamen auf sie zu, während Doras Gedanken sich überschlugen. Wer war diese Frau? Was tat sie an Curts Seite? Schließlich standen sie vor ihr. Dora sah Curts Augen, die sie mit einer Ernsthaftigkeit musterten, dass es ihr einen kühlen Schauer über den Rücken jagte.

»Guten Tag, Dora«, sagte er. Seine Stimme klang ruhig und freundlich wie immer und doch reserviert, als hätte es die gemeinsam durchtanzten Nächte im Jazzkeller und seinen verrückten Heiratsantrag mitten auf dem Königsberger Steindamm nie gegeben. »Ich gratuliere dir ganz herzlich zu deinem Geburtstag und wünsche dir ein glückliches neues Lebensjahr.«

Er nahm sie in den Arm, aber nur so kurz, wie es nötig war, um ihr einen flüchtigen Kuss auf die Wange zu hauchen. Dann wandte er sich seiner Begleiterin zu. Dora nahm das alles wahr, als stünde sie neben sich. Sie war unfähig, etwas zu antworten.

»Wir freuen uns, dass wir mit dir feiern dürfen«, fuhr Curt fort. »Darf ich dir meine Gattin vorstellen? Das ist Wilma. Liebe Wilma, das ist Dora, die ich vor ein paar Jahren an der Ostsee kennengelernt habe und der es meine Cousine Christel zu verdanken hat, dass sie noch einmal ihr großes Glück gefunden hat.«

Vor Doras Augen begann es zu flimmern. Seine Gattin? Curt hatte geheiratet? Sie spürte, wie das Lächeln in ihrem Gesicht erstarrte. Mechanisch wie eine Aufziehpuppe reichte sie der anderen die Hand, und ebenso mechanisch gingen ihr die Worte über die Lippen: »Hallo, Wilma, herzlich willkommen. Ich freue mich, dich kennenzulernen.«

Niemand sollte merken, wie enttäuscht und bestürzt sie war. Dora lächelte tapfer, auch wenn ihr dabei die Mundwinkel schmerzten vor Anstrengung und sie alle Kraft aufbringen musste, nicht in Tränen auszubrechen. All ihre Freude, ihn wiederzusehen, all ihre Hoffnungen, er habe ihr verziehen, und es könnte doch noch eine gemeinsame Zukunft für sie geben, waren mit einem Schlag erloschen. Curt liebte sie nicht mehr, Curt liebte eine andere.

18.

Dora fand kaum Schlaf in dieser Nacht. Zu groß war der Schock über Curts Heirat gewesen. Es hatte sie Mühe gekostet, bis zum späten Abend die Fassung zu bewahren und den anderen vorzugaukeln, sie verlebe einen wunderbaren Geburtstag in reizender Gesellschaft. Wie erleichtert war sie gewesen, als es endlich spät genug war, um ins Bett zu sinken und in ihr Kopfkissen zu weinen.

Mit dem ersten Hahnenschrei war sie schon wieder auf und schlich hinaus auf die Koppel, um Trost bei Gilda zu finden. Während sie ihre Stirn an den warmen Hals der Stute legte und mit einer Hand über ihr Fell strich, nahm sie eine Gestalt wahr, die vom Gehöft her über die Wiese zu ihr heraufkam. Für einen Augenblick dachte Dora, es wäre Philippe, der ihr berichten wollte, dass es ein Problem mit einer der Erntemaschinen gab. Doch dann erkannte sie Curt.

»Was tust du denn hier draußen in aller Herrgottsfrühe?«, fragte sie verblüfft.

»Das Gleiche könnte ich dich fragen. Ich konnte nicht schlafen. Es ist alles so ungewohnt hier, die Geräusche, die Luft ... Ich stand am Fenster und sah, wie du über den Hof gingst, und dachte, ich leiste dir ein wenig Gesellschaft. Darf ich?«

Dora nickte. »Natürlich darfst du. Aber was sagt Wilma dazu?«

»Sie schläft noch.«

Sie schwiegen, als suchten sie beide die richtigen Worte für ein unverfängliches Gespräch, in dem sie alles ausklammerten, was sie einmal verbunden hatte.

Aber Dora wusste nichts zu sagen. Ihr stand nur ein einziger Gedanke im Kopf, und den wagte sie nicht auszusprechen: Weshalb, dachte sie, ist Curt überhaupt hergekommen, wenn er doch längst mit einer anderen verheiratet ist?

»Ich wollte dich wiedersehen.«

Dora fuhr zusammen, als er das sagte, weil sie schon wieder das Gefühl hatte, er läse in ihren Augen wie in einem offenen Buch.

»Es ist so viel Zeit vergangen seit damals«, fuhr er fort. »Und es hat sich so vieles geändert. Ich war so traurig und enttäuscht damals, als ich von deiner Verlobung hörte. Irgendwie hatte ich immer noch die Hoffnung, dass du es dir anders überlegst. Wie besinnungslos bin ich durch die Welt gereist und habe fotografiert wie ein Besessener, das hat mich abgelenkt. Und dann habe ich Wilma kennengelernt.«

»Pff«, schnaubte Dora. »Dieses schüchterne Gänschen passt überhaupt nicht zu dir!«

»Du irrst dich, Dora, Wilma ist bestimmt kein Gänschen. Vielleicht ist sie nicht so temperamentvoll und leidenschaftlich wie du es bist, aber sie ist eine kluge und starke Frau mit einem großen Herzen.«

»Wo habt ihr euch kennengelernt? In einem Hutladen?«, fragte Dora schnippisch.

»Nein.« Curt ging auf ihren Tonfall nicht ein. »Es war in einem Restaurant in Berlin, als sie mir meinen Kaffee gebracht hat. Dort ist sie aufgewachsen. Sie hat gelernt, früh auf eigenen Beinen zu stehen, weil ihre Eltern gestorben sind, als sie noch ein Mädchen war. Durch sie habe ich wieder Boden unter den Füßen bekommen.«

Dora senkte ihren Blick und betrachtete die winzige Blüte eines Gänseblümchens neben ihrer Schuhspitze, als hätte sie so ein Gewächs noch nie gesehen.

»Und seit wann seid ihr verheiratet?«

»Seit zwei Monaten. Ich habe ihr den Antrag gemacht an dem Tag, an dem ich von deiner Hochzeit erfahren hatte.«

Dora stöhnte leise, doch sie sagte nichts.

»Hermann hat mir kürzlich erzählt, was alles passiert ist. Es tut mir leid, dass du so viel Schlimmes durchgemacht hast. Ich bin hergekommen, um dir das zu sagen. Du sollst wissen, dass es mir nicht gleichgültig ist, wie es dir geht. Dass du mir immer etwas bedeuten wirst. Ich hoffe ...«

»Ja, danke«, fiel Dora ihm ungehalten ins Wort. Es war ihr unerträglich, dass Curt sie bedauerte. »Es geht mir schon wieder besser. Wie du siehst, habe ich die Trauerkleidung abgelegt. Ich habe nicht viel Zeit, der Vergangenheit hinterherzujammern. Dazu ist auf dem Hof zu viel zu tun.«

»Ich weiß, was du geleistet hast. Dein Vater erzählte es mir gestern Abend. Er ist sehr stolz auf dich.«

Ein schwaches Lächeln huschte über ihr Gesicht. »Es wäre mir so viel wohler, wenn er nächste Woche nicht wieder zum Einsatz müsste.«

Curt nickte. »Es wäre uns allen wohler.«

Er sah ernst aus. Da waren ein paar kleine Fältchen an seinen Augen, die früher nicht da gewesen waren, wie Dora feststellte. Auch an ihm war der Krieg nicht spurlos vorbeigegangen.

»Du hast dich verändert«, sagte sie und schaute ihm dabei in die Augen. »Du machst gar keine Scherze mehr. Wo ist deine Spottlust geblieben?«

Curt zuckte mit den Schultern. »Es gibt keinen Grund mehr, zu spotten und zu scherzen, dazu ist die Lage viel zu ernst.«

»Das sagst ausgerechnet du? Was ist los?«

»Ach, Dora.« Curt schüttelte langsam und tief seufzend den Kopf. »Deutschland wird den Krieg verlieren.«

»Aber nein, Curt. Du irrst dich. Du bist genauso pessimistisch wie Papa. Lest ihr denn keine Zeitungen? Unsere Soldaten kämpfen überall voller Leidenschaft, und sie wehren an sämtlichen Fronten die Angriffe unserer Feinde tapfer ab. Ich habe zwar keine Zeit, die Details zu studieren, aber das steht doch jeden Tag dick in den Schlagzeilen.«

Curt lachte bitter. »Ja, so schreiben sie es in der Zeitung. Aber glaub mir, Dora. Kein Wort davon ist wahr. Das sind bloß leere Durchhalteparolen. Der Führer und seine Leute versuchen, das Volk bei Laune zu halten. Aber lang wird es nichts mehr nützen. Von allen Seiten wird gegen Deutschland zurückgeschlagen. Weißt du, wie viele Flugzeuge und U-Boote die Amerikaner und die Engländer haben? Und wie viele Panzer und Soldaten die Russen? Unsere Truppen siegen nicht mehr. Es hat bloß noch keiner gemerkt. Seit der Niederlage von Stalingrad ist es vorbei. Die Russen marschieren gen Westen, als wären die tapferen deutschen Soldaten nur Streichhölzer in der Landschaft. Es wird bald ein schreckliches Ende nehmen.«

»Das darfst du nicht sagen, Curt!«, rief Dora erschrocken.

Curt nickte grimmig. »Du hast recht. So etwas darf niemand sagen. Denn wenn es sich im Reich herumsprechen würde, dass das Volk von Hitler nach Strich und Faden belogen und betrogen wird, dann würden sich die Leute vielleicht zusammentun und sich gegen ihn auflehnen und versuchen zu retten, was noch zu retten ist, auch wenn da nicht mehr sehr viel übrig ist, wie ich befürchte.«

Dora wurde es kalt. »Du machst mir Angst, Curt.«

Er nahm ihre Hand in seine, so unerwartet und heftig, dass sie zusammenzuckte. Seine Augen waren auf sie gerichtet, Dora las mehr als Bestürzung darin, es war schiere Verzweiflung.

»Wir haben allen Grund, Angst zu haben, Dora. Die Lage ist katastrophal. Das Ende wird kommen. Wir können nur hoffen, dass es schnell kommt und dass uns dann noch Luft zum Atmen bleibt.«

Er ließ sie los und fuhr sich mit beiden Händen durch die Haare, als könne er mit dieser Geste nicht nur seine Frisur, sondern auch die ganze Weltlage in Ordnung bringen. Als er weitersprach, war seine Stimme ruhiger. »Entschuldige, Dora. Ich will dich nicht ängstigen. Es nützt ja nichts. Aber glaub mir, ich habe Dinge gesehen ...«

Weiter sprach er nicht, denn jemand rief seinen Namen. Es war Erich, der vom Hof her zur Koppel heraufgelaufen kam und mit beiden Armen winkte. »Wilma geht es nicht gut. Du musst sofort zu ihr kommen.«

• • •

Wilma blieb den ganzen Vormittag im Bett. Erst gegen zwölf Uhr stand sie auf und entschuldigte sich bei den anderen für ihre Unpässlichkeit. Sie sah sehr blass aus und hatte lila Ringe unter den Augen. Als kurz darauf die Düfte des Mittagessens durchs Gutshaus zogen, verdrehte sie das Gesicht und stürzte ins Badezimmer.

»Vermutlich war sie gestern ein wenig beschwipst vom Bärenfang«, mutmaßte Dora, während sie zusammen mit Erna im Hauswirtschaftsraum stand und die Tischwäsche begutachtete, um festzulegen, welche Tücher und Decken man noch gebrauchen konnte und welche auszusortieren waren. Aber Erna schüttelte den Kopf.

»I wo. Sie hat nich eijn eijnziges Schlubberchen davon jetrunken. Hat doch den janzen Tag nur an ihrer Limonade jenippt, das arme kleijne Ding.«

Erst zum Abend hin ging es Wilma etwas besser, obwohl sie noch immer keinen Appetit hatte. Curt wich ihr nicht von der Seite. Unglücklich beobachtete Dora, wie die beiden aneinandergeschmiegt auf der Veranda saßen, schweigsam und doch so vertraut, dass sie selbst beinahe Magenschmerzen davon bekam.

Am nächsten Morgen fühlte sich Wilma noch unwohler und verließ das Bett überhaupt nicht mehr.

»Wir können heute unmöglich zurück nach Königsberg fahren«, erklärte Curt mit besorgter Miene beim Frühstück. »Bitte, es muss ein Arzt kommen. Ich bin zutiefst beunruhigt.«

Vera Twardy schickte nach Sanitätsrat Gohlke, der auch bald darauf kam und die Patientin eingehend untersuchte. »Vielleicht hat sie Typhus oder die Spanische Grippe und steht nie wieder auf«, schoss es Dora durch den Kopf und schämte sich gleichzeitig zutiefst für diesen hässlichen Gedanken. Sie saß neben Curt und ihrer Mutter im Salon, wo sie ungeduldig auf die Diagnose des Arztes warteten. Endlich öffnete sich die Tür, und der Doktor trat ein. Curt sprang augenblicklich auf.

»Was ist los mit ihr, Doktor?«

»Ich habe eine gute und eine schlechte Nachricht«, begann der Arzt umständlich. »Die gute ist, verehrter Herr von Thorau, Ihre Frau ist in anderen Umständen. Ich darf Ihnen dazu schon einmal herzlich gratulieren. Wenn alles glattgeht, werden Sie im Februar Vater. Die schlechte Nachricht ist, es geht der werdenden Mutter tatsächlich nicht gut. Es gibt Komplikationen, und ich rate Ihrer Gattin dringend, viel zu ruhen und möglichst im Bett zu bleiben, um das ungeborene Leben nicht zu gefährden. Von einer Reise rate ich ihr bis auf Weiteres dringend ab.«

Dora schloss die Augen. Sie wagte es nicht, Curt anzusehen. Doch sie hörte es sogleich seiner Stimme an, wie glücklich er über diese unerwarteten Nachrichten war und gleichzeitig doch auch so besorgt.

»Danke, Doktor Gohlke. Das sind ja wirklich aufregende Nachrichten. Oh mein Gott. Ich weiß gar nicht, was ich sagen soll. Natürlich wird sich meine Frau schonen. Und was die Bettlägerigkeit angeht, liebe Dora, liebe Frau Twardy, vielleicht dürften Wilma und ich Ihre Gastfreundschaft noch ein paar Tage länger strapazieren?«

Dora verschlug es die Sprache. Sie überließ es ihrer Mutter zu antworten.

»Da machen Sie sich bitte keine Sorgen, lieber Curt. Selbstverständlich bleibt Wilma so lange bei uns, wie es ihr guttut und wie sie möchte. Und für Sie gilt natürlich dasselbe. Unser Haus steht Ihnen jederzeit offen.«

»Das ist sehr gütig von Ihnen, ich nehme Ihr Angebot gerne an. Eigentlich hätte ich morgen Abend gleich von Königsberg nach Berlin weiterfahren sollen, aber ich werde diesen Termin verschieben. Wenn es Ihnen recht ist, bleibe ich noch ein paar Tage hier, um Wilma Beistand zu leisten. Und wenn ich dann abreisen muss, weiß ich sie in guten Händen. Ganz vielen herzlichen Dank.«

Dora spürte, dass er sie bei diesen Worten ansah, doch sie wich seinem Blick aus. Sie wusste ihre eigenen Empfindungen nicht zu deuten. Einerseits freute sie sich, Curt glücklich zu sehen. Und es war schön, dass sie ein paar zusätzliche Tage miteinander verbringen konnten. Andererseits fürchtete sie sich vor den kommenden Wochen, in denen sie mit seiner Frau unter einem

Dach leben würde und zusehen musste, wie sein Kind unter ihrem Herzen heranwuchs.

An den nächsten Tagen bekam Dora Curt kaum zu Gesicht. Er verbrachte die meiste Zeit an Wilmas Bett, und Dora verschanzte sich im Arbeitszimmer des Gutshauses, nachdem Josef Twardy wieder zurück an die Front gefahren war. Es gab viel zu tun am Ende des Sommers, die Einlagerung der Ernte musste dokumentiert und kontrolliert, der Verkauf und Abtransport des überschüssigen Getreides organisiert werden, und die Gutsarbeiter erwarteten pünktlich die Auszahlung ihres Deputats. Zwanzig Reichsmark gab es in den Sommermonaten für jede Familie, hinzu kamen zentnerweise Kartoffeln und Getreide, denn der größte Teil ihres Lohns stand den Leuten in Naturalien zu. Selbst der alte Opa Machalski, mit seinen 74 Jahren der Älteste der Leute, half zur Erntezeit noch aus und erhielt dafür stets eine kleine Extra-Vergütung.

Noch immer fiel Dora die Schreibtischarbeit nicht leicht, aber sie war froh, dass die Listen, Rechnungen und Kassenbücher sie davon abhielten, sich Gedanken über Curt und Wilma zu machen. Erst nach Sonnenuntergang verließ sie das Büro und drehte eine letzte Runde durch die Ställe, um sich zu vergewissern, dass auch dort alles in Ordnung war, so wie es ihr Vater stets zu tun pflegte.

• • •

Als sie wenige Tage nach ihrem Geburtstag abends über den Hof zurück zum Gutshaus ging, war es schon dunkel. Trotzdem erkannte sie, dass jemand auf der Veranda saß. Die Schaukelbank gab ein leises, rhythmisches Quietschen von sich.

»Wer ist da?«, rief sie durch die Finsternis.

»Ich bin's«, antwortete Curt leise. »Bitte nicht erschrecken.«

Dora nahm die Stufen zur Veranda hinauf in zwei Schritten. »Warum bist du noch draußen, Curt? Es ist doch schon spät.«

»Du bist doch auch noch wach. Komm, setz dich einen Augenblick zu mir. Es ist eine so schöne warme Sommernacht, und mir gehen so viele Gedanken durch den Kopf, dass ich sowieso nicht schlafen kann.«

Er stoppte die Schaukel für einen Moment, und Dora ließ sich neben ihm nieder. Sie lehnte sich zurück, und während die Bank sanft hin- und herschwang, fühlte Dora, wie erschöpft sie war und wie gut es tat, einfach nur dazusitzen, nichts zu machen, nichts zu sagen, nichts zu denken, nur das Flimmern der Sterne am hohen Nachthimmel zu betrachten und Curts Anwesenheit zu spüren. Abgesehen von dem leisen Quietschen der Schaukelbank lag nächtliche Stille über dem Hof, gelegentlich unterbrochen durch ein Klirren oder Schnauben aus den Stallungen, und von den Beerensträuchern im Obstgarten her drang hin und wieder das Rascheln einer Maus oder eines Igels herüber. Auch Curt hing stumm seinen Gedanken nach, aber es war Dora nicht unangenehm, miteinander zu schweigen. Auf dem schmalen Sitz berührten sich ihre Oberarme und ihre Hüften, und Dora genoss die Wärme seines Körpers an ihrer Seite.

»Es tut mir leid, dass wir euch solche Umstände machen«, sagte Curt schließlich. »Es ist sehr großzügig von euch, dass Wilma bei euch bleiben darf.«

»Das ist doch selbstverständlich«, murmelte Dora. »In der Not hält die Familie zusammen, so war es schon immer bei den Twardys.«

Sie überlegte, woher sie die Worte kannte, die ihr gerade wie von selbst aus dem Munde gekommen waren, und erinnerte sich daran, dass ihre Mutter so etwas gesagt hatte, damals, kurz vor ihrem Aufbruch nach Königsberg.

»Das ist ein schönes Motto. Es wird mir leichter fallen wegzufahren, wenn ich weiß, dass Wilma hier bei euch lebt, solange es ihr nicht gut geht. Hier ist alles so ruhig und friedlich, als gäbe es das Grauen und Elend des Krieges gar nicht.«

Dora seufzte. Die Magie des Moments war augenblicklich verflogen. Sie war enttäuscht, dass Curt ausgerechnet jetzt von seiner Frau und vom Krieg sprach und davon, dass er bald wieder abreisen würde. Hätte er nicht von etwas anderem reden können an einem so zauberhaften Sommerabend wie diesem?

»Jetzt sprichst du schon wie Grete«, beklagte sie sich. »Den ganzen Tag lang jammert sie herum, wie schrecklich das Leben in Hamburg geworden ist. Als hätten wir hier nicht auch unsere Sorgen! Mein Bruder und mein Verlobter sind gefallen, mein Mann ist verunglückt, mein Vater ist kaum mehr zu Hause. Die Hälfte unserer Pferde hat die Wehrmacht eingezogen, unsere besten Knechte sind an der Front, und die Versorgung mit Lebensmitteln wird auch immer schwieriger: Im Laden ist nicht einmal mehr vernünftiger Kaffee zu bekommen, ganz zu schweigen von einem schönen neuen Kleid, das ich dringend bräuchte. Meine alten Kleider sind schon ganz abgetragen. Glaub mir, ich hasse den Krieg auch.«

»Ach, Dora. Das weiß ich ja. Ich bewundere dich wirklich sehr für alles, was du in der letzten Zeit geschafft hast. Du hast es nicht leicht gehabt. Und es ist wirklich schade, dass du deine hübsche Garderobe nicht um das ein oder andere hinreißende Exemplar ergänzen kannst. Das hättest du dir wahrlich verdient, wobei ich dich beruhigen kann: Du siehst in jedem Kleid bezaubernd aus, egal, wie abgetragen es auch sein mag. Aber glaub mir, die meisten Menschen wären froh, wenn sie nur deine Sorgen hätten.«

Dora schwieg trotzig. Einen winzigen Augenblick lang hatte sie den vertrauten Spott in Curts Stimme wahrgenommen. Aber sie konnte sich nicht darüber freuen, dass etwas von seiner alten Heiterkeit aufgeblitzt war. Sie war gekränkt. Er behandelt mich wie ein kleines verwöhntes Mädchen, dachte sie. Doch noch während ihr das durch den Kopf ging, dämmerte ihr, dass Curt vielleicht recht haben könnte mit seiner Kritik. Wilhelms letzter, sorgenvoller Brief kam ihr in den Sinn und die Worte des fremden Soldaten, der sein Halstuch an sich genommen hatte, weil er in Russland so erbärmlich gefroren hatte. Ja, mit dem Schicksal dieser Männer wollte sie wirklich nicht tauschen.

»Weißt du, Curt, manchmal habe ich das alles so satt, die Arbeit, die Verantwortung, alles liegt bei mir. Alle erwarten, dass ich weiß, was zu tun ist, meine kleinen Brüder, die Hausmädchen, die Arbeiter, selbst meine Mutter. Manchmal bin ich so müde, Curt. Ich möchte es auch einmal so machen wie Grete, einfach irgendwohin gehen und sagen: Mir geht es nicht gut, ich muss mich bei euch ein wenig ausruhen.«

Curt antwortete nicht. Doch sein Schweigen sagte Dora, dass er über etwas nachdachte.

»Ich möchte dir etwas zeigen«, sagte er unvermittelt. »Kann man hier draußen ein wenig Licht machen?«

Dora tastete nach dem Kerzenständer und der Schachtel Streichhölzer auf dem kleinen Tisch, der neben der Bank stand. Sie riss ein Hölzchen an und entzündete den Docht der Kerze, deren heller Schein gleich ein paar Nachtfalter anlockte. Das Licht warf harte Schatten in Curts Gesicht und ließ seine Wangenknochen scharf hervortreten.

»Was ist los?«, fragte Dora verwundert. Curt griff in seine Jackentasche und zog etwas heraus.

»Sieh mal! Diese Fotos habe ich vor ein paar Wochen gemacht.«

Er hielt die Bilder ans Licht, eins nach dem anderen, und

Dora betrachtete sie mit wachsender Bestürzung. Die Fotos zeigten Trümmerlandschaften, ausgebrannte Häuser, zerstörte Brücken, Schuttberge, daneben weinende Menschen, bleich und verdreckt herumirrende Kinder, eine tote Frau unter einer eingestürzten Mauer. Einige Bilder waren vom Flugzeug aus aufgenommen worden. Völlig verwüstete Städte waren darauf zu sehen, Straßenzüge, in denen kein Stein mehr auf dem anderen zu stehen schien.

»Das ist ja grauenhaft!« Dora wandte sich erschrocken ab. »Was ist das?«

»Das ist Deutschland. Deutschland im Sommer 1943. So sehen Hamburg, Köln und Berlin aus, nachdem die britischen und amerikanischen Bomber ein paarmal darüber hinweggeflogen sind. Und es geht weiter mit dem Feuersturm. Frankfurt, Stuttgart, München ... Es ist nur eine Frage der Zeit, bis der Krieg auch unser schönes friedliches Ostpreußen erreicht.«

»Bitte, sag das nicht, Curt.« Dora hätte sich am liebsten die Ohren zugehalten. »Bitte hör auf mit diesen schrecklichen Mutmaßungen. Ich bekomme Bauchschmerzen davon.«

»Es hilft nichts, davor die Augen zu verschließen, Dora. Das macht die Sache nicht besser. Ich habe zu vieles gesehen, um den Lügen des Führers noch länger glauben zu können.«

»Curt!«, rief sie erschrocken.

»Ich weiß, dass ich so etwas nicht laut sagen sollte. Aber weißt du, wenn ich noch länger schweige, dann bekomme ich davon mehr als Bauchschmerzen. Es sind weiß Gott nicht nur die zerstörten Städte, die mich verzweifeln lassen. Sieh dir das hier an!«

Curt schob die Fotos zurück in seine Jacke. Dann öffnete er sein Jackett und holte aus der Innentasche einen weiteren Stoß Bilder heraus.

»Das hier muss bitte unter uns bleiben.« Er senkte die Stimme zu einem Raunen. »Diese Fotos habe ich heimlich gemacht. Ich habe sie noch niemandem gezeigt, das Propagandaministerium darf nicht wissen, dass ich diese Bilder aufgenommen habe. Sie haben mich eine Verschwiegenheitserklärung unterschreiben lassen, bevor ich nach Krakau gefahren bin. Ich wage nicht, mir vorzustellen, was mit mir passiert, wenn diese Fotos an die Öffentlichkeit kommen.«

»Was sind das für Fotos?«, flüsterte Dora beunruhigt.

Curt reichte sie ihr wortlos. Sie sah einen Güterzug, der auf einer Laderampe vor einem lang gestreckten verklinkerten Gebäude stand, Menschen wurden aus dem Waggon getrieben wie eine Herde Vieh. An ihren Jacken und Mänteln steckte ein gelber Stern, und in ihren Augen stand die blanke Angst. Das nächste Bild zeigte einen hohen Stacheldrahtzaun, dahinter eng aneinandergedrückt eine Gruppe bleicher, magerer Kinder. Alle trugen die gleiche gestreifte Kleidung, als hätten sie ihre Schlafanzüge noch nicht ausgezogen. Beim nächsten Foto unterdrückte Dora einen Schrei. Ein Berg Leichen war darauf zu sehen, tote Menschen, die achtlos übereinandergeworfen waren wie Brennholz, alle nackt, ihre Körper nur noch Haut wie Pergament und Knochen.

Dora schossen die Tränen in die Augen. Sie machte keinen Versuch, sie zu unterdrücken, und ließ sie über ihre Wangen laufen.

»Mein Gott. Das ist so schrecklich. Das ist unerträglich. Wo hast du diese Bilder gemacht?«

»In Auschwitz.«

»Auschwitz? Was ist das?«

»Das ist ein Lager in der Nähe von Krakau. Man bringt die Juden dorthin.«

»Man bringt sie in Lager? Ich dachte, sie werden in Züge gebracht, um des Landes verwiesen zu werden …«

»Nein. Sie werden abtransportiert wie Schlachtvieh. Es gibt auch noch in anderen Städten solche Konzentrationslager. Dora, das ist die Hölle.«

»Ja.« Sie wandte den Blick ab. Aber der Leichenberg stand ihr noch immer vor Augen. »So muss die Hölle aussehen.«

»Einer der SS-Offiziere hat mich heimlich herumgeführt. Ich weiß nicht genau, was mit den Menschen dort passiert. Ich konnte mir nicht alles ansehen, es war verboten, dort zu fotografieren. Aber dieser Geruch, Dora … Ich glaube, sie töten die Juden dort.«

»Aber warum, Curt?« Dora wurde übel. »Weshalb sollte man Juden töten? Wer macht so was? Und wieso?«

Curt schob die Fotos zurück in seine Jackentasche und legte den Arm um ihre Schultern. Sie schmiegte sich an ihn und ließ ihren Tränen freien Lauf, aus Schmerz über das Böse und das Leid in der Welt und aus Scham darüber, dass sie bisher so naiv und ahnungslos gewesen war. Jetzt verstand sie, weshalb Curt ihre Sorgen so geringschätzte. Er hatte recht. Wie hatte sie sich je über schlechten Kaffee oder ein altes Kleid beklagen können. Sie kannte den Krieg nicht und nicht die Qual der Verfolgten, sie lebte hier auf einer Insel der Seligen und sollte dankbar dafür sein.

»Ich weiß es nicht«, antwortete Curt. »Es muss einen Hass geben, der so groß, so irrsinnig und so böse ist, dass mir dafür jede Vorstellungskraft fehlt.«

»Man muss es dem Führer sagen«, rief Dora plötzlich. »Er darf so etwas Grässliches nicht zulassen. Er muss die Leute, die dafür verantwortlich sind, bestrafen.«

Sie stockte, als sie im aufflackernden Licht der Kerze Curts

Augen sah. Sie waren geweitet vor Bestürzung, und als er langsam den Kopf schüttelte, da begriff sie das ganze Ausmaß dessen, was sie gerade erfahren hatte.

»Oh mein Gott«, hauchte sie. »Du meinst, der Führer ...«

Sie wagte nicht weiterzusprechen.

»Nichts in Deutschland geschieht, ohne dass er davon weiß«, flüsterte Curt. »Der Führer selbst ist von diesem Hass durchdrungen, du weißt doch, wie er über Juden spricht, welche menschenverachtenden Bestimmungen und Gesetze er in den vergangenen Jahren erlassen hat. Denk an die Boykottaufrufe, die Berufsverbote, die Entlassungen und Enteignungen. Er ist es, der die Menschen töten lässt wie Ungeziefer und diesen Krieg angezettelt hat, der die ganze Welt ins Verderben reißt. Er ist es, der den Zeitungen und Radioredaktionen diktiert, was sie sagen sollen, der mich beauftragt hat, mit heroischen Fotos diesen Krieg zu verherrlichen. Ich wusste damals nicht, auf was ich mich da eingelassen hatte. Es hat mir einfach Spaß gemacht, in der Welt herumzufliegen. Was schert es mich, wer das Sagen hat, egal, ob Hitler, Stalin oder der Dschungelkönig Bimbala, Hauptsache, ich komme herum! Das war immer meine Devise. Aber dann habe ich einen Blick hinter die Kulissen geworfen, habe die Lüge entdeckt, die Bosheit und den Wahnsinn, der hinter diesem System steckt. Und ich darf diese Leute nicht länger decken. Ich muss handeln. Ich muss die Menschen aufrütteln. Die ganze Welt muss wissen, was da passiert. Aber ich weiß nicht, was ich tun soll. Verstehst du, Dora? Es ist mir ernst. Was soll ich tun?«

Dora fröstelte plötzlich, obwohl es eine milde Augustnacht war, in der die Glühwürmchen über der Wiese des Obstgartens tanzten.

»Curt, ich habe Angst um dich.«

Ehrlich und unverstellt kamen ihr diese Worte aus tiefstem

Herzen. Es war eine Angst, so bodenlos und unermesslich, wie sie sie noch nie empfunden hatte. Curt schien ihr Entsetzen zu spüren. Er zog sie näher an sich und strich ihr mit einer Hand über das Haar. Dora ließ es geschehen. Sie hielt den Atem an, gleichermaßen erschrocken und beseelt über diesen Augenblick unerwarteter Zärtlichkeit.

»Ich habe auch Angst, Dora. Ich weiß, dass ich vorsichtig sein muss. Mir darf nichts geschehen, denn ich bin Zeuge dieses Frevels.«

Er küsste flüchtig ihren Scheitel, dann löste er die Umarmung. Dora zitterte noch immer.

»Warum hast du mir diese Bilder gezeigt?«

Curt zögerte, bevor er mit leiser, aber entschiedener Stimme antwortete. »Damit du aufwachst. Damit du weißt, was in Deutschland vorgeht. Weil du stark genug bist, um die Wahrheit zu ertragen. Und klug genug, um mit diesem Wissen vorsichtig umzugehen. Denn es ist gefährlich, wenn es an die Falschen gerät. Lebensgefährlich. Bitte versprich mir, dass du niemandem erzählst, was du heute gehört und gesehen hast. Es ist wichtig. Sprich auch nicht mit Wilma darüber. Sie weiß nichts davon. Niemand darf wissen, dass ich diese Fotos gemacht habe.«

Ein jähes groteskes Triumphgefühl erfasste Dora. Es gab etwas, das sie und Curt verband, ein Geheimnis, das nur sie beide miteinander teilten und Wilma ausschloss. Dies zu wissen berauschte Dora für einen Moment wie eine verbotene Droge, doch im nächsten Augenblick schämte sie sich dieser Gefühle zutiefst. Denn das, was sie gerade erfahren hatte, war zu grauenhaft, um etwas anderes als Schauder und Entsetzen zu empfinden.

»Seit ich diese Bilder gemacht habe, gehen sie mir nicht mehr aus dem Kopf«, fuhr Curt fort. »Man muss doch etwas tun, nicht wahr? Man darf doch nicht einfach zusehen, wie Recht und Freiheit mit Füßen getreten werden. Oh, verdammt, man sollte sich zusammentun und den Führer umbringen.«

Die letzten Worte schleuderte er so laut heraus, dass Dora ihm erschrocken die Finger auf den Mund legte. »Pst! So sei doch leise! Oh Gott, wenn dich jemand hört!«

Curt nickte aufgewühlt. Sein Blick traf sie mit einer Intensität, die sie nicht kannte. Plötzlich legte er seine Hand auf ihre, die noch immer seinen Mund bedeckte, schloss die Augen und küsste ihre Fingerkuppen. Dora wurde es beinahe schwindelig, als sie den sanften Druck seiner Lippen spürte.

Er liebte sie. Er liebte sie noch immer. Und sie ihn mehr denn je. Am liebsten hätte sie ihre Arme um ihn geschlungen und ihn geküsst, leidenschaftlicher noch als damals beim Tanzen in Königsberg. Und diesmal hätte sie es nicht bereut. Lass uns fortlaufen, hätte sie am liebsten geschrien, ganz weit weggehen, noch heute Nacht, irgendwohin, wo es keinen Krieg gibt, keine Bomben, keine Konzentrationslager, keine Angst, keine Sorgen – und keine Wilma. Irgendwohin, wo wir beide noch einmal ganz von vorne anfangen können. Doch da hatte Curt ihre Hand längst von seinen Lippen gelöst und zurück auf ihren Schoß gelegt.

Er räusperte sich. »Es wird Zeit, dass ich nach Wilma sehe.« Seine Stimme klang unerwartet nüchtern und sachlich, als bereue er den Moment der Nähe, den er zugelassen hatte. »Sicher fragt sie sich schon, wo ich bleibe.«

Er stand auf, blieb aber noch einen Augenblick neben der Schaukel stehen. »Morgen fahre ich zurück nach Königsberg, gleich in der Frühe. Ich kann das nicht länger aufschieben.«

»Morgen schon? So plötzlich?«

»Ja, ich muss fort. Ich habe eure Gastfreundschaft ohnehin schon viel länger in Anspruch genommen, als ich es geplant hatte. Aber ich werde ja bald wiederkommen.«

Dora versuchte zu lächeln, brachte aber nicht mehr als eine Grimasse zustande. »Natürlich«, sagte sie bitter. »Du musst ja sehen, wie es deiner Frau geht.«

»Ja«, erwiderte er schroff. »Das muss ich.«

Sie betrachteten einander im flackernden Licht der Kerze. Dora schien es, als sammelte er im Schweigen Mut für das, was er noch zu sagen hatte.

»Bitte, kümmere dich um Wilma«, setzte er schließlich hinzu. »Es klingt vielleicht merkwürdig, aber ich hoffe, ihr könnt Freundinnen werden. Ich glaube, du würdest sie lieben, wenn ... wenn sie nicht meine Frau wäre. Sie mag dich gern. Das hat sie mir heute Nachmittag gesagt. Und sie weiß, dass ich dir einmal einen Heiratsantrag gemacht habe.«

Dora schluckte. Die Erinnerung an jenen Abend in Königsberg und der Gedanke daran, was geworden wäre, wenn sie damals Ja gesagt hätte, wenn sie ihre Gefühle zugelassen hätte, trieben ihr erneut die Tränen in die Augen. Doch sie blinzelte sie energisch weg. Nein, diesem Gedanken durfte sie nicht länger nachhängen. Damals hatte es Wilhelm gegeben, jetzt gab es Wilma. Und Wilma erwartete ein Kind von Curt. Dora blies die Kerze aus.

19.

Der Sommer ging dahin. Ende August flogen die Störche fort, und vor der Veranda welkten die Rosen und Levkojen. Herbstwind riss die Blätter von den Linden und ließ sie durch die Luft wirbeln. Es war nichts Goldenes an diesem Oktober im Jahr 1943. Braun, müde und verknittert lagen die Blätter auf der Zufahrtsallee. Tag für Tag wurde es lichter im Wald, und wenn Dora einen Ausritt unternahm, raschelte das trockene Laub unter Gildas Hufen. Grete und ihre Familie waren längst zurück nach Hamburg gefahren, wenngleich schweren Herzens. Tränenreich hatte sich die Großcousine von den Twardys verabschiedet. »Wir müssen zurück«, schluchzte sie. »Wir können Ottos alte Mutter nicht länger allein lassen. Oh, wer weiß, wann wir uns wiedersehen.«

Diesmal drückte Dora sie fest an sich, Curts Fotos mit den verheerenden Trümmerlandschaften noch vor Augen. »Ihr könnt jederzeit wiederkommen«, bot sie an, und es kam ihr aus tiefstem Herzen.

Wilma lebte noch immer im Gutshaus, als längst die ersten Novemberstürme tobten und den Nebelkrähen, die in großen Schwärmen krächzend über die verwaisten Felder flogen, durchs Gefieder bliesen. Sie trug weite Schürzen über ihrem Kleid, was ihren Zustand allerdings eher betonte denn versteckte. Es war ihr deutlich anzusehen, dass sie ein Kind erwartete. Um sich und ihr Baby zu schonen, durfte sie sich zwar noch immer nicht anstrengen, und bei jeder Bewegung fiel ihr das Atmen zusehends schwerer, aber Sanitätsrat Gohlke hatte bei einer seiner wöchentlichen Visiten befunden, dass sie nicht mehr den ganzen Tag im Bett zu liegen brauchte. An den wenigen sonnigen Nachmittagen des Herbstes saß sie in warme Decken gehüllt stundenlang auf der Schaukelbank vor dem Haus und strickte glücklich lächelnd Babykleidung aus Wollknäueln, die Erna aus alten Pullovern aufgeribbelt hatte. Wenn es zu kalt oder zu regnerisch draußen war, gesellte sie sich zu Doras kleinen Brüdern und las ihnen etwas aus ihrer Fibel vor oder half ihnen dabei, das kleine Einmaleins zu lernen. Klaus und Arno liebten Wilma. Sie war still, freundlich und geduldig, und auch Dora hatte sich längst an ihre Anwesenheit gewöhnt. Manchmal bat sie Wilma selbst um Hilfe, wenn sie im Büro ein Problem mit einer Abrechnung hatte, und Wilma schien dankbar zu sein, dass sie sich mit ihren Rechenkünsten nützlich machen konnte. Doch es blieb eine Distanz zwischen den beiden. Nie sprach Dora ein persönliches Wort mit Wilma.

Curt kam gelegentlich zu Besuch. Manchmal aber hörten die beiden Frauen wochenlang nichts von ihm. Dora versuchte dann, ihre Sorge, ihm könnte etwas passiert sein, vor Wilma zu verbergen. Aber wenn dann doch endlich ein Anruf oder ein Brief kam, in dem Curt schrieb, wohin ihn sein Einsatz als Kriegsfotograf gerade getrieben hatte, war sie jedes Mal so erleichtert, dass sie hätte jauchzen mögen. Wilma entging ihre Erregung nicht. Sie drückte dann Doras Hand und sagte: »Gott sei Dank, es geht ihm gut. Jetzt können wir alle wieder ruhig schlafen, nicht wahr?«

An den Wochenenden, an denen Curt auf den Gutshof kam, war Dora glücklich über seine Anwesenheit, wenngleich sie spürte, dass er Abstand zu ihr hielt. Er vermied es, mit ihr allein zu sein. Nie wieder sprachen sie über jenen Sommerabend, an dem er ihr die verstörenden Fotos gezeigt und seine Verzweiflung über die politische Lage mit ihr geteilt hatte, und nie wieder kam es zu einem Kuss.

Auch die Weihnachtsfeiertage verbrachten Curt und Wilma in Liebenwalde. Man sang miteinander »Oh du Fröhliche« unter dem Weihnachtsbaum, aber das Lied kam Dora nur schwer aus der Kehle, denn wirklich fröhlich war niemandem zumute. Es war das erste Weihnachtsfest ohne den Vater, Josef Twardy hatte dieses Mal keinen Fronturlaub bekommen und schickte nur eine Feldpostkarte aus Odessa am Schwarzen Meer. Auch Erna fehlte bei der Familienfeier. Den ganzen Advent durch hatte sie mit den Kindern Plätzchen und Lebkuchen gebacken, Schneeflocken aus gefaltetem Stanniolpapier geschnitten und Strohsterne gebastelt und an die Fenster gehängt, doch dann hatte sie eine schwere Grippe erwischt. Dora konnte sich nicht erinnern, dass Erna jemals zuvor krank gewesen war. Nun aber lag sie seit dem 21. Dezember fiebernd und hustend im Bett und sah Dora mit glasigen Augen an, wenn sie hereinkam, um ihr ein Glas Pfefferminztee oder eine Schüssel Hühnersuppe zu bringen.

»Nu hab Dank, Marjellchen«, flüsterte sie mit kratziger Stimme, »mach du dir mal nu keijne Sorgen nich, ich komm schon bald wieder auf die Beijne. Pass man liejber auf, dass du dich nicht ansteckst und vor allem nicht die Wilma und ihr Kindche.«

Der Januar kam und brachte heftigen Schneefall. Die Häuser in Liebenwalde sahen aus, als hätten sie riesige weiße Mützen auf, und munter klingelten die Glöckchen der Pferdeschlitten durchs Dorf. Dreimal am Tag kehrten Philippe und die anderen Männer breite Schneisen in den Hof, damit man sich zwischen Gutshaus, Stall und Scheune nicht durch kniehohen Schnee kämpfen musste. Doch die Flocken fielen so stark, dass nach ein paar Minuten alles wieder zugedeckt war. Im Wald brachen Äste, und die Stromleitungen hingen tief durch unter der Schneelast. Die Einzigen, die sich über das Winterwetter freuten, waren die Kinder. Sie tobten über den zugefrorenen Teich und den Rodelhang auf der anderen Seite des Dorfes, lieferten sich Schneeballschlachten und waren glücklich, dass die Schule ausfiel.

Ernas Grippe hielt sich hartnäckig. Selbst mitten in der Nacht, wenn sich Dora manchmal schlaflos von einer Seite auf die andere wälzte, weil sie die schlimmen Bilder nicht vergessen konnte, die Curt ihr an jenem Sommerabend gezeigt hatte, hörte sie Erna in ihrem Zimmer husten.

In der Nacht zum ersten Februar hörte Dora noch etwas anderes. Sie vernahm das Trappeln nackter Füße über den Flur, dann wurde ihre Zimmertür aufgerissen, und jemand rüttelte unsanft an ihrer Schulter. Es war Marianne.

»Dora! Dora, du musst aufwachen. Ich glaube, Wilma stirbt.«

Dora fuhr hoch. »Wilma? Oh Gott, wieso? Was ist los?«

»Sie gibt furchtbare Geräusche von sich. Sie stöhnt und jault. Ich höre es durch die Wand und bin davon aufgewacht.«

»Ach, du liebe Zeit! Sie wird doch wohl noch nicht ihr Kind bekommen? Es ist mindestens zwei Wochen zu früh. Hast du Mama schon Bescheid gesagt?«

Dora knipste die Nachttischlampe an und stieg aus dem Bett. Marianne schüttelte bekümmert den Kopf.

»Nein, wie sollte ich! Mama ist doch gestern zu Großtante Tullchens Beerdigung nach Allenstein gefahren. Und bei diesem furchtbaren Schneesturm da draußen kommt sie so bald gewiss nicht zurück.«

»Verdammt, du hast recht, das hatte ich ganz vergessen. Ach, und ausgerechnet jetzt hat Erna ihre schlimme Grippe. Hoffentlich ist es nichts Ernstes mit Wilma. Vielleicht hat sie nur schlechte Träume.«

Während sie laut über das alles nachdachte, war Dora in die Hausschuhe geschlüpft und hatte sich hastig ein Wollkleid über ihr Nachthemd gestreift.

»Komm mit! Wir müssen nach ihr sehen.«

Dora zog ihre Schwester am Ärmel ihres Nachthemdes mit sich aus dem Zimmer. »Wir kümmern uns erst einmal um sie, und wenn es tatsächlich so weit sein sollte, rufe ich Sanitätsrat Gohlke an.«

»Mitten in der Nacht?«

»Natürlich mitten in der Nacht. Wenn wir bis morgen warten, ist es womöglich zu spät.«

»Bitte sag doch so was nicht!«

Mit Marianne im Schlepptau eilte Dora über die Galerie des Treppenhauses. Schon von Weitem hörte sie, wie Wilma in ihrem Zimmer stöhnte. Ohne zu klopfen, traten die Schwestern ein. Wilma lag beim Licht ihrer Nachttischlampe im Bett und sah die beiden mit großen, müden Augen an. Ihre Haare waren strubbelig, ihre Haut war fahl und von Schweiß bedeckt.

»Ich wollte euch nicht wecken, es tut mir leid«, flüsterte sie mit schwacher Stimme. »Aber es tut so weh. Ich glaube, es geht los.«

»Kommt das Kind etwa schon?«, erkundigte sich Dora mit gerunzelter Stirn. »Bist du dir sicher?«

Wilma nickte, verzog aber dabei schmerzhaft das Gesicht.

»Bleib du bei ihr, Marianne«, entschied Dora. »Ich telefoniere mit Sanitätsrat Gohlke. Er wird sich gleich in sein Auto setzen und herkommen, und dann wird alles gut.«

»Soll nicht besser ich anrufen?«, wisperte Marianne. Dora sah ihrer Schwester an, wie sehr es ihr grauste, allein bei der stöhnenden Wilma im Zimmer zu bleiben, aber sie schüttelte den Kopf. »Nein, Marianne, du bleibst hier. Ich bin nur eine Minute weg.«

Dora rannte die Treppe hinunter und nahm den schwarzen Hörer vom Telefon, das zwischen der Tür zum Salon und dem Küchentrakt an der Wand des Flures hing. Auf dem winzigen Tischchen daneben fand sie einen Notizblock, auf dem zu Doras Erleichterung gleich auf der ersten Seite dick und unterstrichen die Telefonnummer des Arztes stand. Sie wählte und wartete, aber nichts geschah. Ungeduldig hieb sie auf die Gabel und betätigte noch einmal die Wählscheibe, und als das nichts half, ein weiteres Mal. Doch es kam keine Verbindung zustande.

»Verdammt!«, fluchte Dora. »Was ist denn heute mit dem Telefon los?«

Vermutlich gibt es eine Störung beim Vermittlungsamt, überlegte sie. In ihrer Not rief sie trotz der frühen Stunde bei Elsbeth an, denn innerhalb der wenigen Anschlüsse des Dorfes konnte man neuerdings auch direkt telefonieren. Vergeblich. Sie entdeckte in dem Notizbüchlein die Telefonnummer der Hebamme, die bei der Geburt der Zwillinge im Haus gewesen war, kam aber auch damit nicht durch. Wen auch immer sie zu erreichen versuchte, die Leitung blieb tot.

»Hallo!«, schrie Dora in den Hörer in der unsinnigen Hoffnung, sie könne die Dame vom Vermittlungsamt trotzdem erreichen. »Hier ist Liebenwalde 2833 – können Sie mich hören?«

Niemand antwortete, und während Dora den Hörer zurück an die Gabel hängte, kam ihr in den Sinn, dass die Telefonstörung mit dem heftigen Schneetreiben draußen zu tun haben könnte. Vermutlich war eine der Leitungen im Schneesturm gerissen. Sie erinnerte sich vage, dass das vor ein paar Jahren schon einmal der Fall gewesen war. Einen Moment lang überlegte sie, die Pferde anspannen zu lassen und Erich loszuschicken, damit er nach

Guttstadt fuhr und den Arzt holte. Doch gleichzeitig wusste sie, dass eine Schlittenfahrt bei diesem Wetter mitten in der Nacht viel zu gefährlich war. Zu leicht konnte das Gespann in der Finsternis den Weg verfehlen und in einen zugewehten Graben stürzen oder sonst wie verunglücken.

Dora rannte die Treppe hinauf und riss die Tür zu Erichs Schlafzimmer auf.

»Erich!«, rief sie. »Du musst aufwachen! Los, schnell! Du musst mir helfen!«

Schlaftrunken hob ihr Bruder den Kopf. »Wieso? Was ist los?«

»Wilmas Baby kommt, und ich kann den Arzt nicht erreichen und auch sonst niemanden. Das Telefon ist kaputt. Bitte, du musst ins Dorf laufen und die Hebamme holen.«

»Jetzt ins Dorf? Aber Dora, draußen hört es sich so an, als ginge die Welt unter. Sogar die Schule fällt wegen des Sturms aus.«

»Ich weiß. Aber es geht nicht anders.« Dora knipste das Licht im Zimmer an.

Stöhnend schälte sich Erich aus dem warmen Plumeau, griff nach seiner Hose, die über dem Bettpfosten hing, und schlüpfte hinein. Dora reichte ihm seinen Rollkragenpullover und die Wollsocken.

»Nimm eine Taschenlampe mit, damit du den Weg findest. Und pass bloß auf, dass du nicht von einem herabstürzenden Ast getroffen wirst. Am besten hältst du dich von den Bäumen an der Straße fern. Und die Hebamme muss sofort mitkommen, hörst du? Nicht erst morgen früh. Sofort. Nun beeil dich doch!«

»Ja, ja, ich bin ja schon unterwegs.«

Während sich Erich auf den Weg ins Dorf machte, lief Dora zurück in Wilmas Zimmer und berichtete den beiden anderen, was geschehen war.

»Hoffentlich schafft es die Hebamme rechtzeitig, bevor das Kind da ist«, jammerte Marianne.

Wilma schwieg, ihre Augen waren ängstlich auf Dora gerichtet.

Tröstend nahm sie ihre Hand. »Hab keine Angst, Wilma, es wird schon alles gut gehen. Wir sind ja da.« Und zu ihrer Schwester gewandt rief sie: »Los, Marianne, wir wollen schon mal alles vorbereiten, bevor die Hebamme kommt. Wir brauchen viel heißes Wasser und saubere Tücher, eine Rolle weißen Zwirn und eine Schere für die Nabelschnur.« Dora meinte, sich daran zu erinnern, wie die Hebamme das damals bei der Geburt der Zwillinge gerufen hatte. »Ich bleibe solange bei Wilma. Es gibt keinen Grund, sich zu ängstigen. Sicher kommt Erich bald mit der Hebamme zurück.«

»Du hast recht, Dora«, kam es mit dünner Stimme von Wilmas Kopfkissen. »Ich verspreche dir, ich werde tapfer sein. Ich danke euch, dass ihr ...«

Eine weitere Wehe ließ sie verstummen, und nur ein tiefes Stöhnen entwich ihrer Kehle. Erschrocken über dieses Geräusch, floh Marianne aus dem Zimmer.

Eine Stunde verging und dann noch eine, doch Erich kehrte nicht zurück. Jedes Mal, wenn Wilma zwischen ihren Wehen für ein paar Minuten in einen flachen, unruhigen Schlaf fiel, stand Dora auf und blickte aus dem Fenster in der Hoffnung, zwei Gestalten heraneilen zu sehen. Aber das Einzige, das sie erkennen konnte, waren dichte Schneeflocken, die der Sturmwind quer durch den Hof peitschte.

Der Morgen graute bereits, als Dora endlich hörte, wie die Haustür aufging und sich jemand auf der Fußmatte den Schnee von den Schuhen stampfte.

»Das ist Erich!«, rief Marianne erleichtert und stellte rasch die

Kanne mit dem frischen Tee ab, die sie gerade in Wilmas Zimmer gebracht hatte. »Endlich ist die Hebamme da.«

»Ja.« Dora drückte aufmunternd Wilmas Hand. »Jetzt wird alles gut.«

Kurz darauf stand Erich im Zimmer, die Wangen gerötet, Mütze und Jacke über und über mit Schnee bedeckt. Er war allein.

»Es tut mir so leid, aber die Hebamme war nicht zu Hause.« Sein Atem ging keuchend. »Eine Nachbarin sagte, sie sei am Abend zu einer komplizierten Zwillingsgeburt nach Petersdorf gefahren und dort unabkömmlich. Dann bin ich noch zu Kosubeks gelaufen, aber Elli hat heute Nachtschicht im Krankenhaus, und ihre Mutter …« Dora sah, dass er bei dieser Nachricht mit den Tränen kämpfte. »Frau Kosubek kann auch nicht kommen. Sie ist gestern im Schnee ausgerutscht und hat sich den Fuß verknackst …«

Dora schluckte. »Ja hat sich denn heute alles gegen uns verschworen?«, stieß sie hervor.

»Du meinst, niemand kann uns helfen? Was sollen wir denn nun machen?« Marianne brach erschrocken in Tränen aus.

Wilma drehte stöhnend den Kopf zur Seite.

»Herrje!« Dora sprang auf und begann, energisch im Zimmer auf und ab zu gehen. »Dann müssen wir das eben allein hinkriegen. Jeden Tag bekommen Millionen Frauen auf der Welt ein Baby, so schwierig wird es schon nicht sein. Mama hat sogar die Zwillinge zu Hause auf die Welt gebracht, da wird Wilma ja sicher mit einem Kind fertig werden.«

»Aber da war wenigstens eine Hebamme dabei«, klagte Marianne.

Wilma versuchte, sich aufzurichten. »Wenn du bei mir bist, Dora, dann glaube ich auch, dass ich es schaffe.« Ihre Stimme klang so schwach, dass sie kaum zu verstehen war. Eine weitere heftige Wehe durchfuhr sie, und Wilma krümmte sich mit einem Schrei.

Es wurde Tag, aber kein Sonnenstrahl erhellte das Zimmer, in dem Dora noch immer neben Wilmas Bett saß und ihr die Hand hielt oder einen kühlen nassen Waschlappen auf die Stirn legte. Noch immer tobte der Schneesturm um das Haus, die Flocken wirbelten wie graue Schatten vor dem Fenster, und selbst Dora erschien das Heulen des Windes heute wie eine gruselige Begleitmusik zu dem, was sich gerade hier drinnen ereignete.

Denn so forsch sie auch Marianne und Wilma gegenüber auftrat, in ihrem Innersten war sie aufgewühlt und ängstigte sich nicht weniger als die beiden anderen Frauen. Woher sollte sie wissen, dass tatsächlich alles gut ging und ob Wilmas Schmerzen normal waren? Woran sollte sie erkennen, ob das Kind gesund war? Noch nie hatte sie miterlebt, wie ein Baby auf die Welt kam. All ihr Wissen über eine menschliche Geburt entstammte jenem Nachmittag vor fast neun Jahren, an dem die Zwillinge geboren wurden und sie hin und wieder neugierig an der Tür zum Elternschlafzimmer gelauscht hatte, wo sich das Ächzen ihrer Mutter mit den ruhigen Anweisungen der Hebamme abgewechselt hatte.

Marianne blieb an Doras Seite, wenn auch widerwillig. Immer wieder schickte sie ihre Schwester in die Küche, um das Wasser neu aufzukochen, weil es kalt geworden war, und um Zwieback und Tee für Wilma zu bringen. Doch sobald diese nur ein paar Schlucke getrunken oder ein wenig an dem trockenen Brot geknabbert hatte, lehnte sie sich erschöpft zurück in ihr Kissen, und bei der nächsten Wehe brach sie alles wieder aus.

»Wahrscheinlich wird sie sterben.«

Dieser Gedanke stand plötzlich kristallklar in Doras Kopf, während sie Wilmas bleiches Gesicht betrachtete, das in einer Pause zwischen den Wehen reglos und mit geschlossenen Augen auf dem zerdrückten Kopfkissen lag. Sie sah jetzt schon mehr tot als lebendig aus. Schon die Schwangerschaft war ja im Grunde zu viel für sie. Reumütig erinnerte sich Dora daran, wie sie der kranken Wilma einmal die Spanische Grippe gewünscht hatte oder eine andere schlimme Krankheit, damals, kurz bevor Sanitätsrat Gohlke die Schwangerschaft festgestellt hatte. Was, wenn sie dieser hässliche Gedanke nun einholte? Was sollte sie Curt nur sagen, wenn Wilma starb? Wie könnte sie ihm je wieder unter die Augen treten?

Nein, Wilma musste leben. Und das Kind auch. Sie musste alles dafür tun. Sie durfte den Mut nicht verlieren.

»Keine Sorge, alles wird gut!«, rief Dora deshalb laut durchs Zimmer, mehr zu sich selbst als zu Wilma. Doch von Stunde zu Stunde wurde Wilma matter, selbst das Stöhnen schien ihr schwerzufallen. Die Wehen kamen nun häufiger. Mit grünlichem wächsernen Gesicht lag sie da und ließ es geschehen, nur in ihren Augen las Dora, wie viele Schmerzen sie litt.

»Du musst pressen!«, schrie sie, von einer plötzlichen Angst gepackt, Wilma könnte sich aufgegeben haben und nun tatsächlich sterben. »Du musst auch was tun. Nun mach schon! Dein Kind schafft das nicht allein, hilf ihm, nun mach schon. Jetzt ist es doch bald da.«

Doch Wilma ächzte nur.

Es war Abend, als das Kind auf die Welt kam. Am Schluss ging plötzlich alles sehr schnell. Wilmas sonst so hübsches und ebenmäßiges Gesicht hatte sich in eine schmerzverzerrte Maske verwandelt, das verschwitzte Haar klebte ihr in feuchten Strähnen an Stirn und Schläfe. Sie schrie nur noch vor Schmerzen, die Hände zu Fäusten geballt.

»Alles ist gut, gleich hast du es geschafft«, versicherte Dora. Und dann war es da, das blutverschmierte kleine Wesen, und stieß mit seiner leisen Quäkstimme gleich einen winzigen Schrei aus. Es war ein Mädchen, und es lebte.

Dora legte Wilma das Baby an die Brust. Unter Tränen lächelte sie Dora dankbar an, aber sie war zu erschöpft, um ihre Tochter an sich zu drücken.

Im Grunde, dachte Dora erleichtert, als sie sah, dass dem Kind augenscheinlich nichts fehlte, im Grunde ist es doch nicht anders als bei einem Pferd.

• • •

Wilma war kurz nach der Geburt eingeschlummert, das Baby an ihrer Brust. Nur ihr leiser, flacher Atem war zu hören, und hin und wieder gab das Kleine einen merkwürdigen Laut von sich. Nachdem das Zimmer den ganzen Tag lang von schauerlichem Wehgeschrei erfüllt gewesen war, erschien Dora die Stille nun seltsam, beinahe beängstigend. Wilmas Gesicht war so bleich, und unter ihren geschlossenen Augen lagen tiefe lila Schatten. Dora war erleichtert über jeden Atemzug, den sie registrierte, weil sich die dünne Bettdecke in unregelmäßigen Abständen hob und senkte.

Sie selbst war zutiefst erschöpft von der Sorge und der Aufregung des langen Tages und hätte nun nichts lieber getan, als sich in ihr eigenes Bett zu verkriechen und die Decke über die Ohren zu ziehen. Doch sie wagte es nicht, Wilma und ihr Kind allein zu lassen. Zu groß war ihre Angst, am nächsten Morgen ins Zimmer zurückzukehren und eine von beiden tot vorzufinden.

So rollte sie sich auf dem Sessel neben Wilmas Bett zusammen, lehnte den Kopf an die gepolsterte Rückenlehne und schloss die Augen. Das leise Quäken des Babys ließ sie immer wieder auffahren, und als sie doch irgendwann einmal eingeschlafen war, riss sie Wilmas dünne Stimme aus einem verworrenen Traum.

»Dora!«, wisperte es durch die Dunkelheit. »Dora, bist du noch da? Ich bin so durstig. Ich muss trinken.«

Dora schaltete die kleine Lampe auf dem Nachttisch an und reichte Wilma die halb leere Tasse mit Tee, der längst kalt geworden war. Dora stützte sie, denn Wilma war zu matt, um die Tasse selbst halten zu können. Ihre Augen glänzten glasig, ihre Hände waren kühl und schweißnass. Dora erschrak. Sie legte ihre Hand an Wilmas Stirn, die wie ein Kachelofen glühte.

»Mein Gott, Wilma! Du hast ja Fieber.«

»Sicher nur wegen der Anstrengung«, flüsterte Wilma. »Hauptsache, meine kleine Clara ist gesund.«

Das Baby lag friedlich schlummernd neben ihr, aber Wilma sah aus wie eine alte kranke Frau. Mühsam nahm sie ein paar Schlucke Tee zu sich. Dora versuchte, sich an ihre Mutter zu erinnern, damals, am Tag, als die Zwillinge geboren worden waren. Zwar war auch Vera Twardy danach sehr erschöpft gewesen, aber Fieber hatte sie nicht gehabt, das wusste Dora. Glücklich lächelnd hatte sie ein paar Stunden nach der Geburt im Bett gelegen, stolz und erleichtert über den gesunden Familienzuwachs.

»Kindbettfieber«, schoss es Dora durch den Kopf. Als Wilma die leere Tasse auf den kleinen Teller zurückstellte, zitterten ihre Hände so sehr, dass das Porzellan leise klirrte.

Tränen traten Dora in die Augen. Wilma durfte nicht das gleiche Schicksal erleiden wie Onkel Hermanns erste Frau!

»Bitte«, flüsterte Wilma, »noch etwas Tee …«

Doch die Tasse und die Kanne waren leer.

»Ich koche neuen!«

Dora huschte aus dem Zimmer und lief die Treppe hinunter. Wenn sie doch nur Doktor Gohlke erreichen könnte! Im Vorbeigehen nahm sie noch einmal den Telefonhörer ab, aber das Gerät war unverändert tot.

»Ich muss Wilma ins Krankenhaus bringen«, überlegte sie. »Sonst stirbt sie mir hier, und ich werde nie mehr in meinem Leben froh sein.«

Aber wie sollte sie das anstellen?

Dora machte Licht in der Küche, schaltete die Flamme am Herd ein und setzte den Wasserkessel darauf. Üblicherweise ließ sie sich von den Küchenmädchen den Tee kochen, deshalb musste sie ein wenig in den Schränken suchen, bis sie die Dose mit den Pfefferminzteeblättern gefunden hatte, von denen sie einige Löffel in die bauchige Kanne füllte.

Während sie darauf wartete, dass das Wasser kochte, schob Dora die schweren schwarzen Verdunkelungsvorhänge am Küchenfenster ein Stück zur Seite. Sie hauchte gegen die mit Eisblumen bedeckte Scheibe, bis ihr warmer Atem ein Guckloch geschaffen hatte, rieb mit dem Handballen darüber, um es zu vergrößern, und blickte hinaus. Draußen vor dem Haus glitzerte der Schnee im Schein der Küchenlampe, der in einem schmalen Streifen nach draußen fiel. Der Schnee lag so hoch, dass er fast bis an das Fensterbrett reichte, aber es hatte immerhin aufgehört zu schneien, und es stürmte nicht mehr. Die Wolken waren aufgerissen, hier und da blitzten am Himmel ein paar blasse Sterne auf. Bald würde es hell werden. Das Thermometer neben der Fensterscheibe zeigte knapp zwanzig Grad minus. Fröstelnd zog Dora die Vorhänge wieder fest zu, so wie es seit Kriegsbeginn vorgeschrieben war.

»Ich muss es versuchen«, murmelte sie sich selbst zu. »Ich habe keine andere Wahl. Mit dem Pferdeschlitten wird es jetzt gehen.«

Das kochende Wasser im Kessel pfiff, Dora goss es in die

Kanne und brachte den Tee hinauf in Wilmas Zimmer, wo die Luft so stickig war, dass sie gern das Fenster aufgerissen hätte. Doch sie wagte es nicht aus Furcht, das Baby könnte sich bei dem eisigen Luftstrom, der ins Zimmer wehen würde, erkälten.

Wie ohnmächtig lag Wilma im Bett, das Gesicht schmal und bleich wie das einer Porzellanpuppe, die Augen geschlossen.

Erschrocken stellte Dora ihr Tablett auf dem Nachttisch ab, so hastig, dass etwas Tee aus der Kanne schwappte.

»Wilma!« Sie fasste nach Wilmas Hand, die schlaff in ihrer lag, ihr Puls pochte heftig. Schwach öffnete sie die Lider, und ein flackernder Blick traf Dora.

»Bitte nicht sterben!«, flüsterte Dora. »Alles wird gut! Ich kümmere mich um dich.«

Vorsichtig nahm sie Wilma das schlafende Baby ab und legte es behutsam in die Wiege neben dem Bett. Dora goss etwas Tee in die Tasse, schwenkte sie, um das Getränk abkühlen zu lassen, und gab Wilma zu trinken. Schon nach ein paar winzigen Schlucken sank diese erschöpft zurück ins Kissen. »Ich ... ich kann nicht mehr.«

Dora stürzte aus dem Zimmer und rannte über den Flur.

»Marianne! Erich! Wilma geht es schlecht. Ich habe solche Angst, dass sie stirbt. Ich muss sie ins Krankenhaus bringen. Bitte helft mir, den Pferdeschlitten anzuspannen.«

Die beiden kamen aus ihren Zimmern.

»Du bist verrückt, Dora!« Mit kleinen, müden Augen stand Marianne am Türpfosten und blinzelte ins helle Licht des Treppenhauses. »Es ist doch viel zu kalt für eine Fahrt auf dem Schlitten. Willst du sie umbringen? Warum wartest du nicht, bis Mama wieder nach Hause kommt? Sie weiß ganz sicher, was wir tun sollen.«

»Ich kann nicht bis morgen warten, Marianne! Womöglich

hat Wilma das Kindbettfieber und stirbt, wenn ich nichts unternehme. Bei Tante Minna ging es damals auch ganz schnell …«

»Und was ist mit dem Baby?«, wandte Marianne ein. »Das Kleine erfriert dir da draußen!«

»Herrje, das Baby!«

In ihrer Sorge um Wilma hatte Dora ganz vergessen, darüber nachzudenken, wie es mit dem Neugeborenen weitergehen sollte. Ihre Schwester hatte recht. Eine Fahrt im offenen Pferdeschlitten bei diesen Temperaturen war schon für einen warm eingepackten Erwachsenen eine frostige Angelegenheit. Für Wilmas Neugeborenes war die eiskalte Luft lebensgefährlich. Und die Vorstellung, das Baby könnte vom Schlitten fallen, weil Wilma zu schwach war, um es zu halten … Nein, das Kind konnte sie unmöglich mitnehmen.

»Du musst dich um die kleine Clara kümmern, Marianne!«

»Ich?« Marianne riss erschrocken die Augen auf. »Aber ich kenne mich doch gar nicht aus mit Säuglingen! Was mache ich denn, wenn die Kleine schreit? Und womit soll ich sie füttern? Nein, das kannst du nicht von mir erwarten.«

»Aber irgendjemand muss es tun!«

»Wir könnten Wilmas Kind zu Frau Machalski bringen«, schlug Erich vor. »Sie hat acht Kinder, sie weiß, wie man mit Babys umgeht …«

Dora fuhr herum. »Erich, das ist eine großartige Idee! Ja, sie wird uns helfen. Oh, warum habe ich nicht selbst daran gedacht? Los, Marianne, du suchst ein paar Federbetten zusammen, mit denen wir Wilma einpacken können, und Mamas dicken Biberfellhut. Und hol einen Korb aus der Wäschekammer, damit wir darin ein Bettchen für die Kleine machen können. Dann bringen wir das Baby zu Frau Machalski. Und du, Erich, hilfst mir, die Pferde anzuspannen. Kommt! Beeilen wir uns!«

Eine halbe Stunde später zischten die Kufen des Pferdeschlittens über den Schnee, der den Hufschlag der Tiere dämpfte. Die Glöckchen am Geschirr klingelten rhythmisch im leichten Trab der beiden Kaltblüter, ab und an war ihr Schnauben zu hören, das weiße Wölkchen in die kalte Luft blies. Der Morgen dämmerte fahl über den Feldern. In der weißen Landschaft konnte Dora den Weg gut erkennen, der unter den tief verschneiten Linden vom Gutshof zur Dorfstraße hinunter und dann die breite Chaussee entlangführte. Außer ihr war zu dieser frühen Morgenstunde noch niemand unterwegs auf den Straßen. Still und reglos lag die Welt ringsum wie im Winterschlaf versunken.

Dora saß auf dem Kutschbock des Pferdeschlittens, den Blick auf die schwankenden Hinterteile der Tiere gerichtet, und ließ die Zügel schnalzen, um die beiden anzutreiben. Ihre Fingerspitzen fühlten sich an wie Eiszapfen, trotz der pelzgefütterten Fäustlinge, in denen ihre Hände steckten. Doch sie kümmerte sich nicht darum. Sie konzentrierte sich darauf, das Schlittengespann mitten auf der Fahrbahn zu halten und nicht etwa in den Graben am Straßenrand zu rutschen, der unter den hohen Schneewehen kaum mehr auszumachen war. Es war nicht das erste Mal, dass sie den Pferdeschlitten führte, doch bislang hatten dabei immer ihr Vater oder Hans an ihrer Seite gesessen. Dora biss die Zähne zusammen. Sie musste es schaffen.

Wilma selbst hatte kaum registriert, wie ihr geschah. Sie war in eine gnädige Ohnmacht gesunken, nachdem Dora das Kind zu Frau Machalski gebracht und Wilma erklärt hatte, sie nun ins Krankenhaus zu bringen. Zu dritt hatten Dora, Marianne und Erich die Bewusstlose aus dem Bett gehoben, durchs Haus getragen und auf die hintere Bank des Schlittens gehievt, dick eingewickelt in Wolldecken und Federbetten, und dann hatte sich Dora auf den Weg nach Wormditt gemacht. Immer wieder wandte sie ängstlich den Blick um und sah nach Wilma, die stumm und reglos zwischen Kissen und Decken lag, kaum mehr als ihre Nasenspitze war unter der dicken Biberfellmütze zu sehen. Nur der kleine Nebel ihres Atems verriet Dora, dass Wilma noch lebte.

Hoffentlich komme ich rechtzeitig zum Krankenhaus. Hoffentlich stirbt sie nicht.

Das waren die einzigen Gedanken, die Dora auf der einsamen Fahrt durch den stillen eiskalten Wintermorgen durch den Kopf rollten wie ein Mühlwerk, immer wieder und wieder, bis sie eine Stunde später die Einfahrt des Krankenhauses erreichte.

Dora war wie betäubt, als sie Wilma endlich zwei Krankenschwestern übergeben hatte und zusah, wie sie auf eine Trage gelegt und zum Behandlungszimmer gebracht wurde.

»Sie hätten keine Stunde später kommen dürfen«, erklärte eine der Schwestern noch, bevor sie mit der Patientin hinter einer hohen Schwingtür verschwanden.

Dora ließ sich auf einen der harten Holzstühle fallen, die nebeneinander aufgereiht am Gang standen. Erst jetzt bemerkte sie, wie ihre Knie vor Erschöpfung zitterten. Matt und müde lehnte sie den Kopf gegen die Wand und schloss die Augen vor dem grellen Licht der Deckenleuchten.

Sie hatte es tatsächlich geschafft. Wilma war im Krankenhaus, sie lebte, und nun lag ihr weiteres Schicksal nicht mehr in Doras Hand. Tränen der Erleichterung brannten ihr unter den Lidern. Wie gerne würde sie jetzt in ihrem Bett liegen, sich in die weichen warmen Kissen kuscheln und schlafen, nur noch schlafen und an nichts mehr denken. Wie müde sie war, wie schrecklich müde, nach zwei Nächten, in denen sie kaum zur Ruhe gekommen war, und der schrecklichen Angst, die sie um Wilma und ihr Baby gehabt hatte.

Immerhin funktionierte hier im Krankenhaus das Telefon. Sie hatte Christel in Königsberg angerufen und ihr berichtet, was sich zugetragen hatte, mit der Bitte, auch Curt Bescheid zu sagen. Mehr konnte sie im Augenblick nicht tun.

Plötzlich hörte sie, dass jemand ihren Namen sprach. »Dora! Was machst du denn hier? Bist du krank?«

Sie öffnete die Augen. Vor ihr stand Elsbeth, gekleidet in eine Schwesterntracht, ein frisch gestärktes weißes Häubchen auf den roten Locken.

»Oh Elli!« Dora sprang auf. »Wie bin ich froh, dass ich dich hier treffe! Ich wusste nicht, dass du heute im Dienst bist. Du kannst dir nicht vorstellen, was daheim Schlimmes passiert ist.«

Beim Anblick der Freundin war sie sofort hellwach und erzählte, was alles geschehen war. Elsbeth drückte Dora an sich.

»Du hast alles richtig gemacht. Hohes Fieber nach der Geburt ist immer gefährlich. Wilma könnte eine schlimme Infektion haben. Aber nun wollen wir hoffen, dass die Ärzte ihr helfen können. Wir haben zum Glück noch ein paar gute Ärzte hier, die nicht eingezogen worden sind. Ach, Dora, ich würde dich so gern mit ins Schwesternzimmer nehmen und dir einen heißen Tee kochen, vernünftigen Kaffee haben wir hier leider nicht. Aber ich befürchte, dazu habe ich keine Zeit. Wir erwarten jeden Augenblick einen Transport mit schwer verletzten Soldaten. Ein paar der Männer kommen direkt aus dem Feldlazarett von der Ostfront.«

»Von der Ostfront?«, fragte Dora mit banger Stimme.

Elsbeth sprach leise weiter. »Ja, es müssen grausame Schlachten sein. Wenn du mich fragst, ist es überhaupt ein Wunder, dass die Männer da noch lebend rausgekommen sind. Ich hoffe, dass wir wenigstens einige von ihnen retten können.« Elsbeth seufzte. »Wahrscheinlich werden wir wieder den ganzen Tag lang pausenlos operieren. Da werden alle Hände gebraucht.«

Tatsächlich herrschte im Krankenhausflur ein unruhiges Treiben. Ärzte und Pfleger eilten umher, frisch bezogene Rollbetten wurden durch den Flur geschoben, jemand brachte einen Karton mit Verbandmaterial, und ein Arzt rief, dass man unbedingt Chloroform nachbestellen müsse, die Vorräte reichten nicht mehr lange.

»Sie kommen!«, rief die Empfangsschwester, die das breite Fenster zum Hof nicht aus den Augen ließ, und dann war von draußen das Motorengeräusch mehrerer großer Fahrzeuge zu hören, das unmittelbar vor dem Krankenhausgebäude verstummte.

»Ich muss los«, flüsterte Elsbeth und drückte Doras Hände, bevor sie sich mit den anderen Schwestern und Ärzten den ankommenden Patienten zuwandte.

Wie sehr sich Elli verändert hat, dachte Dora und sah ihrer Freundin seufzend nach. Wie tapfer und zupackend sie geworden ist. Sie selbst sank wie benommen zurück auf ihren Stuhl und beobachtete, wie die gläsernen Eingangstüren aufflogen und Sanitäter im Laufschritt die verletzten Soldaten hereinbrachten, je zwei trugen einen der Patienten auf einer Trage. Ein Schwall eiskalter Luft wehte mit ihnen herein. Die Sohlen ihrer Schuhe quietschten auf dem grauen, blank gescheuerten Linoleumboden und hinterließen Pfützen von geschmolzenem Schnee.

Dora hatte schon beim Arbeitsdienst im Lazarett damals viele Verwundete gesehen, aber der Anblick der Männer, die hier nun eingeliefert wurden, ließ ihren Atem stocken. Viele von ihnen waren verkrüppelt, es fehlten ihnen Gliedmaßen oder Teile davon, die Verwundungen waren notdürftig bandagiert, einem Soldaten waren beide Beine bis zu den Oberschenkeln amputiert worden. Ein anderer schien eine verheerende Kopfverletzung zu haben, ein dicker Verband war wie ein Turban um seinen Schädel gewickelt. Der Anblick der Verletzten erschien Dora so unwirklich, als würde mit ihnen der Krieg selbst in die stille, friedliche Stadt gebracht.

Mit dem Eintreffen der neuen Patienten wurde es augenblicklich laut in der Eingangshalle. Das Stöhnen der verwundeten Männer mischte sich mit den energischen Kommandos einer Oberschwester.

»Schwester Lore, kümmern Sie sich um die Patienten eins bis sieben. Elli, Sie übernehmen acht bis fünfzehn. Schwester Hildegard, Sie assistieren Doktor Marbach in Operationssaal eins, und Schwester Susanne bitte zu Doktor Lutz in OP zwei. Meta und Rieke, Sie bleiben hier und helfen mir, die Neuzugänge aufzunehmen. Ich weiß, es ist keine leichte Aufgabe heute, aber auch das werden wir bewältigen ...«

Staunend beobachtete Dora die Schwestern und Ärzte, die ernst und konzentriert ihre Arbeit aufnahmen. Nach und nach wurden die Männer abtransportiert. Schließlich befand sich nur noch einer der neuen Patienten in der Eingangshalle. Es war der Soldat mit dem großen Kopfverband, der trotz seiner schweren Verletzung klaglos und mit geschlossenen Augen auf seiner Liege lag. Eine der Schwestern beugte sich über ihn und betrachtete ihn kurz. An der Tragbahre hing eine Pappkarte, an beiden Rändern war ein roter Streifen aufgedruckt. Die Schwester drehte das Kärtchen in den Händen.

»Unbekannter Soldat«, erklärte sie schließlich. »Dieser Patient hat keinen Namen und keine Kennmarke. Wir können keine Personalien aufnehmen.«

»Das macht nichts, wir kümmern uns später darum«, entschied die Oberschwester. »Bringen Sie den Mann auf die Station, damit er uns nicht hier in der Halle verstirbt.«

Als die Sanitäter den Verwundeten auf der Trage anhoben und den Gang entlangtrugen, musterte Dora den Soldaten neugierig.

Erst jetzt sah sie, dass seine beiden Beine notdürftig geschient waren. Sein Gesicht unter dem Kopfverband war schrecklich zugerichtet, zerfurcht und zerschunden von nicht verheilten Verletzungen. Und doch konnte sie den Blick nicht abwenden. Da war etwas an ihm, das sie in seinen Bann zog. Trotz der zugeschwollenen Augen, der gebrochenen Nase und den eingerissenen Lippen lag ein Ausdruck in seinem Gesicht, der ihr bekannt vorkam.

Vermutlich bin ich so müde und erschöpft, dass ich Gespenster sehe, dachte Dora.

Plötzlich glitt einer der Sanitäter auf einer feuchten Stelle des Fußbodens aus und geriet ins Stolpern. Der Patient auf der Krankentrage wurde für einen Augenblick durchgeschüttelt. Erschrocken schlug er die Augen auf. Sein Blick traf Doras. Sie hielt den Atem an. In seinen haselnussbraunen Augen lag Verwirrung und dann maßloses Erstaunen, während die Männer ihn an ihr vorbei über den Gang trugen. Sie sah, wie er unter Schmerzen den Kopf nach ihr drehte, wie seine Lippen sich bewegten, wie sie mühsam versuchten, ein Wort zu formen, zwei Silben nur, nicht mehr als ein Krächzen brachte er heraus, immer wieder, und dann endlich verstand sie.

»Dora«, flüsterte der Mann auf der Krankentrage, und über sein entstelltes Gesicht glitt ein kaum merkliches ungläubiges Staunen.

»Wilhelm!« Dora sprang auf und stürzte den Sanitätern nach. »Wilhelm, bist du das?«

Nein, es konnte nicht wahr sein. Wilhelm war doch tot seit über einem Jahr, das hatte der Soldat im Lazarett doch damals gesagt. Ich bin schon ganz verrückt, dachte Dora.

Die Sanitäter waren nach ihrem Schrei für einen Augenblick überrascht stehen geblieben, und Dora beugte sich nun über die Krankentrage, um dem Soldaten erneut ins Gesicht zu sehen.

»Dora«, murmelte er noch einmal, und nach ein paar weiteren unverständlichen Worten brach er erschöpft ab.

Dora starrte ihn an. Er konnte es nicht sein, und doch war er es. So anders sah er aus mit seiner schweren Verletzung, so anders klang seine schwache Stimme. Aber es war Wilhelm, ihr geliebter Wilhelm, der als unbekannter Soldat vor ihr auf dem grauen Tuch der Krankentrage lag. Sie sank auf die Knie, Tränen liefen ihr aus den Augen. Wie gern hätte sie ihre Arme um seinen Hals geschlungen und sich an ihn geschmiegt. Doch sie wagte nicht, ihn zu berühren aus Angst, ihm noch mehr Schmerzen zu bereiten.

»Wilhelm«, flüsterte sie. »Wilhelm, Liebster. Wie kann das sein? Ich dachte, du bist tot. Wo warst du denn in all der Zeit?«

Er antwortete nicht.

Hilflos sah Dora zu den Sanitätern auf: »Das ist mein Verlobter. Wilhelm von Lengendorff aus Liebenwalde. Er war jahrelang verschollen. Ich weiß nicht, was passiert ist und weshalb niemand seine Personalien kennt. Sie müssen ihn retten. Bitte lassen Sie ihn nicht sterben!«

»Wir tun alle, was wir können«, erklärte einer der Sanitäter. »Wenn Sie uns nur unsere Arbeit machen lassen.«

Mit diesen Worten nahmen sie die Trage wieder auf und verschwanden mit schnellen Schritten hinter der Schwingtür.

20.

Zu wissen, dass Wilhelm noch lebte, dass sie ihn wiedergefunden hatte, veränderte Doras Leben von Grund auf. Jeden Tag ließ sie anspannen und fuhr die Strecke vom Gutshaus zum Krankenhaus, wie sehr es auch stürmen oder schneien mochte und egal, wie hoch der Schneematsch eine Woche später auf den Straßen lag.

Im Gutshaus war es um diese Jahreszeit ruhig, sodass Doras ständige Anwesenheit dort nicht notwendig war. Philippe war ein verlässlicher Arbeiter, dem die anderen inzwischen willig folgten, Erich übernahm immer mehr Verantwortung im Stall, und die Büroarbeit musste warten. Wichtig war nur, dass sie an Wilhelms Bett in dem kargen Krankenhaussaal sitzen konnte, den er sich mit neun anderen Männern teilte, denen es ähnlich schlecht ging wie ihm. Doch Dora registrierte das Ächzen und Stöhnen aus den anderen Betten kaum, achtete nicht auf die Gespräche der Ärzte und Schwestern bei der Visite, nicht auf das leise Quietschen der Räder, wenn eines der Rollbetten aus dem Zimmer geschoben wurde, zugedeckt mit einem weißen Laken, weil der Mensch, der darauf lag, in der Nacht gestorben war. Dora hatte nur Augen und Ohren für Wilhelm.

In den ersten Tagen traf sie ihn meist erschöpft schlafend an, was auch an den vielen Schmerzmitteln lag, die ihm gegeben wurden, um die Qualen durch die schweren Verletzungen erträglicher zu machen. Trotzdem wich sie ihm nicht von der Seite. Manchmal kamen auch seine Eltern, die man inzwischen informiert hatte, zu Besuch, und sie konnten das Wunder seiner Wiederkehr genauso wenig fassen wie Dora. Noch immer vermochte sich niemand zu erklären, was in den vielen Monaten, in denen sie Wilhelm für tot gehalten hatten, geschehen war, denn er sprach kaum ein Wort. Wenn er wach war und Dora ihn nach seinen Kriegserlebnissen fragte, machte er nur eine abweisende Handbewegung. Von den Ärzten erfuhr sie, dass Wilhelm Glück gehabt hatte, überhaupt noch zu leben. Ein Schuss hatte seinen Kopf über dem linken Ohr gestreift, seine Beine waren von Granatsplittern getroffen worden.

»Die schwere Kopfverletzung hat sein Gedächtnis beeinträchtigt«, erklärte Elsbeth. Sie und Dora saßen in der kleinen Küche neben dem Schwesternzimmer zusammen und tranken Hagebuttentee. Vor dem Fenster bewegten sich die dünnen nackten Zweige einer Birke in der kalten Februarsonne. »Er konnte sich in der ersten Zeit an nichts mehr erinnern, nicht einmal mehr an seinen eigenen Namen. Und da er seine Kennmarke verloren hatte, konnte niemand seine Identität feststellen. Das haben mir die Sanitäter erzählt, die ihn eingeliefert haben. Den einzigen Hinweis auf seine Herkunft bekamen sie durch eine Zugfahrkarte aus Wormditt, die sie in Wilhelms Jackentasche fanden. Deshalb hat man ihn hierhergebracht. Die Ärzte glauben, dass sein Erinnerungsvermögen erst in dem Moment zurückkam, als er dich sah, Dora. Ganz allmählich, aber irgendwann wird sein Gedächtnis bestimmt wieder richtig funktionieren. Und dann wird er dir alles berichten. Wir müssen nur Geduld haben.«

»Und seine Beine?«, flüsterte Dora. »Wird er wieder laufen können?«

Elsbeth nickte. »Auch da sind die Ärzte zuversichtlich. Aber es braucht seine Zeit.«

»Das macht nichts. Ich kann warten, solange ich nur weiß, dass er nicht mehr in Gefahr ist.«

Sie umfasste die Tasse mit beiden Händen und trank nachdenklich einen Schluck. Dann fragte sie: »Aber Elli, wieso hat der Soldat im Lazarett gesagt, Wilhelm sei tot? Er hat das Halstuch einem toten Kameraden abgenommen, so hat er es erzählt. Du hast es doch auch gehört.«

Elsbeth zuckte mit den Schultern. »Wer weiß, was in den Wirren des Kriegs passiert ist? Vermutlich hat Wilhelm dein Tuch irgendwann verloren, und ein anderer Soldat hat es gefunden und sich umgebunden, und der ist dann gestorben. Das wäre eine mögliche Erklärung.«

»Ja, Elli, so könnte es gewesen sein. Ach, was wäre gewesen, wenn ich in all der Zeit gewusst hätte, dass Wilhelm noch lebt.«

Die Freundinnen sahen einander an. Dora spürte, dass auch Elsbeth jetzt an Friedrich dachte. Sie hätten nicht geheiratet, sie wären nicht miteinander ausgeritten, und vermutlich wäre er jetzt noch am Leben.

»Es hat keinen Sinn, darüber nachzudenken, Dora.«

»Natürlich nicht. Wir können die Vergangenheit nicht ungeschehen machen. Aber mir tut vieles leid.«

»Ich weiß. Hauptsache ist jetzt, dein Wilhelm wird wieder gesund.«

Wilma unterdessen ging es rasch besser. Tatsächlich hatte sie sich bei der Geburt eine schwere Infektion zugezogen, aber in ärztlicher Obhut kam sie bald wieder auf die Beine. Jedes Mal, nachdem Dora lange an Wilhelms Bett gesessen hatte, ging sie hinauf in Wilmas Krankenzimmer, um nach ihr zu sehen und ihr zu erzählen, dass es der kleinen Clara gut ging und dass sie sich deshalb keine Sorgen zu machen brauche. Von Mal zu Mal stellte Dora fest, dass Wilmas Wangen rosiger wurden.

Als sie eines Morgens die Tür zu Wilmas Krankenzimmer öffnete, saß Curt bei ihr. Dora zuckte bei dem unerwarteten Anblick zusammen und wollte sofort wieder umdrehen, um die beiden in ihrer Zweisamkeit nicht zu stören.

Doch er rief sie zurück: »Bitte bleib doch! Ich bin froh, dass du kommst, Dora. Ich weiß gar nicht, wie ich dir danken soll für alles.« Er stand auf, um sie zu begrüßen. »Wilma hat mir berichtet, was Wunderbares geschehen ist, dass dein Wilhelm aus Russland zurückgekommen ist. Ich freue mich von Herzen für euch und hoffe, dass seine Verletzungen bald ausgeheilt sind. Nun fügt sich doch alles ganz glücklich.«

Er sah ihr in die Augen, während er das sagte. Dora nickte. Ein sonderbarer Ernst lag in seinem Blick.

»Ja, nun fügt sich alles ganz glücklich«, wiederholte sie steif. Plötzlich hatte sie das merkwürdige Gefühl, am falschen Ort zu sein. Sie ertrug Curts Nähe nicht mehr. Sie wollte nicht daran erinnert werden, dass sie einander geküsst hatten, dass sie noch vor ein paar Monaten dabei gewesen war, sich in diesen Mann zu verlieben, mehr noch, dass sie ihn geliebt hätte mit allen Fasern ihres Herzens, wäre er da nicht schon verheiratet gewesen. Wie nah sie einander in der Nacht auf der Veranda gewesen waren! Was wäre passiert, wenn Curt Wilma nicht begegnet wäre? Dora wurde siedend heiß bei diesem Gedanken. Womöglich wären sie und Curt dann doch noch ein Paar geworden in der Überzeugung, ihr Verlobter sei im Krieg gestorben. Aber Wilhelm lebte! Nun war er zurückgekehrt, da war es vielleicht besser, Curt nicht mehr wiederzusehen. Nicht mehr an all das zu denken, was sie einmal für einander empfunden hatten und was aus ihnen hätte werden können.

»Ich muss zurück zu Wilhelm«, rief sie hastig. »Bis bald, Wilma, und du, Curt, leb wohl!«

Ohne seine Antwort abzuwarten, lief sie aus dem Zimmer.

»Morgen darf ich nach Hause«, erklärte Wilma tags darauf. Sie war wieder allein. »Doktor Marbach sagt, ich bin wieder ganz gesund.«

Doch ihre Stimme klang nicht fröhlich.

»Das sind wunderbare Nachrichten, Wilma. Aber du siehst unglücklich aus. Freust du dich nicht, endlich wieder dein kleines Mädchen in den Arm nehmen zu können?«

»Oh doch, Dora, natürlich freue ich mich darauf. Wie verrückt freue ich mich darauf. Aber, weißt du ...« Sie senkte den Blick. »Es graust mich vor dem Gedanken, nach Königsberg zurückzukehren. Curt ist unterwegs für eine große Fotoreportage. Ach, Dora, ich fühle mich noch gar nicht kräftig genug, so ganz allein mit allem fertigzuwerden. Ich habe Angst, dass ich wieder krank werde, dass mir oder meinem Baby etwas zustößt – und dass dann niemand da ist, der mir helfen kann, so wie du mir geholfen hast.« Nun sah sie Dora an. »Meinst du, es wäre möglich, dass ich noch ein bisschen länger bei euch im Gutshaus wohnen kann? So lange, bis ich wieder ganz fest auf beiden Beinen stehe? Bei euch fühle ich mich nicht so einsam. Und du bist so ein lieber, mutiger Mensch. Wenn du nicht gewesen wärst, wenn du mich nicht bei Wind und Wetter ins Krankenhaus gebracht hättest – ich wäre sicher gestorben. Ach, ich glaube, ich habe dir noch gar nicht genug gedankt für deine Tapferkeit.«

Sie nahm Doras Hände und drückte sie.

»Ist schon gut«, murmelte Dora verlegen. »Das hätte doch jeder getan. Und natürlich darfst du bei uns bleiben. Du gehörst doch irgendwie zur Familie. Du und die kleine Clara, ihr könnt so lange im Gutshaus leben, wie ihr möchtet. Ich nehme dich morgen mit nach Hause.«

»Danke! Das ist so lieb von dir. Du kannst dir nicht vorstellen, wie erleichtert ich bin. Curt wird froh sein, mich in guten Händen zu wissen.«

Als Wilma seinen Namen nannte, spürte Dora eine merkwürdige Schwere im Magen. Curt würde seine Frau und sein Kind gewiss so oft wie möglich besuchen kommen. Es war unmöglich, ihn ganz aus ihrem Leben zu verbannen. Sie würde das Lächeln in seinen Augen sehen, sie würde seine vertraute Stimme hören, sie würde den warmen Druck seiner Hand spüren. Und jedes Mal würde sie sich aufs Neue fragen, ob sie nicht irgendwann in ihrem Leben einen Fehler gemacht hatte. Dora schluckte. Sie musste versuchen, ihm so gut wie möglich aus dem Weg zu gehen.

• • •

Als Dora an einem trüben Februartag zur Tür seines Krankenzimmers hereinkam, lehnte Wilhelm mit aufgerichtetem Oberkörper und offenen Augen im Bett. Statt des Verbandes klebte nur noch ein dickes Pflaster an seinem Kopf. Erleichtert lief Dora auf ihn zu und nahm seine rechte Hand in die ihre.

»Wilhelm! Endlich bist du wach! Wie bin ich froh, dass ich dich wiederhabe.«

Mit der Linken wies er auf ein Glas Wasser, das neben seinem Bett auf einem kleinen Tisch stand, und Dora reichte es ihm. Er trank gierig ein paar Schlucke, dann lehnte er sich erschöpft zurück ins Kissen, als habe ihn das Trinken sehr angestrengt.

»Bitte sprich zu mir, Wilhelm. Ich muss wissen, was dir passiert ist.«

Seine Blicke vermochte Dora nicht zu deuten. Etwas Abwehrendes lag darin. Dann sprach er, stockend und so leise, dass Dora ihr Ohr nah an seinen Mund halten musste, um ihn zu verstehen.

»Ich habe die Hölle gesehen. Davon willst du nichts hören.«

»Doch, Wilhelm. Ich möchte alles hören.«

Ganz langsam schüttelte er den Kopf. »Lass uns nicht über den Krieg reden. Ich will nicht daran denken. Ich lebe, das ist mehr, als ich erwarten konnte.«

»Ja, du lebst, und ich bin glücklich darüber. Die Ärzte sagen, dass du bald wieder gesund sein wirst. Alles wird gut, Wilhelm. In ein paar Wochen kannst du nach Hause, und dann wird alles wie immer sein ...«

»Nichts wird wie immer sein.« Seine Stimme klang hart. »Nach diesem Krieg kann es nie wieder so werden wie zuvor.«

»Doch, ganz gewiss, Liebster.« Dora lächelte ihn zuversichtlich an. »Ich werde alles tun, damit es dir wieder besser geht. Irgendwann, das verspreche ich dir, werden diese trüben Gedanken vergehen. Du weißt doch: Die Zeit heilt alle Wunden.«

»Vielleicht die Wunden an meinem Körper, aber nicht die in meiner Seele.«

»Auch die müssen irgendwann heilen. Bitte lass den Kopf nicht hängen.« Sie sah ihn an und blinzelte die Tränen weg, die ihr in die Augen treten wollten. Sie war so enttäuscht, dass er sich gar nicht richtig über ihr Wiedersehen zu freuen schien. »Denk doch nur daran, was für wunderbare Pläne wir hatten«, flüsterte sie mit bebender Stimme. »Ich habe keinen davon vergessen. Wenn du gesund bist, dann heiraten wir, und dann fangen wir an, die Idee mit der Reitschule in die Tat umzusetzen. Ich wette, das wird dir guttun.«

Statt einer Antwort stöhnte Wilhelm leise.

»Natürlich lassen wir uns Zeit damit«, fuhr sie fort. »So viel

Zeit, wie du brauchst. Und wenn du keine Lust mehr darauf hast, dann lassen wir es eben. Im Grunde ist es ja auch egal. Wir haben uns wiedergefunden, und wir lieben uns. Das ist doch das Allerwichtigste.«

»Ja, Dora, das ist das Wichtigste.«

Doch er lächelte noch immer nicht.

Obwohl sie direkt neben ihm saß und seine Hand streichelte und ihm einen sanften Kuss auf seine vernarbte Wange drückte, so schien es Dora, als stünde eine Glaswand zwischen ihnen. Da war etwas, das sie trennte. Sie hatte das Gefühl, ihn mit ihren Worten und Gesten nicht zu erreichen, als sprächen sie verschiedene Sprachen.

Wilhelm war ein anderer Mann geworden. Nicht nur äußerlich durch seine Verletzungen, durch sein bleiches, eingefallenes Gesicht und seine abgemagerten, bandagierten Beine, auch in seinem tiefsten Inneren war etwas passiert, das Dora nicht begreifen konnte. Sie besuchte ihn nach wie vor jeden Tag, doch je mehr sie sich um ihn bemühte, je munterer sie plauderte und je optimistischer sie Zukunftspläne schmiedete, desto verschlossener wurde er.

Einmal wachte sie an seinem Krankenbett und beobachtete, wie er schlief und sich in einem unruhigen Traum hin- und herwälzte. Er murmelte etwas im Schlaf, das Dora nicht verstand, aber seine Stimme klang beängstigend in ihren Ohren. Sie fuhr zusammen, als er mit einem Schrei auffuhr und erwachte. Tränen standen in seinen Augen. Für einen Moment starrte er sie an, als wüsste er nicht mehr, wo er war und wer da neben seinem Krankenbett saß. Dann ließ er sich mit einem Seufzer zurück ins Kissen sinken.

»Verzeih, Dora, ich ... ich habe wieder von der Front geträumt.«

»Bitte, Wilhelm«, flehte sie. »Du musst mir endlich sagen, was du erlebt hast. Ich halte das aus, ich bin stark. Glaub mir. Ich weiß, dass in diesen Zeiten fürchterliche Dinge geschehen. Bitte sprich zu mir. Dann wird es dir besser gehen.«

Wilhelm zögerte. Schließlich begann er zu erzählen. Dora erschien es, als bereite es ihm physische Schmerzen, sich noch einmal an alles zu erinnern, was er erlebt hatte, seit er ihr vor so langer Zeit den letzten Brief geschrieben hatte. Leise und stockend berichtete er von dem Grauen der Kämpfe im russischen Winter. Wie er vom Frost steif gefroren in einem Erdloch lag, während um ihn herum die feindlichen Granaten in den Schnee schlugen. Wie er aus lauter Hunger mit einem Kameraden die Knochen eines verendeten Pferdes auskochte, um wenigstens etwas Suppe zu essen zu haben. Wie ihm ein Soldat eine Pistole mit nur einer Kugel darin zusteckte für den Freitod, wenn die Russen sie erreichten. Wie sich die Leichen vor ausgebrannten Ruinen stapelten, als wären sie Brennholz ...

»Niemand«, sagte Wilhelm leise, »war auf so ein Gemetzel vorbereitet.« In der Nähe von Stalingrad war er dann in russische Gefangenschaft geraten. Er hatte Todesängste ausgestanden, als die Wachmänner Rache für den brutalen Angriff der Deutschen nahmen, indem sie auf die Gefangenen einschlugen und sie frieren, hungern und dürsten ließen. Wilhelm war überzeugt gewesen, seine letzte Stunde habe geschlagen. Doch während eines nächtlichen Transports war es ihm mit einem weiteren Kameraden gelungen zu entkommen. Monatelang hatten sich die beiden Männer im Niemandsland durchgeschlagen, immer dem Tode nah. Wie durch ein Wunder hatten sie es geschafft, die Frontlinie zu überqueren, waren dann aber in heftiges Geschützfeuer geraten. Er habe gesehen, wie sein Kamerad von Kugeln getroffen wurde, dann sei in seiner Nähe eine Granate hochgegangen, und von diesem Augenblick an könne er sich an nichts mehr erinnern. Er sei erst wieder hier im Krankenhaus zu sich gekommen, als die Sanitäter ihn über den Flur getragen hatten.

Dora hatte Tränen in den Augen. »Es tut mir furchtbar leid. So etwas sollte kein Mensch auf dieser Welt erleben. Aber nun bist du in Sicherheit. Gott sei Dank. Ich denke nicht, dass sie dich noch einmal an die Front schicken mit deinen schweren Verletzungen. Ich bin mir ganz sicher, dass der Krieg für dich vorbei ist.«

»Nein, Dora, der Krieg ist niemals vorbei für mich.«

Er starrte sie mit einem Blick an, der ihr fremd war in seiner Wildheit. Seine Augen schienen zu flackern.

»Weil ich ein Mörder bin«, schrie er plötzlich und fasste ihren Arm so fest, dass es ihr wehtat. »Ich habe Menschen getötet, Dora, unzählige Menschen. Väter, Brüder, Söhne, Verlobte, Ehemänner. Kannst du mich noch lieben? Sag, kannst du einen Mörder lieben?«

»Sprich nicht so«, wisperte sie verängstigt und erschrocken über seine unerwartete Grobheit. »Du bist kein Mörder. Du bist ein Soldat. Soldaten töten ihre Feinde. So ist das im Krieg.«

»Ja, meine Feinde.« Er ließ ihren Arm los. Seine Stimme klang bitter. »Was ist ein Feind? Ist ein Feind kein Mensch? Ich habe getötet, weil es die Aufgabe eines Soldaten ist zu töten. Ja. So ist das nun mal. Soldaten sind Mörder. Und ich bin einer von ihnen. Ich trage Schuld. Ich habe gesehen, wie Menschen starben, wie Häuser brannten und Brücken explodierten. Sie starben und brannten und explodierten, weil ich geschossen habe.«

»Es ist Krieg, Wilhelm. Wenn du nicht geschossen hättest, dann hätte ein anderer geschossen. Du bist nicht schuld am Krieg.«

»Nein, ich bin nicht schuld am Krieg. Aber ich war dabei. Der

Krieg ist in mir. Ich habe ihn miterlebt. Nicht in Frankreich, damals ahnte ich noch nicht, was Krieg wirklich bedeutet. Aber im Russlandfeldzug habe ich es erfahren. Seitdem steckt der Krieg in mir wie ein fauliger Keim. Andere sind auf dem Schlachtfeld gestorben. Ich habe gesehen, wie ihr Blut im Schnee versickerte. Ich habe ihre Schreie gehört, ich habe in ihre sterbenden Augen gesehen. Ich war der letzte Mensch auf Erden, den sie angesehen haben. Der Letzte, der ihnen zugehört hat, während sie nach ihren Müttern und ihren Frauen weinten. Und ich konnte ihnen nicht helfen. Außer, ihnen den Gnadenschuss zu geben, die Reste ihrer Munition an mich zu nehmen und weiterzumachen. Ja, ich habe überlebt, Dora. Aber zu welchem Preis?«

Doktor Marbach zuckte nur müde mit den Schultern, als Dora ihn später um Rat fragte. Sie fing ihn auf dem Krankenhausflur ab und berichtete in wenigen Worten, weshalb sie sich Sorgen um Wilhelm machte.

»Ihr Verlobter hat Albträume?« Der Arzt sah sie entgeistert an, als begreife er ihr Problem nicht.

»Junges Fräulein, hier haben alle Soldaten Albträume. Und die Ärzte, die diese furchtbaren Verletzungen zusammenflicken müssen, auch. Was denken Sie denn! Das vergeht. Herrgott noch mal, es ist Krieg. Wir sind froh, dass die Männer überhaupt noch am Leben sind. Wir haben keine Zeit, uns um schlechte Träume zu kümmern.«

Wenngleich Wilhelm immer wieder von seinen schrecklichen Kriegserinnerungen heimgesucht wurde, so machte seine körperliche Genesung doch Fortschritte. Auch die schweren Verletzungen an seinen Oberschenkeln verheilten allmählich. Mithilfe von hohen Krücken konnte er bald ein paar Schritte gehen. Dora unterstützte ihn, so gut sie konnte, und sprach ihm bei ihren täglichen Besuchen Mut zu. Über seine Erlebnisse in Russland redete er nicht mehr. Und sie fragte nicht mehr danach.

Eines Tages saß Wilhelm auf einer Bank im Innenhof des Krankenhauses, als Dora zu ihm kam. Die Krücken lehnten neben ihm.

Es war der erste milde Tag des Jahres. Neben der Eingangstür der Klinik blühte der Strauch der Zaubernuss und verbreitete seinen zarten Duft. In den kahlen Birken vor dem Haus zwitscherten die ersten Buchfinken, als wollten sie die Welt daran erinnern, dass auch auf diesen Winter ein Frühling folgen werde.

Wilhelm war nicht allein. Elsbeth saß bei ihm auf einer Bank. Sie hatte ihr Schwesternhäubchen abgelegt und las ihm aus einem Buch vor.

»Wilhelm! Elli!« Mit raschen Schritten eilte Dora auf die beiden zu. »Es ist wunderbar, euch hier draußen zu sehen. Was für ein herrlicher Tag ist das heute. Geht es dir gut, Liebster? Jetzt müssen sie dich bald entlassen, nicht wahr, Elli? Aber warum lässt du dir vorlesen, Wilhelm? Du bist doch kein kleiner Junge mehr.«

Sie setzte sich neben ihn und gab ihm einen raschen Kuss auf die Wange.

»Gut, dass du da bist, Dora. Ich hatte Sehnsucht nach schönen Geschichten, aber wenn ich selbst lese, bekomme ich Kopfschmerzen.«

Elsbeth stand auf und reichte Dora das Buch. Es war in rotes Leinen gebunden. »Die schönsten deutschen Gedichte« stand in goldenen Druckbuchstaben darauf.

»Ich muss wieder los«, erklärte sie und setzte sich ihr Häubchen wieder auf. »Meine Kaffeepause ist vorbei. Wenn du weiterlesen magst, wir waren auf Seite 15. Das nächste Gedicht ist Goethes Mailied.«

Sie umarmte Wilhelm und Dora kurz und verschwand im Gebäude.

»Soll ich dir weiter vorlesen?«

Wilhelm nickte. »Gerne.«

Dora schlug das Buch auf:

»Wie herrlich leuchtet mir die Natur!

Wie glänzt die Sonne! Wie lacht die Flur …«

Ihre Gedanken schweiften ab, während sie die Zeilen des Gedichtes las. Wie viel lieber hätte sie mit Wilhelm darüber geredet, wie es nun weitergehen sollte. Wie gern hätte sie mit ihm seine Rückkehr auf den Hof der von Lengendorffs vorbereitet, sich Gedanken über einen ersten gemeinsamen Ausritt und Pläne für die Reitschule gemacht und vielleicht auch überlegt, wann und wie ihre Hochzeit stattfinden könnte. Aber jedes Mal, wenn sie ein Gedicht zu Ende gelesen hatte und das Buch zuklappen wollte, bat Wilhelm sie weiterzulesen.

Dora langweilte sich. Stillsitzen und Lesen hatten noch nie zu ihren Lieblingsbeschäftigungen gehört, und das Vortragen von Gedichten war ihr seit früher Schulzeit ein Graus gewesen. Doch weil sie alles tun wollte, damit Wilhelm sich wohlfühlte, tat sie ihm den Gefallen. Erst als die Sonne um das Haus herumgewandert war und sie im Schatten der Krankenhausmauern fröstelten, begleitete sie Wilhelm zurück in sein Zimmer.

Tag für Tag las Dora ihm vor. War ein Buch ausgelesen, brachten seine Eltern ihm neue Lektüre ins Krankenzimmer, sodass der Bücherstapel auf dem Tischchen neben seinem Bett immer höher wuchs.

»Danke, dass du das für mich tust, ich fühle mich schon viel besser«, sagte Wilhelm eines Tages, nachdem Dora ihm zum fünften Mal Schillers Lied von der Glocke vorgelesen hatte, und meinte, die lange Ballade bald auswendig aufsagen zu können. »Ich freue mich auf morgen, wenn du wiederkommst!«

Diesmal lächelte er tatsächlich. Doch es war ein anderes Lächeln als früher. Es schien ihn anzustrengen. Dora sah, dass es nicht aus seinem Herzen kam. Es war nicht dieses gütige, warme Lächeln, in das sie sich einmal verliebt hatte. Das Lächeln lag wie eine Maske auf seinem Gesicht. Sie spürte, dass er ihr Heiterkeit und Gelassenheit nur vorspielte, damit sie sich keine Sorgen um ihn machte, während es in seinem Inneren noch genauso finster und traurig aussah wie am ersten Tag, an dem sie einander wiederbegegnet waren.

Die Enttäuschung drückte sie nieder wie ein schwerer Mantel. Plötzlich hasste sie die kahlen weißen Wände des Krankenzimmers, den Geruch nach Desinfektionsmitteln, das quietschende Geräusch der Gummisohlen der Krankenschwestern auf dem Linoleumboden. Sie meinte, ersticken zu müssen, wenn sie nicht sofort an die frische Luft kam.

»Ich weiß nicht, ob ich es morgen schaffe herzukommen«, antwortete Dora. »Es tut mir leid. Aber du weißt doch, dass die Feldarbeit jetzt wieder anfängt, und ich muss mich darum kümmern, dass alles läuft. Außerdem sieht es so aus, als bekämen wir heute oder morgen noch ein neues Fohlen. Aber spätestens übermorgen bin ich wieder da, und dann lese ich dir weiter vor. Versprochen.«

Wilhelm nickte. »Ja. Natürlich. Es ist so lieb von dir, dass du in all den Wochen jeden Tag die lange Fahrtstrecke auf dich genommen hast. Ich weiß, wie viel Kraft dich das kosten muss.«

»Das macht doch nichts.«

Er küsste sie, und sie schlang ihre Arme um ihn, wie um sich zu vergewissern, dass er tatsächlich wieder da war.

»Alles wird gut«, flüsterte sie. »Bitte glaub daran.«

Während sie sprach, hatte sie das sonderbare Gefühl, ihre Kehle verenge sich. Wann endlich würde Wilhelm wieder der freundliche, zuversichtliche Mann von früher sein? Wann würden sie all ihre Zukunftspläne, die sie einst geschmiedet hatten, in die Tat umsetzen?

Unten in der Eingangshalle traf sie Elsbeth, die sich nach ihrem Dienst im Krankenhaus ebenfalls gerade auf den Heimweg machte. Dora bot ihr an, sie mit dem Pferdegespann nach Hause zu bringen, damit sie nicht mit dem Bus zu fahren brauchte, und Elsbeth nahm das gern an.

Eine Weile saßen sie schweigend nebeneinander und hingen ihren Gedanken nach, während die Pferde über die Chaussee Richtung Liebenwalde trabten. Dann ergriff Dora das Wort.

»Wilhelm hat sich so sehr verändert. Er ist so verbittert und verschlossen. Denkst du, er wird bald wieder so sein wie früher?«

»Ich weiß es nicht, Dora. Du musst Geduld haben. Ich habe damals im Lazarett und hier im Krankenhaus viele Soldaten kennengelernt, die mit dem, was sie im Krieg erlebt haben, nicht klarkommen. Ich kann mir nicht vorstellen, wie es mir ginge, wenn ich so viele Menschen getötet hätte. Gerade für Wilhelm muss das eine grausige Erfahrung gewesen sein, er ist doch so ein sanftmütiger und sensibler Mensch. Und dann diese ständige Todesangst, diese Hilflosigkeit, die vielen Menschen, die er hat sterben sehen, ohne ihnen helfen zu können! Das alles würde mir auch Albträume machen.«

»Ich weiß. Es ist furchtbar.«

»Ich habe einmal darüber mit ihm geredet. Er hat gesagt, er bekäme die Schreie der Verletzten, den Geschützdonner und das Geräusch der Explosionen einfach nicht aus dem Kopf. Selbst wenn irgendwo eine Tür zufällt, gerät er in Panik, weil ihn der Knall so erschreckt. Nur wenn man ihm vorliest, wenn er in schöne Geschichten und Gedichte aus einer heilen Welt versinken kann, dann gehe es ihm für den Moment besser. Dann kann er das Grauen des Krieges für eine Weile vergessen.«

»Ich werde ihm so viel und so lange vorlesen, wie er will. Ich sehne mich so sehr nach dem Wilhelm, der er früher einmal war«, stieß Dora hervor.

Elsbeth legte einen Arm um ihre Schultern. »Ich sehne mich nach allem, was früher einmal war«, gestand sie seufzend. »Aber vielleicht müssen wir uns damit abfinden, dass das für immer vorbei ist.«

»Oh nein, Elli.« Dora schüttelte energisch den Kopf und trieb mit einem wütenden Schnalzen des Zügels die Pferde an. »Damit werde ich mich niemals abfinden. Du wirst sehen, wenn Wilhelm und ich erst verheiratet sind, wenn wir ein Baby haben wie Wilma, wenn er sieht, dass das Leben weitergeht und dass es trotz allem noch schön sein kann, dann wird er wieder so sein wie früher.«

»Ich wünsche euch so sehr, dass du recht hast.«

• • •

Kurz vor Ostern wurde Wilhelm aus dem Krankenhaus entlassen. Dora war erleichtert, dass sie nun nicht immer den weiten Weg in die Stadt unternehmen musste, um ihn zu sehen. Bis auf ein paar Narben waren ihm die schweren Verletzungen kaum mehr anzusehen.

Wie glücklich war sie, als er sie zum ersten Mal wieder bei einem Ausritt begleitete. Es war ein herrlicher Frühlingstag, die Luft so klar wie frisch geputzt. Alles blühte und duftete im Garten. Die ersten Fliederknospen waren aufgesprungen, und im Obstgarten strahlten die Bäume so weiß wie riesige Hochzeitsbuketts. Der Wald, wo das frische junge Grün an den Buchen leuchtete, war erfüllt vom Gezwitscher der Vögel. Die ganze Natur schien zu vibrieren vor Energie und Lebensfreude.

»Sieh nur, wie schön die Welt wieder ist«, rief Dora. »Fast könnte man vergessen, dass Krieg ist. Ich kann mir keine herrlichere Jahreszeit als den Frühling vorstellen, wenn alles Leben über den kalten schrecklichen Winter triumphiert. So wird es immer sein. Ist das nicht tröstlich?«

Er sah sie an und nickte, aber es war noch immer keine Fröhlichkeit in seinem Gesicht. Doras Optimismus erlosch augenblicklich. Ihr schien es, als ritte sie neben einem Fremden durch den Wald. Drei Monate waren vergangen, seitdem Wilhelm aus dem Krieg zurückgekehrt war, und noch immer schien seine Seele zutiefst verwundet. Wenn sie miteinander sprachen, wirkte er fahrig und zerstreut, als wäre er mit seinen Gedanken ganz woanders. An nichts schien er mehr Freude zu haben. Wenn er lächelte, sah sie, wie schwer es ihm fiel. Oft saß er nur teilnahmslos da und hörte ihr zu, wenn sie redete, ohne ihr zu antworten. Wie sehr vermisste sie den liebenswürdigen, freundlichen Mann, in den sie sich einmal verliebt hatte. Den Mann, mit dem sie auf Gretes Hochzeit getanzt hatte, als wären sie im siebten Himmel. Mit dem sie auf der Schleppjagd geritten und den sie mit klopfendem Herzen geküsste hatte. Der ihr zärtliche Liebesbriefe geschrieben und sie in Königsberg mit seinem Besuch überrascht hatte. Den Mann, den sie liebte und heiraten wollte. Dieser Mann war irgendwo im russischen Winter des Jahres 1942 verloren gegangen.

»Lass uns hier eine Weile ausruhen«, schlug Wilhelm vor, als sie eine Waldlichtung erreichten. Sie stiegen aus den Sätteln, banden die Pferde fest und setzten sich auf einen umgestürzten Baumstamm. Dora schmiegte sich an seine Schulter. Aber die Berührung fühlte sich fremd an, es gelang ihr nicht mehr, dieselbe Freude zu empfinden wie damals.

»Ich muss in der nächsten Woche wieder zum Militärdienst antreten«, sagte er unvermittelt.

»Was?« Dora fuhr herum. »Du musst wieder an die Front? Das darf nicht sein!«

»Nein, vorerst soll ich im Stabsdienst eingesetzt werden. Schreibtischarbeit in der Verwaltung.«

»Oh Gott sei Dank, alles andere hätte ich nicht ertragen.«

Er schwieg, und sie spürte, wie etwas in ihm arbeitete.

»Dora, ich muss dir etwas sagen.« Seine Stimme klang blechern.

»Was ist denn los, Wilhelm?«

Dabei wusste sie, was er sagen würde. Sie wusste es in dem Moment, in dem sie in seine Augen sah. Es lag eine so unendlich tiefe Müdigkeit darin, dass sie Angst hatte, darin zu ertrinken, wenn sie noch länger hineinblickte.

»Ich möchte unsere Verlobung lösen, Dora. Ich ertrage es nicht mehr, deine Hoffnungen und Wünsche zu enttäuschen. Es ist so viel geschehen. Wir haben so vieles erlebt in den letzten Jahren, das uns beide verändert hat. Wir sind nicht mehr dieselben Menschen, die wir einmal waren. Es ist nicht deine Schuld. Bitte verzeih mir.«

»Wilhelm! Ich …« Der Kloß in ihrer Kehle war so groß, dass sie meinte, daran ersticken zu müssen.

»Bitte lass mich ausreden. Wir wollen ehrlich zueinander sein. Ich weiß, dass du genauso fühlst. Ich bin nicht der richtige Mann für dich. Nicht mehr. Du bist so stark, so zäh, so lebenshungrig. Du bist eine Kämpferin. Du gibst dich nicht geschlagen, ganz gleich, wie hoch das Hindernis auch sein mag, das dir im Wege steht. Wie könntest du dein Leben mit jemandem wie mir verbringen? Mit einem Wrack, einem Mann, der den Boden unter seinen Füßen verloren hat, der nicht einmal mehr ein Schatten seiner selbst ist. Wir würden beide unglücklich werden. Noch unglücklicher, als wir jetzt schon miteinander sind. Ich weiß, wie enttäuscht du von mir bist. Ich sehe es dir an, seit Wochen schon. Und ich bin es selbst noch viel mehr, glaub mir. Ich müsste dich lieben, Dora, und doch ist mein Herz kalt. Es ist kein Gefühl mehr darin. Da ist nichts mehr, Dora. Nichts, das dich so unbeschwert lieben könnte wie früher. Du hast einen anderen Mann verdient, jemanden, der stärker ist als ich. Jemanden, den du bewundern kannst und nicht nur bemitleiden. Ich wünsche dir von Herzen, dass du diesen Mann findest.« Er strich sanft über ihr Haar. »Ich gebe dich frei, Dora.«

Dora antwortete nicht. Sie presste ihre Wange an seine Brust und weinte. Sie schluchzte nicht laut auf, still ließ sie die Tränen fließen, sodass sie sein Hemd durchnässten. Wilhelm legte seine Arme um sie, drückte sie an sich und küsste tröstend ihren Kopf. So verharrten sie stumm, während es um sie herum im Frühlingswald krakeelte. Dora nahm das kaum mehr wahr. Vorbei, dachte sie nur. Es ist vorbei. Sie hatten einander geliebt, sie hatten einander verloren und wiedergefunden, und nun liebten sie einander nicht mehr. Es fühlte sich unwirklich an. Jedes einzelne seiner Worte tat ihr weh. Und doch musste sie zugeben, dass Wilhelm recht hatte. Sie waren nicht mehr glücklich miteinander, sie waren einander fremd geworden. Sie passten nicht mehr zusammen. Es war besser zu gehen, bevor sie einander verletzten. Ihr war es, als wäre ihr eine schwere Last abgenommen worden. Aber sie fühlte keine Erleichterung, da war nur eine große Leere in ihrem Herzen.

TEIL III

21.

Ende Juni surrten zwei Flugzeuge über den ostpreußischen Himmel. Es war ein fremdes, unbekanntes Geräusch. Dora fand, dass die Motoren ein wenig ratterten wie eine Nähmaschine. Die Leute auf den Feldern ließen die Heugabeln sinken, wischten sich den Schweiß von der Stirn und starrten hinauf, bis das Wu-wu-wu der Flugzeugmotoren hinter dem Wald verschwunden war.

»Frantek sagt, das waren die Russen«, erklärte Erich wenig später beim Abendessen, während er seine Scheibe Brot mit Butter bestrich. »Er kennt sich mit Flugzeugen aus, sagt er. Das waren ganz sicher keine Heinkel und keine Messerschmitt. Frantek meint, da kommt bald ein russischer Angriff auf Ostpreußen. Erst gucken sie sich alles in Ruhe von oben an, und dann schicken sie ihre Bomber los.«

»Das ist doch Unsinn!«, sagte Dora. »Woher will Frantek das wissen? Er ist kein Flugzeugmechaniker, sondern Stallknecht.«

Und Wilma, die mit der kleinen Clara noch immer auf dem Gutshof lebte, meinte: »Wir haben doch eine Flugabwehr.«

»Du sollst mit den polnischen Leuten nicht über solche Sachen reden«, tadelte Vera Twardy ihren Sohn. »Das ist doch verboten. Außerdem hältst du sie vom Arbeiten ab.«

Fast jeden Abend schnurrten nun die beiden Flugzeuge über die Liebenwalder Felder, und Dora gewöhnte sich bald an das Geräusch, bis sie eines Nachts von einer Detonation aus dem Schlaf gerissen wurde. Nur einen einzigen gewaltigen Knall hörte sie und dann wieder das ruhige Brummen der Flugzeuge, das immer leiser wurde, bis es wieder ganz still war. Nicht einmal eine Sirene heulte.

Bei Sonnenaufgang hatte es sich schon herumgesprochen: Gleich hinter dem Ortsausgang Richtung Guttstadt war eine Bombe neben der Chaussee in einem Roggenfeld eingeschlagen, und der Krater hatte einen großen Teil der Ernte verwüstet. Ansonsten war nichts und niemand zu Schaden gekommen. Ob das ein Versehen gewesen war? Welches Ziel hatten die Bomber tatsächlich gehabt? Die Bahnstrecke von Allenstein nach Braunsberg?

Den Jungen aus Liebenwalde war das egal. Sie stürmten gleich nach der Schule hin und durchsuchten den Bombentrichter nach Metallsplittern. Auch Erich brachte ein faustgroßes, bizarr geformtes Stück Stahl nach Hause und legte es wie eine Trophäe auf sein Bücherregal zwischen die rote Spardose und das eiserne Leistungsabzeichen der Hitlerjugend, das er kürzlich erhalten hatte.

Von diesem Tag an war sich Dora sicher, dass es tatsächlich russische Aufklärer waren, die da ihre abendlichen Erkundungsflüge unternahmen. Aber weshalb ließ die deutsche Flugabwehr sie gewähren? Warum wurden sie nicht angegriffen? Wenn sie den Volksempfänger anschaltete, erhielt sie keine Antwort darauf. Die Nachrichten über den zu erwartenden baldigen Endsieg der Deutschen und die Berichte über den Einsatz von angeblichen Wunderwaffen wurden immer öfter durch einen anhaltenden Pfeifton unterbrochen. Von irgendwoher mischte sich ein Störsender in das Programm. Das Geräusch bereitete Dora Unbehagen. Deshalb schaltete sie das Gerät lieber aus.

• • •

Am 19. Juli 1944 kam Curt zu einem überraschenden Besuch auf den Hof. Dora war gerade im Pferdestall, als sie das Geräusch seines Wagens hörte, und stürzte hinaus, erfreut, ihn nach langer Zeit wiederzusehen. Doch sie verlangsamte beschämt ihre Schritte, als sie bemerkte, dass auch Wilma mit Clärchen auf dem Arm aus dem Haus trat und auf Curt zueilte. Wieder einmal hatte sie vergessen, dass er nicht ihretwegen kam, sondern vor allem, um seine Frau und seine Tochter zu sehen.

»Das ist aber nett, gleich von drei so wunderbaren Damen begrüßt zu werden …«, sagte er, als er aus dem Auto stieg. Aber sein Lächeln wirkte angestrengt.

»Weshalb hast du nicht Bescheid gesagt, dass du heute kommst?«, rief Dora. »Dann hätten wir alles für deinen Besuch vorbereitet.«

Sie musterte ihn. Curt sah gehetzt aus. Tiefe dunkle Ringe lagen unter seinen Augen.

»Ich kann nicht lange bleiben«, sagte er. »Es tut mir leid, aber ich muss gleich wieder aufbrechen. Ich wollte mich nur von euch verabschieden.«

Wilma fasste erschrocken seinen Arm. »Aber warum denn? Was ist denn los? Kannst du nicht wenigstens zum Kaffeetrinken bleiben?«

Er schüttelte den Kopf. »Leider nein. Eigentlich habe ich überhaupt keine Zeit, aber ich musste euch unbedingt noch einmal sehen.«

Er umarmte Wilma und küsste sie, dann strich er dem Baby sanft über die runden Wangen.

»Was ist denn los, Curt?«, fragte Wilma noch einmal. Ihre Stimme klang ängstlich. »Ist etwas passiert?«

»Nein, nein. Es ist bloß so, dass ich für eine Weile nicht mehr herkommen kann.«

Er sollte leichthin klingen, aber Dora spürte, dass etwas anders war als sonst. Sie runzelte die Stirn. »Musst du länger verreisen? Ist es für eine Fotoreportage?«

Er sah sie an. »Bitte fragt nicht weiter. Ihr wisst doch, dass ich über manche Dinge nicht reden kann.«

Dora hatte Curt noch nie so nervös erlebt. Obwohl er sich Mühe gab, sie und Wilma nicht zu beunruhigen, so spürte sie doch, dass etwas Bedrohliches in der Luft lag.

»Bitte unternimm nichts Gefährliches«, flüsterte sie. Der Abend auf der Veranda kam ihr erneut in den Sinn, jener Sommerabend im vorigen Jahr, an dem Curt davon gesprochen hatte, dass man sich zusammentun und etwas gegen den Führer unternehmen müsse. War es jetzt so weit? Was plante Curt?

»Ich werde wiederkommen«, versicherte er. Doch er sah sie nicht an bei diesen Worten. Rasch umarmte er auch Dora. Es war nur ein kurzer Moment, in dem sie seinen Herzschlag an ihrer Brust spürte, die Wärme seines Körpers und den Geruch seiner Haut wahrnahm. Doch der unerwartete Augenblick der Nähe reichte aus, um wieder all das in ihr Gedächtnis zu katapultieren, was sie so lange versucht hatte auszulöschen. Dass sie Curt liebte, vielleicht mehr noch als jemals Wilhelm, und dass sie ihn doch für immer verloren hatte. Als er sie wieder losließ, presste sie die Zähne aufeinander, um nicht laut zu schluchzen.

Er sah ihr in die Augen, dann wanderte sein Blick zu Wilma und seinem Kind, als müsse er sich ihre Gesichter noch einmal ganz genau einprägen. Ein letztes Mal schlang er seine Arme um die beiden. Wortlos drehte er sich um und stieg zurück ins Auto.

Dora und Wilma sahen ihm nach, wie er den Motor anließ, den Wagen wendete und zum Hoftor hinausfuhr. Bevor er um die

Ecke bog, winkte er ihnen noch einmal durch das geöffnete Seitenfenster zu.

»Was hat er bloß vor?«, fragte Wilma mit tränenerstickter Stimme, als das Auto hinter den Linden der Auffahrtsallee verschwunden war. »So habe ich ihn noch nie erlebt.«

Dora schluckte den Kloß in ihrer Kehle hinunter. »Sicher muss er eine lange Reise antreten«, gab sie sich sorglos. »Vielleicht schicken sie ihn wieder nach Afrika oder sogar nach Japan. Du wirst sehen, spätestens in ein paar Monaten kommt er zurück und wird uns ganz wunderbare exotische Fotos zeigen.«

»Ja, so wird es sein. Ich danke dir, Dora. Es ist gut, dass du immer so zuversichtlich bist. Ich würde vergehen vor Angst und Kummer, wenn ich dich nicht hätte.«

Als Wilma ihre Hand drückte, hätte Dora vor Verzweiflung am liebsten aufgeschrien.

• • •

Zwei Tage später gellte die sich überschlagende Stimme des Führers schon in aller Frühe aus dem kleinen Lautsprecher des Volksempfängers auf dem Küchentisch, als Dora sich vor ihrem morgendlichen Gang in die Ställe wie immer einen ersten Kaffee holen wollte. Erna und Anni, das Hausmädchen, saßen daneben wie vom Donner gerührt.

»Marjellchen, hast du das schon jeheert? Jemand hat ein Attentat auf unsern Fiehrer veriebt.«

»Was sagst du da?« Dora ließ sich auf den nächsten Stuhl fallen. »Ein … ein Attentat?«

»Ja. Eijne Bombe ist hochjegangen. Und ausjerechnet in seinem Quartier beij uns in Ostpreußen. Aber wie durch ein Wunder hat er ieberlebt. Hat nur ein paar Kratzerchens abbekommen.

Und sie haben auch fast alle erwischt, die sich das ausjeheckt haben.«

Dora schwieg, gelähmt vor Entsetzen, während die Stimme des Führers noch immer verzerrt durch den Lautsprecher dröhnte: »... Eine ganz kleine Clique ehrgeiziger gewissenloser und zugleich unvernünftiger, verbrecherisch-dummer Offiziere hat ein Komplott geschmiedet, um mich zu beseitigen ... Ein ganz kleiner Klüngel verbrecherischer Elemente, die jetzt unbarmherzig ausgerottet werden ...«

Anni goss Milch in eine Tasse Kaffee und schob sie Dora zu. Doch Dora konnte nichts zu sich nehmen. Ihre Gedanken waren bei Curt. Hatte er etwas mit diesem Anschlag zu tun, oder war es Zufall gewesen, dass er bei seinem Besuch vor zwei Tagen so nervös gewesen war und sich für längere Zeit verabschiedet hatte? Dora hätte sich am liebsten die Ohren zugehalten, als Hitlers anschwellende Stimme durch die Küche geiferte: »Ich fasse das als eine Bestätigung des Auftrages der Vorsehung auf, mein Lebensziel weiterzuverfolgen, so wie ich es bisher getan habe ...« Wer auch immer diese Bombe gezündet hatte, um Hitler umzubringen, es war vergeblich gewesen.

Ohne die Kaffeetasse anzurühren, stand Dora auf und verließ fluchtartig die Küche. Sie stürzte zur Toilette, um sich zu übergeben, und blieb danach zitternd auf dem Boden sitzen.

Tags darauf durchblätterte sie die Zeitung und las alles, was sie über das Attentat auf Hitler herausfinden konnte. Sie erfuhr, dass die Täter entweder bereits standesrechtlich erschossen worden waren oder Selbstmord begangen hatten. Und allen anderen, die in die gescheiterten Pläne verwickelt waren, drohten ebenfalls härteste Strafen. In einem Artikel wurden die Namen der Attentäter aufgeführt. Erleichtert stellte sie fest, dass Curt nicht darunter war. Rädelsführer des Ganzen war ein Wehrmachtsoffizier namens Claus Schenk Graf von Stauffenberg. Dora hatte noch nie von ihm gehört. Curt hatte ihn ganz sicher nie erwähnt. Vielleicht waren ihre Sorgen ja unbegründet. Vielleicht hatte Curt mit alldem nichts zu tun, und er war tatsächlich gerade unterwegs, um das Kriegsgeschehen in Japan oder sonst wo zu fotografieren. Aber weshalb hatte er so ein Geheimnis daraus gemacht? Unruhig wartete sie darauf, dass er sich bei ihr oder Wilma meldete.

Elsbeth versuchte, Dora zu trösten. »Die Verhältnisse bei der Post sind katastrophal mittlerweile. Ein Brief von meiner Oma aus Berlin ist neulich mehr als drei Wochen unterwegs gewesen. Und aus dem Feld dauert es sicher noch länger.«

Aber es kam kein Brief von Curt, wie viele Wochen sie auch warteten, und kein Anruf. Und dann blieb auch die Feldpost ihres Vaters aus. Stattdessen gab es Gerüchte, dass sich im Osten etwas Schlimmes zusammenbraute. Aber niemand wusste Genaueres zu sagen.

Der Sommer ging dahin, und die Störche machten sich wieder einmal zum Abflug bereit. Dora stand auf dem Hof und starrte hinauf zum Himmel, wo die großen schönen Vögel ruhig ihre Kreise zogen, als wollten sie für immer Abschied von Ostpreußen nehmen.

»Ja, fliegt ihr nur fort«, dachte Dora wehmütig. »Und wir bleiben hier. Aber was mag aus uns werden? Was wird sein im nächsten Jahr?«

Nie zuvor war ihr der Himmel so hoch, das Licht so prächtig, die Ferne so rätselhaft erschienen. Und nie zuvor hatte sie den Störchen mit solcher Melancholie nachgeblickt.

Am Tag darauf lagen zwei Briefe im Postkasten des Gutshauses. Das Hausmädchen Gertrud brachte sie den Twardys an den Frühstückstisch. In dem einen erfuhren sie, dass Josef Twardy bei der Schlacht um die Krim offenbar in russische Kriegsgefangenschaft geraten war. Der Kommandant schrieb, sein Panzer sei unter heftigen Beschuss geraten, und man habe bedauerlicherweise nicht zu den Soldaten vordringen können, um sie zu bergen, weil man sich vor der Offensive des Feindes habe zurückziehen müssen. Möglicherweise habe sich die Besatzung auch selbst aus dem Fahrzeug befreien können. Man habe schon öfter Fälle erlebt, in denen sich die Soldaten zu Fuß durch die Front durchgeschlagen haben …

Vera Twardy las die Botschaft mit versteinerter Miene. Dann faltete sie den Brief zusammen und schob ihn zurück in den Umschlag.

»Wir wollen annehmen, dass der Kommandant recht hat und dass Vater noch am Leben ist. Und dass ihn die Russen gut behandeln. Sicherlich erfahren wir bald mehr.«

Dora nickte. Doch ihr Mund war trocken. Sie kannte ihre Mutter gut genug, um zu wissen, dass sich hinter ihrer äußerlichen Ruhe und Gelassenheit tiefste Erschütterung verbarg. So war es schon gewesen, als sie von Hans' Tod erfahren hatte. Aufrecht saß sie auf dem Polsterstuhl und erlaubte sich nicht den kleinsten Glanz einer Träne im Augenwinkel, als befürchte sie, ein Damm werde brechen und sie selbst in einem Strudel der Gefühle fortreißen, wenn sie das geringste Anzeichen von Schwäche zuließ. Nur die steile Falte zwischen den akkurat gezupften Augenbrauen verriet ihre Anspannung.

Dora selbst ging es genauso. Sie spürte einen schmerzenden Druck in ihrem Hals, der es ihr unmöglich machte, auch nur ein Wort zu sagen. Vater war in russischer Kriegsgefangenschaft? Sie erinnerte sich daran, wie Wilhelm von seiner Todesangst im russischen Gefangenenlager berichtet hatte und von seiner Flucht, bei der er zwischen die Fronten geraten war und sich die schweren Verletzungen zugezogen hatte. Sie fühlte sich ohnmächtig. Sie konnte nichts tun, nur beten und hoffen, dass sie ihren Vater irgendwann einmal wiedersehen würde. Und dass es ihm besser erging als Wilhelm. Wie hatte es Vroni damals gesagt, als sie sich während des Reichsarbeitsdienstes solche Sorgen um Wilhelm gemacht hatte? Solange nicht »gefallen für Großdeutschland« auf dem Kuvert steht, gibt es keinen Grund zu trauern.

Inzwischen hatte ihre Mutter den zweiten Brief geöffnet. Sie überflog die wenigen Zeilen und sah dann mit einem matten Lächeln auf.

»Immerhin, das ist eine gute Nachricht. Christel und Hermann schreiben, dass sie letzte Nacht einen kleinen Sohn bekommen haben. Sie lassen dich ganz besonders grüßen, Dora, und bitten dich, Patin des kleinen Gustav zu sein. Am Samstag, den 26. August, ist Taufe in Königsberg, und du bist herzlich dazu eingeladen.«

Sie reichte den Brief an Dora weiter, die Christels Handschrift nachdenklich betrachtete.

»Das ist wirklich lieb von den beiden.« Sie schluckte. »Aber natürlich werde ich absagen. Ich kann euch jetzt nicht allein lassen.«

»Aber natürlich wirst du zur Taufe fahren, Dora. Du hast deinen Anteil an dieser Verbindung, es ist nur recht, dass sie dich zur Patin haben wollen. Und ein paar erholsame Tage in Königsberg hast du dir redlich verdient nach allem. Wir werden hier ganz sicher so lange ohne dich auskommen.«

Tatsächlich fand Dora Gefallen an der Vorstellung, für eine Weile nach Königsberg zu reisen und auf andere Gedanken zu kommen. Sie stellte sich vor, wie es wäre, sich auf den Terrassen des Cafés Schwermer vielleicht ein Stück Kuchen schmecken zu lassen, um den Schlossteich zu spazieren oder sogar einmal ins Kino zu gehen, falls es dort noch eine Vorstellung gab. Wenigstens für ein paar Tage den Alltag auf dem Gutshof und die quälenden Sorgen um Curt und ihren Vater hinter sich lassen ...

Sie fuhr aus ihren Gedanken auf, als Wilma eine Hand auf ihren Arm legte.

»Weißt du was, Dora? Ich werde dich begleiten. Nun lebe ich schon über ein Jahr bei euch. Clärchen hat sich prächtig entwickelt, und ich fühle mich auch wieder stark genug, mein eigenes Leben zu Hause aufzunehmen. Es ist Zeit für mich zurückzukehren. Mir fällt der Abschied von hier nicht so schwer, wenn du für ein paar Tage mitkommst. Lass uns zusammen nach Königsberg fahren.«

22.

Es war ein strahlendes Sommerwochenende, Königsberg lag in brütender Augusthitze, als Dora vier Jahre nach ihrem ersten Besuch wieder durch die Provinzhauptstadt schlenderte. Gleich nach ihrer Ankunft hatte sie Wilma und die kleine Clara nach Hause gebracht. Sie wohnten einen kleinen Fußweg vom Bahnhof entfernt, im ersten Stock eines schicken, recht modernen Gebäudes an der vornehmen Kaiserstraße, unweit der gleichnamigen Brücke. Dora spürte, dass es Wilma nicht wohl war bei dem Gedanken, nach den vielen Monaten in der lebhaften Gesellschaft des Gutshofes jetzt mit ihrem Baby in der stillen Wohnung allein zu sein. Trotzdem lehnte Dora es ab, noch länger dort zu bleiben, nachdem sie Wilma geholfen hatte, das Gepäck hinaufzutragen und in allen Räumen die Vorhänge von den verdunkelten Fenstern zu ziehen, um Licht hereinzulassen.

»Ich muss los, ich darf nicht zu spät zur Taufe kommen«, erklärte Dora, wobei das nicht der eigentliche Grund für ihre Eile war, denn das Familienfest stand erst am späten Nachmittag an, und bis dahin war noch reichlich Zeit. Dora musste sich eingestehen, dass sie sich unbehaglich in der Wohnung fühlte. Sie ließ ihre Blicke über die feinen Polster und die edlen Möbel streifen, auf denen eine feine Staubschicht lag, weil so lange niemand mehr dort gewesen war. Sie stellte sich vor, wie Curt und Wilma all diese schönen Dinge einst miteinander ausgesucht und gekauft hatten, um ihr häusliches Glück perfekt zu machen. Jedes Bild an der Wand, jeder Teppich, jeder Sessel, jedes Tischchen, jede Vase auf der Fensterbank schienen ihr zuzurufen: Sieh, hier lebt Curt mit einer anderen Frau, die er liebt und die zu ihm gehört. Dies zu spüren tat Dora weh. Sie umarmte Wilma hastig, strich der kleinen pausbäckigen Clara mit dem Fingerrücken über die Wange und machte sich wieder auf den Weg.

»Bitte komm uns bald wieder besuchen!«, rief Wilma ihr durchs Treppenhaus nach.

»Das mache ich«, antwortete Dora halbherzig.

Als sie hinaus in die Sonne trat, atmete sie tief durch. Dann ließ sie sich durch die Straßen treiben. Ja, dieser Tapetenwechsel tat ihr gut. Wie beim ersten Mal nahm sie die aufregenden Eindrücke der Stadt mit allen Sinnen in sich auf.

An einer Bushaltestelle wies ein vergessener Aushang noch auf die Feierlichkeiten zum 400-jährigen Bestehen der ehrwürdigen Königsberger Albertus-Universität hin, die im Juli anscheinend mit großem Pomp stattgefunden hatten. Ansonsten hingen an den Mauern und Litfaßsäulen der Stadt die üblichen Transparente, die sie auch aus Wormditt und Guttstadt kannte. »Unaufhaltsam vorwärts bis zum Endsieg!«, las Dora auf dem einen. Ein paar Schritte weiter erinnerte die dramatisch ausgeleuchtete Mahnung »Der Feind sieht Dein Licht!« an die Pflicht zur Verdunkelung. An einer Straßenbahnhaltestelle warnte ein Plakat vor dem Kohlenklau, der auf dem Bild als hässlicher buckliger Dieb mit einem Sack auf dem Rücken dargestellt war, und rief zum sparsamen Umgang mit Strom und Gas auf.

Da Dora für die wenigen Übernachtungen nur eine leichte Tasche bei sich trug, nahm sie sich Zeit, umherzuspazieren und die beschwingte Atmosphäre der Großstadt auf sich wirken zu lassen, die trotz der eindringlichen Parolen auf den Plakaten unverändert schien. Deutschland konnte sich unmöglich im Krieg befinden, nicht hier in Königsberg, wo die Leute noch immer im kühlenden Schatten der Bäume am Schloss- und am Oberteich entlangflanierten. Alle Cafés waren gut besucht, und in den Geschäften herrschte reger Betrieb. Eine fröhlich lärmende Schar von Kindern winkte Dora aus den geöffneten Fenstern einer Straßenbahn zu. Sie waren bepackt mit Taschen und Körben voller Badesachen und Strandspielzeug und offenbar gerade unterwegs zu einem vergnüglichen Wochenende an der Küste. Dora winkte ihnen lächelnd zurück. Ja, hier in Königsberg war die Welt noch in Ordnung, sofern man von den versehrten Soldaten absah, die sich hier und da mit bandagierten Schultern, schwarzen Augenklappen oder an hohen Krücken durch die Straßen schleppten. Diese graugesichtigen, mageren Gestalten ließen erahnen, dass man sich im friedlichen, sommerlich flirrenden Königsberg am letzten Augustwochenende des Jahres 1944 nur einer Illusion hingab und dass der Krieg andernorts brutal weitertobte.

Mit einem Blick auf die Turmuhr der Schlosskirche stellte Dora fest, dass es halb vier war, höchste Zeit, Onkel Hermann, Christel und die Kinder aufzusuchen. Die Familie war vor ein paar Monaten aus der Wohnung über Hermanns Kunstgalerie an den Stadtrand von Königsberg gezogen. Im Villenviertel Amalienau hatten sie ein Haus bezogen, in dem Platz genug war für die ganze große Familie. Vom Stadtzentrum aus war es zu weit, um zu Fuß zu gehen, deswegen sah Dora sich nach der nächsten Straßenbahnhaltestelle um. Am Kaiser-Wilhelm-Platz bestieg sie einen Wagen der Linie 4 und ließ sich aus der Stadt hinauskutschieren. Wehmut überkam sie, als sie den Steindamm entlangrollte und ihre Blicke über die prächtigen Fassaden der Gebäude wandern ließ. Wie aufgeregt war sie gewesen, damals, im Frühjahr 1940, als sie zum ersten Mal durch diese große Straße gefahren war. Ein wehmütiges Lächeln huschte über Doras Gesicht. Was für ein kleines, naives Mädchen war sie doch damals noch gewesen, das nichts Wichtigeres kannte, als hübsch zu sein, schöne Kleider zu tragen und tanzen zu gehen. Auf einmal kam sich Dora sehr alt und erwachsen vor.

Inge erwartete sie an der Haltestelle Amalienau. Als Dora aus der Bahn stieg, flog die kleine Cousine förmlich heran und fiel ihr mit einem Jubelschrei um den Hals.

»Endlich bist du da! Seit zwei Stunden laufe ich jedes Mal her, wenn ich das Quietschen der Trambahn an der Straßenecke höre, weil ich hoffe, dass du endlich aussteigst.«

»Ich bin noch ein wenig durch die Stadt spaziert. Es tut mir leid, ich wusste nicht, dass du mich so sehnlich erwartest. Ich freue mich sehr, dich zu sehen, liebes Cousinchen.«

Inge hakte sich bei Dora ein, und die beiden spazierten die Straße hinunter. Dabei plauderte Inge ohne Unterlass.

»Mir gefällt es in unserem neuen Haus viel besser als in der Wohnung in der Stadt. Die war ja viel zu klein für uns alle. Ich habe jetzt ein viel größeres Zimmer, und ein eigenes Gästezimmer haben wir auch. Es liegt direkt unter dem Dach, und man hat eine tolle Aussicht von da oben. Ach, unser neues Zuhause ist wirklich wunderschön. Christel hat einen großen Anteil daran, weil sie eine Erbschaft gemacht hat. Hier ist es übrigens schon.«

Vor einer stattlichen Villa blieben sie stehen. Dora war beeindruckt von dem hohen, holzverzierten Giebel mit den aufwendigen Schnitzereien, dem marmornen Eingangsportal und dem großen halbrunden Balkon darüber, an dessen Brüstung sich eine lila blühende Waldrebe bis zu den roten Dachschindeln hinaufrankte.

»Sehr schick«, sagte Dora.

»Warte nur, bis du die Villa von innen gesehen hast.« Inge öffnete das schmiedeeiserne Tor, und durch einen hübschen baumbestandenen Garten gingen sie auf die Haustür zu, wo sie von Christel bereits erwartet wurden.

Sie trug den kleinen Gustav auf dem Arm und sagte: »Sieh nur, mein Schatz, deine Patentante ist da. Jetzt können wir mit dem Feiern anfangen.«

• • •

Die Adalbertkirche in Amalienau war gut besucht, als der kleine Gustav getauft wurde. Dora war gerührt, den Jungen am Taufbecken halten zu dürfen, der die Prozedur artig und ohne Geschrei über sich ergehen ließ.

Am Abend nach der Tauffeier saßen Dora, Inge, Christel und Hermann noch lange im Garten zusammen, während die kleineren Kinder in ihren Zimmern schliefen. Onkel Hermann hatte trotz der Verdunkelungspflicht ein paar Lampions in die Bäume gehängt und ein kleines Windlicht auf den Tisch gestellt. Die Weingläser funkelten im Kerzenschein.

»Vielleicht ist das die letzte warme Sommernacht«, überlegte Dora laut und legte den Kopf in den Nacken, um die Sterne zu betrachten, die am Nachthimmel funkelten. »Ich darf gar nicht daran denken, dass in ein paar Tagen der Herbst beginnt.«

»Ja«, entgegnete Christel nachdenklich, »man muss jede schöne Stunde genießen. Man weiß nie, wie viele es noch gibt.«

»Habt ihr in letzter Zeit etwas von Curt gehört?«, wagte Dora zu fragen. Der Wein hatte ihre Zunge gelockert. Rasch fügte sie hinzu: »Ich glaube, Wilma vermisst ihn ganz schrecklich.«

Christel zuckte mit den Schultern. »Ich vermisse ihn auch. Wir sind es ja gewohnt, dass er viel unterwegs ist, aber so lange wie diesmal war er noch nie fort. Es scheint eine geheime Reportage zu sein, er hat uns nicht verraten, wohin sie ihn führt.«

Dora biss sich auf die Lippen. Die anderen schienen nicht zu ahnen, dass Curt längst nicht mehr nur wegen seiner Fotos verreiste. Sie war sich inzwischen sicher, dass er untertauchen musste, weil er etwas mit dem gescheiterten Attentat auf Hitler zu tun hatte.

»Wir sollten zu Bett gehen«, bemerkte Onkel Hermann, nachdem er seine Armbanduhr ans Kerzenlicht gehalten hatte. »Mitternacht ist längst vorbei. Es ist bald eins, und die Kinder werden uns wieder in aller Herrgottsfrühe aufwecken.«

»Oh nein, bitte noch nicht«, rief Inge. »Es ist gerade so wunderschön und gemütlich hier draußen.«

»Du bist ja eine richtige Nachteule geworden«, neckte Dora sie.

Eine Weile saßen die vier schweigend und lauschten in die Dunkelheit, in der nur gelegentlich das leise Wispern der Blätter und das Rascheln eines Igels oder einer Spitzmaus im Gebüsch die nächtliche Stille unterbrachen. Doch dann hörte Dora noch ein anderes Geräusch. Es war ein fernes dumpfes Brummen, das erst kaum zu vernehmen war und ganz allmählich lauter wurde. Sie richtete sich auf.

»Was ist das? Hört ihr das auch?«

»Ja«, flüsterte Christel erschrocken. »Was kann das sein?«

Das Brummen schwoll an. Es war ein Motorengeräusch, ein vielstimmiges Dröhnen, und es kam näher.

»Mein Gott«, stieß Hermann hervor. »Das sind Flugzeuge.«

»Flugzeuge? Jetzt? Mitten in der Nacht?« Doras Stimme bebte. »Was hat das zu bedeuten?«

»Sind das die Russen?«, fragte Christel ängstlich.

»Nein, die Russen können es nicht sein«, überlegte Hermann.

»Diese Flugzeuge scheinen aus dem Westen zu kommen. Vielleicht die Amerikaner oder die Briten.«

»Aber die können doch unmöglich den weiten Weg über die Nordsee und die Ostsee herübergeflogen kommen«, rief Dora. »Ohne dass sie von unserer Flugabwehr attackiert werden!«

»Vielleicht schickt unsere Luftwaffe Verstärkung an die Ostfront«, mutmaßte Inge.

Das Geräusch wurde ohrenbetäubend, und dann sah Dora die ersten Flugzeuge näher kommen, wie ein gewaltiger Schwarm großer schwarzer Vögel schwebten sie über den Himmel und verdunkelten den Sternenglanz. Es mussten mehr als hundert Maschinen sein. Das Dröhnen ihrer Motoren hatte nichts von dem leisen Wu-wu-wu der russischen Flieger, die im Sommer über die Felder von Liebenwalde getuckert waren. Dieses hier klang martialisch und so bedrohlich, dass Doras Herz zu rasen begann. Im nächsten Moment erscholl aus der Stadt ein vielstimmiger Sirenenalarm.

Onkel Hermann sprang erschrocken auf. In der Hast stieß er sein Weinglas und das Windlicht auf dem Tisch um, und die Kerze erlosch.

»Fliegeralarm. Das sind Bomber. Los, sofort in den Keller, schnell! Ich hole die Kinder aus den Betten.«

Plötzlich ging alles ganz schnell. Nur Sekunden später, so schien es Dora, saßen sie alle ängstlich schweigend zwischen den Regalen mit Gläsern voller eingeweckter Zwetschgen, Himbeermarmelade und Quittengelee zusammen, hatten sich in Decken und leere Kartoffelsäcke eingewickelt und wagten kaum zu atmen. Nur der kleine Gustav plärrte leise in Christels Arm, weil er so unsanft aus dem Schlaf gerissen worden war, und Evalotte hatte vor Aufregung einen Schluckauf bekommen. Im schwachen Licht der Deckenlampe sah Dora, wie Kunibert ängstlich seinen kleinen Spielzeug-Tigerpanzer aus Blech an sich presste. Ewald und Artur saßen mit schreckensgeweiteten Augen da und schienen kaum zu spüren, dass Inge tröstend ihre Hände genommen hatte. Hermann setzte gerade an, etwas zu sagen, als von Ferne das pfeifende Geräusch fallender Bomben zu hören war, gefolgt von dumpfen Detonationen, wie ohrenbetäubendes Donnergrollen. Dora und Inge schrien auf.

»Sie greifen die Stadt an«, flüsterte Christel.

Minutenlang wechselte der grelle Pfeifton mit dem Krachen von Explosionen, dazwischen lärmten die Sirenen, und die Flakgeschütze ratterten. Dora presste sich die Hände auf die Ohren. Doch es half nichts. Der Lärm des Bombenangriffs traf sie bis in den kleinsten Nerv. Jetzt ist es so weit, dachte sie nur, der Krieg hat Königsberg erreicht. Dabei war das doch undenkbar gewesen. Ostpreußen, das war doch die Insel des Friedens, unerreichbar für die Flugzeuge der Briten und Amerikaner. Noch vor wenigen Stunden war sie gedankenlos durch die Altstadt spaziert und hatte den Sonnenschein genossen – und jetzt? Sie dachte an Grete, die so oft vom Grauen der Bombenangriffe und von ihren Nächten im Luftschutzkeller gesprochen hatte. Dora verstand sie nun. Sie selbst bebte vor Furcht am ganzen Körper.

»Bombardieren sie unser Haus?« Inge liefen die Tränen über die Wangen. Wie Schraubstöcke hielt sie die Hände ihrer Brüder umklammert. »Ist es schon zusammengebrochen? Brennt es? Ich habe nichts aus meinem Zimmer mitgenommen.«

»Nein, unser Haus steht noch«, versuchte ihr Vater, sie zu beruhigen. »Wir hätten gemerkt, wenn es getroffen worden wäre. Es hört sich nicht so an, als griffen sie unmittelbar in der Nähe an. Ich glaube, sie zielen auf das Stadtzentrum.«

»Mein Gott«, flüsterte Dora. »Hoffentlich konnten sich Wilma und die Kleine in Sicherheit bringen.«

Schweigend lauschten sie dem fernen Trommelfeuer der Bombenangriffe, ängstlich darauf horchend, ob das Geräusch näher kam. Einmal noch schwoll der Lärm der Flugzeugmotoren an, und Ewald schrie auf: »Jetzt kommen sie her!«

Doch die Flugzeuge zogen vorbei, ohne dass etwas geschah. Irgendwann ebbte das Krachen der Detonationen ab, nur noch die Sirenen brüllten. Dann war es endlich still, bis wenig später der hohe andauernde Heulton Entwarnung gab.

Der Angriff hatte nur zehn Minuten gedauert, wie Dora mit einem Blick auf ihre Uhr feststellte, aber ihr war die Zeit wie zwei Stunden vorgekommen.

Aus Furcht, die Bomber könnten wiederkehren und die todbringende Fracht diesmal über ihrem Haus abwerfen, beschlossen sie, die ganze Nacht im Keller zu verbringen. Zwar blieb es ruhig, doch Dora tat kein Auge zu. Noch immer dröhnte ihr das Getöse des Luftangriffs in den Ohren. Erst als am frühen Morgen das erste graue Licht des neuen Tages durch die trüben Fensterschlitze fiel, wagten sie sich nach oben.

Onkel Hermann hatte recht gehabt. Die Villa war unversehrt, es fehlte nicht ein Dachziegel. Auch die Häuser in der Nachbarschaft waren unbeschadet geblieben. Die Luftangriffe hatten die Amalienau verschont.

Dora ging hinauf in ihr Zimmer, um sich umzuziehen. Dabei fiel ihr Blick aus dem Dachfenster. Am Himmel über der Stadt glomm ein merkwürdiger roter Schein. Der Sonnenaufgang konnte es nicht sein, dazu war es schon zu spät. Dora ließ die Tasche fallen, aus der sie gerade frische Wäsche hatte nehmen wollen, und stürzte die Treppe hinunter.

»Da ist Feuer! Es brennt! Die Stadt brennt. Ich muss unbedingt zu Hause anrufen. Meine Familie wird sich schreckliche Sorgen machen, wenn sie erfahren, dass Königsberg angegriffen wurde und Häuser ausgebombt sind. Ich muss ihnen sagen, dass es uns allen hier gut geht.«

»Aber selbstverständlich musst du das!« Christel reichte ihr den Telefonhörer und fügte stöhnend hinzu: »Ach, ich wünschte, ich wüsste, wo Curt ist, damit ich ihm auch Bescheid sagen kann.«

Dora ließ die Hand sinken, mit der sie gerade die Wählscheibe betätigen wollte. »Oh Gott. Wilma!«

»Ich werde in die Stadt fahren und nachsehen, wie es dort aussieht«, entschied Onkel Hermann und nahm seinen Hut von der Garderobe. »Ich muss wissen, ob die Galerie noch steht.«

»Warte, ich komme mit«, rief Dora. »Ich will nach Wilma und Clärchen sehen.«

Aber er schüttelte den Kopf. »Nein, Dora, das könnte zu gefährlich sein. Bitte bleib hier bei Christel. Die Kinder brauchen euch. Ich kümmere mich um Wilma.«

»Bitte pass auf dich auf!« Dora sah, dass Tränen in Christels Augen standen.

Onkel Hermann küsste seine Frau liebevoll. »Ich werde vorsichtig sein. Das verspreche ich dir. Aber ich kann jetzt nicht einfach die Hände in den Schoß legen.«

Durchs Wohnzimmerfenster sahen sie zu, wie Onkel Hermann sein Auto bestieg und davonfuhr. Nachdem sie mit ihrer Mutter telefoniert hatte, half Dora Inge und Christel, Haus und Garten nach der Tauffeier aufzuräumen, die Tischwäsche zusammenzulegen und das Geschirr zu spülen. Die Stunden zogen sich hin. Erst später am Abend kam Onkel Hermann zurück. Sein Gesicht war rußgeschwärzt, der Anzug schmutzig. Er sah müde und erschöpft aus.

»Sie haben vor allem einige nördliche Wohngebiete getroffen, es gibt Hunderte Tote, und viele Menschen werden in den ausgebrannten Häusern noch vermisst. Es ist furchtbar. Aber die meisten Feuer konnten mittlerweile gelöscht werden. Ich habe mitgeholfen und getan, was ich konnte.«

»Und dein Laden?«, fragte Christel.

»Die Kunstgalerie steht noch, nur die Scheiben sind kaputt. Ich habe die wertvollsten Stücke mitgebracht.« Mit einem Kopfnicken wies er auf das Auto, das an der Straße parkte. Dora sah, dass es bis oben mit eingepackten Bildern und Kunstwerken vollgestopft war.

»Die Altstadt ist unversehrt«, berichtete Hermann weiter. »Schloss, Dom, Opernhaus, Hauptbahnhof, die Speicherstadt am Hafen, alles steht noch. Da ist nichts runtergekommen. Zum Glück. Ich habe Wilma kurz besucht, es geht ihr gut, aber sie hat natürlich schreckliche Angst gehabt, die Arme. Ich habe sie eingeladen, mit hierherzukommen, aber sie wollte in ihrer Wohnung bleiben. Sie sagte, sie müsse daheim sein für den Fall, dass Curt nach Hause kommt. Ich weiß nicht, ob das so eine gute Idee ist. Ich bezweifele, dass dieser Spuk schon vorbei ist.«

»Du denkst, die Bomber werden zurückkommen?« Christel sah ihn fragend an.

Hermann wischte sich eine staubige Haarsträhne aus der Stirn. »Die Städte im Westen sind auch mehr als einmal angegriffen worden. Ich weiß nicht, wie es den feindlichen Flugzeugen gelingen konnte, unbeschadet so eine weite Strecke nahe des deutschen Luftraums zu fliegen und dabei sogar das neutrale Schweden zu überqueren. Aber fest steht, die britischen Bomber haben es geschafft, und ich wüsste nicht, weshalb sie es nicht noch einmal versuchen sollten.« Mit gesenkter Stimme sprach er weiter. »Sie nehmen Ostpreußen in die Zange, die Russen auf der einen und die Amerikaner und die Briten auf der anderen Seite. Ich befürchte, das ist der Anfang vom Ende. Wir sollten uns in Sicherheit bringen, solange es noch geht.«

Christel war leichenblass geworden bei seinen Worten. »Wie meinst du das?«

Onkel Hermann nahm ihre Hände und küsste sie langsam und nachdenklich.

»Ihr werdet in den Westen reisen, du, liebe Christel, und die Kinder. Weit weg vom Krieg, dahin, wo euch nichts passieren kann. Ich werde nachkommen, sobald ich die letzten geschäftlichen Dinge in der Galerie erledigt habe.«

Während die anderen verblüfft schwiegen, umklammerte die kleine Evalotte seine Beine, schmiegte sich an ihn und schluchzte.

»Ich will nicht wegfahren ohne dich, Papa! Ich will, dass du mitkommst!«

Hermann strich ihr über den Kopf. »Hab keine Angst! Ihr schafft das schon, es ist ja nur eine Zugfahrt. Und ich komme ganz bestimmt nach.«

»Aber wie stellst du dir das vor?«, rief Christel erschrocken. »Wohin sollen wir denn fahren?«

»Nach Bayern. Vor einigen Wochen war eine Kundin bei mir im Geschäft, eine reizende ältere Dame, die zum Urlaub an der Ostsee war und in einem kleinen Dorf in Bayern lebt. Sie kaufte mir ein Aquarell ab. Seitdem korrespondieren wir gelegentlich, weil sie sehr kunstinteressiert ist. Bei ihr können wir wohnen. Frau Tannhuber ist Witwe, und ihr Haus ist groß genug für uns alle. Und da sind wir auf jeden Fall sicher vor Bombenangriffen. Ich habe vorhin schon mit ihr telefoniert. Sie freut sich auf euch. Bitte packt die nötigsten Dinge zusammen. Die wichtigsten Dokumente, Schmuck, Familienfotos ... Ich sorge in den nächsten Tagen dafür, dass die Bilder und die anderen Kunstwerke, die ich im Auto habe, in Kisten verpackt und nach Bayern geschickt werden. Dann komme ich nach.«

»Ist das denn so wichtig?« Christel seufzte. »Mir wäre es lieber, du würdest uns begleiten.«

»Ich kann noch nicht weg. Die Bilder sind zu wertvoll, als dass sie den russischen Soldaten oder wem auch immer in die Hände fallen sollen. Sie sind unser Vermögen, unsere ganze Existenz. Wir haben keine Zeit zu verlieren. Und ich werde mich gleich morgen darum kümmern, dass ihr Zugfahrkarten bekommt und abreisen könnt. Inge ist groß genug, sie wird dir eine Hilfe sein.«

»Morgen schon?«, rief Inge entsetzt. »So plötzlich? Nein, Papa. Ich gehe hier nicht weg. Ich bin hier zu Hause. Ich will nicht woanders wohnen. Was soll denn aus meinem schönen Zimmer werden? Ich kann die Sachen doch nicht alle mitnehmen und die ganzen Kleider.«

»Es ist ja nur vorübergehend. Wir werden wiederkommen, wenn der Krieg vorbei ist.«

»Und wie lange wird das dauern?«

»Ich weiß es nicht, mein Liebling. Aber das Wichtigste ist jetzt erst mal, dass ihr aus der Stadt herauskommt. Und du, Dora, solltest am besten gleich mitfahren. Sicher ist sicher.«

»Aber nein, Onkel Hermann. Ich kann nicht mitfahren. Das kommt nicht infrage. Ich kann doch meine Mutter und meine Geschwister und den Hof und die Leute nicht im Stich lassen. Auf keinen Fall. Ich gehöre nach Ostpreußen. Ich bleibe hier, ganz egal, was kommen mag.«

»Sei nicht unvernünftig«, mahnte Hermann. »Es ist nur noch eine Frage der Zeit, bis die Russen da sind, und dann ...«

Dora erinnerte sich daran, dass sie diese Warnung schon einmal gehört hatte, doch sie konnte sich nicht mehr daran erinnern, wer ihr das gesagt hatte. Trotzdem schüttelte sie entschlossen den Kopf. »Nein, das ist nichts für mich. Wenn ihr flüchten wollt, dann ist das eure Sache, aber ich bleibe. Ich kann mir nicht vorstellen, dass irgendjemand Luftangriffe auf unseren Gutshof fliegt.«

Evalotte hielt die Beine ihres Vaters noch immer umschlungen und schluchzte ununterbrochen. Dora betrachtete sie nachdenklich. Sie hatte Mitleid mit ihrer kleinen Cousine.

»Onkel Hermann, was hältst du davon, wenn du deine Familie morgen begleitest? Ich bleibe doch sowieso in Ostpreußen. Ich könnte mich hier um alles kümmern, was noch zu erledigen ist, bevor ich nach Liebenwalde zurückfahre.«

»Nein, Dora, das kann ich nicht von dir verlangen.«

»Ich weiß. Du verlangst es ja auch nicht, aber ich biete dir meine Hilfe an. Wenn du mitfährst, fiele den Kindern der Abschied sicher nicht so schwer, und Evalotte wäre nicht so traurig.«

»Das würdest du für uns tun? Ach, Dora, mir würde tatsächlich ein gewaltiger Stein vom Herzen fallen, wenn ich Christel und die Kinder nicht allein reisen lassen müsste.«

Dora nickte. Evalotte sah zu ihr auf, ein ungläubiges Lächeln stand in ihrem tränennassen Gesicht. Auch Christel war die Erleichterung anzusehen.

»Danke, du Liebe. Ich muss gestehen, dass mir auch nicht ganz wohl dabei ist, die lange Reise mit den Kindern ohne Hermann anzutreten.«

»Ich mache das gern. Du musst mir nur erklären, was noch zu tun ist, Onkel Hermann.«

Statt einer Antwort nahm er sie in die Arme und drückte sie so fest an sich, dass Dora meinte, ihre Knochen müssten bald knacken.

»Aber dürfen wir denn überhaupt wegfahren?«, mischte sich Artur stirnrunzelnd ein. »Gauleiter Koch sagt, Evakuierungen sind Verrat am deutschen Volk. Das hat unser Gruppenführer vorige Woche erst erklärt. Ostpreußen muss bis zum letzten Blutstropfen verteidigt werden, meinte er. Ich finde nicht, dass wir wegfahren sollten. Wir sind doch nicht feige!«

Eine zornige Röte überflog Onkel Hermanns Gesicht bei den Worten seines Sohnes.

»Das hat nichts mit Feigheit zu tun«, sagte er mit rauer Stimme. »Sondern mit Vernunft.«

Artur baute sich vor ihm auf und verschränkte die Arme vor der Brust. »Willst du etwa sagen, dass Gauleiter Koch unvernünftig ist? Wenn ich das meinem Gruppenführer erzähle, Papa, dann ... dann sorgt der dafür, dass du ins Gefängnis kommst!«

»Genau deshalb wirst du deinem Gruppenführer nichts von unseren Reiseplänen erzählen.« Christels Stimme blieb sanft. »Wir besuchen unsere liebe alte Tante Tannhuber in Bayern, weil sie schwer krank ist und möglicherweise bald sterben wird. Das ist keine Flucht und kein Verrat, sondern eine verwandtschaftliche Verpflichtung.«

»Pff«, machte Artur ungläubig. »Das ist gelogen. Außerdem sind ja gar keine Ferien mehr! Wir können doch nicht einfach verreisen. Was werden die Lehrer sagen?«

»Das erfahren wir, wenn der Krieg vorbei ist«, beschied Onkel Hermann. »Und jetzt pack deine Sachen zusammen, mein Junge. Es gibt gewiss ein paar Dinge, auf die du in den kommenden Wochen auf keinen Fall verzichten möchtest.«

Artur drehte sich wortlos um und verschwand in seinem Zimmer. Mit einem Knall fiel die Tür hinter ihm zu.

23.

Einen Tag später als geplant, am Vormittag des 29. August, begleitete Dora Onkel Hermann, Christel und die Kinder zum Bahnsteig. Offensichtlich waren sie nicht die Einzigen, die der Stadt aus Angst vor weiteren Luftangriffen den Rücken kehrten. Die Plattform war voller Menschen, die mit Kinderwagen, Koffern, Taschen und Körben auf ihre Bahn warteten. Manche hatten ihre Hunde mitgenommen, deren Gekläffe sich mit den Rufen der Leute und den Achtungspfiffen der Zugschaffner vermischte.

»Ich schreibe dir, sobald wir in Bayern angekommen sind«, sagte Inge mit zittriger Stimme und schlang ihre Arme um Doras Hals. »Und dann musst du uns so bald wie möglich besuchen kommen.«

»Das mache ich. Wenn Frieden ist.«

Selbst Onkel Hermann schien den Tränen nahe. »Bist du sicher, dass du nicht mitkommen möchtest?«

Dora nickte. »Ja, ganz sicher. Ich fahre, sobald es geht, zurück nach Liebenwalde.«

Er lächelte traurig. »Auf Wiedersehen, Dora. Bitte pass immer auf dich auf! Ich wünsche dir und deinen Lieben alles Glück dieser Welt.«

Die quietschenden Bremsen des einfahrenden Zuges übertönten seine letzten Worte. Noch einmal umarmte Dora alle, dann stiegen sie ein. Rasch drängten sich große Menschentrauben an den Türen der Züge. Es dauerte lange, bis sämtliche Reisenden endlich Platz im Zug gefunden hatten. Es gab viel zu wenige Sitze für alle, etliche Leute mussten im Gang stehen. Inge schob ein Fenster auf und winkte mit einem weißen Taschentuch. Dora winkte zurück. Dann setzte sich der Zug in Bewegung und rollte langsam aus der Bahnhofshalle. Dora sah dem flatternden Taschentuch nach, bis ihr die Augen brannten.

Die Villa lag merkwürdig still da, als Dora zurückkam. Allein im Haus fühlte sie sich fremd, ihr fehlte das Lärmen der Kinder, das Babygeschrei und Christels freundlich plaudernde Stimme. Sie beschäftigte sich damit, die Sessel, das Sofa und die Betten im Haus mit weißen Laken abzudecken, damit die Polster nicht verstaubten, solange niemand im Haus war. Als sie damit fertig war, suchte sie die verderblichen Lebensmittel aus der Speisekammer und verteilte Kartoffeln, Möhren, Äpfel, Dauerwürste und eingelegte Heringe an die Leute in der Nachbarschaft, die derlei Gaben in Kriegszeiten gerne annahmen. Nur der Nachbar zur Rechten, ein griesgrämiger Kriegsversehrter im Rollstuhl, schimpfte, als er erfuhr, was es mit den Speisen auf sich hatte. Ihre Flucht werde die Familie noch teuer zu stehen kommen, schrie er, und er werde von solchen feigen Vaterlandsverrätern ganz sicher nicht einen einzigen Krümel annehmen. Lieber wolle er verhungern. Damit schlug er ihr die Tür vor der Nase zu.

Die Gläser mit eingewecktem Obst, Marmelade und die Gemüsekonserven im Vorratskeller ließ Dora stehen. Diese Dinge hielten sich ja länger und würden noch genießbar sein, wenn die Familie nach dem Krieg zurückkam.

Sie nahm den Handwagen, der neben dem Regal im Keller stand, trug ihn hinauf und stellte ihn draußen vor der Eingangstreppe ab. Im Wohnzimmer standen noch die Holzkisten mit den eingepackten Bildern. Weil sie so groß und schwer waren, lud sie die Kisten einzeln auf den Wagen und rollte sie nacheinander zum Postamt, um sie an die Adresse senden zu lassen, die Onkel Hermann ihr gegeben hatte.

»Na, dann wollen wir man hoffen, dass die Fracht auch gut in Bayern ankommt«, sagte der Postbeamte jovial. »Schickt Mutti das gute Geschirr auf Reisen? Wär bestimmt billiger gewesen, das Zeug zu vergraben, bis der Krieg zu Ende ist. Kann ja eigentlich nicht mehr lange dauern bis zum Endsieg, wenn se jetzt man endlich diese Wunderwaffe einsetzen und den Briten man ordentlich eins auf den Deckel geben.«

Dora nickte wortlos. Sie hoffte inständig, dass die kostbaren Bilder die Fahrt quer durchs Reich heil überstanden und vor allem nicht unterwegs irgendwo verloren gingen oder gestohlen wurden.

Zu Hause in der Villa zog sie alle Fenstervorhänge zu, sah sich ein letztes Mal um und holte ihre Tasche aus dem Gästezimmer. Bevor sie endgültig das Haus verließ, nahm sie die Gießkanne und gab den Blumen, die in großen Kübeln draußen neben den Stufen zum Hauseingang standen, noch ein wenig Wasser, obwohl es ein bewölkter Tag war. Vielleicht kehrte die Sommerhitze ja demnächst noch einmal zurück, und es wäre doch schade, wenn die Blumen vertrockneten. Mit diesem Gedanken kehrte sie dem Haus den Rücken zu und ging zur Straßenbahnhaltestelle, wo auch schon bald eine Bahn kam.

Je näher sie den Straßen der Innenstadt kam, desto deutlicher waren an den Häusern die Schäden zu erkennen, die die Druckwelle der Detonationen vor zwei Tagen ausgelöst hatte. Mit Schrecken betrachtete Dora die vielen zerborstenen Fensterscheiben, die eingedrückten Türen und die aufs Straßenpflaster gestürzten

Dachziegel. Hier und da häufte sich auf den Gehwegen zusammengekehrter Schutt. Aber die ganz verheerenden Zerstörungen, die die Luftangriffe hinterlassen hatten, bekam sie nicht zu Gesicht, da die Bahn einen Bogen um die betroffenen Stadtteile machte. Nur der leichte Brandgeruch, der von Norden in die Stadt wehte, ließ erahnen, wie es dort aussah.

Als Dora die zersplitterte Glastür der Kunstgalerie aufstieß, stellte sie fest, dass der Laden leer war. Plünderer mussten hier gewesen sein und das Geschäft komplett ausgeräumt haben. Wie gut, dachte Dora, dass Onkel Hermann wenigstens seine kostbarsten Schätze sofort nach Hause gebracht hatte. Trotzdem würde ihn der Verlust sicher schmerzen.

Da sie nun nichts mehr tun konnte, fuhr sie zum Bahnhof, erleichtert darüber, früher als geplant zurück nach Hause fahren zu können. Doch zu ihrer Enttäuschung fuhr an diesem Tag kein Zug mehr in Richtung Liebenwalde.

»Durch die Luftangriffe sind Gleise beschädigt worden«, erklärte der Mann am Fahrkartenschalter. »Das bringt den ganzen Zugverkehr durcheinander. Und weil die Fernzüge grundsätzlich Vorfahrt haben, muss immer wieder mal ein Bummelzug gestrichen werden. Ihrer leider auch. Tut mir leid, Fräulein, Sie kommen erst morgen früh weiter. Wenn Sie Glück haben, fährt ein Zug um sieben Uhr dreißig.«

Unschlüssig biss sich Dora auf die Lippen. Die Vorstellung, zurück nach Amalienau zu fahren und eine Nacht allein in der stillen Villa zu verbringen, in der sie alles an die Schrecken der Bombennacht erinnerte, schien ihr nicht sehr verlockend. Und weil sie davon ausging, dass in den Hotels und Gasthöfen der Stadt vermutlich jedes Zimmer mit Leuten belegt war, die seit den Luftangriffen kein Dach mehr über dem Kopf hatten, beschloss sie, Wilmas Einladung anzunehmen und bei ihr zu logieren.

»Dora, ich bin so froh, dass du kommst!«

Erschöpfung stand Wilma ins Gesicht geschrieben, als sie die Wohnungstür öffnete. »Du bist eine echte Freundin. Ich hatte so entsetzliche Angst heute Nacht. Kein Auge habe ich zugetan, und das arme kleine Clärchen hat nur noch geschrien, als wir uns im Luftschutzkeller verkrochen haben. So etwas möchte ich nie wieder erleben. Es war furchtbar. Wie lieb von dir, dass du mir Gesellschaft leistest.« Dankbar nahm Wilma Dora in die Arme. »Ich hoffe, du kannst ein paar Tage bleiben?«

»Nein, es tut mir leid, nur bis morgen früh.«

»Ach, wie schade. Aber natürlich verstehe ich, dass du so schnell wie möglich nach Hause fahren möchtest.«

Nach dem Abendbrot gingen die beiden Frauen zeitig zu Bett. Dora rollte sich im Wohnzimmer auf dem roten dreisitzigen Plüschsofa zusammen. Sie schlief erst spät ein, weil sie hörte, wie die kleine Clara im Nebenzimmer immer wieder quengelte.

Mitten in der Nacht wurde Dora vom auf und ab schwellenden Jaulen der Sirene aus dem Schlaf gerissen. Erschrocken fuhr sie hoch, ihr Herz raste. Diesmal klang das Geräusch weitaus lauter und bedrohlicher als in der Nacht im Keller der Villa. Das Geheul der Sirenen schien direkt von nebenan zu kommen. Im nächsten Augenblick stand Wilma neben ihr, das schreiende Baby auf dem einen Arm, in der anderen Hand trug sie ein kleines vollgestopftes Bündel, aus dem der lange blonde Zopf von Clärchens Stoffpuppe heraushing.

»Luftalarm!«, schrie sie. »Schnell, Dora! Wir müssen raus hier. Am Ende der Straße ist ein Schutzbunker. Beeil dich!«

Dora warf sich die Kleider über. Wie in Trance griff sie nach ihrer Tasche und folgte Wilma aus der Wohnung. Im Treppenhaus hasteten bereits die Leute aus den oberen Etagen hinunter zur Haustür. Dora und Wilma eilten hinterher, die Straße entlang, während die Sirenen unablässig weiterlärmten. Im Laufen sah Dora hinauf zum Himmel. Kein Stern war zu sehen.

»Sicher ist es ein Fehlalarm«, rief sie Wilma zu. »Die Wolken sind doch viel zu dicht für einen Luftangriff. Vom Flugzeug aus kann man die dunkle Stadt gar nicht sehen.«

»Alarm ist Alarm«, keuchte Wilma, ohne sich umzudrehen. »Wir müssen uns in Sicherheit bringen.«

Noch einmal blickte Dora nach oben. Und dann sah sie etwas, das ihr Herz für einen Moment aussetzen ließ. Farbige Lichter tauchten am Himmel auf, grün, gelb, orange, und dann leuchtete es rot. Die Szenerie wirkte gespenstisch. Aber Dora wusste, was das zu bedeuten hatte. Vroni hatte damals bei ihren nächtlichen Flüsterrunden im Schlafraum des Lazaretts darüber gesprochen, als sie von den Luftangriffen auf Frankfurt berichtet hatte: Wurden erst einmal die sogenannten Christbäume abgeworfen, also die Leuchtmunition, die das Ziel des Angriffs markierten, dann waren die Bomber nicht mehr weit.

»Renn schneller«, schrie sie Wilma zu.

Ein paar Häuser weiter fanden sie Unterschlupf. Sie stürzten förmlich die Treppen hinunter und gelangten in ein muffiges Kellergewölbe. Drei nebeneinanderliegende Räume gab es dort, in denen bereits viele Leute saßen. Einige alte Frauen waren darunter, ein Mann mit hohen Krücken, einige Schuljungen, eine junge Frau mit einer kleinen Katze im Arm, ein Greis, der so alt und verwirrt war, dass er gar nicht zu begreifen schien, was gerade geschah. Gespenstisch bleich schimmerten ihre verängstigen Gesichter im fahlen Licht der nackten Glühbirnen, die von der Decke baumelten. Etliche der Leute trugen einen kleinen Koffer oder anderes Gepäck bei sich. Immer mehr Menschen drängten nach. Die Stühle und Holzbänke an den kalten Mauern boten gar nicht genug Platz für alle, die hier unten Schutz suchten. Einige Männer ließen sich auf dem nackten Fußboden nieder oder blieben stehen und lehnten sich an die Stahlpfeiler, die die Decke stützten. Niemand sprach ein Wort.

Nur ein Mann, der am Eingang stand und bei dem es sich, wie Dora vermutete, um den Blockwart handelte, gab mit harscher Stimme Kommandos: »Los, Beeilung! Durchrücken! Weitergehen!« Schließlich brüllte er: »Tür zu! Wir sind voll!«, und die schwere Eisentür fiel krachend ins Schloss. Im selben Augenblick hörte Dora, wie draußen das vielstimmige Dröhnen von Flugzeugmotoren näher kam. Das grelle Pfeifen der abgeworfenen Sprengsätze vermischte sich mit dem Bellen der Flugabwehrgeschütze, und dann schien die Welt zu explodieren. Die Bomben schlugen im Sekundentakt ein. Es war ein infernalisches Krachen, so laut, dass es in den Ohren schmerzte. Die Druckwelle der Detonationen fegte Dora jedes Mal beinahe von ihrem Stuhl. Unwillkürlich zog sie den Kopf ein und kniff die Augen fest zusammen. Ihre Knie bebten unkontrollierbar, als hätte sie hohes Fieber und Schüttelfrost. Bei jedem Einschlag flogen die offenen Türen zwischen den Kellerräumen scheppernd hin und her. Die Wände bebten, Putz rieselte herab, und das Licht der Deckenlampe flackerte. Irgendwo klirrten Glasscherben. Augenblicklich war der Kellerraum voller Staub. Die Leute begannen zu husten.

Dora zog eine Bluse aus ihrer Tasche und presste sich den dünnen Stoff vor den Mund, um besser atmen zu können. Sie sah, wie Wilma sich und der kleinen Clara ein frisches Windeltuch vor das Gesicht band. Das kleine Mädchen schrie zum Erbarmen. Den anderen Menschen im Raum war die Angst in den Augen abzulesen, doch sie waren vor Entsetzen verstummt. Die Bomben fielen in unmittelbarer Nähe ohne Unterlass. Dora hatte das Gefühl, gleich müsse die Decke einstürzen. Nie zuvor hatte sie solche Todesangst gehabt.

Auf einmal mischte sich ein anderes Geräusch unter das Krachen, Brüllen, Pfeifen, Dröhnen und Scheppern. In der Stadt begannen die Glocken zu läuten. Erst eine, dann immer mehr. Es klang so unwirklich. Von den Königsberger Kirchtürmen erscholl Glockengeläut durch den Höllenlärm der Bombennacht.

Die junge Frau mit der Katze verlor plötzlich die Nerven. Sie ließ das Tier los, sprang auf und boxte ununterbrochen auf den Mann ein, der neben ihr an der Wand lehnte. »Ich will hier raus!«, schrie sie wie von Sinnen. »Ich will zu meiner Mama. Du musst mich zu meiner Mama bringen. Ich will hier raus. Komm mit! Du musst mich hier rausbringen.«

»Pst, Hanni, das geht jetzt nicht. Sei doch ruhig. Es ist bald vorbei.«

Der Mann wollte ihre Hände festhalten, doch sie ließ sich nicht beruhigen und schrie ununterbrochen weiter. Da trat eine der alten Frauen, die neben der Eingangstür gesessen hatte, zu ihr und gab ihr wortlos eine schallende Ohrfeige. Daraufhin war die junge Frau ruhig, fiel zurück auf ihre Bank, vergrub das Gesicht in den Händen und weinte. Auch die alte Frau setzte sich wieder hin, als wäre nichts geschehen.

Erneut bebten die Wände des Kellers, und diesmal ging das Licht ganz aus. Einer der Jungen schaltete eine Taschenlampe ein. Der Blockwart zündete Kerzen an und verteilte die Wachslichter im Raum. Ihr flackernder Schein ließ Schatten in den Gesichtern der Menschen zucken. Dora sah auf ihre Armbanduhr. Es war nach zwei. Wie lange saßen sie hier schon? Sie hatte ebenso wenig Zeitgefühl wie bei der letzten Bombennacht.

Plötzlich ließ ein besonders heftiges Krachen das Gebäude erzittern.

Wilma nahm ihre Hand. »Ich fürchte mich so entsetzlich«, flüsterte sie. »Ich will noch nicht sterben.«

Dora drückte sie an sich. Aber vor Angst brachte sie selbst kein Wort über die Lippen.

Irgendwann ebbte der Lärm ab, auch die Glocken waren verstummt. Es war totenstill. Nicht einmal mehr die Sirenen lärmten. Dora schnupperte. Im Keller roch es nach Feuer. Noch bevor sie das richtig wahrgenommen hatte, flog die Zwischentür auf, und aus dem Nebenraum brülle jemand: »Raus! Schnell raus hier! Es brennt!«

Die Leute strömten zur Ausgangstür, wo es sich staute, da der alte Mann mit den Krücken und die Frau mit der Katze nicht gut vorankamen. Es qualmte immer stärker, und Dora wunderte sich, wie ruhig die Menschen blieben. Niemand schrie, niemand schimpfte. Dora nahm Wilma an die Hand, um sie im Gedränge der vielen Leute nicht zu verlieren. Endlich erreichten die beiden die Tür und stolperten die Kellertreppe hinauf auf die Straße. Oben bot sich ihnen ein furchtbares Bild. Wilma stieß einen Schrei aus. Das Haus über ihnen brannte lichterloh, ebenso das Nachbarhaus, die ganze Häuserreihe stand in Flammen.

»Unser Haus brennt!«, schrie Wilma. »Unsere Wohnung. Alles.«

Wie eine Meeresbrandung wogten die Flammen rechts und links der Straße, schlugen aus den Dächern, Fenstern und Haustüren, Funken stoben, immer wieder barsten Glasscheiben in der Hitze und krachten auf die Straße.

Dora riss sie mit sich. »Wir müssen weg hier!«

Das Feuer verursachte einen so heftigen Sturm, dass Dora Mühe hatte, sich auf den Beinen zu halten, während sie mit Wilma mitten auf der Straße entlangrannte, immer in der Angst, eine Glasscheibe, ein Dachziegel oder ein anderes der brennenden Trümmerteile, die durch die Luft flogen, könnte sie treffen und verletzen. Immer wieder versperrte ihnen ein in Flammen aufgegangenes Autowrack oder eine umgestürzte Hausmauer den Weg. An einer Straßenecke stand ein Soldat.

»Aus der Stadt raus!«, brüllte er. »Raus aus der Stadt!«, und wies ihnen die Richtung, die sie nehmen sollten. Aber sie kamen nicht weit, weil eine Barriere von Trümmern ihnen das Weiterkommen unmöglich machte und sie umkehren mussten.

Kreuz und quer liefen sie durch die Straßen, ohne zu wissen, wo und wie sie sich in Sicherheit bringen konnten. Um sie herum irrten andere Menschen umher, manche schreiend und weinend, andere stumm vor Verzweiflung, manche hatten sich Gasmasken aufgesetzt. Dora beneidete sie darum, denn der schwarze Qualm biss ihr in der Lunge. Sie bekam kaum noch Luft. Hinzu kam die unerträgliche Hitze, die von dem gewaltigen Feuer ausging und ihr auf der Haut brannte. Das Kleid klebte ihr am Körper, Schweiß lief ihr in Strömen über den Rücken. Einmal stolperte Wilma und konnte sich gerade noch fangen und verhindern, dass Clärchen ihr aus dem Arm fiel.

»Ich kann nicht mehr, ich kann einfach nicht mehr!« Sie blieb stehen und schluchzte.

Dora warf ihre eigene Tasche zur Seite und nahm Wilma das Gepäck ab, damit sie ihr Baby besser halten konnte. Dann schob sie sie weiter.

»Komm, wir müssen uns zu den Anlagen am Oberteich durchschlagen. Da ist Wasser, da ist die große Wiese, da kommen die Flammen nicht hin. Da können wir uns sicher ein wenig ausruhen.«

Doch das war leichter gesagt als getan, denn die Straßenzüge waren im Feuersturm nicht mehr wiederzuerkennen. Die markanten Gebäude, die hohen Türme, an denen sie sich hätte orientieren können, waren weg. Nur noch brennende Schuttberge und verkohlte Mauern ließen erahnen, welches Bauwerk hier vor wenigen Stunden noch gestanden hatte. Die Fachwerkspeicher am Hafen, das Stadtschloss mit der Schlosskirche, das Opernhaus, die Universität, der Dom, die Kirchen, die Hotels, die Cafés, die ganze Altstadt mit ihren historischen Bauten war verschwunden, von den Bomben in lodernde Trümmerhaufen verwandelt.

»Ich kann nicht mehr«, klagte Wilma noch einmal. »Ich bin so müde, ich glaube, meine Knie brechen gleich zusammen. Ich muss mich hinsetzen.«

»Das geht nicht, Wilma. Wir müssen aus dem Feuer rauskommen.«

»Bitte. Nur einen Augenblick. Ich laufe gleich weiter.«

Unter einem breiten Torbogen blieben sie stehen. Das Mauerwerk sah robust aus und bot etwas Schutz vor den Flammen, die aus den Nachbarhäusern schlugen.

»Warte hier«, rief Dora. »Ich frage die Soldaten da drüben, wie wir am schnellsten zum Oberteich kommen. Ich bin gleich wieder da.«

Wilma nickte. Sie presste Clärchen an sich. Dora legte den Beutel neben ihr ab und rannte quer über die Straße zu den zwei Soldaten, die an der gegenüberliegenden Ecke standen und gerade ein paar anderen Menschen den Weg wiesen. Doch gerade als sie den Mund aufmachte, um sich zu erkundigen, wo sie hier bei ihrem Herumirren durch die brennende Stadt hingeraten waren, erschütterte eine gewaltige Detonation die Straße. Dora fuhr herum. Das Gebäude, neben dem Wilma unter dem Torbogen Zuflucht gefunden hatte, war eingestürzt.

»Wilma. Nein!«

Mit einem Schrei raste Dora zurück. Da, wo Wilma gesessen hatte, türmten sich zersplitterte Holzbalken und zerbrochene Ziegelsteine. Trümmer hatten den Torbogen mitgerissen und in einer gewaltigen Staubwolke zusammenbrechen lassen. Nur der

Beutel mit Clärchens Stoffpuppe ragte aus dem Steinhaufen, beleuchtet vom glutroten zuckenden Schein des Feuers.

»Wilma!«

Dora kniete sich nieder und begann verzweifelt, im Schutt zu wühlen. Gleichzeitig rief sie den Soldaten zu: »Zu Hilfe! So helft mir doch!«

Aber das Tosen des Feuers und das Krachen und Poltern der zusammenbrechenden Dächer ringsum verschluckten ihre Worte. Die Männer bemerkten ihre Not nicht, und Dora wagte nicht, noch einmal zur Straßenecke zu laufen und die verschüttete Wilma mit ihrem Kind alleinzulassen. Mit bloßen Händen räumte sie die Trümmer weg. Tränen der Verzweiflung liefen ihr durchs Gesicht und vermischten sich mit den Strömen von Schweiß, die ihr in den Augen brannten. Stein um Stein warf sie zur Seite, bis sie ein Wimmern hörte.

»Wilma!«, rief sie erleichtert. »Ich bin's. Ich hole dich da raus. Halt durch! Ich habe es gleich geschafft.«

Mit blutenden Händen arbeitete sich Dora voran, die vielen Splitter und Schnitte in ihren Fingern spürte sie gar nicht. Als sie Wilma endlich ausgegraben hatte, entstieg ein schauriges Lachen ihrer Kehle.

»Ich hab dich. Mein Gott, ich habe dich gefunden.«

Wilma war schwer verletzt, ihr Gesicht blutverschmiert von einer großen Wunde über der Schläfe, aber ihre Augen waren offen, und sie atmete. Sie hatte sich schützend über Clärchen zusammengerollt, die aus Leibeskräften schrie.

»Ich hole Hilfe«, flüsterte Dora. »Ich bringe euch ins Krankenhaus.«

Es spielte keine Rolle, dass sie nicht im Geringsten wusste, wo das nächste Krankenhaus war und ob es überhaupt noch existierte. Ob es überhaupt noch einen einzigen Arzt in Königsberg gab. Wichtig war nur, Wilma Hoffnung zu geben. Vorsichtig nahm sie ihr das Baby aus dem Arm. Während Wilma ihr Gesicht vor Schmerzen verzog, schien Clärchen fast keinen Kratzer abbekommen zu haben. Sie legte das Baby auf dem Stoffbündel ab, in dem Wilma Puppe und Windeln für die Kleine mitgenommen hatte. Dann schob sie einen Balken weg, der quer über Wilmas Knien gelegen hatte.

»Kannst du aufstehen?«, flüsterte sie Wilma zu.

Wilma schloss verneinend die Augen. Sie bewegte ihre Lippen, um etwas zu sagen, doch sie sprach so leise, dass Dora nichts verstehen konnte. Hilfe suchend drehte sie sich noch einmal zu den Soldaten um, doch die beiden Männer waren verschwunden.

»Zu Hilfe!«, schrie sie in die Feuersbrunst hinein. »Wir brauchen Hilfe!« Aber es war niemand mehr da, der ihr hätte antworten können. Verzweifelt beugte sie sich wieder über Wilma.

»Bitte«, formten deren Lippen. Dora beugte sich über sie und legte das Ohr an ihren Mund, um sie verstehen zu können. »Bitte ... nimm Clärchen«, brachte Wilma stockend heraus. »Ich ... kann nicht mehr. Ich sterbe ... Bitte ...«

»Nein, Wilma. Du darfst nicht sterben. Clärchen braucht dich. Du musst tapfer sein, wir schaffen das schon irgendwie.«

Fast unmerklich neigte Wilma den Kopf und schloss die Augen. Blut lief ihr in dunklen Strömen über die Schläfe. Dora versuchte, den Volant ihres Kleides abzureißen, aber es gelang ihr nicht. So schob sie sich den Rock hoch, knüllte den Stoff zusammen und presste ihn auf die Wunde.

»Wilma! Du musst leben, Wilma. Bitte bleib bei mir. Du ... du bist doch meine Freundin.«

Bei diesem Wort öffnete Wilma noch einmal die Augen. Es sah aus, als versuchte sie zu lächeln. Dora bemerkte, dass Blut jetzt auch aus ihrer Nase sickerte. Noch einmal versuchte Wilma zu sprechen. Aber sie war so schwach, dass Dora nur noch erahnen konnte, was sie sagte.

»Bitte! Nimm Clärchen. Kümmere dich … um Clärchen. Und Curt … Du musst …«

Weiter kam sie nicht. Ein Schwall Blut schwappte aus ihrem Mund. Dann fiel ihr Kopf zur Seite, und ihre Augen brachen.

»Wilma!«, wimmerte Dora und schlang ihre Arme um die Tote. »Nein! Nicht sterben. Du darfst doch nicht sterben.«

Schluchzend vergrub sie ihr Gesicht in Wilmas verstaubten Locken. Immer wieder rief sie ihren Namen, aber sie erhielt keine Antwort, sosehr sie auch flehte.

Plötzlich standen Leute neben ihr. Eine Hand packte sie grob am Arm und riss sie hoch.

»Was tun Sie denn hier?« Vier fremde Männer standen neben ihr, die Gesichter aschegeschwärzt, die Jacken angesengt. »Sie müssen fort von hier. Sie dürfen sich hier nicht aufhalten. Im Haus gegenüber lagert Munition im Keller, die kann jeden Augenblick in die Luft fliegen. Los! Machen Sie, dass Sie hier wegkommen.«

»Aber … aber ich kann doch meine Freundin nicht alleinlassen!«, stammelte Dora mit tränenblindem Gesicht.

Der Mann, der gesprochen hatte, warf Wilma einen flüchtigen Blick zu.

»Dieser Frau kann niemand mehr helfen. Los, kommen Sie! Nehmen Sie das Kind, und bringen Sie sich in Sicherheit. Sonst sind Sie selbst gleich tot.«

Sehr viel später in der Nacht, als im Osten bereits der Morgen zu grauen begann, saß Dora auf der Wiese am Oberteich und blickte über das, was einmal Königsberg gewesen war. Die Stadt war ein einziges Flammenmeer. Blutrot leuchtend wölbte sich der Himmel darüber. Aus der Ferne waren immer wieder Explosionen zu hören und gelegentlich das Jaulen einer Sirene. Dora hielt Clara behutsam an sich gedrückt und wiegte sie in den Armen. In all dem Chaos war Wilmas Baby irgendwann eingeschlafen.

24.

Lieber Onkel Hermann, liebe Christel, liebe Kinder!
Ich schreibe euch in der Hoffnung, dass wenigstens ihr gut angekommen seid. In Königsberg haben sich kurz nach eurer Abreise furchtbare Dinge zugetragen. Es bricht mir das Herz, euch mitteilen zu müssen, dass Wilma den verheerenden Feuersturm, den die Bomben über die Stadt gebracht haben, nicht überlebt hat. Man sagt, es sei Phosphor gewesen, das die Flugzeuge über der Stadt abgeworfen haben, denn kein Wasser der Welt konnte die gewaltigen Brände löschen. Das schöne Königsberg existiert nicht mehr. Und unter seinen Trümmern wurde auch Wilma begraben. Ich bin so unendlich traurig, dass ich es nicht geschafft habe, sie zu retten. Ich habe die kleine Clara an mich genommen. Sie lebt jetzt wieder mit uns hier auf dem Gutshof und ist äußerlich unversehrt. Wie es in ihrer kleinen Seele aussieht, vermag ich nach allem, was sie in jener Nacht durchgemacht hat, nicht zu sagen. Bitte berichtet Curt von alldem, wenn ihr Kontakt zu ihm habt. Ich weiß nicht, wo er sich aufhält. Sagt ihm, dass ich mich immer gut um Clärchen kümmern werde, bis er wiederkommt. Ich werde auf ihn warten. Ich habe es Wilma im Augenblick ihres Todes versprochen, und das werde ich halten, was auch passieren mag!

Dora hielt für einen Augenblick inne und legte den Füllfederhalter zur Seite. Ermattet stützte sie die Ellenbogen auf der Schreibtischplatte ab und legte die Stirn in die Hände. Den zittrigen Buchstaben auf dem Papier war anzusehen, wie schwer es ihr fiel, diesen Brief zu schreiben. Zu grausam war die Erinnerung an die Nacht, in welcher Königsberg im Schutt versunken war. Keine dreißig Stunden war das her. Bei jedem Wort, das sie aufs Papier brachte, hatte sie die Bilder, Gerüche und Geräusche des Feuersturms wieder im Kopf. Mit Grausen erinnerte sie sich auch an den Morgen danach, an dem sie zusammen mit etlichen anderen Menschen erneut umhergeirrt war. Müde und in wachsender Verzweiflung hatte sie einen Weg aus der zerstörten Stadt gesucht. Die kleine Clara wimmerte in ihrem Arm vor Hunger und Erschöpfung, und Dora, der es genauso ging, hätte am liebsten mitgeweint. Auf den Straßen bot sich ein Bild des Elends. Mit letzter Kraft schleppten sich die Leute vorwärts, beladen mit schweren Koffern und Taschen, dem letzten Hab und Gut, das sie hatten retten können. Mütter mühten sich mit ihren verstörten weinenden Kindern ab. Ein alter Mann hatte sich aufgegeben, saß mit leerem Gesichtsausdruck und verbrannten Kleidern neben einem Berg von rauchendem Schutt und schien nichts mehr von diesem Leben zu erwarten. Nicht einmal mehr den Tod.

Es gab keine Häuser mehr in der Stadt, nur noch qualmende schwarze Ruinen, in denen hier und da noch immer die Flammen aus den Fenstern und Dächern schlugen. »In den öden Fensterhöhlen wohnt das Grauen«, unwillkürlich fiel Dora diese Zeile aus Schillers Gedicht über die Glocke ein, das sie Wilhelm damals im Krankenhaus so oft vorgelesen hatte, während sie sich zwischen den verkohlten Mauern einen Weg über den Steindamm bahnte. Die einst so herrliche Prachtmeile von Königsberg war mit Glasscherben und Trümmern übersät, eine abgeknickte Straßenlaterne lag quer auf dem Gehweg, und über allem hing beißender Brandgeruch. Es war ein sonniger Tag, doch die Sonne hatte ihren Glanz verloren. Sie war nicht mehr als ein grauer Lichtschein, denn noch immer verdunkelten Qualm und Aschewolken den Himmel.

Da keine Straßenbahnen fuhren, dauerte es endlos, bis sich Dora im Gewimmel der Leute zum Bahnhof durchgeschlagen hatte, den die Bomber zum Glück nicht zerstört hatten. Doch die Menschenmenge, die sich schon auf dem Vorplatz drängte, um irgendwann den Bahnsteig zu erreichen und vielleicht einen Platz in einem der wenigen Züge zu ergattern, die aus der Stadt hinausfuhren, schreckte Dora ab.

Ziellos zog sie weiter durch die Straßen, bis sie ein alter Bauer vom Kutschbock eines Pferdegespanns aus ansprach und ihr seine Hilfe anbot. Er habe in der Nacht von seinem Dorf aus den Schein des Feuers gesehen. Bis auf seine Felder habe es Asche geregnet. Nun sei er wie so viele andere Menschen aus dem Umland in die Stadt gekommen, um Frauen und Kinder herauszubringen. Dankbar stieg Dora auf den Wagen, sie trug Clärchen im Arm, über der Schulter hing Wilmas Bündel. Auf den Holzbänken des Fuhrwerks saßen schon zwei alte Frauen und ein junges Mädchen, das ihr wortlos einen Becher mit Wasser reichte. Dora nickte ihr dankbar zu, viel zu ausgelaugt und kraftlos, um auch nur ein einziges Wort zu sprechen. Aber sie war froh, ein paar Schlucke trinken zu können und auch Clärchens Lippen mit ein paar Tropfen Wasser zu benetzen.

Kaum mehr konnte sie sich daran erinnern, wie sie nach Hause gekommen war. Der Bauer hatte die Frauen mit seinem Fuhrwerk zum Bahnhof nach Tharau gebracht, einer Ortschaft unweit von Königsberg. Stundenlang hatten sie dort gewartet, bis irgendwann ein Zug fuhr, der überfüllt gewesen war mit Menschen, die fortwollten, so weit weg von Königsberg wie möglich, irgendwohin, wo es keine brennenden Ruinen gab. Dora hatte ein paarmal umsteigen müssen, und sehr spät am Abend waren sie und Clärchen dann endlich auf dem Gutshof angekommen, wo sie ihrer Mutter völlig entkräftet in die Arme gefallen war.

Am Vormittag war Dora wie aus einer Ohnmacht erwacht. Im ersten Augenblick meinte sie, nach einem furchtbaren Albtraum zu sich zu kommen. Doch rasch kam die Erinnerung zurück, und ihr wurde klar, dass sich all diese furchtbaren Dinge tatsächlich so ereignet hatten. Sie stand auf, kaum dass sie die klappernden Milchkannen, das Gackern der Hühner, Foxis Gebell und die anderen vertrauten Geräusche des Hofes geweckt hatten. Noch vor ihrer üblichen Morgenrunde durch die Stallungen ging sie ins Arbeitszimmer des Gutshauses.

Achtlos schob sie den Stapel Briefe zur Seite, der sich während der wenigen Tage ihrer Abwesenheit auf dem Schreibtisch angehäuft hatte und darauf wartete, durchgesehen und beantwortet zu werden. Aber zunächst gab es Wichtigeres zu tun. Sie musste Curt über die schrecklichen Geschehnisse informieren und wusste doch nicht, wie sie das anstellen sollte, da sie nicht die geringste Ahnung hatte, wo er sich aufhielt. Seit Monaten hatte er sich nicht mehr gemeldet, er war seit dem gescheiterten Attentat auf Hitler wie vom Erdboden verschluckt. Dora hoffte, dass er sich irgendwann auf der Suche nach seiner Frau und seinem Kind bei Cousine Christel melden und durch ihren Bericht dann von Wilmas Schicksal erfahren würde.

Als Dora mit dem Brief fertig war, setzte sie ihren Namen darunter, faltete den Papierbogen zusammen und schob ihn in einen Umschlag. Sie schrieb Christels neue Adresse darauf und wollte das Kuvert gerade zukleben, als sie zögerte und nachdenklich ihre Tintenbuchstaben betrachtete. Reichte das? Nein, Curt sollte mehr erfahren, als dass Wilma gestorben war. Es gab so vieles, das sie ihm endlich sagen musste. Christel würde es verstehen und den Brief an ihn weiterleiten.

Dora zog noch einen Briefbogen aus der Schublade, nahm den Füllfederhalter erneut zur Hand und schrieb hastig und ohne auch nur einmal aufzusehen.

Lieber Curt, allerliebster Curt!
Du musst mir glauben, dass ich alles versucht habe, um Wilma zu retten. Nicht nur, weil ich dir versprochen hatte, mich immer um sie zu kümmern, sondern, weil ich sie ehrlich gern mochte. Du hattest recht, Wilma ist, ach, sie war eine so wunderbare, liebenswürdige Frau, und ich bin mir sicher, dass wir wirklich gute Freundinnen geworden wären, wie du es gesagt hattest. Es tut mir so leid, dass ich das erst zu spät erkannt habe. Ich war so blind damals vor Eifersucht, als du mit Wilma zum ersten Mal auf unseren Hof kamst. So bitterlich enttäuscht, dass du eine andere Frau geheiratet hattest, weil ich dich doch so unendlich liebte und hoffte, du hättest mir verziehen, dass ich in Königsberg so unfair zu dir gewesen war. Ich glaube, ich habe mich schon in dem Augenblick in dich verliebt, in dem ich dich zum ersten Mal sah, damals, als ich im Laden dieses lustige grüne Hütchen aufprobierte. Auf jeden Fall aber an diesem Nachmittag, an dem wir durch die Dünen von Nidden spaziert sind. Warum nur habe ich dich abgewiesen, als du mir in jenem Sommer diesen verrückten Heiratsantrag gemacht hast? Damals meinte ich, Wilhelm zu lieben, weil er mir so vertraut war, weil ich wusste, was mich an seiner Seite erwartete. Dabei war das, was ich schon damals für dich empfunden habe, so viel größer und stärker, so aufregend, dass es mir beinahe Angst gemacht hat. Meine Gefühle für dich sind nie er-

loschen. Wie sehr ich mir auch jeden Gedanken an dich verboten habe nach meiner Verlobung mit Wilhelm und meiner Hochzeit mit Fritz, nachdem du Wilma geheiratet hattest, trotzdem habe ich dich in all der Zeit nicht eine Sekunde lang vergessen. Ich liebe dich, Curt, ich werde dich immer lieben. Du sollst das wissen. Ich vermisse dich unendlich, und ich hoffe so sehr …

Dora stockte nun doch. Sie legte den Füllfederhalter zur Seite und las sich noch einmal durch, was sie bis jetzt an Curt geschrieben hatte, Wort für Wort. Dann schüttelte sie den Kopf. Nein, das war kein Brief, den sie einem Mann schicken sollte, der gerade vom Tod seiner geliebten Frau erfahren hatte. Was hatte sie sich nur gedacht? Ein anderes Mal würde sie Curt das alles erzählen, das und noch viel mehr, irgendwann, hoffentlich bald, wenn sie einander wiedertrafen. Ganz langsam zerriss sie den Briefbogen in viele kleine Schnipsel und ließ sie in den Papierkorb rieseln.

Wenig später verließ Dora das Büro. Der Hof brauchte sie. Sie musste nach den Tieren sehen. Gilda wunderte sich sicherlich schon, wo sie in den vergangenen Tagen geblieben war. Ein kleiner Ausritt würde ihren Kopf durchlüften und ein wenig die furchtbaren Bilder vertreiben, die ihr nach der Feuernacht von Königsberg noch immer durch den Kopf spukten. Dora machte sich auf den Weg zu den Koppeln. Tief atmete sie die warme Spätsommerluft ein, doch als sie oben an den Pferdewiesen ankam, setzte ihr Herz aus. Normalerweise tummelten sich mehr als dreißig Tiere auf den weitläufigen Koppeln des Twardy-Gestüts, selbst nach der letzten Pferdemusterung noch. Aber heute zählte sie gerade einmal dreizehn Tiere. Siegfried war nicht darunter, ebenso wenig Gilda, auch Schneewittchen und einige andere ihrer besten Stuten fehlten. Sulanka stand noch da, gut zu erkennen an ihrem rundlichen Bauch, in dem seit dem Frühjahr ein weiterer Nachkomme Siegfrieds heranwuchs. Ungläubig sah Dora sich um. Immerhin waren die Jungtiere auf der Fohlenweide vollzählig. Aber wo waren die anderen? Hatten sie sich etwa selbstständig gemacht?

Sie kontrollierte die Weidezäune, konnte aber nirgendwo einen offenen Durchgang entdecken, durch den die Tiere hätten entkommen können. Bestürzt eilte sie zurück zum Stall.

»Philippe!«, rief Dora. »Wo sind unsere Pferde?«

Sie fand den Franzosen am Hühnerstall, wo er ein ausgerissenes Scharnier an der Tür reparierte. »Philippe, was ist passiert? Sagen Sie mir, wo unsere Pferde sind! Wo ist Siegfried? Wo ist Gilda?«

Philippe sah auf und ließ die Zange sinken, die er in der Hand hielt. Ein zutiefst bekümmerter Blick lag in seinen Augen.

»Es tut mir sehr leid, Mademoiselle Twardy.« Er sprach sie noch immer mit Mademoiselle an, als wäre sie nie verheiratet gewesen. »Hat es Ihnen Ihre Frau Mama noch nicht gesagt?«

»Nein. Was denn, Philippe? Nun sprechen Sie schon!«

Der Franzose antwortete stockend. »Sie wurden abtransportiert, Mademoiselle. Gestern war wieder eine Pferdemusterung. Wir konnten nichts tun. Die Leute haben gar nicht mit sich reden lassen. Sie haben die besten zwanzig Tiere mitgenommen.«

»Was sagen Sie da? Zwanzig Pferde? Gestern? Das ... das kann nicht wahr sein.«

Dora spürte, wie ihre Knie weich wurden. Sie ließ sich matt auf der kleinen Holzkiste nieder, die mit zugeklapptem Deckel neben der Stalltür stand und in der Philippe das Werkzeug herausgebracht hatte.

»Siegfried und Gilda sind weg? Für immer? Und all die anderen ... Was wird nun aus dem Hof? Wie sollen wir mit dem Gestüt weitermachen? Wieso hat mir das denn keiner erzählt, als ich gestern Abend nach Hause kam?«

Der Franzose zuckte mit den Schultern und fuhr sich nachdenklich mit der Hand durchs Haar. Erst jetzt fiel Dora die frische Verletzung an seiner Schläfe auf, als habe er sich kürzlich mit jemandem geprügelt.

»Das hätte ja auch nichts geändert, Mademoiselle. Sicher wollte Ihnen Ihre Frau Mama gestern nicht noch mehr Kummer machen, nach allem, was Sie in den vergangenen Tagen erlebt haben.«

Dora starrte dumpf vor sich hin. Nun war es also doch geschehen. Siegfried war weg, der ganze Stolz, die Hoffnung und die Zukunft des Gestüts. Sie hatte es nicht verhindern können. Und Gilda ... Sie würde ihre geliebte Gilda nie wiedersehen. Wie sehr hatte sie sich im Grauen der Königsberger Feuernacht danach gesehnt, nach Hause zu kommen, nach Hause auf den Gutshof, wo die Welt beinahe noch in Ordnung war. Wo alles so vertraut war wie immer. Und nun? Es gab keine Gilda mehr, an deren warmes Fell sie sich schmiegen konnte, wenn sie Trost brauchte. Keine Gilda, auf deren Rücken sie über die Wiesen galoppieren und über die Wassergräben setzen konnte, bis ihr der Wind fast den Atem nahm und sie den Rest der Welt vergessen hatte. Tränen brannten in Doras Augen. Aber sie schluckte sie hinunter. Sie durfte doch nicht weinen! Nicht wegen eines Pferdes, nachdem beim Feuersturm von Königsberg Wilma und so viele andere Menschen umgekommen waren.

»Ich habe alles versucht«, sagte Philippe leise. »Aber es hat nicht geklappt.«

Dora sah auf. »Was haben Sie versucht?«

Philippe kniete sich neben die Holzkiste auf den sandigen Boden.

»Ich weiß doch, wie sehr Sie Ihre Stute liebten, Mademoiselle. Ich habe versucht, die Offiziere – wie sagt man? – an der Nase herumzuführen. Habe ein bisschen Betrug versucht. Ich habe Gilda in den Wald gebracht, als die Offiziere kamen, und habe ihnen gesagt, dass Gilda gerade gestorben ist. Aber sie wollten das tote Pferd sehen, und ich konnte doch kein totes Pferd zeigen …« Er machte eine hilflose Handbewegung. »Die Männer waren jedenfalls sehr wütend. Sie haben überall gesucht, dann hat Gilda gewiehert, und dann …«

Er sprach nicht weiter.

Dora betrachtete die Wunde an seiner Schläfe. »Ist das davon?«

Philippe nickte. »Sie haben mich geschlagen und wollten mich mitnehmen und einsperren oder totschießen, aber Ihre Frau Mama hat sich für mich eingesetzt. Sie ist eine gute Frau. Deshalb bin ich noch hier.«

Dora schwieg erschrocken. »Es tut mir furchtbar leid. Das haben Sie für mich getan?«

»Ja, Mademoiselle, weil Sie immer so gut zu mir sind.« Der Blick aus seinen freundlichen karamellfarbenen Augen traf sie.

»Ich bin Ihnen unendlich dankbar, Philippe. Auch wenn Ihr Versuch vergeblich war. Sie sind ein guter Mensch.«

Dora nahm seine Hand und drückte sie. Sie war rau und rissig von der schweren Arbeit auf dem Hof. Erschrocken zog er sie zurück.

»Bitte nicht, Mademoiselle. Sie wissen doch …«

»Ich weiß«, rief Dora ungehalten. »Sie sind Franzose und ich bin Deutsche, es ist Krieg, und wir sind Feinde. Wir dürften eigentlich gar nicht miteinander sprechen. Deshalb sitzen Sie auch nicht mit uns am Tisch und müssen mit den anderen Arbeitern in der Kammer hinter dem Stall wohnen. Ja. Man will, dass ich Sie hasse und verachte. Aber wissen Sie was? Ich kann es nicht. Wie könnte ich einen Menschen hassen, der so viel Gutes für mich getan hat? Damals, als die Haferernte anstand, als Karol gegen mich aufbegehrt hat, und jetzt bei dieser Pferdemusterung. Ich werde Ihnen ja wohl noch aus Dankbarkeit einmal die Hand drücken dürfen.«

»Sie sollten gehen, Mademoiselle Twardy.« Philippe stand abrupt auf und drehte die Zange in seinen Händen. Seine Stimme klang abweisend. »Pardon. Ich muss hier weiterarbeiten. Die Tür muss repariert werden, sonst holt der Fuchs heute Nacht die Hühner.«

Dora nickte. Sie warf noch einen Blick hinauf zu den Pferdekoppeln, dann kehrte sie ins Gutshaus zurück.

25.

An einem Montag Mitte September kam Erich etwas später als gewöhnlich fröhlich pfeifend aus der Schule. Die Familie hatte sich bereits um den Mittagstisch versammelt, als er ins Haus stürmte. Gleich im Flur warf er seinen Tornister in die Ecke, und ohne sich die Schuhe auszuziehen, lief er ins Esszimmer, wo das Hausmädchen Anni gerade aus einer bauchigen Terrine dampfende Gemüsesuppe auf die Teller verteilte.

»Wir haben jetzt zwei Wochen schulfrei!«, rief er begeistert und ließ sich auf seinem Stuhl nieder.

»Wie meinst du das?«, fragte Marianne erstaunt. Selbst Vera Twardy war so verblüfft über diese Nachricht, dass sie vergaß, ihren Sohn zu rügen, weil er es versäumt hatte, sich vor dem Essen die Hände zu waschen.

»Der Lehrer sagt, es geht zum Schippen«, fuhr Erich fort. »Alle Jungen in der Schule müssen mitmachen. Wir heben einen Verteidigungsgraben aus. Mindestens sieben Meter tief, einmal die ganze Ostgrenze entlang. Das bremst die russischen Panzer aus. Da kommen die nicht durch, und dann ist endgültig Schluss mit dem Vormarsch der Roten Armee. Morgen kriegen wir die Schaufeln. Und dann geht's los.«

Dora stieß ein bitteres Lachen aus. »Ist das dein Ernst? Ihr wollt mit Schaufeln gegen die russischen Panzer antreten?

Glaubst du denn wirklich, die lassen sich von einem Graben aufhalten, den ein paar Jungens gebuddelt haben? Das ist doch Blödsinn. Wer hatte denn diese dämliche Idee?«

»Gauleiter Koch persönlich hat das angeordnet«, trumpfte Erich auf. »Und der kennt sich mit so was ja wohl aus. Ich sage dir, das ist eine ganz große Sache. Ab sofort geht die deutsche Jugend nicht mehr in die Schule, sondern arbeitet am Schützengraben. Schipp, schipp, hurra! Ich wette, das wird ein Riesenspaß. Den ganzen Tag an der frischen Luft, abends gibt es Lagerfeuer mit heißen Kartoffeln am Stock, und nachts wohnen wir alle zusammen in Heuschobern und erzählen uns Gruselgeschichten.«

Erich war so begeistert, als ginge es ins Ferienlager.

»Kann ich auch mitkommen?«, fragte Arno. Die Augen seines Bruders glänzten sehnsüchtig. »Ich möchte auch schippen und Lagerfeuer machen.«

»Nein«, entgegnete Erich. »Du bist noch viel zu jung dafür. Auf die Dauer würdest du bestimmt schlappmachen. Die Schaufeln sind viel zu schwer für kleine Kinder wie dich.«

Während Arno enttäuscht den Mund verzog, schüttelte Dora skeptisch den Kopf, aber sie sagte nichts mehr, um Erich die gute Laune nicht zu verderben.

Vera Twardy seufzte. »Nun ja«, sagte sie. »Besser mit dem Spaten in der Hand zum Buddeln als mit dem Gewehr in der Hand an die Front.«

»Bitte sag doch so was nicht«, rief Marianne erschrocken. »Erich ist doch erst sechzehn. Der kann noch lange nicht Soldat werden.«

Erna strich Erich liebevoll über den Kopf. »Ja, meijn Jung, nu jeht ihr man tichtig schippen, und seht zu, dass uns der Russe nicht näher auf die Pelle rickt.« Sie nahm einen Löffel Suppe, bevor sie mit ernster Miene weitersprach. »Ich jlaube fast, an der

Jrenze im Osten, da tut sich was. Als ich jestern im Dorf war, kamen zwei kleijne Panjewajen über die Chaussee jefahren, vorn die Perdchens, und hinten trottet e Kuhche hinterdreijn. Volljepackt waren die Wajen, bis oben hin. Erbarmung! Ich jlaube, die Leute hatten ihren janzen Hausstand mitgenommen. Kisten, Koffer, Matratzen, Bettzeug, den janzen Plunder. Obendrauf saßen die Kinderchens, und außen baumelten die Säcke mit Jetreijde, die Pfannen, die Jurkentöpfe und die Marmeladeeijmer, dass es nur so schepperte. Sogar ein paar Hiehnerchens im Korb jackerten da rum. Ja, wo wollt ihr denn hin, hab ich die Leute jefragt. Und da sagten die: Bloß nach Westen, bloß rieber ins Reich, bevor der Iwan kommt. Bei uns heert man nu schon dauernd den Kanonendonner. – Ja, Erich. Nu helft mal alle tichtig mit, dass die Russen mit ihren Panzern nicht durchkommen und dass die armen Leute von da nicht alle flichten missen.«

Es war ein klarer, milder Herbsttag, als Erich zu seinem Einsatz am Schützengraben aufbrach. Dora stand auf der Veranda und atmete die kühle, würzige Luft ein. Es roch nach Pilzen und dem ersten feuchten Laub, das von den Bäumen gefallen war, vermischt mit dem schwachen Duft der letzten Rosenblüten, die im Beet neben dem Treppenaufgang standen. Astern und Dahlien zeigten sich in ihrer ganzen herrlichen Farbenpracht, als wollten sie noch einmal alles geben. Zwischen ihren Blättern glitzerten im fein gewebten Netz einer Spinne unzählige Tautropfen in der Sonne. Wie wunderschön diese Welt sein könnte, dachte Dora wehmütig.

Sie sah ihrem Bruder nach, der quer über den Hof ging, den Spaten über die Schulter gelegt, als trüge er ein Gewehr. Am Tor wartete Alfons auf ihn, der ebenso ausgerüstet war. Im Stechschritt marschierten die beiden Jungen nebeneinander die Lindenallee hinunter, pfiffen das Horst-Wessel-Lied und lachten.

Zwei Wochen später kamen sie zurück. Erich sah blass aus, zitterte vor Erschöpfung, und er lachte nicht mehr. An seinen Händen waren Blasen und blutige Schwielen, seine Hosen starrten vor Dreck und hatten Löcher.

»Wie war es?«, fragte Arno neugierig.

Erich zuckte mit den Schultern. »Anfangs war es noch ganz lustig«, berichtete er. »Aber nach zwei Tagen hat es keinen Spaß mehr gemacht. Uns tat alles weh. In der Scheune war es furchtbar zugig, und wir haben nur gefroren. Es gab ja keine richtigen Betten. Und so richtig weit gekommen sind wir mit unserem Graben nicht. Sei froh, dass du nicht dabei warst, Arno. Du kannst dir nicht vorstellen, wie sehr ich mich darauf freue, morgen wieder in die Schule zu gehen.«

Doch drei Wochen später fand Erichs Schulzeit ein unerwartetes Ende.

»Hast du das schon gesehen?«

Am Morgen des 20. Oktober stürmte Marianne zu Dora ins Büro des Gutshauses und klatschte die Tageszeitung auf den Schreibtisch. »Ich kann es nicht fassen. Lies doch mal! Denkst du auch, dass es ein Druckfehler sein muss?«

Doras Augen flogen über den Bericht, der fast die ganze Titelseite einnahm.

»Volk ans Gewehr«, las sie ungläubig. »Alle waffenfähigen Männer von 16 bis 60 Jahren werden ab sofort zum Kampfeinsatz herangezogen, um die deutsche Heimat gegen die Übermacht der Feinde zu verteidigen. Das sieht ein Erlass des Führers zur Bildung des Deutschen Volkssturms vor … Mein Gott!«, murmelte sie.

»Kann denn das wahr sein?« Marianne weinte jetzt. »Sie ziehen jetzt auch schon 16-Jährige ein. Erich muss an die Front. Wie sollen wir das nur Mama beibringen?«

Die Buchstaben flimmerten vor Doras Augen. »Unerbittlicher Kampf«, stand da noch, »in der Stunde der höchsten Gefahr« und »unter besonderer Berücksichtigung der Panzer-Nahbekämpfung«.

Sie konnte nicht weiterlesen.

»Es geht zu Ende, Marianne. Wenn sie jetzt schon halbe Kinder und alte Männer in den Krieg holen, dann sind wir verloren.«

Marianne zuckte schluchzend mit den Schultern. »Ich bringe es nicht übers Herz, Mama davon zu erzählen. Was soll denn noch alles passieren? Hans ist gestorben, Vater ist in Kriegsgefangenschaft, und jetzt muss auch noch Erich weg. Unser kleiner Erich. Kannst du dir unseren kleinen Bruder mit einer Waffe in der Hand vorstellen?«

Dora schüttelte wortlos den Kopf. Dann richtete sie sich auf und sagte mit rauer Stimme: »Vielleicht geht es jetzt schnell, und der Krieg ist vorbei, ehe Erich seine Ausbildung an der Waffe bekommen hat. Vielleicht braucht er gar nicht mehr an die Front.«

»Glaubst du das wirklich?«, fragte Marianne und hörte für den Moment auf zu schluchzen.

»Nein, eigentlich nicht, aber man kann ja mal davon träumen.«

Vera Twardy nahm auch die Nachricht über den Volkssturm mit eiserner Miene auf. Aufrecht blieb sie in ihrem Sessel sitzen, als Dora ihr den Zeitungsbericht zeigte. »Es wird schon gut gehen«, sagte sie nur. »So ist das jetzt nun mal.«

Doch Dora fand, dass sie niedergedrückt aussah, so als wäre sie unter der Last ihrer Sorgen zuletzt ein wenig geschrumpft. Wie grau ihre Haare geworden waren! Längst war es nicht nur die eine Strähne an der Schläfe, die ihre dunkle Farbe verloren hatte. Und zu der steilen Falte auf ihrer Stirn waren zwei harte Linien gekommen, die sich neben ihren Mundwinkeln tief in die Haut eingegraben hatten. Bald wird sie eine alte Frau sein, dachte Dora erschrocken.

Erna begann zu weinen, als sie hörte, dass Erich zum Volkssturm einberufen wurde. »Das können die doch mit unserem kleijnen Lorbass nicht machen«, rief sie, während ihr die Tränen über die runzelig gewordenen Wangen rollten. »Erich muss in den Krieg? Aber der ist doch noch e Kindche. Ach Gottche, wohin soll das denn alles noch fiehren?«

Dora zuckte mit den Schultern. Sie reichte ihr ein Taschentuch, und Erna putzte sich geräuschvoll die Nase.

Auch an Erna war der Kummer der vergangenen Jahre nicht spurlos vorbeigegangen. Mager war sie geworden. Dora hatte den Eindruck, dass sie sich von ihrer schweren Grippe im vorigen Winter nicht richtig erholt hatte. Sie wirkte müde und kraftlos, und immer öfter ließ sie zwischendurch das Stickzeug sinken, wenn sie daran arbeitete, als trüge sie schwer daran.

Erich erfuhr, dass er als Flakhelfer eingesetzt werden sollte, und sah seiner Einberufung mit gespannter Erwartung entgegen.

»Ist doch nicht so schlimm«, meinte er. »Wir holen doch nur die feindlichen Bomber vom Himmel.«

Wenige Tage später brachte Dora ihren Bruder ins Dorf. Kurz nach Sonnenaufgang kam ein Sammelbus angefahren. Eine Viertelstunde lang stand er mit laufendem Motor und beschlagenen Scheiben auf dem Platz vor Laschinskis Kolonialwarenladen, und nachdem Erich, Alfons und alle anderen sechzehn- und siebzehnjährigen Jungen aus Liebenwalde eingestiegen waren, gingen die Türen zischend zu, und er fuhr röhrend und eine dicke schwarze Abgaswolke ausstoßend davon.

Eine gedrückte Stimmung lag in diesem Herbst über dem Gutshof. Von Vater Twardy hatten sie nichts gehört, seit er in Kriegsgefangenschaft geraten war, und auch Curt blieb verschollen. Erich schrieb, dass er an Weihnachten nicht nach Hause kommen könne, obwohl er schrecklich viel Heimweh habe und manchmal auch Angst. Neulich sei eine Bombe ganz in der Nähe seines Geschützes eingeschlagen und habe zwei Kanoniere schwer verletzt. Aber ihm ginge es gut. Man möge ihm bitte an Weihnachten ein paar Pfefferkuchen und Marzipankartoffeln aufheben.

Unterdessen kam der Krieg näher. Bis in den kleinen ostpreußischen Grenzort Nemmersdorf drangen die russischen Truppen vor. Zwar gelang es der Wehrmacht, die Rote Armee wieder zu vertreiben, doch zuvor verübten die russischen Soldaten dort ein grausames Massaker. Sämtliche Dorfbewohner wurden aufs Brutalste ermordet. In der Zeitung wurden die Taten so detailliert beschrieben, dass sich Dora beim Lesen der Magen umdrehte. Dieser Krieg macht Bestien aus den Menschen, ging es ihr durch den Kopf. Was mochte die russischen Soldaten angetrieben haben, dass sie so hasserfüllt gegen unschuldige Dorfbewohner vorgingen? Immer öfter sah jetzt auch Dora vollbepackte Wagen über die Chaussee rollen. Hin und wieder streifte herrenloses Vieh über die kahlen Felder. Kühe mit prallen Eutern brüllten vor Schmerz, weil sie so lange nicht mehr gemolken worden waren. Eines Morgens standen drei fremde Schweine mitten im Gutsgarten und wühlten in der Erde. Dora ordnete an, dass die Knechte die Tiere einfangen und sich um sie kümmern sollten.

Clärchen bekam von alledem nichts mit. Sie krähte manchmal so vergnügt vor sich hin, dass selbst Dora für einen Augenblick alles vergaß, was ihr sonst schwer auf der Seele lastete. Sie zog das Kind auf, als wäre es ihr eigenes. Manchmal schien es ihr, als würde Curt sie ansehen, wenn sie in Clärchens Augen sah. Ihre Locken hingegen schien sie von Wilma geerbt zu haben. Das kleine Mädchen schlief in Doras Zimmer in einem ehemaligen

Gitterbettchen der Zwillinge, und Dora hatte sich längst an die kleinen Schmatzer und Schnaufer gewöhnt, die Clärchen nachts in ihren Träumen von sich gab. Tagsüber, wenn Dora in den Ställen beschäftigt war oder sich im Büro konzentrieren musste, kümmerten sich Vera oder Erna um das Kind. Clärchen entwickelte sich prächtig. Sie schien vergessen zu haben, dass sie einmal eine andere Mutter gehabt hatte, sie hatte runde rote Wangen und war der Sonnenschein des ganzen Gutshofes. Auch die Hausmädchen liebten es, mit dem Sportwägelchen, in dem schon Generationen von Twardy-Kindern gesessen hatten, draußen spazieren zu gehen und Clärchen zu beobachten, wie sie munter mit ihren drallen Ärmchen in der frischen Luft ruderte. Selbst über Karols mürrisches Gesicht huschte der Anflug eines Grinsens, wenn er über den Hof ging und das kleine Mädchen ihn aus dem Kinderwagen heraus anlächelte. Wann endlich würde Curt seine Tochter wieder in die Arme nehmen können?

•••

In der Küche des Gutshauses staubte das Mehl in Wolken, aus dem großen Backofen duftete es schon nach Christstollen und Pfeffernüssen, und vom Kachelofen her zog zudem der köstliche Geruch der Bratäpfel durch den Raum. Es war der Tag vor Weihnachten, und wie immer hatten sich alle, die bei den Festtagsvorbereitungen helfen konnten, zum Plätzchenbacken versammelt. Für Klaus und Arno war dies die liebste Zeit des Jahres. Zusammen mit den Küchenmädchen waren sie eifrig damit beschäftigt, aus dem Lebkuchenteig, den Erna zuvor flach auf der Tischplatte ausgerollt hatte, Sterne, Herzen, Halbmonde und Tannenbäume auszustechen, um sie anschließend mit Zuckerguss zu bestreichen und dann mit Mandeln und Korinthen zu belegen. Dora lächelte bei diesem Anblick. Wie froh war sie, dass es ihr trotz aller Schwierigkeiten doch noch gelungen war, diese Köstlichkeiten zu ergattern, beileibe keine Selbstverständlichkeit in Kriegszeiten. Für Stollen und Gebäck hatte sie schon seit dem Sommer Lebensmittelmarken für Zucker, Margarine und Kakao aufgespart. Und dass der größte Teil der Korinthen aus klein geschnittenen gedörrten Pflaumen aus dem Garten bestand, fiel den Jungen gar nicht auf.

Marianne lehnte am warmen Ofen und las die Weihnachtsgeschichte vor, während draußen im Zwielicht des späten Nachmittags der Schnee fiel und der Wind an den Fensterläden rüttelte. Aus dem Badezimmer im oberen Stockwerk war das Plätschern von Wasser zu hören, dazu Clärchens vergnügtes Kreischen und Vera Twardys melodische Altstimme, die dem Baby »Leise rieselt der Schnee« vorsang.

Friedliche Vorweihnachtsruhe lag über dem Gutshof. An der Ostfront war es still, nachdem es der Wehrmacht gelungen war, die Rote Armee wieder aus großen Teilen Ostpreußens zu verdrängen. Doch Dora spürte, dass dieser Frieden trügerisch war. Die Festvorbereitungen verliefen eigentlich wie immer in diesen Dezembertagen, aber der traurige Gedanke, dass es womöglich ein letztes Mal »wie immer« war, ließ sie nicht los. Was würde im nächsten Jahr werden? Wie und wo würden sie das nächste Weihnachtsfest verbringen?

Hundegebell unterbrach ihre Gedanken. Draußen schlug Thassos an. Marianne hielt inne und ließ ihr Buch sinken.

»Erwarten wir heute noch Besuch?«

Dora schüttelte verwundert den Kopf. »Nicht, dass ich wüsste. Vielleicht hat Machalskis neue Katze den Hund geärgert. Die ist so frech, die hat Thassos neulich eines mit der Pfote über die Nase gegeben.«

Doch der Hund hörte nicht auf zu bellen.

»Was ist denn da draußen los?« Marianne legte das Buch weg, ging zum Fenster und schob die Vorhänge einen Spaltbreit zur Seite. »Ich kann es nicht genau erkennen, es wird ja schon dunkel draußen. Aber ich glaube ... Ich glaube, da ist jemand auf dem Hof. Ja, da schleicht jemand zur Scheune. Ein Mann, vielleicht ein Soldat, ich bin mir nicht sicher ...«

»Ein Soldat?« Klaus ließ sein Ausstechförmchen fallen. »Ist es Erich?«

»Nein, das kann nicht sein«, entgegnete Dora. »Er schrieb doch, dass er keinen Heimaturlaub bekommt über Weihnachten. Und bei ihm hätte der Hund nicht angeschlagen.«

»Dann muss es Papa sein«, jubelte Klaus. »Papa war so lange nicht mehr hier, dass Thassos ihn gar nicht mehr kennt. Bestimmt haben ihn die Russen freigelassen, damit er zu uns nach Hause kommt. Oh, das ist mein allerschönstes Weihnachtsgeschenk!«

Er stürzte aus der Küche und rannte durch den Flur, wobei seine Hausschuhe auf dem Boden eine weiße Mehlspur hinterließen.

»Warte«, rief Dora und folgte ihrem Bruder besorgt. »Das kann ich mir nicht vorstellen. Warum sollte Papa als Erstes in die Scheune gehen, wenn er nach Hause kommt?«

Doch Klaus hatte schon die schwere Haustür aufgerissen, und ein kalter Luftstrom wehte herein, der einen Schwung Schneeflocken über den gebohnerten Holzboden wirbeln ließ.

»Papa?«, rief er in die Dämmerung hinaus. Niemand antwortete.

Rasch trat Dora an die geöffnete Tür und schob ihren Bruder zur Seite. »Das ist nicht Papa. Geh zu den anderen in die Küche, ich sehe nach, wer da ist.«

Mit gesenktem Kopf trabte Klaus zurück. Dora zog ein Wolltuch vom Haken neben der Haustür und legte es sich um die Schultern. Dann schlüpfte sie in ihre Schuhe und griff nach der Taschenlampe, die immer in einem Schränkchen neben dem Treppenaufgang bereitlag. Ihr Herz hämmerte. Es war ein Mann auf dem Hof. Das konnte doch nur bedeuten, dass Curt zurückgekommen war. Er musste vorsichtig sein und durfte nicht gesehen werden. Kein Wunder, dass er nicht einfach tagsüber an die Haustür klopfte, sondern im Dunkeln kam und sich zunächst in der Scheune verstecken wollte. Dora lächelte. Trotz aller Gefahren war Curt hergekommen, um mit ihr und Clärchen Weihnachten zu feiern ... Sie war ganz beseelt von diesem Gedanken, als sie aus dem Haus hinausrat und über den Hof lief. Der frische Schnee glitzerte im Schein der Lampe und knirschte unter ihren Sohlen. Als sie näher kam, hörte sie ein Geräusch an der Scheunentür und richtete das Licht darauf. Sie erschrak so sehr, dass ihr beinahe die Leuchte aus der Hand fiel.

Ein fremder Soldat starrte in das grelle Licht der Taschenlampe, ein schmächtiger Mann mittleren Alters. Er trug die blaugraue Uniform der deutschen Luftwaffe, die ihm jedoch wie Lumpen am Leib hing. Ein Ärmel war bis zur Schulter eingerissen, einige Knöpfe hingen lose an langen Fäden herab. Jacke, Hose und Stiefel waren über und über mit Schlamm und Schmutz bedeckt. In seinen aschblonden Haaren klebten Gras und Stroh, als hätte er die letzten Nächte in einem Heuschober verbracht. Er sah elend aus, unrasiert, bleich und ausgemergelt, er hatte etwas Gehetztes am sich. Trotz des kalten Dezembernachmittags stand ihm Schweiß auf der Stirn. Seine Offiziersmütze fehlte. Auch konnte Dora keine Waffe an ihm entdecken.

»Wer ... wer sind Sie?«, stammelte Dora. »Was wollen Sie auf unserem Hof?«

»Bitte, Fräulein«, brachte der Fremde heraus. »Verraten Sie mich nicht.«

In diesem Moment klang ein Schnauben aus dem Pferdestall herüber, und er fuhr zusammen, als wäre der Leibhaftige hinter ihm her. Seine Augen schienen zu flackern vor Angst. »Bitte helfen Sie mir!«, flehte er. »Bitte erlauben Sie, dass ich die Nacht in Ihrer Scheune verbringe. Mehr will ich nicht. Ich habe keine schlechten Absichten. Ich bin kein Dieb. Das versichere ich Ihnen. Aber, bitte, es darf mich hier niemand sehen.«

Doras Herz klopfte noch immer. Die Enttäuschung darüber, dass es doch nicht Curt war, der hier vor ihr stand, vermischte sich mit einem vagen Gefühl von Beklemmung. Wer war dieser Mann? Sie musterte den Fremden noch einmal. Ein Soldat in diesem Zustand, der so furchtbare Angst hat – dafür gab es nur eine Erklärung. »Sind Sie … desertiert? Haben Sie sich von Ihrer Truppe abgesetzt?«

Er antwortete nicht, sondern blickte sie wortlos mit seinen wasserblauen Augen an. Fast unmerklich zuckte er mit den Schultern.

»Ich muss Sie melden«, raunte Dora.

Der Mann schüttelte entsetzt den Kopf. »Nein, bitte nicht. Ich flehe Sie an. Ich tu Ihnen nichts.«

Noch einmal ließ Dora den Lichtkegel der Taschenlampe über die Gestalt des Fremden wandern. Unfreundlich sah er nicht aus. Doch Dora zögerte. Wenn der Mann tatsächlich Fahnenflucht begangen hatte, drohte ihm die Todesstrafe, sobald man ihn erwischte. Und wenn sie ihm Unterschlupf gewährte, machte sie sich mitschuldig und brachte überdies die ganze Familie in Gefahr. So viel stand fest. Aber brachte sie es übers Herz, diesen vor Furcht bebenden Mann vom Hof zu jagen und in die eiskalte Winternacht hinauszuschicken? Er hatte dort so oder so keine

Chance: Wenn ihn seine Leute nicht fanden und erschossen, dann würde er da draußen erfrieren ohne Mantel und ohne Mütze. Durfte sie das zulassen?

»Bitte lassen Sie Menschlichkeit walten«, flüsterte er. »Ich tu Ihnen wirklich nichts. Ich möchte nur ein paar Stunden in Sicherheit sein. Nur ein wenig schlafen.«

Dora wusste, dass niemand im Haus ihre Entscheidung gutheißen würde. Es war der blanke Wahnsinn. Aber sie konnte nicht anders. Sie musste an Curt denken, der in diesem Moment vielleicht auch irgendwo in Kälte und Dunkelheit Schutz vor Verfolgung suchte und auf die Gutherzigkeit Fremder baute, um den Häschern der Nazis zu entgehen. Sie würde alles tun, um Curt zu retten, und hoffte, dass jeder, den Curt um Hilfe bat, das auch tat. Vielleicht liebte irgendjemand diesen geflohenen Soldaten so sehr wie sie Curt.

»Kommen Sie«, flüsterte Dora. »In der Scheune können Sie nicht bleiben. Da werden unsere Leute Sie morgen früh entdecken. Ich weiß ein besseres Versteck für Sie. Aber seien Sie bloß leise, damit uns niemand hört!«

Dora sah das ungläubige Staunen in seinem Blick, dann wandte sie den Schein der Taschenlampe von ihm ab und beleuchtete ihre Fußspuren, die durch den Schnee zurück zum Haus führten.

»Folgen Sie mir!«

Hintereinander schlichen Dora und der Soldat über den Hof zum Gutshaus. Dora hoffte inständig, dass niemand in diesem Augenblick aus den verdunkelten Fenstern sah, doch kein Vorhang bewegte sich. Sie hatten gerade den Eingang erreicht, als Marianne von innen die Haustür öffnete. Verdutzt blieb sie in der Tür stehen.

»Was ist denn los, Dora? Was machst du …« Marianne stieß einen erstickten Schrei aus, als sie die abgerissene Gestalt an Doras Seite entdeckte. »Wer ist das? Was will der Mann bei uns?«

»Er braucht Hilfe«, erklärte Dora ruhig.

»Aber wieso denn?«

»Bitte lassen Sie mich ein, gnädiges Fräulein«, sagte der Fremde zu Marianne. »Nur für einen Tag. Ich werde morgen wieder verschwinden.«

»Nein, Dora, auf keinen Fall lassen wir den Mann rein«, wisperte Marianne. »Siehst du nicht, wie zerlumpt und verdreckt er ist? Womöglich hat er Läuse. Was holen wir uns alles mit ihm ins Haus? Und wo kommt er eigentlich her, so spät am Abend? Oh mein Gott, ich wette, er ist desertiert. Und gleich kommt seine Truppe und hängt ihn am nächsten Baum auf und uns gleich mit. Oh nein, Dora, komm bloß schnell rein, und dann machen wir die Tür zu.«

Dora betrat das Haus, der Fremde blieb verunsichert draußen stehen. Marianne gab der schweren Eichentür mit beiden Händen einen Schubs, um sie zuzuwerfen, doch Dora stoppte die Tür, indem sie ihren Fuß dagegenstellte.

»Was tust du denn da?«, schimpfte Marianne in höchster Erregung. »Ich will nicht, dass der Kerl reinkommt.«

»Schrei doch bitte nicht so laut herum«, fuhr Dora sie an. »Willst du denn, dass sämtliche Leute auf dem Hof erfahren, was hier los ist?«

»Du willst nicht wirklich einen Deserteur ins Haus holen. Das ist der reine Irrsinn! Mama fällt in Ohnmacht, wenn sie das mitbekommt.«

»Dann solltest du ihr das besser nicht sagen«, erklärte Dora kurz angebunden und ließ den Soldaten eintreten.

»Danke«, brachte er heraus. Er zitterte am ganzen Leib.

Marianne trat einen Schritt zurück und betrachtete ihn mit

wütend funkelnden Augen. »Das dürfen wir nicht tun! Wir kommen in Teufels Küche, wenn jemand diesen Kerl bei uns findet.«

»Ich bitte vielmals um Verzeihung«, murmelte der Fremde.

Dora sah noch einmal hinaus, um sich zu vergewissern, dass niemand die Geschehnisse beobachtete. Als sie sah, dass alles still blieb, schloss sie die Tür.

»Du hast recht, Marianne, wir müssen dafür sorgen, dass niemand etwas davon erfährt.«

»Aber wie soll das gehen? Es ist doch schon zu spät! Klaus und Arno wissen, dass jemand im Hof war. Sie werden fragen, was passiert ist, und dann? Sie sind doch noch viel zu klein, um so ein Geheimnis für sich zu behalten. Was ist, wenn sie ausplappern, dass wir einen geflohenen Soldaten beherbergen?«

»Das darf nicht geschehen. Wir müssen uns eben eine kleine Schwindelei ausdenken. Am besten gehst du gleich zurück in die Küche. Die anderen wundern sich sicherlich schon, wo wir so lange bleiben. Sag ihnen, es war jemand im Hof, der nach dem Weg gefragt hat und wieder weggegangen ist. Ich bringe den Mann in den Keller und hole noch ein Glas Marmelade mit hinauf, für den Fall, dass jemand fragt, was ich da unten getan habe.«

»Was? Du willst, dass wir unsere eigene Familie anlügen?«

»Es ist ein Notfall, Marianne, und in der Not darf man lügen. Je weniger Leute wissen, dass dieser Mann hier ist, desto besser.«

»Warum tust du das, Dora?«, fragte Marianne verzweifelt. »Was geht uns sein Schicksal an?«

Dora legte eine Hand auf ihren Arm. In Gedanken war sie wieder bei Curt, aber er war nicht der Einzige, um den sie sich Sorgen machte.

»Würdest du auch so denken, wenn es um Papa oder Erich ginge?«, flüsterte sie. »Stell dir vor, es wäre Erich, der vor lauter Heimweh aus seiner Einheit abgehauen ist und versucht, sich nach Hause durchzuschlagen. Stell dir vor, er schliche bei fremden Leuten herum und bäte um ein Versteck für eine Nacht. Wie wäre das? Würdest du dann auch hoffen, dass diese Leute ihm die Tür weisen, weil es unrecht ist, und dass er dann ...«

»Nein«, fiel Marianne ihrer Schwester ins Wort. »Sprich nicht weiter. Natürlich würde ich wollen, dass sie ihn beherbergen. Obwohl Erich oder Papa niemals so unvernünftig und lebensmüde wären.«

Noch einmal betrachtete sie die Gestalt des Fremden, aber ihr Blick war nicht mehr so unerbittlich wie zuvor.

»Bitte beeil dich!«, forderte sie Dora schließlich auf. Damit drehte sie sich um und ging zur Küche zurück.

Dora fasste den Fremden am Arm. »Schnell! Kommen Sie mit!«

Sie ging voraus bis zu der Holztür am Ende des Flurs, die zum Keller hinunterführte. Sie öffnete die Tür, drehte den Lichtschalter im Inneren des Ganges, sodass ein schwacher Schein die schmale steile Holztreppe beleuchtete, und stieg die Stufen hinab. Der Mann folgte ihr.

»Hier können Sie bleiben«, erklärte Dora, nachdem sie einen niedrigen Kellerraum betreten hatte, dem ein leicht muffiger Geruch entströmte. In einem Regal an der Wand standen Stapel von leeren Blumentöpfen, Gießkannen, Gartenwerkzeug und ein Spankorb mit Osterschmuck, an einer großen Kiste lehnten zusammengeklappte Holzstühle. Durch ein schmales Fenster unter der Zimmerdecke fiel der letzte schwache Lichtschimmer des Tages herein.

»Das ist unser Sommerkeller. Über die Weihnachtstage wird hier niemand hineinkommen. Aber seien Sie bloß leise, im Raum nebenan stehen unsere Vorräte an Lebensmitteln, da wird ganz sicher eines unserer Mädchen immer wieder mal etwas heraussholen. In dem Holzkasten finden Sie die Polster für unsere Verandastühle und ein paar Decken. Daraus können Sie sich ein Nachtlager machen. Sicher haben Sie Hunger. Ich bringe Ihnen später etwas zu essen und zu trinken.«

»Ich weiß nicht, wie ich Ihnen danken soll«, sagte der Soldat. »Sie retten mein Leben.«

»Ich mache es für meinen Vater, für meinen Bruder – und für jemanden, der mir sehr viel bedeutet.« Dora schluckte. »Mein Name ist Dora Twardy. Und wer sind Sie?«

»Ludwig. Ludwig Krämer. Ich weiß, dass es das größte Vergehen eines Soldaten ist zu desertieren. Aber ich muss zu meiner Frau. Sie schrieb kürzlich, dass unser Kind so schwer krank ist, dass es wohl nicht mehr lange leben wird.« Tränen traten in seine Augen, als er weitersprach. »Mein Kommandeur gewährte mir nicht einen Tag Urlaub. Also bin ich davongelaufen, als ich Gelegenheit dazu fand, um den Kleinen wenigstens noch einmal zu sehen, bevor er stirbt. Drei Nächte bin ich schon unterwegs, hab kaum ein Auge zugetan. Nun sind es nur noch zwanzig Kilometer bis nach Hause.«

»Aber was wird dann? Sie können ja nie mehr zur Truppe zurück. Sie müssen sich für den Rest Ihres Lebens verstecken! Sie wissen doch, dass Ihnen die Todesstrafe droht!«

»Ach, gnädiges Fräulein. Die Todesstrafe kann nicht schlimmer sein als das, was ich im Krieg erlebt habe. Wenn ich nur einmal noch meine Frau und mein Kind wiedersehen kann, will ich alles andere ertragen. Der Krieg wird sowieso nicht mehr lange dauern. Auch wenn es gerade ruhig ist an der Front – der Sturm wird bald über uns hereinbrechen. In ein paar Wochen haben die russischen Truppen Ostpreußen überrannt, und dann werden sie schnell die Reichshauptstadt erreicht haben. Dann ist der Krieg zu Ende, und niemand wird mehr fragen, wie und wann und warum ich meine Einheit verlassen habe. Dann werden wir ganz andere Sorgen haben. Ich muss mich nicht für den Rest meines Lebens verstecken, gnädiges Fräulein, nur für den Rest des Krieges. Gott gebe, dass er bald vorbei ist.«

Dora nickte. »Ich muss jetzt gehen. Ich sehe später noch einmal nach Ihnen. Erschrecken Sie dann nicht, wenn ich die Tür öffne.«

Aus dem Nebenkeller nahm Dora ein Glas Hagebuttenmarmelade aus dem Regal und eilte hinauf. Mit klopfendem Herzen betrat sie die Küche. Alle Augen waren auf sie gerichtet, und Dora hielt den Atem an. Was hatte Marianne den anderen erzählt? Hatte sie das Geheimnis für sich behalten oder doch beschlossen, dass es besser wäre, bei der Polizei anzurufen?

»Konntest du dem Mann den richtigen Weg erklären?«, fragte Klaus, den Mund weiß verschmiert mit Zuckerguss. »Wieso ist er nicht einfach auf der Chaussee geblieben, wenn er nach Allenstein gehen möchte? Die führt doch geradewegs dorthin. Und warum hat er nicht gleich einen Zug genommen?«

»Das habe ich dir doch erklärt, mein Schatz«, antwortete Marianne an Doras Stelle. Ein Glitzern lag in ihren Augen. »Er hat seinen Geldbeutel verloren und konnte sich deshalb keine Fahrkarte mehr kaufen, und dann ist er im Schneetreiben von der Straße abgekommen. Was für ein Glück, dass er das Gutshaus entdeckt hat und dass wir ihm helfen konnten. Aber jetzt wollen wir ihn ganz schnell wieder vergessen, sonst bekommen wir unsere Plätzchen nicht rechtzeitig fertig! Die müssen doch morgen auf den bunten Teller.«

Dora verbarg ein Lächeln, als sie ihrer Schwester zunickte.

• • •

In der Nacht, als die anderen längst schliefen, schlich Dora noch einmal hinunter in den Sommerkeller. Sie hatte ein paar Scheiben Brot, eine Mettwurst, ein Stück Tilsiter Käse und einen Apfel aus der Küche geholt, dazu einige Weihnachtsplätzchen und ein großes Glas Milch.

»Ich hätte Ihnen gerne heißen Tee gekocht«, erklärte sie dem Soldaten, während sie das beladene Tablett vor ihm auf den Deckel der großen Kiste stellte. »Aber das Pfeifen des Wasserkessels hätte wahrscheinlich alle anderen aufgeweckt.«

»Danke, das ist wunderbar. Das ist mehr, als ich erwarten kann. Oh, sogar Pfefferkuchen ... Sie sind so gütig.«

Er stürzte sich sofort auf die Speisen, und an der Art, wie er Brot, Wurst und Käse verschlang, erkannte Dora, dass er vermutlich seit Tagen nichts mehr gegessen hatte. Mit wenigen Bissen hatte er den Apfel verzehrt. Auch das Glas Milch leerte er in einem Zug. Nur für die Plätzchen ließ er sich etwas mehr Zeit.

»Ich hoffe, dass Sie Ihren Jungen bald in die Arme schließen können, Ludwig, und dass es ihm vielleicht doch irgendwann wieder besser geht.«

Er nickte. »Danke. Es hat so gutgetan, etwas zu essen. Und die Weihnachtsplätzchen waren köstlich. Jetzt freue ich mich darauf, ein wenig zu schlafen. Wenn Sie es gestatten, verstecke ich mich hier bis morgen Nachmittag. Sobald es dann wieder dunkel wird, schleiche ich mich aus dem Haus.« Er wischte sich mit dem Handrücken über die Lippen. Als Dora das Tablett und das leere Milchglas wieder aufnahm, betrachtete er sie nachdenklich.

»Hören Sie, Fräulein Dora. Sie sollten auch nicht mehr allzu lange warten. Sie sollten bald Ihre Sachen packen, Sie und Ihre Familie. Sie müssen fliehen von hier. Bitte tun Sie es rechtzeitig, bevor die russische Armee hier ist. Noch haben Sie Zeit, die Gespanne zu beladen ...«

»Aber das hier ist doch meine Heimat. Ich kann doch nicht meine Heimat verlassen, der Hof ist alles, was wir haben …«

»Seien Sie nicht unvernünftig. Sie haben doch sicher gehört, was in Nemmersdorf passiert ist.«

Dora nickte. Ein Schauer lief ihr über den Rücken bei der Erinnerung an die schrecklichen Taten.

»All das wird auch hier auf Ihrem Hof passieren, wenn Sie nicht rechtzeitig verschwinden. Ich rate Ihnen dringend, fliehen Sie, solange es noch geht!«

Dora dachte an Onkel Hermann, Christel und die Kinder, die so fern und hoffentlich friedlich in diesem kleinen Dorf in Bayern lebten. Sie dachte an die Flüchtlingstrecks auf der Chaussee, von denen Erna damals im Herbst berichtet hatte. So viele Menschen hatten die Heimat schon verlassen, obwohl es doch strengstens verboten war. Aber sie schüttelte den Kopf.

»Ich kann nicht fort, Ludwig. Eine Flucht kommt nicht infrage, schon gar nicht jetzt, wo unsere beste Stute kurz davorsteht, ihr Fohlen zu bekommen, den letzten Nachkommen unseres besten Zuchthengstes. Nein. Ich trage Verantwortung dafür. Hier ist mein Zuhause. Ich kann mir nicht vorstellen, irgendwo anders zu leben als hier.«

»Sie sollten es sich aber vorstellen. Gerade weil Sie Verantwortung tragen. Genießen Sie die Weihnachtstage, so gut es geht. So wird es nie wieder werden. Und dann sehen Sie zu, dass Sie hier wegkommen. Sie und Ihre Familie. Ostpreußen wird nicht zu halten sein. Je eher Sie sich auf die Flucht vorbereiten, desto besser. Ich habe nichts, womit ich Ihnen Ihre Güte vergelten könnte, ich habe nur diesen Rat.«

In dieser Nacht wälzte sich Dora schlaflos im Bett. Immer wieder gingen ihr die Worte des fremden Soldaten durch den Kopf. Hatte er recht mit seiner Warnung? Was sollte sie tun? Es ging ja nicht nur um ihre Familie. Da war der ganze Hof, mit allen Arbeitern, Knechten, Mägden und Hausangestellten, die von ihr Schutz und Fürsorge erwarteten. Da waren die Pferde und alle anderen Tiere, die Ländereien, um die sie sich kümmern musste. Was sollte damit geschehen? Sie konnte den Hof doch nicht sich selbst überlassen. Nein, hier gehörte sie hin. Es war unmöglich, zu fliehen. Mit diesem Gedanken schlief sie ein.

In aller Frühe fuhr sie aus einem verworrenen Traum auf. Ein Geräusch hatte sie geweckt. Unten hämmerte jemand brachial gegen die Haustür.

»Aufmachen!«, brüllte eine Männerstimme von draußen. »Machen Sie die Tür auf!«

Mit einem Blick auf die grünlich schimmernden Punkte ihres Weckers stellte Dora fest, dass es noch nicht einmal sechs Uhr war. Erschrocken sprang sie aus dem Bett. Der Soldat im Keller! War da draußen jemand auf der Suche nach ihm?

Sie schlüpfte in Hausschuhe und Strickjacke und trat aus dem Zimmer. Im Treppenhaus begegnete sie ihrer Mutter, die sich auch nur ihren Morgenmantel übergeworfen hatte.

»Was geht hier vor?«, erkundigte sich Vera Twardy. »Dora, hat das da unten etwas mit dem Mann zu tun, der hier gestern Abend nach dem Weg gefragt hat?«

Dora hatte das Gefühl, als würden die Augen ihrer Mutter sie durchbohren. Sie wich ihrem Blick aus.

»Ich weiß es nicht, Mama. Gewiss ist es nichts Schlimmes. Geh du nur ruhig wieder ins Bett. Wirklich! Ich kümmere mich darum.«

»Das kommt gar nicht infrage. Ich werde nachsehen, was man von uns will.«

Die beiden Frauen liefen die Treppe hinunter.

Vor der Haustür stand Nachbar Finke mit zwei Wehrmachtsoffizieren.

»Natürlich«, dachte Dora verbittert. »Wer anders als Karl Finke konnte dahinterstecken.«

»Heil Hitler«, bellte der eine Offizier, ein massiger Mittvierziger mit vernarbtem Kinn, die Schirmmütze tief ins Gesicht gezogen, und hob den rechten Arm zum Gruß. »Man hat beobachtet, dass sich ein verdächtiges Subjekt in Ihrem Haus aufhält. Oberleutnant Ludwig Krämer hat sich vor drei Tagen unerlaubt von seiner Einheit abgesetzt, und es besteht der dringende Verdacht, dass er bei Ihnen Zuflucht gesucht hat. Dürfen wir eintreten?«

Das war nicht als Frage gemeint. Ohne eine Antwort abzuwarten, schoben sich die Männer an Dora und ihrer Mutter vorbei und polterten ins Haus. Dora entging das hässliche Grinsen nicht, das Karl Finke ihr dabei zuwarf. Ihr Herz stockte. Was hatte dieser Mann gesehen?

»Aber meine Herren!«, protestierte Vera Twardy. Und Dora rief: »Sie müssen sich irren!« Sie hoffte, dass die Männer das ängstliche Beben in ihrer Stimme nicht bemerkten. Wenn die Männer in den Keller gingen, dann war alles verloren. Aber wie sollte sie die Offiziere daran hindern? Sie versuchte, Zeit zu gewinnen.

»Allerdings war gestern tatsächlich ein Soldat auf dem Hof und fragte nach dem Weg«, erklärte sie und bemühte sich um ein gelassenes Lächeln. »Vermutlich ist er derjenige, den Nachbar Finke gesehen hat. Ich habe dem Mann geholfen, ich konnte ja nicht ahnen, dass es sich um einen desertierten Soldaten handelte.«

»Wir werden die Sache hier in Augenschein nehmen«, unterbrach sie der eine Offizier. »Wenn es sich so verhält, wie Sie sagen, dann ist ja alles in Ordnung. Ansonsten ... Aber jetzt erst mal los. Da ich nicht annehme, dass die Damen einen Deserteur in ihren Privatgemächern beherbergen, schlage ich vor, dass wir uns erst im Erdgeschoss und im Keller umsehen.«

»Ich bin empört über Ihre Mutmaßungen, meine Herren.« Vera Twardys Stimme klang kalt wie Stahl. Dora wagte es nicht, ihre Mutter anzusehen. Den zornigen Blick konnte sie jetzt nicht ertragen.

Die Offiziere traten sich die Schuhe ab und inspizierten nacheinander die Küche, den Salon und alle anderen Räume im Erdgeschoss, während Karl Finke langsam im Flur auf und ab ging und mit seinen nassen, schneebedeckten Stiefeln feuchte Abdrücke auf dem Teppichläufer hinterließ. Seelenruhig zog er eine Zigarre aus der Brusttasche seiner Joppe.

»Darf ich?«, fragte er knapp, und als Vera Twardy kurz und verärgert nickte, zündete er sie an und begann, gemütlich zu paffen.

»Noch nichts gefunden, meine Herren?«, fragte er leutselig, als die Offiziere von ihrer Durchsuchung der Räume im Erdgeschoss zurückkamen. Zielstrebig marschierten sie nun auf die Kellertür zu. Doras Magen krampfte sich vor Angst zusammen, sodass sie fürchtete, sich jeden Augenblick übergeben zu müssen. Dumpf polterten die Stiefel der Soldaten die Holzstiege hinunter. Mit bangem Herzen lauschte Dora. Sie erwartete, jeden Augenblick Gebrüll, Gerangel und Schüsse zu hören. Doch sie vernahm nur das Geräusch von Schritten und klappernden Türen. Schließlich schrie einer der Männer unten. »Hier steht ein Fenster auf.«

Mit wackeligen Beinen stieg Dora die Treppe hinunter. Die Offiziere inspizierten gerade den Sommerkeller. Der Soldat war weg. Die Decken und Polster lagen zusammengefaltet im Regal, daneben die Klappstühle. Die Holzkiste stand an der Wand unter dem offenen Fenster, durch das der Schnee hereinstäubte. Einer der Offiziere stieg auf die Kiste und sah aus dem Fenster.

»Hier sind Fußspuren. Jemand ist hier rausgeklettert. Es kann noch nicht lange her sein, sonst wären sie zugeschneit. Beeilen wir uns, bevor die ganze Spur verschwunden ist.«

Er schloss das Fenster und sprang herunter.

»Wollen Sie immer noch behaupten, dass Sie niemanden ins Haus gelassen haben?«

Dora nickte. »Das kann ich nicht glauben, dass jemand in unserem Keller war«, hauchte sie. »Ich habe den Mann gestern Abend doch weggehen sehen. Oh mein Gott! Bestimmt hat eines der Mädchen gestern Nachmittag nach dem Lüften vergessen, das Kellerfenster zu schließen. Und dann hat der Deserteur da draußen das offene Fenster entdeckt und ist heimlich eingestiegen, anstatt zurück zur Chaussee zu gehen! Was für eine entsetzliche Vorstellung. Meinen Sie, der Deserteur hat die Nacht in unserem Keller verbracht? Wenn ich das gewusst hätte! Ich hätte kein Auge zugetan!«

Dora ließ sich auf die Holzkiste fallen und legte eine Hand auf ihr Herz, als stünde sie kurz vor einem Nervenzusammenbruch. Mit Schrecken entdeckte sie ein abgebrochenes Stück Pfefferkuchen neben der Kiste. Schnell stellte sie ihren Fuß darauf.

Der Offizier mit dem vernarbten Kinn musterte sie argwöhnisch. Dora bemühte sich um den treuherzigsten Augenaufschlag, der ihr angesichts ihres rasenden Herzens möglich war.

»Bitte glauben Sie mir, meine Herren. Wenn wir geahnt hätten, dass sich ein Deserteur in unserem Keller aufhält, dann hätten wir ihn selbstverständlich gemeldet.«

»Wie dem auch sei, wir müssen dem Mann nach. Er kann ja noch nicht weit sein. Holen Sie die Hunde aus dem Wagen, Hauptmann. Die werden diesen Lump schon finden. Nichts für ungut, meine Dame. Auf Wiedersehen.«

Dora sah den Männern nach, wie sie aus dem Keller stürmten.

Sie hörte, wie sie die Treppe hinaufpolterten, wie Karl Finke einen Fluch ausstieß, dann verließen sie das Haus. Wenig später ertönte draußen mehrstimmiges Hundegebell, das sich dem Kellerfenster näherte und sich dann wieder entfernte. Die Tiere jaulten und kläfften, als befänden sie sich auf einer Schleppjagd. Dora spürte das Rasen ihres Herzens bis in den Hals. Nur langsam beruhigte sich ihr Puls. Trotz der übergroßen Erleichterung, heil aus dieser Sache herausgekommen zu sein, konnte sie sich nicht ungetrübt freuen. Womöglich war die ganze Flucht des Soldaten umsonst gewesen. Wenn die Hunde ihn aufspürten, würde der Mann seine Frau und seinen Sohn nie wiedersehen.

In diesem Moment klopfte es unter ihr in der Holzkiste. Dora fuhr mit einem Entsetzensschrei in die Höhe. Der Deckel öffnete sich wie von Geisterhand, und mühsam stieg der Soldat heraus. Leichenblass ließ er sich neben Dora auf den Boden fallen, den Rücken an die Kellerwand gelehnt.

»Noch eine halbe Minute länger, und ich wäre darin erstickt«, keuchte er.

»Mein Gott, was tun Sie denn da? Ich habe mich zu Tode erschreckt, als Sie klopften! Ich dachte, Sie seien weggelaufen. Wie haben Sie in die Kiste gepasst?«

»Ich weiß es nicht. Ich habe mich zusammengerollt, bis alles wehtat. Aber ich hatte keine andere Wahl, ich habe gehört, dass man mich sucht.«

»Sie sind …« Dora fehlten die Worte. Noch immer starrte sie ihn ungläubig an.

»Es tut mir leid, dass ich Ihnen so viel Ungemach bereite, Fräulein Dora. Es war das Einzige, das mir auf die Schnelle einfiel. Sind die Männer wirklich weg?«

»Ja. Mit ihren Hunden versuchen sie gerade, Ihre Spur aufzunehmen. Aber weshalb sind Sie nicht wirklich fortgelaufen?«

»Dann hätten sie mich auf jeden Fall gefunden. Zumal mit den Hunden. Es war nicht genug Zeit. So schnell hätte ich gar nicht rennen können.«

»Und die Fußspuren da draußen ...?«

Er lächelte matt. »Während die Männer das Erdgeschoss durchkämmten, habe ich mir die Stiefel ausgezogen und die Sohlen in den Schnee gedrückt, damit es so aussieht, als wäre jemand aus dem Fenster gestiegen.«

Er wies auf seine Füße, die in löchrigen Wollsocken steckten. Die Stiefel lagen noch in der Kiste.

»Zum Glück hatten Ihre Leute auf dem Hof heute früh schon Schnee gekehrt. Es gab jede Menge Abdrücke vor dem Haus, und da fiel es nicht auf, dass die Spur vor dem Fenster plötzlich endete.«

»Noch einmal halte ich so eine Aufregung nicht aus«, flüsterte Dora. »Es ist zu gefährlich für Sie und für uns. Sie müssen hier so bald wie möglich verschwinden.«

Ein Geräusch ließ Dora herumfahren. Ihre Mutter stand an der Tür zum Sommerkeller. Sie betrachtete Dora und den Fremden mit zusammengepressten Lippen und wütend funkelnden Augen.

»Was tun Sie hier?« Ihre Stimme klang hart wie Granit.

Augenblicklich war das Gesicht des Mannes so weiß geworden wie die Wand, an der er lehnte.

»Verzeihen Sie, gnädige Frau«, stammelte er. »Ich ... ich bin untröstlich, dass ich Sie und Ihre Familie in so große Gefahr gebracht habe. Diese junge Dame hier war so unendlich gütig, mir ein Nachtlager zu gewähren. Ich hatte mehr Glück als Verstand, dass die Männer mich nicht gefunden haben. Noch heute werde ich von hier verschwinden. Bitte verraten Sie mich nicht, ich flehe Sie an!«

»Sparen Sie sich Ihre Worte. Ich weiß schon, was hier los ist.« Und zu Dora gewandt sagte sie: »Darüber wird noch zu reden sein.«

»Mama«, flehte Dora. »Du darfst ihn nicht melden. Er ist in Not, sein kleiner Sohn ist krank ...«

»Das tut mir leid, aber es gibt Gesetze und Vorschriften.«

»Ich weiß, Mama. Aber gibt es nicht auch Mitgefühl und Barmherzigkeit?«

»Kein Mensch hat Mitgefühl mit uns, Dora, wenn die Offiziere diesen Mann in unserem Keller finden.«

»Nun sind sie ja überzeugt, dass er fortgelaufen ist.«

»Und wenn sie doch zurückkommen, weil sie ihn draußen nicht finden? Weißt du denn nicht, dass uns dieser Mann alle in Lebensgefahr bringt?«

»Aber wir können doch nicht wegsehen, Mama. Es gibt so viel Böses in der Welt, so viel Hass, so viel Angst. Irgendwer muss doch damit aufhören! Und es ist doch Weihnachten heute. Muss man nicht gerade an diesem Tag einem Schutzsuchenden ein Obdach gewähren?«

Der harte Ausdruck in den Augen ihrer Mutter wich einem nachdenklichen Blick. Es war so still im Keller, dass man den gleichförmigen dröhnenden Klang des Uhrpendels aus dem Salon bis hier unten deutlich hören konnte. Es schlug siebenmal.

»Sie versprechen, dass Sie heute noch verschwinden?«

Der Mann nickte. »Ja, gnädige Frau, ganz bestimmt. Ich will mich hier nicht länger aufhalten. Ich muss zu meiner Frau und meinem kranken Kind.«

Vera Twardy zögerte. Sie ließ ihre Blicke über die zerrissene und beschmutzte Kleidung des Mannes wandern. Dann sagte sie: »Ich kann Ihnen leider nicht anbieten, unser Badezimmer zu benutzen, sonst würden sämtliche Bewohner des Gutshauses erfahren, wen wir da gerade bei uns beherbergen. Aber ich bringe Ihnen frische Wäsche, Hose, Pullover und Mantel meines verstorbenen Sohnes vom Speicher. Mit Zivilkleidung fallen Sie draußen weniger auf. Ihre Uniform werden wir im Kamin verbrennen. Und sobald die Sonne untergeht, verschwinden Sie. Ich will Sie nie wieder hier sehen, haben Sie mich verstanden?«

Der Soldat nickte. Tränen standen in seinen Augen. »Ich danke Ihnen von Herzen. Ich ... ich weiß nicht, was ich sagen soll. Ich könnte mir kein schöneres Weihnachtsgeschenk vorstellen.«

Er sank vor Vera Twardy nieder, nahm ihre Hand und küsste sie.

Später am Nachmittag, als die blasse Wintersonne hinter dem verschneiten Gutswald versank und in der Diele die Kerzen am Weihnachtsbaum angezündet wurden, kam Dora in den Keller zurück. Es war niemand mehr da. Das Fenster stand offen. Sie stieg auf die Holzkiste und betrachtete die frischen Stiefelspuren im Schnee.

»Viel Glück, Ludwig Krämer«, dachte sie und verriegelte das Fenster sorgfältig. Sie schob die große Holzkiste zurück an ihren Platz neben dem Regal und ging hinauf zu den anderen.

26.

Aus den Lautsprechern schepperten die Trompeten und Posaunen eines Tanzorchesters, der ganze Saal schien zu vibrieren von Musik. Die meisten der Tischchen, die rings um die Tanzfläche standen, waren verwaist. Nur halb geleerte Gläser standen darauf. Die Leute drängten sich dicht an dicht auf dem Parkett und gaben sich dem Rhythmus des Swing hin. Ausgerechnet Elsbeth hatte Dora auf die Idee gebracht, hierherzukommen, nachdem sie in Laschinskis Kolonialwarenladen einen Aushang für die Silvesterparty im Fliegerhorst Wormditt entdeckt hatte. Und nun waren die beiden hier, tanzten inmitten all der anderen wippenden, hopsenden und lachenden Menschen, als herrschte Frieden auf der Welt. Einige Soldaten hatten Schallplatten aus ihrem Frankreicheinsatz mitgebracht und gaben die Musik nun auf einem alten Grammofonspieler zum Besten. Es war heiß und stickig, dichter Zigarettenrauch kräuselte sich unter den kugelförmigen Glaslampen unter der hohen Decke. Eine junge Frau kreischte übermütig, während sie auf den Schultern eines Soldaten saß und sich umhertragen ließ. Gelächter schallte durch den großen Raum, aber in Doras Ohren klang es schal. Sie fühlte keine Freude. Dabei wollte sie doch nur für einen Moment den Krieg vergessen und feiern, dass sie lebte. Sich dem Rhythmus der Musik hingeben, ihn bis in ihr Innerstes spüren und die bewundernden Blicke der Männer genießen, wie früher. Doch sosehr sie es auch versuchte, es gelang ihr nicht, dasselbe Glück zu empfinden wie damals im Jazzkeller in Königsberg. Die Welt hatte sich verändert und sie sich mit ihr. Wo mochte Curt geblieben sein? Würde sie je erfahren, ob er noch lebte?

»Lass uns eine Pause machen«, bat sie Elsbeth und trat ans Fenster. Sie riss es auf, und eiskalte Winterluft strömte herein. »Es macht irgendwie keinen Spaß«, sagte Dora nachdenklich. »Egal, wie viel Sekt ich trinke und wie verrückt ich herumhopse, ich bekomme die vielen schweren Gedanken einfach nicht aus dem Kopf.«

»Es ist wie ein Tanz auf einem Vulkan«, erwiderte Elsbeth. »Man hört nichts, und man sieht nichts, und doch spürt man, dass er jeden Moment ausbrechen und uns verschlingen kann. Vielleicht hätten wir nicht herkommen sollen«, fügte sie betrübt hinzu.

»Aber wir können doch nicht immer nur zu Hause sitzen und darauf warten, dass die Welt untergeht und uns in Stücke reißt«, stöhnte Dora. Sie nahm ihr Sektglas und trank das, was noch darin war, in einem Schluck aus. Aber sie wurde nicht fröhlicher davon.

Ein junger Soldat kam zu ihnen, sein Gang war etwas schwankend von dem vielen Alkohol, den er wohl schon getrunken hatte. Ihm fehlte der rechte Arm bis zum Ellenbogen, der Ärmel seiner Uniformjacke war halb umgeschlagen. Trotzdem grinste er und prostete den Freundinnen mit einem Sektglas zu, das er in der anderen Hand trug.

»Noch eine Viertelstunde bis Mitternacht!«, rief er. »Welche der beiden schönen Damen möchte mit mir in das neue Jahr tanzen?«

Aber Dora und Elsbeth winkten nur ab.

Es war eine klare mondhelle Nacht. Gleich hinter dem Gelände des Fliegerhorstes führte eine Bahnlinie entlang, über die immer wieder Züge donnerten und mit ihrem Geräusch die Musik aus den Lautsprechern übertönten. Schweigend starrten die drei hinaus, als gerade wieder eine Bahn vorbeifuhr. Die Waggons waren völlig überladen mit Menschen, Möbeln und Gepäck. Eine Standuhr ragte aus einem halb offenen Fenster. Auf den Stufen vor dem Bremserhäuschen stand hochkant ein Bett.

»Da fahren sie hin, die Leute.« Elsbeths Stimme klang bitter. »Woher mögen sie kommen, wohin sind sie wohl unterwegs? Und was steht ihnen noch bevor?«

Dora zuckte ratlos mit den Schultern. Da war ein tiefes Unbehagen in ihr, eine namenlose Furcht, die sich auch durch die heitersten Swingmelodien nicht auslöschen ließ. Es gab nur diesen Gedanken: Was wird werden im nächsten Jahr? Kommt das, was diese Leute erlebt haben, auch auf uns zu?

»Gleich ist Neujahr!«, schrie unterdessen jemand durch den Saal. »Macht den Radioapparat an!«

Die Musik verstummte, und kurz darauf erscholl Glockengeläut. Ein Rundfunksprecher verkündete mit feierlicher Stimme das Jahr 1945. Der Saal hallte wider von Jubelgeschrei.

»Prost Neujahr!« Elsbeth seufzte. »Möge es ein besseres Jahr werden als das letzte.«

Dora nickte. »Möge es endlich Frieden bringen.«

Die Freundinnen umarmten einander. Doch die Beklommenheit in Doras Brust wollte nicht weichen.

Als die Glocken verklungen waren, übertrug das Radio die Neujahrsansprache des Führers. Gewohnt martialisch schnarrte seine Stimme durch den Saal.

»Die Stunde kommt, in der sich der Sieg endgültig dem zuneigen wird, der seiner am würdigsten ist, dem Großdeutschen

Reiche ...«, sagte Hitler gerade, als es im Programm knackte und eine andere Stimme unvermittelt weitersprach: »Hier ist das Nationalkomitee Freies Deutschland. Das Jahr 1945 muss das Ende der Hitler-Tyrannei sein ...«

Unruhe brach unter den Festgästen aus.

»Schon wieder dieser blöde Störsender, schaltet doch den Störsender ab!«, schrie jemand, und dann riefen alle Leute durcheinander: »Wir wollen keine Reden, wir wollen Musik!« – »Ja, lasst uns lieber tanzen!« – »Stellt den Plattenspieler an!«

Kurz darauf tönte wieder Swingmusik durch den Raum, und das Fest ging weiter. Auch Dora und Elsbeth mischten sich erneut unter die Tanzenden. Einige Mädchen kreischten erschreckt auf, als draußen vor dem offenen Fenster einige Leute Feuerwerksraketen entzündeten, grelle Lichtfontänen sprühten und ergossen sich in feuerroten und goldgelben Funken über den Nachthimmel.

Wie lange noch?, dachte Dora, der der Anblick des voll beladenen Zuges nicht aus dem Kopf ging. Wie lange werden wir noch auf dem Vulkan tanzen, bevor er explodiert?

...

Der Januar brachte Unmengen von Schnee und klirrenden Frost nach Ostpreußen. Das Thermometer zeigte sibirische minus dreißig Grad an. Unendlich dehnte sich die öde weiße Fläche der Felder. In den seltenen Momenten, in denen die Sonne vom grauen Himmel blitzte, glänzten sie wie Metall. Selbst den Kindern war es zu kalt draußen, der zugefrorene Weiher lag verwaist da, Schnee hatte längst die letzten Spuren ihrer Schlittschuhkufen zugedeckt. Nur ein paar Krähen wagten sich heraus und pickten hier und dort herum auf der Suche nach etwas Essbarem. Der

Wald stand stumm, nicht ein Windhauch rührte sich, sogar die Bäche waren zu Eis erstarrt. Das ganze Land lag in tiefer Stille.

Umso deutlicher war manchmal in der Ferne dieses merkwürdige Grollen zu hören. Dora horchte darauf, wenn sie vom Gutshaus her über den Hof zu den Ställen ging. Es kam von Osten her, wie ein leiser Donner klang es, als würde sich hinter dem Horizont ein Gewitter aufbauen.

Dora schien es, als würde das Geräusch jeden Tag ein bisschen lauter werden. Sie wusste längst, dass jener Donner der Geschützlärm der wieder erwachten Front war. Im Postamt und in Laschinskis Laden, wo immer sich die Leute begegneten, gab es kein anderes Gesprächsthema mehr als die Russen, die nach der Weihnachtspause weiter vormarschierten. Und immer öfter rasten Militärwagen der Wehrmacht die Chaussee entlang, mal in die eine, mal in die andere Richtung. Dora hätte gern gewusst, was das für den Verlauf der Kriegsereignisse zu bedeuten hatte, aber niemand konnte es ihr sagen.

An einem frühen Morgen Mitte Januar brachte Sulanka ihr Fohlen zur Welt. Dora traten die Tränen in die Augen, als sie das nasse Fellbündel betrachtete, das da vor ihr im Stroh lag. Zweimal hatte sie hinsehen müssen, bevor sie es wirklich glaubte. Es war tatsächlich ein Hengst, das lang ersehnte Hengstfohlen, Siegfrieds Sohn. Endlich!

»Herzlich willkommen, mein lieber kleiner Sultan!«, flüsterte Dora und strich ihm sanft über das Fell. »Ach, wenn ich doch Papa davon erzählen könnte. Wie sehr würde er sich freuen, dass wir endlich einen Stammhalter von Siegfried haben.«

Der Kleine war ein Ebenbild seines Vaters, tiefbraun ohne jeden weißen Fleck im Fell, mit schwarzer Mähne und schwarzem Schweif, und er hatte lange, kräftige Beine.

»Wie schön du bist, du hübsches Kerlchen!«

Nachdem Sulanka ihr Junges ausgiebig beschnuppert und abgeschleckt hatte, legte Dora ihm vorsichtig eine Wolldecke über, um es vor der kalten Zugluft im Stall zu schützen. Sie bat die Stallknechte, regelmäßig nach den beiden zu sehen. Dann ließ sie Stute und Fohlen allein und freute sich darauf, in der Küche einen heißen Tee zu trinken und sich aufzuwärmen.

Gerade als sie fröstelnd aus dem Stall trat, kam Elsbeth durch die Hofeinfahrt gerannt.

»Dora!«, keuchte sie. Der Wollschal, den sie sich gegen die Kälte um den Kopf gewickelt hatte, war nach hinten gerutscht, und die roten Locken hingen strähnig um ihr vom Frost errötetes Gesicht. »Dora, wie gut, dass ich dich gleich treffe!«

»Elli, was ist los? Meine Güte, wie siehst du denn aus? Bist du etwa den ganzen Weg vom Dorf aus gerannt?«

»Ja.« Elsbeth rang nach Atem. »Ich muss dir doch Bescheid sagen. Packt das Nötigste zusammen, Dora, und beeilt euch. Schnell. Ihr müsst hier raus. Macht, dass ihr wegkommt, egal, welche Befehle man in Berlin oder in Königsberg ausgibt. Ich weiß es von Papa. Ich darf es eigentlich niemandem sagen, aber wir setzen uns ab. Mama packt schon alles ein, und Papa versucht gerade, einen Wagen für die Flucht zu organisieren. Gleich morgen früh fahren wir los, Dora. Ich habe nicht viel Zeit, ich muss zurück.«

»Aber Elli, nein, das glaube ich nicht. Ihr könnt doch jetzt nicht einfach fliehen. Du kannst doch nicht so plötzlich weggehen!«

»Doch, Dora. Wir müssen!« Tränen glitzerten in ihren Augen. »Papa sagt, es sieht übel aus für uns. Der Russe ist da. Keine dreißig Kilometer von hier. Papa muss es wissen, er hat doch all die Kontakte zur Partei und zur Wehrmacht. Er meint zwar, die Lage wird sich gewiss wieder ändern. In drei Wochen oder in drei Monaten, was weiß ich. Wir werden die Russen schon wieder zurückschlagen, sagt Papa. Aber im Moment ...«

Sie zuckte mit den Schultern und sah Dora traurig an, dann schlang sie die Arme um ihren Hals und drückte die Freundin an sich.

»Ihr müsst auch aufbrechen, Dora.«

»Oh Elli. Im Stall liegt Siegfrieds erstes Hengstfohlen, der Kleine ist gerade mal eine Stunde alt. Und es ist endlich ein Hengst, hörst du. Wir können doch jetzt nicht wegfahren!«

»Bitte«, flüsterte Elsbeth noch einmal, »komm mit, sonst habe ich Angst um dich. Wilhelm und die anderen von Lengendorffs fahren auch mit.«

Dora sah die Freundin an. »Wilhelm? Bist du dir sicher? Woher weißt du das?«

Elsbeth senkte den Blick. »Er hat es mir selbst gesagt. Wir haben uns ab und zu getroffen, auch nachdem er aus dem Krankenhaus entlassen wurde. Ich wollte es dir längst erzählen ...«

»Elli, du brauchst dich deswegen nicht zu genieren. Das mit mir und Wilhelm ist so lange schon vorbei. Aber ...« Dora fiel das Sprechen schwer. »Aber ich bin untröstlich bei der Vorstellung, dass ihr Liebenwalde verlassen wollt und ich nicht weiß, wann ich euch je wiedersehe.«

»Wir wollen nicht, Dora, aber es muss sein. Wir sind längst nicht die Einzigen, die fliehen. In Petersdorf, Leukehnen und den anderen Dörfern in der Gegend werden auch schon Trecks für die Flucht vorbereitet, sagt Wilhelm. Wir müssen so schnell wie möglich verschwinden! Und ihr auch!«

Dora spürte, wie ihre Knie weich wurden. »Aber wie soll das gehen? Das Gut, die Leute, die Pferde, wir können doch hier nicht alles stehen und liegen lassen.« Bei diesem Gedanken krampfte sich ihr Magen schmerzhaft zusammen.

»Papa hat schon im Herbst alle großen Wertsachen in Kisten verpackt und im Garten vergraben, damit sie den Russen nicht in die Hände fallen. Das müsst ihr auch tun. Damit die Sachen unversehrt sind, wenn wir zurückkommen, im Frühjahr oder wann auch immer.«

»Aber jetzt ist es doch viel zu spät, um etwas zu vergraben. Der Boden ist vom Frost metertief gefroren. Wie soll man in dieser steinharten Erde ein Loch buddeln?«

»Ich weiß es nicht. Dann lass alles stehen. Das ist doch alles nicht wichtig. Du bist wichtig. Und deine Familie, Clara. Ihr müsst mitkommen auf die Flucht!«

Flucht. Das Wort machte Dora Angst. Sie spürte die kalte Winterluft nicht mehr, die ihr in die Wangen biss und die Beine hochkroch. Sie durfte doch ihre geliebte Heimat nicht verlassen. Sie gehörte doch hierhin, hier auf diesen Hof, zu diesen Pferden, in dieses Stück Land. Also hierbleiben? Aber wie könnte sie hierbleiben, wenn die Front näher rückte, wenn die russischen Panzer heranrollten und hier auf diesen Straßen und Äckern geschossen wurde? Sie hörte die Stimme des desertierten Soldaten in ihren Ohren, sah den besorgten Ausdruck in seinen Augen, als er sie in seinem Kellerversteck gewarnt hatte: *Fliehen Sie, seien Sie nicht unvernünftig. Sie haben doch sicher gehört, was in Nemmersdorf passiert ist …*

Nein, den Russen durfte niemand in die Hände fallen.

»Gut, Elli. Wir kommen mit. Ich sorge dafür, dass wir alles für die Flucht zusammenpacken und so schnell wie möglich aufbrechen können. Ich weiß noch nicht, wie ich das alles schaffen soll und was meine Mutter, meine Geschwister und Erna dazu sagen werden. Ach, und all die anderen Leute auf dem Hof. Aber nun muss es wohl sein. Sie werden nicht die Einzigen sein wollen, die zurückbleiben.«

»Ich bin so froh, dass du mitkommst. Morgen früh um sieben

an der Chaussee. Und wenn alles vorbei ist, wenn wieder Frieden ist, dann kommen wir zurück nach Hause.«

Noch einmal umarmten die beiden einander, dann lief Elsbeth wieder fort.

Dora schlich zurück in den Stall. Sie kniete sich zu Sultan und Sulanka ins Stroh.

»Ihr kommt mit, ihr zwei«, flüsterte sie. »Ich lasse euch nicht allein zurück.«

Sie fuhr herum, weil ein Geräusch sie erschreckte.

Philippe stand hinter ihr. »Mademoiselle, was ist mit Ihnen?« Er sah bestürzt aus.

Erst jetzt bemerkte Dora, dass ihr die Tränen übers das Gesicht liefen. Sie stand auf und wischte sich mit beiden Handrücken über die Wangen.

»Der Krieg«, setzte sie an. »Die Russen kommen. Wir müssen fort, Philippe.«

Erneut liefen ihr Tränen aus den Augen. Es war ihr egal, ob er sie weinen sah oder nicht. Er zog ein Taschentuch aus seiner Jacke und reichte es ihr. Sie putzte sich die Nase. Dankbar sah sie ihn an, den Franzosen, den sie so wenig kannte und der ihr doch so vertraut war. Traurig und müde lehnte sie ihre Stirn an seine Schulter. Diesmal protestierte er nicht gegen die Nähe.

»Ach, Philippe, mir graust vor dem, was kommt. Ich weiß nicht genau, wohin wir gehen sollen, aber hier können wir nicht bleiben. Wir haben nicht viel Zeit, um die Flucht vorzubereiten. Morgen früh nach Sonnenaufgang brechen wir auf.«

»Ich werde Ihnen helfen, Mademoiselle.«

»Das ist gut, Philippe. Ich danke Ihnen.« Dora sah auf. »Wir müssen einige Sachen vergraben, die wir nicht mitnehmen können. Sie, Frantek und Karol müssen draußen im Garten eine Grube ausheben.«

»Mademoiselle«, unterbrach er sie, aber Dora sprach weiter.

»Ich weiß, dass es schwer wird bei dem frostigen Boden, aber …«

»Mademoiselle«, wiederholte Philippe. Diesmal ließ Dora ihn ausreden. »Es ist besser, wenn wir ein Loch in der Scheune graben. Da ist der Boden nicht so frostig.«

»Oh Philippe, ja, daran habe ich gar nicht gedacht. Das ist eine gute Idee. Bitte nehmt euch Spitzhacken und Schaufeln, und fangt gleich an damit. Ich sorge dafür, dass die Kisten gepackt werden. Und dann musst du Säcke mit Hafer für die Zugpferde mitnehmen. Und Heu. Wer weiß, wie lange wir unterwegs sein werden.«

»Und das kleine Fohlen? Es ist ein Hengst, nicht wahr? Endlich ein Hengst von Siegfried?«

»Ja, Philippe. Er hätte sich keinen traurigeren Tag für seine Geburt aussuchen können. Aber nun muss er mit.«

»Das kleine Tier soll mit auf die lange Reise? Bei dieser Kälte?«

»Ja, was denn sonst, Philippe?«, schrie Dora verzweifelt. »Wie viele Jahre haben wir auf ihn gewartet! Soll ich ihn nun zurücklassen, damit er hier stirbt?«

• • •

Ganz gegen ihre Gewohnheit stand Vera Twardy am Fenster und rang sichtlich nervös die Hände, während sie hinausstarrte in die tanzenden Schneeflocken. Marianne und Erna saßen neben ihr auf dem grünen Sofa. Es herrschte betretenes Schweigen im Salon des Gutshauses, nachdem Dora berichtet hatte, was sie von Elsbeth erfahren hatte und dass es keinen Zweifel gab: Auch sie mussten sich so schnell wie möglich in Sicherheit bringen.

Mit einem Ruck wandte Vera Twardy sich schließlich um.

»Ja, Dora, dann ist es so beschlossen. Wir fliehen. Ehrlich gesagt, ich denke schon seit Wochen über nichts anderes nach. Die ganze Zeit habe ich gehofft, dass der Kelch an uns vorübergeht. Aber es hat wohl keinen Sinn, darauf zu warten, dass bessere Zeiten kommen. Wir werden das Nötigste zusammenräumen. Ich werde Machalskis und den anderen Familien Bescheid sagen. Wir werden einen Treck bilden. Morgen früh brechen alle zusammen auf.«

»Aber wohin?« Marianne weinte. »Wohin wollen wir denn fahren? Und wie sollen Papa und Erich uns finden, wenn sie zurückkommen?«

»Diese Fragen kann ich dir heute nicht beantworten«, entgegnete Vera Twardy, und Dora spürte, wie viel Mühe es ihre Mutter kostete, beherrscht zu bleiben. »Irgendwann, wenn alles vorbei ist, werden wir unsere Lieben wiedersehen. Der Krieg kann ja nicht ewig dauern.«

»Ich habe mir eben die Landkarte angesehen. Am besten wird es sein, erst einmal nach Nordwesten Richtung Marienburg zu gehen«, schlug Dora vor. »Und dann in Dirschau über die Weichselbrücke. Den großen Fluss werden die Russen ja gewiss nicht überqueren.«

»Aber das sind ja bestimmt hundert Kilometer!«, rief Marianne erschrocken.

»Erbarmung«, stöhnte Erna in tiefstem Ostpreußisch. »Da fahrt ihr man ohne mich!«

»Nein!«, entschied Dora. »Du musst auch mitkommen! Ohne dich fahren wir nicht los.«

Erna seufzte. »Ei lass mich man, Marjellchen. Für mich ist das nuscht. Ich bin zu alt für so eijne beschwerliche Reijse. Ich bleyb man besser hier und passe auf die Perdchens auf.«

Vera Twardy schüttelte den Kopf. »Nein, Erna. Dora hat recht.

Das kommt nicht infrage. Du gehörst zur Familie. Wenn die Familie auf die Flucht geht, dann gehst du mit.«

Und Dora fügte hinzu: »Wir lassen niemanden zurück. Wir sorgen dafür, dass du es warm und bequem hast auf dem Wagen. Du und Clärchen.«

»Wie soll das denn nu bequem werden beij der sibirischen Kälte da draußen«, seufzte Erna. Darauf wusste auch Dora keine Antwort.

Klaus und Arno sahen dem plötzlichen Aufbruch mit fröhlicher Abenteuerlust entgegen. Eine Fahrt auf dem Pferdegespann von unbestimmter Dauer und mit unbekanntem Ziel, anstatt in die Schule zu gehen, das klang in ihren Ohren herrlich spannend. Mit Eifer waren sie dabei, leere Weinkisten aus dem Keller zu holen und alles einzupacken, was in der Scheune vergraben werden sollte: die kostbaren Kristallgläser aus der Anrichte im Salon, das Silberbesteck und das edle Geschirr mit dem Goldrand aus dem Speisezimmer. Die silbernen Kerzenständer, die auf dem Klavier standen, passten auch noch hinein, ebenso wie der Familienschmuck. Schweren Herzens legte Dora das Schächtelchen mit ihren Perlenohrringen und den beiden goldenen Ringen dazu, die ihr Wilhelm und Friedrich geschenkt hatten. Ihre Armbanduhr behielt sie an. Sie half ihren Brüdern, die schweren Kisten in die Scheune zu schleppen. Philippe, Karol und Frantek hatten bergeweise Strohballen zur Seite geräumt und an der Wand eine Grube ausgehoben, daneben türmte sich die schwarze Erde. Es sah aus wie ein offenes Grab. Die vier Kisten passten gerade so hinein. Dann schaufelten die Männer das Loch wieder zu, trampelten die Erde fest und schoben die Strohballen darüber. Auch den ausgehobenen Erdhaufen, der übrig geblieben war, deckten sie mit Stroh ab.

»Gut.« Dora nickte zufrieden. »Das werden sie nicht finden.«

Im Haus waren Vera und Marianne unterdessen dabei, Proviant für die Fahrt zusammenzusuchen. Sie hatten die beiden großen Schließkörbe vom Dachboden geholt und darin Gläser mit eingekochter Wurst und Schweineschmalz verstaut, ein geräucherter Schinken und ein paar Dauerwürste kamen auch mit, dazu Zwieback, das letzte Stück Christstollen und eine große Milchkanne voller Quittengelee. Für Clärchen wurde der Wäschekorb mit Kissen ausgepolstert. Eigentlich war sie schon etwas zu groß für den Korb geworden, aber es war nicht praktikabel, den unhandlichen Kinderwagen mitzunehmen.

Nachdem Dora Wäsche und Windeln für die Kleine zusammengesucht und auch ihre Stoffpuppe eingepackt hatte, eilte sie hinauf in ihr Zimmer, zog den Koffer unter ihrem Bett hervor und riss die Türen ihres Kleiderschrankes auf. Was nur mitnehmen? Wie lange würden sie unterwegs sein? Sie warf warme Pullover, lange Strümpfe und wollene Wäsche in den Koffer. Und was war mit dem hinreißenden nachtblauen Seidenkleid? Noch einmal ließ Dora ihre Finger über den zarten Stoff des Kleides gleiten. Nein, das konnte sie unmöglich zurücklassen! Es wog ja fast nichts. Und es würden auch wieder andere Zeiten kommen. Sie nahm es vom Bügel und legte es in den Koffer, ebenso ihre Reithosen, ihre Schlittschuhe, ihre Tanzschuhe, ein gerahmtes Foto, das sie und Elsbeth lachend beim Abschlussball zeigte, Curts Fotos aus Nidden, ihre Haarkämme, Bürsten und Spangen … Oh, es gab so viele Dinge in diesem Zimmer, an denen ihr Herz hing und auf die sie keinesfalls verzichten konnte. Dora stopfte alles zu den Kleidern in den Koffer. Ganz zuletzt legte sie noch den kleinen grünen Filzhut hinein, den Curt ihr in Königsberg gekauft hatte, auch wenn die hübsche Feder unterwegs vermutlich ein wenig Schaden nehmen würde. Es musste sein. Mühsam schleppte Dora den schweren Koffer die Treppe hinunter.

Als sie am Salon vorbeikam, sah sie durch die offene Tür, wie ihrer Mutter im Sessel saß, eine Handarbeit auf dem Schoß. Sie nähte einen der stoffbezogenen dicken Knöpfe ihres Mantels fest.

»Was tust du da, Mama? Warum hältst du dich jetzt mit so was auf? Kann das nicht eines der Mädchen machen?«

Vera Twardy sah sie traurig an. »Nein, Dora. Diese Arbeit kann mir niemand abnehmen. Ich habe meinen Ehering in den Mantelknopf eingenäht, damit ihn die russischen Soldaten nicht finden, falls wir ihnen in die Hände fallen sollten. Man hört so fürchterliche Dinge über diese Männer. Und Papas Ring sollen sie auf keinen Fall bekommen.«

Dora nickte beklommen. »So schlimm wird es schon nicht werden«, murmelte sie.

Ein letztes Mal betrat sie das Büro des Gutshauses. Akkurat standen die Bücher und Ordner im Regal. Der letzte Eintrag fehlte. Dora war nicht mehr dazu gekommen, die Geburt des kleinen Hengstfohlens zu dokumentieren. Sie öffnete den schmalen Spind neben der Tür, um ein paar Kerzen und Streichhölzer herauszunehmen, die ihr Vater hier aufbewahrte. Da fiel ihr Blick auf sein Jagdgewehr, das da im Schrank lehnte. Sie hob es auf und wog es in der Hand. Sie hatte noch nie geschossen und wusste gar nicht richtig, wie das ging. Aber es gab ihr ein besseres Gefühl, eine Waffe dabeizuhaben. Wofür sie die auch immer gebrauchen mochte. Sie nahm auch ein Päckchen Munition mit und schnallte die Flinte unter die Lederriemen ihres Koffers.

Am Nachmittag, als es aufgehört hatte zu schneien und die Sonne – vielleicht war es auch der Widerschein des Frontfeuers – als bleicher orangeroter Schimmer über dem Horizont lag, schlang sich Dora den Wollschal um den Kopf und ging noch einmal hinaus, um Abschied zu nehmen. Sie stapfte über den Hof, ging an den Ställen entlang und nahm den tief verschneiten Weg zu den Koppeln hinauf, die in dieser Jahreszeit verlassen und wie ausgestorben vor ihr lagen. Bis auf ein paar verschlungene Hasenspuren glänzte die Schneefläche unberührt. Einmal flog aus dem tief verschneiten Busch einer Heckenrose ein Schwarm Spatzen auf und ließ eine Wolke von Puderschnee aufstieben, als sie vorbeikam. Am höchsten Punkt des Weges drehte sie sich um. Wie oft hatte sie hier gestanden, wenn sie vom Ausritt aus dem Wald zurückkam, und hatte ihren Blick über das weite Land streifen lassen. Dora konnte sich keinen schöneren Ort auf dieser Welt vorstellen. Sie erinnerte sich an einen fernen Junitag, als sie mit ihrem Vater hier Rast gemacht und er ihr die Schönheit der Landschaft gezeigt hatte. Damals in jenem Sommer, bevor der Krieg begann. Wie lang war das her! Damals hatte sich niemand vorstellen können, was danach Schlimmes geschehen würde.

Tief atmete Dora die schneidend kalte Winterluft ein, die ihr in der Lunge wehtat und sie husten ließ, während sie die stille weiße Landschaft betrachtete. Kaum konnte sie die Häuser und den hohen roten Ziegelturm der Backsteinkirche von Liebenwalde unter der dichten Schneedecke ausmachen. Nur hier und da züngelte ein Fähnchen Rauch über den Dächern. Wie friedlich die Welt von hier aussah. Wie eine Weihnachtspostkarte. Allein das dumpfe Grummeln in der Ferne trübte die Idylle.

Und dann entdeckte Dora etwas Dunkles, das sich auf der Chaussee bewegte. Sie sah genauer hin und erkannte einen langen Zug aus voll beladenen Schlitten, Leiterwagen und Fuhrwerken. Auch Fußgänger waren dabei, Rucksäcke über den Schultern, Taschen und Koffer in den Händen, einige von ihnen führten ein Pferd oder eine Kuh mit sich, sogar ein paar Ziegen trotteten zwischen den Wagen. Die ganze Straße war schwarz von Menschen und Fahrzeugen inmitten der unberührten weißen Landschaft ringsum. Ruhig und ohne Hast schlängelte sich der

Zug westwärts, Wagen um Wagen folgte, wie eine schier endlose Prozession.

Dora fröstelte. Der Exodus hatte begonnen.

27.

Am frühen Morgen beluden sie die zwei Pferdegespanne und den großen Leiterwagen, die hintereinander aufgereiht im Hof standen. Schon seit dem Sonnenaufgang herrschte große Unruhe draußen. Da liefen sie alle umher, die Twardys, die Familien der Landarbeiter und alle anderen Leute, die auf dem Gutshof beschäftigt waren, und trugen aus den Häusern heran, was sie am Vortag zusammengepackt hatten. Die beiden Hausmädchen Gertrud und Anni und einige andere Angestellte fehlten. Sie hatten am Abend beschlossen, den Gutshof zu verlassen, um nach Hause zu fahren und sich mit ihren Familien auf die Flucht vorzubereiten. Während die kleinen Kinder einander übermütig kreischend über den Hof jagten, hoben die Erwachsenen schweigend all die Matratzen, Wolldecken und Daunenbetten zu dem vielen Gepäck auf die Ladefläche. Die Machalskis, die kein eigenes Pferdegespann besaßen, türmten ihr Hab und Gut auf einen Eselskarren und einen Handwagen. Clärchen wimmerte die ganze Zeit in ihrem unbequemen Korblager, die kleine Nase gerötet vom Frost. Erna versuchte vergeblich, sie zu beruhigen. Auch sie hatte Tränen in den Augen. Nur der alte Opa Machalski stand reglos und schweigend am Tor und betrachtete kopfschüttelnd, was auf dem Hof vor sich ging.

Karol und Frantek spannten die Pferde an. Da die Kaltblüter, die üblicherweise das Gespann zogen, bei der letzten Musterung fortgekommen waren, mussten einige der jüngeren, unerfahrenen Tiere an die Deichsel, was nicht ganz einfach war. Aber schließlich war der Treck startbereit.

»Warum nehmen wir bei dem hohen Schnee nicht besser den Pferdeschlitten?«, fragte Arno. Seine Stimme klang dumpf durch den dicken Schal, den Erna ihm um das halbe Gesicht gewickelt hatte. Wie alle anderen trug er gleich mehrere Lagen Winterkleidung übereinander, sodass er wie ein kleiner unbeholfener Bär im Gutshof umherstapfte.

Dora schüttelte den Kopf. »Der Schnee wird irgendwann tauen, dann kommen wir mit den Kufen nicht mehr weiter.«

Auch sie konnte sich kaum bewegen in ihrer dicken Kleidung. Ihre zwei wärmsten Kleider hatte sie unter dem Mantel an, zwei Paar Wollstrümpfe, Schal, Handschuhe, Kopftuch nebst Mütze, und trotzdem fror sie. Es war nicht nur die eisige Kälte, die sie zittern ließ. Vor allem war es die Furcht vor der Ungewissheit, vor dem, was auf sie zukam, und der Schmerz darüber, alles, was nicht auf den Wagen passte, zurücklassen zu müssen.

Am schlimmsten aber war es, dass das Vieh von nun an auf sich selbst gestellt sein würde. Es brach Dora schier das Herz. Zusammen mit Philippe und Frantek öffnete sie die Stalltüren, damit die Tiere nicht eingesperrt waren und sich, sobald der Schnee geschmolzen war, selbst etwas zu fressen suchen konnten. Die Knechte hatten den Tieren sämtliche Vorräte an Heu und Futter hingeschüttet. Die Tröge waren gefüllt mit Wasser, das in der Kälte vermutlich bald zu Eis frieren würde, wie Dora traurig überlegte. Mit großen Augen glotzten die Kühe sie an, als ahnten sie, was auf sie zukommen würde. Noch einmal waren sie am frühen Morgen gemolken worden. Ein letztes Mal vor der großen Flucht. Wie sie brüllen würden vor Schmerzen, wenn niemand sie melken würde in den nächsten Tagen, das mochte Dora sich nicht vorstellen.

»Es tut mir so leid«, flüsterte sie und strich jeder Kuh noch einmal über das Fell. »Aber es geht nicht anders.«

Sie ging in den Pferdestall, nahm auch hier von jedem einzelnen Tier Abschied und führte dann Sulanka aus der Box. Der kleine Sultan trapste neugierig hinterher, ein wenig unsicher auf dem glatten, kalten Boden draußen, einmal glitt er beinahe aus auf dem gefrorenen Schnee.

»Dora«, sagte ihre Mutter leise. »Es hat keinen Sinn, den Kleinen mitzunehmen. Wie soll er diese lange Strecke in dieser Kälte bewältigen?«

»Ich weiß es nicht, Mama. Aber ich lasse ihn nicht zurück.«

Sie machte Sulanka hinten am letzten Wagen des Trecks fest und band das Fohlen neben ihr an. Das Kleine zitterte am ganzen Körper, und Dora legte ihm eine Pferdedecke über, unter der es fast verschwand.

Immer mehr Tiere kamen aus den Ställen, Hühner, Schweine, Kühe trotteten über den Hof, neugierig und irritiert über die ungewohnte Freiheit, darunter das Kälbchen, das erst kurz vor Weihnachten zur Welt gekommen war.

»Wir können sie doch nicht alleinlassen!«, rief Marianne und sank schluchzend an die Schulter ihrer Mutter.

»Es geht nicht anders, wenn wir uns und unsere Leute in Sicherheit bringen wollen«, murmelte Vera Twardy. Ihre Stimme klang merkwürdig belegt. »Glaub mir, mein Kind, mir fällt es auch schwer.«

Allen standen die Tränen in den Augen. Dora ließ den Blick noch einmal über das Anwesen wandern, über die leuchtend weiße Fassade des Gutshauses, die Veranda, unter deren Dach sich die verlassene Schaukelbank im leichten Wind bewegte, die schneebedeckten Blumenrabatten neben dem Treppenaufgang, den winterlich stillen Obstgarten, die Ställe und die Scheune. Noch einmal betrachtete sie alles. Ihr geliebtes Zuhause, hinter dessen festen Mauern sie sich immer so glücklich und geborgen gefühlt hatte, wo sie gelacht und gestritten, geweint und gekämpft hatte, so stark und friedlich stand es da, wie es immer gestanden hatte, seit Urgroßvater Johann Gottfried Twardy es errichtet hatte. So viele Generationen seiner Familie hatten in diesem Haus gelebt, hatten Kriege und Krisen überstanden, und nun? Dora schüttelte den Kopf, als könnte sie damit ihre schwermütigen Gedanken abwerfen. Auch dieses Mal befahl sie sich stumm: Nicht jammern, es gab jetzt Wichtigeres zu tun, als der Vergangenheit nachzutrauern. Sie musste sich um die Leute kümmern. Von ferne dröhnte schon wieder das Trommelfeuer der Front herüber.

»Wir müssen aufbrechen«, drängte Dora. »Es ist alles bereit. Lasst uns besser keine Zeit verlieren. Die anderen warten unten im Dorf schon auf uns.«

Alle stiegen auf, während Foxi wie verrückt zwischen den Wagen herumsprang und kläffte. Selbst Thassos, der am ersten Wagen angeleint war, wedelte nervös mit der Rute, unsicher, was er von allem halten sollte. Philippe und Frantek mussten Opa Machalski hinaufhelfen, weil ihm bei der Kälte sein Rheuma zu schaffen machte. Sie nahmen ihm den Stock ab, schoben ihn auf den Eselskarren und wickelten ihn in eine Daunendecke ein. Es war nicht für alle Platz auf den Gespannen. Die größeren Jungen, unter ihnen Klaus und Arno, blieben unten und rannten aufgeregt durch den Schnee. Eines der Machalski-Kinder ließ das Glöckchen scheppern, das ihre Mutter an eine Seitenwand des Leiterwagens gehängt hatte, damit der Wagen nicht verloren ging, wie sie sagte.

Dann brachen sie auf. Dora saß auf dem hintersten Wagen, sie trug die kleine Clara auf dem Schoß, neben ihr auf dem Sitz lehnte Erna, wachsbleich wirkte ihr Gesicht unter dem schwarzen wollenen Kopftuch. Noch ein allerletztes Mal blickte Dora zurück, als die Pferde anzogen. Da sah sie, wie das Kälbchen dem Treck hinterherlief, zum Tor hinaus, die Auffahrt hinunter.

»Geh nach Hause!«, riefen Klaus und Arno. »Geh doch nach Hause! Du kannst nicht mitkommen, du kleines dummes Kälbchen!«

Karol sprang vom Wagen, um das Tier mit der Peitsche zu vertreiben. Aber das Kalb trabte unentwegt hinterher.

Plötzlich brüllte eine Stimme: »Anhalten! Ihr müsst sofort anhalten.«

Der Treck kam ins Stocken und blieb schließlich stehen.

Opa Machalski schälte sich aus seinen Federbetten und warf die Wolldecke auf seinen Knien zur Seite.

»Ich fahre nicht mit«, sagte er entschieden, griff nach seinem Stock und kletterte mühsam vom Karren.

»Aber Papa, was machst du denn!« Frau Machalski versuchte vergeblich, ihn am Ärmel seiner Jacke festzuhalten. »Bitte nein. Du musst mitkommen, denk doch an die Russen! Du kannst doch nicht allein zurückbleiben!«

»Ich bin doch nicht allein«, knurrte der Alte. »Ich habe doch die Tiere. Einer muss sich doch um die Viecher kümmern. Ich bin ein alter Mann, mir werden die Russen schon nichts tun. Ich werde sowieso bald sterben. Ob mein Herz morgen stehen bleibt oder ob mir die Russen morgen die Rübe abschießen, das ist doch einerlei. Aber solange ich noch da bin, sehe ich zu, dass es den Tieren einigermaßen gut geht. Habt alle eine gute Reise, und ich hoffe, ihr kommt irgendwann gesund wieder.«

»Aber Papa! Aber Opa«, schrien Frau Machalski und ihre Kinder durcheinander. Doch der Alte hob nur seinen Stock und winkte. Er drehte sich um, griff nach dem kurzen Strick, der dem Kälbchen um den Hals gebunden war, und stapfte Seite an Seite mit dem Tier, die Straße zurück. Aus dem Wagen der Machalskis drang ein lautes Schluchzen.

»Warten Sie!« Dora setzte Clärchen auf Ernas Schoß und stieg vom Wagen. Sie machte den Hofhund los, nahm seine Leine und lief Opa Machalski nach.

»Hier«, sagte sie und reichte dem alten Mann die Hundeleine. »Bitte nehmen Sie wenigstens Thassos mit, damit er auf Sie aufpasst. Es ist mir wohler, wenn ich weiß, dass er bei Ihnen ist.«

Sie streichelte den Hund. »Pass gut auf alles auf, Thassos, bis wir zurückkommen.«

Dann kletterte sie zurück auf den Wagen.

Nun war also Wirklichkeit geworden, was sie so lange gefürchtet, woran zu denken sie sich so lange gescheut hatten. Sie waren auf der Flucht. Dora erschien dieser plötzliche Aufbruch wie ein bizarrer Albtraum, während der Zug den Weg vom Gutshof zur Chaussee entlangrollte. An der großen Straße war kaum ein Durchkommen. Aus allen Dörfern strömten die Leute inzwischen Richtung Westen. Die Chaussee war völlig überfüllt. Wagen reihte sich an Wagen, von Pferden, Eseln oder Menschen gezogen, bis zum Rand beladen mit allem, was die Leute auf die Schnelle zusammengerafft und eingepackt hatten. Dazwischen wanderten dick vermummte Gestalten über die vereiste Fahrbahn, sie zogen Schlitten hinter sich her oder schleppten Koffer, Körbe, Eimer oder schwere Säcke, die sie sich über die Schultern geworfen hatten. Mütter waren dabei, die ihre Babys im Kinderwagen durch die Kälte schoben oder ihre Kleinen an den Händen hielten. Nur mit Mühe gelang es Dora, die Gespanne der Kosubeks, der von Lengendorffs und aller anderen Liebenwalder Familien auszumachen und sich in den Flüchtlingszug einzureihen. Kaum schneller als im Schritttempo ging es voran. Stunde um Stunde.

Hin und wieder rasten Militärfahrzeuge heran und überholten den Treck. Laut hupend bahnten sie sich ihren Weg, sodass die Pferde erschraken und die Gespanne der Flüchtenden an den Rand der Fahrbahn gedrängt wurden.

Gegen Mittag rutschte der Anhänger, auf dem Elsbeth und Wilhelm saßen, in den Straßengraben. Dora schrie auf vor Schreck.

»Verdammt!«, brüllte sie den Soldaten nach, obwohl sie wusste, dass die sie nicht hören konnten. »Passt doch auf, hier sind Leute unterwegs!«

Glücklicherweise kippte der Wagen nicht um, aber die Hufe der Pferde fanden keinen Halt auf der eisglatten Böschung und rutschten immer wieder weg. Herr Kosubek schwang erbarmungslos die Peitsche, und nachdem alle vom Wagen gestiegen waren und mit anschoben, gelang es den Pferden schließlich mit größter Mühe und Schaum vor dem Maul, den Wagen wieder auf die Fahrbahn zu ziehen.

Andere schafften es nicht. Je weiter der Treck zog, desto größer wurden die Verluste. Neben der Straße sammelte sich alles, was unterwegs kaputtgegangen oder hinderlich geworden war. Dora sah Handkarren im Graben liegen und Koffer, einen Wagen mit einer zerbrochenen Deichsel, totes Vieh und einen umgestürzten Kinderwagen.

»Da liegt eine Puppe!«, schrie Arno, der noch immer unternehmungslustig mit seinem Bruder neben dem Treck umhertollte und alles rundum mit größter Neugier beobachtete. Dora meinte, ihr Magen müsse sich umdrehen, als sie sah, dass das, was neben dem Kinderwagen im Schnee lag, keineswegs eine Puppe war, sondern ein erfrorenes Baby. Es lag zwischen zwei Kissen und hatte ganz rosige Wangen, als schliefe es.

»Sieh da nicht hin!«, rief sie ihrem Bruder zu, aber der war längst schon wieder weitergelaufen. Mein Gott, welch höllische Zeiten, dachte Dora, in denen Mütter nicht einmal ihre toten Kinder beerdigen können. Ängstlich betrachtete sie Clärchen, die in ihrem Korbbettchen auf dem Wagen lag. Gottlob, sie atmete.

Immer wieder blickte sich Dora nach dem kleinen Sultan um, der tapfer neben seiner Mutter hinter dem Wagen hertrottete. Jedes Mal, wenn der Treck ins Stocken geriet, nutzte er die Gelegenheit, um bei ihr etwas Milch zu trinken. Er war ganz erschöpft. Als der Wagen einmal für ein paar Minuten stehen blieb, knickten seine kleinen Beine ein, und er sank zu Boden. Nur mühsam richtete er sich wieder auf, als es weiterging, und trotz der Decke auf seinem Rücken zitterte er vor Kälte. Auch Dora schlotterte. Ihre Finger fühlten sich taub an, und die Füße taten ihr weh. Der Frost war ihr bis in den kleinsten Zeh hineingekrochen.

Den Zwillingen verging irgendwann das Vergnügen, neben dem Treck herumzutollen. Mit eiskalten Nasen und bibbernd vor Kälte kamen sie auf den Wagen gekrochen. Dora überließ ihnen ihren Platz und die dicken Decken, in die sie sich eingewickelt hatte. Sie legte Erna Clärchen in die Arme und stieg hinunter, um zu Fuß neben dem Gespann herzugehen. Sie hoffte, durch die Bewegung etwas wärmer zu werden, und schlug sich mit den Händen gegen die Arme. Am meisten aber fror sie an dem nackten Streifen Haut an ihren Oberschenkeln, an der Stelle, wo unter dem Kleid ein paar Zentimeter ihres Beines zwischen dem Ende ihrer langen Strümpfe und dem Saum ihrer wollenen Unterhose ungeschützt waren.

So ging der Tag dahin. Als es dunkel wurde, waren sie keine zehn Kilometer weit gekommen.

»Wie sollen wir das nur schaffen?«, jammerte Elsbeth. »Wenn das so langsam weitergeht, werden wir Wochen brauchen, um die Weichselbrücke zu erreichen. Bis dahin sind wir alle erfroren.« Sie hatte sich die Schuhe ausgezogen und massierte ihre kalten Füße, während Wilhelm wärmend seinen Arm um ihre Schultern legte. »Wir wollen die Hoffnung nicht verlieren«, sagte er leise. Sein Blick begegnete Doras, und sie nickte ihm wortlos und ohne jede Verbitterung zu. Es tat gut zu sehen, dass zwei so gute Menschen einander gefunden hatten.

In einer leeren Scheune am Straßenrand hatte der Treck aus Liebenwalde Unterschlupf gefunden. Auch hier drin war es kalt und zugig, aber immerhin lag etwas Stroh auf dem Boden, das den schlimmsten Frost zurückhielt. Und es war auch Platz für die Tiere. Das Fohlen ließ sich sofort ins Stroh fallen und war sogar zu schwach, um noch zu trinken. Die Zwillinge brachten den anderen Pferden Hafer und Wasser aus geschmolzenem Schnee.

Philippe, Frantek und Karol hatten draußen aus einigen losen Holzlatten ein Feuer gemacht, wärmten sich daran und kochten in einem Kessel Teewasser. Dora brachte die Blechkanne heraus, in der sie für Clärchen Milch mitgenommen hatte. Sie war zu einem einzigen dicken Klumpen gefroren. Philippe nahm ihr die Kanne ab und schob sie an die Glut, damit sie auftaute. Dora trat so nahe an die Flammen heran, wie es ging. Die Hitze tat ihr gut. Sie zog sich die Handschuhe aus und rieb sich die Hände. Es prickelte schmerzhaft in den Fingern, als sie warm wurden.

Nach einer Weile schob Philippe die Blechkanne mit einem langen Stock wieder heraus. Trotz ihrer Handschuhe hätte sich Dora beinahe die Finger verbrannt, so heiß was das Metall geworden.

Sie gab Clärchen warme Milch zu trinken und bettete sie, so gut es ging, in ihrem Korb für die Nacht. Erna mochte sich gar nicht mehr aufrichten, nachdem sie sich auf ihrem Strohlager niedergelassen hatte. Dora brachte ihr Brot, Käse und eine Tasse heißen Pfefferminztee, aber sie wollte nichts essen. Und nachdem sie einen Schluck getrunken hatte, schüttelte sie müde den Kopf.

»Nu lass man, Marjellchen, nehmt man ihr. Ich habe jar keijnen Durst und keijnen Hunger nicht …«

Dora sah sie erschrocken an. Erna wirkte wie eine Greisin. Ihr sonst so rundes Gesicht war eingefallen, die Augen lagen tief in ihren Höhlen. Wie ein Totenschädel sah ihr Kopf aus.

Dora fasste ihre Hand, die schlaff und kraftlos war.

»Erna, meine liebe Erna, alles wird gut. Du bist nur erschöpft von der langen unbequemen Fahrt. Du musst jetzt schlafen. Bald sind wir in Sicherheit.«

Erna nickte und schloss die Augen. Auch die anderen hatten sich nach einem kleinen Abendimbiss in ihre Decken gewickelt und waren bald erschöpft eingeschlafen. Dora war viel zu besorgt, um ein Auge zuzumachen. Sie trat wieder hinaus ans Feuer. Die Flammen waren kleiner geworden, aber sie wärmten noch immer. Philippe trat auf sie zu und reichte ihr einen Becher Tee.

»Hier, bitte trinken Sie«, sagte er. »Das wärmt auch von innen.«

Dora nahm einen Schluck. Der Tee schmeckte kräftig und belebend. Sie stutzte.

»Da ist ja Alkohol drin. Woher haben Sie denn den?«

»Karol hat eine kleine Flasche Wodka in seiner Jackentasche. Bitte fragen Sie mich nicht, woher, Mademoiselle. Aber ein bisschen Wodka schadet heute nicht. Es ist wie eine Medizin.«

Dora nickte. Ja, eine wärmende Medizin konnte sie an einem Tag wie heute gebrauchen. Sie sah hinüber auf die andere Seite des Feuers. Schemenhaft konnte sie die beiden Polen dort stehen sehen. Die Glutspitzen ihrer Zigaretten leuchteten wie rote Punkte in der Nacht.

Sie umfasste die Tasse mit beiden Händen und nahm noch einen Schluck Tee. Bald spürte sie, wie der Wodka ihr warm durch die Adern rann. Wie gut das tat!

Trotz der späten Stunde rollten auf der Straße noch immer Pferdewagen vorbei, und die Schritte vieler Menschen knirschten im Schnee, der spärlich beleuchtet wurde von schaukelndem Laternenlicht. Plötzlich kam Unruhe in die düstere, schweigende Geisterprozession. Motorengeräusch näherte sich von hinten, und die Leute sprangen schreiend und fluchend zur Seite. Dann fuhr eine Kolonne von Schützenpanzerwagen vorbei.

»Wie kann das sein?«, fragte Dora. »Die Panzer fahren in dieselbe Richtung wie wir, also fort von der Front. Dabei müssten sie doch nach Osten oder Süden fahren, um sich den Russen entgegenzustellen.«

»Es sieht so aus, als gäben die deutschen Soldaten die Verteidigung Ostpreußens auf«, erklärte Philippe ruhig. »Sie ziehen ab. Sie flüchten selbst vor den russischen Truppen.«

»Sie meinen, die Front bricht hinter uns gerade zusammen? Aber das hieße ja, dass die Russen ... Oh mein Gott, bald ist niemand mehr da, um sie aufzuhalten, oder? Irgendwann werden sie uns überrennen, nicht wahr? So schnell können wir gar nicht wegkommen bei diesem Wetter, bei diesen vielen Menschen, die auf allen Straßen unterwegs sind. Mit ihren Panzern werden sie uns auf jeden Fall einholen.«

Philippe zuckte mit den Schultern. Er erwiderte nichts. Doch sein Schweigen war Dora Antwort genug. Die plötzliche Erkenntnis über die Aussichtslosigkeit der Lage traf sie wie ein Faustschlag.

»In all den Wochen und Monaten hat man uns gesagt, Ostpreußen müsse gehalten werden, das Land werde bis zum letzten Blutstropfen verteidigt. Es war bei Todesstrafe verboten zu fliehen. Und nun? Jetzt, gerade, wo wir es gewagt haben aufzubrechen, da machen sich die Soldaten aus dem Staub, anstatt uns zu beschützen. Was soll nur werden aus uns allen? Wie soll ich es schaffen, unsere Leute in Sicherheit zu bringen? Ich habe es Erna doch gerade noch versprochen.«

In der Nacht tat Dora kaum ein Auge zu. Sie fror entsetzlich trotz der Decken, die sie über sich ausgebreitet hatte. Diese Kälte kam nicht nur von außen. Sie stieg aus ihrem tiefsten Inneren herauf, sobald sie nur daran dachte, morgen früh weiterziehen zu müssen. Immer wieder hörte sie neben all dem Schnarchen, Weinen, Seufzen, Schnauben und Hufscharren in der Scheune, wie draußen schwere Militärfahrzeuge vorbeirasselten.

• • •

Als sich Dora am frühen Morgen von ihrem unbequemen Lager erhob, hatte sie das Gefühl, sämtliche Glieder wären eingerostet. Aber das Rattern eines auf der Straße vorbeirollenden Fahrzeugs machte sie augenblicklich hellwach. Sie mussten ja weiter, so schnell wie möglich, bevor die russische Armee endgültig die deutsche Verteidigungslinie überrannt hatte. Die Kinder weinten, weil sie froren und müde waren, und Erna mochte am liebsten gar nicht mehr aufstehen.

»Lass mich doch eijnfach hier liegen, Marjellchen«, sagte sie mit schwacher Stimme. »Ich bin euch doch nur eine Last.«

Aber es galt, was schon vor zwei Tagen im Wohnzimmer des Gutshauses gegolten hatte: »Nein, Erna, die Familie bleibt zusammen, wir lassen niemanden zurück.«

Frantek und Philippe hoben sie auf den Wagen und spannten die Pferde an. Dann ging es weiter. Sie kamen noch langsamer voran als am Vortag, denn Sultan war inzwischen so schwach, dass er immer öfter eine Pause brauchte. Nachfolgende Wagen zogen an ihnen vorbei. Und immer wieder Militärfahrzeuge.

An einer schmalen Holzbrücke, die mitten in einem Dorf über ein zugefrorenes Flüsschen führte, staute es sich, denn aus allen Gassen drängten weitere Flüchtlingsströme heran. Fast eine Stunde lang mussten sie anstehen, bis sie endlich an der Reihe waren und die bedrohlich knarzenden Planken überqueren konnten. Einige Leute, die zu Fuß unterwegs waren, wagten es, über das Eis zu laufen, und krochen mühsam die steile, rutschige Böschung am anderen Ufer hinauf.

Auf den Straßen wuchs das Chaos. Mütter riefen nach ihren Kindern, die irgendwo im Gedränge der vielen Wagen, Pferde und Menschen verloren gegangen waren, und Kinder nach ihren Müttern. Irgendwann stellte Dora fest, dass sie in dem Durcheinander den Anschluss zu den anderen Wagen aus Liebenwalde verloren hatten. Vor ihr war das Gespann, auf dem ihre Mutter, Marianne und die Zwillinge saßen mit Karol auf dem Kutschbock. Hinter ihrem Wagen, auf dem sie mit Philippe und Frantek, Erna und Clärchen unterwegs war, rollte der Eselskarren mit den Machalskis. Die anderen waren verschwunden. Dora sprang ab und lief die Wagenreihe ein Stück vor und zurück. Aber sie kannte niemanden dieser Leute, nur fremde Gesichter sahen sie an. Elsbeth, die von Lengendorffs, die anderen Gutsarbeiter und alle Übrigen, mit denen sie gestern in Liebenwalde aufgebrochen waren, blieben unauffindbar. Eine tiefe Traurigkeit überfiel Dora. Trotz der vielen Menschen um sich herum fühlte sie sich plötzlich allein.

Sie presste die Lippen aufeinander, um nicht laut aufzuschreien. Nein, dieser Schmerz durfte sie jetzt nicht lähmen. Sie musste stark bleiben, sie trug die Verantwortung für die Menschen, die mit ihr aufgebrochen waren. Es half nur zu hoffen. Sie musste ganz fest daran glauben, dass sie und Elsbeth einander wiedersehen würden. Irgendwann zu Hause in Liebenwalde, irgendwann, wenn Frieden war. Dann würden auch der Vater und Erich zurückkommen ... und Curt.

Dora marschierte weiter, den Blick starr geradeaus gerichtet.

Niemand wusste mit Gewissheit zu sagen, welches die richtige Strecke Richtung Weichselbrücke war, denn nirgendwo gab es mehr Straßenschilder oder Wegweiser. Im Flüchtlingstreck verbreitete sich das Gerücht, die Schilder seien abmontiert worden, um die nachrückenden russischen Truppen zu irritieren.

An der nächsten Straßenkreuzung hatten sich Wehrmachtssoldaten aufgebaut. Dora ging zu ihnen hin.

»Was ist denn hier los?«, rief sie, doch statt einer Antwort wurden alle Wagen von der Straße auf eine Nebenstrecke gewunken.

»Die Hauptroute ist dem Militär vorbehalten!«, erklärte einer der Soldaten knapp, und so musste ein Flüchtlingswagen nach dem anderen auf einen schmalen, unbefestigten Feldweg rumpeln, sodass die angehängten Eimer und Töpfe nur so schepperten, während die deutschen Panzer geradeaus über die Chaussee donnerten.

Mit jedem Kilometer, den sie vorankamen, bekamen die weißen Schneeflächen rechts und links des Weges mehr dunkle Flecken. Aus Feldern waren Friedhöfe geworden. Leichen lagen zwischen toten Pferden und Fuhrwerken mit zerbrochenen Rädern, es waren kleine Kinder, erfroren in der eisigen Kälte, alte Leute, die keine Kraft mehr hatten. Arno und Klaus schrien schon lange nicht mehr, wenn sie einen Toten sahen. Nicht einmal mehr, wenn sich ein Schwarm Krähen darüber hermachte. Mit stumpfem Blick starrten die kleinen Kinderaugen geradeaus. Anfangs hatten sie immer wieder gemault: Wann sind wir denn endlich da? Diese Frage stellten sie schon lange nicht mehr.

Bei einbrechender Dunkelheit fanden sie Zuflucht in einem Gutshaus. Als sie beim Näherkommen Licht durch die Fenstervorhänge der Zimmer schimmern sah, jauchzte Marianne vor Erleichterung: »Es gibt hier wirklich noch Ortschaften, in denen Leute wohnen!«

Zuletzt waren alle Häuser, an denen der Treck vorbeizog, finster und verlassen gewesen. Tatsächlich ließ man sie ein. Die Gutsherrin war eine schmächtige junge Frau, die in dem großen Haus allein mit einem Mädchen im Rollstuhl wohnte. »Sonst sind alle schon weg«, sagte sie traurig. »Und ich kann ja nicht mit, meine Tochter hat Kinderlähmung.«

In dem Gebäude wimmelte es bereits nur so von Flüchtlingen. Es gab kaum ein Zimmer, in dem noch Platz für Matratzen war. Aber überall bullerte ein Kachelofen.

»In der Dienstbotenwohnung ist noch eine Ecke frei«, sagte die Frau. »Wenn Sie ein wenig zusammenrücken, müsste es gehen.«

»Danke, das ist wunderbar!«

Der Hof war ein einziges Durcheinander aus Fuhrwerken und Leiterwagen. Und für die Tiere gab es Wasser, Heu und Hafer im Stall.

»Wir haben unfassbares Glück!« Nachdem Dora das alles in Erfahrung gebracht hatte, kletterte sie erleichtert zu Erna auf den Wagen zurück. »Wir können hierbleiben heute Nacht. Wir können in einem richtigen Zimmer schlafen. Und es ist sogar warm im Haus. Heute kannst du dich einmal richtig ausruhen. Komm, ich helfe dir vom Wagen.«

Doch Erna ruhte schon.

Sie ruhte mit geschlossenen Augen und steif gefroren wie ein

Brett auf der Holzbank hinten im Wagen, die Wolldecke war ihr von den Beinen gerutscht, und kein noch so heißer Tee und keine warme Stube konnte sie wieder lebendig machen.

»Erna!«, flüsterte Dora erschrocken. »Allerliebste Erna.«

Sie streifte ihren Handschuh ab und fuhr ihr sanft mit den Fingerspitzen über die kalten Wangen.

»Ach, Erna. Vielleicht geht es dir besser, da, wo du jetzt bist. Nun musst du nicht mehr leiden. Ich hätte dir so gern die Hand gehalten, als du gingst.«

Merkwürdigerweise konnte Dora nicht weinen. Viel mehr erfasste sie ein tiefer Frieden, als sie Ernas wächsernes Gesicht betrachtete. Sie sah aus, als träumte sie gerade etwas Schönes.

Später hoben die Männer die Tote herunter und trugen sie in die Waschküche hinter das Haus, wo sie für die Nacht aufgebahrt wurde, um sie am nächsten Morgen, so gut es ging, im Garten zu begraben. Sie brauchten lange, bis sie mit den Werkzeugen, die ihnen die Gutsherrin brachte, eine Grube in den hart gefrorenen Boden gehackt hatten. Obwohl sie bald nach Sonnenaufgang begonnen hatten, war es heller Vormittag, als Erna, nur in ein Laken gewickelt, beerdigt wurde.

»Die hat es gut, die hat es geschafft«, meinte Frau Machalski weinend, nachdem alle mit ein paar brennenden Kerzen in der Hand vor dem Grab ein Vaterunser gesprochen hatten. »Was für ein schöner Tod. Einfach einschlafen und nicht mehr aufwachen. Wahrscheinlich hat Erna das beste Los von uns allen erwischt.«

Marianne und die Zwillinge schluchzten die ganze Zeit und lehnten sich an ihre Mutter. Dora blieb stumm, obwohl doch auch ihr der Kummer über den Abschied von ihrer geliebten Kinderfrau das Herz zu zerreißen drohte. Wie viel mehr als diese notdürftige Beerdigung sie verdient hätte! Doch es war Dora ein Trost, dass Ernas letzte Ruhestätte hier im stillen Garten des fremden Gutshofes lag und nicht etwa im Straßengraben neben der Chaussee.

»Vielleicht können wir sie umbetten, wenn Frieden ist.« Vera Twardy legte eine rotbraune, verschrumpelte Hortensienblüte auf den Erdhügel. Die hatte sie von dem Busch abgebrochen, der, erfroren und mit Schnee bedeckt, vor der Hausmauer stand. Im selben Augenblick dröhnte von der Straße das lärmende Rasseln von Kettenfahrzeugen herüber. Eine weitere Wehrmachtskolonne hatte die Front verlassen. Philippe, der auf der anderen Seite des Grabes stand, warf Dora einen warnenden Blick zu. Sie nickte.

»Wir müssen weiter«, sagte Dora zu den anderen. »Sonst holen uns die Russen ein.«

28.

Am nächsten Tag lahmte Sultan. Dora bemerkte es, als sie sich kaum einen Kilometer von dem verlassenen Kuhstall entfernt hatten, in dem sie die Nacht nach Ernas Beerdigung verbracht hatten. Das Fohlen konnte kaum mehr laufen, und sobald der Wagen stoppte, sank es auf den eiskalten Boden nieder. Sulanka stupste ihn jedes Mal mit der Nase an, um ihn zum Aufstehen zu bewegen, was er dann auch verzweifelt versuchte. Aber er kam nicht weit. Alle paar Meter mussten die Wagen der Liebenwalder stehen bleiben und warten, bis Sultan wieder ein wenig zu Kräften gekommen war.

Frau Machalski verlor irgendwann die Nerven. »Bei dem Schneckentempo kommen wir bis Ostern nicht an die Weichselbrücke«, schrie sie. »Da hat uns der Russe ja bald dreimal eingeholt. Wir können doch nicht ewig auf dieses kleine Viech warten! Los, Kinder, wir wollen sehen, dass wir davonkommen. Leben Sie wohl, gnädige Frau, gnädige Fräuleins, wir sehen uns zu Hause in Liebenwalde, wenn Frieden ist.«

Sie schlug ihrem Esel mit der Peitsche über den Rücken, sodass das Tier erschrocken anzog, und ihr Karren ruckelte davon. Heftig schepperte das Glöckchen, das sie an der Seitenwand befestigt hatte. Ihre drei Söhne stolperten hinterher.

Dora musste endgültig einsehen, dass es keinen Sinn mehr

hatte, das kleine Tier länger im Treck mitlaufen zu lassen. Es war eine Qual für das Fohlen. Plötzlich tauchte ein Bild aus längst vergangenen Zeiten vor ihrem inneren Auge auf. Sie erinnerte sich an die Schleppjagd, damals im Herbst 1939, als der Krieg noch eine ferne Bedrohung gewesen war, etwas Unwirkliches, über das man in den Zeitungen las oder im Rundfunk hörte. Sie sah den gestürzten Hengst Traumtänzer vor sich und Wilhelms Vater, wie er zur Waffe gegriffen hatte. Wilhelm hatte recht gehabt damals. Gerade weil sie den kleinen Sultan so sehr liebte, musste sie sich überwinden, um ihn von seinen Schmerzen zu erlösen. Vielleicht hatte sie schon viel zu lang gewartet.

Stumm und bestürzt sahen die anderen zu, wie Dora auf den Wagen stieg und das Gewehr aus den Riemen ihres Koffers löste. Als sie zurückkam, schnaubte Sulanka unruhig, während das Fohlen am ganzen Leib bebend im Schnee lag.

»Es tut mir so leid, mein lieber kleiner Sultan«, flüsterte Dora. »Wie sehr habe ich auf dich gewartet, mein hübscher Hengst, wie sehr habe ich mich gefreut, als du auf die Welt kamst. Wie glücklich war ich, dass Siegfried in dir weiterlebte ...«

Sie kniete neben ihm und streichelte noch einmal über den zitternden Hals.

Sie spürte, dass jemand hinter sie trat. Es war Philippe.

»Soll ich es tun?«, fragte er leise. Dora schüttelte den Kopf und stand auf. Zum ersten Mal in ihrem Leben gebrauchte sie eine Waffe. Mit zusammengebissenen Zähnen legte sie das Gewehr an und drückte den Abzug.

Sie begruben den kleinen Hengst unter einer Schneewehe am Straßenrand.

•••

Ein paar Stunden später gelangten sie schon wieder an eine Straßensperre, schon wieder gab es ein heilloses Durcheinander. Wagen stauten sich, einige wendeten sogar.

»Das hat ja alles keinen Zweck«, rief ihnen jemand im Vorbeifahren zu. »Ist doch egal, wo einen die Russen einholen. Und kriegen tun sie uns sowieso. Da können wir auch gleich wieder nach Hause fahren.«

Die Zwillinge sahen dem Wagen mit offenem Mund nach, wie er an der unendlich langen Reihe von Fuhrwerken vorbeizog in die Richtung, aus der sie alle gekommen waren.

»Hier geht es nicht weiter!«, rief ein Soldat, als Frantek und Philippe versuchten, die beiden Wagen in dem Getümmel an der Sperre vorbeizuleiten. »Hier lauft ihr den Russen direkt in die Arme.«

»Aber wieso?«, fragte Dora stirnrunzelnd. »In der Richtung geht's nach Westen, und die Russen kommen doch von Osten.«

Der Mann schüttelte den Kopf: »Die Russen kommen inzwischen von überall. Es gab schwere Einbrüche an den Verteidigungslinien, sie kesseln Ostpreußen ein. Seht zu, dass ihr hier wegkommt!«

»Aber, mein Gott, wie sollen wir denn rauskommen aus Ostpreußen?«

»Es gibt nur noch einen Weg«, erklärte der Soldat. »Nach Norden und dann übers Frische Haff.«

»Durchs Wasser?«, rief Marianne entsetzt.

»Die Ostsee ist zugefroren, junge Frau. Sie müssen übers Eis auf die Nehrung und dann zusehen, wie Sie weiterkommen. Das ist die einzige Fluchtroute. Aber beeilen Sie sich. Ich weiß nicht, wie lange der Frost noch anhält.«

Übers Eis. Dora erschauerte bei diesem Gedanken. Aber da das offenbar die einzige Möglichkeit war, nach Westen zu kommen, folgten sie dem kilometerlangen Zug der schwankenden Wagen auf der Straße Richtung Norden.

Es passierte, als sie sich dem Frischen Haff näherten und Dora meinte, schon das eisige Salzwasser der Ostsee zu riechen. Sie hatten gerade einen kleinen verlassenen Weiler durchquert und fuhren auf einer schnurgeraden Chaussee entlang, totenstille verschneite Felder rechts und links, als sich von ferne ein infernalisches Getöse in rasender Geschwindigkeit näherte.

Dora fuhr herum. Zwei Punkte schossen über den Himmel auf den Treck zu. Flugzeuge. Noch ehe sie begriff, was sie da sah, schlugen die Geschosse ein. Auf dem Acker spritzten meterhohe Fontänen aus Dreck und Schnee hoch. Einer der Bäume am Straßenrand schien zu explodieren, und dann flog weiter vorne im Wagenzug alles in die Luft, Deichsel, Räder, Koffer, Matratzen, Tiere, Menschen. Dora schrie, wie sie noch nie geschrien hatte.

»Luftangriff, runter vom Wagen«, brüllte Philippe und zog sie mit sich.

Geistesgegenwärtig griff Dora nach Clärchen. Sekunden später lagen sie alle im Straßengraben, während um sie herum die Erde in Fetzen flog. Die Pferde wieherten, stiegen, brachen aus, Wagen krachten um, Holz splitterte. Menschen schrien. Hunde jaulten. Dora presste ihr Gesicht in den Schnee und drückte das wimmernde kleine Mädchen an sich. Philippe legte einen Arm und sie und zog sie zu sich. Dora nahm das Pochen seines Herzens durch die dicke Jacke wahr, und wenn ein Geschoss in der Nähe hochging, vibrierte der Erdboden. Noch ein paarmal krachten Detonationen, die Flak knatterte, dann war es so plötzlich vorbei, wie es gekommen war.

Dora blieb reglos liegen. Sie zitterte noch immer. Sie spürte, wie ihr eine Träne über die kalte Wange lief, und wischte sie mit dem Handschuh weg.

»Ich glaube, fürs Erste sind die Russen weg«, sagte Philippe leise.

»Ja. Danke. Danke, dass du mich beschützt hast.«

Noch einmal drückte er sie an sich. Dann ließ er sie los und kroch aus dem Graben. Dora wagte nicht aufzusehen. Sie hörte die Schreie der Verletzten auf der Straße und dann die Stimme ihrer Mutter, schrill und voller Angst: »Dora! Dora, wo bist du?«

Nun richtete sie sich doch auf. Sie lebten. Alle. Zitternd krochen sie aufeinander zu und fielen sich in die Arme. Sogar Karol, auf den sie vor ein paar Jahren doch beinahe mit dem Ochsenziemer losgegangen war, drückte Dora kurz an seine kantigen Schultern. Man lebte, in diesem Moment zählte nur das.

Zu den umgestürzten Gespannen gehörte auch der Wagen, auf dem Dora mit Frantek, Philippe und dem Baby gesessen hatte und an den Sulanka angebunden worden war. Das Zugpferd lag mit gebrochenem Genick unter der zertrümmerten Deichsel. Die Stute hatte sich losreißen können und galoppierte noch immer in großen Sprüngen über den zerschossenen Acker. Der vordere Wagen schien weitgehend intakt geblieben zu sein, obwohl das Pferd zusammen mit dem Anhänger einen Satz in den gegenüberliegenden Graben gemacht hatte. Da stand es und wieherte immer noch. Dunkle Streifen liefen über seine Vorderflanke, es tropfte rot in den Schnee. Das Tier war verletzt, aber es hielt sich aufrecht. Die drei Männer zogen das Pferd mit dem Wagen vorsichtig heraus, während Dora an Leichen und Trümmern vorbei auf das Feld lief, um Sulanka einzufangen. Karol nahm einer toten fremden Frau, die am Straßenrand lag, den Schal ab und band die Stute damit an den Wagen. Klaus und Arno inspizierten unterdessen den Leiterwagen der Toten und nahmen die beiden Dauerwürste und die Dose Schokakola-Schokolade mit, die sie im Gepäck der Frau fanden. Hunger hatten sie genug. Vera Twardy ließ sie gewähren. Sie war damit beschäftigt, das schreiende Clärchen in ihren Armen zu wiegen, um sie zu beruhigen. Marianne lehnte an der zerbrochenen Deichsel und rieb sich den Fuß, weil sie sich beim Sprung in den Graben einen Knöchel verstaucht hatte.

Da der hintere Wagen nicht mehr fahrtüchtig war, mussten sie mit einem Gespann weiterreisen. Dora zog die Daunendecken und einen Korb mit Lebensmitteln unter dem Wrack hervor und brachte alles in den anderen Wagen. Clärchens Schlafkorb war zerbrochen. Sie warf ihn in den Straßengraben.

»Das Gewehr!«, rief Dora noch. Philippe half ihr, die Waffe herauszuholen, und verstaute sie ebenfalls. Das restliche Gepäck ließ sie zurück, auch ihren sorgsam gepackten Koffer mit den vielen Dingen, die ihr daheim noch so wichtig gewesen waren. Sie verschwendete nicht einmal einen Gedanken daran. Denn wenn man etwas auf dieser Reise nicht brauchte, dann waren es seidene Abendkleider, Tanzschuhe und verrückte Hüte.

Auf dem Eis stand in großen Pfützen knöcheltief das Tauwasser. Schneematsch schwappte bei jedem Schritt über den Rand von Doras Schnürstiefeln. Inzwischen war die bittere Kälte anhaltendem Regenwetter gewichen. Bis zum Horizont lag die graue Fläche des Frischen Haffs vor ihnen. Soldaten hatten drei Pfade abgesteckt, einen für Fußgänger, einen für Pferdewagen und einen für das Militär, jeweils hundert Meter auseinander. Tannenbäume und Birkenstämme standen als Wegweiser im Eis, aber mancherorts waren die Markierungen abgebrochen und schwammen auf dem trüben Wasser.

Anfang Februar hatten sie nach tagelangem Marsch das Frische Haff erreicht, erschöpft, verdreckt, frierend und hungrig, denn inzwischen waren die Vorräte aufgebraucht. Sie hatten die russischen Luftangriffe schließlich nicht mehr gezählt, aber wie durch ein Wunder waren sie vollzählig geblieben. Und unverletzt. Jedes Mal, wenn sich die Flugzeuge näherten, hatten sie sich rechtzeitig in einem Straßengraben oder an einem Baumstamm in Sicherheit bringen können. Nur Foxis Kläffen war irgendwann jäh verstummt. Und auch das angeschossene Zugpferd hatte es nicht mehr geschafft, es war irgendwo auf der Straße zwischen Preußisch Holland und Tolkemit liegen geblieben. Seitdem zog die edle Zuchtstute Sulanka den Wagen, als hätte sie nie in ihrem Leben etwas anderes getan.

Fort, nur fort von hier, war Doras einziger Gedanke, der sie antrieb weiterzugehen, obwohl ihre Füße so kalt waren, dass sie sie gar nicht mehr spürte. Weg aus dieser Eishölle, weg von den Flugzeugen und dem Geräusch der Explosionen, weg aus dem Tal der Toten, irgendwohin, wo es einen warmen Ofen gab und etwas zu essen. Nur noch über das Eis, bis zu der Halbinsel der Frischen Nehrung, jener zweiten Landzunge westlich der Kurischen Nehrung, die Ostpreußen von der offenen Ostsee trennt. Von dort aus würde die Straße nach Danzig hoffentlich frei sein. Und dann? Weiter vermochte Dora im Augenblick nicht zu denken.

Doch am Haff mussten sie anstehen und warten, bis sie an der Reihe waren. Wieder warten. Denn neben ihnen standen hundert andere Leute mit ihren Fuhrwerken bibbernd im Matsch, bangten um ihr Leben und hofften, dass diese Odyssee irgendwann ein gutes Ende nehmen möge.

Soldaten hatten am Übergang vom Ufer zum Eis Bretter ausgelegt. Überall gluckste schon das Wasser.

»Das Eis ist dünn geworden, das trägt nicht mehr gut«, erklärte einer der Männer. »Ihr müsst Abstand halten. Mindestens 50 Meter zwischen jedem Wagen, sonst brecht ihr ein.«

Diese Warnung nützte nicht viel, wie Dora feststellte, als sie endlich an der Reihe waren und wagten, den Gang über das schmelzende Eis anzutreten. Frantek lenkte das Gespann, hinter ihm saß Vera Twardy mit Clara im Arm. Die anderen waren abgestiegen, um den Wagen zu entlasten. Dora hielt die Zwillinge an den Händen. Schweigend marschierten sie. Das Eis krachte und knackte beängstigend unter ihren nassen Sohlen. Was da vor ihnen lag, war eine Straße des Grauens. Etliche Trecks waren umgekippt oder eingebrochen, Teile der Anhänger ragten noch zwischen den Eisschollen heraus. Tote Pferde, tote Menschen säumten den Pfad, manche von ihnen grausam zugerichtet. Das Eis war rot von Blut und durchlöchert von Kratern. Erst kürzlich musste hier ein verheerender russischer Fliegerangriff stattgefunden haben.

Je weiter sie aufs Haff hinauskamen, desto zahlreicher lagen zerschossene Wagen an der Route oder schwammen in Bombenlöchern. Zwischen all den Wracks und dem zertrümmerten Hausrat schleppten sich die Menschen übers Eis, ein alter Mann an Krücken war darunter und kleine Kinder, die von ihren Müttern auf Schlitten gezogen wurden. Völlig erschöpfte Gäule, die ihre Last kaum mehr bewegen konnten, glitten mit ihren Hufen immer wieder auf der rutschigen Fläche aus. Ein voll bepackter Handwagen versank vor Doras Augen im brechenden Eis. Die Frau, die ihn zog, konnte sich gerade noch retten. Nur nicht hinsehen, nur nicht nachdenken. Weiter ging es, immer weiter.

Philippe schritt voran. Er griff sich einen der herumliegenden Äste und tastete damit das Eis ab, um zu prüfen, ob es fest genug war, bevor sie darüber gingen. Vorsichtig leitete er sie an einem großen Eisloch vorbei. Ein eingebrochenes Sanitätsauto lag da unten, man sah noch das rote Kreuz auf dem Wagendach durch das Wasser schimmern.

Zwanzig Kilometer lagen vor ihnen, endlose zwanzig Kilometer noch bis zur Nehrung. Ob sie es schaffen würden, vor dem

Einbruch der Dunkelheit das andere Ufer zu erreichen? Dora graute davor, in der Finsternis über das Eis zu laufen. Schon jetzt im Tageslicht war es ein Höllengang. Eine Kolonne Wehrmachtsfahrzeuge überholte langsam den Tross. Neidisch betrachtete Dora die Männer, die bequem in den Wagen saßen, und Marianne rief aus, was sie selbst gerade dachte: »Könnten uns die Soldaten nicht mitnehmen? Da ist doch noch jede Menge Platz auf den Ladeflächen!«

Auch andere Leute winkten den Autos zu, schrien um Hilfe und baten verzweifelt darum, mitgenommen zu werden, aber die Wagen rollten weiter, ohne die Geschwindigkeit zu verringern.

Und dann näherte sich aus der Ferne plötzlich wieder dieses Geräusch, dieses anschwellende Dröhnen und Pfeifen, das Dora ihr Leben lang nicht mehr vergessen würde. Ihre Knie wurden weich vor Entsetzen. Ein Fliegerangriff! Und sie standen auf dem Eis, weit und breit kein schützender Baum, kein rettender Graben. Diesmal waren sie den Bomben hilflos ausgeliefert.

Schreiend ließen sie sich auf das nasse Eis fallen, krochen hinter den Wagen und pressten sich so eng aneinander, wie es ging, die Kinder in der Mitte. Nur Karol war vorn bei dem Pferd geblieben, kauerte sich neben die Deichsel und versuchte, Sulanka ruhig zu halten, die die Augen verdrehte und nervös mit den Hufen schlug. Frantek betete laut ein Ave-Maria nach dem anderen, während um sie herum die Flugzeugmotoren jaulten und die Einschläge ins Eis krachten. Meterhoch schossen die Wasserfontänen in die Luft. Die Maschinengewehrsalven der Tiefflieger prasselten aufs Eis. Und wieder diese grässlichen Schreie der Menschen, das angstvolle Wiehern der Pferde.

»Nicht weinen, Clärchen, nicht weinen! Es ist gleich wieder vorbei!« Dabei hätte Dora doch selbst am liebsten nur noch geweint und nach ihrer Mutter gerufen, um sich in ihren schützenden Armen zu verkriechen und sich trösten zu lassen, um dann festzustellen, dass alles nur ein grässlicher Albtraum gewesen war. Doch das hier war kein Albtraum. Das war ihr Leben, so wie sie hier zitternd vor Angst im Matsch lag. Das war das Leben der schönen stolzen Gutstochter Dora Twardy an einem frühen Februartag im Jahre 1945. Ein Leben, in dem nur ein Zufall, der Daumen eines russischen Soldaten, ein Windhauch, nur ein paar Meter weiter rechts oder links darüber entschieden, wo es endete und wo der Tod begann. Wie war sie hier hingeraten?

Philippe kniete an Doras Seite und hielt ihre Hand. Auch wenn er nicht helfen konnte, auch wenn er die Angriffe genauso ohnmächtig über sich ergehen lassen musste wie sie, so war es doch gut, dass er da war. Das Schlottern ihres Körpers ließ ein wenig nach in seiner Nähe.

Die Flieger zogen ab. Auch für dieses Mal hatten sie es geschafft. Aber wie lange würde es noch gut gehen? Die dunkle Menschenschlange auf dem Eis war das perfekte Ziel für die russischen Bomben. Noch immer hatten sie fast zwanzig Kilometer Weg vor sich. Ganz leise tauchte dieser Gedanke in Doras Hinterkopf auf, den zu denken sie sich bislang immer verboten hatte: War es richtig gewesen, diese Flucht anzutreten? Oder hatte der Mann recht gehabt, der damals – wie viele Tage waren vergangen seitdem? – an der Straßensperre umgekehrt war, weil es egal sei, wo man sich aufhalte, die Russen würden einen sowieso erwischen. Hätten sie zu Hause bleiben sollen? Wären sie in Liebenwalde sicherer gewesen? Auch dort wäre der Krieg irgendwann über sie hinweggerollt, ganz sicher, aber sie hätten dabei wenigstens ein Dach über dem Kopf gehabt. Einen wärmenden Kachelofen. Ein heißes Bad. Ein gebratenes Huhn ... So sehnsüchtig verlangte es Dora danach, dass die Erinnerung ihr schmerzhaft ins Herz stach.

Aber zurück? Nein, unmöglich. So weit waren sie nun schon gekommen. Es gab kein Zurück mehr. Nicht jetzt. Es gab nur ein Vorwärts. Immer nur vorwärts, vorwärts durch die Hölle, ganz gleich, was kommen mochte. Diese acht Menschen an ihrer Seite waren ihr anvertraut und erwarteten, von ihr in Sicherheit gebracht zu werden. Dora biss die Zähne aufeinander.

Als es still blieb, krochen sie unter dem Wagen hervor und sahen sich um. Schwarz und qualmend standen die ausgebrannten Wehrmachtsfahrzeuge auf dem Eis, ein paar Soldaten lagen reglos daneben, bis zur Unkenntlichkeit zerfetzt.

Marianne wandte sich ab und erbrach sich, würgte das bisschen Haferschleim, das sie am Morgen zu essen bekommen hatte, wieder aus.

»Mein Gott«, stammelte Vera Twardy. »Jetzt haben wir der Hartherzigkeit der deutschen Soldaten unser Leben zu verdanken.«

Es war keine Zeit für Häme. Sie mussten weiter. Sulanka zog an. Doch sie waren kaum einen Kilometer vorangekommen, als die Wagenkolonne erneut stockte. Vorne war etwas passiert.

»Da sind Leute mit ihrem Wagen eingebrochen!«, meldete Arno, der sich ein paar Schritte vorgewagt hatte, um zu sehen, was los war.

»Geh nicht so weit!«, mahnte seine Mutter. »Sei bloß vorsichtig!«

Arno schrie auf: »Das sind die Machalskis! Wir haben sie eingeholt. Machalskis Eselskarren steckt im Wasser. Hört doch, wie das Glöckchen hinten am Wagen scheppert!«

Es war ein schrecklicher Anblick. Das Tier war eingebrochen und unter dem Eis versunken, ebenso wie der halbe Karren. Der hintere Teil des voll beladenen Wagens hatte sich mit den Rädern an der Eiskante verkeilt und ragte aus dem Wasser. Mit jeder Bewegung des im Todeskampf zappelnden Esels bimmelte es. Es klang wie ein Totenglöckchen. Frau Machalski kniete vor Entsetzen kreischend neben dem Wasserloch, zwei ihrer kleinen Söhne standen neben ihr, die anderen mussten mit dem Leiterwagen in das Eiswasser gerutscht sein.

»Zu Hilfe!« Ihre Stimme überschlug sich in ihrer Verzweiflung. »Zu Hilfe! So helft mir doch!«

Aber die meisten Trecks zogen achtlos vorbei. Mit leerem Blick registrierten die Menschen die Katastrophe. Sie waren mit ihrem eigenen Schicksal genug beschäftigt und abgestumpft von dem vielen Leid, das sie in den vergangenen Tagen auf der Flucht gesehen hatten.

»Los, wir müssen die Kinder da rausholen!«

Dora drückte ihrer Mutter Clärchen in die Arme und eilte auf die Unglücksstelle zu. Philippe und Karol folgten ihr.

»Das ist doch sowieso zu spät!«, schrie Marianne. »Die Kleinen sind doch längst ertrunken. Bleibt hier, sonst brecht ihr noch selbst ein!«

Sie hatte das letzte Wort kaum gerufen, als das Eis an der Wasserstelle mit grässlichem Krachen zusammenbrach und Frau Machalski mit den beiden Jungen ebenfalls in die Tiefe rutschte. Dora stoppte erschrocken. Keine fünf Meter trennte sie von dem Wasserloch, in dem die Gutsarbeiterfrau nach ihren Kindern schrie.

»Nicht näher rangehen!«, warnte Philippe. »Stehen bleiben. Sonst rutschen Sie auch rein.«

Dora sah die Todesangst in den Augen der Frau.

»Aber wir können unsere Leute doch nicht einfach ertrinken lassen«, schrie sie. »Wir müssen helfen!«

Dora konnte den Blick nicht abwenden von dem, was wenige Meter vor ihr geschah. Frau Machalski hatte sich mit einer Hand an dem verkeilten Leiterwagen festgekrallt, mit der anderen bekam sie einen ihrer Jungen zu fassen und versuchte nun, ihn aus dem Wasser zu bugsieren. Durch die Bewegung schepperte das Glöckchen heftiger als zuvor.

»Holt ihn raus! Holt meinen Jungen raus!«

Dora sah, wie der Frau die Kräfte schwanden. Das Kind war stumm in seiner Todesangst. Es versuchte, sich an der Eiskante festzuhalten, rutschte aber immer wieder ab.

Sehr vorsichtig machte Philippe zwei Schritte nach vorn. Dort legte er sich flach auf das Eis und rutschte Stück für Stück an das Wasserloch heran, den langen Stock in der Hand, bis der über die Kante ragte.

»Halt dich da fest, Junge, halt dich gut fest, dann ziehe ich dich raus.«

Der Junge griff nach dem Holz, bekam es aber nicht richtig zu fassen. Zappelnd hielt er sich an der Wasseroberfläche. Philippe schob sich noch näher an die Abbruchstelle heran.

»Bitte pass auf!«, flehte Dora.

Er drehte den Kopf zu ihr und setzte an, um etwas zu sagen, doch noch bevor er ein Wort gesprochen hatte, geschah es. Der Leiterwagen geriet durch das Gewicht, das an ihm hing, und durch das unruhige Wasser in Bewegung, plötzlich lösten sich die Räder von der Eiskante, und der schwer beladene Wagen stürzte vollends ab. Er riss Frau Machalski mit, ebenso wie den Jungen an ihrer Hand, und die beiden verschwanden in der Tiefe.

»Frau Machalski!«, krächzte Dora entsetzt. Doch die Hofarbeiterin, die zu Doras Leben gehört hatte, seit sie denken konnte, die stets unermüdlich gearbeitet und sich damals wie selbstverständlich um die neugeborene kleine Clara gekümmert hatte, blieb buchstäblich wie vom Erdboden verschluckt. Noch einmal gurgelte etwas in der Tiefe. Im selben Moment brach die Eisplatte ein, auf der Philippe gelegen hatte, und er versank, den Stock in der Hand, mit einem erschrockenen Stöhnen im Wasser.

»Philippe! Philippe!« Dora schrie gellend auf. Ihr erster Reflex war es, zu ihm zu laufen, aber Karol riss sie so brutal zurück, dass sie auf die Knie stürzte.

»Nein! Nicht ans Wasser, oder wollen Sie auch einbrechen?«

Dora starrte auf die große schwarze Fläche im Eis.

Philippes Kopf tauchte wieder auf. Das Wasser lief ihm aus den Haaren und aus dem Bart, der ihm in den Tagen der Flucht gewachsen war. Er schlug mit den Armen um sich, sein Gesicht war von Schmerz gezeichnet.

»Dora!«, brachte er heraus.

»Philippe«, rief sie. »Du musst durchhalten. Wir holen dich da raus. Wir holen dich da irgendwie raus.«

Verzweifelt sah sie sich um, ob es irgendjemanden oder irgendetwas gab, mit dem sie den Franzosen aus dem Wasser retten könnte. Die anderen standen starr vor Schreck in einiger Entfernung und brachten kein Wort über die Lippen. Schließlich zog sich Dora den Schal vom Hals und warf ihm das andere Ende zu, aber der Schal war viel zu kurz, Philippe konnte ihn nicht erreichen.

»Wir müssen eine Menschenkette bilden. Wenn wir uns alle aneinander festhalten, können wir ihn vielleicht herausziehen. Los, ihr müsst mithelfen. Du musst mit den Beinen strampeln, Philippe, damit du nicht erfrierst.«

»Es geht nicht.« Philippes Stimme klang matt. »Ich kann nicht. Mein Fuß … mein Fuß hat sich im Leiterwagen eingeklemmt. Ich kann … ich kann ihn nicht herausziehen.«

»Doch, du musst es versuchen. Du musst! Du musst rauskommen!« Dora wimmerte jetzt. »Ich brauche dich doch, Philippe. Ich kann nicht weiter ohne dich.«

»Ich kann dir nicht mehr … helfen. Du schaffst es … auch ohne …«

Philippe wurde schwächer. Das eiskalte Wasser raubte seine Kräfte. Das Sprechen fiel ihm schwer. Sie sahen einander an. Dora und der Mann, der vor fünf Jahren gegen seinen Willen aus Frankreich in dieses Land verschleppt worden war, der ein Fremder gewesen war und doch stets so treu für sie gearbeitet hatte ohne ein Wort der Klage. Der seine Heimat, seine Frau und seine Töchter nie wiedersehen würde. Was mochte er gehofft haben? Wovon mochte er geträumt haben bis zu dem Augenblick, in dem das Eis einbrach?

Noch einmal murmelte sie seinen Namen, während ihr die Tränen übers Gesicht liefen. Nie zuvor hatte sie sich so ohnmächtig gefühlt.

Plötzlich weiteten sich Philippes Augen.

»Dahinten«, rief er mit letzter Kraft. »Flugzeuge!«

In diesem Augenblick hörte auch Dora das anschwellende Getöse am Himmel.

»Philippe!«, rief sie noch einmal, aber da hatte Karol sie schon gepackt und mit sich fortgezogen. Wieder krochen sie unter dem Wagen zusammen, während die Tiefflieger brüllten, ihre tödliche Fracht auf die fliehenden, schreienden Menschen feuerten und neue Krater ins Eis rissen. Dora ertrug es, ohne es wirklich wahrzunehmen. In diesem Moment war es ihr gleichgültig zu sterben. Warum nicht jetzt und hier? Tat es etwas, ob sie heute starb oder morgen oder in dreißig Jahren? Was war das für ein Leben, das nur noch aus Angst und Trauer, aus Schmerzen, Hunger und Müdigkeit bestand!

Aber sie starb nicht. Sie erlitt nicht einen einzigen Kratzer. Als die Angriffswelle abgeebbt war und sie sich umdrehte, war Philippe verschwunden.

Lange stand Dora da und sah auf das dunkle Wasser, in dessen Tiefe sich nichts mehr regte, kein einziges Luftbläschen stieg mehr auf. Nur ab und zu fielen Regentropfen hinein.

»Wir sollten umkehren und nach Hause gehen.«

Ihre Stimme klang ihr selbst so kalt wie das Wasser, das Philippe und die Machalskis verschlungen hatte. Es war, als hätte sich das Eis, das sie umgab, bis an ihr Herz ausgebreitet und einen festen Panzer darumgelegt. »Die Front überrollt uns, so oder so. Wenn wir hier weitergehen, ist das unser Tod.«

Dora hob den Kopf und richtete den Blick über die zerschossene Eisfläche, wo sich noch immer eine endlose Schlange von Flüchtenden um Wasserlöcher, Pferdekadaver und zerfetzte Planwagen herumschleppte. Doch die rettende Landzunge war am trüben Horizont noch nicht zu erkennen.

Niemand antwortete ihr. Nur das Knirschen der Räder der vorbeirollenden Wagen auf dem matschigen Eis war zu hören und hin und wieder das Schnauben eines Pferdes.

»Haben wir das alles durchgemacht, um jetzt einfach umzukehren?«, stieß Marianne schließlich hervor. Bitterkeit lag in ihrer Stimme.

»Die Nehrung ist noch viel zu weit weg. Und es geht so unendlich langsam voran. Willst du diesen Weg etwa bei Dunkelheit gehen?«, fragte Dora.

»Dann sind wir wenigstens vor den russischen Fliegern sicher.«

»Aber die Gefahr ist viel zu groß, dass wir in der Nacht von der abgesteckten Fahrtroute abkommen und in einen der Bombenkrater stürzen. Hier ist kein Licht, wir werden die Hand nicht vor unseren Augen ...«

Erschrocken brach sie ab, weil aus dem Eis ein dumpfes Krachen zu hören war. Marianne schrie auf und starrte auf ihre

Schuhe, über die das Schmelzwasser schwappte, als erwarte sie jeden Moment, dass sich der Boden auftun und sie in die Tiefe reißen würde.

»Wir sollten uns bewegen«, mahnte Karol. »In welche Richtung auch immer. Es darf nicht zu lange zu viel Gewicht auf einer Stelle sein. Das Eis trägt nicht mehr.«

»Die Leute hinter uns drehen auch schon um«, sagte Arno, der sein Augenmerk auf den nachfolgenden Treck gerichtet hatte. »Die wollen auch nicht sterben.«

»Vielleicht hast du recht, Dora.« Vera Twardy klang zutiefst erschöpft, als sie endlich antwortete. »Mir ist alles gleichgültig. Schlimmer als hier kann es nirgendwo werden.«

So war es denn beschlossen. Sie wendeten den Wagen. »Komm, Sulanka, wir gehen nach Hause.«

Nach Hause. Es klang wie ein Zauberwort an diesem Ort der Verdammnis.

29.

Am nächsten Tag sahen sie die ersten russischen Panzer. Sie kamen ihnen auf der Straße entgegen. Zehn Fahrzeuge waren es, die zügig westwärts rasselten. Achtlos überholten sie die Flüchtlingstrecks, die immer noch Richtung Haff strömten. Was oder wer nicht schnell genug aus dem Weg trat, wurde einfach überrollt. Frantek konnte das Gespann der Twardys gerade noch in den Acker lenken, bevor die Panzer vorbeidonnerten, einer nach dem anderen. In der offenen Luke stand der Kommandant, neben seinem Kopf wehte eine rote Fahne.

»Jetzt sind sie da«, stellte Marianne fest.

Arno starrte dem Tross mit offenem Mund nach. »Die schießen ja gar nicht«, wunderte er sich.

»Vielleicht hat Deutschland schon kapituliert«, überlegte Vera Twardy zögerlich. »Vielleicht ist das Schlimmste ja schon vorbei.«

War es das schon?, dachte Dora. War das so, wenn einen die Front überrollt? Es war so unwirklich. Kein Gefechtslärm, keine Explosionen, kein Blut. Die Luft schien stillzustehen, als die Panzer fortgefahren waren. Und die Leute mit ihren Karren und Kutschen schleppten sich hinterher, als wäre nichts geschehen.

Frantek und Karol hatten Mühe, das Gespann wieder flottzumachen. Der Acker war aufgeweicht, die Räder tief im Schlamm versunken. Sulanka quälte sich aus dem Matsch. Als es endlich wieder voranging, krachte es plötzlich wie Donnerschläge aus der Richtung, in die die Panzer gerollt waren.

»Na also. Jetzt geben ihnen die deutschen Soldaten doch noch eins auf die Mütze«, kommentierte Arno. »So einfach lassen die die Russen hier nicht durchfahren.«

Dora ließ ihren kleinen Bruder in diesem Glauben. Niemand konnte aus der Entfernung sagen, wer da gerade wen beschoss. Aber sie hatte kein gutes Gefühl.

In einem abseits gelegenen Weiler fanden sie zusammen mit anderen Flüchtlingen in einer Dorfschule eine Bleibe für die Nacht. Die Tür stand offen. Das Gebäude war verwaist, so wie die anderen Häuser des Ortes, an denen sie vorbeigegangen waren. Im einzigen Klassenzimmer waren Tische und Bänke durcheinandergeworfen, aber es war trocken hier drin, und es gab Platz zum Ausruhen. An der Tafel standen, verwischt und kaum mehr zu entziffern, noch ein paar Rechenaufgaben der letzten Unterrichtsstunde. Kreidereste lagen zertreten auf dem Boden. Neben der Tür hing zwischen zwei schwarzen Latten eine ausgerollte Wandkarte, die in großen farbigen Bildern über die Insekten der Heimat informierte. Fasziniert betrachtete Klaus eine überdimensionale Heuschrecke. Arno hatte unterdessen schon die Treppe zur Lehrerwohnung gefunden, die im Stockwerk über dem Klassenzimmer lag. Von oben tönte Stimmengemurmel herunter. Zwei Frauen mit ihren Kindern hatten sich dort zwischen den schrägen Dachwänden auf dem Kanapee eingerichtet. Der vorherige Bewohner schien ebenfalls eilig geflüchtet zu sein, die Türen des Kleiderschranks standen noch auf. Eine Stehlampe war umgefallen. Auch die Frauen waren vor vielen Tagen in Richtung Westen aufgebrochen und dann unverrichteter Dinge zurückgekehrt, hatten es am Haff gar nicht erst gewagt, aufs brüchige Eis zu gehen, wie sie erzählten. Die russischen Panzer auf der Straße hatten sie auch gesehen. Ja, der Anblick sei zum Fürchten gewesen. Aber jetzt war es ja zum Glück still draußen. Vielleicht war es ja doch gar nicht so schlimm, den Krieg zu verlieren. Vielleicht war das alles nur Gerede, diese Geschichten über die brutalen russischen Soldaten. Wer wusste das schon.

Jetzt tat es erst einmal gut, hier drinnen zu sitzen und nicht zu frieren – und etwas zu essen zu haben. Ein bisschen Ruhe mitten im Krieg. Bereitwillig teilten die beiden Frauen die Herrlichkeiten, die sie in den Küchenschränken des Lehrers gefunden hatten: Schokolade, Haferkekse, Hagebuttentee, sogar vier hübsche kleine Flaschen selbst gemachten Brombeerlikör, »August 1943« stand in schwarzer Tinte auf den Etiketten. Der Herd und der Kachelofen funktionierten noch. Es wurde richtig warm, so warm, dass die klammen Kleider zum ersten Mal seit Langem trockneten.

Verglichen mit den letzten Tagen ihrer Flucht war dieses Schulhaus das Paradies. Endlich konnten sie sich wieder einmal satt essen.

»Wir haben Clärchens ersten Geburtstag vergessen!« Arno fiel das ein, während er genussvoll an einem Haferkeks kaute. »Es ist schon Februar, oder?«

Ja tatsächlich. Während der Flucht, der Kälte und der Angst der vergangenen Woche war keine Zeit gewesen, an Kindergeburtstage zu denken. Klaus drückte dem kleinen Mädchen einen Keks in die Hand, an dem sie mit ihren vier kleinen Zähnen herumlutschte. Mehr Geschenke gab es nicht. Aber sie sangen miteinander und ganz leise »Viel Glück und viel Segen«. Oh ja, dachte Dora, Glück und Segen, das konnten sie alle gebrauchen.

Später kamen noch weitere Flüchtlinge nach, ein altes Ehepaar mit einem Mädchen und einem Jungen, der ein paar Jahre älter war als die Zwillinge. Man rückte zum Schlafen auf dem Fußboden des Klassenzimmers zusammen, und zum ersten Mal seit ihrem Aufbruch schlief Dora sofort ein.

Sie erwachte im Morgengrauen. Da waren Geräusche vor dem Fenster des Schulhauses. Motoren, Türenschlagen, Stimmengewirr. Knappe Kommandos in einer fremden Sprache. Die Russen! Dora fuhr hoch. Bevor sie auch nur einen klaren Gedanken fassen konnte, wurde die Tür des Klassenzimmers aufgestoßen, und drei Männer in wattierten Jacken kamen herein, bewaffnet mit Maschinenpistolen, und brüllten etwas Unverständliches. Hinter ihnen trampelte eine Gruppe weiterer Soldaten die Treppe hinauf. Nun waren sie also wirklich da, die Männer, deretwegen sie ihr Zuhause verlassen hatten und vergeblich über das Eis geflohen waren.

Doch Dora war zu erschöpft, um Angst zu haben. Stumm stand sie mit den anderen im Klassenzimmer.

Der fremde Junge wagte als Erster, etwas zu sagen. »Heil Stalin!«, entfuhr es ihm mit bebenden Lippen.

Da lachte einer der Russen, ein kleiner Mann mit rundem Gesicht. Seine schmalen Augen verschwanden beinahe hinter seinen hohen Wangenknochen, so sehr lachte er. Dann schrie er und lachte noch immer dabei: »Chitler kapuut! Deutsche Land kapuut!«

Mit diesen Worten legte er sein Gewehr an und begann umherzuschießen, einmal rundum über die Wände, knapp an den Köpfen der Menschen vorbei, die sich entsetzt auf den Boden fallen ließen. Er zerschoss die verwischten Zahlenkolonnen auf der Tafel, die Tische und Bänke, dass das Holz nur so splitterte, er zerlegte die Heuschrecke und die anderen Insekten auf dem Bild an der Wand und die Fensterscheiben, bis auch die letzte Glasscherbe zu Boden gefallen war. Zuletzt schoss er die Lampe von der Zimmerdecke. Dann war sein Magazin leer.

»Deutsche Land kapuut!«, schrie er noch einmal und reckte seine Waffe triumphierend in die Luft. Einer der anderen beiden Soldaten schob ihn zur Seite und trat auf Karol und Frantek zu. Es war ein mächtiger Kerl mit dunklem Zwirbelbart und pockennarbigem Gesicht.

»Komm!«, sagte er zu den beiden in mühsamem Deutsch. »Du komm mit! Dawai, dawai!«

Karol protestierte, teils auf Deutsch, teils in einer Sprache die Dora nicht verstand. Polnisch vielleicht, oder Russisch.

»Ich bin nicht Deutsch! Ich bin Pole. Ich hasse die Deutschen auch. Ihr dürft mich nicht mitnehmen. Nein!«

Seine Augen blitzten vor Wut. Aber der Soldat zuckte nur mit den Schultern. Er rammte ihm den Gewehrkolben in den Rücken und schob ihn vor zur Tür. Mit Frantek verfuhr er genauso.

»Wo bringen die Soldaten Frantek und Karol denn hin?«, wisperte Arno.

»Wir wissen es nicht«, entgegnete seine Mutter ebenso leise.

»Halt!«, rief Dora, obwohl sie nicht sicher war, ob die Soldaten ihre Sprache verstanden. »Der Mann hat recht. Die Männer sind keine Deutschen, sie sind Polen. Sie haben auf unserem Hof gearbeitet. Sie haben nie für Deutschland gekämpft.«

»Sei doch bloß still!«, zischte Marianne. »Sonst schleppen die uns auch noch mit.«

Der Soldat mit dem Bart drehte sich noch einmal um und maß Dora mit einem Blick, in dem so tiefe Verachtung lag, dass sie den Mund schloss und verstummte. Er machte einen Schritt auf Dora zu und sagte etwas zu ihr, was sie nicht verstand, von dem sie aber sicher war, dass es der russische Ausdruck für »Halt den Mund!« war, oder etwas noch Hässlicheres. Dann schlug er ihr so fest mit der flachen Hand ins Gesicht, dass es klatschte und sie einen Schritt nach hinten taumelte.

Sein Blick fiel auf den Jungen, der ihn mit »Heil Stalin« begrüßt hatte.

»Komm!«, sagte er noch einmal. Dann trieb er auch ihn mit dem Gewehrkolben zur Tür. Die beiden alten Leute schrien auf und flehten um Gnade.

»Nicht unseren Enkel! Nicht den Kleinen mitnehmen! Er ist doch noch nicht mal fünfzehn. Was wollt ihr denn mit dem Jungen!«

Die Frau brach in Tränen aus, aber der Junge konnte sich kaum mehr umwenden, um ihnen zum Abschied zuzuwinken. Der Soldat brachte die beiden Polen und den Jungen nach draußen. Dora hörte, wie Karol schrie und schimpfte, bis die Klappe eines Lastwagens zuschlug. Unterdessen gingen die anderen beiden Soldaten von einem zum anderen durch das Klassenzimmer.

»Urri! Urri!«, sagte der Kleine, der geschossen hatte. Dora konnte sich nicht erklären, was das zu bedeuten hatte. In dem Moment fasste der Mann grob ihren rechten Arm und schob ihren Ärmel hoch.

»Urri!«, grunzte er befriedigt und zog ihr die Armbanduhr ab. Dora wagte nicht, sich zu wehren, aus Angst, einen weiteren Schlag abzubekommen. Nachdem er keinen weiteren Schmuck bei ihr gefunden hatte, griff der Soldat ihr ins Haar, riss die Perlmuttspange heraus, mit der sie ihre Locken zusammengebunden hatte, und steckte sich beides in die Jackentasche. Der andere Soldat hatte unterdessen Vera Twardy die Uhr vom Handgelenk gezogen, während sie mit der anderen Hand Clärchen umklammert hielt und furchtsam an die Knöpfe ihres Mantels drückte. Er betrachtete die Kleine, und ein unerwartet freundliches Lächeln breitete sich in seinem Gesicht aus. Beinahe zärtlich fuhr er mit den Fingern über ihre Wangen. Dabei erzählte er etwas auf Russisch, vielleicht, dass er auch so eine niedliche kleine Tochter habe, irgendwo in einem kleinen Dorf an der Wolga, dachte Dora. Er ging weiter zu Marianne. Als er feststellte, dass sie keine Armbanduhr trug, riss er ihr mit einem Ruck die dünne goldene Kette mit dem Kreuzanhänger vom Hals. Klaus und Arno beobachteten das alles mit vor Angst aufgerissenen Augen. Doch der Soldat strich ihnen im Vorbeigehen grinsend über den Kopf. Der andere zog eine angebrochene Packung Kekse aus seiner Jackentasche und steckte sie dem verblüfften Arno in die Hand. Dann gingen sie wortlos aus dem Raum und verließen das Haus.

• • •

Als die Twardys hörten, dass die Fahrzeuge der Russen abfuhren, rafften sie schnell ihre Sachen zusammen und spannten den Wagen an. Dora ließ die Leinen auf die Rücken der Pferde klatschen, um sie anzutreiben, doch bei dem Durcheinander auf den Straßen ging es nur langsam voran. Die Fahrbahn war völlig verstopft von Fluchtfahrzeugen auf der einen und russischen Militärwagen auf der anderen Seite. Immer öfter mussten sie ausweichen, weil zerschossene Gespanne oder tote Pferde im Weg lagen. Maschinengewehrsalven und Granatfeuer krachten durch die Luft. Hin und wieder jagten Flugzeuge lärmend über den Himmel.

»Noch sind die Russen nicht durch«, sagte Arno, der sich neben Klaus zwischen Federbetten unter der Holzbank zusammengekauert hatte. »Die Deutschen schießen noch immer zurück.«

Aber deutsche Soldaten waren nirgendwo zu sehen. Stattdessen eine Straßensperre. Neben einem ausgebrannten Kübelwagen standen Männer in langen braunen Mänteln mit roten Armbinden, ein roter Stern an den Pelzmützen, Maschinenpistolen quer über die Brust gehängt. Dora stoppte die Pferde.

»Erschießen die uns jetzt?«, flüsterte Klaus.

Einer der russischen Soldaten trat auf sie zu und musterte jeden von ihnen einzeln. Den zwei goldenen Sternen auf seinen roten Schulterklappen nach schien er ein höherer Offizier zu sein.

»Daitsche Soldatt?«, erkundigte er sich.

»Nein!«, antwortete Dora. »Hier sind keine deutschen Soldaten, nur Frauen und Kinder.«

Mit einer Geste forderte er sie auf abzusteigen. Als nur Dora sich erhob, winkte er auch die anderen herunter. Mit zitternden Knien standen sie auf der schlammigen Fahrbahn. Die Soldaten inspizierten den Wagen, hoben die Bettdecken an, klappten den Deckel des Schließkorbs auf und prüften den Inhalt der Hafersäcke. Wie in Trance zog Vera aus ihrer Manteltasche eine Flasche Brombeerlikör, die sie aus dem Schulhaus mitgenommen hatte, und streckte sie einem der Männer hin, der sich der Flasche grinsend annahm.

»Voyna kaput! Krieg kaputt!«, rief er.

Nachdem sich die Russen davon überzeugt hatten, dass sich tatsächlich kein Wehrmachtssoldat auf dem Gespann versteckte, wollte Dora wieder aufsteigen, doch der Offizier hielt sie zurück.

»Nix da«, sagte er und schüttelte den Kopf. Sie sollten das Gespann stehen lassen und zu Fuß weitergehen. Er signalisierte ihnen mitzukommen.

»Und was wird aus Sulanka?«, rief Marianne entsetzt.

»Wir sehen, was sie mit uns vorhaben, und dann holen wir das Fuhrwerk wieder ab«, gab sich Vera Twardy zuversichtlich. »Oder wenigstens die Stute. Sicher wollen sie uns bloß irgendwo registrieren.«

Sie griffen sich ein paar Dinge vom Wagen, den Rucksack mit dem Rest Plätzchen, die Tasche mit Clärchens Windeln und eine warme Wolldecke für den Fall, dass man irgendwo anstehen musste, wo es kalt und zugig war.

Sie folgten dem Offizier zu einer verlassenen Schmiede. Es war ein länglicher Backsteinbau mit Wohnungen im ersten Stock über der verwaisten Werkstatt und einem flachen Bürogebäude hinter dem Innenhof. An der Mauer lag ein toter Soldat mit dem Gesicht nach unten im Schneematsch. Jemand hatte ihm die Stiefel weggenommen. Auf die Entfernung konnte Dora nicht erkennen, ob es ein Deutscher oder ein Russe war.

Der Offizier wies die Twardys in einen Raum, in dem die Luft stickig war vom Atem und vom Angstschweiß der Menschen, die dort bereits zusammenkauerten, alte Männer, Frauen, Kinder. Tische oder Stühle gab es nicht mehr, aber an den Regalen an den beiden Stirnwänden lagen noch ein paar von Kugeln durchsiebte Aktenordner, und auf der Fensterbank stand eine verdorrte Topfblume.

»Was passiert hier?«, fragte Dora in den Raum hinein, nachdem der Offizier die Tür hinter ihnen geschlossen hatte.

»Nichts Gutes«, antwortete eine alte Frau. Sie hatte ihren Arm um ein junges Mädchen gelegt, das sein Gesicht an ihrer Schulter vergraben hatte und schluchzte. »Sie holen hier alle Leute von der Straße zusammen. Keiner weiß, was das soll.«

»Wollen die Soldaten unsere Personalien aufnehmen?«

»Man weiß es nicht. Vielleicht morgen.«

»Und wann werden wir unser Fuhrwerk zurückbekommen?«

»Ach, Fräulein, ich glaube nicht, dass wir irgendetwas zurückbekommen, was die Russen uns weggenommen haben.«

»Aber sie dürfen doch unsere Sulanka nicht einfach behalten!«, schrie Klaus empört.

Niemand kam, um sie zu registrieren oder um sie etwas unterschreiben zu lassen. Niemand brachte etwas zu essen oder zu trinken. Wenn die Tür aufging, wurden lediglich weitere Flüchtlinge in den Raum geschoben, und hin und wieder kamen russische Soldaten herein und forderten Uhren, Schmuck und Schnaps. Aber sosehr die Männer auch suchten, bei den Menschen, die hier auf dem Boden zusammensaßen, war nichts Wertvolles mehr zu finden.

Dora erwachte vom Knarzen der Tür. Irgendwann am späten Abend war sie trotz ihres Hungers in einen erschöpften Schlaf gefallen. Jetzt fuhr sie hoch. Es musste mitten in der Nacht sein. Der Lichtkegel einer Taschenlampe huschte durch den finsteren Büroraum, wanderte prüfend von Gesicht zu Gesicht, beleuchtete schlafende Kinder und schnarchende Greise, die erschrocken aufgerissenen Augen einer jungen Frau, etwa so alt wie Marianne, wanderte weiter, kehrte dann zurück zu der jungen Frau und verharrte dort. Sie blinzelte ängstlich.

»Frau, komm!«, sagte eine Stimme an der Tür. »Idi syuda! Dawai! Los, komm!«

Die junge Frau presste erschrocken die Lippen zusammen und schüttelte den Kopf. Jemand trat in den Raum, Soldatenstiefel polterten auf dem Linoleumboden, das Taschenlampenlicht zuckte. Eine Hand riss die junge Frau brutal hoch und zerrte sie zur Tür.

Dora hörte noch lange, wie sie immer wieder »Nein, zu Hilfe! Nein!« schrie, während sie fortgebracht wurde.

Marianne war auch aufgewacht. »Mein Gott, was machen sie mit ihr?«, flüsterte sie.

Dora kam nicht dazu zu antworten, denn schon wieder öffnete sich die Tür, und wieder wanderte ein Taschenlampenlicht durch den Raum. Marianne kroch hinter ihre Mutter, die mit dem schlafenden Clärchen auf dem Schoß an der Wand lehnte, und legte sich so flach sie konnte auf den Boden. Dora zog sich hastig ihr wollenes Kopftuch tief über Stirn und Kinn. Was ging hier vor?

Wieder bliebt das Licht auf dem Gesicht einer Frau stehen,

wieder diese Worte, diesmal von einer anderen Stimme gesprochen, kalt und unerbittlich.

»Frau, komm! Dawai!«

Sie erhob sich und folgte der Aufforderung schweigend. Dora hatte die Vorgänge mit bangem Blick beobachtet. Sie vermochte nicht zu sagen, wie viele Stunden vergangen waren, bis die erste Frau zurückkam. Es war noch immer tiefe Nacht. Leise bahnte sie sich ihren Weg durch den dunklen Raum bis zu ihrem Platz unter dem Fenster, wo sie schluchzend zusammenbrach.

»Auch das überlebt man!«, rief eine Frau von der anderen Seite des Zimmers herüber. »Man kriegt zwar vielleicht die Syphilis, aber man überlebt das.«

»Drecksschweine sind das«, sagte ein alter Mann. »Verdammte Drecksschweine, man sollte sie alle erschießen!«

Bis auf das Schluchzen des Mädchens war es jetzt still im Raum. Auch draußen auf dem Flur war es ruhig.

»Ist es jetzt vorbei?«, flüsterte Marianne, nachdem eine Weile lang niemand mehr ins Zimmer geleuchtet hatte.

»Ich hoffe«, antwortete Dora. Marianne schmiegte sich ängstlich an sie.

Irgendwann musste Dora wieder eingenickt sein. Sie erwachte von einem grellen Licht, das ihr mitten ins Gesicht schien. Jemand trat ihr mit der Stiefelspitze unsanft gegen die Beine. Wer es war, konnte sie nicht sehen, weil sie die Taschenlampe blendete.

»Komm, Frau!«

Erschrocken schüttelte sie den Kopf. Da traf der Kolben einer Maschinenpistole mit voller Wucht ihre Schläfe. Sie schrie auf vor Schmerz.

»Komm!«, sagte die Stimme noch einmal. Zitternd stand Dora auf. Sie hörte, wie Marianne ihr etwas zurief, verstand es aber nicht, weil gleichzeitig die Frau, die das mit der Syphilis gesagt hatte, durch den Raum keifte: »Jede ist mal dran.«

In der Finsternis konnte Dora den Mann nicht sehen, der sie nun grob am Arm packte, aus dem Zimmer zog und dann quer durch den nächtlichen Innenhof schubste. Sie spürte den Lauf des Gewehres zwischen ihren Schulterblättern und wagte nicht, zu protestieren oder zu fragen, was er mit ihr vorhatte. Es ging durch die verlassene Werkstatt, in der noch der schweflige Geruch der Schmiedekohle in der kalten Esse hing, und eine schmale hölzerne Stiege hinauf in ein dunkles Zimmer. Das Taschenlampenlicht beleuchtete eine Chaiselongue mit einem fleckigen Samtbezug von unbestimmter Farbe. Ein zertretener Teppich lag auf dem Holzboden, darauf ein flacher Tisch voller Schnapsflaschen. Dora registrierte zwei weitere Männer, die am Fenster standen und rauchten. Als das Taschenlampenlicht ausging, glommen die Spitzen ihrer Zigaretten in der Dunkelheit. Einer von ihnen sagte etwas auf Russisch, worauf der andere lachte. Sie roch den beißenden Gestank der Zigaretten.

Da traf sie unerwartet ein Stoß. Zwei Hände packten ihre Schultern und warfen sie rückwärts auf das Sofa. Mit dem Kopf schlug sie hart gegen das Holz der Armlehne, aber noch ehe sie den Schmerz wirklich wahrnahm, wälzte sich jemand über sie.

Der Morgen graute schon, als Dora sich zurück zu den anderen in den Büroraum schleppte. Ihre Beine waren wie taub. Der Rest ihres Körpers fühlte sich so zerschunden und beschmutzt an, dass es sie vor sich selbst ekelte.

»Wir müssen hier raus«, sagte sie heiser zu Marianne. »Jetzt sofort. Ich bleibe keine Sekunde mehr in diesem Haus.«

»Aber Dora«, flüsterte Marianne. »Was ist mit Sulanka? Und mit all unserem Gepäck auf dem Wagen?«

Dora zuckte mit den Schultern. »Es ist, wie die Frau gesagt hat. Sie werden uns sowieso nichts zurückgeben. Versuchen wir, unser eigenes Leben zu retten.«

Sie trat zum Fenster und öffnete einen Flügel. Ein schneebedeckter Acker lag vor ihr, bedeckt mit dunklen Spuren von Hufen und Rädern. Mittendrin stand ein ausgebrannter Panzer im fahlen Grau des Morgens, aus der Luke hing eine verkohlte Gestalt.

Nacheinander stiegen sie durch das Fenster nach draußen, als Letzte Vera Twardy, nachdem sie Dora Clärchen hinausgereicht hatte. Dann liefen sie los, so schnell es im Schnee möglich war. Hinter ihnen taten es ihnen ein paar Leute aus dem Büroraum nach. Die Twardys hatten gerade den Panzer erreicht, als sie hinter sich das Feuer der Maschinengewehre hörten und die Schreie von Menschen. Sie rannten, ohne sich umzudrehen, und irgendwann hörte das Schießen auf.

• • •

An einem klaren, frostigen Tag Ende Februar kamen sie zurück nach Liebenwalde. Schon von Weitem sahen sie den Kirchturm von Sankt Katharina, während sie kraftlos die Chaussee entlangschlurften.

»Der Turm steht noch.« Vera Twardy blieb erschöpft stehen. »Das ist ein gutes Zeichen.«

Auf den Feldern ringsum lag noch Schnee in den Mulden, darauf totes Vieh, Pferde, Kühe, Schweine, manchmal konnte man gar nicht mehr genau erkennen, von welchem Tier der Kadaver stammte. Ein Strommast lag gefällt auf dem Acker, die Drähte abgerissen und zerfetzt. Die Erde war aufgewühlt, zerfurcht von den Spuren schwerer Kettenfahrzeuge. Ein flach gewalztes altes Wegkreuz lag im Schneematsch, offenbar von Panzern umgerissen und überrollt. Im Straßengraben steckte ein kaputter Handkarren, den jemand auf der Flucht vor vielen Wochen hatte zurücklassen müssen. Niemand war da, der ihn hätte wegräumen können. Es war so still überall. Selbst der Schwarm Krähen hoch oben am Himmel zog lautlos seine Kreise.

Als sie das Dorf erreichten, fanden sie es verlassen und geplündert vor. Sie gingen durch die Straßen wie durch eine Geisterstadt. An den Häusern, an denen sie vorbeikamen, waren die Fensterscheiben eingeschlagen, die Mauern schwarz von Ruß. Laschinskis Kolonialwarenladen, die Schule und ein paar andere Gebäude waren komplett abgebrannt, darunter das Haus der Kosubeks. Elsbeths Kaninchenställe lagen zertrümmert im Vorgarten. Sämtliche Straßenlaternen waren zerschossen. Vor dem Wirtshaus türmte sich das in seine Einzelteile zerlegte Mobiliar der Gaststube wie ein Scheiterhaufen, ganz oben steckte ein Stock, an dem eine rote Fahne mit Hammer und Sichel wehte. Das Blechschild »Zur Goldenen Krone«, das früher über dem Eingang gehangen hatte, lag auf dem Pflaster, von unzähligen Kugeln durchsiebt. Die Kirche hatten die russischen Soldaten weitgehend verschont. Nur eines der bunten Glasfenster war zersplittert, und im Portal entdeckte Arno ein paar Einschusslöcher. Den Gutshof der von Lengendorffs sahen sie nur aus der Ferne. Doch es reichte, um zu erkennen, dass von dem einst so prächtigen Gebäude mit der breiten Marmortreppe und den schönen weißen Säulen vor der Eingangstür nur noch eine verkohlte Ruine übrig geblieben war. Der Krieg war über Liebenwalde hinweggezogen und hatte eine Trümmerlandschaft hinterlassen.

Mit bangem Herzen bogen die Twardys von der Chaussee in die Straße ab, die zu ihrem Anwesen führte. Wie mochte es im Gutshaus aussehen? Zuerst kamen sie an den Häusern der Landarbeiter vorbei. Verwaist lagen die kleinen Katen da, die Fenster zerschlagen, die Haustüren offen. Die letzten Kohlstrünke in Machalskis Gemüsegarten waren zertreten von schweren Stiefeln. Dora rief nach Opa Machalski, dann nach Thassos. Aber es war niemand mehr da. »Vielleicht sind sie ins Gutshaus gezogen«, überlegte Marianne laut. »Da hat es Opa Machalski auf jeden Fall komfortabler als in diesen ärmlichen Hütten.«

»Falls es die Russen nicht abgebrannt haben«, sagte Dora.

Klaus und Arno rannten voraus bis zur Einfahrt.

»Es steht noch!«, schrien sie. »Es ist alles noch da, das Haus und die Ställe und die Scheune …«

Das klang so wunderbar, dass nun auch Dora ihre Schritte beschleunigte. Zu Hause! Nur endlich wieder zu Hause sein! Ein Dach, ein Bett, ein Kachelofen …

Mit klopfendem Herzen betrat sie durch das Tor das Geviert des Gutshofes. Vor der Scheune lagen die Kadaver dreier Schweine, die Beine grotesk in die Luft gereckt. Zwischen den Apfelbäumen im Obstgarten entdeckte sie eine tote Kuh mit aufgeblähtem Bauch. Sonst war kein Tier zu sehen. Die Ställe, deren Türen so sperrangelweit offen standen, wie sie sie am Tag ihrer Flucht verlassen hatten, waren bis auf das zertretene Stroh leer. Kein Blöken, kein Gackern, kein Schnauben. Nicht einmal eine Taube gurrte. Totenstille lag über dem Gelände. Aber alle Gebäude standen noch.

»Gott sei Dank«, entfuhr es Dora. »Wenigstens haben sie hier kein Feuer gelegt.«

Die Hängebank auf der Veranda war verschwunden, nur ein paar Glieder der vier Ketten baumelten noch von der Holzdecke. Die meisten Fenster des Gutshauses waren zerschossen, die Haustür lag zersplittert im winterkahlen Blumenbeet.

Dora war die Erste, die sich hineinwagte. Mit angehaltenem Atem betrat sie das Haus.

Im Inneren sah es aus, als wäre eine Bombe eingeschlagen. Sämtliche Möbel waren zertrümmert, der Parkettboden war übersät von Scherben. Alle Gläser und alles Geschirr, das sie vor ihrem Aufbruch nicht in der Scheune vergraben hatten, war aus den Schränken geholt und zerschmettert worden, ebenso wie der große ovale Spiegel in der Diele, in dem sich Dora so oft betrachtet hatte, bevor sie das Haus verließ. Bei jeder Bewegung wirbelten mit dem Luftzug Abertausende Daunenfedern durch das Haus, auf der Treppe zu den Schlafzimmern lagen die schlaffen Reste der aufgeschnittenen Bettdecken. Im Salon waren die Polster der Sessel und des Sofas aufgeschlitzt worden, sodass die Sprungfedern herausragten. Die Vorhänge hatte man heruntergerissen, zertrampelt und verdreckt lagen sie auf dem Parkett. Am Klavier war kaum mehr eine Taste intakt, nachdem offenbar jemand das Instrument mit den Kugeln eines Maschinengewehrs bearbeitet hatte. Die Teppiche, die Standuhr und der Hocker, auf dem Erna immer so gerne gesessen hatte, waren weg. Der Eichenholzrahmen mit Urgroßvater Johann Gottfried von Twardys Abbild in Öl hing noch über dem ramponierten Tisch im Speisezimmer. Aber sein gütiges Lächeln war verschwunden, das Gesicht von Schüssen durchsiebt. Auch in der Küche stand nichts mehr auf seinem Platz. Töpfe, Pfannen, Schüsseln, Besteck, die Tüten, Dosen und Schuber mit Mehl, Zucker, Salz, Grieß, alles lag zerbeult, zertrümmert und zerfetzt in einem kniehohen Durcheinander auf dem Boden, sodass die schwarz-weißen Fliesen kaum mehr zu sehen waren.

»Oh mein Gott«, hauchte Marianne. Sie war Dora zusammen mit ihrer Mutter und den drei Kindern gefolgt. Schweigend waren sie mit Storchenschritten über den Unrat in den Zimmern hinweggestiegen. »Ich kann es nicht glauben. Wie sollen wir das hier je wieder …«

Weiter kam sie nicht, weil Vera mit leisem Stöhnen zusammensackte. Dora konnte sie gerade noch auffangen und half ihr, sich auf einen Schemel zu setzen.

Klaus schrie auf. »Ist Mama tot?«

Aber Vera Twardy lebte, wenngleich bleich wie ein Leintuch. Mit flackerndem Blick betrachtete sie das, was aus der blitzsauberen, wohl sortierten und stets penibel aufgeräumten Gutshausküche geworden war. Dora fühlte ihren Puls. Er pochte schnell. Ihre Hände waren kalt und schweißig.

»Schnell, Marianne! Mama braucht etwas zu trinken.«

Marianne drehte den Wasserhahn über dem Spülbecken auf, aber es floss nichts heraus. »Die Leitung funktioniert nicht mehr.«

»Dann hol ein bisschen Schnee, damit wir wenigstens ihre Lippen befeuchten können! Beeil dich!«

Marianne lief durch den Hinterausgang der Küche und brachte einen Klumpen Schnee herein, den sie ihrer Mutter reichte. Sie lutschte daran, und das Schmelzwasser tropfte auf ihren Mantel.

»Geht es dir jetzt besser?«, flüsterte Marianne ängstlich.

Vera nickte stumm.

»Mama«, flüsterte Dora, kniete sich neben sie und streichelte tröstend ihre nassen Hände. »Die Hauptsache ist doch, wir haben wieder ein Dach über dem Kopf. Wir sind zu Hause. Wir räumen das auf. Und dann wird alles gut. Wir schaffen das.«

Ihre Mutter antwortete nicht. Sie starrte geradeaus ins Nichts, als wäre sie blind. Eine Träne löste sich aus ihrem Auge und rollte über ihre Wange. Wortlos standen Klaus und Arno neben ihr.

»Es ist doch nur Geschirr, Mama …«

Vera Twardy zuckte matt mit den Schultern. Nichts von dem, das sie in den vergangenen vier Wochen erlebt hatte, hatte sie in die Knie zwingen können. Nicht die vergebliche Flucht, nicht Ernas Tod, nicht die Luftangriffe und die Bomben auf dem Eis, nicht einmal die Grausamkeit der russischen Soldaten hatten ihr starkes Herz brechen können. Aber zurückzukommen und zu sehen, dass ihr Zufluchtsort, ihr friedliches Zuhause, das Heim der Familie, in dem sie so viele Jahre lang gewissenhaft und ordentlich gewaltet hatte, in eine Trümmerwüste verwandelt worden war, das brachte sie endgültig um den Verstand. Statt der stolzen Gutsherrin Vera Twardy, die für Dora der Inbegriff von Pflichtbewusstsein und Standhaftigkeit, von Schönheit, Noblesse und Eleganz gewesen war, saß in diesem Moment eine hoffnungslos verzweifelte alte Frau auf dem wackeligen Schemel in der Gutshausküche und weinte so sehr, dass ihr Rotz und Wasser durchs Gesicht liefen.

»Bleib bei ihr, Marianne. Ich sehe oben in den Schlafzimmern nach, ob da noch ein Bett steht, in dem sie sich ausruhen kann.«

Dora verließ die Küche und ging durch den Hausflur. Sie spürte, wie der Anblick ihrer zutiefst verstörten Mutter etwas in ihr veränderte. Der Schmerz über das Verlorene und die Qualen, die sie in den vergangenen Wochen erlitten hatten, verwandelte sich in blinde Wut auf die Menschen, die für diese sinnlose Zerstörung verantwortlich waren.

Ich werde kämpfen, sagte sie zu sich in wilder Entschlossenheit. Ich gebe nicht auf. Sie würde dieses Haus wieder bewohnbar machen. Sie würde etwas zu essen auftreiben. Der Rest würde sich finden.

Gerade wollte sie die Treppe hinaufsteigen, da hielt sie erschrocken inne. Sie hatte ein Geräusch gehört. Es war nicht aus der Küche gekommen und auch nicht aus dem Salon. Da waren Schritte im Keller gewesen. Die Tür am Ende des Flures, die hinunterführte, war nur angelehnt.

Dora lehnte das Ohr an die Kellertür, aber von unten war nichts mehr zu hören. Es könnte ein Tier sein, das sich in den Keller verirrt hatte, dachte sie, Machalskis Katze vielleicht. Türen und Fenster standen ja die ganze Zeit offen. Oder aber – und dieser Gedanke ließ Doras Herz rasen –, oder aber es waren russische Soldaten, die da unten noch nach etwas Brauchbarem suchten. Vielleicht waren die Leute, die das Haus verwüstet hatten, noch gar nicht weg? Aber würden die so leise sein? Nein, die russischen Soldaten traten laut und siegesgewiss auf, die johlten und brüllten, die schrien »Chitler kapuut!« und fuchtelten grinsend mit ihren Maschinengewehren herum. Nein, die Russen hatten keine Angst. Die gingen nicht auf Zehenspitzen, um einen Vorratskeller auszurauben. Es musste etwas anderes sein. Da war jemand im Haus, der da nicht hingehörte.

Dora zog die Kellertür auf, hielt noch einmal kurz lauschend inne, und als es unten still blieb, schlich sie Stufe für Stufe die Treppe hinab.

Im Vorratskeller sah es nicht anders aus als im übrigen Haus. Die Regale waren umgeworfen, zerschmetterte Marmeladengläser, Gurkentöpfe, Weinflaschen, Zwiebelstränge, Salzheringe, eingelegte Birnen, alles lag in einem einzigen säuerlich riechenden Matsch auf dem Boden. Einzig der Sommerkeller sah einigermaßen ordentlich aus. Zwar hatte jemand die Polster aus der großen Kiste geholt und auf dem Boden ausgebreitet, aber sie waren nicht zerfetzt. Die Blumentöpfe standen noch im Regal. Auch das Fenster war heil geblieben. Dora erinnerte sich an den Deserteur, den sie hier beherbergt hatte, und in diesem Augenblick spürte sie, dass sie nicht allein im Raum war. Das Regal stand anders als sonst. Da war ein Zwischenraum zwischen der Rückwand des Holzgestells und der Mauer, groß genug, dass ein schlanker Mensch hineinpasste. Das Herz schlug ihr bis zum Halse. Ihr Instinkt mahnte sie, sofort wegzulaufen, aber sie hielt inne. Wenn dort ein russischer Soldat stand, dann war er unbewaffnet und hatte Angst vor ihr, sonst hätte er sich sicher nicht hinter dem Regal versteckt. Vielleicht war er sogar verletzt. Er konnte sie nur gehört und noch nicht gesehen haben, vermutlich hielt er sie für einen schwer bewaffneten Wehrmachtssoldaten, der ihm überlegen war. Das musste sie ausnutzen. Sie huschte zurück in den Vorratskeller und hob eine der halb zerbrochenen Weinflaschen auf, fasste sie am Hals, den gesplitterten Teil der Flasche wie einen Dolch vor sich hertragend. Schritt für Schritt schlich sie auf das Regal zu, bis sie sehen konnte, wer oder was sich dahinter verbarg. Ein Mann stand dort im Halbdunkel, den Rücken eng an die Wand gepresst, er trug eine Uniform, war das eine Wehrmachtsuniform? Sie konnte es nicht erkennen. Zwei Augen waren auf sie gerichtet, und dann zerriss ein Schrei die Stille im Keller.

»Dora!«

»Erich?«

Dora ließ die Flasche fallen. Im nächsten Augenblick war er herausgeschlüpft und schlang seine Arme um ihren Hals. »Dora! Ich bin so froh! Ich bin so froh, dass du es bist. Du kannst dir nicht vorstellen, wie viel Angst ich hatte, als ich von oben die Geräusche hörte. Ich dachte, die russischen Soldaten sind zurückgekommen.«

»Mensch, Erich!« Dora drückte ihren Bruder an sich. »Mir ging es genauso.« Sie lachte und weinte gleichzeitig. »Wo kommst du denn auf einmal her? Was machst du denn hier? Mein Gott, dass ich dich wiederhabe! Und wie Mama sich freuen wird. Lass dich ansehen, bist du gesund?«

Er nickte. »Ja. Mir geht es gut. Vor allem jetzt, wo ihr wieder da seid. Wo wart ihr denn? Ich bin heute Nacht zurückgekommen und hab mir solche Sorgen um euch gemacht.«

»Hast du etwa miterlebt, wie die russischen Soldaten das Haus zertrümmert haben?«

»Nein, das war alles schon passiert, bevor ich kam. Aber nun sag doch, wo kommt ihr her? Und wo sind unsere Tiere und all die Leute? Warum ist der ganze Hof verlassen?«

»Ach, Erich. Komm mit rauf zu den anderen. Dann erzählen wir dir alles.«

Als Dora Erich in die Küche brachte, löste das bei seinen Geschwistern lautes Jubelgeschrei aus. Selbst seiner Mutter glitt der Anflug eines Lächelns über das Gesicht. Sie nahm seine Hände und wollte sie gar nicht mehr loslassen.

»Mama!« Erich legte seinen Kopf auf ihren Schoß wie ein kleines Kind. »Mama, ich bin so froh, dass du da bist.«

Erich gestand den anderen, dass er desertiert war. Russische Tiefflieger hatten die Flugabwehrstellung in Braunsberg, an der er mit einem halben Dutzend anderer junger Soldaten seinen Dienst als Luftwaffenhelfer tat, angegriffen, worauf ein Feuer ausbrach. Zum Glück waren alle Männer den Flammen entkommen. Doch anstatt sich so bald wie möglich bei seiner Einheit zu melden, hatte Erich das Chaos genutzt, um sich davonzumachen. Tagelang hatte er sich bei Nacht durch den Wald geschlagen, um sowohl der Wehrmacht als auch den russischen Truppen zu entgehen, und es war ihm gelungen, unversehrt zum Gutshaus zu gelangen.

»Du bist wahnsinnig, einfach abzuhauen!« Trotz ihrer Freude, den Bruder gesund wiederzusehen, machte Marianne ihm Vorwürfe. »Du kannst doch nicht einfach die Truppe verlassen. Die hängen dich auf, wenn sie dich hier finden. Und hier werden sie dich zuallererst suchen. Du weißt doch, dass die Wehrmacht kurzen Prozess mit Deserteuren macht. Und uns erschießen sie gleich mit.«

»Das Wichtigste ist, dass Erich den russischen Angriff überlebt hat«, sagte Dora. »Ich glaube nicht, dass sich hier noch einmal ein Wehrmachtssoldat blicken lässt. Die Front ist durch. Die größere Gefahr besteht darin, dass russische Soldaten ihn mitnehmen. Denk doch nur an Karol, Frantek und den Jungen aus der Schule. Sie nehmen alle jungen Männer mit, die sie zu fassen bekommen.«

»So oder so, es ist leichtsinnig und lebensgefährlich für uns alle, dass Erich desertiert ist.«

»Ich konnte nicht mehr, Marianne. Ich hab es einfach nicht mehr ausgehalten. Diese ständigen Angriffe, die vielen Toten, diese furchtbare Angst immerzu ... Ich wollte nur noch weg.«

Dora nickte und küsste tröstend seine Wange.

»Ich bin glücklich, dass du wieder bei uns bist. Und Mama hat jetzt eine Sorge weniger. Kein Junge sollte je dazu gezwungen werden, eine Waffe in die Hand zu nehmen. Aber bis der Krieg wirklich zu Ende ist, müssen wir uns hier irgendwie durchschlagen. Es wird eine Zeit kommen, in der hoffentlich niemand mehr danach fragt, wo Soldat Erich Twardy im Februar 45 geblieben ist. Und in der kein russischer Soldat mehr ...« Sie stockte. Es gab Dinge, die sie nicht aussprechen konnte. »... In der niemand mehr Angst haben muss«, vollendete sie den Satz.

• • •

Im Obergeschoss des Gutshauses fanden sie noch ein paar intakte Betten, in denen sich Vera Twardy, Clärchen und die Zwillinge ausruhen konnten. Dora, Marianne und Erich inspizierten unterdessen die Ställe und die Scheune.

»Sie haben alles gefunden!«

Bestürzt betrachtete Dora die Grube, in der sie vor ihrer Flucht die Wertsachen der Familie versteckt hatte. Sie war ausgehoben und durchwühlt. Keine einzige Kiste lag mehr darin.

Nun tragen irgendwelche Mädchen in Moskau oder Leningrad meine Ringe und meinen Ohrschmuck, dachte Dora und war selbst erstaunt, wie wenig sie das berührte.

Bei den Erdmieten hinter dem Haus hatten sie mehr Glück. Die unterirdischen Vorratskammern waren unentdeckt geblieben. Damit gab es Kartoffeln und Rüben im Übermaß zu essen. In der Küche konnten sie einige Dosen mit Teekräutern retten, und im Keller hatten bei genauerem Hinsehen sogar ein paar Gläser mit eingelegten Kürbissen, eine Kanne Leinöl und ein Korb mit vier Flaschen Holundersirup die Zerstörungswut der Soldaten überstanden.

Notdürftig verschlossen sie in den wichtigsten Räumen des Gutshauses die zersprungenen Fensterscheiben. Dora riss dafür die Pappendeckel von den Aktenordnern im Gutsbüro, die die Soldaten dort aus den Regalen gerissen und auf den Boden geworfen hatten. Erich fand das passende Werkzeug in der Scheune und nagelte die Pappen an die Fensterrahmen. Nun herrschte zwar beständiges Dämmerlicht in der Küche, im Salon und in den beiden Schlafzimmern, in denen sie ihre Betten zusammengeschoben hatten, aber es stürmte und schneite dort nicht mehr herein. Da sich auch die Kachelöfen anfeuern ließen, hatten sie nun einige Räume, in denen es einigermaßen wohnlich sein würde, wenn sie erst alle Trümmer, Scherben und Unrat hinausgeräumt hatten.

Am Abend gab es Kamillentee und Bratkartoffeln, und sie konnten sich nicht erinnern, dass irgendwann irgendwas so gut geschmeckt hatte. Nur Vera Twardy aß kaum etwas. Noch immer lag dieser stumpfe Blick in ihren Augen.

30.

Am nächsten Tag half Dora ihrem Bruder dabei, die Schweinekadaver aus dem Hof auf einem Schubkarren zum Misthaufen hinter der Scheune zu bringen. Dort machten sie eine grausige Entdeckung. Ein toter Soldat lag da, den Rücken an den zugeschneiten Berg aus Stroh und Dung gelehnt wie an ein großes Kissen, als habe er sich einen bequemen Platz zum Ausruhen ausgesucht. Er war kaum älter als Erich und trug eine vollständige Wehrmachtsuniform. Um seinen Körper herum war der Schnee ein wenig geschmolzen. Durch den Frost hatte noch keine Verwesung eingesetzt. Er sah aus, als schlummere er.

»Wie mag er hierhergekommen sein?« Erich flüsterte, als läge dort tatsächlich ein Schlafender, den er nicht wecken wollte. »Und woran mag er gestorben sein?«

Dora zuckte mit den Schultern. »Vermutlich ist er erfroren. Oder verhungert. Man sieht keine Verletzung. Ich denke, er liegt noch nicht sehr lange da. Vielleicht ist er desertiert wie du und hat nicht gewagt, ins Haus zu gehen. Oder der Besuch der Russen hat ihn überrascht. Komm, wir wollen ihn beerdigen. Wir können ihn hier ja nicht einfach liegen lassen.«

»Warte!« Erich kniete sich vor dem Toten nieder, zog ihm die Stiefel ab und betrachtete sie. »Die sind wie neu. Kein einziges Loch, und ich denke, sie haben genau die richtige Größe.«

Er schlüpfte aus seinen eigenen Stiefeln. An den Fersen waren seine Socken blutig.

»Meine sind mir längst viel zu klein, und die Sohlen sind schon ganz durchlöchert. Aber es gab keine vernünftige Ausrüstung mehr für mich. Ich konnte zuletzt kaum mehr laufen, so sehr haben mir die Füße wehgetan.«

Er probierte die Stiefel des toten Soldaten an und marschierte darin ein paar Schritte vor dem Misthaufen auf und ab.

»Perfekt! Als wären sie für mich gemacht worden.«

Er warf seine alten Stiefel in hohem Bogen auf den Strohberg.

Dora hatte unterdessen etwas anderes entdeckt. Unter dem Arm des Soldaten lagen ein Gewehr und eine Tasche mit Munition. Sie zog beides heraus.

»Das könnte uns noch einmal nützlich sein.«

»Allerdings. Wir könnten versuchen, damit ein paar Feldhasen oder Tauben zu schießen, damit wir etwas zum Braten haben. Wir können ja nicht immer nur Rüben und Kartoffeln essen.«

Dora nickte. Sie hoben den toten Mann auf die Schubkarre und brachten ihn in die Scheune. Sie legten ihn in die Grube, die noch immer offen dalag, und schaufelten sie anschließend mit der ausgehobenen Erde zu.

»Falls noch einmal ein russischer Soldat kommen und hier nach Gold und Silber graben sollte, wird er eine unerfreuliche Entdeckung machen«, sagte Dora grimmig. Sie trug das Gewehr und die Munition hinauf in ihr Schlafzimmer, wo sie es unter dem Bett versteckte.

In den nächsten Tagen arbeiteten sie weiter daran, die zerstörten Einrichtungsgegenstände aus dem Haus zu schaffen und aus allem, was sich dazu eignete, Feuerholz zu machen. Auch die übrigen Gebäude auf dem Gutsgelände durchsuchten sie nach Dingen, die ihnen nützlich sein könnten.

Dora hoffte, dass Thassos vielleicht irgendwann auftauchte. Wie viel wohler würde sie sich fühlen, wenn der Hund wieder da wäre und sie wie früher warnen könnte, sobald sich ein Fremder dem Hof näherte. Aber Thassos blieb genauso verschollen wie Opa Machalski.

»Vielleicht hat er sich ja dann doch noch auf den Weg Richtung Westen gemacht und sitzt jetzt irgendwo im Reich im Warmen«, überlegte Klaus.

»Ja«, sagte Dora und strich ihrem Bruder über den strubbeligen Kopf. »Das wollen wir ganz fest glauben.«

Es war einsam, still und leer auf dem Gutshof, als wären sie allein auf der Welt. Vera Twardy blieb seit dem Tag ihrer Rückkehr stumm. Sie schien ihre Stimme verloren zu haben. Apathisch saß sie den ganzen Tag lang im Salon auf einem der wenigen Esszimmerstühle, den man noch benutzen konnte, und beobachtete teilnahmslos alles, was um sie herum vorging.

Der einzige Mensch im Haus, der unerschütterlich gute Laune hatte, war die kleine Clara. Nachdem Dora und Marianne alle Scherben weggekehrt hatten, krabbelte sie fröhlich über den ramponierten Parkettboden und gab drollige Laute von sich, als wolle sie allen erzählen, wie froh sie war, wieder zu Hause zu sein.

• • •

Wenige Tag später hörten sie, wie ein Militärfahrzeug mit hoher Geschwindigkeit in den Hof hereingefahren kam. Doras erster Gedanke war, das ist die Wehrmacht, jetzt holen sie Erich. Aber durch einen Spalt zwischen den Pappdeckeln am Salonfenster sah sie die rote Fahne am Heck des Wagens flattern.

»Russen!«, flüsterte sie. »Da draußen sind russische Soldaten.«

Erich stöhnte. »Holen die mich jetzt?«

»Die holen uns alle«, antwortete Marianne, die leichenblass geworden war.

»Los, in den Keller«, entschied Dora. »Wenn wir uns ganz schmal machen und die Kinder keinen Ton von sich geben, dann könnte...«

Erich ahnte, was Dora vorschwebte, und schüttelte den Kopf. »Nein, das geht nicht. Hinter dem Regal ist nicht genug Platz für uns alle.«

»Dann geht ihr zwei mit Mama«, entschied Dora. »Dann seid ihr wenigstens halbwegs in Sicherheit. Ich bleibe mit den Kleinen hier oben. Die Russen lieben Kinder. Wenn ich Clärchen auf dem Arm habe, werden sie mir nichts tun.«

»Aber Dora, bist du dir sicher ...«

»Ja, Erich. Nun lauft! Schnell!«

Sie hoffte, dass ihre Stimme beherzter klang, als sie sich fühlte. Die anderen sollten nicht erfahren, wie sehr sie sich selbst davor fürchtete, wieder einem russischen Soldaten gegenüberzustehen. Die Bilder, Gerüche und Geräusche jener Nacht in der verlassenen Schmiede stiegen in ihr auf, sosehr sie sich auch dagegen wehrte. Mit aller Macht rief sie sich ins Gedächtnis, wie der Russe damals in der Schule Clärchen gestreichelt und den Jungen Kekse geschenkt hatte. Nur daran wollte sie jetzt denken. Ganz sicher war nicht jeder russische Soldat ein Teufel.

Während Erich und Marianne ihre Mutter an den Armen fassten und mit ihr in den Keller hinuntereilten, flüsterte Dora den Zwillingen zu: »Und ihr zwei, ihr verratet mit keinem Wort, dass noch jemand im Haus ist. Die Männer dürfen nichts davon erfahren. Das ist wichtig. Wir vier, wir wohnen hier ganz allein, habt ihr verstanden?«

Die Zwillinge nickten folgsam, aber mit ängstlichem Blick.

Die kleine Clara, die von alldem nichts begriff, krähte munter in Doras Armen.

Schon polterten Stiefel ins Haus. Es mussten mehrere Männer sein. Dora hörte, wie sie in der Diele lärmten. Ihre rauen, dunklen Stimmen hallten durch den Flur, brüllten unverständliche Satzfetzen. Gelächter, schwere Schritte, das Klirren von Glas, als hätte jemand eine Flasche gegen die Wand geworfen.

Dora stieß ein stummes Stoßgebet aus: »Bitte nicht!«

Aber schon flog die Tür zum Salon auf.

Sie waren zu fünft. Drei von ihnen trugen Maschinengewehre mit aufgepflanztem Bajonett in den Händen, die anderen beiden Schnapsflaschen. Einem ragte der Hals einer Schnapsflasche aus der Brusttasche seiner wattierten Jacke, bei jedem Schritt schwappte etwas heraus. Schon bald stank es im Raum durchdringend nach dem Qualm der dunklen Papirossa-Zigarette, die einer von ihnen im Mundwinkel trug. Diesen Geruch kannte Dora. Die roten Glühwürmchen aus der Schmiede. Augenblicklich wurde ihr übel.

Einen Moment lang schienen die Soldaten überrascht zu sein, jemanden im Haus anzutreffen.

Dann fragte der Mann mit der Zigarette mit barscher Stimme: »Daitsche Soldatt?«

Dora schüttelte stumm den Kopf, während sich die Männer im Raum umsahen. Einer der anderen Soldaten nahm noch einen Schluck aus seiner Schnapsflasche, stellte fest, dass sie leer war, und schmetterte die Flasche gegen das Klavier. Er lachte und rief etwas auf Russisch, das Dora nicht verstand. Möglicherweise war es ihm zu dunkel im Zimmer. Er setzte sein Gewehr an und schoss auf die Pappen, die die Fenster bedeckten, sodass die Fetzen durchs Zimmer flogen.

Dora rührte sich nicht. Ihr lief ein eiskalter Schauer über den

Rücken. Sie stand mitten im Raum und presste die erschrocken weinende Clara an sich. Die Zwillinge schmiegten sich rechts und links an ihre Schwester.

»Es ist gleich vorbei«, flüsterte sie den Kindern zu. »Es ist gleich vorbei. Die Männer gehen gleich wieder weg.«

Aber sie sprach diese Worte vor allem zu sich selbst. *Es geht vorbei*, dachte sie. *Man überlebt auch das.* Wer hatte das doch gleich zu ihr gesagt?

Einer der Männer trat auf sie zu, und Dora spürte, wie ihr Herz aussetzte. Doch dann ging der Mann vor Arno in die Knie. Grinsend zog er den Jungen am Ohr und brabbelte etwas Unverständliches. Er nahm Arnos kleine Hände und legte sie an den kalten Lauf seines Gewehrs.

»Bumbum, daitsche Soldatt kapuut!«, rief er lachend. Dann riss er die Waffe hoch und schoss auf den Kachelofen in der Ecke, dass die Splitter durch den Salon spritzten.

Rasende Wut erfasste Dora, als sie die verängstigten Gesichter ihrer kleinen Brüder sah. »Lass das Kind in Ruhe!«, schrie sie. »Lass sofort das Kind in Ruhe!«

Verächtliches Gelächter war die Antwort. Nur der Papirossa-Mann blieb ernst. Er ließ seine halb aufgerauchte Zigarette auf den Boden fallen, wo ihre Glut ein schwarzes Loch ins Parkett brannte. Seine schmalen dunklen Augen fixierten Dora, während er langsam auf sie zutrat.

»Nein!« Sie flüsterte nur noch. »Nein, bitte nicht. Ich habe ein Baby. Seht ihr, ich habe ein Baby. Ich bin eine Mama. Matka. Ihr habt zu Hause doch auch eine Matka, ihr dürft doch nicht ...«

Sie war unfähig, sich zu bewegen. Zitternd ließ sie es geschehen, dass ihr der Mann Clärchen aus dem Arm nahm und auf den Fußboden setzte. Einer der anderen Soldaten fischte einen kleinen hölzernen Nussknacker aus seiner Jackentasche und drückte ihn dem Mädchen zum Spielen in die Hände. Aber Clärchen weinte nur.

Ohne sie aus den Augen zu lassen, legte der Papirossa-Mann eine Hand an Doras Hals und schob sie rückwärts gegen die Wand.

»Nein«, flehte Dora. »Bitte nicht. Bitte nicht vor den Kindern.«

»Stopp!«

Eine Stimme wie Donnerhall dröhnte durch den Raum. Der Mann, der Dora gegen die Wand gedrückt hatte, wurde abrupt von ihr weggerissen und taumelte erschrocken zur Seite. Dora rutschte zu Boden. Ungläubig sah sie auf. Ein weiterer russischer Soldat, der vorher noch nicht da gewesen war, stand vor ihr, ein hochgewachsener Mann mit kantigen Gesichtszügen und rasiertem Kinn. Unbemerkt war er ins Zimmer gekommen. Er schien der Vorgesetzte der Soldaten zu sein, denn nun gab es einen kurzen, harschen Wortwechsel, dann nahmen die anderen Männer ihre Waffen auf. Der eine von ihnen jagte noch einen Feuerstoß in das Klavier, bevor alle fünf hinausgingen. Kurz darauf hörte sie ihr Johlen vom Hof her.

Der Offizier half ihr auf. Er wirkte gepflegter als die anderen und war ordentlich gekleidet. Seine Uniform roch schwach nach Desinfektionsmittel. Sie zog ihr Kleid glatt. Ihre Knie zitterten. Mit zusammengepressten Lippen betrachtete sie den Mann. Nein, sie würde sich nicht bedanken. Sie von diesen brutalen Kerlen zu befreien war das Mindeste, was dieser Soldat tun konnte. Und außerdem verstanden die Russen ihre Sprache ja sowieso nicht.

»Männer nix gut«, sagte der Offizier zu ihrer Überraschung auf Deutsch. Es hatte den harten, rollenden Klang seiner russischen Muttersprache. »Zu viel Wodka. Sie sollten nicht schlecht sein zu deutschen Frauen.«

Doras Augen funkelten zornig. »Sie sind aber schlecht zu deutschen Frauen«, fuhr sie ihn an. »Der Wodka ist keine Entschuldigung. Warum tun eure Soldaten das? Sie tun es überall, wo sie einmarschieren, egal, ob sie Wodka getrunken haben oder nicht. Warum? Was haben wir euch getan?«

»Deutschland hat Krieg gemacht.« Sein Blick war kühl. »Deutschland ist schlecht. Hitler hat Verträge gebrochen. Deutsche Soldaten sind nach Russland gekommen, wollten unser Land wegnehmen. Deutsche Soldaten haben getötet, haben viele Unglück über unser Land gebracht. Über die ganze Welt. Viele Tote. Wir kämpfen, wir gewinnen, und jetzt gibt es Rache. Das ist Strafe für Deutschland.«

»Aber warum ich? Ich habe niemanden getötet! Ich war nie in Russland. Ich habe keine Befehle erteilt. Wofür wollen Sie mich bestrafen?«

Er zögerte, bevor er in gedämpftem Tonfall antwortete: »Russische Soldaten haben gelernt, Deutschland zu hassen. Wurde ihnen gesagt: Wenn Sieg über Deutschland, dann ihnen gehört alles. Land, Häuser, Geschirr, Uhren, Frauen ... Es gibt Befehl aus Moskau: Macht alles kaputt. Noch Enkel und Urenkel von Deutschen sollen Angst haben vor grausame russische Soldaten.«

Dora war entsetzt. »Das ist kein Krieg mehr. Das ist ein Verbrechen gegen die Menschlichkeit.«

Er zuckte mit den Schultern und sah sie ratlos an.

»Ja, bin ich damit auch nicht einverstanden. Aber was soll ich machen? Kommen Befehle aus Moskau.«

»Sie müssen zumindest Ihren Männern sagen, dass sie die Frauen in Ruhe lassen sollen.«

Er nickte. Seine harten Gesichtszüge waren weicher geworden. »Habe ich gerade getan, gnädige Frau. Aber kann ich nicht überall sein, bin ich Kommandant in Stadt Wormditt. Vermutlich sind Männer schon in nächste Dorf. Und ich muss selbst vorsichtig sein: Wenn russische Militärführung denkt, ich bin zu gut zu Deutschen, dann sie bringen mich um. Wegen Mitleid mit Feind.«

»Wie soll es je Frieden in einer Welt geben, in der Mitleid mit dem Tod bestraft wird«, stieß Dora hervor.

Er antwortete nicht. Er hätte jetzt gehen können. Aber er tat es nicht. Seine Blicke wanderten zu Clärchen hinüber, die auf dem Boden saß und inzwischen mit dem kleinen hölzernen Nussknacker spielte. Klaus und Arno hatten sich neben sie gesetzt.

»Ihre Tochter?«, fragte er. Es klang wie ein Waffenstillstandsangebot.

»Ja«, antwortete Dora. Wie hätte sie ihm auch erklären sollen, was es mit dem Kind auf sich hatte. »Und die Zwillinge sind meine Brüder.«

Er lächelte die Kinder an.

»Habe ich auch so eine kleine Mädchen zu Hause. Darja. Habe seit einem Jahr nicht mehr gesehen. Und wie heißt Ihr Kind?«

»Clara.«

»Schöner Name.«

»Wo haben Sie so gut Deutsch gelernt?«

»Habe ich in Königsberg studiert ein paar Jahre vor dem Krieg. War es eine schöne Stadt.«

»Oh ja. So schön war Königsberg. Aber jetzt ist alles dahin. Königsberg, unser Dorf, unser Gutshof. Alles.«

»Die ganze Welt kaputt. Verdammter Krieg. Proklyataya voyna!«

»Ja, verdammter Krieg.«

Sie maßen einander mit Blicken, die junge Frau aus Ostpreußen und der namenlose Mann aus dem fernen Russland, zwei Menschen, die einander fremd waren und fremd bleiben würden, weil das Schicksal für sie nichts anderes vorsah. Und doch war für einen Augenblick etwas aufgeblitzt, etwas Verbindendes, ein kleines warmes Licht von Menschlichkeit in diesen kalten, finsteren Zeiten.

»Muss ich jetzt los«, sagte der Offizier und räusperte sich. »Wünsche Ihnen Glück.«

Dora nickte. »Danke«, sagte sie leise. »Das wünsche ich Ihnen auch.«

Er salutierte kurz und ging.

Noch am selben Tag trat Dora mit einer Schere vor das letzte verbliebene Stück Spiegel im Badezimmer und schnitt sich ihre Haare ab. Das Geräusch hatte etwas Endgültiges. Es schmerzte ihr in den Ohren. Aber es musste sein. Locke für Locke sank zu Boden, eine prächtige dunkle Strähne nach der anderen. Am Ende waren ihre Haare so kurz und struppig wie die eines Jungen. Sie strich sich weiße Asche aus dem Kachelofen hinein und auch in die Augenbrauen. Mit Kohle tupfte sie sich dunkle Schatten über die Oberlippe und ans Kinn. Danach zog sie eine Hose, Hosenträger und ein altes Hemd von ihrem Vater an, die sie noch im Kleiderschrank ihrer Eltern fand. Als Marianne hereinkam, schrie sie auf.

»Dora! Wie furchtbar siehst du denn aus? Ich habe mich zu Tode erschreckt. Ich dachte, hier steht ein fremder Mann im Zimmer.«

»Gut. Das ist sehr gut. So soll es sein. Es ist besser, wenn man nicht mehr sofort als Frau erkannt wird. Du solltest auch deine Haare abschneiden. Für den Fall, dass die Russen noch mal auftauchen.«

•••

Der Frühling kam und mit ihm der Gestank. Die milden Temperaturen ließen nicht nur den Schnee und das Eis auf den Teichen tauen, sondern auch die frostigen Böden und mit ihnen die vielen Kadaver und Leichen, die darauf lagen. Von Ende März an wehte beständig dieser süßlich-modrige Geruch des Todes um das Gutshaus. Daran konnten auch die Blüten der Schneeglöckchen, Krokusse und Buschwindröschen nichts ändern, die sich auch in diesem Jahr nach dem Winter wie tröstende Lichtblicke auf der kalten Erde entfalteten.

Noch immer lebten sie wie Robinson auf seiner Insel. Weder die Wasserleitungen noch Strom oder Telefon funktionierten. Sie schöpften Wasser aus dem Gutsbrunnen. Uhren waren keine mehr da. Man lebte nach dem Tageslicht. War heute Mittwoch oder Sonntag? Hatten sie Ostern vielleicht schon verpasst? Das alles spielte keine Rolle. Wichtiger waren andere Fragen: Wurde eigentlich irgendwo noch gekämpft? Oder war der Krieg schon zu Ende? Gab es den Führer noch? Und wie sah es im Rest Deutschlands aus? Aber niemand konnte es ihnen sagen. Es gab keine Nachrichten, keine Zeitungen, keine Frontberichte. Im Dorf lebte niemand mehr. Irgendwann, dachte Dora bei sich, irgendwann werden wir es erfahren. Und bis dahin müssen wir versuchen zu überleben. So schwer es auch war zu überleben in einer Welt, in der es keine Geschäfte mehr gab, keine Ärzte, keine Apotheken, keine Polizisten, keine Richter, ja nicht einmal mehr Nachbarn. Stattdessen betrunkene, marodierende Soldaten auf Raubzügen, vor deren Brutalität man sich in Sicherheit bringen musste.

Die Zimmer im Gutshaus wurden nur abends nach Sonnenuntergang beheizt, damit der dunkle Qualm tagsüber nicht verriet, dass Menschen darin wohnten. Trotzdem kamen ab und zu russische Soldaten zum Haus und nahmen sich mit, was ihnen nützlich erschien, Ernas Nähmaschine zum Beispiel, Vater Twardys goldene Manschettenknöpfe, die irgendwann einmal unter den Schrank gerollt waren, einen Zinnteller mit einem eingravierten Elchgeweih, der in der Knechtstube noch an der Wand gehangen hatte. Es gab aber kaum noch etwas, das ihr Interesse weckte. Das Gewehr, das Dora dem toten Soldaten auf dem Misthaufen abgenommen hatte, fanden sie nicht. Sie hatte es inzwischen in dem Hohlraum unter einer lockeren Türschwelle vor ihrem Schlafzimmer versteckt. Ob es an ihren grau gefärbten Haaren lag oder ob der freundliche Offizier tatsächlich Druck auf seine Männer ausgeübt hatte, wusste sie nicht, aber es war nie mehr ein Soldat dabei gewesen, der versucht hatte, ihr Gewalt anzutun. Erich und Marianne versteckten sich trotzdem jedes Mal im Keller, wenn sich russische Soldaten dem Hof näherten.

Die Zwillinge waren furchtlos. Sie stromerten in der Gegend herum und suchten etwas zu essen. Irgendetwas fanden sie immer, einen vergessenen Kohlkopf im Gemüsegarten der Machalskis oder einen Sack mit Getreide unter einem zurückgelassenen Fluchtwagen am Straßenrand. Doch richtig satt wurden sie selten, und je hungriger sie wurden, desto weiter zogen die beiden umher. Sie wagten sich sogar ins Dorf und durchsuchten die ausgebrannten Häuser. Aus dem Keller des ehemaligen Wirtshauses *Zur Goldenen Krone* brachten sie Dosen mit eingemachter Leberwurst nach Hause, einen Karton mit Pfeffer, Salz und Würfelzucker – und pfundweise Tütchen mit Brausepulver, Himbeer- und Waldmeistergeschmack. Was für ein Fest für zwei kleine Jungen!

Dora machte sich Sorgen, wenn ihre Brüder unterwegs waren. Sie hatte Angst, russische Soldaten könnten ihnen etwas antun. Aber die beiden beruhigten sie jedes Mal. Bisher seien alle Russen, denen sie auf der Straße begegnet waren, lustig und freundlich gewesen. Einmal bekamen Klaus und Arno sogar ein Stück gepökelten Schinken geschenkt. Ein anderes Mal brachten sie pfundweise Fische nach Hause. Es waren so viele, dass sie sie nicht mit ihren Händen tragen konnten. Sie hatten ihre Hemden ausgezogen und zu Beuteln zusammengeknotet, um die glitschigen Tiere darin zu transportieren. Als Dora sich erkundigte, wie sie es geschafft hatten, ohne eine Angel so viele Fische zu fangen, da lachten sie. Ein paar Handgranaten hätten am Ufer des Dorfteichs gelegen, die hätten sie gezündet und ins Wasser geworfen, und dann hätten alle Fische an der Oberfläche geschwommen.

Dora bekam noch im Nachhinein Bauchschmerzen, als sie davon erfuhr. »Woher wusstet ihr denn, wie man mit einer Handgranate umgeht?«

Klaus und Arno grinsten. »Das ist doch ganz einfach. Man muss erst den Splint rausziehen und dann ...«

»Ja, wisst ihr denn nicht, dass das lebensgefährlich ist? Wie leicht hätten die Dinger in euren Händen explodieren können! Bitte, macht so etwas nie wieder. Sonst kommt ihr irgendwann nicht mehr nach Hause!«

Die Brüder litten unter dem ständigen Hunger. Sie steckten mitten im Wachstum und gierten nach allem, was sich essen ließ. Klaus und Arno konnten Stunden damit zubringen, einander aufzuzählen, von welchen kulinarischen Köstlichkeiten sie gerade träumten und was sie sich auftischen lassen würden, wenn sie es herbeizaubern könnten. »Und wenn es ein Teller Königsberger Fleck wäre«, seufzte Klaus, den diese säuerliche Suppe aus Innereien früher immer geekelt hatte.

Auch Dora war es oft schwindelig vor Hunger. Immer öfter musste sie sich tagsüber hinsetzen, weil ihr schwarz vor den Augen wurde. Doch sie verzog keine Miene, um die anderen nicht zu beunruhigen. Sie betäubte sich mit Arbeit. Es war mühsam, den Haushalt ohne Strom und ohne fließendes Wasser zu organisieren. Täglich mussten Äste und Zweige aus dem Wald geschlagen und zu Feuerholz gehackt werden. Immer wieder gab es etwas zu reparieren oder zu flicken. Dora zerschnitt ein paar alte Blusen, um aus dem Stoff Kleider für Clara zu nähen, denn aus ihren Babysachen war das Mädchen längst herausgewachsen. Ihre kleinen Füße umwickelte sie mit Lumpen, damit sie sich beim Laufen nicht verletzte, es gab ja keine Schuhe für sie.

Kostbarster Schatz der Familie waren die zehn Päckchen Streichhölzer, die Klaus und Arno hinter dem Tresen des zertrümmerten Kolonialwarenladens gefunden hatten. Sie waren unentbehrlich, denn das Feuer im Kachelofen brauchten sie nicht nur, um das Haus warm zu halten, sondern auch, um die kargen Speisen zuzubereiten und Wasser für die Wäsche zu kochen. Als eines der Hölzchen in ihren Fingern zerbrach, schossen Dora die Tränen in die Augen. Was würde sein, wenn die Zündhölzchen aufgebraucht waren? Wie sollten sie dann weiterleben?

Vera Twardy nahm das alles nicht wahr. Sie hatte sich noch immer nicht erholt vom Schock der Heimkehr. Sie saß den ganzen Tag lang mit einer Wolldecke um die Schultern in einem der Sessel, die Erich mit strohgefüllten Hafersäcken aus dem Pferdestall notdürftig zu funktionierenden Sitzgelegenheiten umgebaut hatte, und aß kaum noch etwas. Schweigend und mit gefalteten Händen starrte sie auf die Tür, als erwarte sie Gäste. Nur hin und wieder murmelte sie merkwürdige Sätze vor sich hin. »Papa könnte jetzt allmählich mal nach Hause kommen, er ist ja schon so lange unterwegs.« Oder: »Jemand sollte mit den Hausmädchen reden, im Salon muss dringend aufgeräumt werden. Man muss sich ja schämen, wenn Tante Tullchen heute Abend zu Besuch kommt.«

Nur wenn Clärchen zu ihr kam, lächelte sie und nannte sie »mein Engelchen«, so wie sie Dora und Marianne genannt hatte, als sie kleine Mädchen gewesen waren. Sie nahm das Kind auf den Schoß und machte Fingerspiele mit ihr, sodass Clärchen vor Vergnügen kreischte. Auch wenn Dora die Verwirrtheit ihrer Mutter in der Seele wehtat, so verspürte sie doch auch Erleichterung darüber, dass es Vera Twardy erspart blieb, den Niedergang des Gutshofes, die Armut und das Elend, in die sie geworfen waren, mit wachen Sinnen mitzuerleben. Es roch inzwischen muffig im Gebäude. In den unbeheizten Zimmern, in denen es durch die zerschlagenen Fensterscheiben hereinregnete, breiteten sich schimmelige Flecken an den Wänden aus. Das Parkett war aufgequollen und begann an einigen Stellen, schon zu faulen.

Dora hatte an jedem Morgen seit ihrer Rückkehr auf den Gutshof mit ihrer Nagelschere eine Markierung in den Pfosten der Badezimmertür geritzt, damit sie ihr Zeitgefühl nicht völlig verlor. Nach der dreißigsten Kerbe war sie sich sicher, dass sie schwanger war. Die Russen in der alten Schmiede hatten mehr hinterlassen als Angst und Ekel. Es lag also nicht nur am Hunger, dass ihr vor allem morgens so oft übel war.

Um den anderen nicht noch mehr Sorgen zu machen, behielt sie das erst einmal für sich. Manchmal entwickelten sich die Dinge in diesem frühen Stadium der Schwangerschaft ja doch anders. Sie wusste, dass Frau Kosubek nach Elsbeth mindestens zwei Fehlgeburten gehabt hatte. Vielleicht würde es ihr ähnlich ergehen.

Sie betrachtete sich nackt in der schmalen Spiegelscherbe neben der Badewanne, um zu überprüfen, ob man ihrem Bauch schon etwas ansah. Nein, natürlich nicht, dazu war es noch viel zu früh. Was sie sah, war eine entsetzlich magere Gestalt, an der alle Knochen herausstachen. Jede einzelne Rippe zeichnete sich unter ihrer Haut ab, und ihre Wangen unter den kurzen struppigen Haarsträhnen waren bleich und eingefallen. Ob sie jemals wieder so hübsch und wohlgerundet aussehen würde wie früher? Früher …

Dora schloss die Augen und gab sich einen Moment lang der Erinnerung an den letzten Friedenssommer hin, in dem das Leben so heiter und unbeschwert gewesen war. In dem ihr einziges Bestreben darin bestanden hatte, zu lachen, zu tanzen und zu flirten. So klar sah sie alles vor sich, als säße sie vor einer großen Leinwand im Kino: Gilda, auf der sie an wogenden Roggenfeldern entlangritt, Elsbeth, mit der sie auf der Schaukelbank vor dem Haus kichernd die Nachmittage vertrödelte, den übermütigen Tanz auf Gretes Hochzeit, oh, und all die opulenten Mahlzeiten im Kreis der Familie am prächtig gedeckten Tisch im Speisezimmer, Vater, der vom anderen Ende der Tafel mit zufriedenem Blick seine Familie betrachtete, die Hausmädchen in ihren gestreiften Batistschürzen, die ihr höflich knicksend jeden Wunsch erfüllten … War das tatsächlich einmal Realität gewesen? Ach, wie gut es tat, sich nur für ein paar Sekunden zurückzuträumen, auch wenn ihr dabei die Tränen unter den Augenlidern brannten. Mochte auch alles Schöne verschwunden sein in dieser kriegszerstörten Welt. In ihrer Erinnerung war es noch vorhanden. Jedes Bild und jedes Wort. Und dann tauchte unvermittelt Curt vor ihrem inneren Auge auf, der Spaziergang durch die Dünen von Nidden, die Tanzabende in Königsberg, dieser Sommerabend auf der Veranda … Ach, Curt. Was gäbe sie dafür, ihn jetzt bei sich zu haben. Wie sehr sie sich nach ihm sehnte. Könnte sie doch nur für einen Augenblick ihren Kopf an seine Schultern lehnen und sich ausruhen. Wie viel leichter wäre alles zu ertragen, wenn sie ihn an ihrer Seite wüsste.

Dora hörte, wie jemand ihren Namen rief, und schlug seufzend die Augen auf. Es war, als käme sie von einer langen Reise zurück, als schlössen sich die Vorhänge in einem Kinosaal. Der

Traum war vorbei. Die Realität hatte sie wieder. Aber in der Erinnerung an all das Schöne der Vergangenheit hatte sie ein wenig Kraft getankt. Rasch zog sie sich an.

Marianne klopfte an die Badezimmertür. »Schnell, Dora! Du musst kommen. Clärchen ist draußen im Hof gestürzt und hat sich ihr Knie aufgeschlagen. Sie weint ganz schrecklich.«

»Oh nein!« Augenblicklich war die Tagträumerei vergessen. Dora hastete ihrer Schwester nach. Erich saß auf der Treppe zur Veranda und hielt das schluchzende Mädchen im Arm.

»Ich habe nur einen Moment nicht aufgepasst, und da ist sie die Stufen hinuntergefallen.« Erich war selbst den Tränen nahe. »Ich hatte mich gerade so gefreut, dass sie schon ein paar Schritte ganz allein laufen kann.«

Dora nahm ihm das weinende Kind ab und überzeugte sich davon, dass Clärchen wirklich keine größeren Verletzungen hatte. Gottlob waren nur die Knie aufgeschlagen, und sie hatte eine kleine Beule an der Stirn. Sie reinigte die Wunden, so gut es ging, und verband sie mit einem in Streifen gerissenen Leintuch.

»Es wird bald alles wieder gut!«, flüsterte sie und wiegte das Mädchen in ihren Armen, bis das Schluchzen in einen Schluckauf überging und dann ganz versiegte.

Und doch blieb Dora beunruhigt. Diesmal war es nur ein kleiner Sturz, dachte sie. Aber was ist, wenn einer von uns einmal ernsthaft krank wird? Wer soll uns dann helfen?

• • •

In den nächsten Tagen kam der Frühling mit Macht. Im Obstgarten begannen die Apfelbäume zu blühen, die dicken lila Knospen am Fliederbaum vor dem Haus sprangen auf und verströmten ihren schweren Duft. Wenn der Wind richtig stand, überlagerte er sogar manchmal den widerlichen Pestgeruch, der von den Feldern herüberwehte. Auf den Wiesen prangten die gelben Löwenzahnblüten und überdeckten die Reste der Kadaver, die noch immer überall herumlagen, von Fliegen umschwirrt.

Nur die Störche kamen nicht im Frühjahr 1945.

Eines Morgens sah Dora zwar ein Paar ganz hoch oben über den Himmel ziehen und freute sich über den vertrauten Anblick. Seit jeher waren die Störche für die Twardys das Symbol für den Neuanfang gewesen, die Vorboten des Sommers nach einem langen und entbehrungsreichen Winter. Nie hatte Dora mit solcher Hoffnung zu ihnen hinaufgeblickt wie dieses Mal. Aber die großen stolzen Vögel flogen vorbei, und das Nest auf dem Scheunendach blieb leer.

»Wahrscheinlich stinkt es ihnen in Ostpreußen zu sehr, sodass sie in diesem Jahr lieber einen Bogen darum machen«, vermutete Erich. »Schade, man könnte aus ihren Eiern ein ordentliches Bauernfrühstück machen. Die kleinen Rühreier aus den Spatzennestern schmecken einfach nicht.«

Kurz darauf kehrten die Zwillinge übermütig schreiend von ihrem täglichen Streifzug zurück. Dora trat auf die Veranda und sah, wie die beiden über den Gutshof rannten. Arno verbarg etwas Großes, Unförmiges unter seinem Hemd. Seit ihnen die eigene Kleidung zu eng geworden war, trugen ihre kleinen Brüder die viel zu großen Hemden und Hosen von Hans und Erich, die ihnen normalerweise um die mageren Körper flatterten. Heute spannte das Hemd über einer merkwürdigen Wölbung an Arnos Bauch.

»Wir haben eine Überraschung für dich!«, japste Arno. »Du glaubst nicht, was wir mitbringen.«

Beim Anblick ihrer lachenden Brüder wurde es Dora warm ums Herz. Wenigstens die Kinder vermochten die Armseligkeit, in der sie aufwuchsen, hin und wieder für einen Augenblick zu vergessen.

»Was habt ihr denn heute erbeutet?«, fragte sie, um den Zwillingen die Freude nicht zu verderben. Denn längst sah sie die langen roten Beine eines Storches unter Arnos Hemd herausbaumeln.

Stolz holte er den toten Vogel hervor und legte ihn vorsichtig vor Dora auf die oberste Stufe der Verandatreppe wie eine Jagdtrophäe.

»Wir haben gesehen, wie ein paar Soldaten den Storch abgeschossen haben«, berichtete Klaus entrüstet. »Nur so zum Spaß. Weil sie betrunken waren. Als er vom Himmel fiel, sind sie einfach weitergelaufen. Wir sind natürlich sofort hin und haben ihn mitgenommen. Und jetzt gibt es einen Festtagsbraten!«

Der Storch war offenbar ein altes Tier, denn das Fleisch war dunkel und schmeckte zäh. Aber an diesem Abend wurden alle zum ersten Mal seit Langem wieder satt. Es herrschte eine beinahe heitere Stimmung im Haus. Dora meinte sogar, in den Augen ihrer Mutter den alten Glanz wiederzuerkennen. Nur Marianne starrte finster vor sich hin.

»Ich bin es so leid, mich immerzu auf dem Gutshof zu verkriechen«, stieß sie plötzlich hervor. »Wie lange soll das denn noch so weitergehen? Ich möchte mal wieder etwas unternehmen. Warum kann ich nicht auch mal ins Dorf hinuntergehen wie Klaus und Arno und in den verlassenen Häusern stöbern? Vielleicht fände ich noch etwas Schönes im Gasthof oder in Laschinskis Laden. Ein hübsches Taschentuch vielleicht oder eine neue Haarspange ...«

»Sei nicht dumm«, entgegnete Dora. »Deine alte Haarspange tut es doch noch sehr gut. Für wen willst du dich denn hübsch machen? Es lebt doch sowieso niemand mehr im Dorf. Bleib besser hier. Sonst läufst du den russischen Soldaten womöglich direkt in die Arme. Hier bist du sicherer.«

Marianne sprang so wütend auf, dass ihr Stuhl umfiel.

»Ich hasse es, dass du uns immer bevormundest. Seit Wochen ist kein Soldat mehr aufgetaucht, und den Zwillingen ist nie etwas zugestoßen. Sicher sind die Russen längst weitergezogen. Vielleicht sind ja inzwischen noch ein paar andere Leute aus dem Dorf zurückgekehrt. Gleich morgen früh werde ich nach Liebenwalde gehen und sehen, was ich dort finde.«

»Bitte mach keinen Unsinn, Marianne!«

»Pah! Von dir lasse ich mir nichts mehr vorschreiben. Ich bin alt genug zu tun, was ich will.«

Dora zuckte erschöpft mit den Schultern. Zu ihrer Überraschung sah nun auch ihre Mutter auf, der Blick so fest wie schon lange nicht mehr.

»Es wäre klüger, auf deine Schwester zu hören, Marianne.«

»Ich will es aber nicht. Ich will nicht länger wie eine Gefangene auf dem Hof leben.«

Mit diesen Worten stapfte sie aus dem Zimmer.

• • •

Dora vermochte nicht zu sagen, ob es Mariannes angsterfüllter Schrei oder das Motorengeräusch gewesen war, das sie hatte aufhorchen lassen. Es war wenige Tage, nachdem ihre Schwester beim Abendessen aufbegehrt hatte. Dora saß im Salon und war gerade dabei, aus alten Leintüchern frische Verbände und Windeln für Clara zu schneiden. Sie legte ihre Arbeit nieder und bog den Pappdeckel des Salonfensters ein Stück zur Seite. Was sie sah, ließ ihr Herz für einen Augenblick aussetzen. Marianne rannte schreiend von der Auffahrtsallee her auf den Hof, das blanke Entsetzen im Blick. Das Auto, das ihr folgte, war ihr so nah auf den Fersen, dass es sie beinahe zu Fall brachte. Es war ein offener, kantiger Wagen mit zurückgeklapptem Stoffverdeck, in dem ein einzelner Soldat saß. Auf dem vorderen, leicht abfallenden Teil des Fahrzeugs lag ein Ersatzrad. Es war ein Wehrmachtsfahrzeug, so viel erkannte Dora. Aber sie war sich sicher, dass der Mann am Steuer kein deutscher Soldat war.

Marianne hat tatsächlich versucht, nach Liebenwalde zu gehen, und ist einem russischen Plünderer über den Weg gelaufen, schoss es ihr durch den Kopf. Verdammt, warum hat sie nicht auf mich gehört!

Doch es war zu spät, der Schwester Vorwürfe zu machen. Der Mann war schon aus dem Wagen gesprungen. Er hatte den Lauf seines Maschinengewehrs auf Marianne gerichtet, die wenige Meter vor ihm stehen geblieben war, und wies mit einem Kopfnicken auf die offene Tür des leeren Pferdestalls. Marianne schrie nicht mehr. Sie ging rückwärts auf den Stall zu, Schritt für Schritt, den Blick starr vor Angst und Entsetzen auf die Mündung seines Gewehrs gerichtet.

Dora zögerte keine Sekunde. Sie raste die Treppe hinauf, stieß die Schlafzimmertür auf und riss die Türschwelle hoch, sodass das Holz krachte. Da lag das Gewehr. Ohne nachzudenken, nahm sie die Waffe in die eine Hand, mit der anderen hängte sie sich die Tasche mit der Munition über die Schulter. So lief sie aus dem Haus.

Auf dem Hof war niemand mehr zu sehen, aber sie hörte die Stimme des Soldaten aus dem Pferdstall und dazwischen Mariannes angsterfülltes Wimmern.

Dora war ganz ruhig. Geräuschlos betrat sie den Stall. Sie sah gerade noch, wie der Soldat Marianne in eine der Pferdeboxen schubste und hinter der schulterhohen Holzwand zu Boden warf.

Sie brauchte die Boxen nicht abzuzählen, um zu wissen, dass es Gildas Einstellplatz gewesen war.

Mit einem Klick entsicherte sie ihr Gewehr. Das Geräusch ließ den Soldaten innehalten, er drehte sich zu ihr um, und als er sah, dass noch eine Frau im Stall war, begann er, breit zu grinsen. Er hatte keine Angst vor ihr. Dora legte die Waffe an. Sie lag schwerer in ihrer Hand als das Jagdgewehr ihres Vaters, ein Gefühl von Macht und Stärke durchflutete sie.

»Lass meine Schwester in Ruhe!«, sagte sie bestimmt. Er würde wissen, was sie meinte, auch wenn er kein Deutsch verstand.

Der Soldat lachte nur. Er rief ihr etwas auf Russisch zu. Es klang verächtlich, als amüsiere er sich köstlich über die Frau mit der Flinte. Er ließ von Marianne ab und machte einen Schritt auf Dora zu.

»Idi syuda!«, rief er und machte eine auffordernde Geste, um sie zu sich zu rufen. Dann in brüchigem Deutsch: »Komm, Frau!«

Dora hatte diese Worte oft genug gehört. Aber heute machten sie ihr keine Angst. Sie rührte sich keinen Millimeter und richtete den Lauf der Waffe auf ihn. Es war ein kräftiger, untersetzter Mann mit einem runden Betongesicht und winzigen schwarzen Augen. Dora sah sein hämisches Grinsen, die großen Hände, die nach dem Maschinengewehr an seiner Schulter griffen, und die schweren Stiefel, die jetzt einen langsamen Schritt auf sie zumachten. Dora fühlte nichts in diesem Moment, keine Furcht, keinen Zweifel, kein Gewissen, sie spürte nicht einmal mehr ihren Herzschlag. Das Einzige, das sie fühlte, war das kalte Metall des Abzugs unter ihrem Finger.

Sie drückte ab, und ein Schuss krachte.

Der Rückstoß war stärker, als sie erwartet hatte, und fuhr ihr schmerzhaft in die Schulter, sodass sie kurz taumelte. Sie nahm den verblüfften Ausdruck im Gesicht des Mannes wahr, in dem Bruchteil der Sekunde, bevor er zu Boden sank. Blut war gegen die Holzwand der Pferdebox gespritzt. Sie schoss noch einmal. Der Soldat lag reglos da, eine rote Lache breitete sich unter seinem Körper aus. Noch einmal drückte sie den Abzug.

»Hör auf! Bitte, hör doch endlich auf!«

Marianne war aufgestanden, furchtsam presste sie sich mit dem Rücken gegen die Stallwand, um nicht von einem Querschläger getroffen zu werden. Doch Dora feuerte weiter, voller Hass auf alle Männer, durch die sie je Leid erfahren hatte. Die Soldaten in der Schmiede. Die Männer, die sie im Gutshof überfallen wollten …

»Bitte!«, schrie Marianne noch einmal. »Hör auf, Dora. Er ist doch schon lange tot. Bitte! Lass doch noch Munition übrig, für die anderen Russen, die vielleicht noch kommen.«

Das brachte Dora zur Besinnung. Sie ließ das Gewehr fallen. Keuchend stand sie da.

»Ja. Du hast recht. Wir brauchen die Munition noch. Aber dieser Kerl wird uns nicht mehr wehtun.«

Marianne kam zitternd aus der Pferdebox. Vorsichtig stieg sie über den zur Unkenntlichkeit zerfetzten Toten und das viele Blut, das in Strömen über den Stallboden lief und das Stroh tränkte.

»Mein Gott, Dora. Er ist tot. Du hast ihn erschossen. Du hast ihn wirklich umgebracht.«

»Ja.«

»Aber … Ich hatte solche wahnsinnige Angst.«

»Ich weiß, Marianne. Deshalb habe ich es getan.«

»Ich hätte nicht ins Dorf gehen sollen.«

»Vielleicht wäre er ohnehin zum Hof gekommen.«

Stumm standen sie da, Arm an Arm, und betrachteten die entsetzlich zugerichtete Leiche. Jetzt bebte Dora doch am ganzen

Körper. Sie hatte einen Menschen ermordet. Nein, es war mehr als das. Sie hatte ihn hingerichtet. Sie hatte ihn büßen lassen für all die Gewalt, die sie erlebt hatte. Noch immer spürte sie keine Reue. Sie hatte keine andere Wahl gehabt, als ihn zu töten. Sie bedauerte jetzt nur, so viele Kugeln verschossen zu haben. Wie kaltblütig sie geworden war. Der Krieg, der sie so lange verschont hatte und dann so plötzlich und so brutal über sie hereingebrochen war, hatte ihr Herz in einen Stahlklumpen verwandelt.

»Wir müssen ihn begraben«, sagte Dora. »Bevor seine Leute kommen. Irgendwann werden sie ihn vermissen und nach ihm suchen.«

»Aber wo sollen wir ihn denn begraben? Die Kisten mit dem Geschirr haben die Russen doch auch entdeckt. Und da draußen steht doch sein Wagen. Wo sollten wir denn den Wagen verstecken?« Marianne war in Tränen aufgelöst. »Es war alles vergeblich. Die Russen werden kommen und den Toten finden, und was wird dann? Sie werden sich ganz fürchterlich rächen und uns alle umbringen.«

»Niemand darf den Toten finden. Und sein Auto auch nicht. Dafür werde ich sorgen.«

Mit grimmigem Blick sah Dora durch die staubigen Scheiben des Stallfensters und betrachtete das Militärfahrzeug, das mitten im Hof stand.

»Komm. Hilf mir, die Leiche in sein Auto zu tragen.«

»Ins Auto? Die Leiche? Dora, ich kann doch nicht …«

»Los, mach schon, Marianne! Mir macht das auch keinen Spaß, aber er muss verschwinden.«

Jede Schwester packte den Soldaten an einem der Stiefel, und so zogen sie ihn ächzend aus dem Stall, wo er eine lange Blutspur auf dem Boden hinterließ. Als sein Kopf wie eine Holzkugel über die Türschwelle polterte, ließ Marianne würgend den Stiefel los, stürzte zur Seite und erbrach sich. Danach wischte sie sich mit dem Ärmel ihres Kleides über den Mund, hob den Stiefel wieder auf und half Dora, den Toten zum Auto zu ziehen. Er war schwer, und sie benötigten etliche Anläufe, bis sie die Leiche endlich auf den Rücksitz seines offenen Wagens gehievt hatten.

»Unsere Kleider!«, flüsterte Marianne und sah entsetzt an sich herunter. »Unsere Kleider sind voller Blut.«

»Das macht jetzt nichts. Wir werden sie im Kachelofen verbrennen. Jetzt lass uns erst schnell zurück in den Stall gehen und das Blut mit Stroh abdecken.«

Sie warfen Streu über die nasse Spur auf dem Boden und wischten, so gut es ging, die Blutspritzer von den Wänden.

»Morgen wird es getrocknet sein und aussehen wie Dreck und Dung.«

Dora hob das Maschinengewehr des Soldaten auf und warf es draußen in den Wagen. Mit einem Strick aus dem Pferdestall band sie die Leiche fest. Marianne beobachtete ihre Schwester mit gerunzelter Stirn.

»Was hast du vor?«

Dora setzte sich auf den Fahrersitz. »Ich bin oft genug mit Curt in seinem Auto in Königsberg herumgefahren. Es schien mir, als wäre das keine besonders komplizierte Angelegenheit.«

Sie besah sich das Innere des Wagens. Lenkrad, ein paar Knöpfe, ein paar Lämpchen, Schaltknüppel und die Pedale. Das war tatsächlich einmal ein Wehrmachtsfahrzeug gewesen. Sie erkannte das VW-Markenzeichen am Armaturenbrett. Der Schlüssel steckte. Sie startete den Motor, der dröhnend ansprang. Doch wie brachte man dieses verdammte Fahrzeug dazu loszufahren? Es musste rollen! Es musste doch irgendwie zum Rollen gebracht werden. Doch es machte nur einen Satz, und dann war der Motor wieder aus.

Das Gebrumm des Wagens hatte Erichs Aufmerksamkeit erregt. Verblüfft kam er aus dem Haus.

»Sagt mal, was ist das für ein ...«

Sein Blick fiel auf die Leiche auf dem Rücksitz, und er verstummte mitten im Satz.

»Ein russischer Soldat, Dora hat ihn erschossen«, erklärte Marianne, als wäre das die größte Selbstverständlichkeit. Dora war erstaunt über ihren Gleichmut.

»Er wollte Marianne etwas antun.«

Erich schluckte. »Und jetzt? Was hast du vor, Dora?«

Sie erklärte es ihm. Erich nickte.

»Lass mich ans Steuer. Ich habe bei der Wehrmacht nicht nur gelernt, mit der Flak zu schießen. Ich kann auch ein bisschen mit Autos umgehen.«

Dora stieg aus, und Erich setzte sich auf den Fahrersitz. Er brachte den Wagen in Bewegung und fuhr im Schritttempo durch den Hof, an den Pferdeställen vorbei und den schmalen Weg neben der Scheune hinaus zu den Koppeln. Die Fahrbahn zwischen den Wiesen war gerade breit genug, dass beide Radspuren darauf Platz hatten. Dora und Marianne liefen ihm nach.

Erich fuhr bis zur höchsten Stelle des Weges, kurz bevor der in den Wald abbog. Dort wendete er das Fahrzeug mühsam und mit etlichen Anläufen. Dann steuerte er es vom Weg auf die Wiese, bis es sich direkt oberhalb des kleinen Sees befand, auf dem er im Winter immer so gern Schlittschuh gelaufen war. Langsam ließ er den Wagen den Abhang hinunterrollen. Das Fahrzeug beschleunigte sich. Erich sprang heraus und rollte sich über die Wiese. Im nächsten Moment stürzte der Wagen mit allem, was darin lag, röhrend in den See. Das Wasser schlug hoch, und ein paar Frösche flohen in großen Sprüngen.

Augenblicklich verebbte der Motor, und das Fahrzeug versank

gurgelnd und mit einer leichten Drehung auf den schlammigen Grund.

Vom Weg aus hatten Dora und Marianne das alles beobachtet. Sie hielten einander umklammert, als müssten sie sich gegenseitig stützen. Als der Wagen mitsamt dem toten Soldaten untergegangen war, legte Marianne ihren Kopf an Doras Schulter. Sie bebte am ganzen Körper und weinte leise. Dora drückte sie an sich und streichelte ihre Haare. Sie konnte sich nicht daran erinnern, wann sie einander zum letzten Mal so nahe gewesen waren.

»Alles wird gut«, flüsterte sie ihrer Schwester ins Ohr. »Irgendwann wird alles wieder gut. Sogar der Himmel ist auf unserer Seite. Merkst du, wie es regnet?«

Tatsächlich. Es begann zu tropfen, erst ganz leicht, dann immer mehr. Ein heftiger Landregen setzte ein, der nicht nur auf der Wasseroberfläche des Teiches hüpfte, sondern auch die Blutspur im Hof wegspülen und die Abdrücke der Autoreifen auf der Zufahrtsstraße und auf der Wiese auslöschen würde. Was machte es, dass ihre Haare und ihre blutbeschmierten Kleider nass wurden. Es galt nur noch, dass Marianne gerettet war, dass sie beide der großen Gefahr entronnen waren.

31.

»Aua, aua.«

Clara weinte, als Dora ihr den Verband abnahm. Täglich wechselte sie die notdürftig angebrachten Leinbinden an ihren verletzten Knien, und jedes Mal schrie das Kind vor Schmerzen. Fünf Tage waren seit ihrem Sturz von der Verandatreppe vergangen, aber die Wunde am rechten Bein wollte einfach nicht heilen. Mit Sorge betrachtete Dora das geschwollene Knie des kleinen Mädchens. Die Wunde war vereitert und rot umrandet. Das Bein fühlte sich heiß an.

»Ich glaube, Clärchens Wunde hat sich entzündet«, teilte sie Marianne wenig später ihre Befürchtungen mit und rührte nachdenklich in ihrem dünnen Haferbrei. »Wenn es doch bloß irgendwo einen Arzt gäbe. Das sieht nicht gut aus.«

»Ich gehe raus auf die Wiese und suche nach Huflattichblättern. Ich glaube, ich habe gestern ein paar der gelben Blüten am Wegrand gesehen. Erna hat den Zwillingen doch immer einen Umschlag aus zerstoßenen Blättern der Pflanze gemacht, wenn sie sich die Knie aufgeschlagen hatten. Weißt du noch? Sie sagte, das hilft gegen Entzündungen.«

»Ja, das ist gut, Marianne.« Die Erinnerung an Erna versetzte ihr einen Stich. Was für eine Hilfe wäre ihnen die kluge, gutmütige Kinderfrau in diesen Tagen gewesen! Wie sehr Dora den beruhigenden Singsang ihrer Stimme, ihre Geduld und ihre unerschütterliche Zuversicht vermisste.

Der Huflattichumschlag half immerhin ein wenig. Clärchens linkes Knie verheilte rasch, doch das rechte Knie beunruhigte Dora weiter sehr. Die Wunde wollte sich nicht schließen, und die Entzündung wurde von Tag zu Tag schlimmer.

Eines Morgens hatte Clärchen hohes Fieber. Mit glühenden Wangen lag sie im Bett und quengelte. Ihr verletztes Knie war zum Platzen dick angeschwollen.

Dora saß an ihrer Seite und hielt ihre heiße Hand. Sie wusste nicht weiter. So eine schwere Entzündung konnte lebensgefährlich sein. Eine Magd auf dem Hof der von Lengendorffs war vor ein paar Jahren daran gestorben. Sie war auf dem Stallboden ausgeglitten, hatte sich den Ellenbogen verletzt und sich weiter nichts dabei gedacht. Erst später stellte sich heraus, dass sie sich dabei eine Blutvergiftung zugezogen hatte, aber da konnte man ihr schon nicht mehr helfen.

Und nun Clärchen? Der Sonnenschein der Familie? Alles hatte das kleine Mädchen klaglos miterlebt, den Tod der Mutter, die grauenhafte Flucht durch Schnee und Eis, Hunger, Kälte und Trostlosigkeit. Und nun sollte sie sterben, weil sie eine Treppe hinuntergestolpert war? Sie hatte Wilma doch versprochen, sich um das Kind zu kümmern. Im Moment ihres Todes hatte sie ihr das geschworen. Dora wollte dafür sorgen, dass die kleine Clara zu ihrem Vater kommt. Wo immer Curt sein mochte, und wie immer sie dort hingelangen sollte. Wie sollte sie Curt je unter die Augen treten ohne Clara? Nein, Clärchen durfte nicht auch noch sterben. Clärchen musste leben. Wenn sie nur wüsste, was sie tun konnte. Wenn sie doch irgendetwas machen könnte, außer den ganzen Tag lang hilflos an ihrem Bett zu sitzen und ihr Schluck für Schluck etwas Kamillentee einzuflößen. Als die Tasse leer war, nahm Dora den kleinen Nussknacker in die Hand, der neben Clärchens Kopfkissen lag, und ließ ihn über ihre Bettdecke marschieren, um sie etwas von ihren Schmerzen abzulenken. Das Mädchen lächelte schwach.

Der Nussknacker! Dora hielt inne und betrachtete das lädierte Holzspielzeug. Clärchen liebte es, ungeachtet dessen, wie es in ihren Besitz gekommen war. Wie viele Wochen waren vergangen, seitdem die russischen Soldaten in ihr Haus eingedrungen waren und der russische Offizier sie aus dem brutalen Griff des Papirossa-Mannes befreit hatte?

Doras Herz schlug heftiger. Er sei Kommandant in Wormditt, hatte er gesagt. Und in der russischen Kommandantur gab es ganz sicher einen Arzt oder eine Krankenschwester und Medikamente für verletzte russische Soldaten. Er würde gut zu ihr sein, er würde es ihr nicht abschlagen, wenn sie ihn um Hilfe für Clärchen bitten würde. Er hatte doch selbst eine kleine Tochter. Dora legte den Nussknacker vorsichtig zurück neben Clärchens Kopfkissen. Die Kleine war eingeschlafen.

Dora küsste ihre heiße Stirn. »Ich hole Hilfe!«, flüsterte sie.

Sie hatte keine andere Wahl. Die anderen Soldaten würden ihr nichts tun, wenn sie sahen, dass der Kommandant auf ihrer Seite war. Sie musste nach Wormditt, auch wenn es die Höhle des Löwen war. Wenn sie nicht bald einen Arzt oder ein richtiges Medikament bekam, würde Clärchen sterben. Und das durfte auf keinen Fall geschehen.

Dora schlich aus dem Zimmer.

Sie fand Erich in der Remise. Er war gerade dabei, einen Sack Haferkörner, den die Zwillinge von irgendwoher herbeigeschafft hatten, in den Tank der Drillmaschine zu schütten.

»Dora! Wir haben die Aussaat vergessen!«

»Ach, Erich. Wie sollen wir denn die Maschine bewegen,

wenn wir keine Pferde mehr haben. Vergiss die Aussaat! Ich habe ganz andere Sorgen. Ich glaube, Clärchen stirbt. Sie hat so hohes Fieber, und die Wunde sieht furchtbar aus.«

»Nein«, stieß er hervor. »Das darf nicht sein! Das glaube ich nicht.«

»Ich weiß, wie wir ihr vielleicht helfen können. Es ist ein bisschen riskant, aber ich denke, wir schaffen es. Wir müssen nach Wormditt. Der Offizier, der damals die Soldaten aus unserem Haus vertrieben hat, sagte, dass er dort der Kommandantur vorsteht. Er war freundlich, er wird uns helfen. Aber ich fürchte mich, allein hinzufahren. Bitte komm mit!«

»Bist du denn von allen guten Geistern verlassen? Vor ein paar Tagen hast du noch den russischen Soldaten erschossen, damit er euch nichts antut – und jetzt willst du direkt zu denen hinfahren? Das ist unmöglich.«

»Ja, sollen wir Clärchen sterben lassen?«, schrie Dora verzweifelt.

Stumm schüttelte Erich den Kopf.

»Der Offizier wird seine Hand über uns halten«, fügte Dora hinzu. »Bei ihm habe ich ein gutes Gefühl.«

Erich seufzte. Dora sah ihm an, wie die widersprüchlichen Gefühle in ihm kämpften.

Schließlich nickte er.

»In Ordnung, wenn du meinst, dass es sein muss, komme ich mit. Wir können die Fahrräder nehmen. Ich habe sie mir gestern angesehen. Die Reifen sind nicht mehr gut, aber sie funktionieren noch. Bis Wormditt und zurück werden sie hoffentlich halten. Es ist ein Wunder, dass noch kein Russe auf die Idee gekommen ist, die Räder zu stehlen.«

Dora zuckte mit den Schultern. »Autos, Pferde und Uhren sind ihnen lieber.«

»Und Frauen«, murmelte Erich so leise, dass Dora es kaum verstand.

Noch am Vormittag fuhren sie los. Marianne begleitete sie mit sorgenvollem Blick bis zum Tor.

Sie mieden die Chaussee aus Angst, dort auf vagabundierende russische Soldaten zu treffen, die ihnen gefährlich werden konnten, und fuhren über Feldwege und durch den Wald. Trotz ihrer Sorgen um Clärchen tat es Dora gut, endlich einmal wieder den Gutshof verlassen zu können. Wie hoch der Himmel war, wie mächtig sich die weißen Wolken türmten. Die Luft war ganz klar. Wenn man nach oben blickte, sah es aus wie immer. Dann sah man die bleichen Knochen der verendeten Kühe nicht am Wegesrand, nicht die schwarzen Reste der abgebrannten Scheune am Ortseingang von Leukehnen. Und nicht die zerschossenen Flügel der Windmühle von Petersdorf hinter dem Getreidefeld, wo der grüne Roggen spross wie in jedem Frühjahr.

Als sie sich der Stadt näherten, stiegen sie von den Rädern und schoben sie das letzte Stück über einen schmalen Pfad am Ufer der Drewenz entlang. Hier zwischen Wiesen, Sträuchern und dem leise murmelnden Wasser des Flüsschens fühlten sie sich vor Militärfahrzeugen sicher. Bald sahen sie den gedrungenen Kirchturm von Sankt Johann über Bäumen und Dächern aufragen.

»Es sieht so aus, als hätte die Stadt nicht viel abbekommen«, stellte Erich fest. »Die Häuser stehen ja noch alle.«

Auch das Ortsschild von Wormditt gab es noch. Aber jemand hatte eine Aufschrift mit kyrillischen Buchstaben darübergenagelt. Die Straßen waren leer. Die meisten Häuser wirkten unbewohnt. Die Obst- und Gemüsegärten hinter den Häusern wirkten geplündert, am Ast eines Apfelbaumes hing eine rote Fahne. Inzwischen waren sie wieder auf ihre Räder gestiegen und rollten über das Kopfsteinpflaster. Doch je näher sie der Stadtmitte kamen, desto langsamer fuhr Erich. In einer kleinen Straße, die zum Marktplatz führte, bremste er plötzlich und blieb in der Einfahrt eines verlassenen Hauses stehen. Er stieg vom Rad und schüttelte den Kopf.

»Ich kann das nicht, Dora.«

Sie sah ihn an. Sein Gesicht hatte einen grünlichen Schimmer bekommen, seine Lippen zitterten beim Sprechen.

»Erich, was ist denn los?«

»Ich habe Angst, Dora. Ich habe entsetzliche Angst vor den Russen. Was ist, wenn sie mich festnehmen? Ich bin immerhin ein desertierter Soldat.«

»Du siehst noch so jung aus, kein Russe wird sich vorstellen können, dass du schon bei der Wehrmacht warst.«

»Trotzdem, Dora. Ich ... ich gehe nicht weiter.«

Seine Hände krallten sich um die Griffe des Fahrradlenkers, sodass die Fingerknöchel weiß hervortraten.

Sie nickte. »Wahrscheinlich hast du recht. Wir müssen vorsichtig sein. Dir darf nichts passieren. Versteck dich so lange da hinter der Hecke. Ich bin gleich wieder zurück.«

»Willst du das wirklich riskieren?« Seine Augen glänzten furchtsam. »Willst du wirklich zu den Russen?«

»Ich muss, Erich. Wenn ich nicht versuche, Medikamente zu bekommen, wird Clärchen sterben.«

Sie drückte Erich mit einem Arm rasch an sich. Dann stieg sie auf und fuhr weiter die Straße hinunter.

Das Rathaus mit seinem stufigen Backsteingiebel sah unverändert aus, ebenso wie die langen Reihen der Laubenhäuser, die den Marktplatz umgaben. Wie gern war Dora in Friedenszeiten unter den Arkaden umhergeschlendert! Wie sie es geliebt hatte, die Auslagen in den Schaufenstern zu betrachten. Nun waren die

Läden leer. Hier und da waren Türen und Scheiben eingeschlagen, manche Geschäfte waren ausgebrannt, unter ihnen die Schneiderei Steinke. Zwei Militärfahrzeuge mit russischen Kennzeichen parkten vor »Stiller's Lebensmittelhaus«, in dem es allerdings nichts mehr zu kaufen gab. Über die aufgeklappte Motorhaube eines der Wagen beugte sich ein uniformierter Mann, offenbar, um etwas zu reparieren. Daneben stand eine Gruppe Soldaten in eine Unterhaltung vertieft, ab und zu lachten sie. Zu ihrer Überraschung entdeckte Dora unter ihnen auch eine Frau in einer elegant sitzenden olivgrünen Armeeuniform, eine Maschinenpistole hing lässig über ihrer ordensgeschmückten Brust. Sie trug ein Barett auf dem Kopf, ihre aschblonden Haare waren zu dicken Zopfkronen um den Kopf geflochten. Die Anwesenheit der russischen Soldatin beruhigte Dora. Keiner der Männer würde sich an ihr vergreifen, wenn eine Frau dabeistand. Dennoch spürte sie die Blicke der Soldaten förmlich auf ihrem Körper, als sie ihr Rad über den Marktplatz schob und an einer Litfaßsäule abstellte.

Im Central Hotel hingen an langen Stangen rote Fahnen aus den geöffneten Fenstern. Vom Balkongeländer über dem Eingangsportal grinste ein überdimensionaler Stalin von einer aufgespannten Leinwand herab. Neben der Tür standen zwei bewaffnete russische Soldaten. Hier würde sie den Offizier sicher finden.

Sie trat auf die beiden Soldaten zu, die den Eingang des Hotels bewachten, der eine hager und hoch aufgeschossen, der andere etwas gedrungener mit asiatischen Gesichtszügen. Dora war erleichtert, dass sie diese Männer noch nie gesehen hatte. Sie wusste, dass sie auf dem Absatz kehrtgemacht hätte, wenn hier der verhasste Papirossa-Mann vor der Tür gestanden hätte.

»Ich suche Ihren Kommandanten«, erklärte Dora, und weil sie

die russische Bezeichnung nicht wusste, wiederholte sie das Wort noch einmal in allen Sprachen, in denen sie es je gehört hatte. »Der Kommandant. Commander. Commandante.«

Die Männer musterten sie reglos.

»Bitte, ich brauche Hilfe!«

Einer der Soldaten antwortete etwas auf Russisch, was sie nicht verstand, machte aber keine Anstalten, sie ins Gebäude zu lassen.

Dora gab nicht auf. »Ich muss Ihren Kommandanten sprechen. Ich brauche einen Arzt. Einen Doktor. Hier muss doch irgendwo ein Doktor sein! Ich brauche Medizin. Medizin für mein Kind. Mein Kind stirbt.« Der Gedanke an Clärchen, die gerade weinend und fiebernd im Bett lag, trieb ihr die Tränen in die Augen. Nein, sie durfte nicht unverrichteter Dinge zurückkehren. »Bitte«, flehte sie. »Bringen Sie mich zu Ihrem Kommandanten. Er kennt mich. Ich weiß, dass er auch eine kleine Tochter hat. Sie heißt Darja.«

Die beiden Soldaten sahen einander an. Sie schienen zu beraten, wie mit der fremden Frau umzugehen sei. Schließlich nickte der eine von ihnen und forderte Dora mit einer Geste auf, mit ihm zu kommen.

Mit zitternden Knien folgte sie dem Soldaten und betrat die Eingangshalle des Hotels, die vollgestopft war mit Möbeln und anderem Hausrat, den die Soldaten offensichtlich aus verlassenen Häusern der Stadt zusammengetragen hatten: ein Ohrensessel, ein Sofa, zwei Standuhren, ein verschnörkeltes kleines Tischchen, jede Menge Teppiche, Geschirr und Kristallgläser, sogar ein bunter Kranich aus Porzellan stand da. Dora verwendete keinen Blick darauf, um nachzusehen, ob sich hier womöglich auch das Goldrandgeschirr der Twardys aus dem Versteck in der Scheune befand oder Ernas Nähmaschine. Sie eilte dem Mann nach, der auf der anderen Seite der Halle an eine Tür klopfte und sie öffnete, nachdem von innen eine Stimme erklungen war.

»Komandir!«, sagte er zu Dora, und sie betrat das Zimmer. Es war ein karges Büro mit einem Schreibtisch in der Mitte. Ein Soldat saß daran. Die vielen Sterne auf den Schulterklappen seiner Uniformjacke ließen darauf schließen, dass er eine hohe Führungsposition besaß. Aber es war nicht der Offizier, den Dora gesucht hatte. Es war ein Fremder, ein kräftiger grauhaariger Mann mit durchdringendem Blick und dunklen buschigen Augenbrauen. Die Enttäuschung durchfuhr sie wie ein Schlag. War der andere versetzt worden? Womöglich bestraft, weil er zu freundlich zu den Deutschen gewesen war? Warum nur hatte sie damals nicht nach seinem Namen gefragt?

Die Stimme des fremden Offiziers klang wie das Bellen eines wütenden Hundes, als er sie auf Russisch ansprach. Dora begriff kein Wort.

»Ich brauche einen Doktor«, sagte sie zaghaft. »Einen Arzt. Medizin. Mein Kind ...«

Er bellte wieder ein paar Worte. Diesmal waren sie an den Soldaten gerichtet, der an der Tür stehen geblieben war, nach der Aufforderung seines Vorgesetzten aber verschwand.

Dora bekam Angst. Die Bürotür fiel ins Schloss, und sie war allein mit dem Fremden. Augenblicklich brach ihr der Schweiß aus. War sie eigentlich lebensmüde, sich hierher zu begeben? Erich hatte recht gehabt. Jetzt war niemand mehr da, der ihr helfen konnte, wenn dieser Mann über sie herfiele. Sie fühlte sich ohnmächtig. Doch der Offizier rührte sich nicht von der Stelle. Er sah sie mit starrem Blick an, ohne ein Wort zu sagen, dann wandte er sich wieder den Papieren zu, die vor ihm auf dem Tisch lagen.

Die Minuten verrannen, ohne dass etwas geschah, und dann

ging die Tür wieder auf. Eine Frau betrat das Büro. Es war die Soldatin, die draußen mit den anderen auf dem Marktplatz gesprochen hatte. Sie betrachtete Dora mit wasserkalten blauen Augen.

»Brauchen Hilfe?«, fragte sie in brüchigem Deutsch. Es klang nicht sehr freundlich, eher so, als ärgere sie sich über diese ungelegene Unterbrechung.

»Ja!«, rief Dora. »Danke, dass Sie hergekommen sind. Ich brauche einen Arzt. Ich brauche dringend Medizin für meine kleine Tochter. Sie ist sehr krank. Sie hat sich bei einem Sturz ihr Knie verletzt, und die Wunde will nicht heilen. Sie hat schweres Fieber, und das Bein ist schrecklich angeschwollen.«

Dora begleitete ihre Worte mit Gesten, weil sie sich nicht sicher war, wie gut die Frau Deutsch verstand. Sie zeigte auf ihr Knie, sie legte sich die Hand auf die Stirn, um zu signalisieren, wie es um Clara stand. »Es ist ein Kind. Bitte helfen Sie mir. Sonst wird mein Mädchen sterben.«

Der Anblick der Frau und die Hoffnung auf Hilfe für Clärchen ließen Dora Tränen in die Augen steigen. Die Soldatin nickte ungerührt.

»Krank? Fieber?«, erkundigte sie sich. »Wie hoch?«

»Ich weiß es nicht. Wir haben kein Fieberthermometer mehr. Sie wird sterben, wenn mir hier niemand hilft. Es muss doch in der Kommandantur einen Doktor geben.«

Die andere schüttelte den Kopf.

»Nein«, sagte sie schroff. »Haben wir hier keinen Doktor. Aber haben wir vielleicht Medizin für kleines Kind. Mitkommen!«

• • •

Als Dora eine Viertelstunde später wieder auf ihr Rad stieg, hätte sie am liebsten gejauchzt. Es war alles gut gegangen! Tatsächlich hatte die Soldatin ihr ein Fläschchen mit einer Tinktur mitgegeben, mit der sie die Wunde spülen sollte, außerdem ein Medikament gegen Fieber und frisches Verbandmaterial. Niemand hatte sie belästigt, und sie fand auch Erich hinter der Hecke des verlassenen Hauses, wo er so zusammengekauert hockte, wie sie ihn zurückgelassen hatte.

»Sie haben uns wirklich geholfen!«, rief sie ihm zu. »Ich habe Medizin bekommen. Ist es nicht unfassbar? Ich bin so glücklich. Die Zwillinge haben es immer gesagt: Es gibt wirklich auch nette, hilfsbereite Russen. Und jetzt lass uns zusehen, dass wir nach Hause kommen!«

Als sie die Häuser der Stadt hinter sich gelassen hatten, beschlossen sie, auf dem Heimweg über die Chaussee zu fahren. Das ging schneller, als den Pfad durch die Wiesen und Felder zu nehmen, und Dora wollte Clärchens verletztes Knie so schnell wie möglich behandeln. Die Begegnung mit den Soldaten in der Kommandantur hatte ihr Mut gemacht. Nun würde doch noch alles gut werden.

Fünf Kilometer vor Liebenwalde machte der hintere Reifen an Doras Fahrrad schlapp. Sie stiegen ab und betrachteten den Schaden.

»So kann ich nicht weiterfahren«, stellte sie fest. »Es ist überhaupt keine Luft mehr darin. Fahr du voraus, Erich. Es ist ja nicht mehr so weit. Ich schiebe das Rad das letzte Stück.«

»Dann schiebe ich mit. Ich lass dich lieber nicht allein auf der Chaussee. Wer weiß, ob nicht doch noch ein Trupp Soldaten angefahren kommt.«

»Nein, Erich. Heute fühle ich mich stark. Heute passiert mir sicher nichts. Es ist wichtiger, dass du möglichst schnell nach Hause kommst, damit ihr euch um Clärchen kümmern könnt. In einer Stunde bin ich auch da.«

Dora reichte ihm die Arzneimittel, die sie von der russischen Soldatin erhalten hatte. »Ihr müsst sofort die Tinktur auf das verletzte Knie auftragen und Clärchen dann einen Teelöffel von dem Sirup geben. Aber auf keinen Fall mehr. Das ist eigentlich nichts für Kinder. Von dieser Medizin bekommen normalerweise die schwer verletzten russischen Soldaten. Wahrscheinlich schmeckt es grässlich, aber sie muss unbedingt ein Löffelchen davon zu sich nehmen.«

Erich nickte und steckte sich die Sachen in die Jackentaschen. Dann stieg er auf sein Rad. »Bis nachher!«

Dora sah ihm lächelnd nach, wie er davonfuhr. Schon bald war er im Schatten der Birken am Straßenrand verschwunden. Zügig schob sie ihr Rad hinterher. Gott sei Dank hatten sie Hilfe gefunden! Wie gut, dass sie diese Fahrt riskiert hatten.

Sie war so vertieft in ihre Gedanken, dass sie den Motor erst wahrnahm, als der Wagen sie überholte. Erschrocken machte sie einen Satz zur Seite, dabei wäre sie beinahe über das Fahrrad gestürzt. Es war ein offener Lastwagen, der langsam über die Chaussee rollte. Ein paar russische Soldaten hatten sich auf der Ladefläche niedergelassen. Als sie an Dora vorbeifuhren, johlten sie und winkten ihr zu. Dora richtete den Blick rasch zur Seite, als nähme sie die Männer gar nicht wahr. Hier draußen, allein auf der Straße, fühlte sie sich auf einmal wieder unsicher. Die Euphorie, die sie vor einem Augenblick noch durchflutet hatte, war weg. Erleichtert beobachtete sie, wie der Wagen davonfuhr und sich immer weiter von ihr entfernte. Sie nahm ihr Rad auf und schob es weiter. Da sah sie die roten Bremslichter. Kurz bevor die Chaussee eine leichte Linkskurve machte und ihren Blicken entschwand, stoppte der Lastwagen. Ein kleines weißes Licht am Heck des Fahrzeuges ging an, und schneller, als er fortgefahren war, rollte der Wagen zurück.

Erschrocken warf Dora das Fahrrad in den Straßengraben, sprang hinüber auf das Feld und lief los. Sie hörte, wie der Wagen mit quietschenden Bremsen am Straßenrand anhielt und jemand ausstieg. Ein Mann rief ihr auf Russisch etwas zu. Doch sie sah sich nicht um und rannte weiter, so schnell sie konnte, ohne zu wissen, wohin. Nur fort von den Soldaten! Doch sie kam nicht weit. Mit einem Fuß trat sie in ein Erdloch, geriet ins Stolpern und stürzte zu Boden. Noch bevor sie sich aufgerappelt hatte, stand ein Mann in Uniform neben ihr.

»Gnädiges Fräulein!«

Sie kannte diese Stimme. Ungläubig sah sie auf. Der russische Offizier, der sie damals im Gutshaus vor den groben Soldaten bewahrt hatte, reichte ihr die Hand und half ihr auf die Beine.

»Verzeihen Sie, wollte ich Sie nicht erschrecken«, sagte er. »Habe ich Sie mit Ihren kurzen Haaren beinahe nicht wiedererkannt.«

Dora nickte stumm. Noch immer war sie viel zu bestürzt, um zu antworten.

»Ich sah Sie mit Fahrrad kaputt und wollte helfen. Kann ich Sie fahren nach Hause?«

»Nein, nein«, wehrte Dora ab. Die Vorstellung, mit den anderen russischen Soldaten Seite an Seite im Führerhaus des Wagens zu sitzen, war ihr unerträglich. »Danke, sehr freundlich, aber das schaffe ich allein.«

»Sie sind tapfere Frau. Aber ist besser für Sie, wenn Sie mit mir fahren. In meinem Wagen sind Sie sicherer als allein auf Straße. Bitte kommen Sie mit.«

»Aber was werden die anderen Soldaten dazu sagen?« Dora klopfte sich den Schmutz vom Rock. Ihr Herzrasen ließ nach. »Bekommen Sie nicht Ärger, wegen Mitleids mit dem Feind?«

Er stieß ein kurzes bitteres Lachen aus, während sie nebeneinander zurück zur Chaussee gingen. »Lassen Sie das sein meine Sorge.«

Er wies die Männer auf Russisch an, Doras Fahrrad auf die Ladefläche des Wagens zu heben. Sie folgten der Aufforderung, begleitet von Gelächter und obszönen Gesten. Ein weiteres barsches Kommando des Offiziers ließ sie verstummen. Er befahl den beiden Soldaten, die mit ihm im Führerhaus gesessen hatten, zu den anderen auf die Ladefläche zu klettern, und hieß Dora einzusteigen. Er selbst setzte sich ans Steuer und fuhr los.

»Ich habe Sie in Wormditt gesucht«, berichtete Dora. »Mein kleines Mädchen ist krank, und ich brauchte Medizin für sie.«

Er wandte den Blick für einen Moment von der Fahrbahn ab und sah sie an. »Das tut mir sehr leid. Was ist passiert?«

Sie erzählte ihm, was Clärchen geschehen war und wie sie auf dem Hof lebten. Es tat so gut, mit jemandem darüber zu sprechen.

»Wünsche ich Ihnen sehr, dass Ihr kleines Mädchen wird wieder gesund«, erwiderte er schließlich.

»Ja. Danke. Ich bin froh, dass Ihre Leute in Wormditt uns geholfen haben. Warum habe ich Sie dort nicht angetroffen?«

»Bin ich jetzt nicht mehr in Wormditt stationiert. Bin ich versetzt nach Kommandantur in Königsberg. Fahre ich gerade dorthin.«

Dora spürte, dass er sie wieder von der Seite betrachtete, und schämte sich plötzlich wegen ihres zerlumpten, schmutzigen Kleides, ihrer unansehnlichen Frisur, ihrer Flohbisse und ihrer ganzen armseligen, halb verhungerten Gestalt. Der Offizier dagegen war sorgfältig und gut gekleidet, sein Kinn frisch rasiert, die Haare akkurat geschnitten. Er verströmte das lässige Selbstbewusstsein eines Siegers.

»Ist noch Krieg?«, fragte sie.

»Nein. Krieg ist schon lange vorbei. Hitler ist tot. Deutschland hat kapituliert Anfang Mai. Vor mehr als ein Monat.«

»Ah«, sagte Dora, doch die erwartete Erleichterung blieb aus. Kapituliert, nun also doch. Warum nur hatte Deutschland das nicht schon viel früher getan? Weshalb war so lange so sinnlos gekämpft worden? Wie viele Menschenleben hätten gerettet, wie viel Elend hätte verhindert werden können!

»Nun«, fuhr sie laut fort. »Gott sei Dank, dass endlich Frieden ist. Dann wird ja sicher bald alles wieder besser. Dann können ja auch die anderen Leute nach Liebenwalde zurückkommen. Hoffentlich auch der Bürgermeister und die Polizei. Glauben Sie mir, ich sehne mich so sehr nach einem normalen Leben. Dass alles so wird wie früher.«

Der Offizier räusperte sich, bevor er antwortete.

»Denke ich nicht, dass Leben in Ostpreußen wird so wie früher. Denke ich nicht, dass Ihre Leute werden zurückkommen.«

»Aber ... Warum nicht? Der Krieg ist doch vorbei.«

»Ist noch alles in Verhandlungen. Aber bin ich sicher, dass Russland wird entscheiden, wie es mit Land weitergeht. Bauen wir hier bessere Staat auf. Machen wir Sozialismus, damit alle Menschen werden besser leben. Deshalb ich fahre nach Königsberg. Organisiere ich neue Stadt, neue Gesellschaft für Zukunft in Sozialismus wie Russland.«

»Verzeihung, aber das ist doch Unsinn. Königsberg gehört seit Jahrhunderten zu Deutschland. Daran werden die paar Jahre Krieg und die gegenwärtige russische Besetzung nichts ändern.«

»Werden doch, gnädiges Fräulein. Deutschland ist geschlagen, Russland ist Sieger, wird nix mehr sein wie vorher. Aber hören Sie, warum Sie kommen nicht mit mir? Helfen Sie mit aufzubauen neue sozialistische Zukunft! Könnten Sie für mich arbeiten in Kommandantur in Königsberg. Sie lieben Stadt, haben Sie mir erzählt damals in Salon Ihres Hauses.« Noch einmal streifte sie sein Blick. »Sie gehören nicht hierhin, wo Leben ist arm und schlecht. Hier ist nix Zukunft für schöne, kluge Frau wie Sie. In Königsberg Sie sind sicher, Sie werden haben gutes Leben. Ich verspreche. Sie können arbeiten für mich, als Sekretärin oder helfen bei Übersetzungen. Werde ich persönlich dafür sorgen, dass es Ihnen gut geht. Viel besser als hier. Verspreche ich Ihnen Schutz vor andere Männer, wenn Sie sind bei mir. Habe schönes großes Haus zu wohnen.«

Dora ließ seine Worte auf sich wirken. Stumm betrachtete sie die schwarzen Ränder unter ihren abgebrochenen Fingernägeln, die rissige Haut ihrer Hände. Sie sah auf ihr verschlissenes Kleid, kaum mehr als ein Fetzen, der ihr am Körper hing, ihre schmutzverkrusteten Schuhe, die voller Löcher waren und an denen sich die Sohlen lösten. Was war aus ihr geworden!

Einen Moment lang gab sie sich dem Gedanken hin, wie es wäre, wieder ohne Sorgen zu leben. Nicht mehr hungern und frieren zu müssen, saubere Kleidung zu tragen, ein bequemes Bett zu haben, ein duftendes Wannenbad, gepflegte Haare, Fenster, durch die es nicht ins Haus regnete. Vor allem aber nie mehr Angst haben zu müssen, dass russische Soldaten über sie herfielen, denn der Offizier würde sie davor bewahren, dessen war sie sich sicher. Vielleicht würde sie seine Freundin werden für eine Weile. Womöglich war das der Preis, den er von ihr erwartete, wenn er ihr Sicherheit und ein paar Privilegien ermöglichte. War es das nicht wert? War es nicht das Wichtigste, Schutz und Hilfe zu haben, den Beistand eines Mannes, der ihr nicht unsympathisch war, der sauber und gepflegt wirkte und an dessen Aufrichtigkeit sie keinen Zweifel hatte? Mit seiner Unterstützung würde sie wieder ein schönes Leben haben können in einer Stadt, die mithilfe der Russen gewiss bald wieder aufgebaut sein würde, in der es Geschäfte und Cafés geben würde, vielleicht ein Kino und ein Tanzlokal ...

Doch noch während Dora die Bilder des alten unzerstörten Königsbergs vor ihren Augen standen, tauchte ein vertrautes Gesicht in ihrer Erinnerung auf: Curt. Er war der Mann, den sie liebte, nach dem sie sich sehnte, Tag und Nacht, mit dem sie gemeinsam mit Clärchen ihr Leben verbringen wollte, an dessen Seite sie sich stark fühlte und den sie irgendwann, wenn sich die Weltlage endgültig beruhigt hatte, wiederfinden musste, um ihm das alles zu sagen.

So verlockend das Angebot des russischen Offiziers ihr im ersten Moment auch erschienen war, sie wusste, dass sie ablehnen musste.

»Ich danke Ihnen «, entgegnete sie leise. »Aber ich werde nicht mitgehen nach Königsberg. Ich habe Verantwortung für meine Familie. Jetzt, wo der Krieg zu Ende ist, können wir sicherlich auch unseren Gutshof bald wieder aufbauen. Ich kann sie nicht im Stich lassen.«

»Mag ich Ihre Stärke und Ihren Optimismus«, sagte der Offizier ernst. »Aber rate ich Ihnen zu bedenken, das Leben wird nie wieder so wie vor dem Krieg.«

»Sicherlich wird es lange dauern, bis all die schlimmen Wunden, die der Krieg geschlagen hat, verheilen. Aber einmal werden sie verheilen. Deutschland ist bislang noch nach jedem Krieg wieder aufgestanden.«

Er ging darauf nicht ein und steuerte den Wagen schweigend weiter. Bald erreichten sie das Dorf und die Abzweigung zur Straße, die von der Chaussee zum Gutshof hinaufführte.

»Sie können hier bitte anhalten«, sagte Dora. »Von hier schiebe ich das Rad. Jetzt ist es ja nicht mehr weit. Es war sehr freundlich von Ihnen, mich mitzunehmen.«

Er stoppte den Wagen, und sie stiegen aus. Auf Geheiß des Offiziers luden zwei der Soldaten Doras Rad ab.

»Auf Wiedersehen, gnädiges Fräulein.« Er verbeugte sich höflich vor ihr. »Mein Name übrigens ist Michail. Michail Gordijenko. Falls Sie überlegen anders, Sie finden mich in Kommandantur in Königsberg. Denken Sie über Angebot nach. Nützt nicht, von vergangene Zeit zu träumen, weil alte Zeit kommt nicht zurück. Wird alles anders in Ostpreußen, ich versichere Ihnen.«

»Danke, ich brauche über Ihr Angebot nicht nachzudenken. Ich habe mich entschieden. Leben Sie wohl, Herr Gordijenko!«

Noch einmal schlug er kurz die Hacken zusammen und nickte ihr zum Abschied zu, dann stieg er zurück in das Führerhaus.

• • •

So schnell sie konnte, schob Dora das quietschende Rad die Zufahrtsstraße zum Gutshof entlang. Sie musste dringend sehen, wie es Clärchen ging. Hoffentlich hatte Erich ihr schon die Medizin gegeben. Ja, es war richtig gewesen, den Vorschlag des russischen Offiziers abzulehnen. Hier war der Platz, an dem sie gebraucht wurde, hier waren die Menschen, die ihre Hoffnungen auf sie setzten und die sie nicht enttäuschen durfte. Michail Gordijenko hatte unrecht. Der Krieg war vorbei, und irgendwann würde der Gutshof wieder so dastehen wie ehedem.

Dora sah sich um. Die Linden am Straßenrand blühten und verströmten den vertrauten Duft des Sommers. Auf den Feldern dahinter stand kniehoch das noch grüne Getreide, ein schwacher Wind summte durch den Roggen. Als sie an den Häusern der Hofarbeiter vorbeikam, entdeckte sie die ersten reifen Früchte an den Johannisbeerbüschen im Garten der Machalskis. Bald würden sie auch die ersten Rhabarberstangen ernten können und alles andere, was in den Obst- und Gemüsegärten des Gutshofes heranwuchs. Die schwerste Zeit des Jahres war vorbei, zumindest verhungern würden sie vorerst nicht mehr. Guten Mutes eilte Dora weiter. Hinter den Bäumen tauchten das rote Ziegeldach und der Giebel des Gutshauses auf, der weiß in der Sonne strahlte. Das Fenster in Mariannes Schlafzimmer war weit geöffnet, als wollte es Dora willkommen heißen.

Sie erschrak, als sie an der letzten Biegung der Straße einen Soldaten sah, der vor ihr langsam den Weg zum Gutshaus hinaufschritt. Seine Unform hing ihm in Fetzen am Leib, und er hinkte. Was wollte der Mann hier? War etwa einer der Russen vom Lastwagen gesprungen, ohne dass sie es bemerkt hatte? Augenblicklich geriet Dora in Panik. Was, wenn er sich umdrehte und sie entdeckte! Sie ließ das Rad los und kauerte sich am Rande des Kornfeldes zusammen. Durch die hohen Halme beobachtete sie, wie der Mann jetzt stehen blieb und seine Blicke ruhig über das Getreide wandern ließ. Er machte ein paar Schritte auf das Feld zu, brach eine Ähre ab und ließ die Körner prüfend durch seine Finger gleiten. Es war eine Geste, die Dora so unendlich vertraut war, die sie seit ihrer Kindheit so oft schon gesehen und so sehr vermisst hatte in den vergangenen Jahren. Kein russischer Soldat, der das Haus plündern wollte, würde sich für die Güte der Roggenkörner interessieren.

»Papa?« Sie sprang auf und begann zu laufen. Dann rief sie noch einmal: »Papa!«

Er drehte sich zu ihr um, sah sie ungläubig an. »Dora!«

Wie alt er geworden war, dachte Dora, als wären nicht zwei, sondern zwanzig Jahre vergangen, seit sie einander das letzte Mal gesehen hatten, abgemagert und grauhaarig wie ein Greis sah er aus. Aber das spielte keine Rolle. Vater lebte, und er war zurückgekehrt aus dem Krieg und aus der Gefangenschaft. Sie wollte sich an seine Schultern werfen, seine Arme um sich spüren, ihn nie wieder loslassen. Doch noch bevor sie ihn erreichte, registrierte sie einen Lichtreflex am Gutshaus. Etwas Metallisches blitzte in der Sonne. Dora fuhr herum. Aus dem geöffneten Fenster am Giebel ragte der Lauf eines Gewehres.

»Nein!«, schrie Dora. »Nicht! Es ist Papa!«

Doch im selben Augenblick krachte der Schuss. Josef Twardy taumelte getroffen über die Straße, dann sackte er nieder. Mit einem Satz war Dora bei ihm. Sie kniete sich nieder und untersuchte ihn vorsichtig. Sein rechter Arm war getroffen, Blut sickerte durch den Ärmel seiner Jacke. Er stöhnte leise.

»Papa«, flüsterte Dora. »Oh mein Gott. Bist du schlimm verletzt?«

Sehr langsam richtete er sich auf.

»Es geht schon«, ächzte er. »Ich lebe noch. Ach, mein Mädchen, was war denn das? Hat jemand geschossen? Wer ist auf dem Hof?«

»Ich glaube, das war Marianne. Sie wird dich für einen russischen Soldaten gehalten haben. Sie hat gelernt, sich zu wehren. Kannst du gehen?«

Er nickte. »Ich glaube, der Schuss hat mich nur gestreift.«

»Warte!« Dora zog ein Tuch aus ihrer Rocktasche und wickelte es notdürftig um die Wunde. »Das hilft für ein paar Minuten. Im Haus haben wir einen besseren Verband.«

Sie half ihm auf. Arm in Arm gingen sie langsam auf das Gutshaus zu. Marianne kam ihnen am Tor entgegen.

»Es tut mir so furchtbar leid«, schluchzte sie. »Ich konnte doch nicht ahnen, dass du es bist, Papa. Oh mein Gott! Was hab ich getan? Aber ich dachte, da ist jemand, der uns überfallen will. Ach, Papa, wo kommst du denn auf einmal her? Ich hatte solche Angst, dass ich dich nie wiedersehen werde.«

Sie schlang ihre Arme um ihn. Bevor ihr Vater etwas antworten konnte, ging die Tür des Gutshauses noch einmal auf, und Vera Twardy trat heraus. Spindeldürr war sie, ihr Gesicht wirkte spitz und ausgezehrt. Aber sie lächelte, als sie sah, wer da nach Hause gekommen war. Es war ein Lächeln, wie es Dora an ihrer Mutter seit Jahren nicht mehr gesehen hatte. Langsam und aufrecht stieg sie die Verandatreppe herunter, als gelte es einen lang erwarteten Besuch zu begrüßen. In ihren Armen hielt sie Clärchen, um deren rechtes Knie eine frische weiße Binde gewickelt war.

Mit grimmigem Gesicht ritzte Dora am nächsten Morgen eine besonders tiefe Scharte in den Türpfosten des Badezimmers. An diesen Tag galt es sich zu erinnern, nicht nur, weil es der erste Morgen nach der Rückkehr ihres Vaters war. Lag es an ihrem Sturz auf dem Acker, an der Aufregung des vergangenen Tages, oder hatte sich ihr von Leid und Hunger geschwächter Körper doch noch gegen die Schwangerschaft gewehrt? Jedenfalls wusste sie, dass sie das Kind des russischen Soldaten verloren hatte. Dora war sich in dem Augenblick sicher gewesen, als sie noch vor Sonnenaufgang mit Krämpfen im Unterleib erwacht war. Mit zusammengebissenen Zähnen hatte sie die ziehenden Schmerzen in der Tiefe ihres Bauches ertragen, bis es überstanden war. Auch dieser Kelch war an ihr vorübergegangen.

32.

Der Sommer 1945 war lautlos. Kein Klappern der Mähmaschinen, kein abendliches Dengeln war zu hören. Die Erntezeit kam, doch in Liebenwalde holte niemand den Roggen von den Feldern, obwohl das Korn so hoch stand wie in jedem Jahr. Es gab keine Pferde, um die Anhänger zu bewegen. Deshalb blieb den Twardys nichts anderes übrig, als so viel Getreide wie möglich selbst mühsam mit der Sense zu schneiden und zu Garben zusammenzubinden, wenn sie im Winter etwas zu essen haben wollten. Alle packten mit an bis auf Vera, die sich tagsüber um die kleine Clara kümmerte. Deren Verletzung war inzwischen gut verheilt, und wenn Vera den anderen am Mittag eine Blechkanne mit dünner Suppe aufs Feld brachte, trippelte sie mit kleinen Schritten neben ihr her. Mit sonnenverbranntem Gesicht, schmerzenden Armen und Schwielen an den Händen sank Dora abends ins Bett. Sie verwandte keine Minute darauf, in den Spiegel zu schauen. Es war nicht mehr wichtig, wie sie aussah oder wie sie sich fühlte, es war nur noch wichtig, möglichst viel Getreide zu ernten, um daraus Brot backen zu können.

Bis in den August hinein standen sie Tag für Tag auf dem Feld, schleppten die getrockneten Garben mit einem Leiterwagen, den die Zwillinge im verwaisten Wirtschaftshof neben dem Gasthaus *Zur Goldenen Krone* gefunden hatten, in die Scheune. Die Dreschflegel hingen noch an der Wand, und so machten sich die drei Jungen daran, die Körner aus den Ähren zu prügeln.

»Passt man bloß auf, dass ihr euch nicht gegenseitig die Hölzer um die Ohren haut«, mahnte Josef Twardy.

»Nein, keine Angst, wir machen das schon«, stieß Erich keuchend hervor, ohne die Arbeit zu unterbrechen. »Früher haben wir die Knechte oft genug dabei beobachtet.«

Dora betrachtete ihre Brüder voller Stolz. Ja, es war eine mühsame und anstrengende Arbeit, und verglichen mit den früheren Jahren war die Ernte lächerlich gering ausgefallen. Aber sie würden nicht aufgeben. Sie hatten in die Scheune gebracht, was sie mit dem Leiterwagen hatten heranschaffen können, und würden das Korn umständlich mit der alten Kaffeemühle mahlen müssen, weil es die Windmühle von Petersdorf nicht mehr gab. Zumindest vorerst würden sie nicht mehr hungern müssen. Und das war nur der Anfang. Im Frühjahr würde sie versuchen, im Garten Gemüse anzubauen. Ja, das Leben ging weiter. Irgendwann bald würden sich die Machthaber in Berlin und Moskau darauf einigen, wie es mit Ostpreußen weiterging. Die Russen würden nach Russland zurückgehen und die Leute nach Liebenwalde zurückkehren. Ganz gleich, was Michail Gordijenko ihr auch prophezeit hatte: Dora würde den Hof wieder auf die Beine bringen, wenn sich die Weltlage beruhigt hatte und die Nachwehen des Krieges abgeebbt waren. Mochte es noch ein Jahr dauern oder fünf, irgendwann würde der Gutshof wieder aufblühen. Und dann würde sie Curt finden und ihn um eine zweite Chance bitten. Eine Woge von Zuversicht ließ Dora lächeln.

Doch noch bevor sie auch nur ein einziges Roggenkorn zu Mehl gemahlen hatten, bekamen sie Besuch. An einem verhangenen Vormittag Mitte September bog ein klappriger Pferdewagen in den Hof ein. Zwei Soldaten führten die Zügel. Dora beobachtete die Männer vom Obstgarten aus, wo sie gerade Birnen vom Baum pflückte. Sie ließ den halb gefüllten Korb sinken. Diese Uniformen hatte sie hier noch nie gesehen. Das waren weder deutsche noch russische Soldaten. Der Wagen stoppte vor der Scheune, und die Männer stiegen ab. Ausgiebig betrachteten sie das Gutshaus und die Wirtschaftsgebäude. Sie sprachen miteinander in einer Sprache, die Dora nicht verstand. Einer holte ein Päckchen Zigaretten aus der Brusttasche seiner Jacke und zündete sich eine an. Dann machte er eine Bewegung, als wolle er das ganze Anwesen mit seinen Armen umfassen.

Dora stellte den Korb ab und ging auf die beiden zu. »Was wollen Sie hier?«

Der Soldat mit der Zigarette drehte sich zu ihr um. »Sind Sie deutsch?« In seiner Stimme lag ein fremder Akzent, der sie an Karol und Frantek erinnerte.

Dora nickte. »Ja natürlich. Ich wohne hier, das ist unser Hof.«

Der Mann schüttelte den Kopf. »Jetzt nicht mehr. Alle Deutschen müssen raus. Nach Deutschland.«

»Was heißt hier ›nach Deutschland‹? Das hier ist Deutschland.«

Noch einmal schüttelte der Soldat den Kopf. »Nein, das ist jetzt Polen. Und alle Deutschen haben das polnische Staatsgebiet sofort zu verlassen.«

Seine Worte trafen Dora wie ein dumpfer Schlag gegen die Brust.

»Das muss ein Irrtum sein«, beharrte sie. »Dieser Hof und dieses Stück Land gehören meiner Familie seit Generationen.«

»Aber diese Zeiten sind vorbei, verehrtes Fräulein. Künftig werden hier polnische Familien wohnen. Sie haben zwei Stunden, um Ihre Sachen zu packen. Und nehmen Sie nur so viel Gepäck mit, wie Sie in Ihren Händen tragen können. Mehr als 20 Kilogramm pro Person sind nicht erlaubt.«

»Wie meinen Sie das?«

Der Mann zuckte mit den Schultern. »So, wie ich es gesagt habe. Sie sind gesetzlich verpflichtet, das polnische Staatsgebiet zu verlassen. Das ist nach dem Krieg so geregelt worden. In zwei Stunden holen wir Sie ab und bringen Sie nach Allenstein zum Zug.«

»Aber Sie können uns doch nicht einfach aus unserem eigenen Haus vertreiben!«, rief Dora.

»Es ist nicht mehr Ihr Haus. Dieser Grund und Boden gehört jetzt Polen. Sie haben hier nichts mehr zu bestimmen.«

Doras empörter Aufschrei hatte ihren Vater alarmiert. Mit gerunzelter Stirn kam er aus der Scheune geschlurft. »Dürfte ich bitte erfahren, was auf meinem Hof los ist?«, erkundigte er sich.

Der Soldat drehte sich zu ihm um. »Dieser Hof befindet sich auf polnischem Staatsgebiet, mein Herr, und alle Deutschen werden nach Deutschland umgesiedelt. Das ist ein Befehl. Packen Sie sofort Ihre Sachen!« Er zog ein letztes Mal an seiner Zigarette, warf sie dann auf das Pflaster und trat sie aus. Auf sein Zeichen hin bestiegen die beiden Männer wieder den Pferdewagen.

»In zwei Stunden holen wir Sie ab!«, wiederholte der eine von ihnen noch, bevor das Gespann durch das Tor hinausfuhr.

Dora blieb stehen, wie zu einer Salzsäule erstarrt, und sah dem Wagen nach, wie er um die Ecke bog. Sie lauschte dem leiser werdenden Geklapper der Pferdehufe, bis nichts mehr zu hören war. Schließlich lief sie zu ihrem Vater, der mit ungläubigem Gesichtsausdruck am Scheunentor stehen geblieben war.

»Papa. Das können sie doch nicht mit uns machen, oder? Sie dürfen uns doch nicht von unserem eigenen Stück Land vertreiben. Auch wenn Deutschland diesen Krieg angezettelt und verloren hat, sie dürfen doch die Zivilisten nicht aus ihrer Heimat verjagen!«

Dunkel erinnerte sie sich an das, was Michail Gordijenko ihr vorhergesagt hatte, nachdem er sie auf der Chaussee aufgelesen hatte. *Wird alles anders in Ostpreußen, ich versichere Ihnen.* Damals hatte sie es nicht für möglich gehalten, dass er tatsächlich recht haben könnte.

Achselzuckend sah Josef Twardy seine Tochter an. »Ich kenne mich nicht mehr aus, Dora. Es sind andere Zeiten. Der Krieg hat die Welt in Schutt und Asche gelegt, jetzt werden die Bruchstücke neu zusammengesetzt. Und wie es aussieht, gehört das Puzzleteil, auf dem wir stehen, nicht mehr zu Deutschland.«

»Aber das hier ist doch unsere Heimat ...«, flüsterte Vera Twardy und streckte ihre Hände suchend nach denen ihres Mannes aus, der neben ihr auf dem ramponierten Sofa saß. »Unser schönes Zuhause.«

Josef Twardy streichelte sie liebevoll, aber er schwieg.

Dora ging mit energischen Schritten im Salon auf und ab. Sie hatte den übrigen Familienmitgliedern gerade berichtet, was die polnischen Soldaten ihnen befohlen hatten, und las Bestürzung in allen Gesichtern.

»Was ist denn noch schön an diesem Zuhause?« Marianne sprang wütend auf. »Seht euch doch mal um! Wir leben in einer Bruchbude. Die Wände sind verschimmelt, die Fenster kaputt, die meisten Möbel zertrümmert. Wir haben keinen Strom und müssen das Wasser jeden Tag aus dem Brunnen hinter der Scheune holen. Uns ist doch nichts mehr geblieben! Wir sehen aus wie die Neandertaler mit unseren zotteligen Haaren und den Lumpen, die wir anhaben. Und heute Morgen habe ich sogar ...« Marianne fing heftig an zu weinen. »Heute morgen habe ich Läuse in meinem Unterhemd gefunden. Ganz viele. Es ist so ekelig. Ich will so nicht mehr leben. Und es ist niemand mehr da, der uns helfen könnte. Unsere Leute, unsere Nachbarn und Freunde, alle sind weg. Was sollen wir denn noch hier?«

Dora nahm die schluchzende Marianne in die Arme. »Wir haben alle Läuse. Deshalb brauchst du dich nicht zu schämen.«

Während Dora ihrer Schwester tröstend über die Haare strich, sah sie sich in dem Raum um, der einmal das beste Zimmer im Gutshaus gewesen war, hell und luftig, ausgestattet mit edlen Möbeln, geschmackvollen Fenstervorhängen und kostbaren Teppichen auf dem glänzenden Holzboden. Jetzt erschien der Salon Dora wie ein düsteres, muffiges Verlies. Der ganze Gutshof bot ein Bild des Jammers. Marianne hatte die Wahrheit gesagt. Nichts war ihnen geblieben von ihrem einstigen Wohlstand und der Leichtigkeit ihres Daseins. Nur ihr nacktes Leben hatten sie gerettet, und sie mussten täglich darum kämpfen, dass es ihnen erhalten blieb, wie elend es auch sein mochte. Die Hoffnung auf bessere Zeiten hatte ihr in den vergangenen Monaten Kraft gegeben. Aber vielleicht hatte sie sich nur einer Illusion hingegeben. Selbst wenn sie sich dem Befehl der polnischen Soldaten widersetzten, wie lange sollte das hier noch so weitergehen?

Ihr Blick fiel auf die Zwillinge und Clärchen. Was für ein Leben erwartete die Kinder hier? Ihre kleinen Brüder hatten seit Monaten keine Schule mehr gesehen. Sie waren gut darin, Spatzen und Frösche zu jagen, damit die Familie etwas zu essen hatte, aber es gab so viele andere Dinge, die sie in diesem Alter eigentlich bald lernen sollten: Mathematik, Geografie, Geschichte, vielleicht auch Englisch. Und was war mit Clärchen? Wenn sie darauf bestanden hierzubleiben, würde Curts Tochter in einem fremden Land aufwachsen. Würden sie hier jemals wieder glücklich sein können? Oder würden sie für den Rest ihres Lebens von den neuen Nachbarn gehasst und angefeindet werden, weil es die Deutschen gewesen waren, die 1939 in Polen eingefallen waren? Womöglich wären sie Ausgestoßene in der eigenen Heimat.

Sie meinte, noch einmal Michail Gordijenkos Stimme in ihrem Ohr zu hören: »Nützt nicht, von vergangene Zeit zu träumen, weil alte Zeit kommt nicht zurück.« Ja, sie musste die Weichen für die Zukunft stellen.

Mit einem Ruck richtete sich Dora auf.

»Marianne hat recht. Wir werden hier kein gutes Leben mehr haben. Vor ein paar Tagen hatte ich noch gedacht, dass es irgendwann wieder einmal so schön werden wird wie früher. Aber es ist vorbei, auch wenn das hier unser Zuhause ist. Man kann die Zeit nicht mehr zurückdrehen. Wir müssen uns den Veränderungen stellen. Wir haben schon einmal versucht wegzugehen und sind gescheitert, aber diesmal ist es endgültig.«

»Ach, Dora.« Veras Stimme klang unendlich traurig. »Sollen wir denn unsere Heimat für immer verlassen? Es bricht mir das Herz.«

»Ich weiß, Mama. Mir auch.«

Schweigend saßen sie zusammen und hingen für einen Moment ihren trüben Gedanken nach. Dora ließ ihre Blicke über die Gesichter ihrer Geschwister und Eltern wandern, die voller Bitterkeit waren.

»Aber wisst ihr was«, fuhr sie schließlich fort. »Heimat, das ist ja nicht nur ein Haus, nicht nur der Ort, an dem wir aufgewachsen sind. Ist Heimat nicht vor allem da, wo wir von Menschen umgeben sind, die uns lieben und bei denen wir uns sicher fühlen? Solange wir uns haben, können wir überall eine neue Heimat finden. Vielleicht finden wir es in einem anderen Teil von Deutschland. Vielleicht finden wir dort auch Elsbeth und Wilhelm, Onkel Hermann und Christel und Inge. Und Curt.« Beim

Gedanken an ihn nickte sie energisch. »Ja, wir sollten uns auf den Weg machen. Lasst uns die Sachen packen. Es schneit nicht, und niemand schießt auf uns. Wir brauchen keine Angst zu haben. Wir werden im Westen ein neues Leben anfangen. Es kann nicht schlechter sein als das Leben, das wir hier zurücklassen.«

Kurz darauf standen die Twardys aufbruchsbereit auf der Veranda, neben ihnen die paar Bündel mit ihren wenigen, hastig zusammengesuchten Habseligkeiten. Vera und Josef stützten einander. Beiden liefen Tränen über das Gesicht, und auch Erichs Augen schimmerten feucht. Marianne presste die Lippen aufeinander, noch immer von Schluchzern geschüttelt, während die Zwillinge aufgeregt über die Holzstufen tobten. Clärchen betrachtete den plötzlichen Aufbruch mit ahnungsloser Gelassenheit.

Noch einmal strich Dora über die Balustrade, an der die weiße Farbe inzwischen abblätterte und auf der sie früher immer so gerne gesessen und über den Hof geschaut hatte. Sie warf einen letzten Blick auf das verwaiste Storchennest auf dem Scheunendach und die grünen Türen des leeren Pferdestalls, von denen einige aus den Angeln gerissen waren und sich leise quietschend im leichten Herbstwind bewegten. Nun war es also vorbei, endgültig vorbei. Der heruntergekommene Gutshof würde nicht länger ihr Zuhause sein. Ihr neues Zuhause, ihre neue Heimat lag irgendwo in der Fremde.

Sie nahm ihr Gepäck in die eine und fasste Clärchen an der anderen Hand, als sie Hufschlag hörte. Diesmal bogen zwei Fuhrwerke in den Hof ein, auf dem Kutschbock saßen jeweils ein Soldat und ein Zivilist.

»Alles abfahrbereit?«, fragte der eine Soldat. »Wir müssen uns beeilen.«

Der Mann in Zivil, der neben ihm gesessen hatte, stieg vom Wagen und kam auf die Veranda zu. Seine Gestalt kam Dora bekannt vor. Irritiert blieb sie auf der obersten Treppenstufe stehen.

»Karol? Bist du das wirklich?«

»Ja, Fräulein Twardy. Ich bin's. Ich komme zurück. Aber nicht mehr als Knecht. Ich bin jetzt der Herr auf diesem Hof. Das Haus wurde mir zugewiesen, mir und zwei anderen Familien. Da staunen Sie, nicht wahr? Aus Knechten werden Herren. So ändern sich die Zeiten.«

Dora schwieg einen Augenblick verwundert.

Dann sagte sie: »Ich wünsche Ihnen Glück. Ich bin froh, dass die Russen Sie nicht nach Sibirien verschleppt haben.«

»Und ich erst. Die Soldaten haben mich bald darauf wieder laufen lassen, als sie feststellten, dass ich tatsächlich kein Deutscher bin. Und jetzt wünsche ich Ihnen eine gute Reise. Zum Glück geht es diesmal wenigstens nicht mehr über das zugefrorene Haff.«

»Ja«, entgegnete Dora tonlos. »Wenigstens das nicht.«

Mit Grausen erinnerte sie sich daran, wie Karol sie damals im letzten Moment zurückgerissen hatte, damit sie nicht wie Philippe in dem dünnen Eis einbrach. Auch der Pole war jetzt ernst geworden, vielleicht hatte er gerade dasselbe gedacht.

»Alles Gute im neuen Leben«, sagte er.

»Ihnen auch, Karol. Machen Sie etwas Schönes aus unserem Hof.«

Dora sah sich nicht mehr um. Mit dem Gepäckbündel in der einen und Clärchen an der anderen Hand stieg sie hoch erhobenen Hauptes von der Veranda.

• • •

»Da gibt es ja sogar noch elektrisches Licht! Und richtige Autos!«

Arno rief das, als sie sich bei einbrechender Dunkelheit der Stadt Allenstein näherten. Monatelang hatten sie in der Einsamkeit ihres verfallenden Gutshauses gelebt, und plötzlich fanden sie sich in einer Stadt wieder, in der die Straßenlaternen funktionierten, die Schornsteine qualmten und kolonnenweise Fahrzeuge über die Straßen fuhren. Doch die Spuren des Krieges waren deutlich sichtbar: Viele Häuser waren von Bomben beschädigt oder zerstört. Das Hauptgebäude des Bahnhofes war abgebrannt, aber auf den Gleisen stand ein Zug, die Lokomotive dampfte schon. Auf dem Bahnsteig drängten sich die Leute vor den weit geöffneten Schiebetüren der fünf angehängten Waggons. So viele Menschen! Wo kamen die nur alle her? Sie mussten aus sämtlichen Orten der Umgebung zusammengetrieben worden sein. Zwei polnische Soldaten mit umgehängten Maschinenpistolen standen vor den rußig schwarzen Mauern des Bahnhofsgebäudes und betrachteten das Durcheinander wortlos.

»Schnell, schnell!«, rief einer der Männer, der die Familie der Twardys hergefahren hatte. »Der Zug fährt gleich ab.«

»Aber, halt«, empörte sich Dora. »Das ist ja ein Güterzug. Sie werden uns doch wohl nicht in einem Güterzug verladen wie eine Herde Vieh …«

»Ein Zug ist ein Zug!«, unterbrach sie der Soldat ruppig. »Das ist nun mal so. Und jetzt sollten Sie sich beeilen.«

Sie fanden einen Platz im letzten Waggon, wo schon mindestens fünfzig Leute dicht an dicht auf dem strohbedeckten Boden saßen, vor allem Frauen und Kinder waren es, ein paar alte Männer und Kriegsversehrte, dem einen fehlte der linke Arm, der andere trug eine Augenklappe.

Die Twardys kauerten sich in einer Ecke zusammen. Im Halbdunkel des Wagens herrschte ein heilloses Durcheinander. Noch immer drängten Menschen durch die offene Schiebetür hinein, riefen nach einander und schoben andere zur Seite, um selbst einen Platz zum Sitzen zu finden. Kinder weinten, Babys schrien, und irgendwo winselte ein kleiner Hund in einer Tasche. Vor allem aber roch es entsetzlich nach Urin und Kot. Dora band sich ein Tuch vor Mund und Nase, aber das nützte nicht viel.

»Es gibt leider nirgendwo eine Toilette«, sagte eine alte Frau, die neben ihr auf dem Boden saß. »Es steht nur ein Eimer neben der Tür. Aber man gewöhnt sich an den Gestank.«

»Wie lange sitzen Sie hier schon drin?«

»Wir sind vorgestern in Rastenburg losgefahren.«

»Vorgestern schon? So lange sind Sie schon unterwegs? Aber das sind doch keine hundert Kilometer von Rastenburg bis Allenstein, dafür braucht man doch nicht zwei Tage.«

Die Alte zuckte mit den Schultern. »Wahrscheinlich sind die Gleise kaputt. Es geht im Zickzack durch Ostpreußen. In Rastenburg sind wir mit drei Waggons losgefahren. Aber sie hängen an jedem Bahnhof einen Wagen an. Das dauert. Wahrscheinlich brauchen wir eine Woche, um nach Berlin zu kommen. Oder zwei.«

Dora stöhnte.

»Bekommt man denn etwas zu essen?«

»Nein. Nur Wasser verteilen sie ab und zu. Ein paar der Jungen im Waggon springen immer raus, wenn der Zug eine Weile hält, und versuchen, draußen etwas Essbares zu finden.«

Einer der bewaffneten Soldaten ging auf dem Bahnsteig am Zug entlang und warf krachend die schweren Türen zu. Augenblicklich war es dunkel im Waggon. Durch die Ritzen der Bretterwand schimmerte der rosarote Abendhimmel. Dann ruckte der Zug an.

So fuhren sie dahin. Diesmal war es also endgültig. Es ging

nach Westen, und niemand konnte ihr sagen, was sie dort erwartete. Merkwürdigerweise empfand Dora nichts bei diesem Gedanken, keine Wut, keine Trauer, keine Verzweiflung. Es war, als hätte sie alle Gefühle aufgebraucht in den vergangenen Monaten.

Als sich ihre Augen an das Dämmerlicht im Wagen gewöhnt hatten, sah sie sich zu ihren Eltern um, die eng aneinandergeschmiegt auf dem schmutzigen Strohboden saßen, die Bündel mit der hastig zusammengepackten Wäsche vor sich auf dem Schoß. Ihre Gesichter waren von Schmerz gezeichnet. Marianne hatte die Arme um ihre angewinkelten Beine geschlungen und die Stirn auf die Knie gelegt. Am Zucken ihrer Schultern erkannte Dora, dass sie weinte. Erich kniete vor der Bretterwand des Waggons und blinzelte durch die Ritzen nach draußen. Die Zwillinge hatten sich ihre Hemden ausgezogen und waren damit beschäftigt, die Läuse zu zerknacken, die sich in den Nähten ihrer Wäsche versteckt hatten. Dora drückte Clärchen an sich, die auf ihrem Schoß eingeschlafen war. Das also war aus der hochgeschätzten Familie Twardy geworden: ein paar müde und hungrige Gestalten, die, mittellos, dreckig und in Lumpen gehüllt, in einem voll gestopften, stinkenden Viehwagen auf dem Stroh saßen und nicht wussten, wohin sie diese Reise bringen würde.

Am frühen Morgen bremste der Zug und hielt mit einem Ruck. Jemand schob die Waggontür auf und sah hinaus, um den anderen mitzuteilen, was draußen geschah: »Sie koppeln wieder ein paar Waggons an.«

»Da hinten stehen Apfelbäume!« Arno klang wie ein Streuner, der wusste, wie man sich in Notzeiten etwas zu essen besorgt. Er und Klaus sprangen aus dem Wagen, ein paar andere Jungen hinterher. Ein Wettrennen über die Wiese begann: Wer als Erster die Bäume erreichte, konnte die meisten Äpfel stibitzen. Klaus und Arno waren ein eingespieltes Team. Pfundweise brachten sie in ihren zusammengeknoteten Hemden Äpfel in den Waggon. Einer der anderen Jungen schaffte es nicht mehr rechtzeitig zurück. Der Zug rollte schon wieder an. Kalt pfiff der Fahrtwind herein.

»Macht die Tür zu«, brummte der einarmige Mann, und eine Frau schrie: »Nein, mein Herbert ist noch da draußen. Mein Junge! Herbert! Herbert!«

»Wenn wir die Tür nicht zumachen, fallen wir in der nächsten Kurve alle raus!«, entgegnete der Einarmige, und die Schiebetür fiel krachend ins Schloss. Die Frau kreischte vor Entsetzen.

»Der Herbert ist bestimmt im letzten Waggon aufgesprungen«, versuchte Arno, die Fremde zu trösten, aber sie schrie ohne Unterlass.

Sie fuhren. Dora zählte die Tage und Nächte nicht, an denen sie unterwegs waren. Nicht die Stunden, die sie im freien Gelände an einer Weiche standen, während auf dem anderen Gleis russische Militärzüge Richtung Osten vorbeirauschten, vollgepackt mit Maschinen und anderen Gütern aus Deutschland. Klaus und Arno nutzten jede Gelegenheit hinauszuspringen, um von einem Acker Rüben, Kartoffeln oder Möhren zu holen oder Brombeeren aus einem Gestrüpp am Bahndamm zu pflücken, sosehr Vera sich auch ängstigte, dass sie es nicht mehr rechtzeitig in den Waggon zurückschaffen könnten. Die Frau, die ihren Herbert vermisste, war irgendwann ausgestiegen, um in den hinteren Waggons nach ihrem Jungen zu suchen. Dora wünschte ihr Glück und war doch erleichtert, ihr unablässiges Schreien nicht mehr hören zu müssen.

Wenig später stellte Erich fest, dass der alte Mann, der neben ihm fest zu schlafen schien, in der Nacht gestorben war.

»Der muss raus, bevor er anfängt zu stinken!«, entschied der Einarmige, der sich zu einer Art Kommandant des Waggons entwickelt hatte. Erich und ein paar andere Leute taten sich zusammen und trugen den Toten beim nächsten Halt auf freier Strecke hinaus. Sie legten ihn hinter dem Schotter des Bahndamms ins hohe Gras. Es war keine Zeit, ihn zu beerdigen, und es besaß auch niemand eine Schaufel. Ein junges Mädchen flocht einen kleinen Kranz aus rotem Klee, der dort wuchs, und legte ihn dem Verstorbenen auf die Brust. Das musste in diesen Zeiten reichen. Schon ruckelte der Zug weiter, und alle kletterten schnell wieder hinein.

»Es hängen jetzt elf Waggons an der Lok«, berichtete Klaus. Kurz darauf schepperte es metallisch unter den Rädern. »Wir fahren über die Weichsel!«, rief jemand. »Bald sind wir im richtigen Deutschland.«

Im richtigen Deutschland ... Dora schüttelte fast unmerklich den Kopf. Gab es denn auch ein falsches Deutschland?

Schwetz, Bromberg, Gnesen, Posen, Frankfurt an der Oder ... Die Zwillinge beobachteten die Welt durch die Ritzen der Bretterwand und lasen laut vor, was auf den Schildern der Bahnhöfe stand, an denen der Zug hielt.

An einem windigen Oktobertag erreichten sie Berlin. Nun presste auch Dora ihre Stirn gegen die Waggonwand und blickte durch einen Spalt hinaus. Zum ersten Mal sah sie die Reichshauptstadt mit eigenen Augen. Der Zug fuhr langsam an Schuttbergen und ausgebrannten Häusern vorbei, zwischen Ruinen ragten schwarze Wände und einsame Schornsteine in den Himmel. Die leeren Fensterhöhlen ließen Dora erschauern wie damals in Königsberg. Aber Berlin war nicht tot! Da waren Menschen unterwegs. Und die meisten Leute trugen nicht einmal Lumpen, sie waren einigermaßen ordentlich gekleidet und frisiert und sahen sehr geschäftig aus. Sogar eine Elektrische fuhr, rollte im Schneckentempo an den aufgetürmten Trümmerhaufen vorbei über die Gleise. Auch einige Autos sah Dora und Geschäfte, in denen bereits wieder ein paar Waren hinter den Schaufensterscheiben lagen und Kunden ein und aus gingen. Andernorts waren Frauen mit Spitzhacken dabei, die übrig gebliebenen Gebäudeteile einer Hausruine einzureißen. In einer Menschenkette wurden die herausgeschlagenen Ziegelsteine von Hand zu Hand an den Straßenrand weitergereicht und gestapelt. Auf einem freien Platz zwischen ausgebombten Häusern spielten ein paar Jungen Fußball mit einer leeren Blechbüchse.

Staunend betrachtete Dora das alles. Obwohl der Krieg erst seit einigen Monaten zu Ende war, hier sah es so aus, als versuchten die Menschen, inmitten der Trümmer zur Normalität zurückzukehren.

Fast eine Stunde lang rollte der Zug durch die Stadt, wieder im Zickzack, im Schritttempo an Baustellen entlang und über notdürftig hergerichtete Brücken. Und dann, zu Doras großer Enttäuschung, wieder hinaus aus der Stadt. Hier wurde der Zug noch langsamer und blieb schließlich mit kreischenden Bremsen an einem kleinen Bahnhof im Niemandsland stehen.

Die Waggontür ging auf und gab den Blick frei auf einen völlig überfüllten Bahnsteig, auf dem es nur so wimmelte von Menschen mit Gepäck, die suchend umherirrten. Am Gleis standen zwei Bahnbeamte und versuchten, Ordnung in das Chaos zu bringen, indem sie die Leute in die richtige Richtung schickten. Dabei wäre das eigentlich nicht nötig gewesen. Ein großes Schild hing an der Wand des gemauerten Bahnhofsgebäudes. Darauf die Aufschrift: Notaufnahme hundert Meter rechts.

Dora und die anderen Twardys schoben sich mit der Menschenmenge in die angegebene Richtung. Hinter dem Bahnhof war auf einem brachliegenden Eisenbahngelände eine Barackenstadt aufgebaut, zwanzig hallenartige Wellblechhütten standen da im Karree, mannshoch umzäunt mit Stacheldraht.

»Warum werden wir eingesperrt?«, wunderte sich Josef

Twardy bei einem der Soldaten, die am Eingangstor standen. »Wir sind doch keine Verbrecher.«

»Das ist nur wegen der Quarantäne«, erwiderte der Mann. »Weil so viele Leute Typhus haben. Und Läuse. Wir wollen ja nicht, dass sich die ganze Stadt ansteckt. Sie müssen hier im Lager bleiben, mindestens, bis die ärztlichen Untersuchungen ergeben haben, dass Sie gesund sind. Bitte gehen Sie zunächst zu Baracke eins, da ist die Anmeldung.«

Eine schier endlose Menschenschlange wies ihnen den Weg dorthin. Es dauerte fast zwei Stunden, bis sie an der Reihe waren. Die Anmeldung bestand aus einem spärlich möblierten Raum mit mehreren Holztischen, an denen Rotkreuzschwestern saßen und alle Leute, die aus dem Güterzug herübergekommen waren, auf dicken Schreibblöcken registrierten.

»Name, Herkunftsadresse und Geburtsdatum, bitte.«

Nachdem Dora und die anderen das Gewünschte genannt hatten, wurden sie weitergeschickt zur nächsten Baracke. »Entlausung« stand in dicken schwarzen Lettern auf dem großen Schild über dem Eingang. Als sie die Tür öffneten, entströmte dem Gebäude ein widerwärtiger Gasgestank. Nach Männern und Frauen getrennt mussten sich die Neuankömmlinge drinnen nackt ausziehen und ihre Kleider an die nummerierten Haken eines vierrädrigen Holzgestells hängen.

»Merken Sie sich die Nummer«, erklärte eine Rotkreuzschwester, »damit Sie Ihre Kleider nach der chemischen Behandlung wiederfinden. Und dann gehen Sie zu den Desinfektionsduschen.«

Marianne stöhnte entsetzt auf, als sie erfuhr, dass sich alle Frauen ihre langen Haare abschneiden lassen mussten. Beim Geräusch der Schere schloss sie die Augen und presste die Lippen aufeinander, als müsse sie einen Schmerzensschrei unterdrücken. Ihre Mutter, die ihre grau gesträhnten Locken bis zuletzt im Nacken zu einem schweren Knoten geschlungen trug, nahm die Haarnadeln heraus, ohne eine Miene zu verziehen. Die wenigen Stoppeln, die ihnen noch blieben, wurden mit einer ebenfalls übel riechenden Tinktur eingerieben. Clärchen begann zu weinen, als sie an der Reihe war. Geduldig ertrug Dora die entwürdigende Prozedur, doch auch sie war froh, als sie – befreit von den lästigen juckenden Tierchen – endlich ihre vom heißen Wasserdampf noch warmen Kleider anziehen konnte.

»Gibt es jetzt endlich was zu essen?«, jammerte Arno, als sie wieder draußen waren, und blickte sehnsüchtig auf die gegenüberliegende Baracke, die mit dem verheißungsvollen Wort »Suppenküche« markiert war.

»Gleich«, antwortete Josef Twardy. »Wie es aussieht, müssen wir erst noch zur ärztlichen Untersuchung, und dann kannst du dir den Bauch vollschlagen.«

Sie erreichten die nächste Wellblechhütte, wo sie wieder anstehen mussten. Der große Raum war erfüllt vom Gemurmel vieler Menschen, von den Anweisungen der Ärzte und Krankenschwestern, die die Neuankömmlinge des Lagers hinter provisorisch zusammengeschobenen Stellwänden untersuchten.

»Bitte den Oberkörper frei machen … Bitte den Mund weit öffnen …«

Dora spürte plötzlich eine bleierne Müdigkeit, ihre Beine schienen sie kaum mehr zu halten nach den Strapazen der vergangenen Tage und Stunden. Aber nirgendwo war ein Stuhl oder ein Hocker, auf dem sie sich hätte niederlassen und etwas ausruhen können. Wie lange war es her, dass sie vom Gutshof aufgebrochen waren? Zwei Wochen oder zwei Monate? Sie vermochte es kaum mehr zu sagen. Auch konnte sie sich nicht mehr daran erinnern, wann sie zuletzt eine halbwegs vernünftige Mahlzeit zu sich genommen hatte. Ihr Magen schmerzte vor Hunger. Doch als sie sah, dass auch ihre Mutter vor Erschöpfung schwankte, schämte sie sich ihrer eigenen Mattigkeit und nahm Veras Arm, damit sie sich bei ihr abstützen konnte.

»Gleich haben wir es geschafft, Mama«, flüsterte sie. »Und dann bekommen wir sicher etwas zu essen und auch einen Schlafplatz zugewiesen.«

Als Dora endlich an der Reihe war, sich untersuchen zu lassen, fühlte sie sich so schlapp und ausgelaugt, dass sie die Krankenschwester, die mit dem Blutdruckmessgerät in der Hand vor ihr stand, gar nicht weiter beachtete.

»Na, dann wollen wir doch mal …«, setzte die Frau an, um dann einen erstickten Schrei auszustoßen.

Das Gerät rutschte ihr aus der Hand und fiel scheppernd zu Boden. »Dora?«, rief sie. »Bist du das wirklich?«

Jetzt sah Dora auf. Für einen Augenblick meinte sie, nicht recht bei Sinnen zu sein. Wie gut kannte sie die freundlichen Augen, die sie ansahen, dieses erstaunte Lächeln, diese rotblonden Löckchen, die sich unter dem weißen Schwesternhäubchen ringelten.

»Elli?« Ihr Schrei hallte durch die Baracke. »Mein Gott, Elli! Du hier?«

Sie war es. Blass und abgemagert wie alle anderen, aber unverkennbar Elsbeth. Mit ungläubigem Schluchzen fielen die Freundinnen einander in die Arme.

»Dora! Liebe Dora, ich hatte solche Angst, dass ich dich nie wiedersehe. Dass dir etwas passiert ist. Mein Gott, wie bin ich froh, dass du endlich hier bist.«

»Ach, Elli. Mir ging es genauso. Ich war so verzweifelt, als wir einander auf der Flucht verloren haben.«

»Und ich erst. Wie ist es euch ergangen? Wie kann es sein,

dass du jetzt erst hier im Lager ankommst? Wo warst du in all den Monaten seit damals?«

»Wir haben die Flucht übers Eis nicht geschafft, Elli. Die Front hat uns überrollt, wir sind umgekehrt. Wir sind zurück nach Liebenwalde gegangen.« Dora schluckte bei der Erinnerung an all das Schreckliche, was passiert war, seit sie Elsbeth zum letzten Mal gesehen hatte. Aber es war jetzt nicht der richtige Moment, um über das Geschehene zu berichten. So fuhr sie fort: »Es war eine furchtbare Zeit, aber wir haben überlebt, das ist das Wichtigste. Und jetzt gehört unser Gut, gehören das Dorf und die ganze Gegend zu Polen. Wir mussten weg. So sind wir hier gelandet. Und du? Wie kommst du hierher?«

»Wir hatten alles in allem großes Glück beim Weg übers Haff und sind dann über die Frische Nehrung in den Westen gelangt. Es war eine grauenhafte Fahrt. Aber wem erzähle ich das ... Jedenfalls sind wir irgendwann in dieses Lager gebracht worden, und nachdem ich mich ein wenig erholt hatte, wollte ich mich hier nützlich machen. Meine Dienste als Krankenschwester waren sehr willkommen, wie du dir denken kannst. Ach, Dora, ich kann es noch gar nicht richtig fassen, dass ich dich hier tatsächlich wiederfinde. Was für eine glückliche Fügung, dass du gerade in dieses Lager gebracht wurdest und ausgerechnet an meinem Untersuchungsplatz gelandet bist!«

Noch einmal umarmten sich die beiden fest, dann fragte Dora leise: »Und wie geht es Wilhelm?«

Elsbeth sah sie an. »Es geht ihm einigermaßen gut. Wir ... wir wollen noch dieses Jahr heiraten. Ich hoffe, du bist uns nicht böse?«

Dora schüttelte den Kopf. »Aber nein, Elli. Wie könnte ich. Das weißt du doch. Wilhelm und ich, wir hatten keine Zukunft, das haben wir beide gemerkt, als er aus Russland zurückkam.

Schon damals, als ich sah, wie du ihm im Krankenhaus vorgelesen hast, da dachte ich mir, dass du viel besser zu ihm passt, so lieb und geduldig, wie du immer bist.« Sie drückte die Hand der Freundin. »Ich wünsche euch von Herzen alles Glück der Welt. Wo ist Wilhelm? Arbeitet er auch hier im Lager?«

»Nein, er verdient sich Geld auf einer Baustelle in der Stadt. Es gibt ja jetzt so viele Häuser, die wieder aufgebaut werden müssen. Aber da wird er nicht für immer bleiben. Wir haben Pläne. Irgendwann und irgendwo wird er wieder einen Hof haben und Pferde züchten, so wie früher. Aber jetzt ...« Sie hob das Blutdruckmessgerät vom Boden auf und lächelte. »Jetzt will ich erst mal sehen, ob du hoffentlich auch gesund bist.«

• • •

Elsbeth wiedergefunden zu haben erfüllte Dora mit einer tiefen Ruhe. Es schien ihr, als könne nun nichts Schreckliches mehr geschehen, als läge das Schlimmste, was das Leben für sie bereitgehalten hatte, nun für immer hinter ihr. Elsbeth und Wilhelm. Sie sah die beiden im Geiste vor sich, wie sie damals am ersten Abend der Flucht in der Scheune Seite an Seite zusammengesessen hatten. Sie dachte an ihre Eltern, die einander nach all dem Leid und den Wirren des Krieges wiedergefunden hatten. Und sie? Würde sie Curt je wiedersehen? Würde sie je erfahren, ob er noch lebte?

Vielleicht wusste Christel etwas, schoss es Dora durch den Kopf. Wie viele Monate lang hatten sie nichts mehr voneinander gehört. Sie musste Christel, Hermann und den Kindern dringend berichten, dass sie und die anderen lebten und im Westen waren! Hier im Lager hatten sie eine Adresse, unter der sie zu erreichen waren, und konnten endlich wieder Kontakt zu den Verwandten aufnehmen. Sicher würden sich die Königsberger in ihrem kleinen Dorf in Bayern große Sorgen machen, wie es den Liebenwaldern ergangen war. Und vielleicht hatte Christel inzwischen etwas von Curt gehört. Der Hunger, der Dora gerade noch gequält hatte, war bei diesem Gedanken wie weggeblasen. Während sich die anderen Twardys mit knurrenden Mägen am Ausschank der Suppenküche anstellten, rannte Dora zurück zur Anmeldebaracke. Nur noch wenige Leute standen dort, um sich registrieren zu lassen.

»Bitte«, rief sie den Rotkreuzschwestern zu. »Kann ich hier einen Brief schreiben? Ich muss meine Verwandten informieren, dass ich in Sicherheit bin.«

Eine der Frauen hob kurz den Kopf: »Dahinten auf der anderen Seite des Raumes steht ein Tisch, da finden Sie alles, was Sie brauchen. Sehen Sie? Direkt vor der Wand mit den Fotos.«

Dora durchquerte die Baracke. Auf einem Tisch lagen Stifte, Postkarten, Briefbögen und Kuverts bereit. Sie nahm sich eine der schmucklosen Karten vom Stapel und einen Stift. Die kurze Botschaft an Christel war schnell verfasst. Da sie sich an ihre genaue Adresse nicht mehr erinnerte, schrieb sie »An Familie Twardy bei Frau Tannhuber in Grubing bei Rosenheim« darauf und hoffte, dass die bayerischen Postleute damit etwas anfangen konnten. Erleichtert warf sie die Karte in den provisorischen Briefkasten, einen Pappkarton, der auf dem Tisch stand und schon gut gefüllt war. Dann sah sie auf. Die Bretterwand hinter dem Tisch war über und über bedeckt mit Fotos und Zetteln, auf denen Leute nach vermissten Angehörigen suchten. Bedrückt las Dora einige der Botschaften. Es waren erschütternde Zeugnisse von auseinandergerissenen Familien: »Wer weiß etwas über meinen Sohn Franz, blond, fünf Jahre alt, zuletzt gesehen am 26. Januar 1945 auf dem Bahnhof von Bartenstein, Ostpreußen, er ging im Gedränge bei der Flucht verloren«, stand da. Oder: »Kann mir jemand Auskunft geben über das Schicksal meines Mannes Alfred Müller, letztes Lebenszeichen erhielt ich am 14. März 1945 aus Pula in Istrien ...«

Doras Blick fiel auf die ausgerissene Seite einer Zeitschrift, die jemand ebenfalls an die Wand geklebt hatte. Es war ein Bericht über dieses Flüchtlingslager. Auf den Fotos erkannte Dora ein paar der Baracken wieder, die Aufschrift »Entlausung« über einer Tür war nicht zu übersehen. Aber im Mittelpunkt der Bilder standen Menschen: drei kleine Jungen, die auf dem Platz zwischen den Wellblechhütten mit einer zerbeulten, leeren Konservendose Fußball spielten. Eine alte Frau mit Kopftuch, die einen Blechnapf auf ihrem Schoß hielt und andächtig ihre Suppe löffelte. Zwei junge Mädchen, die einander an der Hand hielten, in der anderen Hand trugen sie jeweils einen Koffer, und sie blickten fragend in die Kamera. Jedes Foto war das Dokument eines Neuanfangs in der Fremde. »Fotograf der Hoffnung« stand in der Überschrift des Artikels. Dora las weiter, und dann stockte ihr der Atem.

»Jahrelang habe er das Grauen und das Elend des Krieges fotografiert, sagt Curt von Thorau, jetzt möchte er die Hoffnung und die Zuversicht der Menschen zeigen. Mit seinen Bildern ist er zum Chronisten des Lagerlebens geworden, er hält den Alltag der Vertriebenen und Kriegsheimkehrer fest ...« Doras Augen flogen über den Text. »Zu Beginn des Krieges für die Wehrmachtspropaganda gearbeitet ... Die Seiten gewechselt ... Musste sich lange Zeit versteckt halten ... Kontakt zur Heimat verloren ...« Ganz am Ende entdeckte Dora ein winziges Porträtfoto, ein Stück des Papiers war abgerissen, sodass Curt nur zur Hälfte darauf zu sehen war. Sie stieß einen Schrei aus. Zwar war nicht zu erkennen, wann und in welcher Zeitschrift dieser Artikel erschienen war. Aber nur eines zählte: Curt lebte. Curt machte wieder Fotos, er war hier in diesem Lager gewesen!

Dora nahm das Blatt von der Wand und rannte zu den Rotkreuzschwestern der Anmeldung zurück. Die Baracke hatte sich inzwischen geleert. Nachdem die letzten Ankömmlinge des heutigen Tages registriert worden waren, packten die Frauen gerade ihre Sachen zusammen.

»Hören Sie!«, schrie Dora und legte den Zeitschriftenartikel mit bebenden Händen auf den Tisch. »Kennen Sie diesen Mann hier?« Sie zeigte auf Curts Abbild. »Den Fotografen, der hier manchmal Bilder macht? Wie kann ich ihn finden?«

Die eine Schwester, eine kleine, rotbackige Frau in den Fünfzigern, betrachtete Curts Foto, dann sah sie nickend auf.

»Ja, ich erinnere mich. Der Fotograf war gleich nach Kriegsende einige Male hier. Aber ich habe ihn eine Weile nicht gesehen. Er müsste eigentlich bald wieder hier auftauchen.«

»Oh mein Gott«, flüsterte Dora. Ihr Herz hämmerte vor Aufregung. »Sind Sie sich sicher?«

»Nun, bei seinem letzten Besuch sagte er noch, er werde spätestens im nächsten Monat wiederkommen. Aber es gibt ja so viele Flüchtlingslager mittlerweile, und er macht überall Fotos, soweit ich weiß. Das dauert natürlich alles seine Zeit. Er sagte noch, er suche jemanden aus Ostpreußen. Er vermisse sein Kind und die Frau, die er liebt. Das habe ich nicht vergessen.«

Dora ließ die Tränen, die ihr aus den Augen traten, unbeachtet übers Gesicht laufen. »Das …«, flüsterte sie, »das hat er gesagt?«

Die Frau nickte. »Ja. Deshalb bin ich mir sicher, dass er bald wiederkommen wird.«

Dora verließ die Baracke wie eine Schlafwandlerin. Curt war hier gewesen. Auf diese Schwelle hatte er seinen Fuß gesetzt, diese Türklinke hatte er in der Hand gehabt. Vielleicht hatte er genau hier gestanden und nach ihr Ausschau gehalten. Damals war es vergeblich gewesen. Aber nun war sie da. Er würde wieder herkommen, und sie würden einander wiedersehen. Irgendwann. Vielleicht schon bald. Sie spürte den warmen Schlag ihres Herzens.

Mit einem Ruck drehte sie sich um und stürzte zurück in die Baracke.

»Bitte, ich muss noch einen Brief schreiben!«

Diesmal zitterten Doras Hände, als sie am Posttisch auf der anderen Seite des Raumes nach dem Stift griff und einen Briefbogen in die Hand nahm.

Liebster Curt!
Wir leben noch. Wir haben in Liebenwalde alles hinter uns gelassen und sind heute im Lager Markenow bei Berlin angekommen. Clärchen geht es gut, sie ist ein wunderbares, fröhliches Mädchen und hat alles Leid des Krieges tapfer überstanden. Du kannst sehr stolz auf deine Tochter sein. Wo bist du? Wann werde ich dich endlich wiedersehen? Kein Tag vergeht, an dem ich nicht an dich denke, an dem ich mir nicht vorstelle, was geworden wäre, wenn ich damals in Königsberg Ja gesagt hätte. Damals wusste ich noch nicht, wie sich wahre Liebe anfühlt. Jetzt weiß ich es. Verzeih, dass ich dich zurückgewiesen habe. Ich glaube, ich hatte Angst vor dem Orkan meiner Gefühle. Denn ich liebe dich, Curt, ich liebte dich schon damals. Nur dich. Mit jeder Faser meines Herzens vermisse ich dich seitdem. Bitte komm so bald wie möglich wieder her, und dann lasse ich dich nie wieder gehen.
In Liebe, deine Dora.

Sie las das Geschriebene noch einmal durch, dann faltete sie den Brief und steckte ihn in einen Umschlag. Sie schrieb Curts Namen und Christels Adresse in Bayern darauf. Sie würde sicher wissen, wo ihr Cousin zu erreichen war. Mit bebenden Händen warf sie den Brief in den Postkasten und verließ erneut die Baracke.

Über den Kiefern, die hinter dem Stacheldrahtzaun des Lagers schwarz in die beginnende Dämmerung ragten, stieg eine blasse Mondsichel auf. Der Tag neigte sich dem Ende zu. Aber morgen war ein neuer Tag. Und übermorgen auch. Dora sog die kühle Abendluft ein. Sie konnte warten. Sie hoffte schon so lange auf ihn. Da kam es auf einen Tag oder eine Woche nicht mehr an.

Langsam schlenderte sie durch das Lager. Von irgendwoher klangen Fetzen von Musik herüber. Es war so unwirklich. Jazzmusik. Dora blieb stehen und lauschte. Ja, das war Swing. Sie kannte diese Melodie, *Sing Sing Sing* von Benny Goodman. Es war immer ihr Lieblingslied gewesen. Wie oft hatte sie dazu mit Curt im Königsberger Jazzklub getanzt, damals, in einem längst vergangenen, fernen Leben!

Dora lächelte jetzt. Sie war nicht mehr traurig bei der Erinnerung daran. Es gab ein Leben danach. Irgendwo auf dieser Welt war Curt und liebte sie. Er würde wiederkommen. Sie würden einander finden und einander nie mehr loslassen. Ihre Zukunft hatte gerade begonnen.

NACHWORT

Die Handlung und die Figuren meines Romans sind erfunden, und doch ist manches von dem, was ich beschrieben habe, so ähnlich passiert. Meine Eltern stammen aus Ostpreußen und mussten ihre Heimat wie so viele andere Menschen nach dem Zweiten Weltkrieg verlassen. Natürlich war das immer ein Gesprächsthema in unserer Familie. Ostpreußen – das war einerseits die Erinnerung an eine unbeschwerte Kindheit, zum anderen aber auch die Erinnerung an die vielen schrecklichen Dinge, die später geschehen sind. Der Wunsch, etwas weiterzugeben von dem, was meine Eltern und Großeltern mir erzählt haben, war Antrieb für mich, diesen Roman zu schreiben. So ist meine Mutter auf einem Gestüt aufgewachsen wie Dora, die grauenhafte Flucht über das Eis der Ostsee und auch die Robinsonade nach ihrer Rückkehr auf den verlassenen Hof gehören zu ihrer Lebensgeschichte. Die Menschen dieser Generation haben Furchtbares mitgemacht. Sie haben Männer, Söhne und Brüder im Krieg verloren, ihr Zuhause, ihr ganzes Hab und Gut. Trotzdem waren meine Mutter und meine Großmutter keineswegs verbittert, sondern ganz warmherzige, liebevolle Menschen. Ich habe sie sehr dafür bewundert, wie sie trotz aller Schicksalsschläge den Glauben an das Gute im Menschen nie verloren haben. In meiner Figur der Dora habe ich von beiden etwas einfließen lassen. Ich bin vor einigen Jahren mit meiner Mutter nach Polen, ins ehemalige Ostpreußen gereist, was mich zutiefst beeindruckt hat. Nicht nur, weil die Landschaft atemberaubend schön ist. Besonders berührend war es, ihr Elternhaus zu besuchen, wo uns die Leute herzlich willkommen hießen. Was für ein Geschenk nach dem Leid, das der Krieg verursacht hat! Mit meinem Roman möchte ich dazu beitragen, all das, was meine Familie und so viele andere Menschen damals erlebt haben, wachzuhalten.

Leseprobe

Theresia Graw
Die Heimkehr der Störche

Roman

1.

Anfang Mai 1952

Dora Twardy saß auf dem sorgfältig aufgeschichteten Stapel Holz hinter der Scheune, lehnte den Kopf an die warme Bretterwand in ihrem Rücken und ließ sich die Sonne ins Gesicht scheinen. Neben ihr flatterte weiße Wäsche an einer langen Leine, die quer über die Wiese zwischen den Obstbäumen gespannt war. Ein Windhauch blies ab und zu den zarten Duft der Apfelblüten herüber, vermischt mit dem seifigen Geruch der frisch gewaschenen Bettlaken, Kissenbezüge und Tischdecken. Dora rieb sich die geschundenen Finger. Rot und rissig waren ihre Hände, nachdem sie den ganzen Vormittag am Waschbrett gearbeitet hatte, mit schmerzendem Rücken über die klobige Zinkwanne gebeugt.

Es war ein milder Maitag. Am wolkenlosen Himmel zogen die ersten Schwalben des Jahres pfeifend ihre Kreise. Vor ein paar Wochen war schon das Storchenpaar von seinem Winterquartier in Afrika zurückgekommen und hatte wie in jedem Frühling das große Nest auf dem Scheunendach des Stübeckhofs bezogen. Tagelang hatte ihr Geklapper die Mittagsstille unterbrochen, so laut, als rappelte eine Mühle im Hof. Trotz seiner Eintönigkeit liebte Dora dieses Geräusch, das ihr seit frühester Kindheit vertraut war. Auch damals in Ostpreußen auf dem Gutshof der Twardys hatten Störche gelebt, ihre Ankunft hatte sie jedes Mal herbeigesehnt, bedeutete die Rückkehr der großen, majestätischen Vögel doch, dass der lange, kalte Winter endlich zu Ende war. Hier in der Lüneburger Heide waren die Winter zwar nicht so streng und schneereich wie in ihrer alten Heimat, doch noch immer erschien es Dora, als würde sie selbst erst wieder richtig auftauen, wenn die Störche zurück waren. Ein neuer Sommer, ein neues Glück. War nicht der Storch ein Symbol für den Neuanfang? Eine Aufforderung, das Alte zurückzulassen und weiterzuziehen? In diesem Jahr, dachte Dora, gilt das mehr denn je.

Sie zog einen Brief aus der tiefen Tasche ihres Rockes und strich mit den Fingern darüber, als müsse sie sich davon überzeugen, dass es ihn wirklich gab und sie nicht nur davon geträumt hatte. Nach einer Weile faltete sie das Blatt auseinander und las den Brief noch einmal, wie sie es schon so viele Male getan hatte, seit er vor drei Tagen angekommen war und sie ihn unbemerkt von den anderen aus dem Briefkasten gefischt hatte.

Sehr geehrtes Fräulein Twardy! Wir freuen uns über Ihr Interesse an einem Studium der Veterinärmedizin an der Humboldt-Universität zu Berlin. Mit Ihrem Kriegsabitur am Gymnasium von Wormditt in Ostpreußen sowie Ihrer jahrelangen Aushilfstätigkeit als Hofarbeiterin in einem landwirtschaftlichen Betrieb in Niedersachsen haben Sie die formale Voraussetzung erfüllt. Über eine endgültige Zulassung zum Studium wird ein Aufnahmegespräch entscheiden, das am Montag, den 26. Mai 1952, um 16 Uhr 30 im großen Hörsaal des Universitäts-Hauptgebäudes, Berlin, Unter den Linden 6, stattfindet. Bitte melden Sie Ihre Teilnahme spätestens eine Woche vorher schriftlich oder fernmündlich der Institutsleitung an ...

Es folgte noch ein Name und eine Telefonnummer.

Dora atmete tief ein. Die erste Hürde war geschafft. Man hatte sie zum Bewerbungsgespräch eingeladen. Warum sollte nun nicht auch der zweite Schritt klappen? Sie hatte zu Hause in Ostpreußen jahrelang den elterlichen Gutshof geleitet, nachdem ihr Vater im Krieg eingezogen worden war. Zumindest mit Nutzvieh kannte sie sich gut aus. Sie wusste, worauf es beim Melken, beim Füttern und bei der Pflege kranker Pferde und Kühe ankam. Wie vielen Fohlen und Kälbern hatte sie geholfen, auf die Welt zu kommen! Und einmal hatte sie sogar eines ihrer liebsten Tiere erschießen müssen, weil es zu schwach gewesen war, um den Weg über das zugefrorene Haff zu überleben. Damals war sie über sich hinausgewachsen. Ja, sie konnte was. Aber sie wollte noch so viel mehr lernen. Sie wollte alles wissen, was man nur wissen konnte, um Tiere gesund zu machen. Nie wieder wollte sie hilflos dabei zusehen, wie ein Pferd oder ein anderes Tier leidet. Sie presste den Brief an ihre Brust und spürte ihr Herz klopfen. Würde sie bald eine Studentin sein? Und in ein paar Jahren Tierärztin? Sollte ihr Traum tatsächlich wahr werden?

Ganz allmählich war dieser Wunsch im Laufe des vergangenen Jahres in ihr herangereift, denn ihr war klar geworden, wie sehr der Umgang mit Tieren sie über das Leid hinwegtröstete, das sie erlebt hatte. Zunächst war es nur eine verrückte Idee gewesen, an deren Umsetzung sie gar nicht wirklich geglaubt hatte, ein Strohhalm, an den sie sich geklammert hatte, um den ungeliebten Stübeckhof endlich verlassen zu können. Eine Perspektive, um ihr Leben wieder in die Hand zu nehmen. Doch der Gedanke an ein Studium hatte Dora nicht mehr losgelassen. Vor zwei Monaten hatte sie endlich den Mut gefunden und verschiedene Universitäten in Deutschland angeschrieben, um sich um einen Studienplatz in Veterinärmedizin zu bewerben. Es war zunächst eine bittere Enttäuschung gewesen: Die meisten Hochschulen hatten ihr postwendend abgesagt. Einer Frau von 28 Jahren schien niemand eine Chance geben zu wollen. Und dann, als sie alle Hoffnung beinahe schon aufgegeben hatte, war dieser Brief von der Humboldt-Universität gekommen, der ein verheißungsvolles Kribbeln in ihr auslöste.

Trotzdem zögerte Dora, ihn zu beantworten.

Sie schlang die Arme um die angewinkelten Beine und stützte das Kinn auf die Knie. Nachdenklich betrachtete sie die Heidschnucken, die hinter dem Staketenzaun auf der struppigen Weide grasten. Siebenundzwanzig schwarzgraue Schafe mit großen gebogenen Hörnern waren es, zwischen ihnen sprangen ein paar schwarze Lämmer umher, die erst im März zur Welt gekommen waren. Wie munter und kräftig die Kleinen in den vergangenen Monaten hier draußen geworden waren. Nun würde es nicht mehr lange dauern, bis der Schäfer kam, um den Sommer über mit der ganzen Herde durch die Heide zu ziehen. Noch trugen die großen Schafe ihr dickes, zotteliges Winterfell, das die Bäuerin in ein paar Wochen, wie immer um diese Zeit, unter großem Geblöke der Tiere scheren würde, bevor sie zu ihrer jährlichen Wanderung aufbrachen. Dora überlegte. Bis zur Schafschur Ende Mai würde sie wissen, ob ihr Leben diese aufregende Wendung nehmen würde oder nicht. Allmählich musste sie sich entscheiden.

Es war nicht besonders bequem auf den rohen Buchenscheiten, Dora hatte sich die alte Flanelljacke untergelegt, die sie bei der Stallarbeit trug. Aber hier hatte sie wenigstens ihre Ruhe. An diesen Platz zog sie sich immer zurück, wenn sie über etwas Wichtiges nachgrübeln musste, weil er von dem großen Bauernhaus aus nicht zu sehen war. Sonst hätte Frau Stübeck Dora vermutlich längst an die Arbeit gerufen. Die schrille Kommandostimme der Bäuerin klang ihr noch in den Ohren:

»Wir haben keine Zeit zum Faulenzen, Dora. Wollten Sie nicht längst die Eier im Hühnerstall aufgesammelt haben? Und die Wäsche liegt auch noch im Zuber, wie ich sehe. Herrje, das ist doch kein Hotel hier. Sie denken wohl mal wieder, Sie sind etwas Besseres, oder? Nur weil Sie früher einmal einen Gutshof hatten, brauchen Sie Ihr hübsches Näschen nicht so hoch zu tragen. Bei mir wird fleißig gearbeitet. Und das gilt auch für Sie. Verhungert wären Sie alle, wenn ich und mein Mann – Gott hab ihn selig! – nicht so gütig und selbstlos gewesen wären, Ihnen ein Obdach zu gewähren, so elend und erbärmlich, wie Sie damals hier ankamen. Da ist es doch wohl nicht zu viel verlangt, dass Sie mir bei der Arbeit ein wenig zur Hand gehen ...«

Der Rest ihrer Rede ging regelmäßig in wütendem Gemurmel über die Undankbarkeit der Vertriebenen unter, die Frau Stübeck grundsätzlich als Fremdlinge bezeichnete, als wären sie von einem fernen Planeten in diesem Dorf gelandet. Dora kannte die Klagen der verhärmten, alten Frau nur zu gut. Seit mehr als sechs Jahren ging das nun schon so. Natürlich war sie damals nach dem Krieg froh gewesen, dass sie mit ihren Eltern, ihrer Schwester Marianne, den beiden halbwüchsigen Zwillingsbrüdern Klaus und Arno und der kleinen Clara wenigstens die bescheidenen Gesindekammern unter dem Dach dieses Bauernhofes zugewiesen bekommen hatten. Es war die zufällige Entscheidung irgendeines Mitarbeiters der Wohnungsbehörde, die dafür gesorgt hatte, dass sie hier in der Lüneburger Heide gelandet waren und nicht auf einem Betrieb in Schleswig-Holstein, in Bayern oder sonst wo. Im Grunde war es ihnen gleichgültig gewesen. Alles erschien ihnen besser als das schäbige Flüchtlingslager, in dem sie nach ihrer Irrfahrt aus Ostpreußen zunächst untergebracht worden waren. Aber zu der Erleichterung, eine Bleibe gefunden zu haben und sich hier einen bescheidenen Lebensunterhalt verdienen zu können, war bald die Erkenntnis gekommen, dass die Twardys bei den Stübecks und den meisten anderen Bewohnern des Dörfchens Wielenstedt nicht sehr willkommen waren.

Schmarotzer und dreckiges Polackenvolk, das waren einige der Bezeichnungen gewesen, die die Leute dieses kleinen Orts in der Nähe von Celle einander zuraunten, wenn sie über die Familie aus Ostpreußen sprachen, die da neuerdings auf dem Stübeckhof wohnte. Dora waren diese hässlichen Worte nicht entgangen, und sie hatten ihr oft genug die Tränen in die Augen getrieben. Anfangs hatte sie noch versucht, den Stübecks und den anderen zu erklären, was geschehen war. Dass die Twardys nach dem verlorenen Krieg aus ihrer Heimat vertrieben worden waren, wo sie früher sorglos und in Wohlstand auf einem großen Gutshof gelebt hatten, dass sie in Haus und Stall etliche Angestellte gehabt hatten, Felder und Wälder, die bis zum Horizont reichten, und eine Trakehnerzucht, die im ganzen Land bekannt gewesen war. Aber für die Wielenstedter blieben die Twardys die mittellosen Flüchtlinge aus dem Osten, unerwünschte Eindringlinge, die ihnen den Wohnraum und die knappen Lebensmittel in den Nachkriegsjahren streitig machten. Inzwischen hatte sich die Versorgungslage in Deutschland zwar erheblich verbessert, nicht zuletzt durch die Einführung der D-Mark mit der Währungsreform von 1948. Sie hatte dafür gesorgt, dass praktisch über Nacht alle erdenklichen Waren in den Läden wieder zu haben waren und man sich nicht mehr auf dubiose Schwarzmarktgeschäfte einlassen musste, um das Nötigste fürs Leben zu bekommen. Doch auch Jahre danach fühlte sich Dora im Dorf noch immer wie ein Mensch zweiter Klasse.

Aber vielleicht, dachte sie jetzt, vielleicht ist das hier ja bald vorbei. Wenn sie die Zulassungsprüfung an der Humboldt-Universität schaffte, würde sie im Herbst nach Berlin ziehen. Dann wäre das ihr letzter Frühling auf dem Stübeckhof. In Gedanken sah sie sich bereits Abschied nehmen von der Heidelandschaft, die sie umgab. Von den krautigen Wiesen, die sich im Hochsommer, wenn die Besenheide blühte, in ein leuchtend lila Farbenmeer verwandelten. Von den Birken, die die sandigen Wege und die schmalen Bäche säumten, den blühenden Obstbäumen, den lichten Eichenwäldern und den dunkelgrünen Wacholderbüschen, die in dem weiten welligen Gelände wie Zypressen in die Höhe ragten. So bilderbuchschön dieser Teil Deutschlands auch war, der Gedanke, vielleicht für immer von hier fortzugehen, tat Dora nicht weh. Denn dieser Ort war ihr nie ein Zuhause geworden.

In diesem Augenblick erschien ihr die Zukunft so verheißungsvoll wie schon seit vielen Jahren nicht mehr. Und doch gab es etwas, das sie bis jetzt daran gehindert hatte, den Brief zu beantworten und der Universität ihr Erscheinen beim Bewerbungsgespräch zu bestätigen: Niemand in ihrer Familie wusste von ihren aufregenden Plänen. Sie brachte es einfach nicht übers Herz, ihren Eltern und Geschwistern zu sagen, dass sie von ihnen weggehen und nach Berlin ziehen wollte. Nach Ostberlin, in die ehemalige sowjetische Zone.

Dora war nie feige gewesen. Bisher hatte sie in ihrem Leben stets mutig für ihre Ideen und Überzeugungen gekämpft, wie aussichtslos das auch gewesen sein mochte. Aber dieses Mal fiel es ihr schwer. Diesmal ging es nicht um sie, sondern um die anderen. Denn die Twardys gehörten zusammen. Das war immer das Credo der Familie gewesen, seitdem der Vater im Sommer 1945 aus der Kriegsgefangenschaft nach Hause gekommen war. Dora erinnerte sich nur zu gut noch an all die Schrecken, die sie seitdem mitgemacht hatten. Völlig unerwartet hatten sie von einem Tag auf den anderen den heimatlichen Gutshof in Ostpreußen verlassen müssen, nachdem ihnen mitgeteilt worden war, dass der alte Familienbesitz, dessen Pracht längst dahin war, nun neuen polnischen Eigentümern gehörte. Zusammen mit all den anderen hungernden und zerlumpten Vertriebenen hatten sie in einem überfüllten Güterwaggon gesessen, der sie nach einer wochenlangen Irrfahrt irgendwann in der Nähe von Berlin vor den Toren eines Flüchtlingslagers ausgespuckt hatte. Sie hatten auch die Zeit in den zugigen Baracken überstanden, waren Monate später in einem klapprigen Bus mit dem wenigen Gepäck, das ihnen geblieben war, hergebracht worden, zu diesem gedrungenen, reetgedeckten Bauernhaus mit seinen verklinkerten Fachwerkwänden, den verzierten Windbrettern am Giebel und den weißen Sprossenfenstern. Sicher war dieser Hof früher einmal ein Schmuckstück gewesen, doch die Besitzer hatten notwendige Reparaturen lange vernachlässigt, sodass er jetzt verwahrlost und baufällig wirkte. Seit damals lebten die Twardys in diesen beiden Kammern unter dem niedrigen Strohdach, wo es im Winter zu kalt und im Sommer zu warm war, und in dem es zu jeder Jahreszeit beständig knackte und raschelte – vom Wind und von den Mäusen, die darin hausten. Aber die Twardys hielten noch immer zusammen. Nur ihr Bruder Erich hatte die Fahrt nicht bis zum Ende mitgemacht. Er war in Berlin geblieben, um sich allein in der Stadt durchzuschlagen. »Kräftige junge Männer wie ich werden überall zum Wiederaufbau gebraucht, hier kann ich mich nützlich machen und liege niemandem sonst auf der Tasche«, hatte er damals gesagt.

Jetzt war er vierundzwanzig, und soweit Dora wusste, ging es ihm gut in der großen Stadt. Auch er hatte früher einmal andere Pläne gehabt, als auf dem Bau Steine zu klopfen, aber der Zusammenbruch nach dem Krieg hatte seiner Schulzeit ein abruptes Ende verpasst und nun war er froh, überhaupt ein Auskommen zu haben. Inzwischen hatte er ein nettes Mädchen kennengelernt und seine Hetti im vorigen Sommer sogar geheiratet. Mitten in der Erntezeit, in der Dora auf dem Hof dringend gebraucht wurde, sodass es für sie unmöglich gewesen war, nach Berlin zu reisen.

So manches Mal, wenn sie sich wieder einmal über Frau Stübeck ärgerte, hatte sich Dora in den vergangenen Jahren gefragt, ob es nicht besser gewesen wäre, wenn sie es ihrem Bruder gleichgetan hätte und mit ihm in Berlin geblieben wäre. Aber damals war es undenkbar gewesen, ihre Eltern, die so viel durchgemacht hatten, mit den jüngeren Geschwistern allein zu lassen. Sie hatte die Verantwortung gespürt, die auf ihren Schultern lag, seit so vielen Jahren schon. Als sie mitten im Krieg die Leitung des Gutshofes übernommen hatte, war sie fast von einem Tag auf den anderen zum Familienoberhaupt gereift. Wenngleich ihr Vater längst wieder bei ihnen war, so ganz hatte sie die Bürde aus jenen Jahren nie mehr abgelegt. Und jetzt sollte sie tatsächlich den großen Schritt wagen und die anderen zurücklassen? War es Zeit, den eigenen Weg einzuschlagen?

Bevor sie einen Entschluss fassen konnte, ließ eine Windbö die Wäsche an der Leine flattern. Eine Klammer löste sich und ein Betttuch fiel ins Gras. Dora rutschte vom Holzstapel hinunter. Sie hob das Laken auf, bevor es auf die Schafwiese geweht wurde, und steckte es wieder fest. Nach einem letzten Blick auf den Brief schob sie ihn zurück in die Rocktasche und machte sich auf den Weg in Richtung Hühnerstall.

•••

In dieser Nacht träumte Dora von Ostpreußen. Und von Curt.

Es war Sommer, und sie und Curt ritten zusammen über die Wiesen, die das Gehöft der Twardys umgaben. Wie gut er auf dem großen Pferd aussieht, dachte Dora im Traum, als hätte er sein Leben lang nichts anderes getan, als mit ihr auszureiten. Dabei wusste sie doch, dass Curt normalerweise sein Auto bevorzugte, einen schicken weinroten Opel Olympia, in dem sie oft genug an seiner Seite herumgekurvt war. Auf dem leicht abfallenden Gelände vor ihnen standen in langen Reihen die Heuhocken, wie kopflose Gestalten. Zur Linken erstreckte sich ein schier endloses Roggenfeld, auf dem die kräftigen Ähren im leichten Sommerwind wogten wie Wellen auf dem Meer. Am Waldrand schimmerte ein See im Nachmittagslicht, rund und ruhig, wie ein großes blaues Auge. Der Blick ging weit über die sanfte Hügellandschaft bis zu dem dunkel bewaldeten Horizont, ein Farbrausch in Gelb und Grün mit bunten Tupfern von Mohn- und Kornblumen. Hinter den mächtigen Linden, die die Auffahrt zum Anwesen der Twardys säumten, waren nur die roten Dächer von Gutshaus und Scheune zu erkennen. Der Hof war umgeben von Pferdekoppeln, auf denen sich Dutzende Trakehner tummelten. »Komm, Dora!« Im Traum hörte Dora Curts Stimme. »Beeilen wir uns. Wir wollen doch noch zum Tanzen in den Königsberger *Jazzkeller*. Hörst du? Die Musik spielt schon!«

Plötzlich und so selbstverständlich, wie es nur in Träumen möglich ist, standen sie im *Jazzkeller* von Königsberg. Der niedrige Raum vibrierte förmlich von der lauten Musik, die die siebenköpfige Kapelle zum Besten gab, und vom Gelächter und Geschrei der vielen Leute, die dicht an dicht über die Tanzfläche kreisten. Es war Swingmusik, »Sing, Sing, Sing« von Benny Goodman, Doras Lieblingslied. Sie erkannte es sofort. Trompeten und Posaunen schmetterten, das Schlagzeug hämmerte, die Musiker schienen einander überbieten zu wollen im Wettstreit der Instrumente. Der packende Rhythmus erfasste Dora bis in die Fingerspitzen. Schon wirbelte sie in Curts Armen lachend über die Tanzfläche. Immer schneller ging die Trommel, immer lauter lärmten die Trompeten und Posaunen ...

Dora schlug die Augen auf. Da waren keine Trompeten und Posaunen. Stattdessen schepperte der kleine Wecker auf ihrem Nachttisch erbarmungslos. Matt streckte sie den Arm aus und tastete mit der Hand über das Tischchen, bis sie den Wecker fand und ausschaltete. Stille. Nur ihr Herz pochte laut. Sie blinzelte. Graues Morgenlicht drang durch einen Spalt zwischen den Fenstervorhängen ins Zimmer. Halb sechs, Zeit zum Aufstehen. Erschöpft ließ sie sich zurück ins Kopfkissen sinken, noch ganz verwirrt von den Hirngespinsten der Nacht. Sie hatte also wieder von zu Hause geträumt und von Curt, wie so oft. Und wie jedes Mal, wenn sie davon erwachte, ließ sie dieser Traum in tiefer Melancholie zurück. So klar sah sie jedes Detail vor sich, so deutlich hörte sie Curts Stimme, als wäre er bei ihr. Als hätte es diesen mörderischen Krieg und seine Folgen nie gegeben. Dabei war es nun schon sieben Jahre her, dass Ostpreußen nicht mehr zu Deutschland gehörte, sondern zu Polen und zu Russland. Und der *Jazzkeller* von Königsberg, in dem sie damals so oft mit Curt von Thorau getanzt hatte, lag vermutlich immer noch unter den verkohlten Trümmern begraben, die die Bombennächte des Krieges von der hübschen Provinzhauptstadt übrig gelassen hatten.

Dora fuhr sich mit dem Handrücken über die Lider. Sie spürte ein Brennen in den Augenwinkeln. Der Verlust der Heimat und das bedrückende Leben auf dem Stübeckhof wären leichter zu ertragen, wenn nur Curt an ihrer Seite wäre.

Wie viele tausend Mal hatte sie sich schon gefragt, wo er geblieben sein mochte, dieser Mann, der sich an diesem merkwürdigen Tag im Sommer 1944 im Hof des Gutshauses so hastig von ihr verabschiedet hatte und dessen Spuren sich in den Wirren der folgenden Jahre verloren hatten.

Leise richtete Dora sich auf und schaltete das kleine Messinglämpchen neben ihrem Bett an. Der tütenförmige, stoffbezogene Lampenschirm verbreitete ein schwaches gelbliches Licht. Sie sah hinüber zu dem anderen Bett an der gegenüberliegenden Wand. Trotz des Weckerklingelns schlief Clara noch. Ruhig und regelmäßig hob und senkte sich die Bettdecke. Von dem Mädchen selbst war nur ein Schopf hellbraun geringelter Haare auf dem Kopfkissen zu sehen. Auf dem Bett daneben rollte sich ihre Schwester Marianne auf die andere Seite und zog sich die Decke über die Ohren. »Mach schnell, Dora, und lass mich noch ein bisschen schlafen«, murmelte sie.

Dora wollte aufstehen, doch dann zögerte sie. Behutsam, um kein Geräusch zu machen, zog sie die Schublade ihres Nachttisches auf, nahm einen ausgeschnittenen Zeitungsartikel heraus und faltete ihn auseinander. Das Papier war ganz abgegriffen und auf zwei Seiten eingerissen, weil sie es schon so oft in die Hand genommen hatte. Curts Gesicht war auf dem Foto nur noch zur Hälfte zu sehen. Aber er war es, daran bestand kein Zweifel. Sein letztes Lebenszeichen. »Fotograf der Hoffnung«, stand in der Titelzeile. Den Text darunter kannte Dora beinahe auswendig.

> Jahrelang habe er das Grauen und das Elend des Krieges fotografiert, sagt Curt von Thorau. Jetzt möchte er die Hoffnung und die Zuversicht der Menschen zeigen. Mit seinen Bildern ist er zum Chronisten des Lagerlebens geworden, er hält den Alltag der Vertriebenen und Kriegsheimkehrer fest …

Das Datum am oberen Rand des Artikels war kaum noch zu erkennen, so ausgefranst war das dünne Papier vom vielen Anfassen: 16. Juli 1945. Dieser Artikel war der Beweis, dass Curt den Krieg überlebt hatte. Wie glücklich war sie gewesen, als sie diesen

Bericht ein paar Monate später an der Informationswand der Flüchtlingsbaracke entdeckt hatte, im folgenden Herbst, als sie zusammen mit dem Rest ihrer Familie gerade in einem der Vertriebenentransporte von Ostpreußen in den Westen gekommen war. »Der Fotograf hat versprochen, spätestens im nächsten Monat zurückzukommen«, hatte ihr die Betreuerin des Lagers damals versichert.

Die Worte der Frau hatten Dora mit so viel Zuversicht erfüllt. Die Gewissheit, dass sie und Curt einander wiederfinden würden, nachdem sie durch den Krieg und die Naziherrschaft auseinandergerissen worden waren, ließ sie damals allen Kummer, den sie erlitten hatte, und alles Elend, das sie umgab, vergessen. Aber sie hatte vergeblich auf ihn gewartet. Woche um Woche verging, und Curt war nie mehr aufgetaucht. Ein paar Monate danach hatte Dora mit ihrer Familie das Lager verlassen müssen und war nach Westdeutschland gebracht worden, hierher zum Stübeckhof, während Curt wie vom Erdboden verschluckt blieb. Was mochte passiert sein? Warum hatte er sich nie wieder bei ihr gemeldet? Er liebte sie doch. Und er wusste, dass sie ihn, trotz allem, was gewesen war, auch noch immer liebte. Und dass Dora seine Tochter, die seine sterbende Frau ihr in die Arme gedrückt hatte, aufzog, als wäre sie ihr eigenes Kind. Er musste doch auch Clara endlich wiedersehen wollen. Warum hatte sie nie etwas von Curt gehört? Lebte er überhaupt noch? Es gab so viele Fragen, die sie seit Jahren quälten und auf die sie keine Antwort wusste.

Dora hörte Stimmen unten im Haus, das Geräusch von Schritten und Türen, die geöffnet und geschlossen wurden. Ein neuer Arbeitstag auf dem Stübeckhof begann. Die alte Bäuerin erwartete sie sicher schon im Kuhstall zum Melken. Wenn sie sich nicht beeilte, blieb ihr keine Zeit, um vorher wenigstens noch schnell in der Küche eine Tasse Kaffee zu trinken. Rasch legte Dora den abgegriffenen Fetzen Papier zurück in die Nachttischschublade und stand auf.

Flüchtig wusch sie ihr Gesicht über der mit Wasser gefüllten Blechschüssel, die sie sich am Abend zuvor auf dem Tisch am Fenster bereitgestellt hatte, und trocknete sich ab. Sie nahm ihr graues Arbeitskleid von der Stuhllehne und zog es an. Während sie sich die dunklen Locken zu einem praktischen Zopf zusammenband, betrachtete sie ihre eigene magere Gestalt in dem schmalen, fleckigen Spiegel an der Zimmertür. Selbst im Halbdunkel des Raumes sah sie, wie schäbig das Kleid war. Es hing wie ein Sack an ihrem Körper. Sie hatte es sich vor einigen Jahren mehr schlecht als recht aus einer alten Wehrmachtsuniform geschneidert, im ersten Jahr nach dem Krieg, weil andere Stoffe einfach nicht zu bekommen gewesen waren. Auch ein alter Vorhang und ein zerrissener Bettbezug waren damals noch gut genug gewesen, um mit der Hilfe ihrer Mutter eine Bluse für sich und einen Rock für Clärchen daraus zu nähen. In jener schweren Zeit war sie froh um jedes Kleidungsstück gewesen und hatte sich nicht darum gekümmert, ob sie darin hübsch aussah oder nicht. Allein sauber und ordentlich gebügelt mussten die Sachen sein. Wir mögen unsere Heimat verloren haben, sagte sie, wenn Clara kopfschüttelnd beobachtete, wie sie das heiße Plätteisen über eine gestopfte Stelle im Stoff strich, aber niemand soll behaupten, dass wir nicht ordentlich gekleidet sind. Inzwischen war die schlimmste Zeit des Neubeginns in der Fremde zum Glück vorbei und Dora besaß ein paar bessere Kleider, aber die galt es zu schonen. Für die schmutzige Stallarbeit war der graue Lumpen gut genug.

Was wäre ich heute, wenn der Krieg nicht gewesen wäre, ging es Dora durch den Kopf. Eine Gutsherrin mit einer eigenen Familie vielleicht, wohlhabend und sorglos, so wie ihre Mutter damals, der eine ganze Riege von Hausangestellten zu Diensten war und die ihre Tage damit verbrachte, Damasttischdecken oder feine Taschentücher zu besticken? Oder hätte sie Curt geheiratet und ihn auf seinen Fotoreportagen begleitet, wäre sie an seiner Seite zu den aufregendsten Orten der Welt gereist? Vielleicht hätte sie auch, wie es ihr Kindheitstraum gewesen war, ihr Leben den Pferden gewidmet und wäre eine erfolgreiche Springreiterin geworden. So viele Möglichkeiten hatte sie gehabt und so viele Träume. Keiner davon war Wirklichkeit geworden. Dora legte die Haarbürste weg, nahm die verwaschene Schürze vom Haken und band sie sich mit einer energischen Bewegung um. Sie durfte den alten Zeiten nicht länger nachtrauern. Sie hatte doch ein neues Ziel. Warum wagte sie es nicht, endlich die Chance zu einem Neuanfang zu ergreifen?